진화의 나라

제1권 바디스의 발견

Kingdom of Evolution Discovery of Vadis

진화의 나라

제1권 바디스의 발견

김선유
지음

바른북스

서문

　어렴풋한 기억만이 남아 있었다. 어린 나이에 남의 손에 맡겨지는 기분을 조금이라도 꺼내어 머릿속에 남아 있는 흔적을 찾아다녀도 그날 저녁은 전혀 기억나지 않았다. 반쯤 마신 손에 들고 있던 캔을 우그러트려 감정을 표출해 보았지만 내면의 울림은 나를 다시 차분하게 했다. 마음을 가다듬고 시선이 흐른 쪽을 살펴보니 뉴스에서 흘러나오는 아나운서의 목소리는 그날따라 더욱 명확하게 들렸다. 잠시라도 생각을 돌릴 수 있었기에 안도하며 화면을 바라보았다. 사고가 났다고 했다. 공중부양형 자율주행모드로 움직이는 차량의 전복사고가 잇따르자 정부는 사고의 경위를 조사함과 동시에 당분간 수동으로 전환하여 주행토록 권고하고 있었다. 명확하게 원인이 밝혀지지 않았지만 일반적으로 유추해 볼 수 있는 기계적 결함이나 절차적 문제는 아닌 것으로 판단된다고 하였다. 이상한 일이었다. 보통의 자율주행모드에서 일어나는 사고가 전복사고로 이어지는 확률이 현저히 낮은데도 그리되었다고 하니 이해할 수 없는 일이었다. 이것이 기계적 결함이 아니라면 외부적 요인에 의한 것이었을 텐데 아직까지 밝혀지지 않았다고 했다. 긴박한 뉴스를 보면서도 한편으로 낮에 보았던 사진 한 장의 의미를 되뇌이기에 바빠 있었다. 분명 많이도 닮았다고 생각했다. 사진은 빛이 바랜 지 오래되었지만 낡은 사진 속 주인공은 나의 모습과 매우 흡사했다. 비슷한 또래의 친구인 듯하였다. 잠시 부딪혔을 때 사과하려 다가섰지만 그는 떨어진 조각을 서둘러 주워 담고 길을 건너가 버렸다. 기억의 저편에서 다시 현실로 돌아오자 더는 그 일에 대해 신경 쓰고 싶지 않아 어지럽게 놓인 과자봉지들을 정리하고는 그대로 잠이 들어버렸다. 나는 인체에 적용시킬 수 있는 마이크로 로봇을 만드는 알봇타이저라는 회사에 다니고 있었다. 아침이 밝아오고 눈을 뜨면 일터로 향하는 반복적인 일상을 살고 있었다. 단순히 물체를 가동시키기 위한 장치가 아닌 인간의 한계를 확장시켜 주는 첨단 마이크로 인공지능 로봇 회사라고 할 수 있었다. 회사에서 만들어 낸 로봇이 없었다면 인간은 지금과 같이 진화된 생활을 누릴 수 없었을지도 모른다. 알봇타이저는 인간의 동력을 극대화해 주는 기술력을 다량 보유하고 있었다. 심장과 폐의 기능을 담당하는 인체 결합형 장치를 만들기도 하고 수중이나 공중에서 인간의 동작을 자유롭게 해줄 수 있는 보조로봇을 제작하기도 하였다. 창업 초기에는 생명공학자들이 모여 작은 메디컬 회사에서 시작했지만 점차적으로 인류가 혁명적으로 진화된 생활이 가능토록 하였다. 현재 인간은 돌고래 수준의 바다 수영과 비둘기 수준의 공중부양이 가능해졌고, 그 업적으로 알봇타이저는 세계적 찬사를 받게 되었다. 나는 컴퓨터공학과 기계를 다루는 로봇 융합을 전공하고 있었지만 최연소 입사 타이틀은 그리 나를 들뜨게 만들지 않았다. 일상이 전쟁터와 같아 연구와 개발에만 모든 역량을 쏟아부어야 한다는 것은 결코 쉬운 일이 아니었다. 많은 것을 젊은 나이에 이루어 냈지만 가족이라는 따듯함을 느낄 여유는 없었다. 부모님은 항상 바빴기 때문에 그 허전함을 대체해 주는 것은 언제나 함께 자라온 친구들이었다. 그들은 어느새 희로애락을 함께해 준 든든한 존재가 되었다. 친구들과 나는 주로 여가시간에 운동을 하거나 일상을 공유하곤 하였다. 이제부터 그들과 내가 겪어나간 기이하고도 신기한, 혹은 믿기 어렵겠지만 일어나고 있는 현상들을 그대들이 함께 공감하길 바라며 이야기를 시작해 보려 한다. 만약 이 글에서 전달되는 이야기들이 믿기 어렵다면 보이지 않는 곳에서 당신의 믿음은 시험받게 될지도 모른다. 즐거운 시간이 되기를 바란다.

목 차

서 문

제1장

1화 도서관 – 허락한 누군가 *011*
2화 알봇타이저 –
　비밀 프로젝트의 결말 외 드러난 단서들 *030*
3화 몽푸핑푸 – 가족이 된 사연 *049*
4화 쥬타인 – 연결자들 *065*
5화 박원천 교수 – 대담 *087*

제2장

1화 유리네 종족 – 너무 바쁜 쟈토가 하는 일 *107*
2화 휴직계 – 긴 여정의 시작 *128*
3화 콜로넬 – 인간의 탐욕 *153*
4화 용명대학교 – 별난 친구들 이야기 *173*
5화 티저스 칸토 타운 – 선택받은 자의 입성 *184*

제3장

1화 트랭 - 인류 연합군이 된 승현 *209*

2화 파블로 에스티앙 - 그가 선택받지 못한 이유 *225*

3화 신체의 변화 - 인간의 한계를 뛰어넘다 *264*

4화 가족의 비밀 - 선씨 집안의 유명세 *291*

5화 시간 엄수의 방 - 탈출 길 *307*

제4장

1화 아뉴스 데이 - 바디스 원정대를 선발하다 *323*

2화 크림 의장 - 로닌의 재판 *340*

3화 오버루트 - 도심 속 난장 *354*

4화 린더랜드 - 그럼에도 탐험은 계속된다 *373*

5화 대혈투 - 영원히 갇힌 토트라 *392*

제5장

1화 투표 - 절차와 명분 *415*

2화 인간계 - 멈추지 않는 시계 *429*

3화 목걸이 - 유진을 노리는 콜로넬 *444*

4화 트레파라꽃 - 위험을 피하는 방법 *460*

5화 크로네필 - 악을 심판하다 *480*

제1장

1화 도서관
허락한 누군가

　며칠간 지속되던 맑고 화창한 날씨는 저녁노을이 넘어가는 오늘을 기점으로 습한 기운이 스며들었다. 기상청에서 발표한 내일의 날씨는 물론 비를 예고하고 있었다. 습해지는 날씨에도 언덕 위 숲의 싱그러운 향기는 캠퍼스를 가득 메웠다. 학내 곳곳에 조명이 켜지고 강의실 창문들은 빛을 밝히고 있었다. 문틈 사이로 새어 나오는 교수들의 강의 열기는 더욱 고조되었다. 사회 전반적인 분위기는 좋지 않았다. 학생들은 취업난에 시달리고 있었고 도무지 오르지 못할 것 같은 거대한 산을 오르려 수많은 청년들은 손톱의 날을 세우고 있었다. 승자의 독식 과정을 거치고 있는 여러 산업에서 과학기술의 혁명을 맛보았지만 어찌 된 일인지 세대가 교체되는 과정 속에 일자리는 점점 줄어만 가고 있었다. 강의실에서는 기업에서 만들어 낸 로봇들이 인간의 학습능력을 이해하기 위해 함께 강의를 듣는 기이한 모습들이 종종 발견되곤 하였다. 기업에서 만드는 로봇들은 인간의 형태 그대로 움직이는 동체 로봇을 법적으로 제한하고 있었기 때문에 강의를 같이 듣는 경우에는 동체 로봇이 아닌 반동체 인공지능 로봇이었다. 생명체로 비유하면 팔다리와 몸은 없고 얼굴만 있는 형태였다. 학교에서는 실험을 하기 위한 목적이라고 했지만 뒤에서는 기업들과 어떠한 거래가 오고 갔는지 알 수 없는 모습들이었다. 경쟁은 더욱 치열해지고 부의 이동속도가 빨라졌기에 현재의 삶을 살아가는 사람들의 눈에 비친 세상은 마치 게임과 같았다. 자본주의는 그렇게 변형되고 있었다. 물질적 자본은 한계를 드러내고 자본의 형태는 숫자로 국한된 지 오래되었다. 모든 것이 손쉽게 결제가 가능했기 때문에 가방과 주머니 속 물건들은 사라진 지 오래되었다. 아직 학생의 신분을 벗어나지 못한 유진은 그날도 어김없이 퇴근 후 강의를 들으러 학교에 도착했다. 강의명은 '고대사회와 인간'이라는 고전 수업이었는데 인간의 뇌 발달로 사회가 발전된 과정에 대해 배우는 교양수업이었다. 이미 졸업 전 취업에 성공한 그는 회사에서 역량을 발휘하고 있었지만 인문학적 지식과 고전 역사에 대한 교양이 부족한 점이 유일한 콤플렉스였다. 강의는 진화에 대한 인간의 뇌 발달과 유전자 변형에 관한 학계의 가설을 바탕으로 토론 방식으로 진행되었다. 교수와 학생들 간의 논쟁은 치열해졌고, 그 과정에서 인간 유전자 기원에 대한 궁금증은 학생들을 더욱 자극했다. 답이 없는 문제였다. 진화는 머무르지 않는다는 점에서 인간은 지속적으로 우월함을 유지하고 있었기 때문이었다. 수업 종료 시간이 지나도 논쟁이 지속되자 관련 내용에 대한 추가 질문을 다음 주에 받기로 하고 수업은 마무리되었다. 유진도 토론에 적극적으로 참여했지만 원하던 답을 얻을 수는 없었다. 강의실을 나오던 유진은 마음 한편에 품고 있던 질문을 하기 위해 다시 강의실로 되돌아갔다. 수업을 정리하고 있던 박원천 교수는 의아한 표정으로 말을 걸었다.

"하고 싶은 말이 있는가 보구나?"

"교수님 질문이 하나 있습니다."

"무슨 질문인 거지?"

"교수님께서는 인간은 다른 동물과 비교할 수 없는 뇌를 가졌고 그로 인해 고도로 발달된 사회를 이루어 냈다고 말씀하셨는데 비교할 수 없는 뇌를 가진 인간은 대체 어떻게 발전하고 있다고 보시나요?"

"유진 군은 그동안 스스로 이루어 낸 성과에 비해 참으로 유아기적인 질문을 하고 있군? 유전학이나 진화론에서 흔히 찾아볼 수 있는 부분이네."

"하지만 인간의 모든 것들이 퇴보하고 있는 현재를 보면 교수님은 그것을 명쾌하게 설명하실 수 있으신가 해서요."

"사회와 문화 전반에 걸친 현재 우리 삶의 모습을 논하고 싶은 것인가? 아니면 늘어났다 줄어들었다 하는 인간의 실질적 뇌의 크기에 대해 논하고 싶은 것인가? 지금은 다른 교수를 찾아보는 게 나을 것 같군. 바쁜 일이 있어서 먼저 가보겠네."

평소 학교에서도 이공계 천재로 주목받고 있던 유진의 질문을 들은 교수는 호탕하게 웃어 보였다. 너무도 어리숙한 질문이었다. 아무도 이런 질문은 창피해서라도 입 밖으로 꺼내지 않았을 것이었다. 하지만 교수는 질문을 잠시 곰곰이 생각해 보고 이내 고민에 빠졌다. 학내에서 명석하기로 정평이 나 있는 학생이 엉터리 호기심을 물어보았다고 해서 대수롭지 않게 넘길 일은 아닌 것 같았다. 어찌 보면 상당히 심오한 질문이기도 하였다. 유진은 교수에게서 왠지 모를 망설임과 초조함을 엿볼 수 있었다. 교수는 평상시 어떤 질문에도 쉽게 당황하거나 복잡한 표정을 지어 보이는 사람이 아니었다. 대답을 않던 그는 갑자기 강의실 뒤편에 자리 잡고 있는 세계지도를 잠시 바라보았다. 표정은 없었지만 무언가를 기억해 내려는 듯 보였다. 교수는 마침 때가 왔다는 듯 굳은 표정을 지어 보였다. 유진은 그런 교수의 모습을 바라보고 있자니 자신의 손에도 식은땀이 흐르기 시작했다. 대화가 사라진 틈을 타 그는 다시 한번 용기를 내어 말을 걸었다.

"그렇다면 교수님, 혹시 그와 관련된 책이나 자료들이 있다면 알려주실 수 있으신가요?"

교수는 질문과 상관없이 생각에서 벗어나 무언가를 결심한 듯 보였다.

"책이 하나 있기는 하지."

"무슨 책인가요?"

"지금부터 내가 하는 말을 믿어서도 의심해서도 안 되네."

"네? 믿어서도 의심해서도 안 된다니 그게 무슨 말씀이신가요?"

"그러니까 내가 하는 말은 다 믿을 수도 없고 의심할 수도 없지만 누군가에게는 비밀리에 기정사실로 받아들여지고 있는 것이라네."

"알려주시면 조심스럽게 저만 알고 있겠습니다."

둘은 쉬이 알만한 내용이라도 새롭게 다루듯이 대화를 이어나갔다.

"도서관 지하 1층에 있는 역사관 J열 12번째 칸 31번째 줄에 그 책이 있다네. 아너 로테즈라는 박사가 지은《인류의 시작과 진화의 끝》이라는 제목이네. 그 책을 읽다 보면 280페이지경 하나의 지도가 나올 것인데, 그것을 발견하게 되면 그때 나와 다시 이야기하도록 하지."

"감사합니다. 읽어보고 궁금한 점은 다음 기회에 말씀드리겠습니다."

"하하하. 자네 수업 태도는 좋은데 가끔 지나친 호기심이 나를 두렵게 한다네. 마치 나를 발가벗기려는 듯한 느낌이야."

그들은 서로의 속을 살피려는 듯 눈을 마주 보았다. 교수는 그런 의미심장한 말을 남기고 강의실을 나오면서 복잡해진 심경이 드러난 표정을 지울 수가 없었다. 또한 그는 자신이 순간적으로 실수를 한 것처럼 느껴졌다. 유진이 보통 아이가 아니라는 것을 누구보다 잘 알고 있던 교수였다. 흘려서 한 말이라도 끈질기게 파고들 아이라는 것을 알고 있었으면서도 그의 전략에 놀아난 것 같았다. 그것이 문제의 발단이라는 것을 당시에는 전혀 예상하지 못했던 교수였다. 책에 대해 알게 된 유진은 여유를 부릴 틈이 없었다. 그날은 늦은 시간까지 도서관이 개방되어 있었기 때문에 혹시나 하는 마음에 발걸음을 옮겼다. 도서관은 가까우면서도 높은 언덕에 위치해 있어 오르내리는 학생들은 숨이 가빠질 수밖에 없었다. 용명대학교는 국내에서 손꼽히는 명문으로 적당히 공부해서는 들어갈 수 없는 유명한 대학이었다. 여러 분야에 걸쳐 이루어 낸 성과들로 인해 세계적인 명문으로 거듭나고 있는 중이었다. 세상은 점점 좁아지고 대학 간의 경쟁도 더욱 치열해지고 있는 상황이었다. 유진은 도서관의 가파른 언덕길을 오르다 때마침 동기들을 마주쳤다. 동기들은 함께 농구를 하고 저녁을 먹으러 내려가는 중인 것 같았다. 그중에서 유진의 오랜 친구인 동림이 말을 걸어왔다.

"도서관 가는 길이야?"

"오늘 모임이 있는지 몰랐는데."

"수업이 있는 몇 명 말고는 다 모였어. 저녁 먹으러 가려고 하는데 같이 가자."

"도서관에 빌릴 책이 있어서 갔다가 연락할게."

"알겠어."

유진은 간단한 대화를 마치고 서둘러 도서관으로 향했다. 도서관 입구에 다다른 유진은 현관 앞에 있는 자판기에서 물을 한 병 뽑아 마시며 잠시 숨을 돌렸다. 교수님이 알려준 책을 찾으려면 충분한 여유가 필요했다. 도서관 사서는 학생들 중에서 선발하는데 학교

방침에 의하면 집안 형편이 어렵거나 성적이 우수한 학생들 가운데서 뽑는다고 알려져 있었다. 유진의 오랜 친구인 소연은 수개월째 도서관 사서로 일하고 있었다. 유진과 소연 그리고 동림은 같은 동네에서 자란 친구들이었다. 셋은 어릴 때부터 사이가 좋아 함께 공부하고 의지하며 대학도 나란히 같은 곳으로 들어가게 되었다. 물론 성적이 우수했던 유진은 또래보다 한 해 먼저 입학했다. 그날도 유진의 친구 소연은 도서관 사서로 일하고 있었다. 하늘은 어둑해졌고 소연은 멍하니 창문을 바라보며 초점 없는 눈으로 책상을 지키고 있었다. 비가 올 것 같은 날씨를 알아보기라도 하듯 그녀는 이내 현실로 돌아와 가방에 우산이 있는지 확인하기 시작하였다. 유진은 그녀를 좋아하는 마음을 숨기고 있었기 때문에 소연이 보이자 목소리를 차분히 가라앉히고 안으로 들어갔다. 반갑게 인사하는 소연에게 유진은 머뭇거리다 다짜고짜 책의 위치부터 물어보았다. 그는 소연에게 마음이 생기기 시작한 순간부터 대화가 잘 이루어지지 않는 경향이 있었다.

"안녕."

"역…… 역사관이 어디에 있니?"

유진은 소연 앞에서 말을 얼버무렸다.

"이 시간에 웬일로 왔나 했더니 책 찾으러 왔구나? 지하 1층에서 복도 지나서 3번째 문으로 들어가면 돼."

"고마워. 끝나고 너도 같이 저녁 먹으러 가?"

"나도 가려고."

"그럼 이따 보자."

"참. 오늘은 대여 안 해줄 텐데."

유진은 그녀의 마지막 목소리를 듣지 못하고 서둘러 책을 찾으러 지하로 내려갔다. 용명대학교의 도서관은 세계에서 몇 손가락 안에 드는 거대한 규모로 실제로 그 앞에 서면 한눈에 들어오지 않을 정도로 크기가 대단했다. 야구장 크기의 면적과 지하 3층에서 지상 5층까지 총 여덟 개의 층으로 지어진 도서관은 국내 최대 규모를 자랑하고 있었다. 하지만 이 도서관에 대해서는 많은 이야기가 전해 내려오고 있었는데, 그중에 하나는 미스터리한 지하 층수의 소문과 지하 마지막 층에 대한 사용처 여부였다. 지하 2층은 여러 미술품과 역사적인 보물들이 전시되어 있거나 소장되어 있다고 전해졌다. 그곳은 일반인들에게는 함부로 공개되지 않았는데 정부 관리자나 허가된 학자들에게만 일부 공개된 것으로 알려져 있었다. 하지만 지하 3층은 다른 층과 많이 달랐다. 실제 존재의 여부조차 어느 누구에게도 알려지지 않고 있었다. 관계자들 중 알고 있는 사람은 절대 발설하지 못하도록 감시되었다. 그런 궁금증들이 머릿속을 건드리고 있을 때쯤 유진은 이미 역사관 문 앞에 도착해 있었다. 그는 문을 살짝 열어 얼굴을 내밀어 보았다. 늦은 시간이라 한 명의 사서만이 지키고 있었고 인기척이라고는 느낄 수 없을 정도로 내부는 고요했다. 유진은 살며시 다가가 물어보았다.

"혹시 이 시간에도 대여가 가능한가요?"

"네."

홀로 열람실에 남아 있던 사서는 대여가 가능하다고 하였다.

"J열이 어디인가요?"

"저기 있잖아요."

"감사합니다."

사서는 다소 무뚝뚝하게 대답하면서 유진을 쳐다보지도 않고 책의 위치를 무심하게 손가락으로만 가리켰다. 그러면서 한마디를 덧붙였다.

"거기 책들은 옛날 책이에요. 빌리거든 조심히 다루세요."

"알겠습니다."

유진은 사서가 알려준 위치로 가서 책을 찾아보기 시작하였는데, 거기에는 다른 책이 꽂혀 있었다. 한참을 샅샅이 살펴보았는데도 책이 어디에 있는지 쉽게 찾을 수가 없었다. 그는 다시 입구 쪽으로 가서 물어보았다.

"책이 안 보이는데요."

"잘 찾아봐요."

사서는 다소 딱딱하고 상투적인 어투로 다그치듯이 말하였다.

"혹시 대여 중인지를 확인해 주실 수 있으신가요?"

"그러죠. 책 제목이 뭐죠?"

"《인류의 시작과 진화의 끝》입니다."

"혹시 아너 로테즈가 쓴 책 맞나요?"

"그렇게 알고 있습니다."

"일부러 빼놓았어요."

"왜죠?"

"책의 일부가 찢어져 재입고를 기다리고 있어요."

"책을 전부 이해하는 데 부족할 만큼의 양인가요?"

"그 정도는 아니고 두어 장 정도인데 그래도 괜찮다면 재입고 전까지 빌릴 수 있으니까 이거라도 대여하세요."

도서관 관리에 서툴러서인지는 몰라도 일부가 찢어진 책을 대여해 주는 경우는 드물었다.

"며칠 동안 대여할 수 있나요?"

"일주일 정도."

"대여할게요."

"모니터 화면에 손바닥 대주세요."

가까스로 책을 찾은 유진은 손으로 페이지들을 훑어보며 280페이지의 지도가 있는지부터 확인하였다. 그러면서 찢어진 부분이 왜 하필 이전 페이지였는지, 그 내용이 지도의 어떠한 부분을 설명하기 위함이었는지, 누군가의 필요에 의해 찢어진 것인지 의문을 가지지 않을 수 없었다. 유진은 도서관을 나서면서 생각에 잠긴 채 친구들이 모여 있는 곳으로 향했다. 학교 주변에는 알맞은 식당을 찾는 학생들로 불야성을 이루고 있었다. 이 거리는 밤이 낮보다 화려하기로 유명했다. 유진은 좁은 골목의 포장마차를 지나 학교 주변에서 가장 유명하고 인기 있는 식당으로 발걸음을 옮겼다. 친구들과는 다르게 주로 야간에 강의를 들어야만 했던 유진은 모임에 오랜 시간 참석하지 못했던 터였다. 식당으로 들어서니 때마침 주문했던 음식들이 나오기 시작하였다. 친절한 주인아주머니의 손맛이 유명한 집이었지만 서비스를 책임지는 직원들은 존재하지 않았다. 대부분의 상점이나 식당에서는 주인 이외에 직원을 찾아보기 어려울 정도로 서비스 인력들을 로봇이 대체하고 있었다. 자유로운 분위기 속 기술이 집약된 모습이었다.

"여기!"

유진을 발견한 동림이 손짓하며 자리로 불러들였다. 책을 빌리고 가벼워진 마음으로 자리에 착석한 유진은 대화에 참여하기 시작하였다. 다음 날 휴가와 비어 있는 강의를 생각하면 여유롭게 시간을 즐길 수 있었다.

"다들 오랜만이네."

자리에는 세오와 크리스 그리고 승현도 참석하였다.

"소연이는 아직인가?"

이미 도착해 있을 거라고 생각했던 유진은 소연을 살피며 주변을 둘러보았다.

"요즘 회사는 어때? 나는 회사에서 새롭게 추진하는 우주선의 엔진 개발과정이 있는데 말도 안 되는 일정에 반대 의견을 내놓았다가 주의를 받았어."

승현이 음식을 집어 먹으며 회사에서 받는 고충을 털어놓았다. 승현도 유진과 마찬가지로 학교와 회사를 병행하며 민간 우주선 제조업체의 설계 연구원으로 근무하고 있었다. 승현은 다른 친구들과 다르게 로봇을 연구하는 유진과 대화가 잘 통하는 편이었다.

"우주선에 들어가는 엔진이 별다를 게 있나? 단순히 생각하면 추진력만 높이면 되는 거지."

"그런 거라면 차라리 쉬워. 회사는 엔진을 소형화하되 같은 동력의 효과를 내라고 요구 중이지. 마치 히어로들같이 말이야."

"단기간에 가능하지 않을 것 같은데. 기간은 얼마나 줬어?"

"3년 반. 말도 안 되는 거지."

"쉽지 않네."

일상적인 이야기들이 오고 가다 보니 시간이 한참 흘렀다. 모임에 참석한 친구들은 각자의 자리에서 대화가 통하는 친구들과 서로 대화하기 바빴다. 그러는 사이 유진은 시야가 서서히 흐려지는 것을 인지하기 시작하였다. 정신을 차리고 시계를 보았지만 자정이 가까워 오는 그때까지도 기다리던 소연은 오지 않고 있었다. 유진은 사실 소연을 좋아하는 마음을 동림에게 살며시 털어놓으려 하였고, 기회는 온 듯하였다. 그는 이내 결심한 듯 입을 열었다.

"나 소연이한테 말하려고."

"대충 짐작은 했다."

어색한 표정으로 동림이 대답했다. 동림은 오래전부터 유진의 마음을 잘 알고 있었다. 유진은 어린 시절 유독 소연을 각별하게 생각해 왔었고, 남몰래 잘해주던 것을 옆에서 지켜봐 온 터였다.

"어떻게 할 건데?"

"그런데 용기가 안 나."

"담아두기만 하면 뭐 해. 말을 해야 알지."

"용기는 대체 누가 주는 거야. 나는 곧 일어날게."

"그냥 오늘 해."

"아니다. 난 책도 읽어야 하고 오기 전에 집에 가야겠다."

"유진, 어디 가!"

동림의 말에 부담을 느낀 유진은 자리에서 일어나 문을 열고 나왔다. 밤공기를 마시며 하늘을 향해 고개를 드니 시야는 마치 오로라처럼 일렁거렸고 땅은 둥글게 돌고 돌았다. 유진은 몇 발자국 걷다 골목 입구에서 털썩 주저앉았다. 며칠 동안 지속되었던 과로가 한꺼번에 몰려오는 듯하였다. 그는 나지막한 목소리로 솔직한 자신의 마음을 혼자만 들을 수 있게 내뱉었다.

"어떻게 고백해야 될지 모르겠다."

"알아."

골목길에 주저앉아 흐릿한 시야로 올려다본 유진은 자신을 내려다보고 있는 소연과 정면으로 마주쳤다. 전혀 예상치 못했던 순간이었다.

"안다고."

"알고 있었어?"

"응."

"좀 더 진지하게 전하려 했는데 이렇게 되었네."

"어차피 우린 안 돼."

"안 받아준다니 의외의 대답인데."

유진은 이 상황에서 허탈한 웃음을 지을 수밖에 없었다.

"그러기엔 우린 사실 너무 친해. 그러면 어색해질 것 같아."

"어색함은 너를 대변하는 대답이 아니잖아."

"조금 전 말은 못 들은 걸로 할게."

그렇게 소연은 친구들이 모여 있는 식당의 문을 열고 들어갔다. 너무도 허무하게 둘 사이는 결론이 나버렸다. 골목길에 홀로 남겨진 유진은 굳은 채로 멍하니 허공을 바라볼 수밖에 없었다. 그는 한참의 시간이 지나서야 감정을 추스르고 자리에서 일어날 수 있었다. 유진은 그녀의 예상치 못한 거절에 쓸쓸한 걸음을 옮겼고, 그러다 보니 어느새 집 근처에 다다랐다. 어쩌면 당연한 결과였다. 서로가 지금보다 더 가까운 사이가 되기보다 애초부터 친구로 지내는 게 맞을 수 있었다. 오랜 친분을 생각하면 유진의 마음을 소연으로서는 단번에 받아들이기 어려웠다. 그런 생각을 너무도 잘 아는 유진이었다. 길을 따라 가로등이 놓여 있는 거리는 서늘한 느낌이 감돌았고 정적만이 흘렀다. 그날은 유일하게 전기가 들어오지 않는 가로등도 하나 있었다. 고요한 밤거리에서 수상함을 감지한 것은 단순히 조금 전 감정 때문만은 아니었다. 집 앞에는 처음 본 남성이 그를 기다리며 서성이고 있었기 때문이었다. 순간 섬뜩했지만 놀란 마음을 가다듬고 차분히 살펴보기로 하였다. 그는 양복을 입은 한 사내였는데 문 쪽을 바라보며 뒤를 돌아보지 않고 있었다. 갑작스러운 상황에 당황스러웠던 유진은 그에게 말을 걸어봐야겠다고 생각하였다.

"누구시죠?"

"……."

"저희 집 앞에는 왜?"

"……."

유진이 말을 걸자 양복 입은 남자는 순식간에 골목 끝으로 사라져 버렸다. 신원 미상의 남자는 화면을 몇 배속으로 돌려놓은 듯한 발걸음으로 빠르게 움직였다. 요즘 들어 기이한 현상들을 자주 목격하였는데, 아무리 생각해 봐도 조금 전 남자의 신원은 알 길이 없었다. 며칠 전 횡단보도에서 마주했던 사람이 불현듯 떠올랐지만 둘의 연관성을 찾으려 해도 전혀 다른 느낌의 사람이었다. 양복 입은 남자는 그 사람과는 확연히 다르게 덩치가 크고 몸이 좋아 보였다. 평상시 겁이 없는 편인데도 자신보다 키가 훌쩍 넘어 보이는 사람 뒤에서는 누구나 위압감을 느낄 수밖에 없었다. 유진은 남자가 사라진 뒤 다소 놀라긴 했지만 고개를 가로저으며 별일 아니었다는 듯 덤덤하게 현관문을 열고 들어갔다. 유진의 집은 아담하면서도 첨단 기술이 곳곳에 숨어 있었다. 과학기술이 비약적으로 발달했지만 다행히 인간의 생활 속에 기계식 로봇과의 동거를 원하는 사람은 많지 않았다. 유진은 자신의 취향대로 주거환경 곳곳에 효율적인 기능들을 심어 활용하고 있었는데, 현관은 몸의 상태와 변화를 매일 기록하고 알려주는 시스템을 갖추었고, 신발장은 손수 정리할 필요도 없었다. 최근에는 식재료를 알아서 분류하는 냉장고와 물로 세탁하지 않아도 세탁이 되는 세탁기가 출시되어 구매하기도 하였다. 공기로 세탁과 설거지가 가능한 시대가 된 것이다.

그로 인해 제품을 출시한 회사들은 앞다투어 물 부족 현상이 현저하게 줄어들었다고 홍보하곤 하였다. 이러한 기술의 혁명이 생활의 편리함을 가져다주긴 하였지만 반면에 기업들을 고달프게 만들기도 하였다. 이러한 과정을 통해 기업들은 새로운 분야를 개척하거나 또 다른 산업으로 발전해 나아갔다. 화면이 가득한 통로를 지나 간편한 차림으로 환복한 유진은 빌려온 책을 침대 머리맡에 얹어놓았다. 그는 다음 날 미리 내놓은 휴가 덕에 마음 놓고 눈을 붙일 수 있었다. 서서히 잠에 들은 유진은 그날 밤 깊고도 평범치 않은 꿈을 꾸었다. 그는 꿈속에서 투명한 물속으로 들어가 숨을 쉬고 있었고, 그림 같은 물속 풍경에 바닷속 물고기처럼 자유롭게 돌아다녔다. 대화가 가능할 것이라 생각지 못했던 다양한 생명체들이 말을 걸어왔고, 산호는 하늘거리며 시야를 현혹시켰다. 손을 뻗어 산호를 만지니 순간 누군가 잽싸게 산호 속 보석을 낚아채 가며 유진에게 새로운 세상을 보여주겠다고 유혹했다. 보이지 않는 실루엣은 마치 오래전부터 기다려 온 듯 그를 반갑게 맞이해 주었다. 그러다 유진은 서서히 잠에서 깨어났다. 눈을 뜨자 이미 시간은 새벽이 아침으로 물들 때쯤이었다. 창문 밖 태양은 유진의 눈을 강하게 두드렸다. 겨우 일어난 유진은 자신의 신체리듬부터 확인하였다. 다행히 모든 수치는 정상이었다. 때마침 전화가 울렸다.

"여보세요."

"회의 중에 잠시 전화한 거야. 급하게 아이디어를 빌려야 할 것 같아."

"뭐에 대해서? 어제 말한 소형엔진?"

"우주선에 필수로 들어가야 하는 기능 중에 있었으면 하는 장치가 있어?"

승현은 자신의 일과 관련된 물음을 위해 유진에게 종종 연락하곤 했다. 비록 정확한 해답을 얻을 수 있는 상황이 아니더라도 도움을 청해왔다. 유진은 크게 개의치 않다는 듯 무던하게 대답해 주었다.

"글쎄, 내부에서 가용되고 있지만 우주선 속 대기환경에 있어 전기분해 방식을 보다 획기적으로 바꿀 수는 없을까?"

"획기적으로?"

"산소가 영구적으로 무제한 공급될 수 있다면 말이야."

"됐다. 너한테 물어본 내가 바보다."

"온전히 휴가 좀 즐기게 해줘."

"실현 불가능하니까 그렇지."

승현은 유진의 휴가를 방해해서 미안한 나머지 빠르게 전화를 끊었다. 우주선에서는 지구와 동일한 대기환경이 가장 중요한 요소임에는 틀림없었다. 생명유지시스템을 해결하는 것이 우주산업과 관련된 수많은 학자들의 오랜 고민이기도 하였다. 오래전부터 해외 유수의 우주센터에서는 산소 재활용에 대해 연구하고 실험해 왔었지만 영구적 재생에 대해서만큼은 번번이 실패해 왔다. 그러한 점을 잘 알고도 의견을 내었던 유진은 승현의 반응에 개의치 않다는 듯 아랫입술을 비쭉 내밀었다. 이내 그의 시선을 사로잡은 것은 자신이 먹다 남은 과자봉지 옆 침대 머리맡에 놓아두었던 어제 빌려놓은 책이었다. 그는 정오가 되어서야 겨우 아너 로테즈 박사의 《인류의 시작과 진화의 끝》의 첫 장을 넘길 수 있었다. 유진은 도대체 무슨 내용이 담겨 있기에 교수가 이 책을 추천하게 된 것인지 궁금했다. 그는 방구석에 놓인 소파에 앉아 떨리는 손으로 표지를 넘겼다. 첫 장에는 그림이 그려져 있었다. 마치 오래전 만들어진 가면을 쓰고 완전무장 한 인간과 괴상하게 생긴 악어가 손을 맞잡고 있는 기괴한 그림이었다. 얼핏 보면 카르누펙스 카롤리넨시스와 비슷해 보였다. 이 책은 그림 한 장으로도 호기심을 자극할 만한 내용이 담겨 있을 것이라는 기대감을 주기에 충분하였다. 악어와 비슷하게 생긴 고대 생물은 인간과 시대적으로 전혀 연관성이 없었지만 손을 맞잡고 있는 모습만으로도 유진의 머릿속을 복잡하게 했다. 다음 장을 넘기자 서두에 적혀진 비장한 글귀가 그의 시선을 사로잡았다.

"우리는 언제부터 시작일지 모른다."

유진은 처음 이 책을 도서관에서 건네받았을 때는 표지만 보고 단순한 기행문이라고 생각했었다. 하지만 주인공을 암시하는 미스터리한 단서들을 보아 실상 내용의 전개 방식은 소설이었다. 이 소설의 주인공은 인간의 기원을 연구하기 위해 미지의 나라를 찾아 떠나면서 호기심을 자극할 만한 내용들로 가득했다. 그가 279페이지에 도달하였을 때, 마침내 책의 중요한 부분이 찢어진 이유를 깨닫게 되었다. 거기에는 이야기 속 주인공이 미지의 나라를 찾아갈 수 있게 상상으로 그려낸 지도에 대한 이동 경로의 상세한 내용이 담겨 있었어야만 했다. 비록 책은 찢어졌지만 미지의 나라에 대한 묘사는 생각보다 구체적이었다. 마치 지구에 실존할 것 같은 그곳을 현미경으로 자세히 들여다보는 기분마저 들었다. 책은 단숨에 읽혔고, 유진은 고민에 빠졌다. 그곳을 찾아가면 정말로 존재할 것만 같았기 때문이었다. 유진은 찢어진 부분을 만지작거리며 손그림으로 그려져 있는 지도를 자세히 살펴보았다. 위치는 명확하게 두 군데를 가리키고 있었다. 시베리아와 그린란드 사이의 북극해 중앙과 남극해와 가까운 인도양 한가운데였다. 두 곳의 위치는 검은색 굵은 선으로 표시되어 있었는데, 많은 사람들이 드나드는 관광지를 가리키는 것이 아닌 바다 한가운데의 무인도였다. 섬의 규모로 보아 사람들이 찾기를 꺼려 하는 무인도 중 하나일 것 같았다. 유진은 문득 교수와 나눈 대화 중 280페이지경 지도를 발견하게 되면 다시 대화를 나누자는 말을 떠올렸다. 책을 소개해 줄 당시 혼자만 간직하고 있던 비밀의 허물이 벗겨지듯 교수의 눈빛이 상당히 초조해 보였던 기억이 났다. 이는 교수가 말한 지점에서 이전 페이지가 찢어져 있는 것으로 보아 그가 어떤 이야기를 털어놓을지 기대될 수밖에 없는 이유였다. 유진이 책을 다 읽은 시각, 어느덧 5시가 훌쩍 지나버렸다.

2화 알봇타이저

비밀 프로젝트의 결말 외 드러난 단서들

가끔씩은 그러했다. 맺어야 할 때와 끊어야 할 때, 다시 느슨히도 가닥을 놓치지 않는 시기와 인생을 살다 보면 세상이 좁다는 점 그리고 지구가 그리 큰 행성이 아니라는 것을 알게 될 때에는 사람마다 정도의 차이는 있었다. 적어도 유진이 느끼는 세상은 거미줄처럼 가늘게 연결되어 가닥을 놓치지 않으려 발버둥 치고 있었다. 우리는 모두가 그것을 알고 있으면서도 며칠째 같은 일상의 반복 속에 살고 있었다. 학교와 회사 그리고 집과 도서관처럼 유진의 일상이 이렇게 같은 방식으로 흘러가게 된 이유는 어릴 적 유진을 돌본 유모의 영향이 컸다. 유진은 자신의 부모가 늘 바빴던 것으로 기억하였다. 항상 남겨진 건 자신 혼자였고 옆에는 늘 그의 유모가 있었다. 유모는 유진을 나름대로 정성껏 돌보았다. 그녀는 아침부터 저녁까지 유진을 위한 하루 동안의 일정을 빼곡히 적어놓았고, 그것을 그대로 실행에 옮기는 유형의 사람이었다. 그녀는 스스로 정해놓은 일정대로 움직이지 않으면 다음 날로 미루어서라도 하고 넘어가는 사람이었다. 유모의 이름은 하정이 아주머니였다. 하정이 아주머니는 유진의 부모님의 친구의 동생분이셨는데, 첫 만남은 유진의 반항으로 많은 어려움을 겪었다고 하였다. 사회적으로 저명한 기업가 아버지의 영향을 받아 매우 똑똑하고 고집이 세어 해야만 하는 것은 웬만해서는 쉽게 굽히지 않았기 때문에 그런 아이를 돌보는 일은 여간해서 쉽지 않았다. 궁금한 것은 물어보고, 가지고 싶은 것은 가져야만 하는 아이였다. 유진은 성인이 되어서도 아주머니가 어릴 적 해주었던 좋은 이야기들을 가끔씩 기억해 내곤 하였다. 한 날은 아주머니가 반딧불이를 좋아하는 유진에게 이렇게 이야기하였다.

"반딧불이가 내는 저 빛은 하늘이 준 선물이란다."

"하늘이 준 선물이요?"

"밤하늘에 달빛 또한 찾아갈 수 없는 곳엔 빛을 선물할 방법이 없어 찾다가 반딧불이를 만드셨대."

"너무 신기해요. 사람들도 저런 빛을 낼 수 있다면 참 멋있을 것 같아요."

"언젠가 빛나는 세상을 만나게 되면 유진이도 빛나는 사람이 되어 있겠지?"

"제가 빛나는 사람이 되었다고 하더라도 아주머니를 잊지는 않을 거예요."

간간이 둘 사이에 철학적인 대화들이 오고 가곤 하였다. 하정이 아주머니의 교육관이 유진에게는 일상적인 굴레를 유지시키고 그를 성실하고 유능한 사람으로 자라나게 하였다. 당시에 그녀는 훗날 유진이 어떠한 사람이 될 것이라는 짐작조차 하지 않기로 하였다. 그랬던 유모의 존재를 희미하게 기억하던 유진은 책과 함께 휴일을 마무리하는 중이었다. 하루의 끝에 창가에 비친 도심의 불빛은 하정이 아주머니가 얘기했던 반딧불이를 많이도 닮아 있었다. 유진은 그제야 편한 잠에 들었다. 그는 다음 날 변함없이 출근을 위해 자신의 승용차에 올라탔다. 몇 주 전부터 자율주행모드를 제한하는 정부의 방침에 따라 운전자들은 손수 운전을 해야만 하는 상황이었다. 물론 사고 방지를 위한 제어시스템은 그대로 유지시켜 극도의 위험한 상황을 피할 수 있게 사전에 조치를 취해놓았다. 유진은 자신이 다니던 익숙한 길을 지나 회사로 진입하는 입구에 도착했다. 때마침 그의 직속 상사인 지훈 과장도 주차를 하고 있던 터였다. 지훈 과장은 회사 선배로 유진과 상당히 친근한 사이를 유지하고 있었다. 그는 사내에서 유능한 인재로 유진과 결합형 프로그램을 개발하는 팀에 함께 소속되어 있었는데, 그중에서 인간의 뇌와 일체형 인공지능을 개발하는 중요한 뉴런 프로젝트를 비밀리에 추진하고 있었다. 그것은 인공지능을 인간의 뇌와 결부시켜 새로운 개념의 인간을 탄생시키는 방법으로, 인류 보편적 가치를 상당히 위협하는 위험한 실험 중 하나였다. 실제 정부에서도 지독한 감시가 이루어졌고, 회사 차원에서 비밀리에 진행되어야 하는 프로젝트였기 때문에 업무의 강도나 환경적인 측면에서 상당한 압박을 받을 수밖에 없었다. 이것이 개발된다면 전 세계 사람들에게 적지 않은 충격을 줄 수 있었기 때문에 매우 조심스러운 부분이었다. 유진은 지훈 과장이 차에서 내리는 모습을 확인하고는 가까이 다가가 그에게 말을 걸었다.

"선배, 일찍 출근하시네요."

"오랜만이야. 잘 쉬었는가?"

"친구도 만나고 독서도 하며 잘 쉬었습니다."

"우리가 진행했던 것들 말이야. 잘못하면 엎어질 수도 있는 분위기야."

"그게 무슨 말이세요? 2년 넘게 준비해 왔는데."

"이번 정부 주도하에 이루어진 감사에서 판단하기를 인류에게 너무 해롭다는 의견이야."

"지난주까지 위험 요소에 대한 방어 체계도 갖추어져 괜찮다고 해놓고, 이제 와서 접으라는 겁니까? 이건 말이 다르잖아요."

"나도 이유를 모르겠네. 접으라면 접어야겠지."

"저는 더 이상 못 참습니다. 이렇다면 당분간 휴직을 생각해 볼 수밖에 없습니다."

"자네가 휴직하면 회사를 위해서도 좋지 않아. 잘 생각해."

"고민은 되겠지만 결정은 늦어지지 않을 것 같습니다."

"일단 들어가서 더 얘기하지."

지훈 과장은 유진을 달래어 들여보냈다. 그럼에도 분이 가라앉지 않는 유진이었다. 입사 이래로 이렇게 공을 들여 연구에 박차를 가한 적은 없었다. 회사에서 경력이 쌓이면서 자신감이 붙었을 시기에 시작되었던 프로젝트였기에 더욱 그러했다. 그동안 존경해 왔던 선배들과 팀을 이루어 개발을 해왔던 유진은 잘하면 인류 역사에 한 획을 그을 수 있는 혁신의 가능성을 보았다. 하지만 프로젝트가 무산될 위기에 처한 이상 그냥 두고 볼 수만은 없었다. 그들이 이렇게 공을 들여왔던 프로젝트의 이름은 '스테이블 라운드'라고 불렸다. 이는 사내에서도 가장 유능한 인재들만 모아 비밀리에 진행해 왔기 때문에 이름조차 아는 이들이 많지 않았다. 알봇타이저의 야심 차고도 위험한 선택이었다. 인체 내에 인공지능 로봇을 부작용 없이 자연스레 안착시킨다는 의미에서 지어진 이름이었다. 하지만 프로젝트가 사실상 정부 압력에 의해 해체될 가능성이 확실시되었고, 그렇게 되면 진행하던 연구진 모두 몇 달 내로 부서 이동이나 휴직계를 내야만 하는 것이 관행이었다. 업계의 생리를 너무도 잘 아는 유진이었기에 휴직을 생각하는 것은 당연했다. 세계적으로 명성이 있는 회사인 만큼 알봇타이저 내부는 상상 이상의 시설을 자랑하고 있었다. 일반인들은 가늠할 수 없을 정도로 지구상 모든 종류의 생명체를 연구하고 있다고 해도 과언이 아니었다. 알봇타이저는 인간의 삶을 조금이라도 더 풍요롭게 만들기 위해 다른 생명체가 가지고 있는 모든 능력과 에너지를 접목시키고 있었다. 곤충, 포유류, 조류, 어류, 파충류, 식물 등 그 이외에도 이미 오래전에 사라진 공룡이나 멸종된 동물들 혹은 인간이 진화되기 이전의 유인원까지 지구상에 살아왔던 모든 생명체가 연구의 대상이 되었다. 회사는 내부에서만 사용할 수 있는 공중부양형 킥보드를 제공하였는데 유진은 입구에서부터 그것을 타고 여러 게이트를 지나 가장 구석진 곳에 위치한 육각형 모양의 문으로 들어섰다. 초입에는 경비와 안내원이 대기하고 있었고, 그 뒤를 지나 사무실을 찾아 깊숙이 안으로 들어갔다. 그가 '스테이블 라운드' 사무실에 들어서니 스무 명가량 되는 실력파 구성원들이 대부분 침울한 상태로 대기 중에 있었다. 뒤를 이어 지훈 과장도 그 자리에 합류하였다. 서로가 이번 일에 대해 이야기를 주고받던 터라 사무실 내부는 소란스러웠다. 유진의 동기인 영준과 주희 그리고 수진까지 모두 하나둘씩 모여 소식을 확인하였다.

"이해할 수가 없네."

가장 먼저 영준이 툭 하고 내뱉었다.

"부서를 이동하는 건 그렇다 치고 휴직은 너무한 처사라고."

"너는 어떻게 할 거야?"

주희가 유진을 바라보며 물었다.

"나는 휴직하게 될 것 같은데."

"뭐라고? 네가 왜."

"학교도 졸업해야 하고, 이번 일도 실망스럽고."

"아직 확실치 않으니 기다려 보는 건?"

"글쎄."

한 줄기 희망을 놓지 않으려는 수진이 말을 보태었다. 팀원들 사이에서 소문만 무성한 이야기가 오고 가는 도중에 회사의 수많은 임원진 중 이번 비밀 프로젝트를 이끌어 왔던 유정아 이사가 사무실로 들어왔다. 유정아 이사는 알봇타이저의 몇 안 되는 여성 이사로 상당히 유능하다고 소문이 나 있었고, 사내에서 손꼽히는 전설의 핵심 인물이었다. 실제로 그녀를 처음 보면 카리스마로는 당해 낼 사람들이 없었으며, 한번 마음먹은 일은 끝을 보아야 직성이 풀리는 독사 같은 스타일의 무서운 여자였다. 다른 한편으로는 스스로를 혹독하게 몰아붙이는 지독함을 제외하고는 사적인 자리에서 매우 털털하면서도 인간미가 존재하는 괜찮은 인물로 정평이 나 있었다. 그녀는 팀 내부에서도 팀원들에게 많은 존경을 얻고 있었다. 그녀가 자리에 들어서자 일제히 모든 사람들이 자리에서 일어나 긴장된 상태로 그녀의 말 한마디에 집중하였다.

"일단 자리에 모두 앉으세요."

그녀는 잠시 뜸을 들이더니 진지한 태도로 다시 말을 이어나가기 시작했다.

"지금부터 여러분들께 말씀드릴 내용은 모두 전해 들어서 알고 있을 거라고 생각합니다. 여러분들이 짐작하고 있듯이 이번 '스테이블 라운드'는 정부의 감사 이후 해체 권유 외에도 회사 내부에서 여러 번의 회의 과정을 거쳐……."

"잠시 말을 끊어서 죄송합니다."

모두가 이사의 말에 집중하고 있을 때 지훈 과장이 호기롭게 그녀의 발표를 중단시켰다.

"말씀해 보시죠. 지훈 과장."

"이 프로젝트가 처음부터 위험했던 것은 알고 있었습니다. 하지만 저희는 시키는 대로 하였고, 위험성을 최대한 줄이기 위해 신체 이상 징후에 대한 방어 체계까지 갖추어 가며 프로그램 개발의 완료 단계까지 진행하였습니다. 이제 남은 것은 임상실험만 거치면 최종 목표에 도달하는데 왜 하필 지금 단계에서 정리되어야만 하는 것인지, 그렇다면 애초부터 이 프로젝트는 진행되지 말았어야 하는 것 아닙니까?"

"질문은 좋았어요. 하던 이야기 먼저 할게요. 여러 번의 회의 과정을 거쳐 스테이블 라운드는 결국 해체되었습니다."

이사의 말에 모두들 웅성거렸다.

"일방적인 통보라는 것은 누구보다 제가 더 잘 알고 있습니다. 자세한 것은 말씀드릴 수 없지만 위험성 여부는 전문성을 갖춘 인력이 따로 감사를 통해 결론에 이르렀다는 점을 알려드립니다. 저는 여기까지만 전달하고 일어나겠습니다."

그녀는 그렇게 결정된 사항만 통보하고는 함께 온 비서와 같이 사무실 문을 열고 나갔다.

"팀이 완전히 공중분해 된 거네."

영준이 자신의 얼굴을 쓸어내리며 말하였다.

"이제 우리가 어떻게 될지는 회사의 통보만 기다리면 되는 건가?"

유진과 동기들 그리고 지훈 과장도 각자의 물품을 정리하기 시작하였다. 대부분 안타까운 기색이 역력했지만 다음을 위해 마음을 비워내는 모습이었다. 거듭된 생각에도 납득이 되지 않았지만 이것이 폐기된 비밀 프로젝트의 결말이라면 받아들여야만 하는 상황이었다. 회사는 종종 프로젝트가 생성되고 사라지는 상황 속에서 구성원들에게 각자 이동할 팀과 새로운 프로젝트를 맡겨왔는데, 부서를 이동할 마음이 없는 멤버들에게는 휴직을 권유하였다. 유진도 그러한 과정 속에서 본인의 거취 문제를 고민하고 있었다. 팀원들은 각자 전문성이 달랐고 그와 관련된 직분으로 이동될 가능성이 높았지만, 유진은 본인의 학교 졸업 문제와 더불어 휴직을 염두에 둘 수밖에 없었다. 그 와중에 갑자기 윗선의 지시로 시스템 관리 부서의 사람들이 오더니 컴퓨터의 메모리를 전부 지우고 새로이 세팅하기 시작했다. 비밀 프로젝트였기에 생성된 모든 자료는 자리에서 남김없이 지워져야만 했다. 그 모습을 지켜보던 구성원들 중 눈물을 흘리는 사람도 있었으나, 누군가는 홀가분한 마음에 환호하기도 하였다. 정리해 놓은 짐들은 알아서 배정된 부서로 전출되거나 자택으로 보내질 예정이었다. 이를 지켜보던 유진도 아쉬운 마음을 뒤로한 채 사무실을 나섰다. 분한 마음이 다스려지지 않던 유진은 그동안 만나지 못했던 다른 부서의 동료를 찾아가 이야기를 들어보기로 하였다. 그는 복도를 한참 지나 다른 건물로 들어와 익숙한 풍경의 사무실 앞에 도착했다. 알봇타이저는 주요 핵심 부서 외에 공개가 가능한 사무실을 외부인도 관람할 수 있도록 관광시설까지 갖춘 개방형 산업단지였다. 실험 중인 연구실부터 치열하게 논쟁이 오고 가는 회의실까지 공개가 가능한 공간은 모두 일반인들도 볼 수 있는 구조였다. 유진은 개방되어 모두가 지켜볼 수 있는 사무실 중 자신과 가장 친했던 선배의 방으로 들어갔다. 고교 시절부터 친분을 쌓아온 스티븐 선배는 알봇타이저에서 가장 재미있는 연구로 소문이 자자한 손톱 연구소에서 근무하고 있었다. 연구소 안에는 선배 외에 다른 사람은 보이지가 않았다. 유진이 들어가려 문의 버튼을 누르기 전 선배는 먼저 말을 걸었다.

"너 보인다. 들어와."

"제가 오는지 알고 계셨어요?"

"우연이지. 내가 너를 보고 있었겠어?"

"선배, 저 팀 해체되었어요. 누가 들을까 봐 프로젝트명도 말 못하겠네요."

"뭐가 걱정이야. 우리 팀으로 들어오면 되지. 하하하."

그는 호탕하게 웃으며 유진에게 자신의 팀 홍보를 연신 하였다. 선배가 속한 손톱 연구소는 각종 포유류, 조류, 파충류 등 여러 종의 손톱들을 연구하여, 그 기능과 역할에 따라 인체와 로봇에 부착될 손톱을 새롭게 연구하는 곳이었다. 손톱이 늘어나기도, 뾰족해지기도, 뭉툭해지기도, 끈적거리기도 하면서 다양하게 변형될 수 있도록 연구와 개발을 끊임없이 하는 곳이었다. 회사에서 가장 수월하면서도 재미있기로 소문난 곳이기에 그 중요도 면에서는 낮은 위치를 차지하고 있었다. 물론 회사에는 손톱 연구소 말고 발톱 연구소도 존재하고 있었다. 회사가 손톱과 발톱의 연구인력을 따로 둔 데에는 그 역할과 기능이 전혀 다르다고 판단했기 때문이었다. 알봇타이저는 인체의 모든 부분을 세부적으로 나누어 연구하고 개발하였다. 새끼손톱에는 모든 칩을 부착하여 거래와 탐지가 가능해졌고, 휴대전화의 역할까지 포함시켰다. 한때 인류는 칩과의 전쟁을 겪은 적이 있었다. 인체 내에 칩을 심어야 한다는 의견과 외부에 부착해야 한다는 의견으로 나뉘어 세계적 논쟁이 일어났고 오랜 기간 토론과 연구를 통하여 외부에 부착하는 방향으로 전환되어 제도를 갖추게 되었다. 이것은 생명과 종교, 인간의 모든 윤리적 가치관을 통해 인류가 내린 가장 현명한 결정 중에 하나였다. 세상의 촘촘한 연결선들로 인해 보다 작아진 지구에서 인류는 여러 문제와 어려움을 극복하고 가장 현명한 길을 찾아가고 있었다. 이러한 문제들을 해결하기 위해 알봇타이저는 세상에 많은 기여를 하고 있었다. 유진이 속해 있었던 '스테이블 라운드'와 같은 비밀 프로젝트를 제외하고는 표면적으로 매우 건실해 보이기만 하였다. 유진과 대화를 나누던 스티븐의 손톱에도 투명한 칩이 부착되어 있었다. 칩은 때에 따라서 탈부착이 가능했기 때문에 자율적 의사에 따라 부착하지 않은 사람들도 있었다. 스티븐은 손버릇처럼 칩을 만지작거리면서 자신이 속한 팀의 홍보를 이어나갔다.

"알다시피 우리 팀 오면 네가 편할걸. 네가 하던 일에 비하면 여기는 그냥 놀이터이지."

"고민되네요. 사실은 당분간 휴직을 하려 했었거든요."

"기회만 된다면 휴직 좋지."

"혼란스럽네요. 아직 경력이랄 것도 없는데."

"관절 연구소에 있는 동료는 너처럼 비밀 프로젝트를 진행하다가 해체된 뒤 휴직을 하고 요트 여행 갔다고 하더라고."

"요트 여행이요?"

"요새 그게 유행이거든. 기술이 워낙 발달하니 넓고 깊은 바다 한가운데로 빠르게 이동도 하고 잠수 모드로 전환시키면 파도에도 안전하다는 장점이지."

"어디로 갔나요?"

"인도양."

그 말을 듣는 순간 흠칫 놀란 유진이었다.

"왜 그게 놀랄 일이야?"

"아니요. 그냥 궁금해서요."

"기회가 되면 머리도 식힐 겸 한번 고려해 봐. 그 친구는 갔다 와서 진행했던 연구성과가 대단했어."

"생각해 볼게요. 저는 이만 저녁 강의 때문에 가보겠습니다."

"고생했는데 일단은 쉬어."

유진은 스티븐과 인사를 나누고 한동안 둘러보지 못했던 다른 연구실들을 살펴보기로 하였다. 투명한 복도를 따라 나오자 관광객이 드나드는 경로로 연결되었다. 알봇타이저가 회사의 일부분을 일반인들이 관람할 수 있도록 한 이유에는 대중들이 스스로의 필요성을 느끼고 제품을 사용하게 하기 위한 홍보의 연장선이었다.

이러한 방법이 효과적이긴 했지만 때론 모방하는 회사들 때문에 골치가 아프기도 하였다. 다른 연구실들을 둘러보니 각자 치열하게 업무에 열중하는 모습들이었다. 간간이 논쟁을 벌이고 있는 회의실과 갇혀 있는 상태로 관찰당하고 있는 동물들도 눈에 띄었다. 다행스러운 일이라면 알봇타이저에서 실험 대상이 되는 동물은 주로 이미 명을 다한 동물이었다. 만일 살아 있는 동물이 연구실로 오게 되면 살생되지 않고 우리에 갇혀 있다 방생되었다. 유진은 연구실 내부에서 아무 죄도 없이 실험의 대상이 되고 있는 동물들을 바라보며 차마 발길이 떨어지지 않았다. 그는 회사를 나서면서 왜인지 모를 회의감에 젖어 들었다. 그것은 온전히 애착을 가지고 진행되던 프로젝트가 중단되어 갖게 되는 감정이 아니었다. 현재 인류가 나아가는 방향성에 대한 회의감이었다. 그런 생각에 잠겨 발걸음을 옮기다 보니 어느새 중앙 출입구에 도착해 있었다. 그가 출입구를 나와 주차장으로 이동하며 뒤를 돌아보니 회사의 전경이 한눈에 들어왔다. 마치 금방이라도 누군가를 집어삼킬 듯한 압도적인 건물의 외관이 장엄해 보이기까지 하였다. 알봇타이저는 그렇게 차갑고도 냉정한 연구의 세계와 사람들 사이의 경쟁이 치열한 곳이었다. 그러는 사이 주차장에는 여러 명의 양복 입은 사람들이 서성이고 있었다. 무언가 수상한 사람들이 누군가를 둘러싸고 있는 모습이었다. 주차장에 도착한 유진은 서성이던 양복 입은 사람들을 자세히 살펴보았다. 그 무리 안에는 유정아 이사도 보였다. 조금 전 사무실에서 팀원들에게 보여주었던 그녀의 카리스마는 온데간데없었고, 그들에게 어떤 지시를 받고 있는 듯해 보였다. 흔들리는 눈빛, 헝클어진 머리, 모두 유진이 알던 이사의 모습은 아니었다. 그는 잠시 기둥 뒤에 숨어 상황을 지켜보기로 하였다. 각종 통계 자료를 넘겨받고 있는 것 같기도 하였고, 문책을 당하는 것 같아 보이기도 하였다. 그렇게 한동안 숨죽여 지켜보던 유진은 곧 놀라움을 금치 못하였다. 양복 입은 사람들은 모두 목선에 푸른 반점들이 올라와 있었기 때문이었다. 바이러스에 전염이 되었거나 인간이 아닐 수도 있다는 괴상한 생각마저 들었다. 이사는 수상한 자들과 알 수 없는 거래를 끝내고 그들을 돌려보내는 손짓을 하였다. 그러자 양복 입은 사람들은 하수구를 열더니 주차장 아래로 사라져 버렸다. 그들이 사라진 후 이사는 빠른 발걸음으로 유진이 숨어 있던 기둥 뒤로 나타났다. 전혀 예상하지 못했던 순간이었다. 이사는 사실 그자들과 대화하던 와중에 누군가 자신들의 대화를 엿듣고 있다는 사실을 눈치채고 있었다. 알봇타이저는 직원들의 사내 위치 추적이 가능한 시스템이 개발되어 있어 임원들은 몇 미터 근방에서 직원들의 동태를 쉽게 파악할 수 있었다. 유진은 멋쩍은 표정을 지으며 먼저 말을 건넸다.

"정리하고 가던 길에 바쁜 일이 있으신 것 같아 인사를 못 드렸네요."

"어디까지 봤죠?"

"어떤 분들과 대화를 나누시는 것을……."

"정리하고 가는 건가요?"

유진이 자세한 정황은 모르는 것 같았기에 이사는 그나마 안심하는 눈치였다.

"당분간 회사의 처우를 기다리려고 합니다."

"우리는 직원들 스스로의 선택을 중요하게 생각합니다."

"잠시라도 시간이 필요할 것 같습니다."

"휴직하겠다는 말이군요."

"2년 정도 생각하고 있습니다."

"결정이 되면 바로 신청하세요. 이미 많이 밀려 있어요."

"알겠습니다."

저녁에 강의가 있던 유진은 이사에게 인사를 건네고 바로 자신의 차량에 탑승했다. 폭풍과도 같은 시간이 지나고 그는 일시적으로 지쳐버렸지만 겨우 몸을 움직여 학교로 출발했다. 학교로 이동하는 차 안에서 유진의 머릿속에는 이사와 양복 입은 사람들 간 오고 갔던 수상한 자료들이 맴돌았다. 범상치 않은 옷차림과 그들의 피부 그리고 평상시 같지 않은 이사의 표정들까지 유진은 당시 상황을 잘 기억해 두기로 하였다. 어느새 학교에 도착한 유진은 강의 시작 전 남은 시간을 보내기 위해 동아리방으로 향했다. 동아리방의 문을 열고 들어서니 안에는 누군가가 이불을 뒤집어쓰고 잠이 들어 있었다. 유진은 호기심에 자신의 손을 슬며시 이불에 가져다 대려는 순간 '탁' 하고 그의 손을 낚아채는 사람이 있었다. 손을 낚아챈 사람은 다름 아닌 소연이었다. 간담을 쓸어내리는 순간이었다. 유진과 소연은 그날 이후 처음으로 어색한 조우를 하였다.

"깜짝 놀랐잖아!"

"자게 내버려둬."

"누구인지 확인하려던 건 아니었어. 나도 잠시 쉬고 싶었던 거야."

"그랬다면 흔들어 깨우면 되는데 이불을 왜 걷으려 해?"

"별일도 아닌데."

작은 것 하나에도 별일인 듯 예민해 보이는 소연이었다. 팀이 해체되어 심적으로 지쳐 있는 와중에 소연마저 저러니 마음이 편하지 않았다. 유진은 그녀가 무슨 생각을 하고 저러는지 감을 잡기 어려웠다. 이불 속에서 자고 있는 친구는 얼핏 보아도 세오 같았다. 세오는 학과에서 운동을 격하게 한 날 동아리방에서 가끔씩 잠들어 있곤 하였다. 이불 밖으로 세오의 헝클어진 머리카락이 살짝 드러난 모습이었다. 유진은 소연과의 어색한 공기를 참지 못하고 머리를 긁적이며 이내 동아리방을 나왔다. 곧 시작될 강의는 학과에서 가장 유명한 파블로 에스티앙 교수가 이끌고 있는 조직 프로그래밍 연구와 관련된 수업이었다. 바이오와 컴퓨터공학의 융합 연구 중 하나였는데, 교수 특유의 쾌활함으로 학생들에게 인기를 끄는 인간미가 있었다. 하지만 과정이 매우 어려웠기 때문에 그가 이끄는 랩에는 아무나 받아주지 않았다. 랩이 위치한 방향으로 걸어가며 지난 수업에 대해서 곰곰이 생각하고 있을 무렵, 갑자기 '쨍그랑' 소리가 동아리방에서 들려왔다. 유진은 순간 소리에 놀라 동아리방으로 달려가니, 이상한 젤리 괴물 같은 물체가 탱탱볼처럼 그 안을 튀어 다니고 있었다. 소란스러운 상황에서도 세오는 잠에서 깨어나지 않았고, 소연은 놀란 나머지 문을 열고 뛰쳐나갔다. 아래층에서 헐레벌떡 뛰어 올라오는 파블로 교수의 놀란 눈을 보며 유진의 입가에는 실소가 터져버렸다. 반면에 교수의 연구가 일부 성공했다는 직감이 들었다. 교수는 비슷한 물체를 가져와 땅바닥에 놓은 뒤 컴퓨터를 켜고 타자를 치기 시작했다. 그랬더니 튀어 다니던 투명 젤리 괴물과 비슷한 물체를 사용해 자석처럼 빨아들였다. 마치 영화에서 보는 장면처럼 스며들듯이 합체되는 모습이었다. 유진은 교수에게 다가가 말을 걸었다.

"교수님, 성공하신 건가요?"

"숨 좀 돌리고 잠시만……."

그는 급하게 뛰어 올라온 나머지 숨을 몰아쉬었다.

"드디어 성공했네요. 교수님 곧 강의 시작인데요."

"하하하. 오늘 아주 재미있겠는데. 기대해도 좋아요."

"역시 유쾌하신 교수님의 모습을 뵈니 저도 기대됩니다."

"먼저 내려갈 테니 강의실에서 만나요. 유진 군."

유진은 파블로 교수의 연구가 어떠한 모습으로 발전하게 될지 현재로서는 예상하기 쉽지 않았다. 그는 주변에 널브러져 있는 깨진 유리 조각들을 발견하곤 정리하기 시작하였다. 어느 정도 정리가 되자 유진은 가볍게 손을 털고 강의실로 향했다. 강의는 한 층 아래에 있는 교수의 랩에서 진행되었는데, 대체적으로 실력 있는 학생들만 모아 따로 개설된 강의였다. 교수의 유쾌한 성격만큼이나 입구부터 재미난 요소들이 눈에 띄었다. 로봇의 손과 하이파이브를 해야지만 암호를 물어보았고, 물음에 답하고 나면 시키는 대로 장기자랑을 해야만 랩으로 들어갈 수 있었다. 그러고 나면 독특한 방식으로 평가하고 점수를 매겨 학기 말에 시상식을 진행하곤 하였다. 그는 창의적인 생각들로 학생들의 마음을 사로잡는 재주가 있었다. 그로 인해 교수평가에서 항상 인기도가 상위 순번을 차지하고 있었다. 유진은 계단으로 내려와 문 앞의 로봇에게 말을 걸었다.

"안녕. 파블로."

"하이파이브, 유진."

유진이 로봇의 손바닥에 하이파이브를 하고 나니 곧이어 암호를 물어보았다.

"암호를 말해주세요."

"파블로 에스티앙은 머저리가 아니다."

"정답. 오른쪽 새끼발가락을 모두가 볼 수 있게 움직여 주세요."

유진은 로봇의 손가락 끝에 달린 카메라 렌즈 앞에서 오른쪽 신발과 양말을 마저 벗고 자신의 새끼발가락을 움직여 보였다. 10초 동안 발가락을 움직이고 나니 그제야 랩의 문이 활짝 열렸다.

"입장하십시오."

3화 몽푸핑푸
가족이 된 사연

　파블로 교수의 랩으로 들어간 유진은 이미 도착해 있는 학생들의 얼굴을 살폈다. 서먹함에 쉽게 다가가지 못하고 수업에만 집중하는 성향의 학생들이었다. 시간이 되자 유쾌한 발걸음으로 암호를 풀고 들어오는 교수의 표정이 무척이나 밝아 보였다. 그는 미소를 가득 머금고 들어와 학생들에게 말을 건네기 시작하였다.
　"반가워요. 여러분, 하루가 즐거웠나요?"
　"네."
　다소 서먹하고 무뚝뚝한 어조로 대답하는 학생들이 대부분이었다. 몇몇은 과제를 제대로 해오지 않아 긴장하는 이들도 있었다. 파블로 교수의 수업은 진도가 빠르기로 소문이 나 있었다. 교수의 한

마디에 집중하지 않으면 수업을 이해하는 데 차질이 생기기 십상이었다.

"여러분에게 전할 좋은 소식이 있습니다."

"……."

"나의 팀이 지속적으로 연구해 오던 물체가 실험에 성공했습니다. 박수 한번 칠까요?"

손뼉을 치던 학생들의 표정은 어리둥절해 보였다. 교수는 잠시 강의실을 지켜보다 가방에서 실험에 성공한 물체를 살피기 시작하였다. 조금 전 동아리방 앞에서 보았던 것처럼 그 물체가 어떻게 돌변할지 모르기 때문에 유진은 긴장된 상태로 교수가 하는 모습을 지켜보았다. 교수는 가방 지퍼를 열어 강아지를 쓰다듬듯이 그 물체를 조심히 다루었다. 그는 살며시 손을 아래로 넣어 조심스럽게 집어 올렸다. 그 물체를 처음 마주한 학생들은 생김새를 보고 놀라지 않을 수 없었다. 크기는 배구공 정도만 하였고, 아메바와 같이 투명한 젤리 형태의 물체가 여러 가지 모양으로 변형되고 있었다. 교수는 무척이나 자랑스러운 표정으로 학생들에게 다가가 투명 물체를 가까이 보여주기 시작하였다. 그런 후 자신의 책상 위에 올려놓더니 반대편으로 가서 자체 프로그램을 이용하여 물컹거리는 물체를 자유자재로 조작하기 시작하였다. 몇 가지 조작을 실행시키자 물체는 갑자기 입과 얼굴 형태를 만들더니 난쟁이 같은 캐릭터로 변화되었다. 물체는 학생들을 향해 말을 하기 시작하였고, 강의실 스피커를 통해 소리가 전달되었다. 교수는 이 물체를 조만간 세계에 등장시키기 위해 논문 발표를 준비하고 있었다. 그는 이렇게 신비하면서도 독특한 물체의 이름을 '몽푸'라고 부르기로 하였다. 교수는 컴퓨터를 이용한 조작을 잠시 멈추고 학생들에게 설명하기 시작하였다.

"여러분들께 지금 보여드린 물체의 이름은 몽푸라고 합니다. 물론 제가 지은 이름이겠죠?"

"교수님, 물체를 이루고 있는 원재료는 어떤 건가요?"

한 학생이 호기롭게 질문하였다.

"좋은 질문이에요. 바로 정제된 물과 친수성 폴리머를 응용해 새롭게 개발한 성분입니다. 두 가지 성분이 주를 이루고 있죠. 나머지는 비밀입니다. 하하하."

"나머지는 컴퓨터로 형체를 바꿀 수 있게 무언가를 합성하신 건가요?"

"당연히 눈에 보이는 대로입니다. 이것이 매우 중요하고도 비밀스러운 요소입니다. 아직 세상에 알려지지 않은 두 가지 다른 재료를 섞으면 컴퓨터와 연동이 되어 움직이게 할 수 있어요. 자세한 건 곧 발표될 논문에서 확인할 수 있기를 바랍니다."

교수는 몽푸의 이름을 스스로 지었다고 했지만 실제로는 간단한 단어들의 조합이었다. '몽실몽실'이라는 단어와 '푸딩'이라는 단어를 합쳐 몽푸라고 하였다. 물론 들으면 귀엽고 외관에 대입시킨 모습과도 매우 잘 어울리는 조합이었다. 아이들이 좋아할 만한 투명 젤리 형태로 살아 움직이는 생명체와 같은 모습이 파격적이었다.

교수가 컴퓨터를 한 번 더 두드리자 몽푸는 다시 공의 형태로 돌변하더니 통통거리면서 강의실을 돌아다니기 시작하였다. 사람들 사이를 비집고 들어가 부딪히지도 않으면서 마구 돌아다녔다. 학생들도 신기했던지 수업에서 진행되어야 할 실험들을 잠시 잊고 몽푸를 바라만 보고 있었다. 교수는 몽푸에 대해 인간이 상해를 입었을 때 일시적으로 지혈을 할 수 있는 장점도 있다고 알려주었다. 이는 곧 부상이 잦은 스포츠 경기에 용이하게 사용될 수도 있었다. 보통 이러한 여러 가지 실용화 방안들은 연구 발표 이후에 세상에 알려지면서 다용도로 상용화될 것이라 하였다. 교수는 몽푸를 가방으로 유인하여 집어넣고 지퍼를 닫아버렸다. 그날 수업의 주제는 데이터 활용 능력과 신조직과의 연계성을 위한 연동 프로그램에 대한 설명이었다. 하지만 학생들에게 이런 몽푸라는 물체를 볼 수 있는 기회 하나만으로도 수업에 대한 이해도가 높아지는 것은 사실이었다. 교수는 이 분야에서 세계적인 권위자일 뿐만 아니라 국내에서 그의 연구를 발전시킬 수 있는 규모의 대학은 용명대학교가 유일하였다. 교수가 내심 규모적인 측면만 보고 용명대학교를 선택한 것은 아니었다. 여러 강의에서 학생들에게 줄곧 말해왔던 것에 의하면, 그는 교환학생 프로그램으로 용명대학교에 처음으로 온 적이 있었다고 했었다. 교환학생을 하던 1년 반의 기간 동안 참여했던 프로그램은 자신의 학문의 길에 지대한 영향을 끼쳤다고 하였다. 교수가 그 기간 동안 무슨 일을 겪고 보았는지는 아무도 알지 못하였다. 조금이라도 그것에 대해 자세히 물어보려고 하면 교수는 자리를 피하기에만 급급하였다. 소문에 의하면 중앙 도서관 지하에 있는 박물관을 관람한 몇 안 되는 교수라는 이야기도 들리곤 하였다. 그로 인해 한 번도 공개되지 않고 있는 지하 도서관의 비밀이 점점 더 사람들의 궁금증을 증폭시키곤 하였다. 하지만 학교는 미스터리한 학내의 소문을 무시한 채 그의 학문적 성과만을 내세우기 바빠 있었다. 가방에 물컹한 물체를 모두 집어넣은 교수는 넋을 놓고 바라보고 있던 유진에게 질문을 하였다.

"유진 군, 얼마 전 박원천 교수님이 내 연구실에 왔다 가셨는데 그분께 흥미로운 질문을 했다고 하더군요."

"교수님께서 책을 추천해 주셔서 읽고 있었습니다."

"궁금한 것이 많았겠지만 남들보다 더 많이 안다는 것은 그만한 책임감과 비례한다는 것을 잊지 말아요."

"좋은 말씀 감사합니다. 명심하겠습니다."

유진은 순간적으로 교수의 밑도 끝도 없는 말에 본심이 숨어 있음을 느꼈다. 그와 반면에 수업은 무난하게 진행되었다. 학생들은 각자 하던 실험에 집중하기 시작하였고, 질문이 있으면 교수가 다가가서 알려주는 형식의 자율적인 수업이었다. 시간이 되어 강의가 마무리되고 짐을 정리하던 유진이 강의실을 둘러보니 어느새 혼자만 남아 있었다. 학생들은 수업 종료 시간이 되자 썰물 빠지듯 강의실을 순식간에 빠져나갔다. 유진도 뒤늦게 책을 주워 담고 나서던 길이었다. 예상하지 못한 순간에 야구공만 한 몽푸가 사물함에서 갑작스레 튀어나왔다. 조금 전 보았던 모습과는 살짝 색이 다른 핑크로 변색된 몽푸는 유진에게 다가와 말을 걸기 시작하였다. 교수가 조금 전 보여주었던 몽푸는 프로그램 언어를 사용해야만 움직였는데, 자신 앞에 나타난 핑크색의 몽푸는 몸집이 작고 어딘가 조금 달라 보였다. 그사이 몽푸가 한 단계 더 발전한 모습으로 변형된 것인지 도무지 이해가 되지 않았다. 그 물체는 말도 할 수 있고 움직임이 자유로워 보였다. 작은 물체는 유진 앞에 나타나 스스로 말하기를 자신은 교수가 실험하다 떨어져 나온 돌연변이라고 하였다. 그러면서 교수는 떨어져 나간 물체를 눈치채지 못하였을 것이라 하였다. 유진은 작은 몽푸와 대화를 나누다 보니 인간과 대화를 해도 전혀 부족하지 않을 만큼 체계화되어 있다는 것과 물체의 변형이 더욱 섬세해졌다는 사실을 발견하였다. 그는 통통 튀어오르며 유진에게 자신을 데려가 달라고 하였다. 사물함에 숨어 있기에는 너무도 외롭고 심심하다고 하였다. 유진은 망설였지만 작은 물체가 느끼고 있는 감정이 안쓰러운 마음이 들어 핑크빛 작은 몽푸를 데려가기로 마음먹었다. 유진은 그의 이름을 핑푸로 짓기로 하였다. 핑푸는 유진의 외투 주머니로 쏙 들어간 뒤 얼굴만 내비치며 말을 걸었다.

"나를 데려간 대신 나는 유진을 후회하지 않게 할 거야."

"너의 이름을 핑푸라고 짓기로 했어. 앞으로 잘 부탁해."

"나는 몸이 자유롭지. 이렇게 해봐! 네가 손으로 주물럭거려도 내 형태는 변하지 않아. 이렇게 다시 돌아오지."

핑푸는 몸을 늘어뜨려 유진의 팔을 잡아끌어 자신의 몸을 주무르게 하였다.

"그렇네. 어렸을 때 가지고 놀던 장난감 같아."

"걱정 마. 마음껏 주물러도 나는 너에게 말을 할 수 있고 나는 사라지지 않으니까. 우린 좋은 친구가 될 거야."

"신기한 인연이다. 교수님 허락 없이 우리 집에 데려가도 될까?"

유진은 핑푸에게 조심스럽게 물었다. 그러자 핑푸는 아무렇지 않게 이야기하였다.

"당연하지. 내가 가족이 되어줄게."

이렇게 유진과 핑푸의 재미있는 동행은 시작되었다. 유진은 갑자기 나타나 가족이 되어준다고 하니 묘한 기분이 들었지만 그래도 새로운 인연이 나타난다는 것은 흥미로운 일이었기에 놓치고 싶지 않았다. 핑푸는 언제나 유진의 편에 서서 이야기를 잘 들어줄 것 같은 기분이 들었다. 가족이 있어도 함께 살지 않는 유진이었기 때문에 핑푸의 등장은 분명 그의 공허한 마음을 채워줄 수 있는 존재가 될 것임에 틀림없었다. 생명체와 물체의 사이 핑푸는 애매모호한 경계선에 있는 규정되지 않는 덩어리임은 확실하였다. 핑푸는 유진이 집으로 향하고 있는 것 같지 않자 물었다.

"우리 지금 어디로 가고 있는 거야?"

"다시 동아리방으로 가고 있어."

"동아리? 모임, 동아리, 동호회 같은 의미로 검색되네. 친구들 만나러 가?"

"너와 비슷하게 생긴 몽푸가 동아리방 유리창을 깨서 확인하러 가."

"유진, 파블로는 정신 나간 교수야. 그는 엉터리 재미난 교수라고."

"핑푸, 네가 조합하는 단어들이 완벽하지는 않구나. 적당히 이해할게."

대화 도중에 유쾌하기로 소문난 파블로 교수의 험담을 하는 핑푸의 발언이 거슬리는 유진이었다.

"파블로는 괴짜라고."

"그건 나도 알아. 하지만 그는 한편으론 천재 소리를 듣기도 해."

"동아리방이 어디야?"

"이제 다 왔어. 여기야."

유진은 도착한 동아리방의 방문을 열고 내부를 확인하였다. 다행히 안에는 아무도 보이지 않았고, 깨진 유리창을 테이프로 대충 메워놓은 흔적만 보였다. 안으로 들어가 살펴보니 누군가가 책상 위에 쪽지를 놓아두고 간 것을 확인할 수 있었다. 쪽지 내용에는 자신이 누구라고 지칭하지 않고 날짜와 장소만 명시해 놓았다. 도무지 누가 누구에게 전달하려 한 메시지인지 알 길이 없었다. 혹시 몰라 유진은 쪽지를 수거하여 책 사이에 끼워 보관하기로 하였다. 날짜는 3일 뒤였고, 장소는 도서관에 위치한 회의실이었다. 유진이 곰곰이 생각해 보니 관련된 사람은 두 명으로 좁혀졌다. 소연 혹은 박원천 교수 둘 중 한 사람이 적어놓은 쪽지임에는 분명했지만 글씨체를 보아 박원천 교수일 가능성이 높아 보였다. 박원천 교수는 유진과 책에 관한 이야기를 나누고 싶은 생각이 있어 보였다. 호기심으로 시작된 질문이 교수를 초조하게 만든 건 사실인 듯하였다. 이에 유진은 크게 숨을 들이마시고 나서 교수를 만나보기로 결심하였다. 옆에 있던 핑푸도 그 쪽지를 보았는데 나름대로 생각을 하더니 유진에게 이렇게 말하였다.

"유진, 궁금한 것이 있으면 언제든지 물어봐. 나의 지적능력을 모두 살핀 뒤 알려줄게."

"정말? 사실 궁금한 거 많은데."

유진은 번뜩이는 아이디어가 떠올랐는지 기분 좋은 표정을 지으며 핑푸에게 물어볼 것이 생각났다고 하였다. 그러고는 핑푸를 주머니 속에 꾹꾹 눌러 넣고 지퍼를 잠가버렸다. 무엇이든지 물어보라는 핑푸는 고마웠지만 쉬지 않고 말을 하니 시끄럽고 살짝 귀찮기도 하였다. 유진은 그렇게 아무도 없는 동아리방 문을 닫고 나왔다. 이미 어둑해진 하늘을 보니 시간은 어느새 늦은 저녁이 된 것을 확인할 수 있었다. 그가 집으로 출발하려 차에 올라타자 때마침 휴대전화로 전화가 걸려왔다. 전화를 건 사람은 유진의 어머니였다. 자주 연락하고 지내지는 않았지만 마음속으로 늘 유진을 챙기는 어머니였다. 그의 어머니는 바이오 분야의 연구원이다 보니 알봇타이저에 알고 지내는 지인들이 많이 있었고, 반나절 만에 유진의 소식을 전해 들었던 것이었다. 유진의 어머니는 아들이 구체적으로 무슨 일을 하는지 잘 몰랐지만 프로젝트가 무산되어 당분간 쉬게 되었다는 사실을 전해 듣고 급히 연락한 것이었다.

"어머니 무슨 일이세요?"

"당분간 쉰다면서."

"일이 그렇게 되었네요."
"밥은 챙겨 먹고 다니는 거지?"
"요즘은 일도 학교도 너무 바빠서 정신이 없네요."
"당분간 쉴 때 집에 좀 들러라. 아버지께서 보고 싶어 하신다."
"말만 그러시고 찾아뵈면 데면데면하시니 저도 아버지가 어려워요."
"누군가는 노력을 해야지. 마음 바뀌면 꼭 오렴."
"네."

오랜만에 통화로 둘 사이 다소 어색한 대화가 오고 갔다. 어머니와는 문제가 없었지만 유진에게, 항상 아버지는 어려운 존재였다. 유진은 전화로 간단한 대화를 끝내고 펑푸와 함께 집으로 향하였다. 펑푸는 잠이 들었는지 주머니 속에서 잠잠해졌다. 하지만 집에 도착하여 주머니를 열어보니 잠들어 있는 줄만 알았던 펑푸가 갑자기 튀어나와 집 안 곳곳으로 튀어 돌아다니기 시작했다. 그런 펑푸 때문에 집안 살림들은 엉망진창이 되었고 흥미로운 건 펑푸를 진정시키느라 애를 쓰며 따라다닌 유진의 몸 상태가 위험한 상태로 검측이 되고 있었다. 신체 측정 시스템은 그가 바이러스와 접촉이 되었다고 알려주고 있었다.

"알 수 없는 바이러스 접촉, 전염은 아님. 발열 등 이상 징후 없음."

간혹 이런 일이 발생하곤 하였는데, 지금의 상황은 아무래도 펑푸와의 접촉 때문일 것으로 예상되었다. 유진은 이상 징후 없다는 검측을 대수롭지 않게 넘기기로 하였다. 유진은 그렇게 펑푸를 진정시키고 자리에 앉혀놓고는 씻으러 들어갔다. 그가 보이지 않자 핑푸는 책상에 있던 아너 로테즈의 《인류의 시작과 진화의 끝》 소설을 정독하기 시작했다. 지식을 흡수하는 능력은 더 이상 핑푸를 따라갈 물체가 세상에 존재하지 않는 듯 보였다. 반면에 유진은 핑푸가 몰래 책을 읽고 있는 줄도 모르고 핑푸에게 3일 뒤에 만날 박원천 교수에 관한 비밀스러운 이력을 물어볼 참이었다. 그러면서 옷을 갈아입고 책상 위에 핑푸를 앉혀놓고 조심스럽게 물어보았다.

"핑푸, 용명대학교 박원천 교수 논문 제목들 좀 나열해 줘."

당황한 핑푸가 책상 위를 통통 튀어 오르기 시작했다. 핑푸는 떨리는 목소리로 유진에게 다시 물었다.

"유진이 말한 사람이 박원천 교수라고?"

"어. 용명대학교 박원천 교수."

"잠시만, 그보다 더 중요한 정보를 먼저 알려줄게."

핑푸는 잠시 고민하더니 이내 자신이 보유하고 있는 데이터를 검색해 보겠다고 하였다. 핑푸는 박원천 교수에 대한 비밀을 몇 가지 알고 있는 상태였다. 핑푸는 사물함에 숨어 있을 때 파블로 에스티앙 교수를 찾아왔던 박원천 교수와 둘 사이 나눈 대화를 엿들을 수 있었고, 오고 갔던 대화들에 상당히 충격적인 내용이 포함되어 있었기 때문에 자연스레 자신의 몸속에 내용을 기록하였던 것이었다. 실제로 박원천 교수는 유진을 상당히 두려워했다. 핑푸는 대화를 통해 그 사실을 알게 되었고 유진이 수업에 맞춰 들어온 순간 운명처럼 그의 앞에 나타나기로 마음먹은 것이었다. 교수가 두려워했던 것은 유진이라는 학생이 인류가 알아서는 안 될 부분을 궁금해하고 있는 눈치였고, 호기 있게 질문을 던졌다는 게 이유의 전부였다. 유진은 용기가 있는 사람이었다. 무언가 확인해야 할 문제들이 있으면 몸을 사리지 않고 자신을 희생할 준비가 되어 있는 사람이라는 것을 그는 누구보다도 잘 알고 있었다. 펑푸는 박원천 교수가 파블로 교수에게 이렇게 말했다고 하였다.

"유진을 조심해. 그 아이가 무언가를 아는 듯이 묻더라고."

"혹시 도서관 지하에 가봤던 것은 아니겠지? 거긴 우리 이외의 그 어떤 사람도 출입을 제한하는 곳이니 불가능할 것이고."

"우리조차도 5년에 한 번만 가볼 수 있으니 아무도 들어갈 수 없다고 보면 되지."

"총장님은 아예 가보시지 않으니까."

펑푸는 유진에게 박원천 교수가 파블로 교수에게 아너 로테즈를 가장 처음 소개해 준 사람이었다고 하였다. 펑푸는 계속해서 자신이 녹음했던 둘의 대화들을 유진이에게 들려주었다.

"아니 원천 왜 그런 거야? 그를 지목하기라도 한 거야? 거긴 사람이 갈 수 없는 곳이라고. 잘 생각해."

"유진이라면 해낼 수도 있어. 금기를 아니 인류를 구할 마지막 선택받은 사람이 될 수 있다고."

"이제 겨우 20대 초반이야. 그런데 그런 아이에게 인류의 운명을 맡긴다고? 말이 된다고 생각해?"

박원천 교수와 파블로 교수는 이 문제를 두고 신경전이 대단해 보였다. 사실 파블로 교수는 유진의 나이에 프랑스에서 용명대학교에 교환학생으로 왔을 때 비슷한 경험을 한 적이 있었다. 그리고 그 일이 있기 전까지는 아주 유능했지만 평범한 학생일 뿐이었다. 그는 지하 도서관의 비밀을 알게 되고 난 후 인류와 비슷하지만 전혀 다른 생명체를 맞이했을 때 실신했고, 더 이상은 선택받은 인간이 될 수 없었다. 그 사건은 파블로 교수를 평생의 후회로 남게 만들었다. 실제로 스스로의 연약함으로 인하여 실신을 한 것인지, 아니면 누군가에 의해 기절당한 것인지는 알 수 없었지만 선택받을 수 없었다는 사실이 파블로 교수를 끝까지 괴롭혀 왔다. 하지만 박원천 교수는 선택받을 수 있는 사람으로 유진이라면 가능하다는 생각을 가지게 된 것 같았다. 그럼에도 파블로 교수는 그러한 가능성을 우선 부정하고 싶어 했다. 자신이 선택받지 못해서라기보다는 유진에 대한 믿음이 부족했다. 파블로 교수의 반문을 들은 박원천 교수가 잠시 생각을 이어가다 말하였다.

"유진은 달라. 그 아이의 가능성을 믿고 있어."

"나는 아직 더 지켜보겠네. 선택받게 된다면 모를까 아직은 내가 아는 지식을 모두 공유할 수가 없다네."

"조만간 유진에게 바디스의 정체를 밝힐 것이네. 자네도 마음의 준비를 해주게."

"내가 아는 한 유진이 선택받았다는 징후들은 곳곳에서 나타나게 될 것이야. 번외로 소식은 들려온다네."

"그렇다면 자네가 유진과 대화를 마치면 내가 돕도록 하지."

여기까지가 핑푸가 들었던 두 교수의 대화 내용이었다. 하지만 모든 내막을 모르고 들은 유진은 내용이 아리송할 수밖에 없었다. 핑푸는 곧이어 책상 위를 통통 튀어 다니며 검색을 마친 후, 박원천 교수가 그동안 발표해 왔던 논문의 제목들을 나열하며 그의 이력들을 알려주었다. 교수의 논문 주제들은 상당히 특이한 편이었다. 그의 연구는 인류의 고대사회를 부정하는 연구들이 상당했다. 우리가 익히 알아온 상식을 뒤집는 내용들은 학계에서 많은 지탄을 받곤 하였다. 심지어 학회에서 연구 내용을 발표하다가 여러 교수들과 논쟁을 벌이면서 싸우고 학회를 박차고 나왔던 일화들은 매우 유명하였다. 그의 독특한 사고방식과 확실하지 않은 가정에 의거한 논문들은 응당 학계에서 인정받기는 힘들었다. 그러한 소문을 이미 알고 있었던 유진 또한 이러한 문제에 대해 흥미로워했었고, 교수의 수업을 듣기로 마음먹은 계기가 되었었다. 그럼에도 이번처럼 자세하게 박원천 교수가 연구해 왔던 과정들을 제대로 알아보려고 한 것은 처음이었다. 그날 보여주었던 교수의 태도는 눈치가 빠른 유진에게는 어딘가 비밀을 감추고 있는 듯 보였기 때문이었다. 대화 내용을 듣고 오랜 시간 생각에 잠긴 유진에게 핑푸는 이렇게 이야기하였다.

"박원천 교수는 네가 선택받은 자라 했어."

"선택받은 자? 선택받았다니 그게 무슨 뜻이야?"

"교수님은 너를 두려워하면서도 네가 선택받았다고 확신하고 있었어."

"도무지 무슨 뜻인지 이해되지 않아."

"하지만 파블로 교수는 너를 믿지 못해. 그는 엉터리 재미있는 교수야."

"두 분이 대화한 것을 일부러 엿들은 거야?"

"그건 아니고 들린 걸 녹음한 거지. 아무튼 난 좀 쉬어야겠어. 유진도 얼른 자."

평푸는 더는 귀찮다며 자신을 화분처럼 변신시키더니 책상 위에서 곤히 잠들었다. 유진은 그동안 두 교수가 해낸 연구성과들을 탐구해 왔고, 흥미를 가져왔으며, 존경해 왔던 교수님들이 자신을 두고 선택받은 사람에 대한 논쟁을 벌였다는 것이 믿기지 않았다. 어떠한 이유로 자신이 논쟁의 대상이 된 것인지 이해할 수 없었다. 그는 피곤했던 나머지 이 문제 대해서는 며칠 뒤 박원천 교수에게 직접 물어보기로 마음을 먹었다. 그렇게 그날 밤 평푸와 유진은 깊은 잠에 들었다. 주변은 모두 조용해졌지만 한여름밤 밖에서는 갑자기 서늘한 바람이 불어왔다. 그들은 밖에 누군가가 찾아왔다는 사실도 모른 채 곤히 잠들어 있었다. 목덜미에 푸른 반점을 지니고 건장한 키에 잘 빠진 몸매를 드러내는 정장 차림의 수행원들이 서서히 유진을 살피러 집 주변으로 모여들었다. 그들은 유진이 주차장에서 목격한 유정아 이사와 이야기를 나누던 알 수 없는 자들이었다. 알 수 없는 자들은 잠들어 있는 유진의 신상에 대해 이야기를 나누기 시작했다.

"저자가 유진이라 불리는 사람이네."

"이렇게 자꾸 노출되어도 괜찮은지 모르겠어요."
"어차피 이 아이는 선택받은 자 아니겠는가?"
"조만간 우리에 대해 밝혀야겠죠?"
"그렇게 되겠지. 초대받았으니."

알 수 없는 자들의 알 수 없는 대화들이 오가고, 그들은 순식간에 사라져 버렸다. 그들이 사라지자 서늘했던 집 주변은 다시 온기를 찾기 시작했다. 유진의 집을 배회하던 목선에 푸른 점을 지닌 종족들은 쥬타인이라 불렸다. 알 수 없는 자, 그들은 선택받은 자 유진을 오래전부터 예의 주시하고 있었다.

4화 쥬타인

연결자들

　쥬타인들은 언뜻 보아서는 인간과 크게 구분되지 않았다. 흘려 보면 누가 인간인지 누가 쥬타인인지 알 수 없었다. 그들이 목에 푸른 점들을 지녔다는 것 이외에 육안으로 구분되는 것은 없었다. 단지 눈에 띄는 것은 몸매가 매우 우월하다는 점이었다. 대체적으로 쥬타인들의 몸매를 보면 남자 쥬타인들은 근육질에 팔다리가 길었고, 여자 쥬타인들은 몸매의 선이 매우 아름다웠다. 하지만 그들은 인간 세상에서 정체를 드러내지 않았고, 사람들도 그들의 움직임을 살피거나 구분 짓기가 쉽지 않았다. 쥬타인들의 달리기 속도는 매우 빠르고 점프 능력은 농구선수보다 뛰어났으며 운동신경이 보통의 인간들보다 몇 배는 우월했다. 그들은 가끔씩 특별한 능력을 사용하곤 하였는데 바로 전기의 파장을 이용할 수 있다는 점이었다. 신체에 내재되어 있는 흐르는 전류를 자신의 에너지원으로 응축시켰다가 한 번에 빛이 폭발하듯 발산하는 방법으로 위급할 때 상대를 공격하거나 스스로를 방어하는 데에 사용하였다. 그 강력한 파장은 구의 형태로 보통은 자신의 키에 맞춰서 발산이 되는데 지름이 약 3미터 정도 되었다. 이러한 전기의 파장을 쥬타인들의 세계에선 솔라칸이라고 불렀다. 쥬타인들은 지구에서 2만 명 정도가 활발하게 활동하고 있었다. 단지 인간들의 눈에 잘 띄지 않고 비밀리에 활동하고 있다는 이유로 인간들은 그들의 존재에 대하여 의심할 여지가 없었다. 대한민국에는 팔십 명 정도의 쥬타인들이 살고 있다고 추정되었는데 이것은 그저 통계적 추정치일 뿐이고 실제로 나라마다 얼마만큼의 쥬타인들이 활동하고 있는지는 알 길이 없었다. 그들이 사실 유진을 예의 주시하고 있었던 이유는 그가 선택받은 자라는 점 이외에 쥬타인들의 역할이 더 있었기 때문이었다. 그날 밤 유진을 살피러 온 쥬타인들은 무려 일곱 명 정도였다. 무리들 중 가장 우두머리 쥬타인의 이름은 웨이요르라 불렸다. 쥬타인들은 유진의 집 주변을 돌아 나서면서 웨이요르의 반응을 살폈다. 그중 키야스 타이노르가 웨이요르에게 다음 행선지를 물었다.

"티저스 칸토 타운으로 모인다는데 그리로 가면 됩니까?"

조금은 어깨에 힘이 풀린 웨이요르가 말했다.

"지금 그곳으로 가면 몇 명쯤 오게 될지."

키야스는 마음이 급했지만 티를 내지 않고 말을 이어갔다.

"스무 명쯤 됩니다. 하지만 시간이 없어요. 바디스로 복귀하려면 얼마 남지 않았다고요."

"나는 복귀 안 할 수도 있지만 일단 같이 가겠네."

"그러시죠."

티저스 칸토 타운은 쥬타인들이 모이는 장소로 그들에게는 일종의 안식처였다. 그들의 본부는 아프리카 초원 어딘가로 알려져 있었지만 자세한 정보는 드러나지 않았다. 대부분이 세계에 흩어져 활동하고 있었기 때문에 각 나라마다 거처할 곳을 설립하여 휴식을 취할 수 있게 하였다. 그곳을 바로 티저스 칸토 타운이라 불렀다. 타운 내부에는 여러 볼거리들이 많았다. 카페처럼 아늑한 곳도 있었고 칵테일 바와 게임을 하며 여가를 즐길 수 있는 곳들이 마련되어 있었으며, 고급스러운 자재들로 꾸며져 마치 호텔처럼 호화스러웠다. 그러한 도심의 가장 고급스러운 빌딩 내부에 존재하는 비밀스러운 곳에 야심한 밤 대화를 나누던 쥬타인들은 몸에서 서늘한 공기를 발산하며 아무도 눈치채지 못하게 들어가 버렸다. 함께한 일곱 명의 무리들은 인적이 드문 복도를 지나 관계자도 알기 어려운 지하 가장 안쪽의 문을 열고 타운으로 향했다. 그들이 타운 입구에 도착하여 안으로 들어서자 아름다운 음악이 흘러나오고 광장에는 여러 쥬타인들이 바쁘게 돌아다니고 있었다. 그중 도착한 동료들을 확인하고 맞이하러 나온 시난쇼스가 오랜만에 만난 웨이요르와 반갑게 인사하였다.

"오랜만이에요. 웨이요르, 선택받은 자는 잘 지내고 있나요?"

시난쇼스가 쥬타인들 사이에서 이미 유명해진 유진의 행방을 묻는 것은 당연했다. 쥬타인들이 그동안 주시하고 있던 여러 명의 후보들 중 선택받은 자는 유진이 처음이었다. 처음이 마지막이 될지 시작이 될지는 시간이 지나 알 수 있었기에 선택받은 자의 존재는 매우 특별할 수밖에 없었다. 웨이요르는 그녀의 모습에 홀려 멈칫해 있다가 이내 다시 정신을 차린 뒤 그 물음에 대답하였다.

"시난쇼스, 오랜만에 당신을 보니 반갑지 않을 수가 없소."

다른 쥬타인 무리들이 각자 흩어지는 것을 확인한 시난쇼스가 기다렸다는 듯이 나지막하게 말하였다.

"우리도 이제 우리의 관계에 대해 구체적으로 생각해 보아야 하지 않겠어요?"

웨이요르가 서두르는 시난쇼스의 물음에 당황한 표정을 지었다.

"알다시피 쥬타인들은 결혼하면 티저스 칸토 타운을 포기하고 일정 기간 본부에서 생활해야 하니 나에게 조금만 시간을 주오. 그를 들여보낼 때까지 조금만 더."

그럴 줄 알았다는 듯이 시난쇼스는 한숨을 크게 내쉬었다.

"우리의 앞날을 위해서라면 기다리는 것은 그리 어렵지 않아요. 하지만 이렇게 서로 애쓰던 것들이 모두 보람으로 돌아올 수만 있다면 더 바랄 게 없겠어요."

"걱정 말아요. 시난쇼스, 우리는 해낼 거야."

그렇게 둘은 서로에게 볼 키스를 건네고 함께 티저스 칸토 타운에 있는 중앙 광장으로 향했다. 그날은 본부장이 바디스로 향하는 원정에 대해 간략히 발표를 하는 자리였다. 본부장은 콜로넬이라고 불리는 자였는데 그는 사실 매우 엄격한 자여서 공식적인 자리에서는 약속 시간과 복장을 매우 중요시 여겼다. 약속 시간을 어기면 어김없이 시간 엄수의 방으로 들여보내어 시간 관리 하는 법을 처음부터 다시 배우게 하였다. 쥬타인들은 벌칙을 받아 시간 엄수의 방에 들어가야 하는 상황은 두렵지 않았으나, 배운 것을 몇 번이나 반복해서 숙지해야 한다는 것을 상당히 곤욕스러워했다. 멋진 몸매를 지닌 쥬타인들에게는 복장도 매우 중요한 규율 중 하나였다. 가급적 인간들의 복장과 비슷해야 했지만 월등히 우월한 신체 조건으로 인해 맞는 옷이 많지 않아 타운 내에서 맞춰 입어야만 했다. 행여라도 상점에서 인간들이 입는 옷을 사들인다거나 하면 여지없이 벌칙의 방으로 보내져 옷을 만드는 방법에 대해 밤새도록 들어야만 했다. 두 가지 엄격한 규율에 어긋나는 행동을 하면 콜로넬은 자기 앞에 불러다 놓고 하루 종일 잔소리를 하였다. 타운 내에서 콜로넬의 존재는 엄격한 잔소리쟁이로 통하였다. 그렇게 불리는 콜로넬은 때마침 본부로 돌아와 쥬타인들이 모여 있는 광장에서 연설을 하기 시작하였다.

"여러분, 바디스로의 복귀가 다가오고 있습니다. 시간을 엄수하는 것은 우리에게는 숙명입니다. 바디스를 가고 싶은 자, 여행하고 싶은 자, 임무를 수행하는 자는 모두 입성을 준비하세요. 바디스의 크로네필 앞에 다다랐을 때 우리의 솔라칸이 빛을 발하기를 바랍니다. 시간이 되면 솔라칸만이 크로네필을 일시적으로 뚫어 입장할 수 있다는 사실을 모두 알고 있을 것입니다. 바디스 입성이 처음인 분은 손을 들어주세요."

광장에 모여 있는 쥬타인들 중 네 명이 소심하게 손을 들어 올렸다. 그 모습을 지켜보던 콜로넬은 계속해서 말을 이어나갔다.

"괜찮습니다. 배우고 연습하면 누구라도 입성할 수 있습니다. 이번 기회를 놓치고 못 간다 하더라도 기회의 문은 계속 열려 있어요."

소심하게 손을 올렸던 이들 중 한 명이 콜로넬에게 질문하였다.

"본부장님, 이번 선택받은 자의 임무 수행에 참여할 수 있는 조건이 있나요?"

콜로넬의 이마에는 식은땀이 흘러내렸다. 입성길에 선택받은 자와 동행하는지 정해진 것은 없었다. 지명당한 선택받은 자조차 스스로 상황을 눈치채지 못하고 있었고, 그가 함께할 수 있는 몸과 정신이 완비되어 있는지 확인할 길이 없었다. 콜로넬은 질문했던 쥬타인은 보지도 않고 웨이요르를 바라보며 대답하였다.

"현재 동향을 살피고 온 무리가 있다고 들었는데 잠시 뒤에 논의를 해봅시다. 아직 결정된 것은 하나도 없습니다."

표면적인 대답만 하고 콜로넬은 이내 자리를 떠났다. 콜로넬은 웨이요르 옆을 지나가면서 살며시 귓속말로 그에게 자신의 방으로 오라는 말을 전하였다. 광장의 분위기는 다소 어색했고 모두들 선택받은 자에 대한 이야기로 웅성거렸다. 옆에 있던 시난쇼스와 키야스도 콜로넬이 전한 귓속말을 듣고 우려되는 목소리로 웨이요르에게 선택받은 자의 입성길에 동행하기를 원치 않는다고 전하였다. 분명 시난쇼스는 웨이요르와의 결혼이 미뤄지는 것을 억울해했다. 키야스는 쥬타인이 아닌 인간이 역사상 최초로 바디스에 입성하게 된 상황에서 웨이요르가 위험해질 수 있다는 점을 인식하고 있었다. 그는 그 점을 알고 있음에도 웨이요르에게 섣불리 자신의 생각을 알리기 두려웠다. 자칫하면 웨이요르의 목숨이 위험해질 수도 있었기 때문이었다. 하지만 아무런 의심도 없이 콜로넬의 방으로 향하고 있는 웨이요르의 뒷모습을 보면서 키야스는 혼잣말로 외쳤다.

"신이시여! 그를 보호하소서."

사실 콜로넬은 자신만의 독특한 취미가 있었다. 그는 보통의 쥬타인들과는 다르게 인간 세상에서 탐닉할 수 있는 몇 가지를 수집하고 있었는데 그중 하나가 반지였다. 반지는 솔라칸을 사용할 때에는 몸에 금속을 지니고 있으면 목숨이 위험하기 때문에 쥬타인들이 기피하는 물품 중 하나였다. 하지만 콜로넬은 좋고 유명하다는 금과 보석을 반지로 만들어 방 한편의 화려한 장식장 안에 모아두고 그저 바라보는 것을 즐겨 했다. 반대쪽 장식장에는 어디에 쓰이는지 알 수 없는 가루가 들어 있는 작은 통들이 올려진 선반이 있었다. 형형색색의 수백 가지 가루들이 작은 통 안에 가득 채워져 가지런히 놓여 있었다. 그것은 어딘지 모를 신비한 기운을 지닌 가루들이었다. 콜로넬이 수집하는 물건 중 다른 곳에는 선글라스도 다양한 종류로 놓여 있었다. 선글라스는 쥬타인들이 인간 세상에서 본인들의 신분을 가리기 위한 용도로 자주 사용하는 물건 중 하나였다. 그런 다양한 물건을 보유하고 있는 콜로넬의 방문 앞에 선 웨이요르는 긴장되는 마음으로 문을 두드렸다. 소리를 듣고 나온 콜로넬은 운동중독이라도 된 듯 우람한 근육질의 몸을 드러내며 가운을 걸치고 문 앞에 나타났다.

"어서 와요. 웨이요르."

"광장에서 귓속말로 저를 부르신 것 맞는지요?"

"당연하죠. 내가 누구를 믿는다고."

"믿어주시는 것은 감사하지만 유진의 소식이라면……."

"그 아이의 이름은 함부로 말하지 않도록 하시죠."

콜로넬은 서둘러 웨이요르에게 유진의 이름을 더는 언급하지 못하도록 하였다. 그는 인간들에게 쥬타인들의 임무가 들통나게 되는 것을 가장 두려워하였기에 즉각 예민한 반응을 보였다. 콜로넬의 방 안에 설치된 현황판에는 전 세계에서 추천받은 후보자들의 사진이 붙여져 있었고, 유일하게 선택받은 인간인 유진의 탄생부터 현재까지의 약력만이 세세하게 적혀 있었다. 상당히 구체적으로 수집된 정보들로 보아 유진의 모든 것들이 감시받고 있는 듯하였다. 웨이요르는 콜로넬의 앞에서 유진의 이름을 언급하기 어려워지자 조심스럽게 입을 열었다.

"제가 해야만 합니까?"

"오. 웨이요르, 바로 말해주니 내가 대답하기 더없이 편안해졌군요. 말했듯이 믿을만한 요원은 웨이요르밖에 없어요."

"저 말고 다른 자를 생각해 보신 적은 없으신가요?"

"알다시피 당신이 가진 솔라칸은 특별해요. 사람을 다치지 않게 할 수 있는 솔라칸은 웨이요르가 유일합니다."

콜로넬의 말이 사실이었다. 쥬타인들이 지니고 있는 솔라칸은 다양한 색과 형태로 발산되는데, 각자 가지고 있는 능력에 따라 힘과 성질 그리고 색이 조금씩 달랐다. 그중에서 가장 특별한 솔라칸을 쏠 수 있는 요원은 웨이요르가 유일했다. 그가 지닌 솔라칸은 쥬타인 이외에 다른 생명체들은 공격의 대상이 되지만 인간만큼은 절대로 외상을 입지 않는 묘한 성질을 가지고 있었다. 그런 웨이요르의 솔라칸 색은 하얀색이었다. 웨이요르는 자신을 치켜세우는 콜로넬의 의중을 들으니 본인이 가지고 있는 특별한 능력을 알고 있었기에 더는 반박하지 못하였다. 웨이요르는 그럼에도 콜로넬이 자신을 보내려는 상황으로 몰아붙이니 억울한 생각이 들었다.

"이번 일이 아니었다면 사실 시난쇼스와 결혼하려 했습니다. 이제는 여기를 떠나고 싶습니다."

"고집 피워도 소용없어요. 이미 바디스로 당신의 원정 소식을 전하였습니다."

"어떻게 그런 중대한 결정이 논의 없이 전달될 수가 있죠? 아직 마음의 준비도 되지 않았다고요."

콜로넬은 흥분한 웨이요르를 타이르고 싶었다.

"매번 해내던 거니까 자연스럽게. 단지 달라진 건 인간을 데려가는 것일 뿐입니다."

콜로넬은 화술에 능한 자였다. 매번 잘해내 왔다며 자존감을 높여주는 그의 말에 조금은 누그러진 웨이요르였다.

"선택받은 자. 그가 견디겠습니까?"

"견디게 만들어야겠지요."

"그렇다면 우리의 계획도 일부에게 알려야겠네요."

"웨이요르, 걱정하지 말아요. 그건 내가 맡도록 하지요. 이미 용명대학교 박원천 교수에게 소식을 전했습니다."

콜로넬의 태연한 태도와 다르게 웨이요르는 걱정이 앞설 수밖에 없었다. 박원천 교수는 인간계에서 바디스 존재를 유일하게 탐구하던 사람이었다. 그는 선택받은 자는 아니었지만 학문적 호기심으로 탐험을 지속하다 바디스의 존재를 알게 되었고, 인간의 눈으로는 믿을 수 없는 광경을 현실적으로 보여주는 특수 렌즈를 개발해 낸 사람이었다. 웨이요르는 박원천 교수의 이름을 오랜만에 들으니 과거 입성길에 그를 마주했었던 사건에 대해 회상하게 되었다. 10년도 더 지난 이야기였다. 웨이요르는 다른 동료들과 바디스로 넘어가는 사암 절벽 근처에 다다랐었다. 탁 트인 공기와 눈앞에 펼쳐진 화려하고 아름다운 파라다이스와도 같은 절경이 바라보는 이들로 하여금 소름 돋게 하기에 충분하였다. 바다 건너 육지에는 광활한 바디스 대륙을 크로네필이 웅장하게 둘러싸고 있었었다. 크로네필은 바디스를 둘러싸고 있는 거대 장막을 통칭하는 단어로 공간을 분산시켜 현혹하는 성질로 내부가 보이지 않았고 강력한 방어 체계를 구축하고 있어, 그 어떤 물질로도 해체가 불가능하였다. 바디스를 자주 오가는 쥬타인들을 제외하고는 인간들은 절대 바디스의 존재를 알 수가 없었으며, 만일 바디스의 존재를 알게 되었다 하더라도 크로네필을 뚫고 바디스를 들어간다는 것은 사실상 불가능하였다. 육안으로 내부가 전혀 보이지 않았기 때문에 바디스 근처는 무인도로 이루어져 있었고, 대륙을 감싸고 있는 크로네필의 존재 여부는 아무도 눈치채지 못하였다. 만일 우연을 계기로 크로네필을 알게 된 사람이 그 안으로 뚫고 들어가 보겠다며 힘으로 공격하게 된다면 크로네필의 탄성으로 인하여 멀리 대륙 바깥으로 내쳐지면서 신체적 외상을 입을 수 있는 위험이 도사리고 있었다. 오로지 쥬타인들의 솔라칸만이 크로네필의 일부를 일시적으로 열어내어 넓고 광활한 바디스 대륙으로 입성할 수가 있었다. 10년 전 웨이요르가 바다를 건너 바디스 대륙이 보이는 사암 절벽에 다다랐을 때 박원천 교수는 엎드려 망원경으로 크로네필을 관찰하고 있었다. 인간이 바디스를 관찰하고 있는 모습을 보는 것은 쥬타인들에게는 있을 수 없는 일이었다. 인간들은 절대적으로 바디스의 존재를 몰라야만 했다. 바디스의 비밀스럽지만 화려한 아름다움을 인간들이 알게 된다면 훼손시킬 게 분명했다. 바디스의 존재를 감추게 하는 것은 쥬타인들에게는 숙명이었다. 당시 웨이요르는 절벽 끝에 엎드려 있는 박원천 교수에게 천천히 다가가 말을 걸었다. 쥬타인들이 겉모습으로는 인간과 구분되지 않았기 때문에 박원천 교수는 그들과 자연스레 대화가 가능하였다.

"당신은 여기서 뭘 하고 있는 거죠? 여기는 함부로 여행을 올 수도 없는 절벽인데."

박원천 교수는 가지런한 정장 차림으로 자신에게 말을 거는 웨이요르를 올려다보며 대답하였다.

"누구시죠? 나는 연구를 하는 사람이오. 당신들과는 전혀 관계가 없는 사람이니 얼른 지나가시오."

박원천 교수는 웨이요르의 말을 무시하며 들고 있는 망원경으로 바디스의 위치를 계속해서 살피고 있었다. 하지만 아랑곳하지 않는 그의 태도를 보자 웨이요르는 경고를 주고 싶었다.

"그쪽은 보지 않는 게 좋을 텐데."

나지막한 목소리로 겁을 주자 당황한 박원천 교수는 대답했다.

"나는 당신들이 누구인지 모르오. 상관 말고 가던 길 가시란 말이요."

웨이요르는 결단이 필요했다. 그리고 기회를 주는 건 딱 거기까지였다. 그때부터는 그가 기다려 줄 수 있는 더 이상의 배려는 접어두기로 하였다. 웨이요르는 지체 없이 박원천 교수를 기절시켜 교수 자신이 출발하기 전 강의실로 기억을 되돌아가게 만들 수밖에 없었다. 만일 박원천 교수가 바디스의 비밀을 조금이라도 더 알게 된다면 그를 발견한 쥬타인들도 위험해질 수 있었다. 그렇기에 웨이요르는 상대에게 치명타를 입히기보다 목숨을 위협하지 않으면서도 양손에서 뻗어 나오는 장력을 사용하여 손쉽게 기절시킬 수 있는 방법을 사용하였다. 쥬타인들은 그 방법을 통상적으로 쉬뢰라고 불렀다. 양쪽 귀에 손을 가져다 대면 쉬뢰가 흘러나와 인간들은 순식간에 기억을 잃으며 기절하게 된다. 비록 박원천 교수는 그 날의 일이 있고 나서 바디스의 존재를 파헤치기 위한 탐구적 욕망에 대한 기억은 잃었지만, 그로 인해 쥬타인들과 소통할 수 있는 계기가 마련되었다. 교수와의 추억을 되짚어 회상하던 웨이요르는 초점 잃은 눈빛으로 콜로넬의 방 창문을 바라보다 이내 정신을 차리게 되었다. 웨이요르가 잠시 정신을 팔고 있는 사이 콜로넬은 유진에 대한 계획이 이미 세워진 듯하였다. 그의 계획에 관해 웨이요르가 물었다.

"인원은 몇 명입니까?"

"팀을 만들어야겠습니다. 중요한 임무이면서도 비밀스러워야 하니 많은 인원은 필요하지 않을 거라고 봅니다."

"저와 가까운 팀원들은 일곱 명인데 그중에서 추려야 할까요?"

하지만 웨이요르의 예상과는 다르게 계획에 대한 결심이 선 콜로넬이 대답하였다.

"다섯 명으로 하시죠. 당신의 팀원은 세 명으로 하고 한 명은 외부에서 그리고 마지막 한 자리는 내가 들어가야겠습니다."

콜로넬의 참가에 짐짓 놀란 웨이요르는 어찌해야 할지 몰랐다. 콜로넬은 티저스 칸토 타운의 본부장이면서 본부의 신임을 받는 자로 알려져 있었다. 그런 그와 함께 위험하고도 중대한 임무를 맡게 된다는 것은 웨이요르로서는 부담이 컸다.

"본부장님께서는 그래도 타운에 남으셔야죠."

"아니 이건 쉽게 볼 수 있는 사안이 아닙니다. 내가 같이 가는 게 맞는다는 판단이에요."

"하지만."

웨이요르는 더 이상 말을 잊지 못하였다. 콜로넬의 확신에 찬 눈빛과 그의 의지가 쉽게 굽혀질 기세가 아니라는 것을 느낄 수 있었다. 웨이요르가 걱정하는 이유 중 하나는 콜로넬이 사용하는 솔라칸의 기운이 약하다는 소문 때문이었다. 콜로넬이 바디스에 입성했다 나온 것을 확인한 쥬타인들은 없었으나, 그의 솔라칸이 비교적 약하다는 사실은 티저스 칸토 타운 내에 공공연하게 퍼져있는 비밀이었다. 멀뚱히 자신을 쳐다보고 있는 웨이요르에게 콜로넬은 이렇게 지시하였다.

"웨이요르, 지금부터 선택받은 자의 훈련을 부탁합니다."

"시작인가요?"

"그를 조만간 타운으로 데려올 수 있도록 해야겠지요. 이상입니다."

웨이요르는 앞으로 맡은 바 임무를 수행해 내야 하는 책임감에 심란해진 표정으로 이마에 흐르는 식은땀을 닦아내었다. 콜로넬의 방을 나선 웨이요르는 키야스를 찾아 나섰다. 가장 믿음직하고 오랫동안 함께한 동료로서 웨이요르의 심복이라 여겨지는 쥬타인은 키야스밖에 없었다. 웨이요르는 마침 운동을 하고 나오는 키야스와 복도에서 마주쳤다. 키야스의 탄탄한 몸매와 골격은 활동하고 있는 쥬타인들 중 가장 월등하였고, 주어진 임무수행은 기어코 해내는 완벽주의적인 성향의 친구였다. 웨이요르는 키야스를 보자 그의 한쪽 팔을 붙잡고 구석으로 몰아세운 뒤 소식을 전하였다.

"키야스, 나와 같이 이야기 좀 하지."

"무슨 일인가요?"

일적인 관계 말고는 평상시 편한 호칭으로 대하는 웨이요르를 키야스가 대충 짐작이 된다는 표정으로 따라가면서 물었다.

"콜로넬 방에서 유진의 일에 대해서 자세히 들었군요."

유진의 이름이 언급되자 당황한 웨이요르가 손으로 키야스의 입을 가로막으며 조심스럽게 말하였다.

"콜로넬이 앞으로는 유진의 이름을 언급하지 말라고 하더군."

키야스는 어이없고 황당해하였다.

"아이고. 형님, 세상에 유진이 몇 명인 줄 알아요? 콜로넬이 앞서가는 거라고요. 그리고 여기는 티저스 칸토 타운이에요. 누군가의 이름을 천 번 만 번 불러도 별일이 일어나지 않는다고요."

웨이요르와 키야스는 조심스레 대화하며 타운 내에 있는 구석진 카페로 들어갔다. 카페 주인아저씨의 이름은 숑이라 불렸는데 타운에서 대를 이어 150년 동안이나 장사를 해온 분이었다. 쥬타인들의 평균 수명은 인간들 보다 약 70여 년 정도 더 긴 편이었다. 숑의 나이는 백 세가 넘었는데도 인간들로 치면 중년의 모습을 유지하고 있었다. 웨이요르와 키야스는 입구로 들어서면서 숑과 간단히 인사를 나누고 사안에 대해 심각하게 이야기를 나누고자 구석진 자리로 이동하였다. 키야스의 논리에 웨이요르도 동의하며 대화를 계속 이어나갔다.

"키야스, 자네의 말을 들으니 맞는 말이야. 콜로넬이 이번 일로 앞서가는 것 같군."

"형님, 저는 그가 의심스러워요. 가만히 내버려두어도 유진은 우리가 알아서 하는데 말입니다."

때마침 숑이 메뉴판을 가지고 주문을 받으러 그들에게 다가왔다. 그들 사이에는 일시적인 침묵이 이어졌다. 숑은 포근한 인상으로 그들을 번갈아 가면서 바라보았다.

"둘 다 오랜만이야. 어떤 걸로 준비해 줄까?"

숑은 인자하게 웃으며 말을 걸었다.

"오늘은 진지한 이야기를 나누러 온 것 같으니 매번 먹는 걸로 준비해 줄게. 천천히 이야기들 나누라고."

숑은 그렇게 말하고는 그들에게 볶은 밀웜 과자와 지렁이를 삶아 우려 만든 고소한 커피 두 잔을 가져다주었다. 숑이 제자리로 돌아갔는지 확인한 키야스는 목소리를 더욱 낮추었다.

"그러니까 우리가 알아서 들여보낼 수 있잖아요. 형님이 쓰는 솔라칸이면 가능하다고요."

키야스의 이야기를 들으며 콜로넬과 대화했던 내용들을 가만히 곱씹어 보던 웨이요르는 키야스의 의심이 맞아떨어지는 것을 발견하였다.

"나도 그 부분이 의심스러웠네. 콜로넬이 다섯 명을 선발하라면서 자신도 들어오겠다고 고집하고 있어."

키야스는 깜짝 놀라며 말하였다.

"그는 안 됩니다. 그가 쓰는 솔라칸은 약하기도 하지만 잘못하면 목숨이 위태로워요."

키야스는 평상시 콜로넬에 대한 의심이 많은 편이었다. 그런 콜로넬이 맘에 들지 않았던 키야스는 앞에서는 본부장으로 대했지만 뒤에서는 편하게 이름을 부르며 그를 안줏거리로 삼았다. 콜로넬이 쓰는 솔라칸의 저조한 위력 때문에 활발히 활동하고 있는 쥬타인들 사이에서는 서서히 의심이 높아지면서 존중받지 못하고 있었고, 그에 대한 잡음이 생기기 일쑤였다. 그러한 소문에 가장 민감하게 반응했던 요원은 키야스였다. 그렇지 않아도 키야스는 의심이 많은 편이었는데 이번 여정에 콜로넬이 끼어든다는 생각에 기분이 달가울 리가 없었다. 이번 임무 수행을 성공적으로 마치고 나면 웨이요르는 시난쇼스와 결혼을 약속했고, 키야스는 웨이요르를 이어 바디스의 신임을 받는 쥬타인이 될 수 있었다. 그런데 이를 콜로넬이 끼어들어 가로채려는 것 같았다. 게다가 솔라칸이 상대적으로 약하기 때문에 웨이요르를 이용하려는 느낌이 들었다.

"그가 참여하면 저는 여기서 빠지겠습니다."

웨이요르를 잘 아는 키야스가 강수를 두며 말하였다. 당황한 웨이요르가 대답하였다.

"키야스, 나는 네가 없으면 임무를 수행할 수가 없어. 잘 생각해 주면 좋겠어."

"형님께서 콜로넬에게 껴들지 말라고 말씀하세요."

"내가 그럴 수 없다는 것을 더욱 잘 알지 않은가? 가혹하군."

"저는 형님의 현명한 판단을 믿겠습니다. 먼저 가보겠습니다."

키야스는 마시던 지렁이 커피를 옆으로 밀어 넣으며 자리를 박차고 일어섰다. 옆에서 듣고 있던 숑도 걱정된 듯한 표정으로 키야스를 바라보았다. 웨이요르는 그가 이렇게까지 흥분하는 이유를 알 수가 없었다. 화가 많이 난 키야스는 구석 지하에 있는 숑의 작은 카페를 쿵쾅거리며 홀로 올라갔다. 웨이요르는 도저히 영문을 모르겠다는 표정으로 남은 커피를 들이켰다. 이쯤 되면 선택을 해야만 했다. 오랜 시간 함께했던 심복인 키야스의 말을 들을지, 아니면 사건의 본질을 더 잘 아는 콜로넬이어야 할지 결론은 이미 정해져 있었다. 웨이요르는 콜로넬이 가겠다고 하면 그와 함께하지 않을 수 없다는 판단이었다. 하지만 키야스와 함께하지 않는 입성길은 상상해 본 적 없는 웨이요르였다. 숑에게 인사를 전하고 카페를 나온 웨이요르는 타협점을 찾기가 어려웠다. 생각을 정하지 못한 웨이요르는 고민을 뒤로하고 시난쇼스에게 잠시 들리기로 하였다. 반면 먼저 카페를 나섰던 키야스는 무거운 발걸음으로 자신의 방으로 들어갔다. 그는 어둑해진 방 안을 밝히려 손을 더듬거리며 스위치를 찾기 시작하였다. 딸각거리는 소리와 함께 불이 켜지자 일시적으로 희미했던 시야가 서서히 분명해지면서 자신의 방에 몰래 들어와 있는 누군가의 형체를 확인할 수 있게 되었다. 뒤돌아서 앉아 있는 정체 모를 손님은 왠지 익숙한 느낌의 남자였다. 등 돌린 사내는 서서히 뒤를 돌아보았고, 키야스는 곧 자신의 방에 콜로넬이 와 있었다는 사실을 알게 되었다. 키야스를 바라보는 콜로넬의 표정은 그리 좋아 보이지가 않았다. 그는 키야스만큼이나 불만에 가득 찬 모습이었지만 겨우 참아내는 얼굴로 말을 건네었다.

"키야스 타이노르. 자네의 이름을 오랜만에 불러보는 것 같네요."

"본부장님께서 어떻게 제 방에 계시는 거죠?"

한쪽 입꼬리가 올라가며 비웃는 콜로넬의 심리가 심상치 않아 보였다. 키야스는 그의 미세한 표정의 변화를 살피고 있으니 소름이 돋을 지경이었다. 콜로넬은 평상시에 끼지 않던 반지까지 끼고 나타나 어떤 이야기를 꺼내기 전 잠시 시간을 끌고 있었다.

"잠시 볼일이 있어 왔어요."

"선택받은 자에 대한 소식은 들었습니다."

"친한 건 알지만 웨이요르가 나간 지 얼마나 흘렀다고 벌써 전해 들었는가?"

선택받은 자에 대한 소문을 들었다고 실토한 키야스의 대답이 마음에 들지 않았던 콜로넬은 더 이상 키야스에게 존대하지 않았다.

"하지만 전······."

"더 이상 껴들지 않는 게 좋겠군. 자네는 이번 명단에 포함되지 않았으니까."

키야스의 말을 막아서는 콜로넬이었다. 키야스는 입성길에 자신이 제외될 것이라 예상하지 못하였지만, 콜로넬의 반응이 예민해져 있음은 느꼈다. 키야스는 그가 정체 모를 비밀을 숨기고 있다고 확신하였다. 콜로넬이 의심스러워진 키야스는 웨이요르가 걱정되어 콜로넬의 결정에 반박하였다.

"이 말을 하시려고 오신 건가요? 하지만 결혼을 앞두고 있는 웨이요르를 굳이 포함시키는 이유는 무엇입니까?"

"내가 그 이유를 말해줄 필요는 없지. 나는 자네에게 통보하러 온 거네."

"제외하려면 웨이요르 그리고 저 이렇게 둘 다 제외해 주십시오."

"오. 키야스 타이노르, 그건 안 되네."

속내가 뻔히 보이는 콜로넬이었다. 그가 이렇게까지 집요하게 웨이요르를 고집하는 이유는 분명해 보였다. 하지만 의심되는 말을 그대로 건넨다면 스스로 위험해질 수 있다는 것도 너무 잘 알고 있는 키야스였다. 그는 스스로 용기가 필요했다. 꺼내는 말에 대하여 자신에게 후회하지 않을 다짐이었다. 이내 마음을 먹은 키야스가 콜로넬의 심기를 건드리기에 충분한 질문을 시작하였다.

"그건 웨이요르의 솔라칸이 본부장님의 안전을 위해서 아닌가요?"

두려움과 공포 그리고 알아서는 안 될 비밀의 누설로 엎질러진 잔 앞에 그들은 서 있었다. 누구나 약점은 가지고 있었다. 하지만 그 약점이 치명적인 위협이 된다면 분쟁의 이유가 되기도 하였다. 키야스의 물음은 콜로넬의 비밀이 탄로 난 순간으로 만들어 버렸다. 이미 오래전부터 그가 쥬타인이 아니라는 것을 의심하고 있었던 키야스는 콜로넬과 대치한 상황에서 그가 어떤 반응을 보일지 기다리고 있었다. 콜로넬은 누구라도 자신의 비밀을 알고 있는 것이 수면 위로 드러난다면 제거 대상에 포함시켰다. 하지만 아무리 지독한 콜로넬도 쥬타인이 인간보다 훨씬 우월한 신체조건을 가지고 있다는 것을 잘 알고 있었기에 물리적으로 함부로 대하지는 못하였다. 그렇기에 키야스와 일대일로 대치하여도 물리적으로 상대가 되지 않는다는 것도 잘 알고 있었다. 콜로넬은 자신의 아킬레스건이 언젠가는 탄로 날 수 있다는 것을 알고 있었다. 그는 이제 이 상황을 모면하기 위해 지니고 있던 반지를 사용할 때가 되었다고 판단하였다. 콜로넬은 키야스에게 마지막 인사를 건네었다.

"키야스 타이노르, 자네는 알아선 안 될 비밀을 알아버렸네. 나를 원망하지 말게."

콜로넬은 그렇게 말하고 주머니에서 짙은 파란색 가루를 꺼내어 들었다. 그는 코르크 마개를 제거하고 들어 있던 가루를 공중에 흩뿌린 채 끼고 있던 반지를 가운데로 향하게 한 다음 민첩하게 반지의 펜던트를 눌렀다. 그러자 가루가 원자 에너지를 폭발시키듯 화학작용을 일으키더니 강렬한 열기가 키야스를 노리며 발산하였다. 콜로넬이 인위적으로 만들어 낸 폭탄을 직격탄으로 맞은 키야스는 외형에 심각한 손상을 입고 그대로 바닥에 쓰러졌다. 콜로넬은 키야스가 바닥에 쓰러지는 모습을 확인하고서 자신이 저지른 현장을 재빠르게 치우고 사라져 버렸다. 잠시 뒤 누군가 키야스의 방문을 세차게 두드렸지만 안에서는 인기척이 없었다. 바닥에 쓰러진 키야스는 분명 살아 있었지만 의식을 잃은 상태였다. 고요함이 지속되자 잠겨 있는 문을 누군가가 억지로 열고 들어왔다. 쓰러져 있는 키야스를 발견한 건 웨이요르와 시난쇼스였다. 화상을 입은 키야스를 보고 시난쇼스는 비명을 질렀고, 웨이요르는 달려가 얼굴을 부여잡고 생존 여부를 침착히 확인하였다. 다행히 살아 있는 것을 확인한 웨이요르는 분노의 눈물을 흘리며 키야스의 뺨을 문질러 깨워보려고 하였다. 하지만 키야스는 깨어나지 못하였다.
"정신 차려! 누가 이런 짓을 한 것이야."
그 사건을 계기로 키야스는 한동안 의식을 되찾지 못하였다.

5화 박원천 교수

대담

날짜가 가까워 올수록 유진은 초조해져 갔다. 그는 나름대로 마음을 가다듬으려 하였지만 습관적으로 자주 시간을 확인하였다. 그럴 때마다 손가락으로 책상을 두드리거나 손톱을 물어뜯는 습관은 여전했다. 다음 날이면 메모지에 적혀 있던 약속 장소로 가야만 했다. 박원천 교수가 과연 무슨 이야기를 하게 될지 도무지 감이 잡히지 않는 유진이었다. 하지만 한 가지 분명한 건 그가 단지 단순한 이야기를 나누기 위해 유인하지는 않았을 것이라는 점이었다. 유진은 교수가 자신이 소개해 준 책의 내용에 대한 이야기를 하려 부른 것임을 짐작하고 있었다. 책상 위에는 아직도 교수가 추천해 준 책이 놓여 있었다. 유진은 유심히 책을 바라보다 한 손으로 집어 들고는 햇살이 비치는 창가 앞에 다시 앉았다. 그 무렵 핑푸는 잠이 들어 있었다. 밤늦은 시간까지도 보이는 사물을 그대로 스캔하여 형태를 복제하는 방법을 스스로 연구하다 잠이 든 핑푸였다. 유진은 핑푸가 잠들어 있는 모습을 바라보며 그저 한심하다는 듯이 고개를 가로저었다. 그는 며칠 동안 핑푸와 함께 생활하다 매우 정신없이 구는 친구라는 사실을 깨달았다. 심지어 친구들에게 맡겨버리고 싶은 마음까지 들었다. 마음을 가다듬고 들고 있던 책을 계속해서 살펴보던 유진은 책을 지은 아너 로테즈 박사의 행방이 궁금해졌다. 사실 이미 오래전 박사의 행방이 묘연해졌고, 실종이 되었다는 소식만 세상에 알려졌었다. 그의 책이 알려지지는 않았지만 유명했던 이유는 단순히 박사의 머리카락이 은갈치색이었기 때문이었다. 잠깐의 화젯거리라고 하기에는 그의 행방은 떠들썩해지기도 전에 묘연해져 버렸다. 실로 어느 정도의 사람들이 책을 접했는지는 알 수 없었다. 책을 읽다 보면 그가 분명 미지의 세계에 대한 확신이 있었던 건 사실인 듯하였다. 이 기묘한 내용들이 소설이 아닌 실화라면 역사서일 가능성이 높았다. 이러한 이유들 때문에라도 유진은 더욱 교수를 만나야만 한다고 생각했다. 하지만 그전에 그는 자신의 고민이 계속되자 동림의 집을 먼저 찾아가 교수와의 만남에 대해 털어놓기로 하였다. 유진은 동림과 같은 동네에 살고 있었기 때문에 몇 분 만에 그의 집에 도착할 수 있었다. 유진이 불쑥 집에 찾아가면 주로 동림은 동그란 캡슐로 들어가 게임에 몰두하곤 했다. 그 모습은 가상세계가 물리적으로 커져 주거공간으로 침투한 형상이었다.

세월이 흐르면서 가상세계의 범위는 더욱 다양해졌다. 한참을 캡슐 안에 있다 나온 동림은 자기 집마냥 들어와 멀뚱히 기다리고 있던 유진을 발견하고 인사를 건넸다.

"말이라도 하고 왔으면 참 좋겠네."

"먼저 시작한 사람에 대한 인과응보라 생각해."

"무슨 일이야?"

"고민이 생겼어."

"소연과 만나지 못한 고민이겠지."

장난기 말투로 유진을 놀리는 동림이었다. 하지만 친구의 그런 반응에도 받아줄 수만은 없었다.

"그런 문제가 아니라. 얼마 전 박원천 교수님 수업에서 책을 하나 소개받았는데, 처음엔 소설책인 줄 알았다가 읽어보니 소설이 아닌 거 같아."

"그게 고민이라고? 그 고집쟁이 교수가 소개해 준 책의 내용이 어떻길래."

"사실이네."

"뭐가 사실이라는 거야?"

대화를 하다 보니 동림과는 상관없이 책의 내용에 대한 가닥이 잡힌 유진이었다.

"저자가 실제 경험한 걸 쓴 거네."

동림은 갑자기 찾아와 혼잣말을 늘어놓는 유진이 걱정되었다. 안 그래도 학교와 직장을 병행하면서 잘도 버틴다고 생각해 왔었다.

그런데 홀로 앉아 추리를 하고 있는 모습이 행여나 마음의 병에 걸린 것은 아닌지 걱정되었다. 동림은 안절부절못하는 유진을 차분히 만들어 줄 필요가 있다고 생각하였다. 동림이는 허공에 대고 따듯한 차를 준비해 달라고 말하였다. 그러자 금세 준비된 찻잔을 유진의 손에 쥐여주며 되물었다.

"그래서 책의 내용이 대체 뭔데?"

"책에는 지구에 인류와 다른 진화된 생명체가 공존하는 곳을 가리키고 있어. 동물인지 새로운 생명체인지 확실하지 않은 사회적 무리가 등장하고 진화된 종에 대한 기록이 상세하게 설명되어 있다는 게 흥미로워."

"그러니까 너는 그 내용이 진짜라고 믿는 거야?"

"응. 확신이 들어. 교수님을 만나서 구체적으로 물어볼 계획이야."

"교수님을 만난다고?"

"나를 찾는 쪽지를 동아리방에 남겨놓으신 것 같아."

둘은 한동안 책의 내용에 대한 이야기를 나누었다. 동림도 아너로테즈 박사의 책을 완전히 이해하지는 못하였지만 대강 의도를 짐작할 수 있을 정도였다. 하지만 그럼에도 전에 만났을 때와 그간 달라진 유진의 모습이 어색한 동림이었다. 혼란스럽기는 동림도 마찬가지였다. 지금 하는 유진의 말이 사실이라면 세계에서 가장 놀라운 화젯거리가 될 수도 있었다. 내용이 너무도 파격적이기에 동림은 교수가 유진을 상대로 어떠한 비밀 이야기들을 꺼내어 줄지 궁금하였다. 찻잔 속의 차를 손목으로 돌리며 유진은 말하였다.

"만일 내일 교수님과의 대화가 끝나고 나면 난 이 미스터리를 파헤치기 위해 모든 걸 던질 수도 있어."

"자꾸 어려운 소리 할래?"

"모든 것을 알아야만 해."

"네가 운명의 주인공이라는 생각은 버려. 가끔 사람들은 착각하지. 마치 내가 모든 운명의 주인공인 것마냥."

"알 수 없는 호기심들이 나를 계속 자극하는데 가만히 있는 건 가혹한 일이야."

"그래서 찾아 나서기라도 하겠다는 거야?"

"비밀이 있다면 알아야지."

흔들리지 않는 눈빛으로 동림에게 자신의 확고한 의사를 표현한 유진이었다. 그럼에도 모든 것을 떠안고 혼자 감당하기에는 두렵기도 하였다. 그에게 누군가의 조력은 필수적이었다. 하지만 그 말을 들은 동림은 당황스러워했다. 동림은 책에 대해 거창한 이야기를 늘어놓는 유진이 어리석어 보였다. 그건 마치 명석한 친구의 부푼 상상일 수 있었다. 마음만 앞선 생각이 머릿속을 스칠 무렵 동림은 현실적인 이야기들로 조언하였다.

"너의 의지는 좋지만 사실이 아닐 수도 있으니 일단은 지켜보겠어."

"잠시 여행 떠나는 거랑 비슷해."

"무슨 여행을 바다 한가운데로 간다는 거야?"

"그렇네."

머리를 긁적이며 유진은 어색한 웃음을 지어 보였다. 그는 대화

속 별다른 실마리를 찾지 못하고 이내 곧 집을 나섰다. 그들은 조만간 서로 다시 조우하기로 하고 앞날을 기약하였다. 그날 밤 유진은 다음 날 있을 교수와의 만남에 대한 생각들로 잠을 이루기 힘든 밤을 보내었다. 유진은 요즘 들어 교수가 자신을 예의 주시한다는 것을 눈치채고 있었다. 또한 책을 소개받은 후부터 알 수 없는 자들이 자신의 주변을 맴돈다거나 핑푸와의 만남과 같은 일들이 벌어지기 시작하였다는 점도 예사롭지는 않았다. 때론 책 속 스치는 어떤 구절의 에너지가 자신을 끌어당기는 힘이 강력하다고 느끼기도 하였다. 다음 날 유진은 쪽지에 적혀 있는 약속 시간에 맞춰 도서관으로 향했다. 그는 웅장한 건물에 기괴한 조각상이 더해진 장식을 바라보면서 비밀스럽고 조심스러운 대화들이 오고 갈 것이라 미리 짐작하였기 때문에 최대한 사람들에게 노출되지 않기를 바랐다. 유진은 도서관의 한적한 내부를 확인하고 나서야 안심할 수 있었다. 한참을 걸어 들어가다 학생들이 자주 예약해서 사용하는 회의실이 나오자 유진의 심장은 빠른 속도로 두근거리기 시작했다. 검은색 실루엣에 불투명한 회의실의 창문 밖으로 비치는 형상을 살펴보니 이미 누군가가 안에서 기다리고 있었다. 유진은 깊은숨을 몰아쉬고 회의실 문을 조심스럽게 두드렸다.

"들어오세요."

살며시 문을 열자 틈새로 보이는 익숙한 모습의 박원천 교수가 자리에 앉아 인사를 건넸다.

"얼른 들어오게. 그리고 문을 좀 잠그지."

"그날 이후 오랜만에 뵙네요."

회의실 안으로 들어서자 다급하게 건네는 교수의 말을 바로 행동으로 옮기는 유진이었다. 둘 사이 잠시 정적이 흘렀다. 무슨 이야기를 하려고 쪽지를 남겼을지 감을 잡을 수 없는 상태에서 어떤 말을 먼저 꺼내야 할지 고민되는 순간이었다. 대화의 어색함을 먼저 깬 건 교수였다.

"책을 읽어보았나?"

"소개해 주신 책을 읽어보니 기존의 상식과 다른 관점에서 시작한 것 같습니다."

"소설로 읽었군. 정상이야."

"무슨 말씀이신가요?"

"내가 했던 착각과 비슷하다는 의미네."

"착각이라는 말씀은 소설이 아니라는 것을 뜻하는군요. 등장인물의 이름들이 매우 신선하게 느껴졌습니다."

"그렇다고 장르를 분명히 하면 재미가 없지 않은가?"

뼈 있는 농담을 주고받으며 진공관이 된 듯한 어색한 흐름을 해체시키며 소탈한 웃음을 지어 보이는 교수였다. 유진과 교수가 주고받은 책에서 주목할 부분은 지구상에 인류가 거처하는 육지 외에 다른 미지의 세계가 존재하고 그것을 규정하는 이름을 바디스라고 통칭하고 있었다. 들어본 적 없는 상상 속 세상을 설명하는 내용을 보면 소설로 착각할 수밖에 없었다. 그곳엔 다양한 종족으로 구분된 생명체들이 살아가고 있었고 탐험하는 인간과 진화된 생명체와의 관계를 소상히 다루고 있었다. 아너 로테즈 박사는 자신의 경험담을 감추려는 것처럼 스스로를 등장인물 중 하나로 둔갑시켜 놓았다. 하지만 교수는 단순히 책의 내용만을 논하기 위해 유진을 부른 것은 아니었다. 교수의 목적은 유진이 선택받은 자라는 것을 알리고 마음의 준비를 시키는 것 외에 다른 의도는 없었다. 다만 어설픈 논리로 명석한 학생을 납득시키기에는 다소 어려움이 있었다. 그럼에도 교수는 바디스는 실존한다는 사실을 증명해 보일 수 있었고, 그곳에서는 인간 중 한 사람을 선택하여 끌어들이려 하고 있다는 사실을 알고 있었다. 이쯤에서 상황을 이해시키는 중간다리 역할이 무엇보다도 중요했다. 유진도 읽었던 책이 마냥 소설일 것이라는 가정을 있는 그대로 받아들이는 사람은 아니었다. 충분히 실존 가능성에 대한 의심을 하고 있었다. 이에 교수는 어렵게 다시 입을 떼었다.

"당연히 중요한 이야기를 하려고 자네를 불렀다네."

"알고 있었습니다. 충분히 의심하고 있었고요."

"자네는 역시 내가 짐작했던 대로 예사롭지 않군."

교수는 내면적으로 매우 고통스러웠다. 누군가에게 자신만 알고 있던 극한의 비밀을 공유해야 한다는 것은 쉬운 일이 아니었다. 박원천 교수가 처음 파블로 에스티앙 교수와 공감대를 형성했을 때와는 다르게 선택받은 자 당사자에게 알리게 되는 것은 세상에 펼쳐질 충격을 동반할 가능성을 배제할 수 없었기 때문이었다. 교수의 불안정한 감정선을 읽은 유진은 책의 잃어버린 페이지에 대해 물어보았다.

"교수님, 찢어진 279페이지의 내용을 알고 계시나요?"

"그렇지. 내가 자네에게 그 부분이 나오면 다시 이야기하자고 제안했었지."

"지도와 연결된 부분이라 궁금했습니다."

유진은 옆선을 타고 흐르는 식은땀을 닦아내며 뜸을 들이고 있는 교수의 눈치를 살폈다.

"앞의 내용은 바디스를 찾아가는 방법을 설명하고 있네."

"소설이라면 누군가가 찢어놓을 이유가 없었을 것 같습니다. 저의 의심이 맞는다면요."

"자네가 의심했듯이 그 페이지는 내가 가지고 있네."

"그렇군요. 저에게 책을 소개해 주신 이유가 무엇입니까?"

"인간 뇌의 발달과 현재의 모습. 그게 자네의 물음이었지."

"그렇습니다."

"책을 통해 알려주고 싶었던 나의 생각은 과학적 접근 대신 철학적 질문을 던지고 싶더군."

"내용을 그대로 알려주시는 건 새롭지 않았습니다. 소설이라 의심될 만한 요인 중 하나였어요."

"이런! 나도 그러한 논쟁을 하고 싶어서 자네와의 자리를 마련한 게 아니라는 것은 잘 알고 있을 거라 생각하네."

유진은 이 대화에서 둘의 만남이 단순히 호기심을 해소시켜 주기 위한 만남이 아니었다는 것을 직감하게 되었다. 심연이 서늘해지는 순간이었다.
"잠시 심호흡 좀 하겠습니다."
무엇인가를 예견하고 숨을 몰아쉬게 되는 유진을 보면서 교수는 계속해서 머릿속에만 맴도는 말을 전해야만 했다. 그렇게 해야 앞으로 인류의 미래를 책임지게 될 유진이 스스로의 운명을 선택할 수 있는 마지막 기회라도 줄 수 있었기 때문이었다. 교수는 그동안 유진이 마음의 준비도 하기 전에 데려가려 한 쥬타인들로부터 계속 시달려 왔었다. 교수로서는 사안이 결정되는 순간부터 최대한 빠른 시일 내에 유진을 티저스 칸토 타운으로 보내야만 했다. 교수는 드디어 어렵게 운을 떼었다.
"자네는 바디스에서 선택받은 유일한 인간이네."
유진은 당황한 나머지 옆자리에 어설프게 걸쳐놓은 가방을 밀쳐 떨구었다. 그는 도무지 교수가 하는 말을 알아들을 수가 없었다. 아무리 세상 물정을 명확히 아는 지식인이라고 하여도 교수의 담담한 표정에서 나오는 지금의 발언은 믿기 어려웠다. 책에 그려진 내용대로라면 바디스는 지구상에 존재하는 미지의 세계 그리고 파라다이스 혹은 머릿속에 그려진 상상의 나라였다. 종족들이 등장하는 판타지 소설에 불과했다. 하지만 선택받은 자에게는 재미있게 읽었던 책이 현실로 성큼 다가온 것이었다. 화두를 던진 것은 유진 자신이었으나 감당하기 어려운 무게를 준 것은 교수의 그 한마디였다. 유진은 교수의 발언에서 거대한 힘의 이끌림을 느꼈다. 모든 일은 그냥 일어나지 않는 법이었다. 유진은 교수에게 자세한 정황을 묻기 시작하였다.

"이해가 되지 않습니다. 바디스에서 저를 선택한 이유가 있을까요?"

"그건 자네가 가장 현실적인 사람이라서 그렇다네. 확실히 눈으로 보고서야 믿는 유형이더군."

"그렇습니다. 저는 지금껏 그렇게 살아왔습니다."

"선택받았다는 것은 바디스를 유일하게 경험할 수 있다는 것을 의미하지."

"교수님, 혼란스럽습니다. 질문에 대한 답을 구한 결과치곤 너무 가혹한 상황이네요."

"왜 자네를 선택했겠는가? 나는 이미 지구상에서 유일한 사람이라고 설명하였네."

"그렇다면 바디스가 실존하는 나라임에는 틀림없군요."

"잠시 시간을 갖게나. 휴식시간 뒤에 다시 만나지."

모든 것은 의문투성이였다. 유진은 잠깐 동안 교수와의 대화에서 에너지를 전부 쏟아부은 느낌이었다. 그는 스스로를 매우 평범하게 평가해 온 보통의 사람이었는데, 교수의 한마디 말로 바디스의 선택받은 자가 되어 있었다. 그들은 비밀스러운 소설을 읽었기 때문에 이러한 대화가 가능했다는 착각에 빠지면 안 되었다. 누구도 소설을 단번에 현실이라고 믿는 사람은 없을 것이니 말이다. 유진이 바라본 교수는 어딘가로부터 쫓기는 듯한 모습이었다. 그가 하는 말은 두서가 없었고, 성급하게 모든 것을 전달하려는 마음이 엿

보였다. 유진은 자신이 왜 선택되어야만 했는지에 대한 의문은 잠시 잊고 전달 과정 속 불안을 의식하였다. 그는 회의실을 나와 교수가 소개해 주었던 책이 꽂혀 있었던 열람실로 내려갔다. 그날 유난히 한적한 도서관은 머리를 식히기에 좋은 조건이었다. 유진이 열람실에 들어서니 마침 책을 빌려주었던 무뚝뚝한 사서가 앉아 있는 것이 확인되었다. 사서를 다시 보니 어렴풋이 잊고 있었던 재입고에 대한 그의 답변이 궁금해졌다. 인간미 없어 보이는 사서의 시큰둥한 반응은 여전했다. 유진은 그 앞에 다가가서 먼저 말을 걸었다.

"저기요."

유진의 이런 물음에도 변함없는 태도로 일관하는 사서였다.

"듣고 있어요."

"《인류의 시작과 진화의 끝》다시 입고되었나요?"

"아니요."

"언제 확인할 수 있죠?"

"몰라요."

"연락처 남겨드리겠습니다. 입고되면 연락 주세요."

"네."

일주일이면 입고된다고 했었던 책이 아직도 안 되었다는 게 이상했다. 그리 어렵게 구할 것도 아니란 생각에서였다. 알고 보면 뜯어진 페이지를 가지고 있는 교수의 방침이었을 수도 있다는 합리적 의심이 드는 상황이었다. 유진은 사서의 답변을 듣고 열람실을 나서면서 다시 올라갈 생각에 머리가 아득해져 왔다. 그는 잠시 생각을 정리할 겸 가림막이 설치되어 있는 지하로 내려가는 계단에 걸터앉아 아래를 내려다보았다. 순간 짙은 포르말린과 썩은 내가 섞여 어둑한 계단 아래에서 올라왔다. 유진은 그곳에서 더는 냄새를 맡지 못하고 도망쳐 올라올 수밖에 없었다. 코끝이 찡해진 유진은 고개를 저어 흔들며 지독한 냄새에서 정상으로 돌아오기 위해 애를 썼다. 무엇으로 인해 도서관 지하에서 그러한 냄새가 나는지 궁금하지 않을 수 없었다. 하지만 그에 대해 더 깊은 생각을 하기에는 교수와 약속한 시간이 다가오고 있었다. 그는 어지러운 몸을 벽에 기대었다가 정신이 돌아오자 다시 교수가 있는 회의실로 들어섰다. 상기된 표정의 유진을 보았지만 교수는 모른 척하고 진지하게 대화를 시작하였다.

"이제 본격적으로 이야기를 시작하지."

유진은 그런 교수의 태도가 두려웠다. 보이지 않는 세상을 있다고 믿어야 하니 받아들이기 쉽지 않았다. 교수는 주머니에서 몇 장의 사진을 꺼내어 유진에게 보여주었다.

"사진을 들여다보게."

책상에 흩어져 있는 사진들 중 가장 위에 거대한 둥근 막이 땅을 감싸고 있는 형상의 사진이 있었다. 유진은 사진 속 막이 빛에 반사되는 형상 때문에 내부가 보이지 않았다. 유심히 사진들을 살펴보던 유진에게 교수는 말을 이어나갔다.

"여기가 내가 말한 바디스라네. 사진들은 내가 가장 근접했을 당시 몰래 찍은 거라네."

몰래 찍어야만 했던 이유까지 들려주지는 않았지만 유진이 책에서 상상했던 모습과 매우 흡사하였다. 유진은 소설의 내용과 모든 것이 일치한다거나 그 안에 등장하는 생물들이 실존하는 것이 사실일 것 같은 생각이 들기 시작하였다.

"막이 보이네요."

"이제 이 사실을 받아들일 수 있겠나?"

하지만 유진의 머릿속에 의문이 드는 것은 자신이 이렇게 알려지지 않은 나라에서 유일하게 선택된 인간이라는 것이었다. 아무리 생각해도 스스로 느끼기에는 지극히 평범한 학생일 뿐이었다. 그것이 대단함을 기대한 선택 같아 보이지는 않았다. 깊은 생각에 잠겨 있는 유진을 보며 교수는 조금 더 자세히 알려주었다.

"둥근 막은 크로네필이라고 불린다네. 사람들 눈에는 전혀 보이지가 않지. 왜냐하면 특수 개발된 렌즈로 촬영했기 때문에 가능했다네."

"교수님은 언제부터 알고 계셨나요?"

"사실 나도 이 책을 접하고 나서 알게 되었지."

"그렇다면 책은 어떻게 해서 알게 되셨나요?"

"난 당시에 아너 로테즈 박사에게 직접 선물 받았다네."

그 사실은 놀라울 만한 일이었다. 아너 로테즈 박사는 자신이 쓴 책보다는 은갈치색의 머리카락으로 세상에서 더 유명했다. 그렇다고 그가 평상시 은갈치를 즐겨 먹었던 것은 아니었다. 그런 아너 로테즈 박사에게 책을 직접 선물받았다는 것은 동등한 유명세를 얻었거나, 아니면 추종자처럼 따라다니지 않았다면 어려웠을 것이었다.

"아너 로테즈 박사가 쓴 책이 여럿 있나요? 그의 책이 시중에 얼마나 팔렸을지 궁금합니다."

"그가 쓴 책은 이 한 권이 전부야."

"하지만 도서관 열람실 사서는 일주일 뒤에 같은 책이 입고된다고 알려주었어요."

"처음 책을 등록할 때 내가 보유하고 있던 이 책으로 등록했다네. 자네가 읽은 책이 곧 내 책이었지. 입고는 한 부를 데이터에 저장해 놓았다가 기록물로 마저 등록하려 사서에게 말해놓았던 것이었네."

"사서도 몰랐겠네요."

유진은 자신에게 어떠한 책임이 주어지는 것인지 알기 위해 집요하게 물었지만 교수는 책보다는 바로 본론으로 들어가고 싶어 했다.

"어째서 제가 선택받은 자입니까?"

"그건 스스로 알아가길 바라네. 나조차도 알 수 없으니 자네에게 기대를 거는 이유가 있지 않겠는가?"

교수는 유진이 정확히 사안을 짚어내었을 때에 그를 제대로 설득시키기 위해서 인간이 알아서는 안 될 비밀들을 공유하기로 하였다. 그것은 바로 쥬타인들에 대한 이야기였다. 오랜 시간 쥬타인들과 접촉이 있어 왔던 교수는 그들의 역사부터 생활 방식까지 연구를 거듭하여 그들에 대한 다량의 정보를 획득할 수 있었다. 교수는 유진에게 모든 것을 말하기 전 확실히 해두어야 할 것이 있었는데, 그것은 바로 선택받은 자의 의지였다. 의지 없이 끝까지 선택의 권리를 거부한다면 설득은 아무런 의미가 없게 되기 때문이었다.

"자네의 의중을 물어볼 시간이 다가온 것 같네. 지금까지 대화를 나누었던 바디스란 곳에 가볼 텐가?"

"흥미롭긴 합니다."

상황이 어떻게 전개될지 예측하기 어려운 상황에서 즉답은 피하는 유진이었다. 하지만 그 대답은 교수에게 충분한 답이 되었다. 최소한 거부 의사는 아닌 것으로 받아들여졌다. 그러면서 교수는 각국에 비밀 본부를 마련해 놓은 쥬타인들의 거점지와 그들의 역사를 유진에게 알려주기 시작하였다. 설명을 듣고 바디스의 존재에 대한 확신이 들어선 유진에게 본격적인 제안을 시작하는 교수였다.

"최초의 인간으로 초대된 거라네. 하지만 그냥은 못 가."

단호한 모습으로 급선회한 교수의 표정이 궁금해져 유진은 되물었다.

"그냥은 못 간다니요?"

"조금 전 설명했던 쥬타인들과 관련된 이야기네. 이미 눈치챘을 수도 있겠군. 워낙 자네를 자주 관찰하러 갔었으니 말이야."

"처음 들었습니다."

"그들은 인간과 비슷하지만 이미 상당히 진화된 생명체네. 바디스의 비밀 요원이라고 할 수 있지. 그들은 전 세계에 퍼져 인간들을 감시하고 바디스에 보고를 하러 들어간다네. 그러니까 한마디로 바디스를 인간 세상과 소통시켜 주는 유일한 존재라는 것이지."

유진은 순간 소름이 돋았다. 최근 들어 자신을 따라다니던 수상하게 여겼던 사람들이 떠올랐다. 그는 그들이 자신의 주변을 계속해서 배회한다는 느낌을 받아왔었다. 가끔은 뒤쫓아오는 서늘한 공기가 이해되는 순간이기도 하였다.

"저를 쫓던 자들이 쥬타인이라는 사실을 이제서야 알았습니다. 그들은 왜 저를 쫓아다닌 거죠?"

"말했듯이 선택받은 자를 미리 관찰하려고 했던 거라네. 그들의 본부는 전 세계에 퍼져 있고 대한민국에 존재하는 본부의 이름을 티저스 칸토 타운이라 칭하였네. 그들은 자네를 훈련시켜 바디스로 보낼 계획을 하고 있지."

"저를 훈련시킨다고요?"

아직은 주어지고 있는 현실과 타협하지 않으려는 순수한 영혼을 설득시키느라 진땀을 빼고 있는 교수였다. 알려줄 것은 많았지만 모든 것을 이야기하기에는 너무도 짧은 하루였다. 하지만 교수는 복잡한 상황에서도 개의치 않고 침착하게 말을 이어나갔다.

"바디스를 쉽게 들어갈 수 있을 거라고 생각했나? 인간이 크로네필을 뚫고 들어가려 한다면 목숨을 내어놓아야 한다네."

목숨, 그러했다. 인간은 결정적인 도전에 목숨을 건다. 하지만 막상 극한상황에 놓이면 삶에 대한 끈질긴 애착을 갖는 것이 인간 본연의 모습이었다. 여행을 가듯 쉽게 갈 수 있는 곳이라 생각했던 유진은 스스로 생각이 짧았다는 것을 느낄 수 있었다. 그런 유진의 이해를 돕기 위해 교수는 바디스에 들어갈 수 있는 과정을 설명해 주기 시작하였다.

"이 이야기를 꺼낸 이유는 사실 쥬타인들만이 유일하게 크로네필을 일시적으로 뚫어 바디스에 입성할 수 있다네. 그들은 그것을 솔라칸이라 부른다네."

"솔라칸."

"자네가 받게 될 훈련은 쥬타인들의 솔라칸 안에서 견디는 훈련을 뜻한다네."

"어떤 훈련이든 목숨을 걸고 생존해야 한다는 의미 같네요."

"이제 대화는 여기까지 하지. 자네가 결정해야 할 숙제는 이제 선택만 남은 것 같으니."

시원스럽게 상황을 정리하는 교수였다. 이야기를 다 전해 들은 유진은 본인의 목숨이 담보가 아니었기에 선택받은 것이 가능했다고 유추하였다. 교수 또한 유진처럼 선택받은 자였다면 자신도 목숨 걸고 도전을 멈추지 않았을 것이라 생각하였다. 하지만 그 점은 누구도 장담할 수 있는 문제가 아니었다. 상황이 자신의 것이 되면 누구나 마음은 변할 수 있었다. 그들의 대화는 어느덧 시간이 흘러 해가 넘어가고 있었다. 유진은 교수에게 조만간 본인의 선택에 대한 답을 건네기로 하고 일어났다. 장시간 대화를 이어가다 보니 머리가 복잡해진 유진은 복도를 빠져나오면서 벤치에 잠시 기대었다. 그 시각 때마침 소연은 야간 사서로 교대 근무를 위해 도서관에 들어오고 있었다. 유진을 발견한 소연은 반가운 마음에 먼저 다가갔다. 서로의 친분을 증명이라도 하듯 잠시 눈을 감고 있는 유진의 이마에 딱밤을 놓는 소연이었다. 유진은 그로 인해 소스라치게 놀랐고 정신이 아득해졌다. 희미해진 눈을 비비고 자세히 관찰하니 소연이 눈앞에 와 있었다.

"어쩐 일이야? 오늘 수업도 없었잖아."

박원천 교수를 만났다고 밝힐 수 없었던 유진은 다른 핑계를 대었다.

"궁금한 책이 있어서."

"열심이네."

"열심히 해야지."

"책을 찾기 어려우면 언제든지 도와줄게."

"고마워."

소연을 신경 쓸 겨를도 없이 급히 인사를 전하고 나온 유진의 이마에는 식은땀이 흐르고 있었다. 목숨을 담보로 한 훈련을 가벼운 선택으로 마무리하는 교수의 모습을 보니 두 가지 생각이 들게 하였다. 목숨을 걸어야 하기 때문에 고민을 해야 하는 단순한 가정과 훈련만 잘 받으면 괜찮다는 희망적인 기대 심리가 공존하였다. 유진은 자신이 어디에 초점을 맞춰야 할지 고민되었다. 하지만 조만간 결정을 내려야만 했다. 그는 누구에게도 꺼내어 보여주지 못할 결정을 내리기 위해 혼자만의 치열한 고민을 시작하였다. 그럼에도 두려운 감정이 드는 것은 어떠한 선택을 내렸든 바디스는 이미 그를 초대하기로 결정했다는 것이었다. 유진은 이제 더 이상 피할 수 없는 운명의 길로 들어서 있었다.

제2장

1화 유리네 종족
너무 바쁜 쟈토가 하는 일

    서북 방향에서 웅장한 음악이 흘러나오고 있었다. 시간은 어느덧 정오가 되었다. 감히 눈을 들어 쳐다볼 수 없을 정도의 높이와 끝없이 펼쳐진 거대한 건물의 내부에서 또각또각 누군가의 발걸음이 바쁘게 움직이는 소리가 울려 퍼졌다. 표뤼부대의 감독관 쟈토의 발걸음 소리였다. 그의 자신감 있는 몸매와 걸음걸이 모두 그의 할아버지를 빼닮았다. 멀리서 걸어올 때 그의 휘날리는 금발의 긴 머리카락은 많은 이성을 끌어들이는 매력으로 가득했다. 아침의 신선한 꽃향기를 가득 취하고 온 그의 주변 또한 꽃 내음으로 향기로웠다. 오뚝한 콧대와 쫑긋한 귀 그리고 길쭉한 손가락과 손톱 그 사이를 얇은 막이 마디를 연결시켜 주고 있었다. 마치 개구리의 손과 발을 닮아 있었다. 살굿빛 아름다운 피부와 꾹 다문 입이 그의 다부진 성격을 보여주는 듯했다. 그의 발걸음이 향한 곳은 이 건물의 중심에 위치한 모렌은행이었다. 그가 모렌은행으로 들어서자 일을 하고 있던 직원들의 모든 시선이 그를 향하고 있었다. 쟈토를 바라보는 직원들의 수군대는 모습이 마치 학교에 새로 전학 온 학생을 맞이하는 듯해 보였다. 모렌은행에 들어선 쟈토는 익숙한 듯 길고 긴 복도를 지나 뒷방 안쪽에 위치한 비밀의 문을 통해 금고 앞에 도착하였다. 금고 앞에 도착하니 경비를 보고 있던 자가 누군가에게 연락을 취하였다. 연락을 취한 사람은 모렌은행의 은행장 리네라였다. 연락을 받고 얼마 지나지 않아 리네라는 쟈토가 있는 장소로 도착하였다. 금고는 여러 갈래로 나누어져 있었는데, 유독 한 갈래의 길목에 위치한 금고만 보안이 되어 있지 않았다. 그는 문을 살며시 바라보면서 리네라에게 인사하였다.

"반가워요. 리네라, 오랜만이에요."

리네라도 우아한 목소리로 쟈토에게 인사하였다. 유리네 종족이 반갑게 인사하는 방식은 서로의 손목을 비벼대는 것이었다. 그들은 서로 손목을 비벼대며 반갑게 맞이하였다.

"반가워요. 쟈토, 잘 지냈나요?"

그들이 서로를 대하는 모습은 매우 수평적이었다. 여자와 남자, 상사와 부하, 부모와 자식, 노인과 어린이 할 것 없이 모두가 매우 평화롭고 낙천적으로 서로를 대하였다. 쟈토와 리네라는 감독관과 은행장으로 일적으로 연결된 사이였지만 서로에 대한 거부감은 없었다. 먼저 쟈토가 리네라에게 물었다.

"요즘 은행은 별일 없었나요? 불편한 점이 있으면 말해주세요."

이렇게 쟈토는 주변을 샅샅이 돌아다니면서 문제 사항들을 찾아듣곤 하였다. 감독관으로서 그의 태도는 성실하고 정직하였다. 하지만 대화 도중에도 간간이 금고 문으로 눈길이 가는 것은 어쩔 수 없었다. 그가 정직하지 않은 마음을 먹어 그런 것이 아니라 보안이 안전하지 않아 망가진 문이 신경 쓰였기 때문이었다. 리네라는 그의 세심한 배려에 고마워하면서도 문제적 상황에 대해 알렸다.

"쟈토, 저 문을 보세요. 좀 더 보완이 필요해 보여요."

굳게 잠겨 있어야 할 유리네 종족의 문양이 새겨져 있는 금고문이 열려 있었고, 수장고 내부 벽면에는 몇 개의 굵직한 스크래치가 보였다. 리네라의 우려스러운 목소리에 따뜻하게 걱정해 주는 쟈토였다.

"리네라는 괜찮았나요?"

"쟈토가 걱정할 만큼은 아니지만 가끔씩 악몽을 꾼답니다."

"오. 리네라, 이 부분은 회의를 거쳐 곧 개정하도록 할게요."

"바로 부탁해요."

"당연하죠. 우리에게도 중요한 문제니까요."

쟈토는 리네라와의 대화를 마치고 이어져 나온 복도를 지나 다시 은행으로 나왔다. 둘 사이에 흐르는 은은한 긴장감이 해소되자 쟈토는 한숨을 크게 내쉬었다. 그는 살며시 원형으로 세워진 뒷벽에 아름답게 그려져 있는 모렌은행의 문양을 확인하였다. 금고의 개

수만큼 아홉 개의 통로가 뒤엉켜 있었고 여러 종족을 뜻하는 별빛 문양과 검은 큰 점 하나가 아래에 박혀 있었다. 모렌은행은 바디스의 깊은 역사와 전통을 유지하면서도 이곳의 주요 재정을 담당하는 중앙은행이었다. 모든 종족들이 그들이 보유한 여러 형태의 재산을 축소시켜 금고에 저장할 수 있었다. 재산 형태 축소 기술은 모렌은행만이 가지고 있는 특별한 기술이었다. 그로 인해 소유하고는 있지만 살고 있지 않은 집들을 신고해서 축소시킨 뒤 금고에 보관하는 자들도 있었다. 그중 쟈토의 굄니가문도 많은 재산을 축적하고 있기로 유명했다. 굄니가문이 축적하고 있는 재산이 손가락 안에 들 정도로 쟈토는 부유한 환경 속에서 자라났다. 그가 표뤼부대의 감독관이 된 이유도 가문의 영향이 컸다고 할 수 있었다. 지니고 있는 지위만큼이나 그날도 어김없이 할 일이 많았던 쟈토는 은행에서 다음 행선지로 향하였다. 쟈토는 사무관들이 주로 일하는 티세움을 벗어나 바깥으로 나가보기로 하였다. 티세움에서 가장 높은 곳에는 공중활주로가 있었는데, 그 이유는 유리네 종족과 바디스 몇몇 종족들의 신체적 능력에 있었다. 그들은 상당한 점프 실력과 등뼈 사이에 숨어 있는 날개로 스스로 먼 곳까지 자유롭게 이동할 수 있었다. 쟈토는 활주로로 나오자마자 날개를 펼쳐 하늘 높이 날아올랐다. 그날따라 신선하고 맑은 공기가 더욱 그의 갈비뼈 사이를 오고 갔다. 한껏 기분이 좋아진 쟈토는 누가 들을지도 모를 함성을 외쳤다.

"신이 주신 선물, 바디스여 영원하라!"

여러 종족들은 그렇게 바디스에 살고 있었다. 영원할 것 같은 평화의 땅 그리고 지구상에 인간이 이루어 내지 못한 유토피아를 이룩한 위대한 업적을 통해 그들의 자부심이 느껴졌다. 끝도 없이 펼쳐진 광활한 대륙은 인간 세상에서 주요 국가만큼의 크기에 육안으로 확인이 어려운 크로네필이 빛에 반사되어 하늘을 더욱 밝게 비춰주었다. 쟈토는 자주 이렇게 하늘 높이 날아올라 바디스의 풍경을 둘러보곤 하였다. 그는 한참을 날아올랐다가 숲속에서 굴뚝에 연기가 나는 벽돌 건물을 발견하고, 그 앞에 서서히 착륙하였다. 그가 도착한 곳은 오래된 식품 제조 공장이었다. 건물은 낡고 오래되었지만 아직은 견고해 보였다. 쟈토는 급하게 누군가를 찾고 있었다. 그곳은 쟈토의 삼촌인 갸토가 공장장으로 일하는 곳이기도 하였는데, 갸토가 대부분의 공장을 관리하고 운영을 도맡고 있었다. 쟈토는 친척 중에서 가장 친한 갸토의 사무실로 들어갔다. 공장에서 한참을 일하다가 올라온 갸토는 얼굴에 음식물을 잔뜩 묻힌 채로 들어섰다. 갸토는 쟈토를 보자마자 반갑게 인사하였다.

"쟈토! 나의 멋진 조카 한번 안아볼까?"

푸근하고 인심 좋기로 소문난 갸토는 쟈토를 따뜻하게 맞이해 주었다. 그는 오랜 시간 쟈토의 든든한 지원군이었다. 항상 어렵고 힘든 결정에는 갸토의 의견을 구하러 오는 쟈토였다. 바디스에는 여러 개의 식품 공장들이 존재하였는데 갸토가 관리하는 식품 공장에서는 유리네 종족의 주식을 제조하고 있었다. 그날은 항상 바쁜 갸토가 여유가 없는 와중에도 갸토를 찾은 이유에는 본부의 의견을 전하러 온 것이었다. 얼마 전 본부에서는 쟈토에 대한 논의가 있었는데, 그것은 쟈토의 현재 능력과 앞으로의 가능성을 점검한 결과 본부로 불러들이는 것이 적합하다고 생각해서 내린 결정이었다. 티세움 내부에는 사무관 전체를 관리하는 본부가 있었다. 본부에서는 바디스에 존재하는 생명체의 능력치를 객관적으로 점검하는 평가를 정기적으로 비밀리에 진행하였다. 평가에는 몇 명의 후보가 올랐는데 그중 한 명이 바로 쟈토였다. 그 소식을 듣고 가장 기뻐했던 쟈토가 이야기를 전하러 온 것이었다.

"삼촌, 보고 싶었어요. 자주 만나 뵈러 왔어야 했는데 이제는 그럴 필요가 없게 되었네요."

그 말을 듣고 바로 반응하는 쟈토였다.

"그럴 필요가 없다는 건 본부에서 나에 대한 논의가 있었던 게로구나."

"맞아요. 삼촌이 본부 내의 식품 관리 팀으로 배정된다는 내용이에요."

"쟈토, 듣던 중 반가운 소식이지만 나는 여기를 떠날 수 없어."

당황한 쟈토는 의아한 눈빛으로 삼촌을 바라보았다. 본부에서 일하는 것은 사실 쟈토의 오랜 희망이었다. 하지만 쟈토는 쟈토가 겨우 찾아온 기회를 거절하니 도저히 이유를 물어보지 않을 수 없었다.

"다른 이유가 있나요?"

"요즘 들어 소스탐 종족들의 반응이 심상치가 않아. 그들이 동등한 대우를 받지 못한다는 의견이야. 조만간 이 부분에 대해서 소집이 있어야 한다고 생각해."

"그렇군요. 삼촌이 떠나면 그들의 마음도 흔들릴 수 있다는 거네요."

"그렇지. 나도 뜻을 함께해 소집일에 의견 제시를 하려고 해."

"좋아요. 삼촌 의견이 그렇다면 저도 지지 의사를 밝혀야겠어요."

"내년에도 기회가 올 거라고 믿어."

"고마워요. 삼촌은 언제나 저의 정신적인 의지처에요."

절차적 평등함 그리고 각자의 의견을 중시하는 본부의 모습이었다. 그 누구도 함부로 강요할 수 없고 강요받을 수 없었다. 그것이 바로 바디스가 품고 있는 유일한 규율이었다. 유리네 종족이 처음 바디스 대륙에 정착할 때에만 해도 이곳은 척박한 땅이었다. 초기에 기근이 들고 먹을 식량이 없어 수많은 유리네 종족들은 말라 죽어가야만 했다. 그들의 모습은 순수하고 때 묻지 않았지만 현실은 그들의 씨를 마르게 하려는 듯 보였다. 그럼에도 종족의 수장들은 능력이 있었고 척박했던 땅을 서서히 개간해 나갔다. 그들이 인간과 멀어지게 된 역사적 배경에는 키르키르왕 시대의 한 사건 때문이었다. 유리네 종족도 원래는 인간과 유전적으로 같은 모습이었고, 인간과 똑같이 왕을 세워 종족을 다스렸었다. 단지 달랐던 것은 눈의 각막 색이 다르다는 것 외에 육안으로 달라 보이는 것은 없었다. 하지만 수천 년 전 인간 세상에서 왕정 국가 간 일어났던 전쟁에서의 패배 이후로 유리네 종족은 스스로 자취를 감추었다. 한순간에 유리네 종족의 거점지가 통째로 사라져 버리게 된 것이었다. 이러한 기록은 인간들의 역사 서적에도 암시적으로 나타나는 경향이 있었는데 대부분 인간과는 다른 생명체와 연관되어 있다고 알고 있는 사람들은 없었다. 그들은 자취를 감추었지만 기록을 왜곡시키지는 않았기 때문이었다. 하지만 유리네 종족이 크로네필을 만들어 내게 된 경위는 밝혀지지 않았다. 바디스의 역사에서도 크로네필은 여전히 미스터리로 남아 있었다. 그들도 그들 나름대로의 미스터리는 늘 존재하고 있었다. 크로네필에 대해 파헤치려는 자들은 박원천 교수나 일부 쥬타인들만이 아니었다. 유리네 종족들도 대대손손 크로네필이 만들어졌을 당시에 전설처럼 내려오는 이야기를 궁금해하였다. 크로네필에 대한 이 전설적인 신화는 행여 누가 들을까 아주 조심스럽게 소수에게만 전해지고 있었다. 유리네 종족이 자취를 감추고 바디스를 발전시켜 나갈 무렵 곰니가문은 건설업으로 엄청난 부를 축적할 수 있었다. 바디스의 대부호라고 말할 수 있었지만 서로 간 평등원칙으로 인하여 부를 드러내지도 않았고, 그렇다고 권력을 함부로 휘두르지도 않았다. 그들은 단지 조직 형성에 많은 부분을 참여하며 바디스가 언제라도 위험에 노출되지 않도록 스스로 감독관을 자처하고 나섰다. 다양한 이야기를 품은 바디스의 신비로움은 언제나 탄성을 자아내기도 하였다.

"이만 가볼게요."

항상 바쁘게 움직이는 쟈토라도 갸토를 만나고 난 뒤 찾아오는 허탈함은 어쩔 수 없었다. 드물게 찾아온 기회인데도 그것을 아쉬울 것 없다는 마음으로 대하니 설득도 어려웠지만 더 이상 데려갈 자신도 없었다. 쟈토는 공장을 나와 다시 사무관들의 본부인 티세움으로 발걸음을 옮겼다. 그는 도착하자마자 티세움 내부에 표뤼부대가 위치한 사무실로 들어섰다. 대부분 얼마 남지 않은 시간 동안 퇴근을 하기 위해 분주히 움직이는 모습이었다. 쟈토도 오늘 남아 있는 잔업들을 급히 마무리하기 시작하였다. 평상시 그는 근무 시간에는 주변에 영향을 받지 않고 일에 몰두하는 유형이었다. 최근 들어 사무실 내에 느껴지는 찜찜한 분위기를 제외하면 그의 마음은 아주 평온한 상태였다. 다만 그가 느끼는 불편함이 무엇인지 아는 이는 없었다. 의식적으로 캐낼 수는 없었지만 누군가 쟈토를 예의 주시하고 있다는 것은 분명해 보였다. 유리네 종족은 상당히 예민하고 촉이 좋은 종족으로 유명했다. 이미 쟈토도 누군가가 자신을 관찰하고 있었다는 사실을 오래전부터 알고 있었다. 그럼에도 애써 모른척하거나 바쁜척하며 지내고 있었다. 쟈토는 책상 앞에 흐트러져 있는 서류 뭉치들을 검토하고 있었는데, 어깨를 살며시 짚으며 말을 거는 동료가 있었다. 그는 순간적으로 몸이 경직되면서 떨렸다. 뒤를 돌아보니 스테라였다. 그녀는 표뤼부대 동료로 같은 부서에 있는 감독관 중 한 명이었다. 스테라는 그날따라 심각한 표정을 지으며 곧 있을 회의 주제에 대해 알렸다.

"쟈토, 곧 회의예요. 주요 주제는 사무관 선발 관련 그리고 또 하나는…."

"조금 전에 공장은 다녀왔어요. 그리고 다른 하나는?"

"이건 조금 중요한 문제인데, 선택받은 자에 대한 토론이죠."

"티저스 칸토 타운이 위치한 나라의 유진이라는 학생 이야기군요. 회의는 어디에서 하죠?"

"중앙 대회의실이요."

"참여자들은요?"

"표뤼부대를 비롯한 티세움 내 모든 감독관 전원 그리고……."

"그리고?"

"당신의 아버지인 큄니 쟈토."

 쟈토는 당황스러움을 감추기 어려웠다. 선택받은 자에 대한 회의가 열려야 한다는 것은 인지하고 있었지만 자신의 아버지인 쟈토까지 회의에 참석한다는 것은 바디스의 전체 의견을 결정하는 중요한 회의라는 의미였기 때문이었다. 쟈토는 큄니가문의 대표적인 인물로 건설 분야의 사무관을 역임한 후 현재 모든 부대를 총괄하는 팀의 수장이면서 바디스 수뇌부 세 명 중 하나였다. 쟈토는 그런 아버지의 위치가 부담스러웠지만 바디스의 평등의 원칙이 있었기에 인간 세상의 권력자들과는 사뭇 다른 편안한 부자 관계를 유지할 수 있었다. 사실 주어진 권력과 권한은 다른 문제였다. 바디스에서 권력은 존재하지 않았지만 권한은 매우 중요하게 작용하였다. 스테라가 그 말을 쟈토에게 전하자마자 때마침 모두들 소식을 들었는지 자리에서 일어나 움직이기 시작하였다. 티세움 내부에는 회의실이 여러 개가 있었는데 작은 회의실부터 수만 명 이상을 수용하는 대회의실까지 갖추고 있었다. 하지만 당장은 그중 가장 큰 중앙 대회의실에 모여 선택받은 자를 논하게 될 것이었다. 이번 회의에는 티세움 전체 수용인원 대비 참석할 수 있는 인원이 절반 조금 안 되는 상황이었다. 대부분 부대 소속의 감독관들이었다. 사무관과 감독관들은 사무실에서 상당한 거리에 있는 회의실을 높이 뛰어가거나 날개를 이용해 날아가는 등 여러 가지 방법을 이용해 순탄하게 이동하였다. 한 건물 안에서 몇만 명이 이동하는 모습은 가히 장관이었다. 쟈토도 회의 참석에 대하여 자각하고 일어나 다른 이들처럼 대회의실로 향해 걸어갔다. 그는 여타 다른 이들과는 다르게 분주히 날거나 뛰지 않고 우아하게 걸어가기 시작하였다. 여유롭게 걷던 쟈토는 무리 중 누군가가 자신에 대해 이야기하는 것도 엿들을 수 있었다.

"저기 봐. 파란 금장 옷을 입은 이가 감독관 쟈토래. 듣던 대로 멋지다."

속닥거리는 자의 옆에 있던 동료가 말을 덧붙였다.

"잘생겨도 소용없어. 쾀니가문 샤토의 아들이라고. 우리와는 인연이 없을 것 같은데."

그런 이야기들을 자주 듣는 쟈토였지만 들을 때마다 주변의 반응을 이해할 수는 없었다. 가문이 뭐라고 다들 떠들어 대는지 반응할 이유가 없었다. 쟈토는 자신을 있는 그대로 보지 않고 가문으로 보는 자들 때문에 정체성의 혼란이 올 때가 많았지만 개의치 않았다. 그는 어떤 이야기들이 들려와도 무시하고 앞을 바라보면서 회의장으로 나아가고 있었다. 때마침 소스탐 종족의 오니마르가 말을 걸어왔다.

"쟈토, 오랜만이네."

오니마르는 소스탐 종족 출신으로 본부에서 활동하는 감독관이었다. 그는 알고 보면 쟈토의 오랜 지인 중 한 명이었다. 오니마르는 최근 들어 소스탐 종족에게 과다한 업무량이 부과됨으로 인해 불만을 품은 지 얼마 되지 않아 주변의 모든 지인들에게 자취를 감추었다. 쟈토도 항시 오니마르의 소식이 궁금하던 찰나였다.

"오니마르, 어디 갔다 이제 나타난 것이야?"

"들었을지 모르지만 소스탐에서 바디스에 불만을 품고 있는 자들이 많이 늘어나고 있어. 나는 그저 민원을 들으러 다니면서 여행이나 하였었지."

"민원을 들으면서 여행이라니 여유가 넘쳐나는군."

"본부의 지시가 있었고, 나는 그냥 단독으로 행하지는 않는다는 사실이야."

그의 말과는 대조적으로 본부는 원래 무언가를 개별적으로 지시하지 않는다는 원칙이 있었다. 무조건적인 지시 대신 방향만 제시할 뿐이었다.

"오니마르, 너와 나는 친하니까 하는 말인데 본부는 무언가를 단독으로 지시하지 않아."

쟈토는 자신이 아는 지식의 한도 내에서는 절대 거짓이 존재하지 않는다고 믿었기에 매우 당당한 태도를 취하였다.

"알아. 네 말대로 본부는 지시해서도 지시를 할 수도 없지."

쟈토가 일일이 따져 묻자 오니마르는 진지한 표정을 지으며 대답하였다. 그들의 대화 속에는 소스탐의 움직임이 심상치 않다는 점이 전제로 깔려 있었다. 하지만 그런 상황에서도 오니마르는 조만간 있을 소집일에 대비하고 있었다. 쟈토는 그런 오니마르를 애써 무시하며 앞서 걷기 시작하였다. 오니마르의 말대로 본부의 지시가 있었다면 관계자들은 이미 추방당해져야만 했다. 어차피 문제가 있으면 소집 회의에서 의견을 조율하고 쉽사리 정리될 수 있는 문제였다. 쟈토가 주변의 수군거림을 지나쳐 한참 걷다 보니 멀찌감치 대회의장의 웅장한 모습이 드러났다. 아름다운 금장과 보석으로 장식된 바디스의 주요 사항을 결정하는 티세움의 가장 후면에 위치한 쇼르틴이 드디어 보이기 시작하였다. 쟈토는 모여드는 종족들의 사무관과 감독관들을 바라보며 핑크빛 눈동자들이 근거리에서 가득 채워지기 시작한 모습을 확인할 수 있었다. 바디스의 안녕을 바라고 회의를 하는 곳에 곧 쟈토의 아버지인 샤토도 모습을 드러낼 예정이었다. 가장 늦은 출발로 뒤늦게 도착한 쟈토는 표류부대가 위치한 곳을 찾아 자리에 착석하였다. 모두가 모여들자 북소리가 요란하게 울리더니 이어 사회를 보는 감독관이 단상 위로 올라와 시작을 알렸다. 비로소 바디스의 역사상 가장 중요한 회의인 인간 입성 건에 대한 토론을 시작하였다. 그 회의의 목적은 단 한 사람 바로 유진을 향하고 있었다. 쇼르틴을 가득히 채운 사무관과 감독관들의 모습이 장관을 이루었다. 서로 이야기를 나누느라 장내는 시끄러웠다. 그 틈을 타 회의를 주도하는 사회자가 단상에 올라 식순을 소개하였다.

"이번 회의의 안건은 두 가지입니다. 신규 사무관 선발과 인간 입성 건입니다."

두 개의 안건이 던져지자 저마다 주변을 붙잡고 다시 웅성거리기 시작하였다. 특히 인간 입성과 관련해서는 많은 논의가 필요해 보였다. 사회자는 주제를 알렸는데도 불구하고 줄어들지 않는 소음을 막을 길이 없어 고전하고 있었다. 그는 목소리를 한 번 더 가다듬고 큰 목소리로 말하였다.

"아! 장내가 시끄럽습니다. 여러분, 조용히 해주십시오."

사회자의 부탁이 무색하게도 장내는 조금도 수그러들 기세가 아니었다. 바디스 역사상 처음이 될 인간을 들이는 문제는 쉬운 결정이 아니었다. 수만 명의 투표권자들은 저마다 나름의 소명의식을 지니고 있었다. 그들은 지구상에 바디스라는 세상을 함께 가꾸어 나간다는 아름다운 가치관을 지니고 있었다. 그들이 가지고 있는 자부심과 소명의식이 과연 인간을 받아들일 수 있을지는 의문이었다. 장내의 소란이 지속되자 아래에서 대기하고 있던 귐니 샤토가 단상 위로 조심스럽게 모습을 드러내었다. 그가 은발의 온화한 미소와 함께 인자함을 자아내는 모습으로 마이크 앞에 입을 대고 조심스럽게 말문을 열려고 하자 순식간에 소란이 잦아들었다. 갑자기 모든 이들이 귐니 샤토의 말을 기다리기 시작하였다. 샤토는 앞서 사회자가 말한 주제들 중에서 인간의 안건을 먼저 제기하기로 하였다.

"인사부터 나눌까요? 아잇!"

"아잇!"

굄니 샤토가 바디스의 언어로 인사를 전하자 사무관과 감독관들도 다 같이 한목소리로 그에 답하였다.

"오늘은 바디스의 역사상 가장 중요한 날입니다. 그동안 바디스는 인간들이 살고 있는 세상과 차원이 다른 새로운 세상을 만들어 왔습니다. 여러분들은 바디스를 둘러싼 크로네필 안에서 다양한 종족들과 함께 수천 년 동안 인간들이 이해하지 못하는 진화를 거듭해 왔습니다."

장내는 다시 수군거리기 시작하였다. 바디스 교육기관들의 수업을 통해서 배운 역사서에 나온 기록과 관련된 익숙한 내용이기도 하였지만, 이러한 주제로 앞에서 연설하는 샤토의 모습은 매우 강렬한 인상을 주고 있었다. 그런 분위기에도 아랑곳하지 않고 샤토는 계속해서 말을 이어나갔다.

"우리는 아주 오래전엔 인간에게 분노하였고, 오랜 시간 진화를 거듭하였고, 그 긴 시간 동안 분노는 사라지고 이 광활한 곳에서 평화를 이루었습니다. 여러분의 모습을 스스로 살펴보세요. 인간들은 가질 수 없는 능력들이 여러분의 선대로부터 위대한 선물로서 주어지고 있었다는 사실을 말입니다."

박수가 터져 나왔다. 어떤 이는 진화 이전에 날개가 없었던 조상들을 기억하며 눈물짓기도 하였다.

"이제 우리는 준비가 되었습니다. 이 시간 이후 수천 년 동안 우리가 감춰왔던 모든 진실을 한 인간과 교류하려 합니다. 그는 바로 선유진이라는 청년입니다."

쇼르틴의 내부에 높게 솟은 돔 천장 가운데로 선택받은 자의 모습과 양력이 펼쳐졌다. 그들은 주의 깊게 그에 대한 정보들을 살펴보았다. 선택받은 자의 양력은 바디스의 사무관과 감독관들에게는 특별해 보일 것이 없었다. 인간계에서 똑똑하면서도 어리고 평범한 학생일 뿐이었다. 샤토는 펼쳐져 있는 양력을 한번 바라보고는 연설의 끝에 회의의 시작을 알렸다.

"여러분의 의견을 듣겠습니다. 지금부터 의견을 개진해 주시길 바랍니다."

샤토의 말이 끝나자 종족들은 각자 뇌파로 자신들의 의견들을 전송하기 시작하였다. 쇼르틴 중앙 돔에 서서히 그들의 의견이 정리되어 올라오기 시작하였다. 그들이 보낸 의견들은 종류별로 분리가 되어 통계적 지표로 보여주었다. 안건이 제시된 후 모든 의견이 정리되고 결과가 발표되기까지 몇 초가 걸리지 않았다. 쇼르틴 중앙에 지표가 올라오자마자 회의장 내부는 모두 충격에 휩싸였다. 저마다 엇갈린 의견을 살펴보고 서로를 탓하는 자들도 있었다. 첫 결과는 인간 입성의 찬성이었다. 그 순간 쟈토의 표정이 굳어졌다. 쟈토는 바디스에 인간을 들이지 않길 바라고 있었다. 이 문제와 관련해서 아버지인 샤토와는 어떠한 의견도 나눈 적이 없었지만, 그가 속한 표뤼부대원들의 분위기가 인간에 대한 막연한 두려움을 가지고 있어 반대 의사를 표할 수밖에 없었다. 쟈토는 결과에 대해 받아들이기 힘들다는 판단에 목에 있는 힘줄을 눌러 목소리를 크게 확대한 후 결과에 대한 이의를 신청하였다.

"여러분, 이의가 있습니다."

갑자기 들려오는 쟈토 감독관의 목소리에 장내는 다시 조용해졌다. 아들의 목소리가 들려오자 핑크빛 눈동자가 일시적으로 흔들렸던 샤토였지만 겉으론 침착한 표정을 유지하며, 그에게 발언권의 기회를 주었다.

"감독관 쟈토에게 발언권의 기회를 드리지요."

상기된 표정으로 발언권을 얻은 쟈토는 용기 있게 자신의 소신을 말하였다.

"인간들을 믿습니까? 그들은 수천 년 전 우리들을 궁지로 내몰았습니다. 우리의 선조들이 기근이 들고 먹을 것이 없었을 때, 그들은 우리 종족들 중 약자들을 골라 죽이고 겁탈하고 괴롭혔습니다. 지구에 존재하는 생명체로서의 존엄을 짓밟았습니다. 우리가 자랑스럽게 이루어 낸 평화의 땅 바디스가 다시 인간들로 인해 더럽혀지는 것을 보고만 있을 수는 없습니다. 저는 강력히 반대하며, 이에 이의를 제기합니다."

"감독관 쟈토, 잘 들었습니다. 반론 없이 결론을 도출할 수는 없지요."

바디스의 규율상 회의에서 결론은 세 번의 투표로 이루어지게 되어 있었다. 처음에는 주제만으로, 두 번째는 반론 제시 후, 세 번째는 반론에 반론을 통해 종합된 의견을 도출하여 최종 결정이 되었다. 이를 통해 결정된 사안은 더 이상 번복할 수가 없었다. 회의의 결론은 모두의 책임이기 때문이었다. 쟈토의 의견을 들으니 다른 사무관들도 용기를 내어 하나둘씩 자신들의 의견을 내세우기 시작하였다. 반론을 제시할 때에는 참여하는 사무관과 감독관들 모두 거침이 없었다. 필사적으로 막고 싶은 자들의 전쟁터 같았다.

"비록 한 사람이라도 우리의 존재를 알게 된다는 것이 두렵지 않습니까? 그들이 우리의 존재를 알게 되면 분명 우리를 공격할 것이오."

코테르 종족의 사무관 코리도 쟈토의 반론에 동참하였다.

"우리가 진화한 만큼 그들도 발전을 했습니다. 그리고 유진이라는 학생이 선택받은 자가 된 이유를 설명하시오!"

테라스 종족의 사무관 요크라는 선택받은 자에 대한 의심 어린 눈초리로 사회자를 매섭게 몰아붙였다. 쟈토의 옆에 서서 발을 동동 구르던 사회자가 다시 단상 위로 올랐다.

"여러분, 조용히 해주십시오."

사회자는 다시 한번 목소리를 가다듬고 진행을 이어나갔다.

"지금까지의 반론을 잘 들었습니다. 우리의 평등한 절차로 여러분들의 의견을 확인하였으니 곧 재투표를 진행하도록 하겠습니다."

재투표를 급히 서두르는 사회자 탓에 쟈토는 가만히 두고 볼 수가 없었다. 요크라가 질문했던 선택받은 자에 대한 선택 이유가 분명하지 못한 사실 때문이었다. 쟈토는 다시 한번 힘줄에 손을 대고 큰 목소리를 내었다.

"선택받은 자에 대한 선택의 이유를 대시오. 그 이유가 없다면 아무도 납득하기 어려울 것입니다."

장내는 다시 한번 술렁이기 시작하였다. 사회자는 쟈토의 말을 듣고도 못 들은 척 무시하고 투표를 강행하였다.

"투표하겠습니다. 여러분은 지금부터 쇼르틴 중앙에 신호를 전달해 주십시오."

쇼르틴 중앙에 다시 의견들이 취합되고 결과가 보이기 시작하였다. 자리에 모인 사무관과 감독관들은 숨죽이고 그 결과를 지켜보기 시작하였다. 시간이 고요하게 흘렀고 드디어 기다리던 재투표 결과를 확인할 수 있었다. 처음 투표와는 정반대로 입성 반대 결과가 나타났다. 처음으로 반론을 낸 쟈토의 의견이 받아들여진 모습이었다. 관객석 여러 곳에서 환호성이 터져 나왔다. 결과에 기쁜 자들은 서로를 부둥켜안고 눈물을 흘리거나 축배를 들기도 하였다. 반론 투표가 성공한 것은 근 몇 년 만에 처음이었다. 그동안 주요 안건이 회분 된 적이 별로 없었고 반론도 이와 같이 격하게 제기된 적이 드물었다. 사회자 옆에 서서 결과를 지켜보던 귐니 샤토는 무척이나 곤란한 표정이었다. 그의 온화한 미소가 가득했던 얼굴은 반론 투표 이후에 급격히 굳어지기 시작하였다. 샤토는 자신의 아들이 자신과 의견이 다르다는 단순한 이유만으로 웃음기를 잃을 성향은 아니었다. 사실 샤토의 내면은 분노로 가득 차 있었다. 그의 핑크빛 맑았던 눈동자가 서서히 주황색으로 물들기 시작하였다. 샤토로서도 흔하지 않은 상황이었다. 스스로도 감당할 수 없는 상태가 되자 하얀 연기가 그의 온몸을 휘감기 시작하였다. 혹시라도 다른 종족들이 그의 모습을 보게 되지는 않을지 살펴보던 사회자는 급하게 회의를 마무리하였다.

"여러분, 오늘은 여기까지만 진행하겠습니다. 다음 최종 결정투표는 며칠 뒤 이곳에서 다시 진행하겠습니다."

사회자는 투표를 급히 마무리하고 검은 천으로 샤토의 앞을 가로막았다. 검은 천 안에서 하얀 연기를 뿜어내던 샤토의 주황빛 눈동자만이 단상의 내부를 비추고 있었다. 검은 천 안의 어둠 속에서 샤토의 음성이 나지막이 울려 퍼졌다.

"선택받은 자를 준비시켜라."

2화 휴직계
긴 여정의 시작

걷기 힘들 정도로 지친 몸을 이끌고 들어선 유진의 집에는 온기가 없었다. 창백해진 얼굴로 유진은 급히 거실에 있던 온풍기를 켰다. 펑푸는 아직도 잠이 들어 있었고 깨어날 기미가 보이지 않았다. 자고 있던 펑푸가 이상하다는 생각을 했지만, 그에게 관심을 쏟을 만큼의 여유가 없었다. 유진은 교수가 전해준 이야기 속 바디스는 어떤 곳일지 혹은 상상과 현실의 부정교합이 과연 자신에게 어떤 의미로 다가오게 될지 알 수가 없었다. 차라리 신화 속 이야기를 전해주고 믿으라고 강요하는 게 낫겠다 싶었다. 분명 이것은 믿음의 문제가 아닌 자신에게 다가온 현실이었다. 켜놓은 온풍기로 집안에 온기가 찰 무렵 이틀이나 잠들었던 펑푸가 서서히 깨어났다. 펑푸는 감각적으로 인지되는 유진의 위치를 확인하고는 바로 그에게 말을 걸었다.

"박원천 교수를 만나고 왔지?"

예상치 못한 물음에 깜짝 놀란 유진은 지쳐 있던 기색을 뒤로하고 핑푸에게 되물었다.

"어떻게 알았어? 나는 네가 잠들어 있는 줄로만 알았는데."

핑푸는 말랑한 얼굴에 은은한 미소로 유진을 안심시켰다.

"유진, 사실 나는 몽푸보다 똑똑해. 유진과 관련된 일이라면 나를 구성하고 있는 시스템이 모든 것을 검색할 수 있게 하지."

물어본 게 잘못이었다는 생각을 한 유진은 자신의 고개를 가로저으며 말하였다.

"그래. 너는 모든 것을 알 수 있는 척척박사 핑푸였지. 하지만 나의 생활만은 침해하지 말아줘. 나에게도 비밀이 필요해."

핑푸는 걱정 말라며 유진의 품속으로 들어와서 이렇게 말하였다.

"걱정 마. 유진의 신변에 위협만 감지되지 않으면 더 이상 간섭하지 않을게."

핑푸의 말을 들은 유진은 혹시라도 교수를 만났을 때 자신에게 신변의 위협이 가해졌던 것은 아니었을지 되짚어 보았다. 최근의 일들을 살펴보면 선택받은 자를 노릴 수 있는 이유는 충분해 보였으니 핑푸에게 그런 점이 감지되었다면 어쩔 수 없는 부분이었다. 유진은 교수와의 대화를 통해 머지않은 시간에 결정을 해야만 했다. 그에게 놓인 상황은 어찌 보면 스스로 선택하지 않아도 필연적으로 결정될 수밖에 없었다. 그것을 누구보다도 잘 감지하고 있는 유진이었다. 다만 그에게는 준비할 시간이 필요했다. 이것이 그에게는 결심의 순간이라 말할 수도 있고 아니면 돛 없는 배에 올라타 방향 없이 순리를 따르는 시간이라 말할 수도 있었다. 결정은 그리 어렵지 않아 보였다. 그랬기에 유진은 위험하겠지만 인류를 위한 이 위대한 여정에 자신이 스스로 자원해 보기로 마음먹기 시작하였다. 우선 그전에 해야 할 것들이 있었다. 알봇타이저에 돌아가 휴직계를 제출해야만 했다. 프로젝트가 다시 진행된다고 하더라도 복귀할 자신이 없었던 유진이었다. 이런 상태로라면 더욱 그러했다. 유진의 생각이 정리되어 가는 순간 집 안에 울려 퍼지는 전화벨 소리가 그의 뇌를 자극하기 시작하였다. 전화벨 소리는 혼자 사는 집에 오랜만에 울리는 반가운 소리이기도 하였다. 전화를 받으니 다소 저음에 힘 있는 목소리로 연락한 아버지와 연결이 되었다. 아버지임을 확인한 유진은 달갑지 않은 목소리에 다소 실망하였다.

"나다."

"네. 아버지."

다소 무뚝뚝한 부자 관계를 증명이라도 하듯 서로에게 단답형으로 대화하였다.

"다음 달에 본가에서 보자. 할 말이 있다."

"이번 달은요?"

"일정이 가득 찼구나."

"일이 항상 먼저시죠."

서로의 마음을 알 길 없는 부자 관계이기에 사소한 대화에도 거리를 두는 모습이었다.

"중요한 얘기니 다음 달에 보자."

"그러시죠."

"이만 끊는다."

짧은 대화 속 요점만 오고 간 대화에는 애정이 전혀 느껴지지 않았다. 어린 시절을 떠올리면 유진의 아버지는 그를 차갑고 매우 엄하게 키웠다. 아버지는 늘 바쁘기도 하였지만 그는 항상 머리가 좋은 유진을 만능으로 만들기 위해서 사람을 붙여 그를 컴퓨터처럼 키우려 하였다. 하지만 유진의 마음속에 자리 잡은 따듯한 마음씨는 어머니와 유모였던 하정이 아주머니를 통해서 자리 잡게 되었다. 유진은 통화를 하면서 순간 교수에게 들은 것과 관련하여 혼자서 감당할 수 없는 신비로운 이야기들을 전해야 한다고 생각이 되었지만, 결국 할 말을 제대로 전하지 못하였다. 결정의 시간까지 시간이 많지 않았다. 전화를 마치고 유진은 알봇타이저로 향하는 동안 아버지에게 이야기를 전하지 못한 탓에 아쉬운 기색이 역력하였다. 또한 직장과 학교를 병행하면서 다니던 회사의 무산된 프로젝트로 인해 휴직을 해야 한다는 사실도 그의 마음을 편하게 만들지 않았다. 회사에 도착하게 되면 그는 바로 휴직계를 낼 계획이었다. 이 결심을 통해 앞으로 자신이 겪어나갈 일들로 인하여 불러올 파장 역시 당시에는 예상하지 못한 유진이였다. 모든 일의 시작점은 작은 희망 혹은 욕심 하나에 달려 있기 때문이었다. 유진이 도착한 회사 입구에는 정신없이 출근하고 있는 연구소 직원들로 가득 차 있었다. 건물 내부로 들어가는 틈 사이에 유진과 친분을 맺고 있는 동료들은 보이지 않았다. 아마도 비밀 프로젝트의 해산 이후 각자 휴식기를 가지고 있거나 다른 임무를 맡고 있을지 모를 일이었다. 유진이 사내에서 사용하는 킥보드를 타고 내부로 들어서자 중앙 분수대와 식물원이 나타났다. 이어 그는 지훈 과장이 개별로 사용하고 있는 사무실로 향하였다. 소문에 의하면 프로젝트 멤버들 중에서 지훈 과장만 복귀를 했다고 전해졌었다. 유진이 가장 의지했던 선배이기 때문에 휴직계를 내기 전에 지훈 과장을 만나려는 건 당연했다. 그사이 지훈 과장이 복귀한 부서는 지느러미 부서였다. 어류의 지느러미를 연구하고 슈트에 부착하여 추진력을 갖게 하는 연구소였다. 알봇타이저의 대표 브랜드가 장착된 슈트에 달릴 지느러미였기 때문에 사내에서는 상당한 영향력을 발휘하는 곳이었다. 유진은 입구에서 보안 해제 과정을 거치고 지훈 과장이 있는 사무실로 향하였다. 지느러미 부서는 비밀 프로젝트 팀과는 분위기가 사뭇 달랐다. 쾌적하고 밝은 분위기에 서로 유쾌한 대화들이 오고 가고 있었다. 사무실 문을 여러 번 두드린 후 안에서의 반응을 기다리고 있던 유진은 갑자기 뒤에서 나타나 인사하는 지훈 과장을 발견하였다.

"반가워 유진. 좀 쉬었어?"
"과장님, 안녕하세요."
"무슨 일이야. 복귀하나?"

"아니요. 오히려 반대예요."

유진의 의중을 파악한 지훈 과장은 자연스레 그의 향후 계획을 되물었다.

"몇 년 생각하고 있지? 최대 3년까지 되는 걸로 알고 있어."

"2년입니다."

"조금 길게 잡았군."

"사정이 있어서요."

"자네의 속사정은 알고 싶지 않지만, 회사도 그대의 휴식을 아쉬워할 거야."

"다시 돌아오면 그때 말씀드릴게요."

"알겠네. 쉬는 동안 새로운 것을 많이 경험하길 바란다."

"네. 고맙습니다."

지훈 과장과 언제가 될지 모르는 기약을 하며 아쉬운 인사를 전한 유진은 지느러미 부서를 빠져나왔다. 유진이 자리를 비울 2년 동안에도 알봇타이저는 인류의 미래를 위해 쉴 새 없이 진일보할 계획을 세우고 있을 것임은 분명했다. 그것을 기대하는 건 유진도 마찬가지였다. 자신이 휴식 기간을 가질 동안 경험하게 될 일들과 그 사이 알봇타이저가 이뤄낼 성과들을 비교하고 싶은 것은 당연했다. 유진은 휴직계를 내러 이동하는 길에 복도 창문에 갇혀 있는 고독해 보이는 곰을 발견하였다. 그는 잠시 킥보드에서 내린 뒤 창문에 달려 있는 모니터를 관찰하였다. 곰은 유진에게 무언가 말을 전하고 싶어 하는 듯 보였다. 곰은 자신의 앞에 달려 있는 키보드를 손가락으로 누르며 자신의 마음을 표현하고 있었다. 모니터에 떠오른 문장은 스쳐 지나가는 유진의 마음을 두드리기에 충분하였다.

"나가고 싶다."

알봇타이저에서 연구 대상이 된 동물들의 심정을 충분히 이해할 수 있는 문장이었다. 유진은 마음이 아팠다. 생명이 지구에 존재하는 시간은 한정되어 있는데, 인간의 욕심을 위해 희생당하고 있는 동물들은 셀 수 없이 많았다. 하지만 애써 그 모습을 지나쳐 알봇타이저 인사과 앞에 도착한 유진은 휴직계를 내기 위한 절차를 거치기 시작했다. 휴직 처리는 그가 생각했던 것보다 매우 간편한 방법으로 정리가 되었다. 접수 이후에는 유진이 속해 있는 계열의 수장인 유정아 이사의 허가와 면담이 남아 있었다. 접수 담당자가 유정아 이사의 이름을 거론하자 유진은 몇 주 전 주차장에서 겪었던 일이 떠올라 가슴이 두근대기 시작하였다. 주변을 의식하고 있던 이사와 그녀의 주위를 둘러싸고 있던 검은 양복을 입고 있던 자들 그리고 계획을 짜던 모습들까지 비추어 보았을 때 유진은 혹시라도 자신이 알고 있는 비밀과 연관선상에 있지는 않을지 의심하였다. 인사과 직원이 먼저 말을 걸었다.

"휴직 기간 동안 알봇타이저 사내 비밀 유출 금지 서약서 하나 작성하시고요."

"네."

"유정아 이사와의 면담 일정 알려드려요. 내일 학교 가시니까 안 되고 모레 오후 6시 이사님 사무실로 가시면 됩니다."

그는 유진에게 이사와의 일정을 알려주었다. 그러면서 그는 인사과를 나서는 유진의 뒷모습에 한마디를 덧붙였다.

"휴직 축하해요. 인류의 미래를 위해 아름다운 여정이 되시길 바랍니다."

"무슨 말씀이시죠?"

유진은 그가 의미심장하게 건넨 문장이라는 것을 알 수 있었다. 등줄기에서 식은땀이 흘러내리며 뒤를 돌아본 순간 사라진 인사과 직원의 비어 있는 의자만 남은 모습을 확인할 수 있었다.

"저기요. 여기 있던 사람 혹시 못 보셨나요?"

이전까지 이야기를 나누던 사람이 사라진 것을 알아차리곤 급히 주변에 도움을 요청하는 유진이었다. 주변에서는 사라진 직원이 누군가와 대화를 나누고 있었다는 사실을 눈치채지 못하였던 터라 다급한 그의 물음에 아무도 답을 주지 못하였다. 직원 중에 한 사람이 다가와서 오히려 자신의 입장을 먼저 전하였다.

"솔직히 말씀드려도 될지 모르겠어요. 조금 전 제가 본 건 놀란 얼굴로 갑자기 서 있는 당신을 본 게 다네요."

"제가 계속 누군가와 대화를 하고 있었는데 못 들었다는 말씀이시죠?"

"당신이 허공에다 헛소리를 하였는데, 사실 그 자리에는 아무도 앉아 있지 않았어요."

"그렇군요. 알겠습니다."

사람이 갑자기 사라지는 현상은 영화에서나 나올 법한 일이었다.

아니면 며칠간의 피로 누적으로 잠시 헛것을 본 것일 수 있다고 생각하였다. 하지만 스스로를 의심한지 얼마 지나지 않아 유진은 다시 그 직원에게 물었다. 자신이 접수한 휴직계가 등록되었는지 알고 싶었다.

"잠시만요. 그러면 조금 전 사라진 직원에게 휴직을 신청하였었는데 신청은 제대로 되었나요?"

"확인해 줄게요. 기다려요."

그 직원은 검색을 해보더니 신청은 제대로 들어갔다고 하였다.

"이상한 일이네요. 신청은 들어가 있어요. 그리고 몇 분 전에 등록 완료된 걸로 나와요."

"이사님과의 면담이 남아 있는데 등록이 완료되었다고요?"

"신청 접수되고 나면 면담 후 처리가 되는데, 지금은 등록까지 완료된 것으로 보아 면담은 진행 안 하셔도 괜찮을 것 같아요."

유진은 다행히 사라진 직원과 나눈 대화가 헛것은 아니었다는 확신이 들면서도 복잡한 마음에 목덜미를 쓸어내리며 인사과를 나왔다. 그는 점점 선택받은 자에게 다가오고 있는 거대한 힘을 조금씩 더 강력하게 느끼기 시작하였다. 이럴 때일수록 용기를 내어야만 했다. 두려움과 복잡함에 사로잡혀 아무런 용기도 내지 못한다면 자신은 선택받은 의미가 없는 것이나 마찬가지였다. 이 시간 이후부터 조금 전과 같은 이상 현상 따위에는 겁을 먹지 않기로 다짐하였다. 유진은 그러한 결심으로 인해 개의치 않고 당당하게 복도로 나왔다. 바쁘게 복도를 지나치는 동료들을 살펴보니 마음 한편으로는 홀가분한 생각도 들었다. 학교와 회사를 병행하면서 힘들었던 과정 끝에 휴직을 결정했었고, 때마침 교수가 알려준 쥬타인들의 훈련에 동참할 생각도 굳혀지고 있었다. 스스로 선택받은 자로서 바디스를 입성하게 될 유일한 인간이라는 것과 미지의 세계에 대한 탐험 계획에도 설렘이 가득했다. 한 가지 간과할 수 없는 현실은 목숨을 걸고 훈련을 성공해야만 한다는 것이었다. 사실 유진은 현 상황에서 스스로 아무것도 할 수 없었다. 자신이 결정하였다고 하더라도 새로운 세상으로 인도해 줄 연결점과 계획에 대해서는 아무것도 모르고 있었다. 유진은 다음 날 교수에게 자신의 준비된 마음을 전하기로 마음을 먹었다. 그가 원하는 것은 교수의 반응보다는 그가 알고 있는 바디스에 대한 정보를 전해주기만을 기대하였다. 또한 그는 교수에게 쥬타인들에 대해 좀 더 자세하게 물어보기로 결심하였다. 유진은 사무실을 나오면서 자신이 근무했던 사무실과 서서히 멀어지는 것을 느꼈다. 그를 스쳐 가는 수많은 연구원들의 얼굴이 보였지만 그대로 지나쳐 앞만 보고 나아갔다. 그 순간 유진은 알봇타이저에서 개발 완성 단계에 이른 슈트가 생각이 났다. 아직 시판되지 않은 최신형 슈트가 연구동 건물의 좌측 공장 안쪽에 설치가 되어 있다는 것을 알고 있었다. 이전에 연구 장비 점검을 위해 본부로 돌아가다 길을 잘못 들어 공장 뒤편까지 간 적이 있었는데, 그곳에서 처음 발견했던 기억이 난 것이었다. 다른 직원들은 상부의 지시에 의해 비밀리에 만들어지고 있는 신제품에 대한 소식을 알 길이 없었다. 사실 그것만 있으면 유진은 자신이 어디에 가도 두려움이 없을 것 같은 기분이 들었다. 시판되기에는 아직 몇 가지 문제가 남아 있었지만, 슈트를 입게 되면 일시적인 공중 부양과 바다 잠영이 장시간 가능했기 때문에 바디스 탐험에 유용하게 사용할 수 있을 것만 같았다. 그런 생각이 스치자 유진은 슈트를 자신의 손에 넣고 싶은 유혹이 들었다. 비용을 들여 살 수만 있다면 고가의 집 한 채 정도가 될 텐데 가격은 그에게 그리 중요한 문제가 되지 않았다. 그럼에도 스스로의 양심에 가책을 느낀 유진은 이내 곧 단념하였다. 인간은 간혹 눈에 보이면 양심이 자주 흔들리기 마련이었다. 분명한 건 유혹은 유혹대로 가둬둘 때가 가장 아름다운 법이었다. 유진은 입구로 돌아 나오면서 휴직이 시작되었지만 당장에 그가 해야 할 것이 무엇인지부터 정리해야만 했다. 아는 것은 고작 크로네필을 뚫고 바디스에 입성하기 위해 쥬타인들에게 훈련을 받아야 한다는 사실 외에 어떤 것도 아는 것이 없었다. 유진은 출입구 안내소에서 타고 다니던 킥보드를 반납하고 뒤쪽에 우뚝 서 있는 알봇타이저의 전경을 바라보았다. 건물은 타오르는 태양 빛을 반사시켜 더욱 밝고 웅장하게 빛나고 있었다. 빛이 모두 반사되어 눈이 부신 그 순간이었다. 유진은 빛이 눈을 투과한 것으로 착각하였다. 그는 외마디 비명을 외치고 머리를 쥐어 잡으며 바닥으로 쓰러졌다.

"아악! 살려줘."

어두운 터널을 지나가는 느낌과 끝자락에 희미하게 보이는 빛 그리고 작은 음성까지 모든 감각이 동원되는 상태에서 의식은 혼미하였지만 망상은 아니었다. 전두엽을 스치는 전율 그리고 작은 음성의 주인공은 펑푸였다. 펑푸가 물리적인 시공간을 초월하여 유진이에게 말을 걸고 있었다.

"준비해. 누군가 너를 향해 다가오고 있어."

"나도 알아. 벗어날 수 없어."

유진은 읊조리며 대답하였다. 하지만 현실에서는 벙어리처럼 입만 벙긋거릴 뿐이었다. 펑푸는 마치 급작스럽게 돌아가는 상황을 설명이라도 하려는 듯이 유진을 더 강하게 몰아붙였다.

"그들이 너에게 닿기 전에 쥬타인들의 본부로 들어가도록 해."

펑푸가 당부하듯이 이야기를 전하였다.

"나는 거기가 어딘지 몰라."

"누군가 너를 쫓고 있다는 기분이 들면 승현의 집에 가서 숨어 있어."

유진은 의아하다는 듯이 펑푸에게 물어보았다.

"그런데 혹시 내 친구들 데이터까지 수집한 거야? 내 사생활 파헤치지 말라니까."

쓸데없는 걱정 말라는 말투로 펑푸는 마지막에 중요한 이야기를 전했다.

"오늘만 버텨. 무엇보다 중요한 건 네가 살아 있어야 한다는 것, 이게 모든 전제이니까."

그 말을 전하고 펑푸는 뇌리에서 사라졌다. 펑푸가 시공간을 초월해서 유진에게 말을 걸었을 때, 유진은 행인들이 지나다니는 길목에 쓰러져 있었다. 놀란 주변의 사람들이 쓰러진 채로 누워 있는 유진을 들어 올려 의식을 확인하였다. 조금의 시간이 흐르자 유진은 가까스로 눈을 떴다. 그리고는 아무렇지 않게 툭툭 털고 일어났다. 처음에는 상상하지 못하였지만 핑푸의 능력이 점점 발전하고 진화되고 있음을 느낄 수 있었다. 유진은 도대체 핑푸가 왜 자신 앞에 나타난 것인지 이해할 수 없었다. 그럼에도 핑푸가 전달한 정보는 귀담아들어야만 했다. 오늘만큼은 자신이 누군가를 피해 있어야만 한다는 사실과 그 과정에서 살아남아야만 한다는 것을 알게 되었다. 유진은 승현의 집에 엔지니어답게 각종 연구를 위한 장비들이 설치되어 보호 장비나 도구들이 많다는 것을 알고 있었다. 그렇기에 유진은 바로 그의 집으로 이동하면서 전화를 걸었다. 하지만 승현은 단번에 전화를 받지는 않았다. 마음이 급해지는 순간이었다. 시간은 어느덧 늦은 오후가 되었고 승현이 회사가 끝나갈 시간임에도 전화를 받지 않자 그의 집 앞에 가 있기로 하였다. 승현이 살고 있는 동네는 고즈넉한 언덕길에 단독주택들이 모여 있는 곳이었다. 가끔씩 서로의 집을 오가면서 자주 왕래해 왔었기에 동네가 더욱 친근하게 느껴지곤 하였다. 익숙한 풍경을 지나 집 근처에 다다르니 승현의 집 앞에 누군가가 서성이고 있는 모습을 발견하였다. 외관상 한눈에도 평범한 사람의 모습이 아니었다. 생전 처음 보는 형태의 괴생명체가 물기를 뚝뚝 흘리면서 승현을 찾고 있는 듯하였다. 유진은 급히 차의 핸들을 돌려 멀찌감치 떨어져 구석진 골목에 차를 감추어 놓고 슬며시 다가가 보기로 하였다. 차에서 내린 후 최대한 덤불에 몸을 숙이고 지켜보기 시작했다. 유진은 신분이 노출될 시에 자신이 어떠한 위험에 빠지게 될지 예상할 수 없는 상황이었다. 지켜보니 괴생명체의 크기는 열 살 정도 되는 어린아이의 키와 같아 보였다. 한눈에도 작았지만 모습은 기괴하였다. 보라색 피부에는 주름이 자글거렸고 노란 동공에는 핏줄이 선명하였다. 머리카락의 색은 붉은 갈색이었는데 젖어 있는 머리카락 아래로 물기가 뚝뚝 떨어지고 있었다. 마치 수영을 하다 방금 육지로 올라온 물개와 같았다. 괴생명체는 승현의 집을 마구 두드리기 시작하였다. 한동안 두드렸는데도 인기척이 없는 것을 보니 승현의 집에 아무도 없는 듯하였다. 유진도 승현과 연락이 닿지 않았기 때문에 계속해서 상황을 주시할 수밖에 없었다. 정원의 풀과 나무 뒤에 숨어서 지켜보던 유진은 서서히 인내심의 한계가 오기 시작하였다. 그는 괴생명체에게 말이라도 걸고 싶은 심정이었다. 괴생명체는 여전히 창문을 들여다보았다가 문 앞에도 앉았다가, 일어났다가, 승현의 집을 샅샅이 살펴보고 있었다. 어느덧 날이 어둑해지기 시작하였다. 그 순간 멀리서 익숙한 사이렌 소리가 들려왔다. 그 소리는 경찰들이 다가오고 있음을 뜻하였다. 사이렌 소리에 당황한 괴생명체는 집 앞에서 초조한 눈빛으로 오른쪽 끝에서 왼쪽 끝을 계속해서 왔다 갔다 하며 어쩔 줄을 몰라 했다. 유진이 그런 괴생명체의 모습을 보니 도망가지도 혹은 집을 부수고 들어갈 용기도 없는 순수한 영혼 같았다. 상황적으로 모서리만 돌면 경찰도 곧 괴생명체와 마주하게 될 것 같았다. 경찰이 가까워 오자 괴생명체는 갑자기 등에 있던 날개를 펼치고는 하늘로 번쩍 날아올랐다. 몸집이 작아 하늘로 오르니 마치 큰 비둘기 같아 보였다. 누구도 저 새가 조금 전 괴생명체라는 사실을 눈치채기는 어려워 보였다. 도착한 경찰은 승현의 집을 두드리기 시작하였다. 그럼에도 승현은 나타나지 않았다. 아무리 문을 두드려도 나오지 않자 경찰은 전화를 걸어 연락을 취하는 것 같았다. 잠시 뒤 집에서 우주복을 입은 차림으로 겁에 잔뜩 질린 승현이 나왔다. 유진도 승현이 집에 머물고 있었다는 사실에 놀라지 않을 수 없었다. 유진은 상황을 파악하기 위하여 승현이 경찰과 나누는 대화를 잠시 들어보았다.

"주거 침입으로 신고하셨죠?"

우주복을 챙겨 입고 나온 승현은 우스꽝스러운 모습으로 헬멧을 벗으며 경찰에게 대답하였다.

"수상한 차림의 어떤 자가 집을 계속해서 두드리면서 위협했습니다."

경찰은 승현의 우주복 차림이 의아했던지 그에 대해서 물어보았다.

"우주복은 개인 소유인가요? 직업이 어떻게 되시죠?"

승현은 자신의 사원증을 꺼내어 보여주며 자신의 소속을 알렸다.

"직업이 우주선 개발자이다 보니 집에서도 연구를 이어나가기 위해 합법적으로 허가를 받고 우주복을 소유하고 있습니다."

경찰은 사전에 찾아낸 감시 카메라의 영상을 보여주면서 대수롭지 않게 넘어가려 하였다.

"저희가 찾아본 감시 카메라 영상에서는 동네에 사는 어린아이인 것으로 판단됩니다. 아무래도 오해하신 것 같습니다."

그러면서 자신들이 본부로 돌아가면 영상을 더 자세히 분석해 보겠다고 하였다. 승현은 황당하다는 표정으로 반박하였다.

"키가 작아 그렇죠. 정말 이상하게 생겼다니까요. 사람이 아니었어요."

경찰들은 서로를 바라보며 웃음기를 머금고 다시 대답하였다.

"그러면 잠시 영상을 보여드릴게요. 일단은 어린아이가 확실합니다. 당신에게 볼일이 있어서 그랬던 것인지 아니면 좀도둑인지 신원이 확인된 후에 결과를 알려드리겠습니다."

승현은 자신의 눈으로 확인한 생명체와는 전혀 다르게도 영상에서는 어린아이가 서성이는 모습을 확인하고 털썩 주저앉았다. 승현은 자신이 헛것을 본 것인지 망상에 사로잡힌 것인지 모를 이상한 기분이 들었다. 경찰들은 다시 연락을 주겠다고 하고 그 자리를 떠났다. 승현이 문을 닫으려 하는 순간 유진은 숨어 있다가 뛰어 다가가서 승현의 집 문을 붙잡았다. 창백한 얼굴의 유진은 승현에게 급한 도움을 청했다.

"승현, 나를 어서 좀 숨겨줘."

조금 전 일과 관련 있을지도 모른다는 생각에 승현은 유진을 마주하자 복잡한 생각에 사로잡혔다.

유진은 승현을 밀치고 현관문을 급히 닫아 잠그며 대화를 이어나갔다.

"조금 전 그 생명체를 나도 보았어."

승현은 자신에게 위협을 가했던 생명체를 유진도 보았다는 말을 듣고 놀라지 않을 수 없었다. 한편으론 자신이 잘못 본 것이 아니라는 판단에 안심이 들기도 하였다.

"갑자기 숨겨달라니 무슨 죄를 지은 것은 아니겠지?"

"그 생명체가 너희 집에까지 찾아온 것은 나 때문인 것 같아. 자세한 건 들어가서 얘기하자."

승현은 부모님과 함께 주택에 살고 있었다. 지하실에는 각종 연구 장비들이 설치되어 있었고, 일부 우주선의 부속품들을 모아 실제 모형을 만들어 놓았다. 유진은 익숙한 듯 자연스럽게 승현이 만들어 놓은 모형 우주선 내부로 들어가서 산소 시스템을 가동하고 난 뒤 문을 잠그는 버튼을 찾으며 승현에게 부탁했다.

"나는 오늘 여기서 잘게."

승현은 도저히 영문을 모르겠다는 표정으로 되물었다.

"괴물이 왜 너를 쫓고 있는 건데?"

"자세한 건 나도 모르겠지만 확실히 나를 찾으러 왔을 거라는 거야."

그간의 모든 일들을 알릴 수 없었지만 승현에게 상황을 이해할 수 있을 정도의 설명이 필요했다. 그럼에도 유진은 교수가 말한 세상의 비밀들을 모두 전하지는 못하였다. 오로지 진화된 생명체들이 살고 있는 신대륙의 존재에 대한 자신의 탐구 계획을 알리는 것이 다였다. 유진은 이를 위해 자신은 휴직계를 내고 준비할 것이라는 이야기를 승현에게 전하였다. 지구 생명체의 진화가 실제로 일어나고 있었고, 현실 세계에서 마주할 수도 있다는 사실에 승현 또한 반응하지 않을 수 없었다. 유진은 조금 전 괴생명체도 자신을 찾아온 진화된 생명체일 거라는 추측을 하고 있었다. 유진의 장황한 계획을 한참 동안 듣고서야 승현도 지금의 상황이 조금은 이해되었다. 자신이 본 것이 사실이라면 유진의 설명이 신빙성을 갖고 있다는 생각이 들었다.

"듣고 보니 너의 말이 아예 근거 없지는 않은 것 같아."

"이해해 줘서 고마워."

승현은 편하게 잘 수 있는 침구와 먹을 것을 가져다준다고 하였다. 승현이 좁은 문을 열고 올라가자 유진은 모형 속 간이침대에 누워 조금 전 일들을 곰곰이 생각해 보았다. 돌이켜보니 자신이 승현의 집에 오게 된 것 중에 한 가지 이상한 부분이 있었다. 그것은 펑푸의 메시지였다. 펑푸가 아무리 위험 감지 시스템을 갖추고 있다고 하더라도 시공간을 초월해 메시지를 전할 수 있는 능력이나 앞으로 일어날 일들에 대해서 미리 예측하고 알려주는 알림 시스템을 갖추는 것은 현재 과학기술로는 부족하기 때문이었다. 펑푸는 사실 알고 보면 자체 시스템을 통해 스스로 진화하는 생물에 가까운 무생물체였다. 펑푸가 어떤 방식으로 가동되는지는 오로지 파블로 에스티앙 교수만 알고 있었다. 유진이 생각에 잠겨 있는 틈을 타 승현은 침구와 음식을 챙겨오면서 모형 우주선의 잠금장치 조작법을 알려주었다.

"잘 봐. 이거 이렇게 당기면 나 외에 어떤 사람도 바깥에서는 절대 열 수 없어."

그러고 나서 승현은 내일 유진이 어떤 계획이 있는지에 대해 물어보았다. 유진은 정확한 답은 피하면서도 자신의 계획을 조심스럽게 알렸다.

"학교로 가서 탐험에 필요한 과정을 준비하려고 해."

"학교에서?"

"책도 더 찾아봐야 하고."

자세히 물어보면 부담스러워지는 상황이었기에 정확한 답변을 피하는 유진이었다. 자신으로 인해 친구 또한 자신이 겪고 있는 이 두려운 상황을 함께 마주하게 하고 싶지는 않았다. 왜냐하면 유진은 내일이 되면 자신의 신변이 어떻게 될지 예측할 수 없었기 때문이었다. 교수와 도서관에서 나눴던 대화 내용처럼 자신의 결심을 전하면 쥬타인들의 본부로 들어가게 될 가능성이 높았다. 그렇다면 오늘이 자신이 나고 자란 인간세계에서 편한 대화를 나눌 수 있는 마지막 순간일지도 모를 일이었다. 유진은 승현에게 기회를 놓치지 않고 당부하고 싶은 이야기들을 늘어놓기 시작하였다.

"내가 그곳을 확인하고 올 동안 네가 말했던 추진체와 산소 공급 기체를 꼭 완성시켜야만 해."

"연구 기간이 짧아서 완성할 수 있을지 모르겠다."

"그보다 더 빠른 시간 안에 완성되어야만 해."

"누구를 위해서?"

"부탁할게."

그러면서 유진은 다부진 표정으로 승현에게 자신의 진심을 전하였다.

"나보다 모두를 위해서."

마지막에 유진은 낮은 목소리로 읊조리듯 혼잣말을 하였지만 승현은 듣고 있었다. 승현의 회사는 트랭이라 불리는 민간 우주선 제조업체였는데, 국내에선 역사가 그리 오래되지 않았다. 기술력이 부족했던 탓도 있었지만 우주선과 관련하여 우주개발에 대한 국제 제재가 풀린 지 얼마 되지 않았기에 후발 주자일 수밖에 없었다. 트랭은 국방부와 함께 손을 잡고 소형 제트 추진체 개발에 박차를 가하고 있었다. 다른 국가의 경우 행성에 기지 건설 초기 단계를 완성한 국가도 있었고 인공 태양과 달을 이용하여 에너지 자원의 새로운 지평을 열기도 하였다. 국제 사회가 급변하고 있는 상황 속에서 국제 문제들은 자유협정 기구들이 해결할 수 있는 범위로는 한계가 있었다. 인류는 그보다 더 많은 문제들에 봉착하기 시작하였다. 그러기 위해서 국제적인 의견을 모아 인류 연합군을 창설하여 우주 탐험의 시초가 되는 출범식을 가지기로 하였었고, 그때부터 인류 연합군의 활동도 시작되었다. 사실 승현은 트랭의 연구원 신분으로 입사하였기 때문에 자격을 얻어 인류 연합군에 지원을 해놓은 상태였다. 승현이 속해 있는 팀이 개발하는 추진체는 국방부를 통해 인류 연합군이 사용할 용도로 쓰이게 될 예정이었다. 그렇기 때문에 유진의 말의 의미를 누구보다 잘 알고 있었고, 만약 인류에게 위협이 가해지는 상황이 도래하기 전에 예방을 해야 하는 상황이 온다면 자신이 주저할 만한 사안은 아니라는 사실을 알고 있었다. 승현은 진지한 표정으로 유진의 말 끝에 대답하였다.

"나도 내 상황에서 최대한 노력할게."

승현은 유진에게 편히 자라고 하고 나왔다. 유진이 지하에 와 있다는 사실을 알게 된 승현의 부모님은 올라와 저녁이라도 같이 하기를 바라셨지만, 아들의 이야기를 듣고 유진을 편하게 쉴 수 있도록 배려해 주었다. 승현은 방으로 올라가 자신이 지원해 놓은 인류연합군의 원서를 만지작거렸다. 인류의 미래가 어디로 흘러가게 될지 미지의 세계를 대변이라도 하듯 원서 하단에는 연합군의 약자인 UHA(United Human Army)라고 적힌 마크만 공허함 속에서 반짝거렸다. 한편 간이침대에 자리를 잡고 누운 유진은 잠시라도 편안함을 느끼고 있었다. 그는 잠이 들기 전 여름 해변가의 따사로운 햇살 아래서 느끼는 행복보다 더 감사함을 느꼈다. 그러고는 금세 깊은 잠에 빠져들었다. 그곳은 마치 어머니 배 속에 있는 것과 같은 안정감이 들게 하였다. 유진은 밤새 한 번의 뒤척임도 없이 깊은 숙면에 들었다. 그는 얼마간 잠이 들어 있었는지 가늠할 수 없었지만 자신의 모든 피로를 씻어낸 듯 눈이 떠졌다. 시야에 보이는 것은 어둠 속 시스템이 가동되고 있는 조명만이 빛을 발할 뿐이었다. 유진은 조명이 반사되어 자신의 동공을 비추자 눈을 비비며 일어났다. 밤새 승현의 집에 별일이 없었는지 궁금해지는 시점이었다. 괴생명체가 다시 들이닥쳐 자신을 찾기 위해 승현을 괴롭혔을지 모를 일이었다. 유진이 모형선의 잠금장치를 열고 나가니 밖은 고요했다. 위층으로 올라가 방문 틈새로 살펴보니 승현은 곤히 잘 자고 있었다. 그 모습을 확인한 유진은 그를 깨우지 않고 조용히 집을 빠져나가 자신의 결심을 교수에게 전하기로 하였다. 밖으로 나오니 마을은 고요했고 어젯밤 소란은 아무 일도 아니었던 듯 평화로워 보였다. 다시 학교로 향하는 유진의 심장은 빠르게 두근거리기 시작하였다. 학교는 이른 오전이라 고요함을 간직하고 있었다. 유진은 박원천 교수의 사무실로 향하며, 교수에게 전화를 걸어보았으나 그의 전화기는 꺼져 있었다. 유진은 교수의 사무실 앞에서 문을 두드리고는 그 앞 벤치에 앉아 조용히 기다리고 있었다. 교수는 아직 출근하지 않은 모양이었다. 그는 원래도 학생들과 전화보다는 메모나 편지로 교류하는 편이었다. 현대사회에 비해 상당히 고전적인 것에 취미가 많은 분이었다. 그런 점을 알고 있었기에 유진도 문 앞에 메모를 써놓고 자리를 일어나려 하였다. 때마침 교수가 출근하며 유진에게 인사를 건네었다.

"유진 군, 반갑네."

"안녕하세요."

"잠시 들어오지."

교수는 처음 선택받은 자에 대한 이야기를 유진에게 알릴 때부터 그가 새로운 세계에 대한 탐험을 주저 없이 선택할 것이라는 것을 누구보다 잘 알고 있었다. 유진이 결정할 선택 외의 사항들에 있어서 자신의 손을 떠나 모든 계획은 준비된 대로 진행되리라는 것도 예상하고 있었다. 교수는 우선 자신의 발로 찾아온 유진의 생각을 차근히 들어보기로 하였다.

"편하게 앉게나."

교수는 진지한 대화를 이어나가기 위해 따듯한 커피를 내리기 시작하였다.

"커피 향이 참 좋은데요. 어디 커피인가요?"

"에티오피아산 원두네."

커피 향이 코끝에 닿을 무렵 교수는 잔을 건네며 전에 마쳤던 이야기에 대한 유진의 의중을 물어보았다.

"바디스를 탐험할 마음의 준비가 되었는가?"

"결심했습니다."

짧고도 강직한 답변이었다. 교수는 예상했었다는 표정으로 자신의 책상 위에 있는 《인류의 시작과 진화의 끝》 원본의 찢어진 한 페이지를 만지작거리며 유진을 바라보았다.

"선택받은 자라면 응당 피하지 않을 것이라고 예상했었네."

"제가 자격을 갖춘 유일한 인간이라면 바디스가 어떤 곳인지 탐험해 보기로 결정했습니다."

"자격은 누구에게나 열려 있지. 다만 그들이 자네를 선택했을 뿐이네."

"그렇군요."

교수는 갑자기 누군가에게 연락을 취하기 시작하였다. 그러고는 조금 전 꺼내놓은 아너 로테즈 박사의 책인 《인류의 시작과 진화의 끝》의 280페이지에 있는 지도에 대한 설명을 시작하였다. 그의 그

늘진 얼굴과 미간의 주름이 상당히 복잡한 심경을 대변해 주고 있었다. 페이지 안쪽의 끝부분이 찢어져 몇 개의 글자가 보이지는 않았지만 육안으로 살펴보았을 때, 위치를 알아보지 못할 정도는 아니었다. 그것은 숨어 있는 바디스로 안내하는 그림지도와 설명 글귀였다. 지도 상단에는 바디스의 면적과 평균 온도 그리고 크로네필의 규모도 함께 기록이 되어 있었다. 상당히 구체적인 내용들이었다. 이 책을 소설로 읽는다 할지라도 현실로 착각할 만큼 상세히 기록되어 있었다. 누가 보아도 이 책은 소설이 아닌 기행문이었다. 유진도 지도를 살펴보면서 바디스 대륙으로 찾아가는 방법론에 있어 흥미로운 부분들을 읽어 내려갔다. 거쳐 가는 국가마다 표식이 있었고, 그곳을 거점으로 다음 거점까지 연결되는 길이 따로 정리되어 있었다. 안전은 보장할 길이 없었다. 길목마다 위험한 구간들에는 밑줄이 그어져 있었는데 때마다 필요한 장비까지 소상히 기록되어 있었다. 유진이 지도와 설명서를 자세히 읽어 내려가자 기다렸다는 듯이 교수는 사무실 안쪽 벽에 걸려 있는 대형 모니터를 밀치며 연결되어 있는 비밀 통로를 보여주었다.

"지도를 노출시키지 않는 데에는 다 이유가 있었다네. 그리고 우리는 꽤 오랜 시간 자네를 기다렸지."

그러고는 통로의 문을 열기 위해 자신의 안경에 부착되어 있던 센서에 지문을 가져다 대었다. 통로가 우직한 소리를 내며 열리자 그 안에서 최근 들어 자주 마주했었던 검은 성장과 검은 중절모에 선글라스를 낀 요원 두 명이 순식간에 통로를 타고 올라왔다. 그들의 창백한 피부와 목선의 푸른 점들이 여전히 유진의 눈에 띄었다. 교수는 올라온 그들을 반갑게 맞이하며 유진에게 소개하였다.

"소개하지. 자네를 바디스로 안전하게 안내해 줄 쥬타인들이네."

그 말이 끝나기 무섭게 두 명의 쥬타인 요원들이 유진의 옆으로 재빠르게 달라붙었다. 그들은 두 손을 유진의 양쪽 귀에 갖다 대며 쉬뢰를 발산시켜 그대로 기절시켰다. 아무런 저항조차 하지 못하고 유진은 그들에게 포획되어 쥬탄인의 세상으로 끌려 들어가 버렸다.

3화 콜로넬

인간의 탐욕

　콜로넬은 열린 문을 통해 들리는 웨이요르의 비명을 멀찌감치 떨어진 통로 끝에서 듣고 있었다. 아무도 몰랐어야만 했다. 자신이 인간이라는 사실을 들킬 것이라고 생각해 본 적도 없었다. 다만 언젠가부터 키야스의 태도가 달라지고 있다는 것을 눈치채고 있었기에 그를 예의 주시하고 있던 터였다. 웨이요르의 심복인 키야스를 쓰러트린 엄청난 실수를 저지른 콜로넬은 이번 일을 완벽하게 감추고 아무 일도 벌어지지 않은 것처럼 진행하던 계획을 추진시키는 수밖에 없었다. 완벽한 비밀을 위해서는 자신이 바디스에 입성하기까지 키야스가 깨어나서는 안 되었다. 최대한 자연스러운 연기가 필요했다. 그는 아무렇지 않은 듯 자신의 집무실로 올라가 버렸다. 그런 뒤 몇몇의 요원들을 방으로 불러들였다. 이번 일로 티저스 칸토 타운은 한동안 소란스러웠다. 키야스는 쓰러졌고, 그의 집 일부는 화염에 그을렸으며, 의료진들은 그가 의식이 돌아올 수 있을지조차 확답할 수 없는 상태라고 하였다. 그를 붙잡고 흐느꼈던 웨이요르는 절망에 빠졌다. 웨이요르는 우선 그를 치료할 수 있는 병원으로 보내고 난 뒤 시난쇼스에게 정리를 부탁하였다. 마침 키야스와 콜로넬에 대해 부정적인 의견을 나누고 있던 와중에 이런 일이 벌어졌기에 웨이요르는 본부장 주변이 의심스러울 수밖에 없었다. 원래도 요원으로 오랜 기간 활동하고 있었던 자신을 누르고 갑자기 그 자리를 꿰찬 콜로넬의 존재가 달갑지만은 않았다. 웨이요르는 그곳에서 빠져나와 곧장 콜로넬의 집무실을 찾아가 방문을 세차게 두드렸다. 하지만 자신을 추종하고 따르는 세력도 없이 자리만 꿰찬 콜로넬이었지만 키야스에게 이런 행위까지 저질렀다는 상상까지는 하고 싶지 않았다. 웨이요르는 콜로넬이 차라리 집무실에 계속 있었기를 기대하며 초조하게 기다렸다. 그러자 안에서 부스럭거리는 소리가 살며시 들리더니 이내 문틈 사이로 우람한 체격의 콜로넬이 여유로운 표정을 지으며 웨이요르를 맞이하였다. 콜로넬의 집무실 내부에는 처음 보는 요원들과 함께 회의를 하고 있는 모습이었다.

"웨이요르, 지금은 회의 중입니다. 무슨 일이죠?"

순간 자신의 예상과는 다르게 집무실에서 회의하는 것을 확인한 웨이요르는 콜로넬에게 조금 전 벌어진 일에 대해 상황을 전하기로 하였다.

"본부장님, 키야스 타이노르가 자신의 방에 쓰러져 의식을 찾지 못하고 있습니다. 아무래도 외부에서 누군가 침입을 한 모양입니다."

"그럴 수가 있나요? 본부의 보안 시스템이 이상 없이 가동되고 있다면 어떤 누구도 침입할 수 있는 구조가 아닙니다. 그나저나 키야스의 상태는 어떤가요?"

"생명에는 이상이 없으나 의식이 없어 병원으로 이송 중입니다."

콜로넬의 연기는 완벽했다. 웨이요르는 키야스가 쓰러진 이유가 콜로넬이 벌인 일이라고는 더 이상 의심하지 못하였고, 오히려 정황을 설명해 주는 꼴이 되었다. 아무것도 모르고 속아 넘어간 순진한 웨이요르를 관찰하며, 살며시 미소를 띤 콜로넬은 차분하게 상황을 정리하였다.

"얘기해 줘서 고마워요. 미팅이 끝나고 바로 키야스의 상태를 확인하러 가봐야겠군요."

"그러면 잠시 후 병원에서 뵙겠습니다."

"그러시죠."

콜로넬의 연기에 그대로 속아 넘어간 웨이요르는 그의 방을 나와 병원으로 향하였다. 콜로넬은 웨이요르가 갔는지 살핀 후 문을 닫아 잠그고, 미리 와 있던 자신을 받들어 충성하는 쥬타인 요원들에게 몇 가지 지시사항을 전하였다. 한 가지는 키야스 방으로 들어갈 때 보안 시스템에 기록되었을 자신의 정보를 지우는 일이었고, 나머지는 선택받은 자의 친구 중에 한 명을 티저스 칸토 타운으로 데려오라는 것이었다. 그들은 인간을 대상으로 실험을 하려고 하고 있었다. 자칫 선택받은 자가 훈련을 받다 잘못될 수도 있으니 미리 사전에 다른 대상으로 솔라칸을 실험해 볼 계획이라고 거짓된 포장을 하였다. 그것은 콜로넬 자신만의 안위를 위한 실험이라는 것을 아무도 알지 못하게 하기 위함이었다. 콜로넬은 사실 탐욕덩어리였다. 그는 권력 욕심이 무척이나 많았고 쥬타인들을 점령한 뒤 바디스에 입성해 귐니가문의 총애를 받는 지휘관이 되는 꿈을 꾸어왔었다. 사실 콜로넬이 가진 재능은 많았으나 좋은 방향으로 흐르는 경우가 별로 없었다. 이를테면 그는 선과 악의 양립적 본성을 지닌 인간의 단면을 보여주는 대표적인 사람이었다. 그는 언제나 선이 지닐 단점을 악이 지닌 장점보다 더 가치 있게 생각하는 사람이었다. 그렇기 때문에 그에게 지금보다 나은 미래를 기대할 수 있는 쥬타인들은 별로 없었다. 왜냐하면 그가 온 이후부터 요원 이탈 사건이 발생하거나, 인간 세상을 감시하던 일들이 이상한 쪽으로 꼬이기 시작하였으니 말이다. 탐욕과 통솔력은 전혀 다른 성질의 문제였다. 콜로넬이 이렇게 변한 이유에는 나고 자란 성장과정에서 요인들을 찾아볼 수가 있었다. 그는 매우 불행한 성장과정을 거쳐 왔다. 그가 처음 발견되었을 때에는 부모가 누구인지 알 수 없는 고아였다. 그는 쓰레기 처리장 근처 창고에서 쥬타인 요원에 의해 발견되었다. 그때 그의 나이 겨우 다섯 살이었다. 어릴 적 콜로넬은 눈이 매우 큼지막하였고, 비쩍 마른 체격과 피부 톤은 하얗고 창백하였다. 머리카락의 색은 검었는데 처음 발견했던 요원도 자신과 비슷한 모습의 아이를 거두어야겠다고 생각이 들어 그를 살피기로 하였다. 콜로넬을 발견했던 요원의 이름은 로닌이라는 자였는데 결혼도 안 한 미혼의 쥬타인 남성이었다. 로닌이라는 요원은 본부에 알리지도 않고 콜로넬을 몰래 보살펴 주기로 마음먹었다. 물론 임무 수행 시 몇 달씩도 만날 수가 없었기 때문에 정말 생존에 필요한 것들만 간신히 채워주는 게 전부였다. 하지만 콜로넬이 느끼기에 그가 받은 사랑이라곤 누구에게도 없었다. 성장과정에서 콜로넬의 자아는 생존을 위한 발버둥이었다. 그러기 위해서는 스스로 가진 탐욕은 이루어 줘어야만 하는 성취의 일부가 되어갔다. 피도 눈물도 없는 욕망이었다. 그는 서서히 쥬타인의 일부가 되어갔다. 그리고 그의 욕망은 괴물이 되어 있었다. 그는 돈을 벌기 위해서는 무슨 짓이든 주저하지 않았다. 깨끗한 목선에는 푸른 반점을 문신으로 새기고 특수 선글라스를 개발하여 돈을 쥐고 있는 쥬타인들에게 자신의 물품을 암암리에 팔았다. 그러면서 서서히 쥬타인들의 주류사회에 들어가기 시작하였다. 그가 주류사회의 구성원으로서 자리 잡기까지 뒤에서 남모를 눈물겨운 노력도 있었겠지만, 그것은 결국 권력에 대한 욕망으로 가득했기에 가능했던 것이었다. 아쉬운 것은 운명은 모든 것을 손에 쥐게 놔두지만은 않는다는 사실이었다. 부를 얻고 권력을 탐하든 권력을 얻고 부를 탐하든 쇠락의 길이 남아 있을 뿐이었다. 그는 주류사회로 들어가면서 자신 앞에 놓인 자들을 하나둘씩 누르고 올라가기 시작하였다. 배경도 권력도 없던 그가 계단을 오를 때마다 쥬타인들의 사회에서도 그에 대한 소문들이 늘어나기 시작하였다. 그가 쥬타인 정통 핏줄이 아닌 바디스에서 보낸 자라고 하거나, 쥬타인 본부의 크림 의장의 숨겨진 아들이라는 소문이 돌기도 하였다. 하지만 확인되지 않은 소문들에 대해서는 사실인 것들이 없었다. 그가 권력을 갖기 위해서는 솔라칸의 사용이 필수였는데, 특유의 발명가적 소질로 자신이 쓰지 못하는 솔라칸을 그럴싸하게 만들어 내기 위해 매진하였다. 그가 개발한 그럴싸한 솔라칸의 위력은 폭발적이었으나, 결정적으로 크로네필을 뚫을 수 있는 화학물질이 부족하여 임무 수행에는 사용이 어려웠다. 결국 솔라칸은 그의 약점이 되었다. 그의 솔라칸으로는 바디스를 오가며 임무 수행을 할 수 없게 된 것이었다. 하지만 그에게 권력과 배경은 없었지만 막대한 부가 있었다. 결국 콜로넬은 없는 권력을 갖기 위해 쥬타인들의 수장인 크림을 찾아가기에 이르렀다. 크림 의장을 만난 뒤 얼마 되지 않아 갑자기 그는 티저스 칸토 타운의 본부장으로 임명이 되었다. 크림과 콜로넬 사이에 어떠한 거래가 오고 가게 되었는지는 그 누구도 알 수가 없었다. 쥬타인들 사이에선 그가 크림의 숨겨진 자식이라 여겨지는 경우가 더러 있었기 때문에 본부장으로 임명이 되어도 반발하는 자가 별로 없었다. 단지 그의 존재가 처음부터 불편했던 키야스를 제외하곤 말이다. 덕분에 키야스는 결국 의식을 잃어버렸다. 그의 욕망의 여정에 키야스는 걸림돌이었지만, 이제 더는 방해받지 않을 수 있었다. 소란스러웠던 상황이 정리되자 콜로넬은 아무렇지 않은 척 키야스의 상태를 살펴보기 위해 타운 내에 있는 병원으로 향했다.

의식을 잃은 키야스의 한쪽 얼굴은 검게 그을려 있었고, 팔에는 여러 군데 파편에 긁힌 상처들이 보였다. 옆에는 시난쇼스와 웨이요르가 걱정스러운 눈빛으로 그를 지켜보고 있었다.

"호흡은 안정적이네요. 의식이 돌아올 때까지 기다려 봅시다."

병실에 들어선 콜로넬은 몇 마디 말을 남기며, 의료진에게 키야스의 안위를 위한 거짓 부탁을 잊지 않았다. 반면에 웨이요르는 콜로넬의 본질을 눈치채지 못한 채 키야스의 상태를 확인하러 와준 그에게 고마움을 느꼈다.

"본부장님, 키야스가 회복될 수 있게 많은 도움을 부탁드리겠습니다."

"걱정 마요. 키야스보다 자네를 위해 더욱 신경 쓸 테니 앞으로의 임무에 집중해 주길 바랍니다."

"감사합니다."

콜로넬에게 웨이요르는 바디스에 무사히 입성하여 굄니가문과의 접촉을 위해 첫 단추를 꿰어줄 중요한 요원 중 하나였다. 사실 콜로넬은 선택받은 자를 입성시키기 위해 솔라칸을 발산시키는 사이 그 자리를 가로채 자신이 선택받은 자로 둔갑할 무시무시한 계획을 꾸미고 있었다. 그의 특기 중 하나가 변장술이니 그에게는 딱히 어려운 일도 아니었다. 하지만 이런 음흉한 계획이 굄니가문으로서도 그리 달가울 만한 계획은 아니었다. 그들은 절대적으로 가문이 선택한 선택받은 자가 필요했기 때문이었다. 굄니가문의 의중을 정확히 짚어내지 못하는 콜로넬은 키야스를 안타까운 표정으로 살펴보는 것 같더니 이내 곧 병원을 나갔다. 웨이요르는 지근거리에서 키야스를 보살피고 있던 시난쇼스에게 말을 걸었다.

"키야스가 깨어날 수 있을까?"

"의료진 말로는 몇 년이 걸릴 수도 있다고 해요."

"키야스가 동행할 수 없는 임무는 나로서도 자신이 없어요. 시난쇼스, 나에게 용기를 주오."

"출정 전까지 키야스가 깨어날 수 있게 저도 잘 보살필게요."

"고마워요. 이번만 끝내고 우리의 사랑 또한 결실을 맺어 본부로 돌아갈 수 있게 합시다."

그렇게 둘은 가볍게 입을 맞추었다. 능력 있는 쥬타인에게 사랑은 마치 사치와도 같다는 듯 쉽게 허락되지 않았다. 시난쇼스를 병실에 남겨둔 채 웨이요르는 본부 밖으로 향하였다. 웨이요르가 병실의 문을 닫고 밖으로 나가는 쪽으로 시선을 두자 시난쇼스는 한 가지 이상한 점을 발견하였다. 바로 웨이요르가 걸어나간 길을 따라 인간의 피가 바닥에 몇 방울이 묻어 있었던 것이었다. 임무를 자주 맡지 않았던 시난쇼스는 인간의 피를 보고도 잠시 고개를 갸우뚱거리며 대수롭지 않게 여기고 말았다. 하지만 이건 분명 티저스 칸토 타운 내에 인간의 침입 흔적이 있음을 증명해 주는 것이었다. 심지어 병원 내부에서 발견이 되었다는 것은 인간이 병원을 오갔을 것이라는 추측을 가능하게 하였다. 병원 문을 나서던 콜로넬은 그제야 자신의 종아리에 가짜 솔라칸의 파편이 튀어 피를 흘리고 있었다는 사실을 알게 되었다. 콜로넬은 자신이 걸어온 길을 따라

선명한 핏방울들이 줄을 이은 모습을 확인하였다. 이미 키야스 방에서부터 그가 남긴 흔적은 지울 수 없었다. 다행히 병원 바닥의 핏방울에 대해 인지하고 있는 쥬타인들은 아직까지 없어 보였다. 하지만 콜로넬로서는 더 이상의 명분이 없었다. 자신의 신분을 감추기 위해서는 티저스 칸토 타운에 누군가의 침입에 대해 비상사태를 선포할 수밖에 없는 상황이었다. 그렇다고 자신이 벌려놓은 흔적을 돌아다니면서 닦아낼 수도 없는 노릇이었다. 그는 경비실에 연락을 하여 비상사태를 선포해 달라고 요청하였다.

"본부장이오. 인간의 침입 흔적이 분명한 증거를 발견했으니 즉시 비상조치를 취해주시오."

그렇지 않아도 어수선한 타운이 소용돌이에 휘말리기 시작하였다. 타운 내부에 거주하며 임무 수행을 위해 잠시 거처하던 쥬타인들 모두가 광장으로 뛰쳐나왔다. 광장에 모인 쥬타인들은 갑작스러운 사태에 서로를 붙잡고 웅성거리기 시작하였다. 콜로넬은 이번 일에서 벗어나기 위해 골몰히 생각하기 시작하였다. 도둑은 언제나 제 발이 저리기 마련이었다. 그는 우선 자신 다리의 상처 부위를 감싼 뒤 가려놓고, 수하들에게 인간 피의 모든 흔적이 발견되지 못하게 지우라고 지시하였다. 그런 뒤 그는 타운 내 광장으로 나섰다. 바로 단상에 올라 다시금 쥬타인들을 향해 이번 사태에 대해 설명하였다.

"여러분, 지구에서 가장 보안이 뛰어나다는 쥬타인의 타운에 인간이 침입한 흔적을 발견했습니다."

쥬타인들은 당황한 기색이 역력하였다. 역사상 단 한 번도 보안이 뚫린 적이 없었던 곳이었다. 특히 티저스 칸토 타운은 다른 나라보다 보안이 뛰어나다는 평을 듣고 있던 터였다. 하지만 의문이 드는 시점에서도 엄격해 보이는 콜로넬 앞에 어떠한 질문도 하지 못하는 쥬타인들이었다. 콜로넬은 계속해서 말을 이어갔다.

"비상사태입니다. 누가 침입하였는지 밝혀내야 합니다. 선택받은 자를 위한 임무 수행에 임할 콴과 그리고 리포 둘을 제외한 나머지 요원들은 침입자를 찾아내는 일에 동참해 주세요."

쥬타인들은 당황스러우면서도 자신들이 맡고 있던 일들을 잠시 중단하고 침입자를 찾아내는 일에 동참하기 시작하였다. 콜로넬은 광장에 모인 쥬타인들을 해산시키고 자신은 타운 밖으로 나와 도망을 가기로 하였다.

"임무의 시작은 지금부터입니다. 저는 본부로 가서 이번 일을 보고하고 오겠습니다."

콜로넬은 그렇게 거짓말만 남겨놓고 자리에서 일어섰다. 그는 본부로 가기는커녕 자신의 치명적인 약점을 감추기 위해 타운을 떠나 외국에 나갔다가 오기로 마음먹었다. 그가 인간이라는 것이 쥬타인들 사회에서 밝혀지게 되면, 바디스와 인간을 철저히 분리시켜 감독하던 쥬타인들에게 어떠한 변을 당하게 될지 모를 일이었다. 아무렇지도 않은 척하는 콜로넬의 뻔뻔함 속에는 아직도 끝을 모르는 욕망들이 숨어 있었다. 오로지 달리는 콜로넬의 질주를 멈출 수 있는 자는 키야스밖에 없었지만, 이미 그는 의식을 잃고 쓰러져 있었다. 콜로넬은 광장에 모인 쥬타인들을 해산시키고 자신의 집무실로 들어가 바로 짐을 싸기 시작하였다. 보석 반지와 솔라칸 가루 그리고 선글라스 등 필요한 몇 가지들을 챙긴 후, 그는 바로 타운에서 보유하고 있는 전용기에 탑승하였다. 각 나라의 본부장들은 임무를 수행할 때마다 타운에서 보유하고 있는 전용기를 마음대로 사용할 수 있는 혜택이 있었다. 인간들이 사용하는 개량된 비행기와는 육안으로 쉽게 구분되지 않았지만, 레이더에 잡히지 않는 스텔스 기술과 형체가 보이지 않는 기술을 보유하고 있었기 때문에 감시 없이 자유로운 이동이 가능했다. 콜로넬이 도착한 비행기 내부에 올라타자 조종사는 본부장에게 목적지를 물었다. 조종사는 응당 의장이 있는 본부로 향할 것으로 예상했었다.

"본부장님, 본부로 향할까요?"

"아니요. 중요한 임무가 있어 들를 곳이 있어요. 캐나다로 갑시다."

"하지만 캐나다는 중앙본부로 가는 방향의 반대로 돌아가야 하는데요. 캐나다의 홀리 보트 타운으로 향할까요?"

"아니요. 이곳으로 먼저 가야 합니다. 반대로 돌아가시죠."

콜로넬은 그렇게 말하며, 주소가 적힌 쪽지를 건네었다.

"알겠습니다."

그의 말에 이해할 수 없다는 표정을 짓는 조종사였다. 보통은 타운에서 타운 혹은 타운에서 중앙본부로 이동하는 경로가 전부였다. 하지만 전혀 알 수 없는 목적지의 주소가 적힌 쪽지를 받아 든 조종사는 그곳이 산 중턱에 모여 자리 잡고 있는 마을이라는 것을 알게 되었다. 콜로넬의 모습은 얼굴이 창백해지고 왠지 모를 불안한 기색이 역력해 보였다. 본부장이 이렇게까지 긴장한 모습을 처음 본 조종사도 당황스럽기는 마찬가지였다. 얼마나 지났을까 비행기 창문을 지긋이 바라보던 콜로넬은 조종사가 듣지 못하게 혼잣말로 무언가 결심하며 마음에 있는 말을 내뱉었다.

"기필코 보고야 말겠어."

콜로넬이 비행기를 타고 게 눈 감추듯 먼 길을 떠난 그 시각, 본부를 나선 웨이요르는 박원천 교수에게 연락을 취하고 있었다. 하지만 아무리 연락을 취하여도 교수는 연락을 받지 않았다. 분명 수업을 하고 있지는 않을 시각이었다. 웨이요르는 선택받은 자를 데려오기 위해 할 수 있는 방법들을 모색해 보기로 하였다. 그는 먼저 선택받은 자가 오가는 동선을 찾아가 보기로 하였다. 사실 그는 그동안 선택받은 자의 동선에 대해 꽤 많은 정보를 파악하고 있었다. 웨이요르는 유진이 선택받은 자라는 것을 알게 된 지 얼마 되지 않아 콜로넬의 지시를 받고 몇몇의 동료들과 유진을 추적했던 적이 있었다. 유진은 주로 학교와 학교 주변, 자신의 집이나 혹은 친구들의 집 그리고 회사로 이렇듯 반경이 넓지 않은 동선으로만 다녔다. 교수가 연락을 받지 않으면 다시 그를 염탐해야만 했는데, 선택받은 자가 마음의 준비가 되지 않은 이상 억지로 데려가서는 안 된다는 원칙이 있었다. 이유는 바디스의 수뇌부에서 결정된 임무의 기본 원칙 때문이었다. 이를 어기면 다시는 바디스 땅을 밟을 수 없게 될지도 모를 일이었다. 몇 번의 만남이었지만 바디스의 신임을 받는 요원 중 한 명으로 웨이요르는 바디스의 수뇌부를 만날 때마다 그들의 빛나고 강력한 기운에 압도당할 수밖에 없었다. 그것은 무엇으로도 설명할 수 없는 에너지였다. 그는 이따금씩 그들의 에너지가 현재 바디스가 견고하고 아름답게 유지되는 비결이라는 착각을 하게 될 정도였다. 여러 생각이 스칠 때쯤 웨이요르의 선글라스는 알림을 띄우기 시작하였다. 그것은 바디스에서 온 연락이었다. 보통 중요한 메시지는 본부장을 통해 전달이 되지만, 이번에는 예외적으로 웨이요르에게 직접 연락이 왔다. 연락을 한 자는 바디스의 사무관으로 수뇌부 일을 도맡아 하는 집사 뵤라고 불리는 자였다. 내용의 요지는 수뇌부 중 큄니가문 출신 샤토가 회의의 결과 때문에 무척이나 화가 나 있으며, 자신은 기존의 규정을 깨고 바디스를 나와 유진을 억지로 데려갈 생각으로 웨이요르를 찾아가겠다고 하였다. 뵤는 그러면서도 추신으로 미안한 이야기지만 자신의 날개로 인간들의 공중부양 자동차 몇 대를 부숴버렸다는 이야기도 덧붙였다. 웨이요르는 뵤가 전한 내용을 읽자마자 골치가 아파졌고, 자신의 머리를 쥐어뜯었다. 유진은 훈련조차 되지 않은 데다 인간을 바디스로 데려갈 때에는 자신의 솔라칸이 아니면 생명이 위험해지는 것을 알고 있었다. 실망스러운 것은 샤토의 분노가 이런 단순한 상식조차 떠오르지 않게끔 앞뒤 가리지 않는 성미인지 이번 일을 통해 알게 되었다는 사실이었다. 거기에 더해 바디스 생명체가 인간들에게 들키기라도 하면, 쥬타인들은 기억 지우기에 들어가야만 하고 사건을 수습하기에 바빠진다는 것이었다. 웨이요르는 우선 뵤에게 자신이 자주 찾는 비밀스러운 장소로 오라고 하였다. 뵤에게 위치를 알리고 웨이요르도 바쁘게 그곳으로 움직였다. 도착하니 뵤는 웨이요르보다 이미 한참 전에 도착하여 기다리고 있었다. 그만큼 바디스의 생명체들은 이동이 빨랐고, 인간들은 감히 상상조차 할 수 없는 능력들을 지니고 있었다. 웨이요르를 발견하자 뵤는 손가락들을 정신없이 움직이며 자신이 저질러 버린 일에 대해 먼저 사과하였다.

"웨이요르, 미안해요. 아. 미안해."

뵤의 재미있는 말투에 어처구니없는 웃음이 터진 웨이요르가 침착하라는 듯이 그의 어깨를 두드리며 대답하였다.

"아. 괜찮아요. 괜찮아. 그런데 조금 많이 짜증이 났을 뿐이죠. 하하하."

뵤는 사회자에게 들은 대로 샤토가 말한 그대로를 전하며, 웨이요르에게 의견을 구하였다.

"선택받은 자를 준비시켜라. 이러면서 화를 내셨다니까요. 그러니 어쩌겠습니까? 당신을 찾아올 수밖에요."

웨이요르는 뵤가 자신을 찾아온 것이 다행이라고 생각하였다. 실은 자신도 유진을 준비시키려 했으니 상황은 달라질 게 없었다.

"나에게 잘 왔어요. 하지만 선택받은 자는 솔라칸 적응 훈련을 시켜야만 생명에 지장 없이 온전히 데려갈 수 있습니다."

쥬타인들에 대한 이해가 부족했던 뵤는 깜짝 놀랐다. 설명을 들으니 당장은 데려갈 수 없다는 것을 이해했다. 뵤는 자신이 왜 이리도 급히 오게 된 것인지, 회의의 내용이 어떻게 전개되었던 것인지, 웨이요르에게 설명해 주었다. 웨이요르는 샤토를 본 적이 있어 그런지 몰라도 선택받은 자 입성에 반대 의견을 낸 그의 아들 쟈토가 너무도 궁금해지기 시작하였다. 쥬타인들은 수뇌부 외에 사무관 몇을 빼고는 잘 몰랐다. 특히 샤토에게 쟈토라는 아들이 있었는지도 이번 일을 계기로 알게 되었다. 웨이요르는 뵤에게 쟈토에 대해 더 구체적으로 물어보았다.

"당신의 이야기를 들으니 자신의 의견을 피력할 줄 아는 쟈토라는 친구가 멋지네요."

뵤가 웃으며 대답하였다.

"앞으로 샤토를 이어 바디스를 책임질 수도 있는 분이니 이 정도 기개는 있어야죠."

"아버지 샤토도 아들의 주장을 멋지게 받아들이면 좋았겠네요."

그 말은 들은 뵤는 당황하였지만 대화 속의 여유를 놓치고 싶지 않았다.

"하하하. 그분이 지니고 있는 무게를 생각하면 아들이라도 쉽지는 않죠."

"그게 무슨 의미죠?"

"공은 공이고 사는 사니까요."

"그렇군요."

그 말을 들은 뵤는 자신이 가지고 있던 몇 개의 사진 중 쟈토의 사진을 한 장 골라 웨이요르에게 건네었다. 뵤는 웨이요르가 마음에 들었는지 샤토의 사진을 건네면서 그 순간의 진심을 전하였다.

"저는 오랜 시간 수뇌부를 보필했어요. 늘 곁에서 지켜봐 왔고, 샤토가 샤토를 이어 수뇌부가 될 것이라는 것도 대충은 알고 있죠. 이 사진을 받아 넣어요. 비록 지금은 선택받은 자의 입성을 반대했지만 막상 입성하게 되면 필히 샤토가 당신과 그에게 도움을 주게 되리라 생각이 들어요. 바디스 땅을 밟는 그 순간 이 사진의 주인공을 찾아가세요."

웨이요르는 그의 진심이 느껴졌다. 그는 뵤가 건네어 준 자그마한 샤토의 사진을 의복의 안주머니에 넣었다. 뵤는 그날 당장 바디스로 돌아가서 샤토에게 상황을 설명하겠다고 하였다. 그러면서 뵤는 쥬타인들의 솔라칸에 대해서는 이해하고 있었지만, 인간이 크로네필을 뚫을 때 솔라칸을 견딜 수 없는지는 몰랐다고 하였다. 사실 이러한 정보는 콜로넬과 주고받을 문제였다. 웨이요르는 원인을 알 수 없었지만 수뇌부와 소통의 문제가 있었던 것 같다는 생각이 들었다. 솔라칸 훈련을 위해서 시간 엄수의 방의 엄격한 시간 관리자가 된 콜로넬이 이런 기본적인 정보조차 전달하지 못하는 것은 문제가 있었다. 웨이요르는 이와 관련해서 조만간 콜로넬에게 물어보기로 하고 뵤와는 자리에서 헤어졌다. 뵤는 순식간에 하늘로 날아올라 새처럼 날아가 버렸다. 쥬타인들은 바디스 종족들을 마주할 때마다 동경의 시선으로 바라볼 수밖에 없었다. 쥬타인들은 자신들이 인간보다 월등히 뛰어난 능력을 지니고 있었음에도 바디스 종족들을 따라잡을 수 없다는 사실을 잘 알고 있었다. 시야에서 멀어져 가는 뵤의 날개를 바라보며 웨이요르는 자신도 바디스 종족이 되어보는 상상을 해보았다. 하지만 그것은 꿈에 불과하였다. 그는 이미 쥬타인으로 태어났고 그들의 삶은 항상 바쁘고 치열했고 분주하게 돌아가야만 했다. 연결자, 인간들의 관리자, 조정자 그리고 바디스의 심부름꾼, 그것이 그들의 숙명이었다. 웨이요르는 다시 유진을 찾아 나섰다. 그 시각 유진은 분명 친구들과 시간을 보내고 있을 때였다. 웨이요르는 학교 근처로 가보기로 하였다. 그가 근처에 도착했을 때, 유진은 친구들과 인사를 하고 회사로 들어가려고 하였다. 멀리서 건널목에 서 있는 유진을 지켜보던 웨이요르는 그의 밝은 미소가 순식간에 서늘하게 변해버린 모습을 지켜볼 수 있었다. 유진의 알 수 없는 냉철해진 표정에 대변할 수 있는 이유나 정황은 없었다. 웨이요르는 밝고 순수한 청년의 이면에 어떤 마음이 자리 잡고 있는지 알고 싶어졌다. 신호등이 깜빡거리자 많은 사람들은 한꺼번에 분주하게 움직였고, 그 사이 유진을 가까운 거리에서 관찰하고 싶었던 웨이요르는 홀린 듯 건널목을 건너기 시작하였다. 그들은 움직임 속에서 엇갈릴 수밖에 없었다. 그가 근처에 다다랐을 때였다. 유진이 자신의 목에 있는 푸른 점을 본 듯한 눈치였고 웨이요르는 민첩하게 옷깃을 올려 점을 가렸지만 서로의 어깨가 부딪히는 것은 막을 수 없었다. 순간 뵤가 건네어 준 쟈토의 사진이 땅에 떨어졌다. 당황한 웨이요르는 바닥에 떨어진 사진을 급히 주워 넣으며, 아무렇지 않은 듯 앞만 보고 바삐 걸어갔다. 유진이 행여라도 의심하게 될까 염려스러웠지만, 그럴수록 그는 침착해야만 했다. 다행히 유진은 그대로 지나갔다. 그러자 웨이요르는 안도의 한숨을 내쉬었다. 웨이요르가 선택받은 자와의 접촉으로 당황해하고 있을 무렵, 콜로넬은 캐나다 상공으로 날아가고 있었다. 콜로넬이 조종사에게 알려준 곳은 신비로운 마을로 세상에는 알려지지 않은 곳이었다. 목적지가 가까워져 올수록 콜로넬의 표정은 한결 나아 보였다. 마을에는 다섯 채의 집이 있었고, 초록 지붕의 집이 콜로넬이 가리킨 도착지였다. 조종사는 콜로넬에게 조심스럽게 물어보았다.

"어디쯤에 내려드릴까요?"
"저기 보이는 산을 넘어가면 비행장이 있어요. 거기 내려주세요."
"새로운 곳이네요."

조종사의 호기심 어린 말을 들은 콜로넬은 괴팍하게 얘기하며 내릴 준비를 하였다.

"이봐. 당신은 더 알려고 하지 말고."

조종사는 원래도 가끔 예민해지면 괴팍하게 대하는 콜로넬의 어투를 기분 좋게 받아들이지는 않았지만, 이제는 익숙한 듯이 신경 쓰지 않은 척을 하였다. 비행기는 어느덧 목적지에 착륙하였다. 기분이 상한 조종사는 콜로넬을 내려놓고 인사도 제대로 하지 않은 채 연료를 채운 뒤 비행장을 바로 떠나버렸다. 쥬타인들은 임무를 수행하는 과정에서 서로 간에 유대관계가 깊었고 의리가 있었지만, 콜로넬에게서는 전혀 그런 것을 느끼지 못했다. 콜로넬은 조종사가 그러거나 말거나 신경 쓰이지 않는다는 표정으로 자신의 편에 선 요원들에게 전화하여 상황이 잘 정돈되었는지를 점검하고는 초록 지붕의 비밀 별장으로 숨어 들어갔다. 마을을 비추는 붉은 노을이 높은 산 뒤편으로 사라질 무렵, 어둠은 별장으로 찾아 들어왔다. 콜로넬은 익숙하게 짐을 던져놓고 가장 큰 방의 방문을 열며 들어갔다. 한적한 마을에 좁은 창문 틈 사이로 빛이 새어 들어왔다. 고요하게 비어 있음을 느낄 무렵 익숙하게도 서늘한 공기가 콜로넬의 피부를 건드리기 시작하였다.

"오랜만이구나."

"계셨군요. 로닌."

"너한테 줄 게 있어 왔다."

"주고 가시죠."

그들의 대화는 담백했다. 무언가 전할 것이 있으면 나타나 주고, 가는 시간은 오래 걸리지 않았다. 단순한 성격의 로닌은 시간 낭비를 가장 싫어했다. 하지만 그날따라 로닌의 표정은 달라 보였다. 콜로넬의 생명유지를 위해 가장 기본적인 것만을 채워주던 예전과는 달리, 그날따라 어색한 표정이 묻어 나왔다. 그는 주머니에서 무언가를 꺼내어 콜로넬에게 지체 없이 전하였다. 그것은 붉은 보석이 박혀 있는 목걸이였다. 목걸이는 어디에 쓰이는 용도인지 전혀 알 수 없는 일반적인 장신구에 불과했다. 로닌은 콜로넬이 그에 대해 묻기도 전에 장소를 벗어나려 하였다. 떠나려는 그의 뒤를 붙잡고 콜로넬이 물어보았다.

"무엇에 쓰이는 물체죠?"

"네가 원하던 것."

"이거면 이제 웨이요르도 입성 뒤에는 쓸모없어지겠군요."

로닌은 콜로넬의 말이 거슬렸지만 아무런 대답 없이 떠나버렸다. 그는 어렸을 때부터 콜로넬을 돌보면서 그의 성향을 깊게 파악하고 있었다. 콜로넬이 욕심에 가득 차 웨이요르를 소모품 취급을 하자 집을 나서는 로닌에겐 말할 수 없는 안타까움이 얼굴에 드리워졌다. 사실 목걸이의 주인은 크림 의장의 것이었다. 크림 의장의 목걸이가 어떻게 콜로넬에게 전달된 것인지 로닌은 아무런 설명도 하지 않았다. 하지만 중요한 사실은 콜로넬이 원하고 또 원했던 쥬타인들의 성물과도 같은 존재의 붉은 보석을 로닌은 구해다 주었다는 것이었다. 구할 수 없는 것을 구해다 주는 과정은 그리 유쾌하지 않았다. 콜로넬은 로닌이 전해준 붉은 보석이 달린 목걸이를 손가락으로 만지작거렸다. 전혀 특별할 것 없이 잘 세공된 목걸이였다. 콜로넬은 목걸이를 재빠르게 자신의 목에 걸었다. 이루 말로 표현할 수 없을 정도의 벅찬 감정으로 목걸이의 기운을 느끼고 또 느꼈다. 콜로넬은 목걸이가 지니고 있는 강력함을 너무도 잘 알고 있었다. 하지만 그 힘이 아무에게나 허락되지 않을 것이라는 것 또한 알고 있었다. 그의 탐욕은 끝이 허락되지 않은 것처럼 질주하고 있었고, 목걸이가 지닌 힘을 스스로 감당할 수 있을 때까지 멈출 줄을 모르는 듯하였다.

4화 용명대학교

별난 친구들 이야기

작은 개미의 발걸음조차 들릴 것 같은 한적한 학교 도서관에서 그날도 소연은 이어폰을 끼고 남들 몰래 듣다가 웃음이 터져버렸다. 소연의 웃음소리는 도서관의 칸막이를 넘어 벽에 부딪혀 메아리가 되어 가득 울려 퍼졌다. 도서관을 찾은 몇몇의 학생들은 익숙하다는 듯 고개를 절레절레 흔들며, 다시 책장을 넘겼다. 밝고 유쾌한 소연은 털털하기까지 해서 웬만한 일에는 눈도 깜짝하지 않는 배포를 갖추었다. 어릴 적부터 소연과 한 동네에서 나고 자란 사이인 유진과 동림은 같은 대학까지 다니는 친한 사이였다. 과는 달랐지만 동기끼리 유대관계를 놓치지 않기 위해 같은 동아리에서 주기적으로 만나고 활동하곤 하였다. 성적이 우수한 소연은 신기하게도 한번 보고 들은 것은 잘 잊어버리지 않는 능력이 있었다. 소연은 머리가 좋은 만큼 추리력도 뛰어났다. 작은 단서로도 핵심을 짚고 파악하는 능력이 뛰어났기 때문에 친구들은 소연의 앞에서 거짓말을 잘 하지 못하였다. 아무리 속여보려고 해도 무엇이 진실인지 너무 잘 알고 있었기 때문에 지레 겁을 먹고는 솔직하게 털어놓게 되었다. 소연은 요즘 들어 유진이 자신을 좋아한다는 사실조차 너무 빨리 알아버렸다. 유진이 고백했을 때에도 소연은 안다고 말하지 말 걸 그랬다며, 스스로 후회하였다. 사람의 감정은 머리가 아니라 마음으로부터 시작된다는 것을 잘 알면서도, 그의 고백을 거절해야만 했던 이유를 예견하는 소연이었다. 소연은 이렇게 가끔 자신이 가진 빠른 눈치와 잘난 능력을 스스로 감당하지 못할 때도 있었지만 특유의 긍정과 쾌활한 성격으로 대수롭지 않게 여기곤 하였다. 소연에게는 남들보다 인간적인 낭만과 감성은 확연히 적었고, 마치 검색창에 단어를 치면 답이 나오는 기계적 능력이 향상된 모습이었다. 스스로 그렇게 되고 싶어서 그런 것은 아니었다. 단지 눈치가 남들보다 조금 더 빨랐을 뿐이었다. 소연은 도서관 일이 끝나면 자주 동아리방에 들르곤 하였는데, 그럴 때마다 그곳에는 세오가 상주하듯 지키고 있었다. 세오는 수영을 잘해서 운동 특기생으로 들어왔는데, 다른 운동도 하고 싶다며 친구들이 활동하는 동아리에 가입하였다. 세오는 수영을 하는 만큼 키가 크고 어깨선이 벌어져 있어 매우 건장한 체격 조건을 갖추고 있었다. 소연이 그날도 마찬가지로 동아리방에 들어가 보니 역시나 세오가 스포츠를 보며 혼자만의 시간을 즐기고 있었다. 세오를 발견한 소연은 달갑게 인사하였다.

"안녕. 무슨 경기해?"

"스니체 보고 있어."

"요새 유행이라더니 다들 그 얘기만 하는구나."

"재밌어. 너도 볼래?"

"나는 괜찮아. 방해 안 할게."

인기 있는 스포츠에는 별 관심이 없는 소연이었다. 스니체는 테니스와 축구를 절묘하게 조화시켜 일곱 명이서 하는 대결구도의 경기였다. 라켓은 첨단 기술들이 부합되어 공을 들여 제작되었고, 경기가 과격한 만큼 보호 장비가 필수였다. 소연은 열심히 보고 있는 세오를 보니 자신도 모르게 경기에 관심이 가기 시작하였다. 세오는 옆에 앉은 소연에게 자신도 스니체를 해보고 싶다며, 만일 경기를 하게 되면 보호 장비의 필요성에 대해 가르쳐 주었다. 맞으면 상당히 아플 것 같았는데도 선수들이 안 아픈 척을 하며 잘난 체하는 모습이 흥미롭게 느껴졌다. 소연은 동아리에서 농구 경기를 할 때, 세오가 농구공에 세차게 맞아 모두들 걱정했었지만 아무렇지 않게 일어나 운동하는 모습을 잠시 회상하며 스니체 선수들과 비슷하다는 생각이 들었다. 그러고 보면 세오는 산속에서 무술을 연마한 무림의 고수들처럼 통증에 대한 내공이 상당한 듯 보였다. 소연은 자신도 세오가 가진 능력이 있었다면 수영을 하지 않고 구기 종목 선수가 되었을 것이라는 엉뚱한 생각이 잠시 들었다. 소연은 세오의 자신감이 대체 어디에서 나오는지 알 수 없었지만, 운동을 밥 먹듯이 하는 아이니 그러려니 하였다. 세오는 경기가 끝나기 전까지 자리에서 도무지 움직일 생각이 없어 보였다. 소연은 그런 세오를 두고 동아리방을 나왔다. 눈치가 매우 빠른 소연은 방을 나온 순간 심상치 않은 사람들이 복도 끝에 있는 것 같은 느낌을 받았다. 그에 대해 자세히 알고 싶지 않았지만 창가로 해가 서서히 줄어드는 저녁시간에 멀리서 검은 양복을 입은 사람들을 본 듯하였다. 소연은 인적이 드문 저녁시간에 혼자 동아리방에 있는 세오가 걱정이 되었다. 사실 이런 상황을 동아리 친구들만 겪고 있는 것은 아니었다. 동시에 선택받은 유진은 더 자주 겪어야만 했다. 그런 것을 알 리 없는 소연은 서서히 복도 끝으로 발길을 옮겨 걸어갔다. 그녀는 겁먹을 것 없다고 스스로 다짐하며 당당하게 앞으로 걸어갔다. 이런 태도에 오히려 당황한 양복 입은 자들은 놀라 서로를 바라보다 걸어오는 소연을 다시 주시했다. 중절모에 선글라스를 쓴 그들은 순식간에 소연을 뛰어넘어 세오가 있는 동아리방으로 뛰어 들어갔다. 몇 초 사이에 벌어진 광경에 놀란 소연은 그들을 따라 세오가 있던 동아리방으로 쫓아 들어갔다. 문을 열어보니 양복 입은 자들은 두 손의 장력을 이용하여 세오 귀에 무언가를 발산시키고 있었다. 가만히 있을 수 없었던 소연은 동아리방에 있던 야구 방망이로 세오를 괴롭히고 있던 자들을 세차게 때렸다. 한 명은 바닥에 쓰러졌고 옆에 있던 자는 소연의 손을 잡고 무릎을 꿇렸다. 그러고는 소연의 귓가에 조용히 입을 가져다 대며 말하였다.

"덕분에 친구를 살렸군. 하지만 다음번은 어려울 거다."

그렇게 얘기하고 그들은 자리를 떠났다. 아무리 눈치가 빠르고 상황 파악이 빠른 소연도 지금 벌어진 상황을 도저히 이해할 수는 없었다. 옆에 쓰러진 세오는 귀가 빨갛게 달아올라 있었다. 세오의 호흡은 정상이었고, 얼굴은 평화로웠지만 의식은 이미 잃은 상태였다. 그들은 세오의 귀에 손을 가져다 댄 것만으로 세오를 공중에 띄웠다. 뭔가 특별한 능력과 강력한 힘을 지닌 자들 같았다. 소연은 의식을 잃은 세오를 어떻게 해야 할지 몰라 우선 동아리방 소파에 눕혀놓고 마실 것을 가져와 입에 가져다 대었다. 급하게라도 음료수를 마신 세오는 몇 분 뒤에 정신을 차릴 수 있었다. 안도의 한숨을 쉰 소연은 정신이 돌아와 눈을 뜬 세오에게 물었다.

"정신이 드니?"

머리를 긁적이며 세오가 말하였다.

"내가 잠시 졸았나 보네."

그의 대답을 들은 소연은 당황스러웠다. 조금 전 상황을 기억하지 못하는 것 같았지만, 한편으론 다행이라는 생각이 들었다. 외부의 충격으로 간이 기억을 잃는 경우가 있을 수 있다는 것은 상식적으로 가능한 일이었다. 소연은 세오에게 조금 전에 벌어졌던 상황을 설명해 주는 것이 맞을지 고민되었지만, 그들이 다시 찾아올 것만 같았기 때문에 세오의 상태가 온전해지면 알려주기로 마음먹었다. 세오는 졸음이 오는지 다시 잠을 자야겠다고 하였다. 그는 기억하지 못하는 것 같았지만, 이 일로 상당히 피로해 보였다. 소연은 잠이 든 세오에게 이불을 덮어주었다. 세오는 버릇처럼 이불을 머리끝까지 끌어 올리고 잠이 들어버렸다. 웬만한 통증에도 끄떡없던 세오가 순식간에 의식을 잃는 광경을 목격한 소연은 내심 겁을 먹었다. 그 순간이었다. 파블로 교수의 수업을 들으러 온 유진이 동아리방으로 들어왔다. 그날 고백 이후 처음 보는 자리라 둘 사이는 잠시 어색함이 감돌았다. 유진은 어색함을 모른 척하기 위해 소파에 누워 있는 세오를 깨우려 하였고, 소연은 유진의 손목을 낚아채며 깨우지 말아 달라고 당부하였다. 소연이 그러자 서운한 기색이 역력해진 유진이었다. 하지만 지금 상황에서는 서운할지라도 세오의 상태를 들키게 할 수는 없었다. 유진은 수업을 들으러 가야 한다면서 동아리방을 급히 나가버렸다. 유진의 그런 모습이 신경 쓰였지만 행여라도 수상한 사람들이 다시 들어와 세오를 데려갈 것 같아 소연은 자리를 지키기로 하였다. 그 순간 갑자기 무언가 튕겨져 올라오더니 동아리 창문을 와장창 깨트려 버렸다. 물컹거리는 물체를 본 소연은 비명이 저절로 튀어나왔고, 더 이상은 두려움을 이기지 못하고 동아리방을 뛰쳐나갔다. 소리의 정체는 수상한 사람들이 아닌 파블로 교수가 실험하던 몽푸라는 물질이었다. 창문이 깨지고 나서 유진은 다시 동아리방으로 올라왔다. 소연은 나가고 없었지만 세오는 그대로 소파에 누워 있었다.

"세오야, 일어나 봐."

유진이 깨진 유리를 정리하며 말을 걸어보았지만, 세오는 깨어나지 않았다. 유진은 남은 수업이 있어 곤히 자고 있는 세오를 깨우지 않기 위해 최대한 조심스럽게 문을 닫고 나갔다. 친구들이 모두 나간 사이 세오는 슬며시 일어났다. 사실 세오는 기억이 나지 않았던 것이 아니었다. 조금 전 겪은 일을 누구보다도 잘 인지하고 있었다. 쥬타인들의 쉬뢰를 견디는 일은 거의 불가능에 가까웠기 때문에 이런 일을 겪으면 웬만한 사람들은 단숨에 기절하지만 세오는 그렇지 않았다. 세오의 특별한 능력 때문에 단 얼마라도 시간을 벌 수 있었고, 그사이 소연이 쥬타인들을 공격하며 기억을 잃는 일에서 벗어날 수 있었던 것이었다. 세오는 귀를 통해 당했던 끔찍한 고통이 아직도 머리에 잔존해 있는 느낌이었다. 겉보기에는 평범한 사람들 같았지만 무기도 없이 맨손으로 자신을 이렇게 만들 수 있다는 것에 충격을 먹은 세오였다. 세오는 기운 없이 일어나 구멍이 뚫린 동아리 창문을 무심코 바라보았다. 그는 앞으로 자신과 친구들의 주변으로 심상치 않은 일들이 벌어질 것 같은 기분이 들었다. 그 사이 야간 수업이 한창인 학교에는 달빛이 드리워졌다. 달빛은 학교와 지구의 절반을 비추고 있었지만 특히 그날은 유난히도 깨진 유리창을 통해 세오의 눈에 깊게 들어왔다. 세오는 자신의 짐을 챙겨 동아리방을 나섰다. 그가 동아리방을 나와 캠퍼스를 걸어가는 동안 다른 건물에서는 동림과 이야기 중이던 크리스가 꽤나 먼 거리에서 학교 밖으로 향하는 세오를 발견하였다. 크리스는 동림과 수업 내용에 대해 외국어로 떠들고 있는 틈에 세오를 발견하고는 동림의 어깨를 툭툭 건드리며 창문을 가리켰다. 동림은 크리스가 가리킨 방향으로 밖을 관찰하였지만 아무것도 발견할 수가 없었다. 크리스는 다시 이야기에 집중하려는 동림에게 세오의 모습을 알려주었다.

"세오가 지금 학교를 급하게 나가고 있는데?"

크리스의 이야기를 들은 동림은 다시 창문 밖을 바라보았지만 아무것도 보이지가 않았다. 저녁시간이라 어둑해진 데다 학교가 넓어 동아리방과 자신들이 있는 건물은 상당히 먼 거리였기 때문에 누가 누구인지 구분하기가 매우 어려웠다. 동림은 렌즈를 끼는 크리스의 시력이 그렇게까지 좋을 것이라고 생각지 못하였다. 아니면 크리스가 착용하는 렌즈의 성능이 매우 좋은 것일 수도 있겠다는 생각이 들었다.

"시력이 좋은 거야 아니면 렌즈가 좋은 거야?"

"내가 얘기 안 했네. 난 시력이 좋은 거야."

"시력이 좋아도 너무 좋은데. 나는 전혀 보이지가 않아."

크리스는 자신의 비밀을 동림에게 털어놓았다. 자신이 멀리서도 물체를 판단하는 시력은 일반인 기준의 열두 배가 된다는 사실을 검진을 통해 확인받았다고 하였다. 하지만 색을 판단하는 능력이 남들보다 부족해 그것을 보완하기 위해 렌즈를 껴야 한다고 하였다. 그 이야기를 들은 동림은 상상이 쉬이 되지 않았다. 일반인의 열두 배의 시력을 가지게 된다는 것은 어떤 느낌일지 궁금하였다. 유목민들이 보통 사람들의 다섯 배 정도라는 것은 알고 있었지만 열두 배는 상당했다. 동림은 동아리 친구들이 가지고 있는 특별한 능력들을 발견할 때마다 흥미로움을 느끼곤 하였다. 원래부터 알고 있었지만 어떤 이들은 최근에서야 찾아낸 동기들도 있었다. 그 중에 한 명이 크리스였다. 크리스는 대한민국으로 귀화한 가정의 아이였다. 대한민국은 여러 우여곡절을 거쳐서 지구에서 세계화에 가장 성공한 국가로 손꼽히게 되었는데, 처음에는 이민자들이 많아지면서 자국민 우선주의 분위기가 있었다. 하지만 다른 국가에 비해 더 많은 이민자들을 수용해야만 하였고, 현재는 인종과 상관없이 어우러지면서 이상적인 국가로 변화되었다. 그 바탕에는 강력한 법의 규제가 인간 본위의 하위개념으로 있기에 가능하게 되었다. 모두가 법 앞에 동등하게 심판받는 자유야말로 진정한 자유가 되었다. 이렇게 친구들의 배경과 새로운 능력에 흥미로움을 느끼는 동림이었지만, 그 역시도 평범하기만 한 사람은 아니었다. 동림은 요즘 들어 가상현실 공간에서 게임과 프로그래밍에 푹 빠져 있었지만 그것은 단지 그의 취미일 뿐이었다. 그가 가진 진짜 능력은 언어를 습득하는 능력이었다. 동림이 구사할 수 있는 언어가 몇 개인지 친구들은 알 수 없었지만, 웬만해선 어떤 외국인을 만나도 그가 그 나라 언어로 기본적인 대화가 가능한 것으로 학내에서 유명했다. 사실 친구들은 그가 구사할 수 있는 언어의 몇 가지밖에 보지 못하였다. 더욱 놀라운 것은 그가 새로운 언어를 익히는 데에는 고작 두 달의 시간이면 충분했다. 하지만 동림은 자신의 능력을 알면서도 최대한 드러내지 않으려는 습성이 있었다. 겸손이라고 하기에는 너무도 가려져 있었다.

"세오에게 무슨 일이 있었던 것일까?"

크리스가 걱정이 되는 듯한 표정으로 말하였다.

"도대체 너는 무엇을 본 거야?"

동림은 세오가 급히 학교를 나갔다는 사실에 대해 전혀 관심을 둘 수가 없었지만, 크리스는 자신이 본 세오에 대해 설명하기 시작하였다.

"얼굴은 완전히 사색이 되었고, 귀는 아주 빨갛게 달아올랐군. 마치 불에 덴 것처럼."

"창피한 일이라도 겪은 거 아냐?"

동림은 아무렇지 않게 장난으로 받아들였다.

"겁을 먹은 것 같다."

"세오가 겁을 먹다니 자던 소가 웃겠다."

이미 저녁시간을 지나 밤이 찾아오고 있었다. 그들은 넓은 캠퍼스 반대편에서 무슨 일이 일어났는지 전혀 알 길이 없었다. 동림은 짐을 챙기러 다시 강의실로 들어가 버렸다. 크리스와 동림이 세오의 행보에 대해 궁금해하고 있을 무렵 세오는 부리나케 학교를 빠져나가고 있었다. 세오는 양복 입은 자들이 자신을 공격하고 난 뒤 꺼낸 말들을 기억하고 있었다.

'하지만 다음번은 어려울 거야.'

세오는 그들이 언제든 자신을 데려가기 위해서 다시 찾아올 것이라는 걸 암시하는 의미로 받아들였다. 그는 최대한 빠르게 학교 근처에서 멀어져야겠다는 생각이 들었다. 평상시에는 잘 타지 않던 바이크를 타고 언덕길을 미끄러져 내려갔다. 헬멧을 쓰니 귀가 따갑긴 했지만 신경 쓸 겨를이 없었다. 이 정도의 통증은 평상시 같으면 아무렇지 않았겠지만 수상한 자들의 공격을 받고서는 그 부위가 아프게 느껴졌다. 세오는 이동 중에도 자신이 어디로 향해야 할지 고민이 되었다. 무작정 길을 나섰지만 도착할 만한 마땅한 장소가 없었다. 익숙한 길로 달리다 문득 생각을 해보니 자신이 연습하던 수영장 탈의실이라면 안전하게 숨을 수 있을 것 같았다. 세오는 중간중간에도 뒤를 돌아보았지만 다행히 누군가가 따라오지는 않았다. 도착한 수영장은 야간 강습시간이 지나고 한적한 모습이었다. 세오가 익숙한 곳으로 들어가 라커 앞에서 한숨 돌리고 있는 것도 잠시 자신을 반기고 있는 쥬타인들을 마주쳤다. 그들은 세오가 어떤 대응을 하기도 전에 그에게 한마디를 남기고 데리고 재빠르게 가버렸다.

"정세오. 우리의 실험 대상으로 선정되었다."

5화 티저스 칸토 타운
선택받은 자의 입성

 콴과 리포라 불리는 쥬타인들은 사실 알고 보면 비열한 배신자들이었다. 그들은 임무 수행 과정에서 콜로넬이 인간이라는 것을 알면서도 그의 심복이 되기로 하였다. 쥬타인들의 규율 대신 콜로넬의 탐욕을 쫓기로 마음먹은 자들이었다. 그들은 얼마 전 콜로넬의 지시를 받고 선택받은 자를 타운으로 데려와야 하는 임무를 전달받았다. 그리하여 쥬타인과 내통하던 박원천 교수는 유진이 자신의 사무실로 온다 하였을 때, 유진을 데려가게 하기 위해 비밀의 문 뒤에서 그들을 대기하게 하였다. 쥬타인들은 인간들이 가지지 못한 다양한 능력이 있었는데, 그중 하나가 물체나 사람을 옮길 때 공중에 띄워서 따라오게 할 수 있는 능력이었다. 그들은 무엇이든 눈에 보이지 않는 힘을 이용해 세상을 조정하는 능력을 가지고 있었다. 콴과 리포는 자신들의 등 뒤로 눈이 감겨 있는 유진을 공중에 붕 띄운 채로 티저스 칸토 타운으로 데려가고 있었다. 타운으로 입성하는 길목인 여러 건물들의 지하통로에서 오픈 트레인을 타고 움직이고 있을 무렵, 공중에 있던 유진은 정신이 돌아오기 시작하였다. 유진은 눈을 떠보니 빠르게 이동하는 트레인 위로 붕 떠 있는 채 따라가고 있는 자신을 발견했다. 몸을 움직여 보려고 하니 원하는 대로 움직일 수는 있었지만 위치가 바뀌지는 않았다. 콴과 리포는 뒤에서 발버둥을 치고 있는 유진을 발견하고 익숙하다는 듯 한쪽 입꼬리를 올리며 웃고 있었다. 콴이 리포에게 말했다.

"선택받은 자가 깬 거 같은데."

뒤를 힐끗 쳐다본 리포가 고민되는 표정으로 말하였다.

"내려줄까?"

"자신이 선택했으니 도망가지는 않겠지?"

"그럼 트레인에 같이 태울 걸 그랬나? 하하하."

콴과 리포는 잠시 트레인을 멈췄다. 빠른 속도로 이동하다 멈추니 유진의 몸이 공중에서 빠른 속도로 뱅글뱅글 돌기 시작하였다. 콴과 리포는 공중에서 돌고 있는 유진을 멈춰 세우고 트레인에 태웠다. 유진은 뱅글거리며 어지럽던 정신을 차려보니 자신이 도무지 도착점이 보이지 않는 끝없이 이어지는 통로 한가운데에 있는 것을 알게 되었다. 유진은 트레인 의자에 앉으며 쥬타인들을 번갈아 가면서 관찰하였다. 자세히 보니 그들은 그동안 자신을 줄곧 미행하던 자들과 많이 닮아 있었다. 그들은 여전히 정장 차림에 선글라스를 쓰고 있었다. 쥬타인들의 존재를 안다면 정장은 그들의 교복처럼 쉽게 알아볼 수 있는 요소 중 하나였다. 유진은 그들의 인상착의를 완전히 파악했기 때문에 쉽게 알 수 있었지만, 다른 사람들은 그저 멋 부린 회사원 정도로만 인지했다. 유진은 조심스레 물어보았다.

"그동안 저를 미행했었죠?"

리포가 먼저 유진의 질문에 대답하였다.

"미안하게 되었습니다. 줄곧 미행하던 자들은 저희 말고도 다른 여럿이 더 있어요."

아무리 배신자이면서 콜로넬의 심복이라 할지라도 선택받은 자에게는 상당한 예의를 갖추는 모습이었다.

"두 분 다 쥬타인이 맞나요? 교수님 통해서 당신들의 세계를 전해 들었습니다."

유진이 묻자 이번엔 콴이 대답하였다.

"들으셨을지 모르겠지만 대체로 이렇게 생긴 자들을 쥬타인이라고 부르죠."

그러면서 그가 쓰고 있던 선글라스를 벗어 내리니 일정한 형태의 작은 비닐들이 눈 주변을 감싸고 노란 홍채에 굵고 진한 검은 동공이 유진의 눈과 마주했다. 깜짝 놀란 유진은 몸을 뒤로 빼며 마주했던 눈을 두 손으로 감싸 올렸고, 그들의 본모습에 당혹스러워했다. 유진이 그런 반응을 일으키자 콴과 리포는 박장대소를 하였다. 유진이 실눈을 뜨며 웃고 있는 그들을 살펴보니 혀의 끝 또한 살짝 갈라져 있었다. 콴은 다시 선글라스를 쓰며 겁먹지 말라는 듯한 손짓을 보내왔다. 그러면서 유진에게 쥬타인들의 비밀 통로에 대해 설명하기 시작하였다.

"오. 겁먹지 마세요. 여기는 우리가 거처하는 티저스 칸토 타운이라는 곳으로 향하는 통로입니다."

기괴한 모습들의 잔상이 흐려지지 않던 유진은 그들에게 다시 물어보았다.

"눈을 다치셨나요?"

콴은 자신이 무의식 중에 한 행동이 행여 선택받은 자에게 겁을 준 것은 아닌지 염려스러웠다. 쥬타인들이 인간에게 들키지 않으려 수백 년 동안 조심스럽게 행동해 온 것도 있었지만 선택받은 자에게는 예외적으로 특별한 대우를 할 수밖에 없는 것은 사실이었다.

"겁을 주려 한 행동은 아닙니다. 선택받은 자이시니 쥬타인들에 대해 알리고 싶었습니다."

옆에 있던 리포가 설명을 더하였다.

"쉽게 말하면 우리는 인간과 종부터 달라요. 겉모습만 인간처럼 보이는 것입니다. 자세한 건 타운에 입성한 후 알려드리겠습니다."

그 얘기를 들은 유진은 매우 흥미로운 사실 하나를 발견했다. 외관상 인간과 다를 게 없어 보이는 쥬타인들이 근본적으로 종이 다르다니 세상 사람들이 알기라도 하면 기염을 토할 일이었다. 쥬타인들은 목에 있는 푸른 점이나 눈의 색깔 그리고 눈 주변의 비닐까지 인간과는 다른 모습을 일부 지니고 있었지만 아무리 생각해도 이렇게 소통이 가능하다는 게 이해가 되지 않았다. 어리둥절해진 유진을 본 콴과 리포는 그를 트레인에 앉히며 주의를 주었다.

"안전벨트가 풀릴 일은 없습니다. 우리는 당신이 탑승한 지점인 용명대학교 근처에서부터 대한민국에서 가장 높은 빌딩인 신성 빌딩으로 빠르게 이동할 겁니다. 빌딩에 도착해서 저희 타운으로 올라갈 때에는 최대한 모른 척 태연한 연기가 필요해요."

그 말을 들은 유진은 어처구니없는 웃음을 지었다.

"신성 빌딩에 티저스 칸토 타운이 있었다니 흥미롭군요. 저는 인간입니다. 어디든 눈치 보지 않고 당당히 들어갈 수 있어요."

신성 빌딩의 로비는 일반인들이 쉽게 드나들 수 있었지만 사무실로 향하는 입구에서는 신원이 확인되지 않는 이상 아무나 출입을 할 수가 없었다. 알고 보면 그 누구도 신성 빌딩 내에서 근무를 한다거나 내부로 들어가 봤다는 사람을 찾기 드물었다. 신성 빌딩이 티케이 그룹에서 소유하고 있다고 들어는 보았지만 티케이의 약자가 티저스 칸토의 줄임이라고 유추할 수 있는 사람은 없었을 것이었다. 각국의 쥬타인들은 그 나라에서 나름대로 비밀리에 자신들만의 제국을 소유하고 있었다. 콴과 리포 그리고 선택받은 자 유진이 탄 트레인은 이전보다 더 빠른 속도로 이동하기 시작하였다. 그들이 신성 빌딩 근처로 도착하니 입구 근처에는 역대 대한민국 티저스 칸토 타운의 본부장으로 역임했던 수백 명의 쥬타인들의 사진이 나열되어 있었다. 역대 본부장이었다는 쥬타인들도 하나같이 검은 정장과 중절모에 선글라스를 낀 채로 사진을 찍었다. 다만 다른 것은 선글라스만 시대의 변화에 따라 조금씩 달라진 모습이었다. 마치 선글라스가 쥬타인들이 발명한 것마냥 그들에게는 떼어놓을 수 없는 필수 물건 같았다. 입구에 내리자 콴은 콜로넬과 통화를 시도하였다. 유진이 보기에는 자신을 대하던 모습은 온데간데없고 한층 심각해진 표정으로 누군가의 지시를 받는 듯 보였다. 콜로넬은 전화로 콴에게 선택받은 자의 동선에 대해 지시하였다.

"선택받은 자를 최대한 다른 요원들과 접촉되지 않게 훈련소로 데려오게 해."

"그럼 당분간 선택받은 자의 거처는 훈련소 근처 오델리스의 방으로 결정하신 건가요?"

"거기 말고는 없으니까. 덧붙이자면 선택받은 자가 특히 타운 내에 두 명의 신원을 확인할 수 없게 해야 해. 키야스 타이노르 그리고."

"그리고요?"

"정세오."

"알겠습니다."

그렇게 멀찍이 떨어져서 통화를 마치고 온 콴은 머리에 맺힌 식은땀을 닦아내며 선택받은 자 유진을 티저스 칸토 타운이 위치한 신성 빌딩 안으로 안내하였다. 로비에 들어서니 빌딩을 통과하는 일반 사람들과 쥬타인들이 섞여 이상한 진풍경을 연출하였다. 간간이 보이는 정장 차림의 선글라스를 낀 요원들이 눈에 들어왔다. 일반인들은 이 건물을 지나칠 때면 이러한 광경들이 익숙하다는 듯 아무렇지 않게 여기는 것 같았다. 마치 그들을 경호원 정도로만 생각하는 듯하였다. 콴과 리포가 일반인 동선과는 다른 방향에 위치한 내부 보안 요원 앞에서 몇 마디를 전하고 유진을 그대로 통과시켰다. 그는 보안이 엄격한 티저스 칸토 타운에서 보안 과정을 거치지 않고 들여보낸 유일한 인간이 되었다. 그들이 안내한 대로 유진은 군말 없이 따라갔다. 어차피 최종 목적지가 바디스라면 이 정도의 어색함은 필요했다. 콴과 리포는 빌딩에서 가장 높은 층으로 향하는 것 같았다. 따로 버튼이 없어 층수를 말해야 했지만 그들은 숫자를 지정하지 않고 타운명만을 말하였다. 엘리베이터는 빠르게 이동하였고 순식간에 티저스 칸토 타운에 도착하였다. 움직임이 위나 아래 어느 방향을 향하는지 인지하기도 전이었다. 엘리베이터 문이 열리자 바로 앞 큰 통로가 있었고 대형 문을 통과하니 비로소 티저스 칸토 타운의 광장이 눈앞에 나타났다. 시대를 앞서가는 형태와는 다르게 역사가 깊어 보이는 내부라니 색다른 매력이 있었다. 보이는 요원들은 무리 지어 게임을 하거나 대화를 하고 있는 모습이었다. 요원들로 북적거리는 광장에서 콴과 리포가 빠르게 내부 복도로 안내하는 통에 유진은 그 광경을 제대로 즐길 여유가 없었다. 다행히 아무도 선택받은 자를 의식하는 것 같지는 않았다. 유진은 리포에게 말을 걸었다.

"꽤나 멋진 곳이군요. 저는 지금 어디로 가고 있는 거죠?"

"당분간 훈련을 받으시면서 거처할 곳으로 가고 있습니다."

리포의 말에 콴이 설명을 더하였다.

"이제 훈련소에 머무르실 텐데 그곳은 바디스에 입성하기 위해 각종 훈련이 가능합니다. 타운 내를 오가는 쥬타인들을 위해 마련된 곳인데 선택받은 자를 위해 인간을 들이는 것은 역사상 처음 있는 일입니다. 그만큼 당신이 나타나기를 기다려 왔고, 오직 당신만을 위해 준비해 놓았으니 그대로 따라만 주시면 됩니다. 훈련을 주로 담당할 웨이요르라는 요원은 상당한 실력을 갖춘 분입니다. 여러 쥬타인들에게 신임과 존경을 받는 분이니 참고 부탁드립니다."

유진에게 웨이요르는 왠지 모르게 친근하게 여겨지는 이름이었다. 그를 만나기 전임에도 불구하고 이름만 들어도 그가 굉장히 좋은 쥬타인일 거라 느껴졌다. 간혹 은은한 좋은 향기는 생명이 지닌 모든 선한 마음을 통해 흐르는 법이었다. 유진은 그들의 안내를 따라 한참을 걸어 들어갔다. 겉에서 보는 빌딩과는 다르게 티저스 칸토 타운은 상당히 넓었다. 마치 하나의 도시와 같이 밖에서 바라본 내부는 전혀 다른 규모처럼 느껴졌다. 유진이 이동하며 복도 아래를 내려다보니 여러 상점들이 보였고, 카페나 술집도 가득 들어차 있었다. 광장을 돌아다니는 쥬타인들은 선택받은 자를 볼 수 있는 구조가 아니었지만 유진은 상부에서 그들을 관찰할 수 있었다. 쥬타인들은 훤칠한 키에 몸매가 잘록한 편이었고 운동능력이 뛰어나 보였다. 타운 내에서는 대부분의 요원들이 선글라스를 벗고 돌아다니는 걸 확인할 수 있었다. 대체적으로 눈가에는 콴이 보여주었던 눈꺼풀과 비슷한 흔적이 있었다. 목 뒤쪽의 푸른 점들도 마찬가지였다. 유진은 처음으로 지구상에 인간과 비슷하면서도 다른 종이 존재하며 오랜 기간 함께 공존할 수 있다는 것을 깨달았다. 가까운 거리에는 쥬타인들의 체육관도 보였다. 쥬타인들도 오랜 시간 인간과 공존해 오다 보니 인간들이 즐기는 운동 종목들을 그대로 즐기는 것으로 보였다. 체육관에서는 농구를 하고 있었는데, 그들의 점프 실력은 상당했다. 농구 골대의 높이는 상대적으로 높은 편이었지만, 골을 넣을 때에는 인간들은 감히 닿을 수도 없는 높이까지 도달했다. 유진이 콴과 리포를 따라 말없이 주변을 구경하며 한참을 걷다 보니 어느새 눈앞에는 훈련소가 보이기 시작하였다. 콴과 리포는 유진을 잠시 그 앞의 벤치에 앉아 기다리게 하고 들어가서 웨이요르와 이야기를 주고받았다. 웨이요르는 그날 선택받은 자가 온다는 얘기를 듣고 바로 훈련 준비에 들어갔었다.

"웨이요르, 선택받은 자를 데려왔습니다."

"걱정 마시오. 이 또한 나의 책임이니."

웨이요르는 자신과 관련 없는 콴과 리포가 선택받은 자를 데려오자 반갑지는 않았지만 쥬타인들을 대표해서 책임감 있게 행동하기 위해 노력하였다. 선택받은 자가 타운에 오기 전 콜로넬이 잠시 자리를 비운 사이 티저스 칸토 타운은 침입한 인간의 흔적을 찾느라 한바탕 소동이 일어났었다. 심지어 이번 소동이 궁금해서 외국에서 찾아온 요원들도 있었다. 그 과정에서 웨이요르는 보안을 처음부터 다시 점검하고 새로운 타운으로 만드는 수고를 자청했었다. 쥬타인들에게 타운의 보안 수위는 목숨을 유지시키는 중요한 수단이었기에 콜로넬을 대신해서 그 일을 해줄 자가 필요했기 때문이었다. 그리고 인간에게 정체가 밝혀지게 되면 겪을 불편함 또한 사전에 방지하기 위함이었다. 웨이요르는 그러면서도 키야스를 돌보는 일을 게을리하지 않았다. 웨이요르와 시난쇼스는 매일 같이 그가 누워 있는 병실을 찾아가 의식이 깨어나기만을 기다렸었다. 하지만 키야스는 의식을 찾을 기미가 보이지 않았다. 그의 모습은 편안히 자고 있는 듯했다. 선택받은 자가 타운에 입성하기까지 타운을 정비하느라 시간을 보내온 웨이요르는 그를 위해 훈련을 시작하는 지금이 한결 더 여유롭게 느껴졌다. 콴과 리포는 웨이요르에게 부탁의 말을 전하고 문 앞을 나서면서 유진에게 인사하였다.

"훈련을 잘 받으셔서 바디스에 입성하는 유일한 인간이 되시기를 바랍니다. 그곳에 이르는 과정도 쉽진 않겠지만, 입성하는 순간까지 긴장을 놓치지 마세요. 만만히 보다가는 선택받은 자마저 선택의 기회를 잃을 수 있으니 말입니다."

"각오는 하고 있습니다."

"훈련을 마치게 되면 저희도 팀에 합류해서 당신과의 여정에 함께할 것입니다. 그럼 그때까지 건강히 잘 지내시기를 바랍니다."

"좋은 말들 감사합니다."

그렇게 인사를 전하고 그들은 재빠르게 사라져 버렸다. 워낙 운동신경이 좋아 움직임의 속도를 따르기가 어려울 정도였다. 콴과 리포는 콜로넬을 받드는 쥬타인들의 비열한 배신자이면서도 완벽한 연기력을 갖춘 두 얼굴의 요원들이었다. 유진을 훈련소까지 친절하면서도 안전하게 보호한 것은 순전히 그들만을 위함이었다.

콜로넬과 함께 바디스에 가서 새로운 세상에서 자신들의 야망을 실현시키기 위해 모든 것을 감수할 준비가 되어 있는 자들이었기 때문에 주의가 필요했다. 아무것도 모르는 순진한 웨이요르와 유진의 운명적인 만남은 훈련소의 문이 열림과 동시에 예견된 일이었다. 유진을 덩그러니 문 앞에 놔두고 자신들의 할 일을 위해 가버린 콴과 리포의 뒷모습이 사라질 무렵, 유진은 조심스레 거대한 훈련소의 문을 손으로 지그시 눌러 얼굴을 들이밀었다. 고요한 훈련소의 내부를 관찰해 보니 중앙 안쪽에 위치한 의자에서 누군가가 기다리는 듯하였다. 한 멋진 대머리의 신사가 활짝 웃으며 일어나 문 앞으로 성큼 다가왔다. 그는 유진과 눈을 맞추고 악수를 건네며 자신을 소개하였다.

"환영합니다. 선택받은 자께서 드디어 저희 타운을 찾아주셨군요."

어색한 미소를 애써 띄우며 유진도 소심하게 인사를 건넸다.

"안녕하세요. 선유진이라고 합니다."

"만나서 반가워요. 저는 웨이요르라고 합니다."

인자한 미소를 띠며 반갑게 인사하는 그를 보니 한결 마음이 놓이는 유진이었다. 홀로 남겨진 아득한 공간에서 의지할 누군가를 찾은 안도감이 들었다. 그와 눈이 마주친 유진은 그동안 만나온 쥬타인들과는 조금 다른 점을 발견하였다. 바로 동공의 색이었다. 다른 쥬타인들은 짙은 검은색이었는데 웨이요르는 맑은 회색빛을 띠고 있었다. 그리고 동공의 모양 또한 인간들과 비슷한 동그란 모습이었다. 웨이요르는 유진을 데리고 훈련소의 여러 곳을 소개하기 시작하였다.

"이쪽으로 오시죠. 이곳은 저희 타운에서 가장 중요한 시간 엄수의 방입니다."

방 안으로 들어가지 않고 밖에서 역할과 기능에 대해 설명을 해 주는 웨이요르였다. 티저스 칸토 타운의 복도처럼 훈련소 벽에도 여러 모양의 시간을 측정할 수 있는 장치들이 설치되어 있었다. 시간을 지키지 못하면 마치 큰일이라도 날 것만 같은 느낌이 유진을 압도하였다. 웨이요르가 유진에게 시간 엄수의 방을 가장 먼저 소개한 데에는 나름의 이유가 있었다. 크로네필을 뚫고 들어갈 때에 시간을 제대로 지키지 못하면 쥬타인들이나 인간 모두 목숨을 내어놓아야 할 수도 있기 때문이었다. 어떤 것을 주의 깊게 봐야 할지 모르고 벽을 둘러보고 있던 유진을 바라보면서 웨이요르는 다른 장치들도 간단하게 소개하였다.

"바디스에 대해 이미 들으신 걸로 알고 있습니다."

"그곳을 가려면 크로네필이란 장벽을 넘어가야 한다고 들었습니다."

"크로네필은 원래 장벽이 아닙니다. 하지만 뚫을 때 목숨이 위험하다는 사실도 알고 계시나요?"

"지금처럼 여기서 훈련을 받게 되면 가능할 수도 있다고 들었습니다."

"그렇다면 제가 조금 더 설명을 자세히 해드리지요. 저희 쥬타인들은 크로네필을 뚫고 들어갈 때에 시간을 제대로 지키지 못하고 크로네필이 닿힐 경우에 목숨을 내어놓아야 하는 경우가 종종 있습니다. 신체의 일부가 절단이 될 수도 있기 때문이지요."

 크로네필에 대한 간략한 설명에도 놀랄 수밖에 없는 유진이었다. 박원천 교수 말에 의하면 바디스에 입성할 시에 선택받은 자는 쉬이 들어갈 수 있다고 생각했었다. 하지만 이제는 그가 왜 티저스 칸토 타운에서 제대로 된 훈련을 받아야 하는지 이해가 되는 순간이었다. 초침보다 빠르게 흐르는 시계들과 기존의 인간들이 알고 있는 상식보다 급하게 돌아가는 시간 개념이 웨이요르의 설명을 보충해 주고 있었다. 시계의 초 단위보다 더 짧은 단위로 움직여야 안전하게 입성할 수 있기 때문이었다. 웨이요르는 다른 방을 가리키며 이 방에서는 바닥을 가르고 있는 검은 선에서 크로네필과 가장 흡사한 막이 흐른다고 하였다. 대부분 이 방에서 마무리 훈련의 과정을 거치고 나서 원정길에 나선다고 하였다. 웨이요르는 또 훈련 도중 시간을 지나치게 되거나 가상 크로네필에 걸리게 되면 바로 전광판에 표시가 된다고 알려주었다. 바디스를 오고 가는 쥬타인들은 5년에 한 번 정예 멤버로 선발되는데 각 나라에서 시간 엄수의 방에서 만 번 이상 연습을 한 요원들 중 반응속도가 우수한 요원들만 뽑히게 된다고 하였다. 유진은 불가능할 것 같은 훈련을 받아야 한다는 현실과 마주하고 있었다. 우선 인간과 쥬타인들은 타고난 신체적 능력부터 달랐다. 그들의 속도를 따라잡기란 거의 불가능했기에 훈련을 받아야 하는 유진은 자신감이 생기지 않았다. 웨이요르가 첫 훈련 장소로 시간 엄수의 방을 먼저 보여준 데에도 유진이 인간으로서 감당하기 어려운 부분을 먼저 각인시켜 주기 위함이었다. 가장 힘든 것을 해낼 수 있다면 나머지는 자연스레 따라오는 법이었다. 다음으로 보여준 방들은 부수적인 것들이었다. 크로네필을 넘어 입성하기 위한 각종 훈련들의 일환이었다. 근력 훈련, 유연성 훈련, 유산소 훈련, 수중 훈련 등 인간들이 군대에서 받는 훈련과 유사한 모습이었다. 다른 점은 그들이 쥬타인이라는 점과 훈련의 강도가 높아 인간들은 극복하기 어려울 수도 있다는 점이었다. 유진은 그중에서 수중 훈련을 흥미롭게 지켜보았다. 훈련을 하고 있는 쥬타인들을 보니 그들의 잠영 실력이 상당하였고, 수중에서 산소 없이 지속하는 능력들이 훌륭하였다. 유진은 웨이요르에게 천진난만한 질문을 던졌다.

"저도 당신들처럼 훈련을 받으면 저렇게 될 수 있는 건가요?"

그의 해맑은 질문을 들은 웨이요르는 미소 가득한 얼굴로 대답하였다.

"그러려면 쥬타인으로 다시 태어나야 할 것 같은데요. 불가능합니다. 다만……."

"다만?"

"우리의 목표는 당신이 바디스에 들어가기까지 그리고 들어가서 생존할 수 있을 정도의 능력을 키워주는 것입니다."

"훈련은 언제부터 시작인가요?"

"내일부터 시작합니다. 오늘은 둘러보시고 충분한 휴식을 취해두시는 게 좋을 것 같습니다."

웨이요르의 말에 의하면 가장 중요한 훈련은 아직 보여줄 수가 없다고 했다. 그 훈련은 모든 훈련과정이 끝나고 유진의 신체적 능력이 어느 정도 올라와 있을 때 시작이 가능하다고 하였다. 마치 아직은 그들만의 훈련을 공개하고 싶어 하지 않는 눈치였다. 웨이요르는 이제부터 거처할 숙소를 보여주겠다며 훈련소를 데리고 나왔다. 웨이요르는 유진을 오델리스의 방으로 안내했다. 오델리스는 쥬타인들 사이에서는 역사적인 인물로 그를 기념하기 위해 각국의 타운에 그의 이름을 딴 숙소를 지을 정도로 유명세를 가지고 있었다. 그가 지구에 사는 생명체 중 바디스 대륙 근처에 있는 신비의 숲 계곡 안에 살고 있는 토트라를 크로네필의 일부를 빌려와 영원히 폭포수 안에 가두어 놓은 일화는 이젠 전설이 되었다. 이 사건은 거대 괴생명체를 가두었다는 사실보다 크로네필의 일부를 계곡으로 가져왔다는 것 자체가 쥬타인들의 세계에서는 매우 대단한 일이었다. 가끔 바디스를 드나드는 요원들 중 갇혀 있는 토트라를 보기 위해 탐험을 자원하는 요원들도 있었다. 웨이요르는 유진을 오델리스의 방으로 안내하며 주의를 주었다. 오델리스가 활동하던 시기에 많은 국가를 다니면서 흔적들을 남기긴 했지만, 그의 유물이 가장 많이 보관되어 있는 곳 또한 유진이 머무를 방이라고 하였다. 유진이 오델리스 방의 문을 여는 웨이요르의 시선을 따라 조심스럽게 들어가 보니 스무 평 남짓의 아담한 방에 정갈하게 정리되어 있는 그의 유물들이 고스란히 전시되어 있는 모습이었다. 유진이 맘 편히 사용할 수 있는 물품들은 침구와 화장실뿐이었다. 웨이요르는 유진을 들여보내고 방을 나오기 전 비상시에 연락하기 위해 자신들의 선글라스 하나를 선물로 건네주었다. 선글라스는 단지 눈을 가리기 위한 용도는 아니어도 된다고 하였다. 비상시에 연락할 때에만 버튼을 누르고 상대를 찾아 대화를 시도하면 된다고 하였다. 혼자 방에 남겨진 유진은 선글라스를 선반에 얹어두고 침대에 누워 아무 생각 없이 눈만 깜빡였다. 그는 마치 아무런 감정이 없는 바위가 된 것만 같았다. 선택의 이유도, 존재의 이유도, 설명이 필요하지 않은 순간이었다. 설명할 수 없는 상황에 대해서는 굳이 복잡한 생각이 필요하지 않았다. 한동안 유진은 침대에 누운 채로 그 상태를 유지하였다. 유진이 오델리스의 방에서 아무 생각 없이 휴식을 취하고 있는 동안, 콜로넬은 자신의 집무실에서 콴과 리포에게 선택받은 자가 타운에 입성하기까지의 과정을 상세하게 듣고 있었다. 콜로넬은 그의 입성 소식에 자신의 음흉한 웃음을 감출 수가 없었다. 유진의 훈련이 시작되었다는 것은 자신이 바디스에 입성할 수 있는 시기가 점점 다가온다는 것을 의미하였다. 콴과 리포는 눈치채지 못하였지만, 사실은 크림 의장의 붉은 목걸이가 옷에 감춰진 채로 콜로넬의 목에 걸려 있었다. 콜로넬은 무의식 중 목걸이에 자신도 모르는 사이 자꾸만 손이 갔다. 목걸이가 계속해서 무언가 끌어당기는 힘이 느껴졌지만, 콜로넬은 최대한 참으며 그 목걸이를 누가 볼까 전전긍긍하였다. 결국 선택은 스스로 하는 것이었다. 주인이 될지 종속자가 될지 반복되는 승부에서 콜로넬은 서서히 지고 있었다. 그는 내일부터 선택받은 자가 첫 훈련을 시작한다는 것에 의미를 두어 생각하면서도 자신과 선택받은 자가 마주할 시기에 대해 고민하기 시작하였다. 하지만 당장은 마주하지 않는 것이 서로에게 좋을 것이라는 판단을 하고 있는 콜로넬이었다. 왜냐하면 어차피 선택받은 자를 훈련시키는 이유가 바디스의 강력한 지침 때문이었지만, 콜로넬에게 선택받은 자는 그저 크로네필 앞에서 자신을 대신해 버려질 나약한 인간에 불과했다. 콜로넬은 콴과 리포에게 자신의 계획을 알렸다.

"마지막에 이루어질 솔라칸 훈련을 너희 둘이 맡도록 해. 웨이요르와의 접촉을 차단시켜 버려야 우리에게 유리하니까."

"저희가 맡았다가는 선택받은 자가 바디스 앞에 가기도 전에 위험해질 수 있어요. 그렇게 되면 바디스에서 보낸 사무관을 통해서 소식을 듣고 굄니 샤토께서 우리를 영원히 용서하지 않을 수도 있다고요."

"충분히 예상하고 있다. 나에게도 생각이 있으니 내 말대로 해."

콜로넬의 고집에 콴이 최대한 그를 설득해 보려고 하였다.

"애초에 계획했던 대로 선택받은 자가 들어가려던 순간 예상치 못한 상황으로 인해 본부장님께서 입성하게 되는 것이 최선이었잖아요. 저는 계획대로 하심이 모두를 위해 좋다고 생각합니다."

"내 마음이 바뀌었다. 선택받은 자가 크로네필을 보기도 전에 솔라칸 실험에서 안타깝게 통과하지 못했다는 계획으로 변경한다."

"하지만 그러면 이 훈련 자체가 아무런 의미가 없습니다."

콜로넬은 아직도 멀었다는 표정으로 콴을 보며 한 수 가르쳐 주었다.

"의미가 있지. 솔라칸 실험 대상이 두 명이 되었으니."

그는 징그러운 표정을 지어 보였다. 콴과 리포는 점점 더 진화하는 그의 어두운 아우라에 넙죽 엎드리며 벌벌 떨었다. 그러고는 콜로넬은 그들에게 한 번 더 복종을 요구하였다. 콜로넬의 머릿속에는 그저 자신을 대신해서 희생당할 두 명의 인간을 끌어들였다고 생각하였지만, 아둔한 인간은 같은 인간을 괴롭히기 마련이었다. 콜로넬이 콴과 리포와 대화를 나누고 있는 사이, 회의실 외부 광장에서는 한창 파티가 열리고 있는 듯하였다. 낮에 한산하고 고요했던 모습과 다르게 티저스 칸토 타운에서의 밤은 화려했다. 그들이 대화를 나누고 있는 도중에도 밖에서 들려오는 노래는 계속해서 주위를 유혹해 왔다. 콜로넬은 중요한 이야기를 하고 있는 가운데 쥬타인들의 노랫소리가 듣기 싫었던지 갑자기 귀를 틀어막고는 콴과 리포에게 나가라고 지시하였다. 콜로넬의 예상치 못한 행동에 콴과 리포는 얼떨결에 나오기는 했지만, 그가 그렇게 행동하는 모습이 일반적이지 않아 보였다. 밖에서 들려오는 소리를 들은 것은 유진도 마찬가지였다. 초점 없는 눈빛으로 누워서 천장만 바라보던 유진은 시끄러운 소리에 무의식에서 깨어났다. 그는 다시 동공에 초점이 돌아오고 정신이 집중되기 시작하였다. 쥬타인들이 듣고 즐기는 음악이 유진에게는 그리 거슬리지 않았다. 종족은 다르지만 그들의 문화와 생활에 있어 빠질 수 없는 음악이라면 한 번쯤은 주의 깊게 들어볼 만하였다. 오델리스의 방에 누워 있던 유진은 음악 소리에 이끌려 밖으로 나가보기로 하였다. 그는 나가려고 문을 여는 순간 조금 전에 자신에게 일러주었던 웨이요르의 당부가 떠올랐다.

"훈련시간 외에는 되도록 이 방에서 머물러야 합니다. 타운을 돌아다니려면 저에게 미리 얘기를 하세요."

유진은 잠시 고민하였지만 비상시에 연락할 선글라스를 쓰고 오델리스 방에 걸려 있던 그의 유물일지 모를 쥬타인들의 정장을 차려입고 밖을 나서보기로 하였다. 혹시나 하는 마음에 그는 나가기 전 침구에 베개를 넣어 자신이 자고 있는 듯하게 꾸며놓았다. 거울을 보니 목덜미에 푸른 점만 없었지 완벽한 쥬타인처럼 보였다. 유진은 살며시 방문을 열고 나가 타운을 살펴보기로 하였다. 하지만 콜로넬의 방에서는 선택받은 자의 출입을 확인할 수 있는 장치와 감시 카메라가 설치되어 있었다. 유진이 문을 열고 나간 순간 콜로넬의 모니터에 정보가 올라왔지만, 머리를 부여잡고 괴로워하고 있던 콜로넬은 그 알림을 제대로 파악하지 못하였다. 뒤늦게 알림을 파악하고 감시 카메라를 살폈지만 선택받은 자는 침대에서 그대로 자고 있는 모습이었다. 콜로넬은 알림이 잘못되었다고 착각하고 더 이상 신경 쓰지 않았다. 반면에 호기심 많은 유진은 그날 밤 타운을 자세히 살펴보기로 하였다. 광장에 나가보니 상당히 많은 요원들이 특이한 차림을 하고는 파티를 즐기고 있었다. 어떤 재료로 만들었는지는 모르지만 그들은 형광색 음료를 팔고 있었다. 유진은 과감하게 음료를 하나 시켜 들이켜 보기로 하였다. 다행히 쥬타인들은 그러한 행동을 서슴없이 하는 유진이 인간인지 끝내 눈치채지 못하였다. 유진은 처음 맛보는 맛이었지만 맛이 없게 느껴지지 않았다. 그러고는 멈춰 서지 않고 다른 곳들을 더 둘러보기로 하였다. 지나가면서 유진은 선글라스를 끼고 보니 자신이 올 때에는 보이지 않았던 다른 통로들도 찾아낼 수 있었다. 티저스 칸토 타운은 상당히 복잡한 통로들로 미로처럼 만들어진 특수한 공간이었다. 걸어가는 통로 곳곳의 벽면에는 시간 엄수의 방에서 본 듯한 시계의 태엽들이 돌아가고 있었다. 벽의 모든 것들은 그저 장식품 같아 보였다. 그렇게 한참을 걸어가니 복도의 끝에 여러 개의 파이프 관 아래로 빛을 밝히고 있는 창문이 보였다. 조금 더 가까이 가서 보니 문 안쪽 통로 아래로 계단이 놓여져 있고, 그 안에 작은 카페가 보였다. 타운 내에는 많은 상점들이 영업을 하고 있었는데 유독 이 카페는 파이프들 사이에 있어 잘 아는 단골들이 아니면 찾기가 힘든 곳에 위치해 있었다. 가게 문 입구에는 기다란 수염을 자랑하는 주인의 초상화가 있었고, 쥬타인들의 특징을 그대로 닮은 모습으로 그 역시도 선글라스를 끼고 있었다. 입구의 그림 아래에는 작은 글씨로 "그대의 유일한 내면의 통로, 숑"이라고 적혀 있었다. 아래를 살짝 들여다보니 안에서는 영업을 하고 있었고, 넓은 카페에는 몇 안 되는 쥬타인들이 자리를 잡고 있었다. 유진은 행여나 낮에 자신과 마주친 콴과 리포 혹은 웨이요르가 없는지 살펴본 뒤, 다른 쥬타인들이 보이지 않는 카페의 가장 구석으로 들어가 앉았다. 주위를 두리번거리며 들어오는 유진을 발견한 숑은 다른 쥬타인들은 몰라도 그가 쥬타인이 아니라는 것쯤은 한눈에 알아보았다. 메뉴판을 가져가며 그를 조금 더 가까이서 살펴보니 그가 오델리스의 양복도 훔쳐 입었다는 것을 알고 놀라지 않을 수 없었다. 티저스 칸토 타운에서 오델리스를 실제로 마주한 유일한 쥬타인은 이 카페의 주인인 숑밖에 없었다. 그는 티저스 칸토 타운의 쥬타인들 중 가장 나이가 많기도 하였지만 오델리스가 생전에 가장 마음을 놓고 이야기할 수 있었던 상대이기도 하였다. 숑은 조심스럽게 메뉴판을 가지고 그의 옷을 입고 쥬타인 행세를 하는 인간에게 다가갔다.

"가게에는 처음이신 것 같네요. 무엇을 시키시겠습니까?"

유진은 이 가게의 주인은 단골이 많아 모든 손님을 기억할 수 있겠다 싶어 대충 메뉴를 읽어보지도 않고 주문하였다. 어차피 어떤 음료를 시켜도 쥬타인들만 좋아할 맛이었다.

"이거 주세요."

"벌꿀 커피를 시키셨군요. 시간이 걸리니 기다리시지요."

유진이 시킨 벌꿀 커피는 인간들이 생각하는 꿀이 들어간 커피가 아니었다. 진짜 벌과 꿀이 섞인 커피였다. 숑은 커피를 만들면서도 유진의 모습을 살피기 바빴다. 숑은 주문을 하는 이 젊은 청년이 얼마 전 카페에서 키야스와 웨이요르가 논쟁을 벌이던 대상인 선택받은 자라는 것을 확신하였다. 숑은 그에게 커피에 빠진 꿀벌을 퍼먹을 숟가락을 살며시 가져다주었다. 벌꿀 커피를 본 유진은 당황스러울 수밖에 없었다. 커피 안에는 벌들이 꿀과 함께 둥둥 떠 있었다. 심지어 꿀벌들은 살아서 다리를 움직이고 있었다. 숑은 어떻게 먹어야 할지 머뭇거리고 있는 유진의 모습을 보고는 그에게 다가가 자신이 파악한 그의 정체에 대해 물어볼 작정이었다.

"오델리스의 양복이 참 잘 어울리시는군요."

그 말을 들은 유진은 자신의 정체가 들켜버린 것만 같아 바라보고 있던 커피잔에서 고개를 들지 못하였다. 숑은 분위기를 풀어주려 조심스럽게 다시 말을 꺼내었다.

"놀라게 했다면 미안합니다. 저는 오델리스와 친분이 있었고, 단지 그의 옷을 알아보았을 뿐이죠. 제가 알기로는 선택받은 자가 타운에 입성을 했다고 하는데 당신이 맞나요?"

유진은 그제야 안심이 되었는지 고개를 들고 숑을 바라보았다.

"네. 제가 맞습니다."

"반갑습니다. 제 이름은 숑이라고 합니다."

"사실은 앞으로 받을 훈련 기간 동안 제가 머물게 된 방이 오델리스의 방입니다."

"오. 선택받은 자여. 굳이 설명하지 않아도 입고 있는 옷이 모든 것을 설명해 주고 있습니다."

숑의 호탕한 웃음소리에 안에 있던 몇몇의 쥬타인들이 그들이 있는 곳을 돌아보았지만 별다른 이상한 점을 발견하지 못하였다. 숑은 타운의 모든 곳이 어색하게 느껴질 유진에게 자식을 대하는 마음으로 잘해주고 싶어졌다. 그는 자리에 앉아 유진에게 티저스 칸토 타운이 품고 있는 몇 가지 비밀과 오델리스 유물의 숨겨진 기능에 대해서 알려주며 주의도 잊지 않았다.

"각 본부에는 본부장이 있습니다. 조만간 콜로넬을 만나게 될 텐데. 그를 조심하길 바랍니다."

"특별히 본부장님을 조심해야 할 이유가 있을까요?"

"그는 항상 다른 꿍꿍이를 숨기는 경향이 있었어요. 다른 쥬타인들은 몰라도 나는 오랜 시간 경험을 통해 그가 다른 본부장들과는 다르면서도 좋지 않은 기운을 품고 있는 것을 직감할 수 있었지요."

유진은 숑의 말을 주의 깊게 들은 뒤 앞으로 대면할 콜로넬에 대해 조심하기로 마음먹었다. 그렇게 유진과 숑의 비밀스러운 인연은 시작되었다. 모든 비밀이 비밀스럽게 공유되는 곳인 그대의 유일한 내면의 통로가 되어줄 숑 카페였다.

제3장

1화 트랭

인류 연합군이 된 승현

'KRUHA3241번' 금장 봉투 겉면에 적힌 군번을 받아 든 승현은 떨리는 손가락으로 봉투를 뜯어보았다. 봉투 안에는 인류 연합군의 자원입대 지원 결과 서류가 있었다. 결과 서류에는 간략하게 합격 통지와 동시에 연합군 훈련 날짜가 적혀 있었다. 그는 인류 연합군의 UHA 마크가 그려진 배지를 꺼내어 보며, 자신의 신분이 달라진 사실을 더욱 실감할 수 있게 되었다. 승현의 입대는 진행하고 있던 프로젝트와 연계되어 있었다. 그것은 승현이 소속되어 있는 회사인 트랭과 인류 연합군의 합작 프로젝트 중 하나였다. 프로젝트가 성공적으로 진행되면 트랭에서 제작되는 우주복을 인류 연합군에서 사용하게 될 계획이었다. 그 밖에 트랭은 각종 우주선 제작에 상당 부분 참여하고 있었기 때문에 앞으로 인류가 우주개발에 박차를 가하기 위해서는 트랭과 전 세계 유수의 우주개발 업체들의 역할이 매우 중요해지고 있었다. 승현은 현재 소형 제트 추진체 개발 프로젝트에 투입이 되어 작업을 진행 중에 있었다. 연합군에서 진행되는 훈련 기간 외에는 모든 역량을 프로젝트에 쏟아부어야 하는 승현이었다. 합격 통지서를 만지작거리던 승현은 만감이 교차하였다. 그러면서도 얼마 전 자원입대 신청서를 작성하던 날 자신의 집에 찾아왔던 유진을 떠올렸다. 유진이 자신의 집에 왔다 간 뒤로 시간이 꽤나 흘렀지만 주변 친구들을 통해 소식을 전해 듣지는 못하였다. 주변의 여러 친구들 중 그의 근황에 대해서는 동림만 짐작하였고, 그 어떤 누구도 유진의 행방을 알 길이 없었다. 얼마 전 유진의 어머니가 동림을 만나 여러 이야기를 전해 듣고는 안심하셨지만 그럼에도 며칠 동안 병원 신세를 면치 못하였다고 소식이 들려왔다. 유일하게 유진의 행방을 알고 있는 박원천 교수가 유진의 어머니를 찾아가 이야기를 전하고 난 뒤 그제야 일상적인 생활이 가능해졌다는 소문이 친구들 사이에서 돌고 돌았다. 그러한 소문조차도 승현은 프로젝트에 투입되어 전혀 알 길이 없었다. 그날 찾아왔던 유진 외에도 자신을 위협하던 괴생물체에 대한 진실 역시 밝혀지지 못한 채 시간이 흘러가고 있었다. 승현은 한동안 자신이 본 생명체에 대한 미스터리를 풀기 위해 노력하였었는데, 자료도 턱없이 부족했고 자신의 기억력에만 의존해야 한다는 사실에 얼마 지나지 않아 스스로 포기하였다. 승현은 자신의 인류 연합군

입대가 유진과 미스터리 생명체 모두와 전혀 관련이 없는데도 머릿속에서 스스로 연계성을 계속해서 찾고 있었다. 승현이 받은 합격 통지서는 트랭에서 접수되어야만 입대가 공식화될 수 있었기에 그는 접수를 위해 바로 트랭으로 출발하였다. 트랭으로 들어가는 길은 아무에게나 허락되지는 않았다. 트랭은 국가 방위산업의 중심에서 더 나아가서는 우주과학기술의 집합체 중 하나였다. 트랭이 출범할 수 있었던 것은 지금으로부터 30여 년 전 외교적인 성과 중 하나로 손꼽히는 그린 레몬 합의가 있었기 때문이었다. 그린 레몬 합의는 대한민국 역사상 가장 성공적인 국제적 합의 사례 중 하나였다. 그로 인해 트랭은 국방의 모든 전략 자산을 만들어 내고 안보에서 가장 중요한 역할을 담당하고 있는 민간 회사 중 하나로 발전하였다. 국가와 비밀 협상이 가능하다는 점에서 회사의 입지는 매우 단단한 편이었다. 트랭으로 들어가는 입구에는 철물 기둥이 세워져 있었고, 첨단 강화 유리 장벽으로 가로막혀 있었다. 트랭의 직원이 아니고서는 어느 기둥에 문이 달려 있는지 알 길이 없었다. 마치 외계 종족들이 지구에 살고 있는 것처럼 대한민국에 존재하는 하나의 또 다른 국가 같았다. 승현은 능숙하게 차를 세우고 계기판의 번호를 눌러 자동 주차를 시킨 다음 본인도 출입절차를 밟고 무빙워크를 타고 들어갔다. 트랭이 알봇타이저와는 다르게 내부 이동 수단을 불허하는 이유가 있었는데, 트랭에서 다루는 모든 것들은 안보의 중요도와 상관없이 기밀 유출을 방지하기 위한 보안 때문이었다. 직원들이 이동하는 통로의 외부에는 전략 자산이 자동 생산되고 있었고, 다른 통로에서는 훈련하고 돌아오는 소속원들의 모습이 보였다. 대부분 전략 무기들을 수리 중이거나 실험을 가동하고 있는 모습이었다. 승현은 내부로 들어가는 단계를 두 차례나 더 거치고서야 자신의 사무실에 도착할 수 있었다. 알봇타이저에는 다양한 국가에서 참여한 연구진들과 성별이 비슷하게 섞여 있는 반면에 트랭은 대한민국 국민이 아니라면 입사 자체가 불가하였다. 또한 성별도 여자보다는 남자가 더 많았으며, 분위기도 군대와 매우 흡사하였다. 승현은 합격 통지서를 들고 자신이 속해 있는 부서의 부서장에게 가져갔다. 도우진 부장은 승현의 합격 통지서를 유심히 관찰하더니 한동안 말을 하지 않고 고민하는 모습이었다. 도우진 부장은 승현의 결정이 인류에 조금이라도 도움이 된다면 서류를 당장이라도 접수시킬 의향이 있었지만, 대한민국 국민으로서 망설임의 시간이 필요함에는 어쩔 수 없었다. 이유는 그가 서류를 접수시킴과 동시에 승현은 대한민국 국적이 아닌 인류연합군의 대원으로 연합 국적을 획득하게 되기 때문이었다. 그것은 연합국에 결속되어 있는 국가 모두의 국민으로 활동할 수 있게 되는 것이었다. 이는 그가 대한민국의 국민을 넘어 연합국가들을 위해서 봉사해야 하고 인류가 나아가야 할 새로운 지평선을 제시할 수 있는 유능한 대원으로 살아가야 함을 의미하게 되었다. 도우진 부장은 고민 끝에 승현에게 한 가지 질문을 던졌다.

"남들과는 마음가짐이 좀 달랐을 것 같은데, 결정에 가장 큰 영향을 준 계기가 있었던 건지 알고 싶군."

"인류는 앞으로 예측할 수 없는 현상과 사건들에 대비할 일이 더욱 많아질 것이라는 생각이 들었습니다. 인류 연합군이 지구의 평화 유지와 새로운 행성에 대한 탐험에 목적을 두고는 있지만, 저는 그보다 인류 연합군을 통해 인류가 나아가야 할 방향에 대해 더 초점을 맞추게 된 것 같습니다."

"전혀 예상치 못한 답변이네. 그래서 자네가 말한 인류가 나아가야 할 방향은 무엇이라고 생각하는가?"

"지구를 떠나는 것이죠."

"지구를 떠난다니. 지구에 살고 있는 인간들이 지구를 떠날 수 있는 시대가 올 것 같은가?"

"저는 온다고 봅니다."

"음, 그렇군. 부모님께 말씀은 드렸나?"

연합군 활동을 위해 소통하고 있는 인원을 제외하고는 누구에게도 발설해서는 안 되는 것으로 정해져 있기에 행여나 가장 가까운 주변에 알렸는지 슬며시 떠보는 도우진 부장이었다.

"아니요. 그 누구에게도 알리지 않았습니다."

"잘하였네. 이 시간 이후부터 자네와 나 사이에 비밀이 하나 더 추가되었을 뿐이네. 삶의 질이나 형태는 달라지지 않을 걸세."

"네. 걱정 마십시오."

도우진 부장은 승현을 그저 신뢰하는 후배가 아닌 동료로 지켜보아 왔기 때문에 승현의 생각을 존중하기로 하였다. 앞으로 승현과 같은 인재들이 인류를 위해 몫을 해야 한다는 의견에 동감하고 있던 도우진 부장은 승현이 내민 합격 통지서를 접수시키기로 마음먹었다. 쉬운 결정이 될 수는 없었지만 받아들이기로 하였다.

"사실은 자네 의견을 떠나서 나는 자네가 내민 통지서를 접수시키려 마음먹었네. 앞으로 인류의 방향을 잘 제시해 주길 바라네."

"감사합니다."

도우진 부장은 그렇게 승현이 가져온 서류를 연합군으로 접수시켰다. 그가 받은 군번처럼 벌써 3,421명의 인류 연합군이 대한민국에서 접수되었고, 또한 탄생되었다. 승현은 접수한 지 몇 시간 지나지 않아 인류 연합군의 승인 통지서를 받게 되었다. 결정은 길었으나 절차는 짧았다. 불과 몇 시간 만에 트랭의 직원에서 인류 연합군의 대원이 된 승현이었다. 트랭의 직원 중 한 명이 곧 사무실로 들어오더니 승현을 데리고 트랭 내에 있는 연합군 소속 대원들이 근무하고 있는 사무국으로 데려갔다. 직원의 이름은 알 수 없었지만 그는 걸어가면서 승현에게 몇 가지 당부의 말을 전하였다.

"트랭과 연합군의 사무국이 같이 붙어 있지만 전혀 다른 소속임을 이제부터 인지해야만 합니다. 또한 트랭의 전략 자산은 대한민국의 자산이지 연합군의 자산이 아니니 합의된 것 외에 발설하거나 누출시켜서는 안 됩니다. 마지막으로 인류의 미래를 위해 최선을 다해주세요."

그는 그렇게 이야기하고 승현을 사무국으로 들여보냈다. 승현은 자신을 데려다준 그가 누구인지 알 수 없었으나, 왠지 모를 사명감을 부여받은 느낌이었다. 사무국으로 어설프게 들어간 승현은 먼저 근무를 시작한 동료들의 얼굴을 확인할 수 있었다. 그들도 소형 제트 추진체 개발이나 산소 무제한 공급과 같은 연합군에서 공동으로 진행하는 연구를 이미 함께 개발하고 있었다. 달라진 것은 신분 말고 새로울 것이 없어 보였다. 사무실은 매우 고요했다. 연합군이라고 전 세계 모든 대원들과 같은 곳에 있는 것이 아니었기 때문에 소속이 되었다고 해서 일체적인 느낌은 딱히 들지 않았다. 승현은 집중하고 있는 동료들을 지나 조심스럽게 배정받은 자신의 자리로 가서 앉았다. 그는 이제 이곳에서 자신의 모든 역량이 연합군을 위한 것이라는 것을 명심해야만 했다. 적막함 속에 그들은 서로가 서로에게 무슨 말부터 건네야 할지 모르는 모습이었다. 적막이라는 것은 침묵과 다른 의미를 가지고 있어 마치 의도적 관심조차 지니고 있지 않는 고루한 모습이었다. 승현이 자리에 앉자 모니터의 화면이 자동으로 켜졌다. 그가 주위를 둘러보니 자신의 반경에서 여러 가지 물품들이 보였다. 앞에는 화법에 따라 음성지원의 기능이 달라지는 스피커가 있었다. 이내 화면이 켜지고 누군가 승현에게 대화를 시도하였다. 그는 마하라는 자였는데 자신을 다른 나라에 있는 연합군 대원이라 소개하면서 몇 가지 승현이 해야 할 일에 대해 알려주었다. 그는 국적과 신분 그리고 위치도 제대로 밝히지 않고 대화를 이어나갔다. 하지만 안심이 되는 것은 시원시원한 성격과 유쾌한 말투로 그가 본질적으로 나쁜 사람이 아니라는 것을 직감할 수 있었다.

"승현, 이제부터 연합군의 임무를 수행하게 될 텐데 반갑다. 나는 마하라고 한다. 연합군의 조직체계는 한마디로 말하자면 아는 사람들끼리만 안다. 뭐 이런 말도 안 되는 조직체계라고 생각하면 된다."

그의 유머가 담긴 첫인사를 들은 승현의 입가에서는 어이없는 웃음이 새어 나왔다.

"독특하네요."

"여기가 그렇다. 나도 뭐 들어오고 나서 알게 된 체계이니 차차 적응하게 될 거다."

"근데 여기는 다 반말하나요?"

"당연히 나는 외국어를 쓰니까 반말로 들리겠지. 한국 대원들하고 얘기하면 이런 질문을 꼭 하더군."

유쾌하게 웃으며 대화를 이어나가는 마하였다.

"이제부터 뭘 하면 되죠?"

"내가 자료를 보내줄 것이다. 그에 대해 매일 읽고 연구하다 보면 자연스레 연합군이 추진하는 사업에 대해 알아서 진행되는 것들을 확인할 수 있을 것이다."

"예를 하나만 들어주세요."

"예를 들면 화성 도시 건립 계획 그리고 타 행성 탐사체 등."

"우주복 개발 프로젝트를 트랭에서 추진하는데 이것을 연합군으로 넘긴다고 하더라고요."

"그건 사실 개발이 이미 완료된 프로젝트다. 연합군에서 개발이 완료되지 않고 어떻게 화성에 도시를 건립하겠다는 계획을 세우겠는가? 상식적으로 생각해도 자네가 너무 순진했다."

되려 반문하며 승현을 당황하게 하는 마하였다. 승현은 그의 말에 절로 고개가 끄덕여졌다. 그가 맞았다. 새로운 행성의 개척자들은 이미 개발된 우주복으로 화성에서 도시 건립을 추진하고 있을 가능성이 매우 높았다. 마하의 논리에 승현은 뉴스에서 여러 차례 보아왔던 장면들을 떠올렸다.

"화성에는 이미 캠프들이 있긴 하죠. 이번에는 거대도시를 세우는 계획인가요?"

"그렇다. 지금까지는 도시라고 할 수 없었지."

"그렇다면 연합군은 이미 개발된 프로젝트를 굳이 왜 다른 국가와 다시 공동연구를 하려고 하는 거죠?"

"그건 나도 모른다."

갑자기 의문이 드는 승현이었다. 아무리 생각하여도 이미 완성된 프로젝트를 다른 국가의 민간 방위산업체와 공동연구개발을 지속하는 논리적인 근거를 찾을 수가 없었다. 그는 머릿속에 물음표들이 마구 샘솟았지만 더는 물어보지 않기로 하였다. 대화를 마친 후 마하는 몇 가지 연구들에 대한 자료를 승현에게 보내주었다. 연합군은 승현을 활용하기 위해 집중 공략 하기 시작하였다. 하지만 승현의 활약을 기대하는 배후에는 밝혀지지 않은 다른 조직이 존재했다. 조직은 '알파 피터 블루'라 불렸는데, 그것은 바로 목성 유인 탐사와 관련되어 있었다. 승현이 해나가는 임무들은 모두 이 계획들을 성공시키기 위해 일조하게 될 예정이었다. 연합군 대원들 간 손발이 잘 맞는 사이가 되어야 내부에서 추진하는 일들에 조금이나마 도움이 될 것이었다. 이렇게 비밀스럽게 움직이는 인류 연합군의 계획들은 수행 대원들끼리도 잘 모르는 경우가 많았다. 그 밖에도 조직의 수가 몇 명인지 몇 개국이 참여하는지 정확한 수치는 발표되지 않고 있었다. 전 세계 대원들이 보내오는 연구 자료 및 데이터만 해도 하루에 수만 건이 되었기 때문에 그들이 이루지 못할 것은 없어 보였다. 승현이 마하와 대화를 하고 있는 사이 조금 전 사무국으로 안내해 주던 직원이 회의가 끝나기만을 기다리며 대기하고 있었다. 그에게는 또 다른 임무가 있었는데 승현이 근무할 사무국을 안내하는 것 외에 트랭 안에 있는 인류 연합국의 기지를 견학하게 하는 것이었다. 연합군 기지의 크기는 눈으로 보지 않고는 실감하기 어려울 정도로 규모가 상당했다. 승현이 첫 회의를 마치고 나오자 유리창으로 이어진 복도의 끝에 직원이 서서 기다리고 있는 모습을 확인할 수 있었다. 직원은 막혀 있는 유리창을 돌아 승현이 자신이 위치한 곳으로 올 수 있게 손가락으로 문을 가리켰다. 처음이라 사무국의 구조가 어색한 승현이었다. 승현은 한참을 돌아 직원이 기다리고 있던 곳으로 다가갔다. 직원은 자연스럽게 승현이 임해야 할 다음 수순을 알려주었다.

"저를 사무국에 안내해 주셨던 분 맞으신가요?"

"맞습니다. 저는 트랭의 표창 바퀴 부대의 오존이라고 합니다."

"이름이 오전이라고 하셨나요?"

"아니요. 오존입니다. 성이 '오'이고 이름이 '존'입니다."

"상당히 희귀한 이름이네요."

"그런 이야기를 종종 듣습니다."

"저를 다시 찾아온 이유가 있을까요?"

"연합군 소속 부대원이 발탁된 날은 연합군과 트랭의 합작 부서 소속의 직원이 트랭 내에 존재하고 있는 연합군의 기지를 안내해 주어야 하는 절차가 있습니다."

"이해했습니다. 그러면 지금 가는 곳에 대해 조금이라도 정보를 알려주실 수 있을까요?"

"백 번 설명하는 것보다 가서 한 번 보시는 게 이해가 빠르실 겁니다."

오존이라는 직원은 승현을 데리고 군용차에 태워 한참을 이동하였다. 외부에서 트랭으로 들어가는 길이나 내부에서의 움직임은 보안 때문에 이동 수단을 활용할 수 없었으나, 트랭에서 연합군의 기지로 들어가는 길에는 군용차를 사용할 수 있었다. 트랭이 워낙 넓어 기지로 가는 길은 도보로는 절대 이동할 수 없는 거리였다. 이동 도중 흩어지는 뿌연 안개는 군용차가 이동하면서 바퀴에서 발생되는 흙먼지 때문이었다. 건조한 날씨와 메마른 땅은 주변의 자연환경과는 무관해 보였다. 이유는 훈련을 위한 인위적인 환경 조성 때문이었다. 오존이라는 직원이 입력한 위치에 그대로 도착한 군용차량은 그들이 내리자 다시 원래의 위치로 되돌아가기 시작하였다. 흙먼지는 이내 곧 사라지고 이제 그들의 눈앞에 보이는 것은 거대하게 자리 잡은 연합군의 기지였다. 연합군의 기지에서 승현이 마주한 것은 끝없이 펼쳐지는 항공기 활주로와 함께 관제 시스템을 갖춘 컨트롤 타워였다. 연합군의 기지는 애당초 트랭에서 인류 연합군의 본거지로 바로 출발할 수 있는 시스템이 모두 갖춰져 있었다. 기지에는 최신 기술이 접목된 우주선을 이미 여러 대 보유하고 있었고, 우주로 출발할 수 있는 발사대가 설치되어 있었다. 이를 본 승현은 입이 다물어지지 않았다. 자신이 공부하고 개발에 참여하려 했던 모든 기술들은 이미 현실 속에 존재하고 있었다. 광활한 활주로의 모습에 넋이 나간 승현이에게 오존은 익숙하다는 듯 이야기를 건네었다.

"보시면 다들 놀라 하십니다."
"이렇게 거대한 기지가 구축되어 있었다는 게 놀라울 따름입니다."
"세상은 이미 만들어 놓고도 알리지 않는 것들이 많이 있죠."
"정부에서 오래전부터 준비해 왔나요?"
"인류 연합군의 기지는 정부에서 관리하지 않습니다. 토지만 빌려주고 있지요."
"그러면 이렇게 대단한 기지의 모습을 어떻게 갖추게 된 것인가요?"
"그건 저도 모릅니다. 다만 이렇게 새로운 대원이 오면 저는 안내하는 역할만을 담당하고 있습니다."

승현을 안내한 오존도 안내를 받은 승현도 베일에 가려진 실체적 조직을 파악할 수 있는 단서는 단 한 가지도 없었다. 하지만 이미 많은 부대원들이 트랭의 연합군 기지에서 활동하고 있는 모습을 실제로 확인하니 승현도 앞으로가 더 기대되기 시작하였다. 오존은 지정된 구역까지만 승현을 데려다주고 돌아간다고 하였다. 승현이 기지를 살펴본 뒤 다시 사무국으로 돌아가려면 무인 군용차를 스스로 호출해야만 했다. 그는 승현에게 호출하는 방법을 안내해 주고는 그렇게 자신의 자리로 돌아갔다. 바쁘게 돌아가는 기지에 홀로 남겨진 승현은 내부를 찬찬히 살펴보기로 마음먹었다. 기지에는 영화에서나 볼 법한 새로운 형태의 우주탐사선들이 세워져 있었다. 대원들은 정차되어 있는 탐사선들을 재정비하기에 바빠 보였다. 상부에는 관제실과 컨트롤 타워가 들어서 있었고 아래는 철강을 재단하거나 공구를 나르는 탑차들이 오가며 나르고 있는 모습이었다. 승현은 우주탐사선들이 출발하는 활주로를 살펴보기 위해 조금 더 먼 곳까지 걸어가 보기로 하였다. 외부인들은 아예 들어올 수도 볼 수도 없는 곳이라는 것을 잘 알고 있기에 승현의 어설픈 모습에도 대원들은 크게 개의치 않아 하는 모습이었다. 승현이 활주로 끝의 빛이 들어오는 곳으로 다가갈수록 태양의 강렬한 햇살이 그의 눈을 더욱 강하게 자극하였다. 눈이 매우 부셨지만 손바닥으로 해를 가리며 보이는 지점까지 가까이 다가갔다. 그가 터널을 빠져나가려는 순간 누군가 잽싸게 뒤에서 목덜미를 잡아끄는 것을 느낄 수 있었다.

"죽고 싶어서 환장한 사람처럼 어디까지 가려고?"

"무슨 소리세요? 목이 조이니 놔주세요."

"누구냐? 허가는 받고 왔을 테고."

그는 그렇게 이야기하면서 승현을 더 안쪽으로 끌어당겨 구석진 곳으로 데려갔다. 그는 다시 의자가 있는 곳에 승현을 앉히고 정확히 알려주었다.

"노랗게 표시된 선을 넘어가면 위험해."

"허가는 당연히 받고 들어왔고, 저는 오늘부터 인류 연합군 소속이 되었다고요."

그러면서 안쪽 주머니에서 부여받은 자신의 명찰을 꺼내어 보여주는 승현이었다. 그의 신분을 확인한 대원은 승현의 멱살을 그제야 놓아주며 자신의 신분 또한 밝혔다.

"신분이 확인되었으니 인사한다. 나는 인류 연합군의 날개 부대 소속 KRUHA3111번이다. 이름은 나중에 밝히지."

"노란 선을 넘게 된 것은 죄송합니다. 저기를 넘지 말아야 할 이유라도 있을까요?"

"해가 강하게 비쳐 제대로 못 봤을 수 있겠지만, 한 발자국만 더 나아갔으면 낭떠러지에 떨어졌을 거다. 앞으로 조심하기 바란다."

승현은 놀라 더 이상 말을 잇지 못하였다.

"인류 연합군의 기지는 사막화된 구역의 거대하고 단단한 바위 안에 세워져 있다. 노란 선 밖으로 나갈 수 있는 것은 오로지 비행이 가능한 것들밖에 없지."

"그렇다면 우주탐사선처럼 생긴 비행체들은 어디로 날아가나요?"

"그건 차차 알아가도록. 근무지를 기지로 배정받으면 자연스럽게 알게 될 것이니 오늘은 여기까지 하는 게 좋겠군."

그러면서 자신이 부여받은 군번으로 이름을 대신해서 말한 그 대원은 승현을 돌려보내게 될 군용차를 바로 호출하였다. 그는 승현을 다시 처음에 그가 도착한 입구로 데려다주고는 기지 안으로 들어가 버렸다. 홀로 남겨진 승현은 호출된 군용차를 기다리며 실수한 것 같은 기분에 초조해했지만, 그러한 기분도 잠시 군용차는 얼마 지나지 않아 나타났다. 승현은 차에 몸을 실어 자신이 부여받은 사무국으로 다시 돌아가기 시작하였다. 어떠한 경위로 사막화가 진행된 것인지 이유를 알 수 없었으나, 내다보이는 트랭의 모습은 황폐화가 되어 벗겨진 지구의 피부처럼 아파 보였다. 도로에 흩어지는 모래 먼지 자락을 보며 승현은 많은 생각에 잠기게 되었다. 그동안 연합군에 합류하기 위해 사전 조사를 해왔던 승현은 자신이 알고 있었던 정보들과 눈으로 보게 된 실체적 모습과의 차이를 일부라도 확인할 수 있게 되었다. 승현이 미리 알고 있었던 정보들은 인류 연합군이 세상에 알려지기 훨씬 전부터 만들어져 무수히 많은 사람들이 활동하고 있었다는 점과, 대한민국도 오래전부터 그 조직에 대원들을 참가시키고 적극적인 활동에 가담하기 시작하여 지금은 상당 부분 인류를 위해 조력하고 있다는 것이었다. 이렇게 안개에 둘러싸인 듯 분명하지 않은 조직이지만 서서히 실체를 알아갈 수 있는 조건이 주어졌다는 점에서 승현은 도전의식이 생겨나기 시작하였다. 하지만 이렇게 트랭과 인류 연합군의 불편한 결합에도 불구하고 승현의 가입은 트랭의 입장에서 보면 행운을 잡았다고 볼 수 있었다. 트랭은 인류 연합군에서 가지고 있는 상당

기술적 자산을 공동연구를 통해 획득해 갈 수 있다는 점에서 손해 볼 게 없다는 입장이었다. 트랭과 연합군의 기로에서 스스로 연합군을 선택했다고 믿는 승현이었지만, 트랭은 연합군의 기술을 획득하기 위해 내부적으로 사람들을 포섭하고 있었다. 이는 한 침대에 누워 다른 꿈을 꾸고 있는 것이나 다름없었다. 조직의 실체란 이런 것일 것이다. 보통의 사람들은 잘 모른다. 누가 강요하고 누가 수행하는지를 짐작만 할 뿐이었다. 일이란 누군가는 지시하고 누군가는 따르게 되는 관계성만 존재하는 아니라, 누군가는 계획하고 누군가는 생각이 없을 수도 있었다. 조직은 이렇듯 개개인을 뜻하지 않는다. 어딘가에서는 조직끼리의 단합 혹은 조직끼리의 치열한 공방 터가 되어 오늘도 그리고 내일도 뿌리를 캐어내듯 단 하나의 정보라도 얻어 돈으로 환산하려 할 것이다. 또한 그것이 설사 간악한 의도에서 나온 것이어도 막아내기란 여간해서 어려운 일이 아닐 것이다. 인류 연합군이 어떠한 방식으로 인류에 도움이 될 수 있을지 확신하는 자들은 많이 없었지만, 결정적인 순간에 그들은 미리 준비해 온 임무를 우수하게 해낼 것이다. 그것이 모두가 바라왔던 일인 것처럼 말이다.

2화 파블로 에스티앙
그가 선택받지 못한 이유

　대한민국이 문화적으로 세계에서 유명한 국가가 되었을 때, 대학생이었던 파블로는 그곳이 궁금해지기 시작했다. 아무리 보아도 전혀 알 만한 게 없어 보이는 작은 나라가 이렇게 대단해지기까지 신비로운 비밀을 품고 있을 것만 같았다. 나름대로 그런 단순한 문화적인 이유 하나 때문에 인생이 바뀌기도 하니, 그의 결정이 평범한 편은 아니었을 것이다. 그가 부모님께 한국으로 간다고 이야기를 꺼내었을 때는 이유가 너무 단순해서 딱히 전할 말이 없었다. 가서 보고 느껴보아야 겨우 이유라도 찾을 수 있을 것 같았기 때문이었다. 파블로가 다니던 프랑스 중남부에 위치한 상투아주대학은 그 나라의 대학들 중 가장 명문으로 전국에서 상위에 드는 대학이었다. 그는 그 대학에서 생명원자세포분리학과를 전공하고 있었고, 마지막 학기로 들어가던 시기에 제휴를 맺고 있던 용명대학교 생명자원공학과 교환학생으로 지원을 하게 되었다. 사실 상투아주대학에 비하면 용명대학의 연구적 성과나 세계적인 명성이 그에 못 미치는 것은 사실이었다. 그럼에도 용명대학교를 선택하게 된 배경에는 그 나라에서 생명공학과 관련된 연구성과가 가장 유명하였기 때문이었다.

"공부도 공부지만, 그 나라의 정서를 경험하고 싶어요."

부모님은 그의 결정에 대해 이렇게 이야기하였다.

"네 결정에서 너를 찾게 될 게야. 즐거운 경험을 하고 오길 바란다."

며칠 뒤 그는 주저 없이 한국행 비행기에 몸을 실었다. 교환학생 신청을 낸 지 겨우 이틀 만이었다. 다행히 한국으로 가는 교환학생 신청 수가 미달이라 바로 등록이 될 수 있었다. 파블로는 한 번도 경험해 보지 못하였지만 매체를 통해 이미 한국에 대해 친근함이 배어 있는 학생이었다. 떠나는 여정에는 새로운 경험에 대한 호기심과 흥분이 존재하였고, 머릿속에는 이론적으로 그 나라에 대해 많은 것들을 숙지하고 있었다. 드디어 공항에 내렸을 때에는 화창한 날씨 덕에 좋은 인상을 가지고 입국 심사를 마칠 수 있었다. 홀로 짐을 끌고 게이트 앞을 나서니 입국장에는 가족들을 기다리는 사람들로 북적였다. 자신을 찾을 사람이 없다는 건 개의치 않을 일이었다. 파블로는 공항을 나와 셔틀을 기다리기 위해 아무도 없는 벤치에 걸터앉아 있었다. 몇 분이 채 지나기도 전 자신의 옆에 비슷한 또래의 청년이 앉아 있는 것을 발견한 파블로였다. 처음 발을 디딘 나라에서 자신과 비슷한 또래의 청년을 가까이 마주한 순간이었다. 그는 조심스레 옆 청년에게 자신이 겨우 익혀온 한국말을 구사하기 시작하였다.

"안녕……하 쉐요~? 반 갑 슙 니다. 저는 프랑스에서 온 파블로라고 해요."

옆에 앉은 남자는 허공을 바라보다 무심결에 그와 눈이 마주쳤다.
"안녕하세요. 한국말을 잘하시는군요."

범상치 않아 보이는 눈매와 상당히 똑똑한 친구라는 것을 증명이라도 하듯, 한 손에는 어려워 보이는 책을 들고 있었다. 얼굴에는 살포시 얹힌 안경알의 두께가 꽤나 두꺼워 보였다. 그는 처음 마주하는 한국인에 대한 인상이 깊기도 하였지만, 금방이라도 새로운 사람과 친해져 새로이 시작하는 타국 생활에 활기를 불어넣고 싶었다. 젊은 파블로는 조금 더 대화를 시도해 보기로 하였다.

"저어는 용명대학교에 갑니다."

파블로는 어색한 대화를 계속해서 이어나갔다. 자신의 행선지를 알리고 나서 눈치를 살펴보니 옆자리 젊은이는 적잖게 놀란 눈치였다. 옆자리 젊은이는 갑자기 말을 걸며 자신의 학교와 같은 행선지를 대는 외국인을 마냥 신기하게 여겼다. 말을 건네받던 젊은이도 문득 걸어오는 어설픈 이야기를 받아주어야겠다는 생각이 들었다.

"학교로 가시나요? 저는 그 학교를 다니고 있습니다."
"오. 같아요. 같은 학교. 저어는 프랑스에서 교환학생으로 왔슙니다."

둘의 운명적인 만남은 그날 바람 한 점 불지 않는 공항의 벤치에서 시작되었다. 기대로 가득 차 있는 프랑스 청년 파블로와 고대 생물학에 심취해 있던 청년 박원천의 만남은 그 자체로 그들이 풀어나가야 할 숙제가 생겨버린 것이었다. 그들의 만남은 당시에는 전혀 알 수 없었던 하나의 중대한 사건이었다. 원천과 파블로는 함께 시내로 들어가는 같은 버스에 몸을 실었다. 버스 안에는 사람들이 그리 많지 않았다. 셔틀 한쪽에 짐을 놓고 좌석에 앉으니 파블로는 그제야 한국이라는 나라가 눈에 들어오기 시작하였다. 운전사가 보이지 않는 셔틀버스는 마치 각본처럼 자연스레 미끄러져 도심으로 달려나갔다. 모니터에 장착되어 있는 내비게이션이 정거장이 가까워 올 때마다 이정표를 알아서 사람들에게 인지시켜 주었다. 버스에는 청년 파블로와 원천 그리고 둘 외에 또 다른 연인이 타고 있었다. 나이는 비슷한 또래인 것 같았지만 남자의 인상착의는 굉장히 독특했다. 구하기도 힘든 중세 시대에나 입을 법한 외투를 걸치고 있었고, 귀는 다친 적이 있었던 것인지 아니면 보호구 없이 오래 격한 운동이라도 해온 것인지 살짝 접혀진 채 위로 봉긋하게 올라와 있었다. 여자는 남들과 다른 남자의 외모는 신경 쓰이지 않는다는 듯 주변을 의식하지 않는 모습이었고, 여느 연인들과 같이 깊은 사랑에 빠져 있는 모습이었다. 차림새와 상관없이 서로가 바라보는 모습에서 사랑이 그대로 느껴져 주변도 행복하게 만드는 모습이었다. 파블로는 지나가는 풍경을 애써 바라보다가도 연인끼리 하는 대화를 어쩔 수 없이 엿듣게 되었다. 아직은 한국말이 서툴러 모든 단어를 제대로 알아듣지 못했지만 수업을 못 들을 정도는 아니었기에 이해가 가능했다. 먼저 여자가 남자에게 둘의 사이를 부모에게 인정받고 싶어 하는 것 같았다.

"이번 주말에 시간 낼 수 있는 거지?"

남자는 자신이 없어 보였다. 그는 가진 것은 많았으나 상대를 자신의 사람으로 결정하는 것은 쉽지 않아 보였다. 그는 조심스레 그녀를 설득하려 하였다.

"우리 조금만 더 시간을 보내고 우리끼리 결정이 되었을 때 말씀을 드리자."

여자는 실망하는 기색이 역력하였다. 하지만 그녀는 이내 곧 사랑에 어려울 것 같은 모든 장애는 배제할 기세였다. 그녀는 잠시 생각해 보더니 그의 말에 수긍하고는 연인의 의견을 따라 시간을 갖기로 하였다. 파블로는 셔틀 안에 스치는 여러 광경을 계속 흥미롭게 바라보았다. 한참을 이동하던 사이 옆에서 그런 대화에는 전혀 관심 없이 책만 보던 원천은 도심이 가까워 오면서 용명대학교를 한 정거장 남겨놓은 상황이 되자 파블로에게 목적지를 인지시켜 주었다.

"이름이 뭐라고 했었죠. 포블로였나요?"

파블로는 자신의 이름을 잘못 발음한 원천이 재밌었는지 자신의 이름을 정정하지 않았다.

"이제 내려야 합니다."

"고맵습니다."

파블로와 원천은 버스에 남은 중세 시대 특이한 차림의 연인을 남겨두고, 용명대학교 근처에서 내렸다. 파블로는 처음 만난 원천과 연락처를 주고받고 나서 그 길로 교환학생 기간 동안 머무를 숙소를 찾아 나섰다. 파블로는 맑은 공기를 한껏 들이마시며 걷다 보니 짐을 끌고 가는 자신이 힘든 줄도 몰랐다. 그는 지도가 가리키는 어느 집 앞에 도착하였다. 겉으로만 봐서는 이 나라에서도 상당히 부잣집인 것 같았다. 사이트에 올라온 집 중 가장 깔끔했고, 고즈넉한 분위기의 별채를 따로 내어준다는 공고를 보고 바로 그 집을 선택하지 않을 수가 없었던 파블로였다. 현관 대문의 명패에는 주인 이름과 가문을 상징하는 문양이 새겨져 있었다. 자세히 들여다보니 명패에 적힌 이름에는 '선중권의 家'라고 적혀 있었고, 아래에는 나뭇잎 문양이 아름답게 그려져 있었다. 파블로는 당시에 한자를 잘 몰랐지만 그것이 가문을 뜻한다는 것을 수년의 시간이 흐른 뒤에야 알 수가 있었다. 파블로는 초인종을 누르고 열린 문을 통해 들어간 채로 주인에게 연락을 했다. 주인의 아내는 조심스럽게 나이 어린 외국인을 맞이하러 내려왔다. 그녀는 앳된 얼굴의 그를 반갑게 맞이하고는 집의 별채로 안내해 주었다. 안으로 들어가니 정원에는 꽃이 아름답게 피어 있었고 마당에는 별채가 자리 잡고 있었다. 별채에는 방 한 칸에 작은 주방과 욕실이 달려 있었다. 파블로가 혼자 편하게 묵기에는 안성맞춤인 공간이었다. 주인은 매달 들어가는 월세 대신 파블로가 한국에 머무를 동안 몫을 묶어서 받기로 하였다. 파블로는 자신의 뭉칫돈을 주인의 아내에게 건네었다.

"여깄습니다."

"편히 쉬어요. 현관 대문은 마당으로 바로 연결된 통로가 있으니 정문 말고 뒷문으로만 다니세요. 다만….”

"네?"

"다만 지문은 등록해 놓아야겠죠.”

그러더니 주인의 아내는 파블로의 지문을 자신의 휴대전화로 등록하여 잠금장치에 연동시켰다. 주인의 아내는 자신의 이름조차 소개하지 않고 대문을 나간 뒤 자신의 집으로 들어가 버렸다. 파블로가 아무리 살펴보아도 별채와 본가를 내부에서 연결시키는 통로는 없는 것 같았다. 별채는 본가와 사이가 꽤나 멀리 떨어져 있었고, 그 사이는 숲으로 가려져 전혀 보이지도 않았다. 파블로가 거처할 별채는 깔끔하고 아늑하게 잘 꾸며져 있었다. 냉장고의 문을 열어보니 텅 비어 있었고, 서랍에서 나는 이상한 냄새가 흠이라면 흠이었다. 파블로의 한국 생활은 그렇게 시작되었다. 매일 눈을 뜨면 학교를 가고 학교를 갔다 오면 동네의 뒷문을 통해 다시 집으로 들어왔다. 몇 개월이 지났지만 주인의 가족과 주인을 마주한 적은 없었다. 처음에는 이상하게 여겼지만 그 생활에 금방 익숙해졌고 이제는 오히려 간섭할 사람이 없다는 것에 더한 자유를 느꼈다. 그날따라 햇살이 밝게 비치는 오후, 파블로는 학교 정문 근처에서 한국에 온 첫날 만났었던 원천을 마주쳤다. 원천은 파블로를 보고 기억하면서도 그를 본체만체하였다. 원천은 왠지 모를 그가 마음에 썩 들지는 않았다. 하지만 파블로는 원천이 친숙했었던지 쉽게 말을 걸었다.

"안녕하세요. 반갑습니다."

여전히 한국말이 어색한 파블로였다. 그냥 지나치려던 원천은 맘에 들지는 않았지만 그럼에도 인사는 받아주기로 하였다.

"안녕하세요. 전공이 뭐예요?"

원천의 무심코 뱉어낸 질문에 바로 응답하는 파블로였다.

"생명자원공학과입니다."

그의 전공을 듣게 된 원천은 반가웠다. 그 과에 그가 평상시 존경하던 교수님이 개설한 강의가 두 개나 있었기 때문에 원천은 가끔 남몰래 강의를 듣곤 하였었다.

"저도 가끔 같은 강의를 듣습니다. 언제 한번 같이 들으시죠."

"저는 그 말이 어떤 의미인지 모릅니다. 한 번 더 설명해 주실래요?"

파블로는 강의라는 단어가 어렵게 느껴졌다. 그가 외국인이라는 것을 새삼 깨달은 원천은 다시 한번 설명하였다.

"조만간 수업을 같이 듣자고요."

이제서야 이해했다는 듯한 파블로는 고개를 끄덕이며 대답하였다.

"네."

원천은 한국말에 주눅이 들어 보인 파블로가 안돼 보였는지 그에게 조금이라도 한국 생활에 적응할 수 있게 도움을 주고 싶다는 생각이 들었다. 그렇기에 원천은 그에게 먼저 손을 내밀어야겠다고 결심하였다.

"연락처가 어떻게 되시죠?"

"그때 주고받았었는데요."

"아…… 맞다."

멀리서 온 이방인 파블로와 어울리지 않을 것 같은 원천의 건조한 만남은 몇 번이고 반복되어서야 서로에게 적응할 수 있었다. 원천은 그 뒤로 파블로가 수강하는 강의 중 원천이 좋아하는 교수의 강의면 어김없이 만나 수업을 듣고 자연스레 토론을 이어가곤 하였다. 그날도 다를 것 없는 평범한 하루였다. 파블로와 원천은 읽을 만한 책을 찾기 위해 도서관으로 향하였다. 용명대학교의 도서관은 시대별로 조금씩 차이는 있었지만 역사와 전통을 자랑하는 건물의 외벽만큼은 절대로 바뀌지 않았다. 파블로는 원천을 따라 웅장한 외벽을 돌아 그날은 뒷문으로 향하였다.

"뒷문도 있어?"

한국말이 한결 익숙해진 파블로였다.

"뒷문으로 가면 나와 아주 친분이 있는 젊은 교수님의 연구소가 도서관에 있어."

이미 친해진 둘은 서로에게 말을 편하게 하였다.

"도서관에 있는 연구소라니 놀라운걸."

"수업을 안 하고 연구만 하시기 때문에 학생들은 이곳에 연구실이 있는지 잘 몰라."

"연구만 하는 교수님이 따로 있다니 신기하다."

그렇게만 알려주고는 먼저 뒷문을 열고 들어가는 원천이었다. 파블로는 원천을 따라 좁은 복도를 지나 연구소 문 앞에 도착하였다. 이미 들어가 보지 않아도 그곳이 상당히 비밀스러운 연구소라는 것을 직감한 파블로였다. 원천은 자연스럽게 문을 열고 들어가 독특한 모습의 교수님에게 인사를 하였다.

"교수님, 안녕하세요."

"원천이 왔구나. 어서 들어오거라."

교수는 원천을 매우 친근하게 부르는 모습이었다. 옆에 있던 파블로도 처음 보는 교수님이었지만 나이가 지긋하고 인자한 인상을 풍길 것이라는 예상과는 달리 은색의 고운 머리카락이 반듯하게 넘겨진 잘생기고 세련된 느낌의 젊은 교수였다. 그는 독특한 모습에 신비로운 분위기까지 갖추고 있어, 일반 사람들과는 확연히 다른 외모를 갖추고 있었다. 파블로는 교수가 머물면서 연구하는 연구실을 살며시 둘러보았다. 얼핏 보아도 그는 예술 감각이 뛰어난 사람처럼 각종 파충류와 지구에는 존재하지 않을 것 같은 외계 생명체들을 그림으로 그려 게시판에 붙여놓고 연구를 하고 있었다. 마치 캐릭터를 개발하는 사람처럼 그의 그림 실력은 상당해 보였다. 파블로는 학생을 가르치지 않는 교수라고 하여 딱히 의심할 만한 부분들은 찾지 못하였다. 원천은 자연스레 그들의 공통 관심사인 고대 생물학에 관한 이야기들을 늘어놓기 시작하였다. 파블로는 한국어가 서툴렀기 때문에 그들이 무슨 이야기를 나누는지 다 알아듣기 어려운 부분들이 있었다.

"그렇기 때문에 아시오캐로펠리우스라는 객체와 가장 유전적으로 닮은 종이 퀴렐리오니라는 동물인데 이 종은 말이지, 도무지 기원을 알 수 없게 유전자 염기 서열이 복잡하게 얽혀 있어."

"교수님이 서열을 파악하지 못할 만큼 복잡한 형태의 동물이라면, 이 역시도 세상 사람들은 아직 접해보지 못한 새로운 생명체네요. 퀴렐리오니에 대해서 허락만 해주시면 저도 같이 연구를 하고 싶습니다."

"나야 원천이 함께해 준다면 언제나 환영이지."

"이들의 염기 서열을 풀게 된다면 유전 생명공학의 상당한 발전을 이뤄낼 수가 있다네."

"교수님께서는 어느 정도까지 생각하고 계시나요?'

"인간이 더 이상 인간이 아니게 될 수도 있다는 말이네."

"인간이 아니라고 하시면 무슨 말씀이신지요?"

한참을 진지하게 대화하던 원천과 교수는 원천의 물음 옆에서 연구실을 구경하던 파블로가 신경 쓰였는지 곁눈질로 원천에게 파블로를 가리켰다. 파블로는 듣고 있는 것 같았지만 알 수 없는 표정으로 연구실 벽면의 그림들을 살펴보고 있었다. 그들의 단편적인 대화에도 많은 의미들이 함축되어 있었다. 그런 분위기가 멋쩍어진 원천은 파블로를 교수님께 인사시켜야겠다고 생각하였다.

"교수님, 소개가 늦었네요. 제 친구 파블로 에스티앙입니다. 프랑스에서 교환학생으로 온 지 석 달 정도 되었어요."

"파블로 에스티앙 군, 반갑네요."

그렇게 소개하고 원천은 이어서 파블로에게 교수를 인사시켰다.

"파블로, 내가 가장 존경하는 교수님이신 아너 로테즈 교수님이셔."
"안녕하세요. 파블로 에스티앙이라고 합니다."

어색한 분위기를 누그러뜨리기라도 하려는 듯 아너 로테즈는 파블로를 편한 의자에 앉히고 마실 만한 따듯한 음료를 손수 타서 주었다. 셋은 한 탁자에 마주 앉아 여러 이야기를 나누었는데 흥미로운 건 원천과 아너 로테즈는 둘만의 어떤 비밀을 공유하려는 듯한 눈치였고, 또 비밀리에 어떤 연구를 함께 하는 듯하였다. 둘의 대화는 아무리 들어도 도통 외워지지 않는 이름의 생명체들과 이론들로 가득하였다. 원천과 아너 로테즈는 서로에게 상당한 신뢰를 형성하고 있어 보였다. 잠시 자리를 옮기고 싶었던 파블로는 원천을 연구실에 있게 하고 자신은 그곳을 빠져나왔다. 미로 같은 도서관의 복도를 빠져나와 노을 지는 석양을 바라보다 그의 시야를 사로잡은 언덕 위의 어떤 집 하나를 발견하였다. 도심에서 가장 큰 집인 것 같아 자세하게 살펴보았는데 그 뒤 산등성이 숲을 보니 자신이 살고 있는 집 정원과 연결되어 있는 것을 알 수 있었다. 아마도 자신이 거처하는 집의 주인의 본가인 듯하였다. 파블로는 처음 숙소를 고를 때는 몰랐지만 자신이 상당한 재력가의 집을 구했다는 것을 알 수 있었다. 주인의 본가가 크고 좋은 집일 거라고 짐작은 했었지만, 용명대학교 내에서도 멀리 있는 집이 시야에 들어올 정도면 실제 가까이서 보면 상당히 규모가 있는 큰 집임에는 틀림없었다. 파블로는 주인의 본가가 매우 궁금해지기 시작하였다. 처음 자신을 맞이하던 부인의 태도나 말투도 자신이 그동안 한국에서 경험하고 마주했던 사람들과는 상당한 차이가 있었다는 것을 알 수 있었다. 아무래도 범상치 않은 기분이 들었다. 파블로는 문득 저 넓은 집에 자신의 주인이 가지고 있을 법한 이야기들이 궁금해지기 시작하였다. 파블로는 이러한 기분이 상당히 위험할 수도 있다는 것을 잘 알고 있었다. 특히나 자신이 나고 자란 문화에서는 서로 간의 사생활에 대해 다가간다는 것은 상당히 방해가 될 수 있었기 때문에, 지금 이 기분이 잠시이길 바랐다. 한참이 지나도 원천이 따라 나오지 않자 파블로는 다시 아녀 로테즈의 연구실로 들어가려 하였다. 하지만 때마침 원천과 아녀 로테즈가 복도를 지나 입구로 나오면서 대화를 하는 모습이 보였다.

"우리가 연구할 수 있는 샘플은 사실 이 도서관에 있는 종들이 다라네. 그조차도 학교 윗선의 허락 없이는 출입조차 불가하지."

얼핏 들었을 때 도서관에 출입이 불가능한 어떠한 방이 존재하고 있다는 아녀 로테즈의 발언에 파블로는 멈칫하였다. 원천은 다시 마주친 파블로를 보고는 아녀 로테즈에게 급히 인사를 전하고 도서관 입구 바깥으로 나왔다. 한국에서 처음 알게 되고 친해진 사람이 원천이었지만, 파블로는 원천이 평범한 사람이라고 생각해 본 적이 단 한 번도 없을 만큼 원천은 일반적인 학생이 아니었다. 원천은 학교와 자신이 스스로 관심 있어 하는 분야에 대해 상당히 많은 지식을 가지고 있었고, 자기만의 세계를 구축해 나가기 시작한 친구였다. 그런 원천과 파블로는 아녀 로테즈 박사의 연구실 앞에서 다른 수업에서 만나기를 기약하며 헤어졌다. 멀어져 가는 원천을 확인하며 파블로는 그 길로 자신의 숙소로 향하였다. 도서관 복도 앞에서 보게 된 자신의 숙소의 비밀의 열쇠를 그날 밤 알아볼 심산이었다. 잠시도 지체할 수 없는 호기심과 흥분은 파블로를 숙소 담장을 넘어 집에서 연결된 숲속의 길이 존재하는지 찾아다니게 하였다. 그날 저녁 숙소의 정원은 여느 때와 마찬가지로 한가로웠다. 저녁에 정원을 밝히는 조명은 은은하게 꽃과 풀잎들을 비추었고, 달빛은 조명에 가려 빛의 의미를 다하지 못하고 있었다. 하지만 파블로는 자신의 숙소와 연결된 숲의 통로를 아무리 찾으려고 하여도 찾을 수가 없었다. 마치 수수께끼 미로를 탐험하듯 화단의 화초들은 촘촘히 자신의 자리를 다하고 있었다. 하지만 파블로는 필히 주인집과 이어진 대문이 있을 거라는 생각에 동네를 돌아 입구가 될 만한 골목길을 찾아보기로 나섰다. 파블로가 아무리 동네를 돌아다녀도 주인집의 대문은 쉽게 찾을 수가 없었다. 분명히 다른 대문에도 똑같이 나뭇잎의 문양과 '선 중권의 家'라고 적혀 있어야 할 것만 같았다. 하지만 분명 주인집의 주변인 것 같은데 자신의 별채와 비슷한 대문도 찾아낼 수가 없었다. 그때였다. 멀리서 어느 누군가가 두리번거리면서 대문을 찾고 있는 사이 파블로 근처로 다가오고 있었다. 어두워진 골목길 가로등 빛에 의지해야 했던 파블로는 인기척을 느끼자 가로등과 붙어 있는 기둥 뒤로 몸을 잠시 가리기로 하였다. 동네에 누구라도 염탐하는 모습을 들키게 되면 안 될 것 같았다. 몸을 가리고 지나오던 사람을 관찰하던 파블로는 그가 처음 한국에 왔을 때, 공항버스에서 흥미롭게 바라보았던 커플과 비슷한 옷차림의 남자가 골목길에서 같은 옷을 입고 모자를 살며시 벗어 내린 모습을 보았다. 모자를 벗자 파블로의 기억에 자리 잡고 있던 그 사람의 독특한 귀 모양이 그대로 드러났다. 파블로는 그날 보았던 사람이 이 사람과 같은 사람이라고 확신하였다. 그는 뒷모습만 보인 채 담벼락에 붙어 있는 대문이라고 생각할 수도 없는 낡은 문을 열더니 계단 밑으로 들어가 버렸다. 그 모습을 가로등 뒤에서 지켜보던 파블로는 그가 선중권 가족과 관련 있는 사람일 거라는 직감이 들었다. 그리고 저 문을 열고 들어가면 주인집과 연결될 것만 같았다. 파블로는 그의 뒤를 이어 남의 시선을 살피지도 않고 문 안으로 들어가기 위해 고리를 손에 쥐고 돌려보았다. 하지만 문은 잠겨 전혀 열리지가 않았다. 분명 조금 전 그 사람은 열쇠나 번호도 입력하지 않았고 초인종도 누르지 않고 들어갔었는데, 그 사이 문은 굳게 잠겨 있었다. 파블로는 조금 더 지켜보기로 하였다. 단번에 모든 수수께끼를 풀 수는 없는 일이었다. 다시 가로등 뒤로 가서 한참 동안 그 문을 지켜보고 있었다. 저녁을 지나 어두운 밤이 다가와도 그 문을 드나드는 사람이 있거나 행여 지나가는 사람도 발견하기 어려웠다. 하루가 넘어가기 한 시간이 채 남지 않은 늦은 밤까지도 파블로는 그 자리에서 계속해서 지켜보고 있었다. 파블로의 성격은 하나를 시작하면 궁금증이 풀릴 때까지 중단하는 법이 없었다. 그날의 하루가 넘어가는 시점이었다. 시계가 자정을 가리키는 순간 문은 다시 열렸다. 몇 초가 흐르고 문이 슬며시 열렸는데도 누군가 문을 통해 나오지 않았다. 아주 잠깐의 사이에 어떤 편지 같은 봉투가 슬며시 열린 문틈 사이로 쏙 들어가 버렸다. 그러고는 문은 다시 굳게 닫혀버렸다. 잠시 동안 벌어진 일에 파블로는 신기했지만 그리 놀라지는 않았다. 무척이나 흥미로운 광경이었다. 편지에 날개가 달린 것도 아니었고 마이크로 드론이 가져다준 것도 아니었는데 문틈 사이로 유연하게 들어가는 모습이 마치 만화나 영화에서 보던 모습 같았다. 파블로는 더 이상 문이 열릴 것이란 생각이 들지 않자 자신의 숙소로 돌아갔다. 파블로는 조금 전처럼 문이 열렸던 시간에 내일도 똑같이 열린다면 그사이 문을 비집고 집 안으로 들어갈 수 있을 거라 추측하였다. 만일 들어가다가 주인이나 주인의 가족과 마주치게 된다면 안면이 있었던 주인아주머니를 찾으며 태연한 자세를 취하면 된다고 판단하였다. 이처럼 파블로는 꾀가 많은 인간의 전형이었다. 다음 날이 되자 파블로는 어제와 마찬가지로 다시 원천을 만났다. 원천은 혹시라도 파블로가 연구실을 나서면서 자신과 아녀 로테즈와의 대화를 엿듣지 않았는지 눈치를 살폈다. 원천은 사실 아녀 로테즈에게서 보고 들은 자료와 연구는 누구와도 공유하고 싶지 않은 게 진짜 속마음이었다. 특히 상투아주대학에서 생명원자세포분리학과를 다니다 한국으로 건너온 파블로에게는 더욱 조심스러울 수밖에 없었다. 하지만 그런 원천의 속마음과는 다르게 파블로는 대답하기 난감한 질문들을 마구 늘어놓았다. 그러한 모습들이 파블로가 가진 매력이라고 할 수 있었지만, 한편으론 그는 매우 단순한 사고방식을 가진 사람이었다.

"용명대학교에는 퀴렐리오니 같은 동물도 연구할 수 있는 샘플이 있는 거야?"

파블로의 물음에 당황한 나머지 손과 발끝이 저려오는 기분을 느낀 원천은 자리에서 그대로 경직되었다. 분명히 대화를 듣지 못했다고 생각했는데, 단순히 흘려보낸 이름도 금방 외워버린 파블로였기에 더욱 당황스러웠다. 원천은 급히 화제를 바꾸기 위해 엉뚱한 말을 내뱉었다.

"파블로, 한국말이 많이 늘었네. 몇 개월 만에 아주 대단한 것 같아."

"내가 원래 고향 마을에선 수재라고."

"수재라는 말도 알고 많이 늘었어."

순간의 상황을 모면했다 싶은 원천은 자신의 수업에 가기 위해 휴게실에서 급하게 가방을 정리하기 시작하였다. 사실은 급하게 정리할 필요는 없는 시간이었다. 다음 수업까지 충분한 여유가 있었던 두 사람이었다. 하지만 원천의 바람과는 다르게 파블로는 다시금 진지한 표정으로 바뀌었다. 원천은 파블로가 그런 표정을 지을 때마다 두려웠다. 그가 물어올 때마다 자신이 알고 있는 비밀들을 공유해야 할지 고민되었다.

"아니 로테즈 교수님은 국적이 어떻게 되셔?"

"아. 스웨덴."

"그나저나 어제 보았던 그림 속 샘플이 도서관에 있다고 들었던 거 같았는데."

파블로는 눈썹을 좌우로 살짝 꿈틀거리며, 매우 흥미롭다는 듯이 물어왔다. 원천은 마음에 갈등이 생기기 시작하였다. 알고 싶어 파고드는 그의 질문에 당황했지만 한편으론 몇 개월 후면 고향으로 다시 돌아갈 친구였기에 알려주어도 괜찮을 것만 같았다. 그의 물음에 한참을 고민하던 원천은 자신과 아너 로테즈 사이의 비밀을 공유하기로 결심하였다. 원천은 주변에서 누가 듣는 사람이 없는지 다시 한번 더 확인한 후, 파블로의 귀에 손을 대어 입을 가리고 몰래 이야기를 전하였다.

"파블로, 용명대학교에는 외계 생명체에 관한 비밀 샘플실이 있어."

"뭐라고?"

"쉿! 조용히 해. 절대로 누가 들어서는 안 돼."

믿을 수 없는 숨겨진 진실을 전하는 원천의 말에 놀란 파블로는 손에 들고 있던 책을 놓쳤다. 이 정도라면 전 세계에서 극비로 관리해야 하는 중요한 샘플인 건 당연했다. 하지만 이렇게 용명대학교 도서관에 보관되어 있을 만한 사안은 아니었다. 그것도 보안시설이 훌륭하게 갖추어진 건물도 아닌 듯 보였다. 파블로는 다시금 생각해도 그가 받은 충격과 놀라움이 쉽게 사그라들지 않았다. 그 사이 파블로가 책을 떨어트린 바람에 휴게실에 있던 상당수의 학생들이 그들을 주목하고 있었다. 시선의 흐름을 의식한 두 사람은 그곳을 우선 빠져나오기로 하였다. 복도 밖으로 나온 두 사람은 다른 사람들이 듣지 못하는 곳으로 자리를 옮긴 뒤 대화를 이어나갔다.

"화석이나 사체에서 채취된 조직들을 보관하고 있는 샘플실이야."

"너도 본 적 있어?"

"아직. 허가받은 연구원과 핵심 인사들만 관람할 수 있다고 들었어."

"외계인이 정말로 존재하는 거였나?"

원천은 파블로를 나무랐다.

"조용히 하라니까. '외' 자도 꺼내지 말라고."

"걱정 마. 조심할게."

"조만간 교수님이 아무도 모르게 샘플실을 관람시켜 주겠다고 약속했었어."

"나도 같이 갈 수 없을까? 정말 궁금해."

"나와는 친분이 두터우니 교수님을 설득하면 가능할지도 몰라."

원천은 파블로에게 그렇게 이야기를 전하고 강의실로 들어갔다. 강의실로 향하는 원천은 질문이 많은 파블로 덕분에 고민만 더 많아졌다. 아너 로테즈는 분명히 원천 외의 다른 사람에게 보여주기를 꺼려 할 것이었기 때문이었다. 원천은 아너 로테즈의 조교로 학내에서 선발된 유일한 학생이었고, 논문에도 이름을 올릴 만큼 우수한 학생이었기 때문에 가능했던 것이었다. 하지만 파블로는 교환학생 신분으로 제한을 둘 수밖에 없었다. 파블로는 외계 생명체에 대한 이야기들에 익숙해져서 그런지 듣고도 그다지 놀라지는 않았다. 하지만 외계 생명체에 대해서는 대다수의 사람들 또한 실존할 것이라는 암묵적인 동의가 있었는데, 누구라도 실제로 볼 수 있는 기회를 가진다는 것은 매우 흥분되는 경험이 될 것임에는 틀림없었다. 파블로는 그날 수업을 마치고 원천을 다시 만나지는 않았지만, 조만간 그가 아너 로테즈를 설득시켜 자신을 데려갈 것이라는 믿음이 있었다. 행여나 허락받지 못하더라도 자신이 직접 아너 로테즈를 찾아가 설득해 볼 의향도 있었다. 저녁의 어둠이 찾아오는 시계의 시침이 9시를 가리킬 무렵 그는 다시 자신의 숙소로 돌아가야만 했다. 왜냐하면 전날 목격했던 문 앞을 다시 가서 재차 확인해 보기로 마음먹었기 때문이었다. 파블로는 숙소로 가면서 한국에서 자신이 본 여러 가지 새로운 광경들을 돌이켜서 생각해 보았다. 그는 이런 점들이 다른 학생들도 쉬이 경험할 수 있는 일반적인 현상인지, 아니면 자신에게만 발현되는 우연의 연속인지 헷갈리기 시작하였다. 자신이 고국에서 생활하던 평범한 일상과 반경을 생각해 보면 한국에 도착한 순간부터 마주친 인연들은 범상치 않아 보였다. 유독 한국에 이런 사람들이 많이 사는 것인지, 아니면 자신이 이곳과 닿은 인연의 고리가 독특한 형태인지는 알 수 없었다. 복잡한 생각과 공상이 오고 가는 사이 파블로는 어느새 문 앞에 도착해 있었다. 벌써 깊은 밤의 시작을 알리는 시계의 바늘이 11시를 넘기기 시작하였다. 파블로는 다시 마음을 가다듬고 어제의 가로등을 찾아 자신을 아무도 발견하지 못하게 최대한 몸을 뒤에 숨겼다. 그는 어제 본 광경을 태연하게 넘기긴 하였지만 만일 그 집 문을 열고 들어가 사람을 마주하게 된다면 어떻게 대처해야 할지 고민하고 있었다. 심장의 박동수가 점점 빨라지고 있었다. 별다른 변수가 없다면 자정에는 어제와 마찬가지로 종잇조각이 문 안으로 흘러들어 가야만 했다. 파블로는 순간의 틈을 노리기로 하였다. 아무도 다니지 않는 조용한 거리의 담벼락은 높았지만, 거기에 매달린 작은 문은 시간이 되자 조금씩 떨리기 시작하였다. 파블로는 집중해서 그 광경을 지켜보았다. 문은 전체적으로 흔들리더니 손톱만큼의 간격으로 열리기 시작하였다. 파블로는 그 틈을 놓치지 않고 가로등 뒤에서 냉큼 문 앞으로 달려나가 틈을 비집고 들어갔다. 그는 문을 원래의 작은 틈의 크기만큼 열어두고는 계단 밑으로 천천히 내려가기 시작하였다. 계단의 벽 모서리 틈새로 은은한 조명이 아래를 비추고 있었다. 파블로는 아래로 향할수록 겁이 덜컥 났지만 용기를 내어 한 발씩 걸어 들어갔다. 집의 주인은 외국인 침입자가 들어왔다는 사실을 알지 못하는 듯 보였다. 파블로가 두 개 층 아래로 내려갔을 즈음 그의 눈앞에는 다섯 개의 갈림길로 나누어진 통로가 나타났다. 파블로는 여러 갈래로 나누어진 통로를 보고 당혹스러웠다. 파블로가 방향을 설정하려는 순간, 열고 들어왔던 문의 작은 틈새로 종이 한 장이 펄럭이는 소리를 내더니 퍽 하고 문이 닫혔다. 그러면서 메아리가 일시적으로 공기를 가득 채웠다. 파블로는 주변을 살피다 이내 개의치 않고 갈라져 있는 통로 중 하나를 선택하였다. 딱히 겁이 없던 그가 선택한 통로는 나무 조각으로 장식된 네 번째 통로였다. 파블로가 네 번째 통로로 들어서자마자 다른 통로에서 주인아주머니가 종이를 가지러 계단 위를 올라갔다. 그는 자신의 모습을 감추고 그녀가 올라가는 모습을 몰래 확인하였다. 주인아주머니는 파블로가 통로에 있다는 사실을 눈치채지 못하였다. 파블로는 주인아주머니가 종이를 줍고 들어가고 나서야 안도의 한숨을 내쉴 수 있었다. 그는 계속해서 통로 안쪽으로 들어갔다. 파블로는 어떤 누구와 마주치더라도 당황하지 말자고 스스로 주문을 외웠다. 그렇게 한참을 걷고 나니 투명 유리로 된 승강기가 그의 눈앞에 나타났다. 파블로가 앞으로 가니 승강기는 마치 그를 기다려 오기라도 한 듯 문이 자동으로 열렸다. 파블로를 태운 승강기는 빠르게 위로 이동하였다. 이 집은 상당한 높이의 규모로 지어진 것임을 직감할 수 있었다. 파블로는 이내 도착한 승강기에서 내렸다. 내려서 보이는 집 안의 광경은 매우 고급스러워 보였다. 나무 바닥과 아늑한 소파 그리고 포근해 보이는 카펫이 집의 분위기를 대체적으로 아름답게 하였다. 파블로가 거실을 살펴보기 위해 한 발을 내디뎠을 때, 벽에 장착되어 있는 센서가 그를 감지했는지 갑작스럽게 집 안에 안내문이 울려 퍼졌다.

"신원 미상의 손님이 도착했습니다."

어떠한 상황에서도 크게 놀라지 않는 파블로였지만 그때만큼은 긴장하지 않을 수 없었다. 파블로는 긴장한 나머지 몸이 움츠러들었지만 집 안에 누군가가 있다면 무단 침입 한 강도와도 마찬가지인 자신을 잡으러 나올 것이고, 집 안에 아무도 없다면 자신은 왔던 길로 다시 돌아가면 된다고 생각하였다. 하지만 소리가 났음에도 아무도 거실로 나오지는 않았다. 인기척이 없다고 느낀 파블로는 몇 걸음 더 거실 안으로 들어갔다. 그가 중앙에 자리 잡고 있는 실내 분수대 앞에 다가섰을 때였다. 기둥 뒤에서 누군가가 그에게 말을 걸어왔다.

"네가 온 것이 아니라 내가 부른 것이다."

어둠 속에서 누군가의 읊조린 한마디는 파블로를 향한 누명일 수도 있었다. 하지만 말을 걸어온 이 집안의 일원은 바로 선중권의 아들 선금도였다. 화려한 조명의 분수대와는 대조적으로 전체적인 분위기는 매우 어두웠다. 살짝 고개를 옆으로 돌려 그를 바라보니 들려왔던 목소리와 생각했던 이미지가 맞아들어 가면서 공항에서 버스를 타고 올 때 마주쳤던 독특한 옷차림의 사내라는 것을 알 수 있었다.

"Qu'est-ce que tu racontes(무슨 얘기를 하는 거죠)?"

당황한 나머지 자신도 모르게 모국어가 튀어나온 파블로였다.

"Tu n'es pas venu tout seul, je t'ai invité(너는 스스로 찾아온 것이 아니라 내가 너를 초대했다). 나를 선금도라고 불러라."

선금도는 친절히 그에 맞게 프랑스어로 맞받았다. 그러자 파블로도 어이없는 웃음을 지으며 자신을 가볍게 소개하였다.

"내가 한국말은 잘 못해도 말투는 알지. 우리 친구인 거 같은데 난 파블로 에스티앙이라고 해."

파블로의 당당함에 기분이 언짢다는 듯 눈썹을 찌푸리는 선금도였다. 선금도는 이 나라에서 그렇게 만만한 대우를 받을 사람이 아니었다. 그럼에도 어떤 일이 벌어질지 전혀 눈치채지 못하는 천진한 모습의 파블로였다. 선금도는 자신의 모습을 제대로 보여주기 위해 그를 손님방으로 안내했다.

"잠깐 나를 따라오지."

"그래."

거만하기 짝이 없는 그런 말투에도 당당했던 파블로는 자신의 태도를 굽히지 않았다. 파블로는 작은 빛에 의지한 채 복도를 지나 손 님방으로 들어섰고 그제야 선금도의 모습을 확인할 수 있었다. 그의 모습은 공항버스에서나 며칠 전 집 앞 골목에서 본 것과 크게 다르지 않은 모자 달린 전통의상을 걸친 모습이었지만, 조명이 어두워 얼굴은 잘 보이지 않았다. 파블로는 그가 매일 같은 옷을 입으면서도 갈아입지 않는 것을 보니 상당히 게으른 사람일 것이라고 생각했다. 선금도가 사실 그런 의상을 입는 이유는 따로 있었다. 집안 대대로 내려오는 의복이기도 하였지만 선금도에게는 사실 누구에게도 밝히지 못하는 신체적 아픔이 있었다. 세상의 편견에 사로잡히지 않도록 자신의 신체적 약점을 가리기 위해서 그런 의복을 고수할 수밖에 없었던 것이었다. 선금도는 파블로를 잠시 앉힌 뒤에 자신의 모자를 서서히 걷어 모습을 드러내었다.

"아!"

파블로는 그의 모습을 보자 자신도 모르게 탄식이 흘러나왔다. 이어 경악을 금치 못하였다. 그의 모습은 전혀 일반 사람의 모습이라고 보기 힘들었다. 흉측한 피부 조직들이 그의 얼굴과 몸의 곳곳에 퍼져 있었다. 마치 태어날 때부터 죄를 가지고 태어난 사람처럼 그 모습은 보기조차 힘들었다. 머리에는 머리카락도 몇 가닥 없었다. 선금도는 몇 가닥 없는 머리카락을 이마 위로 쓸어 올리며 파블로의 눈을 똑바로 쳐다보았다. 게다가 파블로가 그와 가만히 눈동자를 마주하니 그의 눈은 오드아이였다. 한쪽 눈은 보통의 사람들과 비슷한 짙은 갈색이었고, 다른 한쪽은 주황빛이 감도는 노란색이었다. 파블로는 신기해서 눈을 몇 번이나 깜빡이며 다시 살폈지만 선금도는 오드아이가 확실했다. 파블로는 그의 눈을 자세히 관찰하였다. 선금도는 자신의 모습을 드러내면 놀라서 기절할 거라고 확신했던 기대와는 달리 신기해하면서도 호기심 넘치는 눈빛으로 자신을 관찰하는 사람을 처음 마주하여 그런지 오히려 더 당황스러워하였다. 선금도는 그의 이력을 알면서도 파블로가 생명원자 세포분리학과 학생이라는 사실을 잠시 간과하고 있었다. 파블로는 당연히 호기심을 가질 수밖에 없는 학생이었다. 잠시 서로를 탐색하는 시간을 보내면서 잠겨 있던 침묵을 깨고 먼저 이야기를 건네는 선금도였다.

"너를 오게 한 이유가 내 몸에 있기에."

처음으로 거만이 자리 잡혀 있는 말투의 끝을 흐리는 선금도였다.

"이유는 알겠는데 내가 뭘 안다고 나를 부른 거지?"

"네가 프랑스에서 한국으로 오기 전부터 너에 대해서 조사를 해왔지. 너를 선택하기 위해."

그의 말에 갑자기 화가 난 파블로는 격한 말로 대답했다.

"내가 남의 집을 함부로 들어오는 거나 개인 정보를 일찍부터 침해하는 거랑은 다를 게 없이 나쁜 거라고."

"몰랐겠지만 너는 내게 선정된 자이다."

선금도는 잠시 버려두었던 거만한 말투가 다시 튀어 올라왔다. 그의 태도는 개인 정보를 침해하고 조사를 해온 사람치고도 상당한 자신감이었다. 그리고 선정되었다는 이야기를 꺼내놓으며 파블로를 현혹시키려 하였다. 알아야 할 것들이 많았던 파블로는 대화를 계속 이어나가 보기로 하였다.

"누가 누굴 선정한 것이지? 알고 보면 내가 이 집의 별채를 찾은 것인데. 스토커가 따로 없군."

한 치의 물러섬도 없는 두 사람이었다.

"설명하자면 길지만 나는 대대손손 이 나라에서 막강한 부와 권력을 누린 집안의 장손이다. 선조에서 알 수 없는 생명체와의 혼혈이 되어 몇 대를 거쳐 내려오다 유전적 변이로 이 집안의 유일한 돌연변이라고 할 수 있지. 그렇기 때문에 특히 너의 도움이 필요해. 나는 네가 모국에서 남몰래 어떤 연구를 해왔는지 아니까 그걸 세상에 밝히면 너는 잡혀갈 수도 있을 것이다. 그렇지 않으려면 나에게 협조하는 게 좋아."

파블로는 그의 말을 듣고 지금까지 긴장 한 번 없는 모습은 온데간데없이 사라져 버렸다. 이러한 상황이라면 파블로는 무조건 그에게 협조해야만 했다. 자신이 학생이라는 신분을 감추고 그동안 본국에서 해왔던 모든 일들이 밝혀지는 순간 자신은 정말 끝이었다. 어쩌면 감옥에 갈 수도, 지옥의 나락으로 떨어질지도 모를 무서운 일들이었다. 파블로는 자신이 가장 아끼던 할아버지가 주신 목조 시계를 갉아먹던 생쥐를 발견하지 못했더라면, 그가 이런 상황에 처해 있지 않을 거라는 자괴감마저 드는 순간이었다. 자신이 선택된 이유는 알 수 없었지만 선금도가 자신의 신체적 비밀을 드러내며 자신이 과거에 했던 또는 벌여왔던 일들을 들먹거리고 약점을 공격하는 모습을 보니 자신을 찾은 이유를 짐작할 수 있게 되었다. 파블로는 한번 물어보고 싶어졌다.

"내가 선정된 건 오로지 당신을 위한 일이겠군."

"지금은 그렇다. 하지만 나를 위함이 너를 위한 것일 수 있다. 나는 네게 누구도 보지 못한 또는 감히 갈 수도 없는 세계를 공유할 수도 있지."

"자세히 말해봐. 내가 이해될 수 있게."

"본론으로 들어가지. 내 몸을 고쳐라. 하지만 나는 인간의 모습을 원하는 건 아니다."

"그래도 이 세상에 태어났으면 인간의 모습으로 살아가는 것이 가장 아름답지 않을까?"

"나는 그 반대를 원해."

선금도는 대대손손 부와 권력을 누리지 않았다면 절대로 나올 수 없는 그 당당하지 못한 요구를 당당히도 내뱉는 말투로 자신이 원하는 것을 해내라고 협박하였다. 파블로는 당연히 고민될 수밖에 없었다. 자신감이 없지는 않았지만 그럼에도 상당히 위험한 요구임에는 틀림없었다. 하지만 파블로는 이내 곧 자신에게 선택권이 없음을 깨달았고, 선금도에게 자신이 그 일을 해내려면 필요한 장비나 물품들을 별채에 설치하기를 요구하였다. 선금도에게 그 정도쯤은 일이 아니었다. 그가 손만 까딱하여도 그의 수족을 받들어 시중을 들 사람들은 차고 넘쳤다. 선금도는 대화를 시작하고 몇 분이 채 지나지 않아 파블로가 자신의 요구를 쉽게 받아들이는 모습에 처음으로 입꼬리에 살며시 미소를 얻었다.

"내 숙소에 장비를 설치해 줘. 그리고 네가 되고 싶은 생명체와 유사한 모습의 피와 조직을 가져와. 그러면 적어도 네 몸의 전부는 바꿀 수 없어도 피부는 바꿔줄 수 있으니."

인공피부를 만들어서 피부에 이식시키는 건 성형외과 의사도 가능했지만, 다른 생명체의 피부조직을 만들어 신체 전반에 조직을 변형시켜 둔갑시키는 것은 파블로만 할 수 있었다. 그가 이런 비윤리적인 실험에 성공했다는 것은 전문성이 없는 지식이나 논문 한 장으로도 증명된 것이 없었으나, 선중권의 집안 장남 선금도는 내부의 막강한 조직력을 이용하여 수소문 끝에 파블로라는 젊은 청년을 찾아낼 수 있었던 것이었다. 파블로는 프랑스에서 자신의 집을 찾아온 낯선 이의 피부를 자신이 만들어 놓은 피부 조직으로 고쳐준 소문이 과연 어떻게 여기까지 흘러들어 간 것인지 궁금했지만 그럼에도 알려주지는 않는 선금도였다. 파블로가 요구한 장치들을 그의 숙소에 설치해 주는 일은 선금도에게는 어려운 일이 아니었으나, 다른 생명체의 피와 조직을 가져오는 일은 절대적으로 어려웠다. 왜냐하면 선금도의 유전적인 변이는 지구상에 살고 있는 동물들과는 전혀 관련이 없었기 때문이었다. 그렇기 때문에 파블로의 요구를 그대로 들어줄 수가 없었다. 대신에 선금도는 파블로에게 조직 샘플을 찾아낼 방법에 대해서 설명해 주었다.

"전 세계에서 내가 원하는 다른 생명체의 피부 조직을 보관해 둔 곳이 단 한 곳 있다."

"어디지?"

"용명대학교."

"거긴 내가 다니고 있는 곳인데?"

"거기 도서관 지하에는 속단할 수 없는 방이 있다."

"이름이 속단할 수 없는 방이라고?"

"그렇다."

"특이한 이름이네. 가서 피와 조직의 샘플을 가져오는 거라면 어렵지 않겠지?"

"그곳은 통제가 있어 아무나 들어갈 수가 없다. 들어갈 수 있는 누군가와 함께여야만 들어갈 수가 있지."

파블로는 낮에 원천이 말해주었던 용명대학교에 외계 생명체의 조직 샘플실이 관리되고 있다고 들었던 기억을 떠올릴 수 있었다. 원천의 말에 의하면 비밀스러운 아너 로테즈 교수라면 원천을 들여보내 줄 수 있다고 들었었다. 파블로는 그 생각이 떠오르자 내일이라도 당장 샘플실을 들어갈 수 있는 방법을 살펴봐야겠다는 생각이 들었다.

"내가 방법을 찾아볼 수 있어."

번쩍이는 눈빛으로 선금도에게 기대감을 심어주는 이야기를 내뱉어 버린 파블로였다.

"권한을 가진 자의 이름을 아직 알려주지 않았다."

"혹시 아너 로테즈?"

아너 로테즈 박사의 이름을 언급하자 선금도는 파블로가 알고 있다는 사실에 안도하였다.

"맞다. 오직 그 사람만이 자유롭게 출입이 가능하다."

파블로는 내일 샘플실을 찾아 들어갈 수 있도록 아너 로테즈를 설득해 보겠다고 하였다. 선금도는 파블로를 돌려보내며 숙소로 돌아갈 수 있는 연결되는 통로를 안내했다. 상식적으로도 본채와 별채는 연결이 되어 있을 수밖에 없는 게 당연했다. 선금도는 더 이상 자신의 가문에 대한 자세한 설명은 하지 않았다. 파블로가 별채로 이어져 들어가는 통로를 알게 된 후 찾아가는 길은 어렵지 않았다. 파블로가 별채에 도착하니 날은 어느새 옅어진 수채화의 물감처럼 흐릿한 안개와 함께 새벽의 동이 트기 직전이었다. 선씨 일가는 참으로 별난 집이었다. 파블로 스스로도 자신이 참으로 별난 집을 선택했다는 생각이 들었다. 아니면 정말 선금도의 말처럼 이 나라에 오게 된 게 자신을 찾기 위해 그들이 파놓은 함정에 걸려들었는지도 모를 일이었다. 파블로는 이제 선금도의 요청을 거부할 그 어떠한 변명거리도 찾기 힘든 신분이 되어버렸기 때문에, 그가 새벽 동안 자신에게 요구한 것을 들어줄 수밖에는 없는 입장이었다. 수업이 하나밖에 없다는 사실은 파블로에게 그나마 조금 위안을 주는 상황이었다. 그는 잠을 설치면서 자신이 이제부터 해내야만 하는 일들을 머릿속에 정리하기에 바빴다. 파블로는 원천을 통해 아너 로테즈 교수를 설득해 외계 생명체의 조직 샘플실인 속단할 수 없는 방을 들어가 샘플들을 가져올 수 있는지를 살피기로 마음먹었다. 잠시 눈을 붙인 파블로는 시간이 되자 학교로 향했다. 그날

따라 원천은 코가 아프다고 하였다. 원천의 코가 아픈 데에는 몇 가지 이유가 있었을 것인데 가끔은 수업에서 실험을 하다 보면 여러 화학물질들 때문에 마스크나 보호 장비를 제대로 갖추지 않아 냄새가 흘러들어 가 코끝이 찡해올 수 있었다. 파블로는 속단할 수 없는 방을 들어가기 위해 마음이 초조했기 때문에 원천이 코가 아프다는 건 쉬이 넘길 일이었다. 수업을 마치고 나서 원천은 그날도 어김없이 아너 로테즈 교수의 방을 들린다고 하였다. 파블로는 이번이 기회라고 생각하였다.

"원천, 어제 말한 샘플실 나도 들어가 보고 싶어."

"너는 포기를 모르는 것 같다. 내가 아는 사람 중에 최고야."

"교수님을 설득시켜 줄 수 있겠어?"

"걱정 마. 실험과 관련된 열정이라면 교수님은 누구나 환영하실 테니."

몇 분 뒤 그들의 기대는 완전히 빗나갔다. 아너 로테즈 교수를 찾은 둘이 교수에게 들은 말이라고는 단호한 거절뿐이었다. 한 명도 아니고 둘이라면 교수에게도 부담이 된다고 하였다. 원래부터도 교수 외에 단 한 명도 허가되지 않았는데, 파블로마저 들여보내면 학교에서 받게 될 제재에 대해서 고민하는 눈치였다. 파블로는 이 상황을 어떻게든 돌파해야만 했다. 그렇지 않으면 선금도에게 털려버린 자신의 신상부터 문제가 되었다. 또한 고국에서 몰래 해왔던 일들이 세상에 알려지게 된다면, 그 여파를 감당할 자신이 없었다. 눈치를 살피던 원천은 다시금 마음을 먹고 아너 로테즈 교수를 설득시켜 보려고 운을 떼었다.

"교수님, 이 친구는 프랑스에서도 생명원자세포분리학과 학생이고 저랑 관심사도 같아서 분명히 교수님 연구에 도움이 될 수 있는 친구입니다."

"원천, 나의 연구는 상당히 위험해. 알다시피 세상에 알려질 수도 없고 학내에서 별도로 추진하는 비밀 연구이기 때문에 소수의 인원만이 이 연구에 대해서 알고 있어야만 한다. 그런데 한국에 계속 살 사람도 아닌 외국인에게 샘플실을 공개할 수는 없겠지."

옆에서 듣고 있던 파블로도 원천의 부탁에 한마디 더 보태었다.

"교수님, 들여만 보내주신다면 절대로 저는 본 것에 대해 어디에서도 발설하지 않겠습니다. 또한 제가 알고 있는 지식의 한계가 교수님보다는 못하지만 금기시되는 연구의 일부 자료도 보유하고 있어 공유할 수 있습니다."

분명한 태도로 임하는 파블로의 진지한 모습에 흔들리는 아너 로테즈 교수였다. 그는 진지한 모습으로 대하였지만 사실 내면은 불안과 초조함에 손바닥에 땀이 꽉 차 있었다. 파블로의 자신 있는 태도와 자료를 공유하겠다는 말에 아너 로테즈는 그를 결국 함께 들이기로 하였다. 파블로를 들이기로 한 그 사건 이후로 용명대학교의 모든 보안 시스템이 바뀌어 버릴 만큼 학내에서는 큰 사건이 되어버렸지만 오랜 시간이 지난 뒤에 아너 로테즈의 연구성과 발표 인터뷰집에서는 그날의 결정을 단 한 번도 후회한 적이 없다는 듯한 의미심장한 발언을 담은 문장이 어느 한구석에 녹여져 있었다.

물론 사건 속 속단할 수 없는 방의 정체는 외계 생명체의 샘플실이 아닌 초고 전도체의 실험실로만 포장되어 있었다. 나이가 들어 파블로는 그 글을 읽고서야 사죄하는 마음으로 살아온 자신의 지난 세월을 스스로 용서할 수 있음을 느꼈다.

"당신의 태도가 마음에 들기에 이번 한 번만이야."

원천도 그제야 가벼워진 마음으로 미소를 지을 수 있었다. 아너 로테즈는 원천과 파블로에게 자신이 연구하는 생명체의 일부를 소개해 주며 지구에서는 서식하지 않았던 종이므로 외계 생명체로 추정하고 연구와 분석을 거듭하고 있다고 설명하였다. 원천과 파블로는 처음 마주하는 조직의 일부 사진들을 감상하고, 곧 마주하게 될 실제 샘플을 상상하니 몹시 흥분되기 시작하였다. 설명이 끝나고 아너 로테즈는 조심스럽게 서랍에서 큰 상자를 꺼낸 뒤 그 안에서 다시 돌돌 말린 종이를 풀고 누구의 것인지 모를 손가락 지문이 묻은 유리 열쇠를 꺼내었다. 테두리는 상당히 고급스러운 자재로 마감되었으며, 상당히 독특한 기법으로 제작된 열쇠였다. 그는 그 열쇠의 겉면을 안경 닦을 때 쓰는 고운 천으로 조심스레 닦아낸 뒤 자신의 주머니에 다시 넣고는 원천과 파블로에게 자신을 따라오라고 지시하였다. 도서관 한쪽 구석에 자리한 연구실을 나와 교수를 따라간 둘은 용명대학교의 비밀 판도라로 불리는 도서관의 지하로 향하기 시작하였다. 그 시각 도서관의 계단을 오르내리는 사람들과 엘리베이터를 타고 오르는 사람들이 많았음에도 아너 로테즈와 원천 그리고 파블로는 학생들이 활발하게 이용하고 있는 광장을 지나 누구도 쉽게 찾지 않을 계단의 벽 뒤로 문을 열고 들어갔다. 복도를 한참 지나 열아홉 번째 칸에 위치한 문에서 아너 로테즈는 홍채 인식을 통해 문을 열고 들어갔다. 그들이 통로 아래로 한참을 걸어 내려가니 몇 겹의 유리문이 존재하였고, 그들은 그 앞에서 암호코드를 풀어야만 했다. 암호코드를 푸는 일은 아너 로테즈에게는 큰 어려움이 아니었다. 시간은 걸렸지만 그는 능숙하게 암호를 풀어 내려갔다. 그들이 여러 개의 유리문을 통과하자 비로소 지하로 내려갈 수 있는 엘리베이터가 나왔다. 아너 로테즈와 원천 그리고 파블로 세 사람은 오래된 구식 엘리베이터를 타고 내려가기 시작하였다. 엘리베이터는 태엽을 돌리듯이 회전 손잡이를 돌리지 않고서는 내려가지 않는 고전적인 방식이었다. 손잡이는 녹이 슬어 잘 들지도 않았다. 아너 로테즈는 낑낑거리면서도 손잡이를 돌려나갔다. 그 모습을 본 원천은 오래된 시설물을 왜 지금까지 교체하지 않았는지 의문이 들었지만 교수를 도와 함께 돌리기 시작하였다. 그들은 그렇게 한참을 돌려 드디어 몇 층 아래에 도착했다. 엘리베이터에서 내려 복도를 다시 걷다 보니 드디어 하나의 문이 나타났다. 아너 로테즈는 들어가기 전 원천과 파블로에게 안에서 절대로 해서는 안 되는 행동 수칙들을 이야기하였다.

"이곳은 학교에서 속단할 수 없는 방이라고 불리는 곳이라네. 그러니 관람은 좋으나 샘플이 수납되어 있는 병들은 절대로 건들지 말 것. 어떠한 상황에서도 여기서 본 것을 누설하지 말 것. 이렇게 두 가지는 꼭 지켜주었으면 하네."

아너 로테즈의 말에 선금도가 알려준 이름과 같은 방임을 확인하자 파블로의 눈빛이 더욱더 초롱초롱 빛나기 시작하였다. 그가 미리 준비한 지문 열쇠를 센서에 가져다 대니 움직이지 않을 것만 같은 무쇠로 만들어진 문이 열리기 시작하였다. 열린 문으로 세 사람이 입장하자 문은 다시 굳게 닫혀버렸다. 내부는 생각보다 넓었다. 원형의 방 안에는 신기한 생명체들의 조직 샘플이 작은 병 안에 담겨 벽면 가득 채워져 있었다. 원천과 파블로는 입이 벌어질 수밖에 없었다. 지구에 살지 않는 외계 생명체의 조직이라니 어느 누가 우주에서 가져다 이렇게 많은 샘플을 진열시켜 놓은 것인지 상상조차 되지 않았다. 원천이 놀라 아무 말도 하지 못하는 동안 파블로는 민감하게 주변을 살피기 시작하였다. 샘플 옆에는 자세한 설명과 함께 상상 속 피사체의 그림이 그려져 있었고 아래에는 피부 조직을 세밀하게 관찰한 사진들과 설명 문구가 함께 전시되어 있었다. 일부는 정리되었고 대다수는 아직 만들어져 있지 않았다. 아너 로테즈는 수년간 자신의 작업물을 학생들에게 처음으로 공개한 것이었다. 아너 로테즈는 내심 이왕 이렇게 학생들에게 공개한 것을 계기로 남은 샘플들을 함께 연구하기를 기대하였다.

 "여기 있는 작은 설명들이 내가 수년간 작업한 것들이지. 설명은 자세히 읽어도 좋지만 샘플 병은 절대로 건들지 말도록."

 하지만 파블로는 아너 로테즈의 당부가 귀에 들어오지 않았다. 최대한 선금도의 피부 조직과 비슷해 보이는 샘플을 찾아야만 했다. 샘플을 찾아 아무도 모르게 가지고 나갈 수만 있다면 자신이 처한 위기에서 금방 벗어날 수 있을 것만 같은 생각이 들었다. 파블로는 금세 선금도의 피부와 비슷해 보이는 조직 몇 가지를 한눈에 찾을 수 있었다. 후보군은 두 개로 줄어들었고 위치는 각각 반대편에 대칭으로 자리 잡고 있었다. 파블로는 슬며시 샘플을 집어넣을 방법을 연구한 뒤, 그들 앞에서 뒤를 돌아 주머니에 넣을 행동을 취하기 시작하였다. 아직 눈치채지 못하고 있었던 아너 로테즈는 원천과 파블로에게 찬찬히 샘플을 설명하였다.

"이렇게 내가 자세히 설명하는 이유는 원천과 파블로가 나의 연구의 일부를 도와주었으면 해서야."

"정말 외계에서 찾은 생명체들이 맞나요? 누가, 언제, 어떻게 발견해서 이곳 용명대학교에까지 가져다 놓은 것인가요?"

"나도 모른다네. 학교 윗선에서 알려준 대로만 연구하였지, 사실은 외계 생명체가 실제로 존재하는지 알 길이 없어. 하지만 우리가 아는 지구 생명체가 아니니 일단은 외계 생명체라고 명명하는 수밖에."

아너 로테즈와 원천의 대화에 전혀 관심을 가질 수 없었던 파블로였다. 그는 서서히 금기에 손을 대기 시작하였다. 그는 그때에 만지지 말았어야 하는 것을 만지면 감당해야 할 뒷일을 가늠하였어야만 했다. 파블로의 손은 서서히 샘플 병에 가까워지고 있었다. 아담과 하와가 알고서도 선악과를 베어 문 것처럼 모든 죄는 알고서도 자신만의 안위를 위한 욕망에서부터 저질러진다는 필연을 그는 멈출 수가 없었다. 아너 로테즈는 파블로의 동태를 전혀 눈치채지 못한 상태로 원천의 의문에 부가적인 설명을 더 하였다.
"비밀을 밝혀내면 비밀이 아니지. 단순히 한 국가의 주도로 이런 생명체들을 찾은 것 자체가 불가능이라고 보면 된다네."
그 순간 파블로의 손은 이미 병을 움켜쥐고 거치대에서 살짝 떼어내 자신의 뒷주머니로 하나의 샘플 병을 쑤셔 넣고 있었다. 그가 다시금 살며시 몸을 뒤로 빼어 다른 방향의 샘플 병을 움켜쥐려 할 때 방의 조명은 붉은색으로 바뀌어 버렸다. 당황한 파블로는 이 상황이 자신이 저질러 벌어진 것이라는 걸 바로 눈치채었다. 원천도 심상치 않음을 직감하였다. 아너 로테즈는 문제가 있는지를 살펴보다 조금 전까지 있다 없어진 샘플을 확인하고는 겁에 질린 파블로를 보며 냉정하게 말하였다.
"파블로, 자네를 들이기 싫었던 이유를 알아차리게 해줘서 고맙네. 자네는 여기까지인가 보네."
"잘못했습니다."
두려움 속에 내뱉은 파블로의 사과에도 아랑곳하지 않고, 아너 로테즈는 가지고 있던 방의 키에 붙어 있던 버튼을 네 차례 연속해서 눌렀다. 그 순간 샘플이 진열되어 있던 벽의 문이 양쪽으로 분리되어 열리더니 틈 사이로 샘플실을 지키고 있던 두 명의 쥬타인들이 용수철처럼 튀어 올라와 파블로의 귀에 쉬뢰를 발산시켰다. 파블로는 현장에서 즉발로 기절하였다. 놀라서 지켜보는 것 이외에 아무것도 할 수 없었던 원천은 쓰러진 파블로를 깨우기 위해서 몸을 흔들며 외쳤다.

"파블로 일어나! 파블로! 교수님, 파블로에게 무슨 일이 일어난 건가요?"

아너 로테즈는 쓰러져 있는 파블로를 보면서 한심하다는 듯이 한마디를 내뱉었다.

"머저리 같은 놈."

감시하던 쥬타인들은 임무를 마치자 파블로가 훔쳐 간 샘플을 그의 주머니에서 꺼내어 도로 제자리에 가져다 놓았다. 쥬타인들은 임무를 마쳤다며 다시 자신들의 자리로 돌아갔다. 당시에 원천은 그들이 쥬타인들이 아닌 험상궂은 경호원들이라고 착각하였다. 파블로는 그 후로 한동안 깨어나지 못하였고, 도서관에서 있었던 일들의 기억도 일부 상실해 버렸다. 그 사건 이후로 파블로를 이용하려 했었던 선금도의 모든 계획들도 틀어져 버렸다. 그렇게 선금도는 세상에 자신을 드러내는 일보다는 익숙한 어둠 속에 다시 감춰져야만 했다. 그의 모습은 마지막일지 모를 기회를 놓쳐버린 아득한 새벽의 안개 속을 나는 독수리와도 같았다.

3화 신체의 변화
인간의 한계를 뛰어넘다

"좌로 30, 우로 35, 점프 120, 다시 호흡 150."

"하. 하. 하."

정적 속 유진의 훈련은 거듭되고 있었다. 그가 이렇게 지독한 훈련을 감내하고 최상의 능력치를 절반 정도 끌어올린 시점이었다. 몰아붙이던 웨이요르도 유진을 숨의 막다른 골목까지는 내몰면 안 될 것 같다는 생각이 들었다. 수영은 세계신기록을 넘어선 지 이미 오래되었고, 장거리 바다수영도 일반인들은 따라 하기도 벅찰 정도로 가능한 수준에 다다랐다. 유진이 신기록을 써 내려갈 때마다 웨이요르는 그에게서 새로운 가능성들을 발견할 수 있었다. 만일 그가 티저스 칸토 타운을 뛰쳐나가 자신의 기록으로 대회에 나간다면 세상에서 얻을 수 있는 유명세는 거저 주어지는 것이나 다름 없었다. 그렇기에 웨이요르는 유진에게 매일 경신되는 기록을 누설해서는 더더욱 안 되었다. 유진이 숨을 참고 잠영을 하는 시간도 점점 늘어났다. 그의 수영 실력만 일취월장한 것은 아니었고, 달리기와 육상도 마찬가지였다. 달리기부터 높이 뛰기와 점프 실력도 인간의 한계를 서서히 뛰어넘고 있었다. 웨이요르는 오늘만큼은 유진을 잠시 쉬게 하고 싶었다. 지난 몇 개월간 유진의 끈기를 봐온 웨이요르는 그가 힘든 상황에서도 쉽사리 멈추지 않을 사람이라는 것을 알았기에 조심스럽게 말을 건네었다.

"오늘은 그동안 쉬지 않았으니 오후부터 내일 정오까지 하루 푹 쉬어도 될 것 같아요."

"아닙니다. 이제 시작하려는 시간 엄수의 방 훈련을 건너뛴다는 건가요? 계속하시죠."

"컨디션 조절을 위해서 오늘은 쉬는 게 좋습니다."

"저는 더 할 수 있습니다. 입성의 시간까지 얼마 남지 않았는데 하루하루가 아깝다고요."

"그 마음은 알지만 제 말을 들어주세요. 당신의 트레이너 웨이요르의 말을 들어주시기 바랍니다."

걱정스러운 마음이 있었던 것인지 그만의 훈련 방식인지는 알 길이 없었으나, 그의 생각을 일부분 받아들이기로 한 유진이었다. 장기간 지속된 둘만의 훈련으로 상당한 우정을 쌓은 두 사람이었다. 웨이요르도 자신의 심복인 키야스가 숨은 붙어 있었지만 깨어나지 않은 상태에서 유진의 훈련에 모든 정성을 쏟으며 힘들었던 그 간의 마음을 많이 위로받은 상태였다. 바디스에 입성을 자원하려는 쥬타인들은 거의 대부분 유진의 존재에 대해서 알고 있었지만, 훈련의 강도와 방식만큼은 비밀리에 진행되었기 때문에 유진을 본 쥬타인들은 흔치 않았다. 지난 몇 개월간의 훈련에서 열심히 하였고 또 잘해내 온 유진은 간만의 휴식을 맛볼 수 있게 되었지만, 훈련소 반대편에서 그들이 모르는 또 다른 훈련이 진행되고 있다는 사실 또한 티저스 칸토 타운에서는 비밀이었다. 같은 시간 다른 곳에서 교묘하게도 콴과 리포는 붙잡혀 온 세오에게 솔라칸 견디기 실험을 자행하고 있었다. 세오의 어떠한 신음소리도 문밖으로 새어나가는 경우는 없었다. 이따금씩 그 과정을 지켜보는 콜로넬의 입꼬리는 비뚤어지게 웃다가 입 모양이 살짝 비대칭이 될 정도였다. 솔라칸의 뜨거운 열기에도 도통 땀이 흐르지 않는 쥬타인들의 피부였지만, 그럼에도 살짝 땀이 맺힌 콴과 리포는 그들이 내뿜는 땀에서 비열한 냄새도 함께 풍겨져 나왔다. 세오가 몇 개월간 견뎌낸 솔라칸은 서른 번을 족히 넘었다. 이제 그에게 솔라칸은 고통이 아닌 땀을 빼고 나오는 사우나처럼 익숙하게 느껴졌다. 가혹한 훈련에도 불구하고 신기하게도 그의 피부는 단순히 그을리는 정도에만 그쳤다. 최근 들어 세오의 훈련을 확인한 콜로넬은 상당히 만족해하는 기색이었다. 이 정도면 선택받은 자가 명색만 갖추고 있을 뿐, 자신의 안위를 위해서는 필요 없는 존재가 되어가고 있었다. 세오의 훈련 강도가 어느 정도 원정대 수준으로 올라오니, 이제는 그를 자신의 편으로 끌어들이기 위한 세뇌를 시켜야겠다고 생각한 콜로넬이었다. 영문도 모르고 끌려와 솔라칸 훈련을 받은 세오는 보통 사람의 신체조건이었다면 절대로 견딜 수 없었겠지만, 고통을 이겨내는 특별한 능력이 있었기에 생존이 가능했다. 일찍이 쥬타인들의 정보력에 의해 그가 특별한 능력을 지니고 있다는 것을 알고 있었던 콜로넬이었다. 인간들의 세상에도 이따금씩 특별한 능력을 지닌 존재들은 있었다. 콴과 리포는 이제 세오에게 더 필요한 훈련은 없을 것 같다고 생각했다. 세오에게 주어질 임무는 솔라칸이 크로네필을 뚫어 콜로넬이 입성하는 순간까지 솔라칸을 대신해서 견뎌내어 주면 될 일이었다. 콜로넬은 그렇게 되면 솔라칸이 사라졌을 때 잠시 열려 있는 크로네필의 나노 단위의 시간 사이에 선택받은 자를 대신해서 들어가려는 계획이었다. 운동신경이 다른 인간보다 몇 배로 뛰어난 콜로넬의 셈법이라면 가능했다. 하지만 그 외에 더 특별한 능력 따위는 없었다. 그사이 콴은 세오에게 조금의 자유도 주고 싶지 않았다. 콴은 세오를 조금 더 몰아붙이기로 하였다.

"다음 훈련은 시간 엄수의 방이다."

"나에게 잠깐의 여유를 줄 수는 없나요? 한계가 온 것 같아요."

"너에게 줄 여유 따위 있었다면 우리가 누려야지. 들어가라 얼른!"

"제발 부탁입니다. 부모님과 친구들이 보고 싶어요. 나에게 부디 세상 밖의 자유를 주세요."

"붙잡혀 온 주제에 말이 많군. 우리 본부장님의 바디스 입성을 돕는 임무만 잘 마친다면 너에게 자유는 이어서 따라오는 거라는 사실을 일러두마."

 옆에 서 있던 리포가 세오의 어깨를 잡고 시간 엄수의 방으로 밀쳐 넣으며 말을 보태었다.

 "들어가. 얼른!"

 세오는 시간 엄수의 방에 들어가 오늘도 변함없이 나노 단위의 순간 이동을 위해 몸을 혹사시킬 수밖에 없었다. 방으로 들어가는 세오의 모습은 여유롭게 휴식을 갖게 된 유진과 대비되는 상황이었다. 그 시각 세오가 이렇게 자신과 함께 티저스 칸토 타운에서 훈련을 받고 있을 거라는 것을 유진은 전혀 알 길이 없었다. 유진은 웨이요르의 배려로 휴식을 취하기 위해 숙소인 오델리스의 방으로 들어왔다. 가끔씩 유진은 이렇게 휴식을 취할 수 있을 때면 이전에 했던 것처럼 오델리스의 양복을 입고 선글라스를 끼고 숑 카페에 들러 숑 아저씨와 수다를 떨곤 하였다. 유진은 티저스 칸토 타운에서 기댈 곳 없이 훈련을 받으며 속마음을 터놓고 이야기할 상대가 필요했었는데 숑 아저씨는 그 역할을 톡톡히 잘해주고 있었다. 그가 숑 카페를 드나들 때에도 다행인지 모를 일이지만 유진은 콜로넬을 마주한 적이 단 한 번도 없었다. 선택받은 자에게는 관심도 없다는 듯한 태도로 일관하는 콜로넬 때문에 머리가 아픈 것은 되려 웨이요르와 시난쇼스였다. 그들은 입성이 얼마 남지 않은 시점에서 그러한 태도의 콜로넬이 달갑게 느껴지지는 않았다. 유진은 한참 휴식을 취하다 여느 때와 마찬가지로 양복을 갖춰 입고 모자를 쓰고 나가 타운을 잠행하며 내부를 구석구석 살펴볼 생각이었다. 그에게 타운을 돌아다닐 수 있는 기회는 별로 없었기에 오늘이 바로 기회라고 생각했다. 유진의 계획은 바디스에 입성하기 전에 타운에 대해 모든 것을 알아내는 것이었다. 그가 지닌 지적 호기심은 어디에 있든 끝을 모른다는 게 특징이었다. 유진이 방문을 나서려고 할 때쯤이었다. 바닥에 무언가 툭 하고 떨어지는 소리가 나더니 유진의 눈을 의심하게 만드는 친근한 꼬맹이 핑푸가 그의 주위를 반갑게 뱅글 돌고 돌았다.

"핑푸! 어떻게 왔어?"

시공간을 초월했던 대화 뒤로 너무도 오랜만이라 반가움을 감출 수 없는 유진이었다.

"나의 투명함을 무기로 숨어들어 왔지."

"하지만 여기를 알 수 있는 건 쥬타인들 뿐인걸. 게다가 너는 이제 파블로나 박원천 교수의 도움도 받을 수 없잖아."

"나의 정보력으로 너를 위한다면 어디든 찾아다닐 수 있다고."

"반가워. 근데 핑푸, 네가 있는 방은 너처럼 통통 튀는 녀석과 어울리지 않을 주변엔 조심해야 할 물건들로 가득한 오델리스의 방이라고. 그게 누군지는 아니?"

"알지. 나는 이젠 어떤 단어만 던져도 모든 것을 알아버리는 만능 물질이 되었다고. 오델리스는 쥬타인들 사이에서 엄청 유명해."

오델리스의 양복을 입고 잠행만 하려던 유진은 그런 핑푸의 말에 눈이 번쩍 뜨였다. 송 아저씨를 통해 익히 들어와서 그런지 그동안 오델리스에 대해 자세히 파악하고 있다고 생각했던 유진이었다. 그는 한편으론 오랜만에 가족 같은 핑푸를 보니 안심이 되기도 하였다. 그렇기에 다른 쥬타인들이 이 사실을 알 길이 없다면 핑푸를 오델리스의 방에 계속 머물게 하면서 자신이 입성할 때까지 함께하고 싶었다.

"아무튼 내가 당부하고 싶은 말은 제발 통통 튀어 다니지 말고 가만히 있으라는 말을 하고 싶다."

"걱정 마. 난 이제 그렇게도 잘하니까."

"나는 곧 타운 내부를 속속들이 알고 싶어서 분장을 하고 돌아다닐 거야. 그러니 이따가 내가 돌아오면 오델리스에 대해서 더 많은 이야기를 해주렴."

그렇게 핑푸에게 당부한 유진은 불안하더라도 핑푸를 오델리스의 방에 혼자 두고 자신은 방에서 나왔다. 지난 몇 개월을 지옥 같은 훈련에서 지치지 않고 잘 달려온 유진이었다. 그는 처음 이 티저스 칸토 타운을 들어올 때와 지금은 전혀 다른 사람이 되어 있었다. 눈빛은 더욱 날렵해졌고 신체는 잔근육들이 붙어 마치 대회에 출전하는 선수들 같았으며, 몸무게는 상당히 줄어 가뜩이나 평균보다 작은 체구가 더 작아 보였다. 방을 나온 유진은 평소 하던 것과 마찬가지로 타운 내부를 살뜰히 살피며 돌아다녔다. 그동안 웨이요르와 단둘이 훈련하면서 최대한 쥬타인들의 특성을 닮아가려고 노력하였기 때문에 더 이상 그들의 습성이 낯설게 느껴지지 않았다. 누군가 자신을 의심스럽게 바라보는 이가 있을 때에는 그들이 자주 하는 행위 중에 하나인 목 뒤에 푸른 점들을 긁어대는 행위를 그대로 따라 하였다. 그러면 그들은 별다른 의심을 가지지 않고 다시 하던 일들을 하러 지나가곤 하였다. 그들은 유진의 목선에 있는 푸른 점이 오델리스의 펜으로 그려놓은 그림인 줄은 전혀 눈치채지 못하였다. 유진은 그날따라 타운 내의 많은 상점들이 있는 거리보다는 타운을 관리하는 행정기관들이 궁금해졌다. 겉으로 보기엔 티저스 칸토 타운이 선성 빌딩 내에 있는 사무실 정도의 크기로밖에 보일지 몰라도 지금까지 유진이 관찰한 내부는 상상했던 크기의 거의 스무 배는 족히 넘어 보였다. 그렇기에 알아야 할 모습들이 더 있었다. 유진은 소문으로만 듣던 본부장의 사무실도 궁금했고, 웨이요르가 간혹가다 얘기해 준 그의 후배가 입원해 있는 병원도 가보고 싶었다. 쥬타인들이 복도를 뛰어다닐 때에는 발에 마치 스프링이 달린 것처럼 멀리뛰기를 잘했는데, 유진도 이제는 쥬타인들만큼은 아니더라도 제법 멀리뛰기가 가능해졌다. 그렇게 한참 동안 복도를 지나 상점들을 발견하자 유진은 그 사이 막다른 골목에서 두 개의 문이 나오고 요원들이 많이 드나드는 아치형 통로로 빠르게 들어갔다. 그곳은 언제나 정장을 갖춰 입은 요원들이 복잡하게 지나다녔다. 유진도 그 대열에 끼여서 복도를 지나갔는데 관리자 사무실의 통로로 들어서자 자신이 끼고 있던 선글라스에 상세한 정보들이 눈에 속속 들어왔다. 복잡한 통로를 더 지나 안쪽으로 들어가니 초록색 금장이 둘러진 문이 나왔고, 그 문 앞에 다다르자 선글라스에는 몇 가지 문구가 띄워졌다.

'티저스 칸토 타운 지부 본부장 콜로넬의 사무실'

  말로만 듣던 본부장의 사무실을 실제로 보자 긴장되기 시작한 유진이었다. 유진은 그에 대해 이미 송 아저씨에게 많은 이야기를 들어 그가 어떤 자라는 것을 잘 알고 있었다. 하지만 콜로넬과는 결국 바디스를 입성할 때까지 함께해야 하는 필연적인 관계가 될 수밖에 없었다. 초록색 문을 살짝 열고 고개를 들이밀어 보니 안에서 보초를 서고 있던 쥬타인들 몇몇이 보였다. 요원들이 유진을 발견하자 말을 걸어왔다.

"본부장님 방에는 무슨 일이시죠?"

"죄송합니다. 제가 본부장님 사무실인지 모르고 잘못 열었습니다."

"중요한 업무보고가 아니라면 사전에 상담 예약을 신청하고 앞에서 확인증을 받고 들어오셔야 합니다."

"미안합니다. 제가 지부에는 오랜만이라."

  유진은 대충 둘러대고 얼른 그곳을 빠져나왔다. 말로만 듣던 본부장의 사무실이 생각보다 경비가 두텁다는 것을 처음 알게 된 유진이었다. 그렇다고 딱히 본부장과 할 말이 있었던 것은 아니었다. 유진이 알고 있는 사실은 선택받은 자 자신이 바디스를 입성해야 할 때에 본부장과 웨이요르 외에 몇몇의 요원들이 함께할 것인지에 대한 정보가 다였다. 유진은 다시 초록색 문을 열고 나왔다. 눈앞에는 여러 갈래로 갈 수 있는 이정표가 보였다. 그중 병원을 가리키는 곳으로 따라가니 암석에 붙어 있는 형태의 대형 병원이 상당한 높이로 세워져 있었다. 훈련을 받을 때에 웨이요르가 스쳐 가는 말로 병원에 가장 친한 후배가 깨어나지 못한 채로 누워 있다는 얘기를 하곤 했었다. 그가 누구인지는 몰라도 자신의 훈련을 담당하는 웨이요르에게는 소중한 친구이니 유진도 입성하기 전에 그를 찾아 얼굴이라도 익혀두고 가야 할 것 같다는 생각에 용기를 내었다. 유진은 병원으로 들어가 바쁘게 돌아다니는 간호사를 한 명 붙들고는 웨이요르의 후배를 찾아 물었다.

"혹시 웨이요르 요원과 친한 동생인, 그러니까 같은 요원인데 아무튼."

"그러니까가 누구죠? 입원 환자 중에는 그러니까는 없는데."

"그러니까가 아니고요. 그러니까요."

때마침 키야스의 병문안을 하고 나오는 시난쇼스가 지나가다가 어설프게 웨이요르의 이름을 올리면서 누군가를 찾는 요원을 보고는 가까이 다가왔다. 시난쇼스는 요원처럼 신분위장을 하고 있던 유진을 보고는 일반적인 쥬타인이 아니라는 것을 단박에 알아보았다. 시난쇼스는 조금 더 그에게 다가가 목선에 그려놓은 푸른 점들을 확인하니 이제는 그가 쥬타인이 아닌 선택받은 자라는 확신이 들었다. 시난쇼스는 선택받은 자와 대화를 나누고 있는 간호사가 되도록 눈치채지 못하게 둘의 대화에 살며시 끼어들어야겠다고 생각하였다.

"어이쿠. 오랜만이야 그러니."

"그러니?"

어리둥절한 유진은 피식 웃음을 지었다. 간호사는 어이없는 말투로 둘의 대화에 끼어들은 시난쇼스에게 대답했다.

"저는 이분이 누구신지 모르겠고, 처음 보는데 저보고 입원하지도 않은 그러니까라는 사람을 찾네요."

"제가 알아요. 그러니까의 형인 그러니라서 그래요. 그분이 입원 중인 병실로 제가 안내할게요."

간호사는 키야스 때문에 자주 드나든 시난쇼스의 인상이 익숙했던지 별다른 의심 없이 병동 안쪽으로 길을 내어주었다. 그러면서도 갸우뚱하게 고개를 저으며 혼잣말로 중얼거렸다.

"이름이 그러니라니 정말 촌스럽네."

시난쇼스는 그가 선택받은 자라는 것을 한눈에 알아보면서도 그를 처음 만나게 되어 그런지 어색함을 감출 수가 없었다. 하지만 이내 곧 능숙하게 그를 편안하게 대했다. 이 안에서 생활하는 그 누구보다 두려울 사람은 바로 선택받은 자일 것이라는 생각이 들은 시난쇼스였다. 그녀는 마음이 아름다운 쥬타인 중에 한 명이었다. 시난쇼스는 그를 안심시키고 병실 안쪽으로 데리고 가서 누구에게도 들리지 않을 곳에서 말을 걸었다.

"선택받은 자 맞죠?"

깜짝 놀란 유진은 얼떨결에 대답을 해버렸다.

"네. 어떻게 아셨죠?"

"당신이 입은 몸에 맞지 않는 정장과 목 뒤에 그려놓은 푸른 점만 봐도 저처럼 경력이 풍부한 요원의 눈을 속이긴 어려워요."

"갑자기 나타나서 도와준 건 감사합니다만 당신께서는 누구시죠?"

"저의 이름은 시난쇼스라고 해요. 당신을 훈련시키는 웨이요르의 약혼자랍니다."

그러면서 쓰고 있던 선글라스를 살짝 내려 한쪽 눈을 윙크하는 시난쇼스였다. 쥬타인들이 눈을 보여주지 않는 이유는 눈동자의 색깔과 눈꺼풀 주변에 겹쳐져 있는 껍질 때문이었다. 인간들이 마주하기에는 자칫 징그럽게 느껴질 수 있는 모습이었지만 순식간에 선글라스를 끌어 올린 시난쇼스의 행위에 다행히 거부감을 느끼지 않는 유진이었다. 시난쇼스는 갑자기 훈련 도중에 병원까지 찾게 된 그가 궁금해졌다.

"여기에 정말 그러니까라는 사람을 찾으러 온 것 맞나요?"
"아니요. 그러니까 제가 여기에 온 이유는요."
"이유는?"
"웨이요르의 후배가 아프다고 들어서 인사를 하려고 왔습니다."
"오. 어쩜! 선택받은 자 당신은 마음까지 이리도 선택받을 만한 건가요? 세상 불공평할 정도네요."
"아닙니다. 바디스 원정에 나서면 웨이요르도 후배를 한동안 보기 어려울 것 같았어요."
"사실 저도 그 여정을 함께할지도 모릅니다."

웨이요르 그리고 그의 약혼자인 시난쇼스까지 이 여정을 함께하리라 전혀 기대하지 못했던 유진이었지만 시난쇼스의 친절한 미소를 보니 다시 한번 안도의 한숨을 내쉴 수 있었다. 자신이 보아왔던 서늘한 쥬타인들과는 다르게 온기가 느껴지는 쥬타인들과 함께한다면 더 강한 용기를 낼 수 있을 것 같았다.

"아무튼 저를 따라 이쪽으로 오세요."

시난쇼스는 앞서 걸어가며 유진을 키야스의 병실로 안내하기 위해 따라오라고 손짓하였다. 가면서도 시난쇼스는 유진이 타운에서 훈련받는 동안의 어려움과 개인적인 고민은 없는지 세세하게 물어보았다.

"가족들은 보고 싶지 않나요? 저희 같은 쥬타인들이야 태생적으로 태어나고 며칠 안 되어 부모와 분리가 되고 독립적으로 크지만 인간. 아차차. 조심해야겠네요. 당신과 같은 종족들은 감성적인 부분이 살아 있고, 부모에 대한 의존성이 상당하다고 들었어요."

인간과는 전혀 다른 감성의 방식이었지만 그녀 나름대로는 참으로 배려가 묻어 나오는 질문이었다.

"저는 어릴 적부터 워낙 엄격하고 무서운 아버지와 데면데면하며 자라왔고, 어머니와는 간간이 연락하고 지냈지만 그마저도 바쁘셔서."

가족 이야기에는 말끝을 흐리는 유진이었다.

"이리로 들어오세요."

시난쇼스는 끝말이 쓸쓸한 유진의 대답을 듣고서도 단편적으로 받아들일 수밖에 없었다. 문을 열고 들어선 병실에는 유리관 안에서 숨만 쉬며 잠들어 있는 웨이요르의 후배를 볼 수가 있었다. 쥬타인들의 활동성을 눈여겨본 유진으로서는 웬만한 일에 끄떡없을 것 같은 강철 체력의 쥬타인들도 병원에 누워 혼수상태가 될 수 있다는 사실을 처음으로 목격하였다. 왜 그가 누워서 일어나지 못해야 하는 것인지, 어떠한 사건이 벌어진 것인지를 묻고 싶었으나 물끄러미 그를 바라보니 그러한 질문들은 의미가 없어 보였다. 유진은 문득 자신과 관련된 일이었을 거라 직감하였다. 그가 되묻기 전에 시난쇼스는 그날의 일들을 스스로 이야기하기 시작하였다.

"키야스는 원래 선택받은 자의 바디스 여정에 함께하기로 했었어요. 우리는 별다른 문제 없이 잘 지내오고 있었는데 얼마 지나지 않아 키야스가 자신의 방에서 쓰러져 있는 모습을 발견하고는 지금까지 이런 상태로 일어나지 못하고 있어요."

"그랬었군요. 저와 함께하는 입성에 이런 일이 일어난 것 같아 마음이 무겁습니다."

"그런 걱정은 하지 않으셔도 돼요. 하지만 미스터리는 여전히 남아 있긴 하죠."

"무슨 일이었는지 몰라도 빨리 일어날 수 있기를 바라겠습니다."

그렇게 인사를 하러 들러준 선택받은 자의 마음이 고마웠던 시난쇼스였다. 종족마다 감성이 다른데도 심연 깊숙한 본연의 마음은 하나같이 비슷하였다. 시난쇼스는 여전히 선택받은 자에게 관심도 없는 콜로넬에 대한 이야기를 전해야 할지 고민되었다. 어차피 입성으로 가는 여정에 그와 함께해야 하는 것은 분명한 사실이었기 때문이었다.

"혹시 본부장을 만났던 적이 있던가요?"

"아니요. 말만 무성하고 소문만 들었습니다. 아직 얼굴을 마주한 적은 없습니다."

"소문을 들었다니 여기서 만난 인연이 한정적이었을 텐데 그의 존재를 알고 있다면 다행이에요."

"그렇긴 하죠."

말을 살짝 얼버무리게 된 유진이었다. 숑 아저씨와 몰래 대화를 나누고 있다는 이야기조차 조심스러워지는 순간이었다.

"그를 항상 경계하길 바라요. 자세한 건 저도 모르지만 내 남편이 될 웨이요르도 그를 달가워하지는 않으니까."

"잘 기억하고 있을게요."

시난쇼스와 유진은 함께 병원을 나왔다. 분장을 하고 나온 모습이 우스꽝스럽긴 했지만 시난쇼스는 그에게 가는 방향을 알려주고 자신은 숙소로 돌아갔다. 유진은 다음 행선지를 어디로 정해야 할지 몰랐다. 오늘같이 휴식이 주어진 시간에도 편하게 쉬지 않고 탐구정신에 기지를 발휘하고 있는 유진이었다. 걷다 보니 평소 익숙했던 훈련소의 외벽을 돌아 안쪽으로 들어가고 있는 상황이었다. 항상 오가던 훈련소라고 하여도 외벽을 돌아 안쪽 길목으로 향할 일은 없었을 터이니 당연히 그곳은 유진으로서도 처음 보는 복도였다. 그는 한 바퀴를 돌아 나오면서 다른 곳도 자세히 살펴보기로 하였다. 그런데 돌면서 나오는 문의 색깔들이 하나같이 달랐고 양쪽의 문에는 처음 보는 독특한 문양과 문자들이 새겨져 있었다. 유진은 구사하는 언어가 다른 쥬타인들이 사용하는 문자의 형상일 것이라 생각하였다. 아무래도 입구나 출구의 의미일 것 같았다.

유진은 훈련소를 감아 돌면서 한참을 걷고 있다 보니 드나들던 입구의 바로 정반대편에 다가가고 있었다. 익숙한 문이 똑같이 이어질 거라고 생각했었던 유진의 생각과는 다르게 반대편에 있는 문은 작고 평범하면서도 낡아서 표면이 갈라져 있었다. 그 문은 자신이 드나들던 화려하고 웅장한 문과는 전혀 다른 모습이었다. 유진은 그 문이 매우 흥미롭게 느껴졌다. 티저스 칸토 타운과는 전혀 어울릴 것 같지 않은 초라한 문이었다. 문틈 사이로 빛이 살짝 내어 보이고 있었다. 유진은 그 문틈 새로 살짝이 자신의 눈을 비집고 살펴보았다. 안에는 자신이 훈련받았던 훈련소 내부와 비슷하게 꾸며져 있었고 길게 뻗은 복도로 훈련의 방들이 보였다. 유진은 반대편에 있었지만 자신이 훈련받던 곳과 구성이 동일한 것으로 보아 그저 훈련 장소가 두 개로 나누어져 있다고만 생각하였다. 마찬가지로 복도 끝 벽면은 시계태엽 모양의 기계가 돌아가고 있었다. 유진의 시선이 벽면으로 옮겨지자 오텔리스의 선글라스 역시 그곳이 시간 엄수의 방이라는 것을 확인시켜 주었다. 마침 그곳에서도 누군가 훈련을 받고 있는 듯하였다. 방 안에서는 정체를 알 수 없는 누군가가 끊임없이 초 단위로 신음소리를 내고 있었다. 유진은 소리에 민감하게 반응하며 선글라스를 들어 자세히 살펴보았다. 방의 문 앞에는 쥬타인이 왔다 갔다 하면서 발을 동동 구르고 있었다. 그는 리포였다. 유진은 그가 자신을 공중에 매달아 타운으로 끌고 오던 쥬타인 중 한 명이라는 것을 금세 알 수 있었다. 행여라도 훔쳐보고 있는 자신을 발견할 것 같아 리포가 누군가를 감시하고 있는 모습을 보고는 문에서 떨어져 나왔다. 그러고는 조심스럽게 낡은 훈련소의 건너편 복도 기둥 뒤로 얼른 몸을 숨겼다. 그는 기다리면서 상황을 조금 더 살펴보기로 하였다. 몇 분이 지났을까 문틈으로 새어 나오던 신음소리가 사라지고 이어서 발자국 소리가 들리더니 낡은 쇳소리를 내며 문이 열렸다. 세오가 지친 기색이 역력한 모습으로 땀에 범벅이 된 채 양쪽에 콴과 리포의 부축을 받으며 끌려 나오고 있었다. 세오의 모습은 엉망진창이었으나 살며시 눈을 뜬 상태로 쓰러지지 않을 기백을 놓치지 않고 있었다. 지켜보던 유진은 놀란 나머지 하마터면 벌어진 입으로 목청을 긁어대는 소리를 낼 뻔하였다. 콴은 무거웠는지 짜증스러운 말투로 세오를 숙소로 데려가기 시작하였다.

"이제 그만해도 될 거 같아. 놈은 할 만큼 했고 본부장 입성에도 문제가 없을 것 같으니."

"그래도 불만을 품지는 말자고. 본부장만 입성시키면 우리도 우리의 것을 챙길 수 있으니까."

둘만의 대화라고 생각했을 콴과 리포는 자신들의 대화를 우연히도 엿듣는 이가 있을 줄은 눈치채지 못하고 있었다. 유진은 콜로넬 본부장이 주의해야만 하는 인물이라는 것을 그들의 대화를 통해서도 알 수 있었다. 두 명의 쥬타인도 본부장의 입성을 통해 챙길 것들이 있음에는 분명해 보였다.

"헉. 헉. 나를 이만 놓아주세요. 혼자도 걸어갈 수 있으니."

양팔이 붙들려 끌려 나오던 세오는 지친 기색도 잠시 다시 기력을 회복하였는지 끌려가던 자신의 발목을 다시 세우고는 스스로 발을 디뎌 걸어가겠다 하였다. 유진은 그런 그의 모습에 적응이 안 되어 양손으로 눈을 비비고 다시 보았지만 그럼에도 세오가 맞았다. 불과 몇 분 전 진이 다 빠져버렸던 세오는 금세 다시 생생해진 모습으로 회복되었다. 유진이 아는 세오는 운동을 잘하는 친구는 맞았지만 티저스 칸토 타운에서도 통과하기 어렵다는 시간 엄수의 방 훈련을 마치고도 금세 다시 기력을 회복한다는 것은 도저히 머리로는 이해하기 어려운 모습이었다.

"역시 빨리도 회복하는군."

콴이 그럴 줄 알았다는 표정으로 세오의 팔을 슬며시 놓아주었다.

"우리가 풀어주는 건 언제나 그렇듯 오늘도 비밀이야. 본부장이 알면 우린 끝장이다. 얼른 네 방으로 가라."

리포도 한쪽 팔을 마저 풀어주며 세오를 재촉했다. 세오는 어깨를 밀치며 재촉하는 리포가 짜증스러웠지만 그날따라 유난히 쉽지 않았던 과정을 통과하였기에 서둘러 숙소로 발걸음을 옮겼다. 그들이 대화를 주고받는 사이 유진은 그들이 가는 길을 미행해서 세오가 머무는 곳의 위치를 알아놓아야겠다고 판단하였다. 쥬타인들이 세오를 대하는 태도를 보니 자신처럼 선택받은 자로서 대우받는 상황은 아닌 것 같았다. 세오는 마치 원치 않은 곳에 갇혀버린 볼모가 되어버린 느낌이었다. 쥬타인들은 인간보다 귀가 밝았기 때문에 행여라도 작은 소음이 나면 발각되는 것은 시간문제였다. 그렇기 때문에 유진은 최대한 거리를 두어가며 그들을 감시하였다. 그들이 도착한 곳은 복도의 어느 벽 앞이었다. 그들이 벽의 한 부분을 누르니 정사각형의 손바닥만 한 벽이 일부 들어가면서 문의 크기만큼 벽면의 색이 변조되었다. 문을 열자마자 안에는 하나의 문이 더 있었는데 그것은 감옥에 쓰일 만한 철장이었다. 한적한 복도에 쥬타인들이 잠들 무렵 그들은 세오를 이런 철장 안에 가두어 두고 있었던 것이었다. 그 모습을 본 유진은 분노에 치가 떨려오기 시작하였다. 자신을 이곳으로 데려온 쥬타인들은 자신에게 대하던 태도와 세오에게 대하는 태도가 완전히 다른 모습이었다. 게다가 자신의 친구가 이런 초라한 곳에 갇혀 있었을 생각을 하니 머릿속이 더욱 복잡해졌다. 유진은 그때부터 세오를 티저스 칸토 타운에서 탈출시킬 수 있는 방법을 고민하기 시작하였다. 훈련을 받게 되는 인간은 자신이 유일할 것으로 알고 있었지만, 그 힘든 과정을 겪다 보니 자신만으로 족하다고 생각되었다. 콴과 리포는 아랑곳하지 않고 세오를 철장 안에 밀쳐 넣어 문을 닫은 후 움푹 들어간 벽을 한 번 더 눌러 감쪽같이 사라지게 하였다. 그들은 정해진 시간보다 늦은 훈련 덕에 서둘러 반대쪽으로 돌아갔다. 그들이 복도 끝에서 사라져 보이지 않은 지 한참 지난 후에 유진은 벽 안쪽 기둥 뒤에 숨겼던 자신의 모습을 드러내었다. 그럼에도 상당히 조심스러울 수밖에 없었다. 유진은 그들이 했던 대로 보이지 않는 복도의 벽 한 곳을 찾아 누르기 위해 벽을 더듬기 시작하였다. 그가 아무리 버튼을 찾아 누르려고 하여도 눌러지는 벽을 찾기가 쉽지 않았다. 그때였다. 아무도 지나다니지 않는 복도에 달그락거리는 소리가 반복적으로 들리고 있었다. 주의를 기울여 소리가 들리는 곳으로 시선이 옮겨진 유진은 다시 한번 벽을 쓰다듬었다. 그중에서 손바닥에 걸리는 곳을 깊게 누르니 아까 보았던 문의 형상이 다시 나타났다. 유진은 조심스럽게 콴과 리포가 했던 대로 문틈에 손가락을 넣고 살며시 열었다. 조금 전에 보았던 쇠 철창 사이로 지쳐 누워 자고 있는 세오를 발견하였다. 유진은 잠깐이라도 세오와 대화를 하고 싶어 누가 듣지 않는지 주변을 살핀 후 세오를 깨우기 시작하였다.

"정세오. 야! 일어나 정세오."

재차 불러도 깨어나지 않는 세오를 보고 다시 한번 주변을 둘러보는 유진이었다. 다행히 복도를 오가는 쥬타인들은 보이지 않았다.

"정세오!"

다시 한번 부르니 인상을 찌푸리는 세오였다. 유진이 철장 사이로 팔을 넣어 세오를 흔들어 깨우니 한쪽 눈썹을 들어 올리며 실눈으로 자신을 깨우는 누군가를 확인하는 세오였다. 세오는 자신을 깨우고 있는 자가 쥬타인이라고 착각하고 심기가 불편했는지 이내 떴던 실눈을 다시 감으며 건들지 말라고 부탁했다.

"실컷 훈련을 받았으니 쉴 때도 되었다고 생각합니다. 제발 나를 좀 내버려둬요."

세오의 반응에 유진은 자신의 모습이 쥬타인의 형상이라는 것을 망각하고 있었다는 것을 자각했다. 유진은 오델리스의 양복을 입은 자신의 모습을 살펴본 뒤 세오를 다시 깨우기 시작하였다. 이번에는 자신이 누구인지 명확히 인지시켜 주어야겠다고 생각했다.

"정세오. 나 쥬타인이 아니야. 여기 보라고."

세오는 눈을 떠 쥬타인의 형상을 한 자를 상세히 살펴보았다. 세오는 헷갈린다는 표정으로 한참을 뚫어져라 쳐다보았다. 유진이 선글라스를 내려 자신의 얼굴을 드러내자 세오는 그제야 자신을 깨운 자가 누구였는지 알아볼 수 있었다. 세오의 눈에 비친 유진은 몇 달 전과는 다르게 바짝 마른 얼굴에 단단한 힘이 느껴졌다. 유진은 내렸던 선글라스를 다시 쓰고 주변을 두리번거렸다.

"넌 어떻게 왔어?"

다급하게 물어보는 세오였다.

"말하자면 길어. 사실 나는 자발적으로 왔지만 너는 끌려온 것 같아."

"나는 갑자기 양복 입은 자들이 납치해서 끌고 왔어."

"알고 있어."

"알고 있다고?"

"더는 길게 얘기 못 해. 한 가지 대답만 해줘."

"대답?"

"일상으로 돌아가고 싶어?"

때마침 안쪽 복도에서 누군가의 발소리가 들려왔다. 발걸음이 코너를 돌아 그들이 대화를 나누고 있는 복도로 향할 무렵에는 문을 닫고 아무 일도 없었던 것처럼 포장해야만 했다. 그들에게는 대화를 나눌 더 이상의 여유가 없었다.

"빨리 대답해 줘. 곧 누가 올 것만 같아."

대답을 서둘러 재촉하는 유진이었다.

"지금이라도 당장."

"돌아가게 해줘."

복도 안쪽에서 코너를 돌아오는 누군가의 그림자가 짙어질 무렵 유진은 서둘러 세오가 갇혀 있는 방의 문을 닫고 아무 일도 없었던 것처럼 모자를 깊이 눌러쓴 뒤 걸음을 옮기기 시작하였다. 코너를 돌아오는 누군가는 처음 보는 쥬타인 중 한 명이었다. 쥬타인이 걸어오는 방향으로 유진도 모른 척하고 당당히 걸어가자 거리는 좁혀졌지만 그는 아슬아슬하게 교차해 지나갔다. 쥬타인 또한 유진이 누구인지 모르는 눈치였다. 유진이 왔던 방향을 따라 코너를 돌자 처음 티저스 칸토 타운에 도착하였을 때 보았던 쥬타인들이 파티를 즐기던 광장으로 나와졌다. 유진은 이제 티저스 칸토 타운의 모든 경로가 퍼즐 맞춰지듯 머릿속에 그려졌다. 그러면서도 세오를 이곳에서 마주하리라고 상상도 못 했던 유진은 세오가 자신의 망상에 의한 허영이 아니었을지 의심되기도 하였다. 그만큼 믿기 어려운 상황이었다. 광장에는 쥬타인들이 모여 여전히 수다를 떨고 있었고, 그는 아는 길을 택해 다시 숙소로 돌아가기 시작하였다. 유진은 자신이 어째서 티저스 칸토 타운을 알기 원했는지 스스로도 이해할 수 없었다. 그저 외딴섬에 홀로 놓인 인간이라면 가질 수 있는 생존 본능이라고 해두는 것이 해석하기 쉬울 일이었다. 유진이 오델리스의 방에 도착하였을 때 세오의 마지막 대답이 그의 귓가를 맴돌았다. 세오의 간절한 눈빛을 기억하니 그를 이곳에서 탈출시켜야겠다고 마음먹지 않을 수 없었다. 그러려면 아무도 모르게 빠져나갈 수 있는 구멍을 찾아야만 했다. 유진은 세오의 탈출 길에 대한 생각들이 가득 찬 채로 오델리스의 방에 다다랐을 때에는 숙소의 문 앞에 그가 처음 마주한 어둠의 아우라를 뿜어내는 콜로넬이 우람한 덩치를 뽐내며 서 있는 것을 발견하지 못하였다. 자신의 키보다 월등히도 큰 쥬타인이 콜로넬이라는 것을 몰랐던 유진은 말을 걸었다.

"제 숙소 앞에서 잠깐 비켜주실까요?"

"기대를 저버리지 않는 기세를 보니 더욱 반갑습니다. 나는 티저스 칸토 타운의 본부장 콜로넬이요."

콜로넬을 처음 마주한 유진은 당혹스러웠다. 그간 타운에서 생활하며 가장 많이 들은 이름임과 동시에 본부장을 주의하라는 경고의 말을 많이 들어왔던 것도 사실이기 때문이었다. 유진은 그간 들어왔던 악명 대신 실제로 부드러운 말투로 다가서는 콜로넬을 부정적으로 볼 수밖에 없었다. 아마도 선입견에 사로잡혀 있어서였을 것이었다. 콜로넬은 유진을 부드럽게 대하면서도 자신이 쉬워 보이지 않기 위해 허리를 꼿꼿이 하였지만 제대로 직시하지는 않았다. 콜로넬은 유진에게 손을 뻗어 악수를 시도하였다. 이러한 방식은 타운에서 생활하면서 다른 쥬타인들에게 받아보지 못한 인사였다. 유진은 내민 그의 손을 받아주었다.

"반갑습니다. 선유진이라고 합니다."

"아니죠. 이곳에서는 당신을 선택받은 자라고 부릅니다. 인간들의 세계에서 사용하는 이름을 여기에서는 사용하지 않습니다."

"그런데 어떤 일로 여기까지 오셨죠?"

유진은 자신이 사무실을 직접 찾아갔을 때에는 만나기 어려웠던 본부장이 머물고 있는 숙소까지 방문해서 인사를 건넨다는 것이 이해하기 어려울 따름이었다. 콜로넬은 그제야 알아차렸다는 듯이 오델리스의 양복과 모자 그리고 선글라스까지 착용한 유진의 차림새를 위아래로 훑어보았다.

"본부장이다 보니 이곳의 모든 동향을 보고받게 되어 있습니다. 특히 선택받은 자의 위치를 파악하는 것 또한 저에게는 중요한 임무 중 하나죠."

콜로넬은 자신이 유진을 찾아온 것에 대해 반감을 사지 않기 위해 실제 모습과 다른 성격을 연출하느라 애를 쓰는 모습이었다. 그의 표독스러운 악에 받친 모습은 온데간데없고 따뜻하고 인자한 모습으로 유진을 안심시키고 있었다. 유진도 그런 콜로넬의 모습이 나쁘게 보이지 않았다. 막상 그와 대화를 나누어 보니 송 아저씨나 웨이요르의 주의와는 사뭇 다른 모습이었다.

"그렇군요. 숙소에만 있으면 여간 답답한 게 아니어서 말이죠."

"타운에는 엄격한 규율이라는 것이 존재합니다."

"하지만 인간은 누군가와의 소통이 중요하죠."

소통이라는 말에 눈을 살짝 찌푸리는 콜로넬이었다. 무심코 뱉어진 단어가 탐탁지 않게 느껴진 모양새였다. 콜로넬의 신체는 인간이지만 쥬타인들 손에 키워져 관습과 문화는 골수까지 쥬타인과 동일했다. 그에게 누군가와의 소통은 그리 중요하지 않았다. 다만 본부장으로서 감시해야 할 대상이 규율을 어기고 자신의 시야를 벗어나는 모습을 달갑게 받아들일 성향은 더욱 아니었다. 콜로넬은 피도 눈물도 없는 쥬타인들의 다른 면모인 냉혈함을 그대로 닮아 있었다. 유진의 말이 누군가를 가르치려 든 것은 아니었으나 그도 모르는 사이 본심을 찔려버린 콜로넬이었다.

"나가려거든 당신의 코치인 웨이요르에게 알렸어야 합니다. 특히나 그런 차림으로 방을 나선 것은 역시 곤란하죠."

"다른 쥬타인들이 놀라지 않게 나름 신경 쓴 것인데 괜한 오해를 불러일으켰네요."

웬만해서는 자신을 기세로 누를 수 있는 자는 적어도 이 세계에서 크림 의장 외에는 없을 것이라 생각했던 콜로넬은 복병을 만났다는 느낌을 강하게 받았다. 지독히도 지기 싫어하는 그의 성격은 가끔씩 어느 대화에서도 끝을 쏘아붙이게 만드는 경향을 가지고 있었다.

"알고 있을지 모르겠지만 오델리스는 우리 쥬타인들의 영웅입니다. 그의 유물을 함부로 대하지 말길 부탁드립니다."

"그렇다면 그 부분은 제가 사과드리죠."

선글라스에 가려진 눈으로 콜로넬의 눈동자의 정중앙을 바라보며 대답하는 유진이었다. 콜로넬은 무언의 시선을 느꼈는지 자리를 비키며 그의 습관대로 대화를 마무리 지었다.

"이 방을 한 번 더 이탈하시면 이렇게 저와 또다시 마주하게 될 겁니다. 저는 이만 가보겠습니다."

콜로넬은 다소 경고성 발언을 건네고는 자신의 사무실로 돌아갔다. 유진은 그가 복도 끝으로 사라진 모습을 확인하고 그제야 다리에 힘이 풀린 채 숙소로 들어갔다. 겉으로는 아닌 척했지만 내적으로 상당히 긴장했던 유진이었다. 유진이 숙소로 돌아오자 역시 가장 반갑게 맞이하는 것은 펑푸였다. 펑푸는 유진을 보자마자 밖에서 콜로넬과의 대화를 문에 바짝 기대어 엿들은 티를 내었다.

"다 들었어. 유진, 절대로 착각에 빠지지 마."

"안 빠져. 걱정 마."

"콜로넬에 대한 정보가 없어. 여기 사람들은 도통 검색해도 나오지를 않아."

"이들은 인간하고 달라. 네가 아는 세상의 생명체와 전혀 다르다고. 그건 펑푸 너도 마찬가지지만."

"이곳에 대한 정보는 없지만 그의 목소리 톤에서 거짓의 심리상태를 파악할 수 있어."

"나도 무척 신경 쓰고 있어. 소문이 무성한 자라는걸."

주변에 가족과 친구도 없이 장시간 홀로 훈련을 받아온 유진은 펑푸라도 자신을 찾아왔다는 사실에 감사했다. 거의 매일 숙소에서 오델리스가 남겨놓은 유물들을 바라보며 지낸 시간들이 벌써 수개월째 흘러가고 있었다. 지금 자신이 어디에 와 있는지 어느 정도 수준까지 올라야 바디스라는 미지의 세계가 펼쳐질 원정길에 나서게 될지 지금으로서는 알려주는 이들도 없었다. 단지 웨이요르의 응원만이 거의 다 와간다며 유진을 달래주고 있었다. 유진의 한숨이 방 끝의 창문에서 침대까지 왔다 갔다 하였다. 유진은 그 한숨을 다시 주워와 펑푸에게 답답한 심경을 전했다.

"펑푸! 세오가 여기에 갇혀 있어."

4화 가족의 비밀

선씨 집안의 유명세

"상당한 재력이십니다."

"그동안 수재 소리 들으면서 상당한 실력을 갖추고 지내왔다고 들었소."

"스스로 대답하기에 다소 창피한 질문을 하십니다."

"계산이 빠르면서도 정확하며 그냥 스쳐 지나가는 기억력도 좋다는 게 내가 당신을 선택한 이유요."

"아닙니다. 요즘은 워낙 인공지능이 발달해 있어 관리 감독을 잘 할 뿐이죠."

"그게 어디 쉽나? 목숨을 걸고 비밀을 지킬 각오만 되어 있으면 자네 하나 일으켜 주는 건 일도 아니지."

"믿고 맡겨만 주십시오."

"그럼 우리의 거래는 성사된 것으로 알겠소."

"네. 잘하겠습니다."

이 집에 들어선 회계법인에서 근무하고 있는 미래가 창창한 젊은 회계사는 유명한 선씨 가문의 전담 회계사로 발탁되었다. 그는 발탁이 된 순간부터 선씨 집안의 전체 회의에서 얼굴도 익숙지 않은 누군가와 대화를 나누고는 며칠이 지나지 않아 회사를 그만두고 말았다. 그가 발탁된 이유에는 회계적인 능력뿐 아니라 투자자로서의 가능성도 보았기 때문이었다. 선씨 가문의 회계를 담당하는 회계사만 해도 웬만한 회계법인을 채우고도 남을 정도였다. 전문 투자 자문단도 별도로 있었다. 선씨 일가 중에서 선발된 회계사가 담당할 가족은 선영도의 집안이라고 들었다. 회의가 끝나고 회계사가 내려가니 그를 위해 운전사가 차 문을 열어놓고 대기하고 있었다. 회계사는 다소 어색했지만 최대한 자연스럽게 차 안에 올라탔다. 얼마 뒤 차는 어느 장소에 도착했다. 기사는 재빠르게 내려 바르게 복장을 정돈한 뒤 차 문을 열어주었다. 차에서 내리고 보니 그곳은 선영도의 본가였는데 한참을 올려다보아야 끝이 보이는 고층 석조 빌딩이었다. 빌딩 앞의 정원은 또한 넓고 아름다워 마치 왕들이 사는 궁전 같아 보였다. 이런 낯설고도 귀족적인 환경을 처음 접한 회계사는 문을 열어준 기사에게 공손하게 인사한 뒤 웅장한 모습의 현관으로 들어섰다. 회계사가 들어서자 집에서 일하는 몇몇의 사람들이 그를 보고 간단한 목례를 하였다. 한 사람은 그에게 다가와 집의 주인인 선영도가 있는 곳으로 안내해 주겠다고 하였다. 안내하는 그를 따라 세 번째 층에 도착하니 회의에서 마주했던 익숙한 인상의 선영도가 직접 기다리고 있었다. 선영도는 중앙 테이블과 의자로 그를 부르는 손짓을 하였다. 걸어 들어가는 창밖의 모습은 맑고 화창하였고, 녹색의 짙은 정원이 깔끔하게 한눈에 들어왔다. 회계사가 자리에 앉자 그는 먼저 손가락을 튕겨 비서를 불러 옆에 대기시켰다.

"얘기를 나누기 전 서약서에 서명부터 하지."

회계사는 상위 계층으로 올라가려는 야망에 비서가 내민 서류를 훑어보고는 군말 없이 서명했다. 서약서에는 상당한 비밀 조약들이 숨어 있었는데, 그중 하나는 선씨 일가가 재산을 일구는 방식과 재산 증식에 관한 상당히 편법적인 부분에 대한 비밀유지 서약도 함께 포함되어 있었다. 또한 회계사에게는 주중 한 차례 면담 및 회의 시간이 주어졌고, 개별 사무실 제공과 세 번째 층 이상의 건물 출입을 제한하는 등의 조약도 포함되어 있었다. 회계사에게는 딱히 더 욕심낼 만한 부분들은 없어 보였다. 선영도는 마지막 페이지에 포함되어 있는 선씨 일가의 가계도와 거기에 속해 있는 담당 회계사들의 신상이 적혀 있는 조직도를 보여주며 회계사에게 알려주었다.

"일을 하다 보면 가끔씩 서로에게 주고받아야 할 정보들이 있을 것이네. 여기 명단을 보고 연락하면 돼."

"감사합니다."

"비서가 자네의 사무실로 안내할 거네. 그리로 가지."

상당히 사무적인 말투와 간단명료한 태도 등 선영도가 지니고 있는 모습들은 기업인의 전형적인 모습을 갖추고 있었다. 그는 자신이 맡은 일 외에는 그 어떤 것도 우선시될 수 없는 철저한 일 중독자였다. 선영도는 이 나라에 기득권을 유지할 수 있는 기세 있는 기업인이었으며, 가문에서는 선중권 회장의 뒤를 이을 수 있는 몇 안 되는 아들 중 한 명이었다. 많은 것을 챙겨야 하는 위치에 있는 사람으로 사회에서 인정받는 인물이었지만, 그는 정작 자신의 가족은 챙기지 못하는 무관심한 아버지이기도 하였다. 또한 그는 선택받은 자 선유진의 아버지였다. 그의 가장 큰 단점은 비서들의 보고를 통해서만 아들의 소식을 듣고 있다는 것이었다. 신기한 건 선영도는 이미 유진이 어디에서 어떻게 지내고 있는지 알고 있었다는 사실이었다. 그는 이미 자신의 아들이 티저스 칸토 타운에 들어간다는 사실을 알고 유진을 사전에 만나보길 원했으나 상황이 여의치 않았다. 선영도가 가늠했던 시간보다 쥬타인들이 훨씬 빨랐기 때문이었다. 그가 어떻게 비서들을 통해 유진의 소식을 듣고 있었는지, 혹은 쥬타인들과 밀접한 관련이 있는지는 알려진 바가 없었다. 아무리 똑똑한 박원천 교수도 속속들이 알 수 없는 내용들을 선영도의 몇몇 비서들은 알고 있었다. 선영도는 앞으로 자신의 재산을 관리하게 될 회계사를 그의 사무실로 내려보낸 뒤 자리를 파하고 위층으로 올랐다. 이 건물에는 꼭대기의 세 개의 층을 실제 거주하는 집으로 사용하고 나머지는 선씨 집안을 돌보고 관리하기 위한 사무실들로 가득했다. 선씨 가문의 기업체들이 실제로 사용하는 사무용 빌딩은 별도로 있었지만, 이 건물은 오로지 선영도의 집과 재산을 관리하기 위한 사람들로만 가득하였다. 그렇게 선씨 일가들은 무너지지 않을 금자탑을 만들어 놓고도 지킬 정예의 군대를 주둔시켜 놓은 듯한 모습이었다. 선씨 가문은 유명한 만큼 욕심도 많았으며, 보이는 만큼 존경받았고, 대외적으로는 좋은 일들도 많이 하였다. 그것이 그들의 기득권을 계속적으로 유지시키기 위한 수단의 일부였다. 또한 그들이 주장하는 기업 존속 가치에 걸맞은 경영철학이기도 하였다. 선영도는 집에 들어서면서도 자신이 가지고 다니면서 사무를 보던 휴대용 디스플레이를 손에서 놓지 못하고 소파에 주저앉았다. 매일 처리해야 할 업무들은 밀려 있었고 오늘처럼 시간을 비워 잠시라도 가족회의에 참석하는 날이면 그는 하루 안에 일정을 마무리 짓기 위해 더욱 바삐 손가락을 움직일 수밖에 없었다. 겉은 엄격한 완벽주의자였지만 사실 본인 스스로는 매우 고달픈 삶을 살아온 선영도였다. 집은 고요했다. 마치 아무도 살고 있지 않는 것 같은 적막감이 지속되었다. 몇 시간이 지났을까 잠시도 쉬지 않고 일을 해온 선영도는 관리실을 통해 먹을 음식들을 주문하였다. 그러고는 아내에게 전화를 걸었다.

"몇 시에 오나요? 저녁 주문해 놓았어요."

"이제 거의 도착했어요."

"알겠어요."

유진의 부모는 서로에게 상당히 다정한 편이었다. 아내에게는 한

없이 다정하였지만, 유진에게만큼은 엄격하고 냉정한 아버지였다. 그가 그러는 데에는 딱히 이유를 대지 않았는데 아내는 그 부분이 가장 불만이었다. 가끔 유진에 대해 물어보면 그를 강하게 키우기 위함이라며 핑계를 대기 일쑤였다. 하지만 아내는 선영도의 태도의 원인에는 중요한 이유가 있음을 잘 알고 있었다. 평범한 가정에서는 중요할 것 같진 않은 이유들이 선씨 가문에서는 중요하게 받아들여지는 경우들이 종종 있었다. 그들의 의식 안에서는 그들 스스로도 자신들이 일반인과는 다르다는 특권 의식이 깊이 박혀 있음이 분명했다. 그에 반해 유진은 어린 시절부터 남의 아이를 대하듯 무심해 보이는 아버지 아래에서 겉으로 돌면서 자라 그러한 특권 의식이 자리 잡혀 있지 않았다. 이것을 다행이라고 여겨야 할지 판단해 줄 수 있는 사람들은 주변에 없었다. 선영도가 주문한 음식들이 올려지고 저녁 먹을 준비가 끝나갈 무렵 아내는 집에 도착하였다. 다정하게 인사를 나눈 둘은 커다란 식탁을 놔두고 간소한 식탁에서 마주 보고 식사를 하며 이야기를 나누었다.

"유진의 소식을 듣고 있는 거죠? 조금의 정보라도 생기면 바로 나에게 알려줘요."

"생명에는 지장이 없어요. 비서들이 계속 감시하고 살피고 있으니 걱정할 건 없겠지."

"또다시 남의 이야기 하듯 무심한 말투네요."

"무심한 건 나의 성격이고, 신경 쓰이지 않는다면 알아보지 않았겠지."

다정했던 식사는 유진의 이야기가 나오자 냉랭해졌다. 둘은 항상 그랬다. 다정하다가도 유진의 이야기만 나오면 대화의 어려움에 봉착하였다. 아무런 문제가 없는 둘 사이에서 유진은 항상 갈등의 원인이 되었다. 선영도의 아내는 티를 내지 않았지만 유진이 자신을 닮아 평범한 사람으로 태어난 것을 탓하며 남몰래 마음고생을 해오고 있었다. 특별한 사람들 사이에선 특별한 사람이 태어나게 되어 있었다. 그것이 선씨 가문이 추구하는 제대로 된 사람의 모습이었다. 그것을 충족시키지 못하는 유진의 평범함은 선영도에게는 못마땅함 그 자체였다. 선영도는 유진의 그러한 평범함을 극복시키기 위하여 유진을 혹독하게 교육해 왔다. 사람을 붙여 시간별로 공교육 이외에 별도로 과외를 시키고 집사들을 붙여 관리하게 하였었다. 또한 그가 이끄는 기업과 계열사들 중 가장 유망한 직종에 투자를 강화하고 그 업계에 발을 들이게 하기 위해서 유진을 그 방향에 맞게 교육하였다. 그렇게 하는 것이 주변의 오해에도 불구하고 선영도는 그가 아들을 아끼는 방식이라 생각하였다. 자신의 기준에는 한참 못 미치지만 그래도 나름대로 기대치에 맞춰 성장하고 있었던 유진이었다. 그러한 유진도 가문 밖 세상에서는 수재로 평가해 주고 있으니 상당히 모순적인 삶이었다. 누군가에게는 모자라 보이고 누군가에게는 대단해 보이는 유진이었다. 식사를 다 마치지 않은 상황에서 선영도의 아내는 남편의 반응에 들고 있던 수저를 내려놓았다.

"오늘은 헛배가 부른지 더 들어가지를 않네요. 피곤하기도 하고 들어가서 좀 쉬어야겠어요."

"괜한 얘기를 해서 그렇지. 얼른 들어가 쉬어요."

선영도의 아내는 유일한 자식인데도 불구하고 남편이 저런 반응을 보일 때마다 티를 내지는 않았지만 머리가 어지럽고 쓰러질 것만 같았다. 아이가 자라 성인이 될 때까지도 변하지 않는 그의 태도는 여전히 그녀를 답답하게만 할 뿐이었다. 남편에게 들어 유진의 소식을 알고 있기에 안정은 취하고 있었지만, 그녀의 마음은 여전히 하루에도 불구덩이와 잔잔한 물가를 오가는 불안정한 상태였다. 그런 마음을 아는지 모르는지 여전한 태도의 남편이 원망스러울 때가 한두 번이 아니었다. 그렇기에 아들이 행여나 상처를 받게 될까 최근에 통화하였을 때 아이에게 아버지가 보고 싶어 한다고 선의의 거짓말을 했었다. 그렇게 해서 셋이 모이면 조금이라도 냉랭해진 분위기가 다시 온기를 되찾을 수 있을 것만 같았다. 하지만 이제는 유진이 언제 돌아올 수 있을지 온전하게 돌아올 수 있을지도 기약할 수 없는 상황이라는 것을 누구보다 잘 알고 있었다. 아내가 방에서 뒤척이는 모습을 확인한 선영도는 살며시 문을 닫아주었다. 선영도는 아내를 사랑하였지만 아내에게는 자신이 비밀이 많은 수상한 사람이라 여겨진다는 것도 잘 알고 있었다. 그는 아무리 가까운 가족이라도 자신이 지니고 있는 비밀들을 다 공유하지 않는 부류의 사람이었다. 일적으로는 완벽주의자였고, 가족과의 관계는 엉망이었으며, 개인생활은 철저히 비밀스러운 사람이었기 때문에 아무도 그가 어떤 일로 다른 형제들을 제치고 주목받는 기업인이 된 것인지 혹은 정말로 실력으로 그 자리까지 올라간 것인지 알 길이 없었다. 선영도는 차를 대기시켜 놓은 지하로 내려가 비서가 열어주는 차에 올라탔다. 자식의 일로 힘들어하는 아내의 마음을 알면서도 지금 그가 가야 할 곳이 더 중요했다. 선영도는 사회적으로 상당히 유명 인사였기 때문에 시간대별로 다양한 일정이 차 있었지만, 그중에서도 매체와 생방송 대담이 있는 중요한 일정만큼은 배제할 수가 없었다. 그저 익숙한 사회적 예의를 취하는 건 매일 밥숟가락을 드는 것보다 쉬운 일이었다. 대중에게 나선다는 건 자아를 이미 땅속에 묻어둔 것과 같은 이치였기 때문에 선영도는 누구보다도 자기 자신을 모르는 사람일 수도 있었다. 이날 생방송으로 진행되는 대담은 매우 영향력 있는 프로그램이었다. 담당 아나운서는 선영도에게 질문할 질문지를 받아 들고는 그가 대기하고 있는 대기실에 문을 열고 들어와 인사하였다.

"회장님, 어렵게 모신 자리지만 응해주셔서 감사드립니다."

"아직 회장도 부회장도 아닌 직함이랄 게 없는 몸입니다."

살짝 당황한 아나운서는 선영도 회장과의 대담에 사용할 질문지를 다시 살펴보았다. 사회적으로 이미 회장직에 오른 선영도가 자신의 직함을 부인하는 이유는 알 길이 없었다.

"그렇게 말씀하셔도 언론에서 알려진 대로 회장님 직함으로 물어봐도 괜찮을까요?"

매우 정중한 태도로 부탁하는 아나운서였다.

"어쩔 수 없지요. 그게 편하시다면 그렇게 하시죠."

직함에 대한 거부감인지 어색함인지 모를 알 수 없는 태도였지만 일단 첫인사 정도는 해결되었다. 프로그램이 시작되었고 아나운서는 옆자리에서 대기하고 있는 선영도를 살펴본 뒤 감독의 큐사인을 기다렸다. 이윽고 감독이 큐사인을 보내고 배경 음악이 깔리니, 이 프로그램의 핵심인 유명 인사들과의 대담이 시작되었다. 아나운서는 대본대로 진행하였다.

"안녕하세요. 오늘은 최근 신성그룹 부회장에서 회장직에 오른 선영도 회장님을 어렵게 이 자리에 모셨습니다.

"반갑습니다."

"국민들께 인사 부탁드립니다."

"안녕하세요. 선영도입니다."

"신성그룹 회장직에 오르셨습니다. 그전에 아버님을 얼마 전에 잃으신 슬픔도 있으실 것 같은데요."

"저희 신성그룹의 회장님이신 故 선중권 회장님은 생애를 통틀어 나라와 국민 그리고 기업과 임직원들을 위해 모든 것을 바쳤다고 말씀드릴 수가 있습니다. 저도 그 과정을 지켜보면서 일을 배워온 사람 중 한 명으로서 많은 책임감을 가지고 있습니다."

아나운서는 선영도 회장이 다행히 진지한 태도로 임해주어 안심할 수 있었다.

"신성그룹은 지금까지 첨단 기술의 선두 주자로 육해공의 모든 기술들을 섭렵했다고도 할 수 있겠는데요. 그렇다면 앞으로는 어떤 방향으로 흘러갈지요. 알려주실 수 있으실까요?"

"그룹에서 진행되는 사업의 방향성은 주로 신기술이나 신제품을 발표할 때에 세상에 놀라움을 주기 위해 비밀에 부쳐지는 경우가 대다수입니다. 그건 저희도 마찬가지입니다. 앞으로의 기술적인 방향성을 자세히 말씀드릴 수는 없지만, 저희가 지니고 있는 기업가치와 제시하고 싶은 방향은 인류를 새로운 곳으로 안내하는 것임에는 틀림이 없습니다."

다소 어려운 형태의 대답이었다. 그럼에도 융통성 있게 대처해 나가는 아나운서였다.

"인류를 새로운 곳으로 안내한다고 하셨는데, 사회의 다방면에서 추진하고 있는 우주산업과 연관 있을 수 있겠군요."

"우주산업은 매우 단편적인 것이지요. 이미 트랭이라는 기업에서 많은 부분 독점하고 있는 것도 있고, 저희에게는 진입장벽이 높은 분야라고 생각합니다."

이미 선영도 회장의 대답 속에 답이 있다는 것을 간파하고 있는 아나운서였다.

"그렇다면 다른 방향으로 생각하면 되겠군요. 이를테면 지금 신성그룹에서 추진 중에 있는 인수합병 문제와도 동일 선상에서 바라보면 좋겠고요."

"인수합병이라니요? 그룹 내에서 인수합병은 흔한 일이지만 현재 추진 중인 것은 없다고 알고 있습니다."

굉장히 당황한 선영도였다. 선문답 같은 대화들 속에서 아나운서의 질문은 역린을 건드린 엄연한 실수였다. 이미 사회적인 문제로 거론되며 기업의 발전을 거듭해 온 논란 덩어리인 알봇타이저라는 회사를 인수합병 하려는 시도는 어느 기업이나 조심스러울 수밖에 없는 데에다가 비밀리에 추진 중이었던 합병 문제가 세상에 알려지면 선영도 회장으로서도 매우 부담스러운 상황이었다. 더 이상 대담에서 인수합병이라는 단어조차 언급되지 않기를 바라게 된 선영도였다. 그는 프로그램이 빨리 끝나기를 원했다. 선영도는 손가락에 있는 반지를 문질렀다. 그것은 그가 비서진들에게 이제 아나운서와의 대화를 마치려는 신호를 보내는 것이었다. 비서진들을 그것을 보고 바로 제작진에게 사실을 알렸다. 그렇게 대화는 재빠르게 종료되었다.

"그러면 짧은 시간 대화에 응해주셔서 감사드립니다. 앞으로 신성그룹을 잘 이끌어 주시기를 부탁드리겠습니다."

"초대해 주셔서 감사드립니다."

감독의 큐사인은 다음 코너로 넘어갔다. 스튜디오를 나온 선영도는 아나운서가 더 이상 알봇타이저라는 단어를 입에 올리지는 않았지만 자신의 기업 내부 사정을 알고 있는 것은 아닌지 우려스러웠다. 선영도는 인터뷰를 진행했던 아나운서에게 별다른 말 없이 인사하고 바로 방송국을 떠났다. 선씨 가문에게는 세상이 알아야 하는 사실과 알지 말아야 하는 사실 모두를 감당해야 하는 유명세가 익숙했다. 그것이 바로 그들이 재산을 다른 이들보다 쉽게 얻을 수 있는 방법이라는 것을 누구보다 잘 알고 있었기 때문이었다. 선영도가 차에 올라타자마자 알봇타이저 측에서 바로 연락이 왔다.

연락을 한 사람은 유정아 이사였다.

"회장님, 생방송을 챙겨보다가 깜짝 놀랐네요."

"유 이사, 회사 간의 인수합병이라고만 했지 알봇타이저 언급은 없었어요."

"언론에서 이미 다 파악하고 있는 거 같아요. 이렇게 되면 일정을 무기한 연장시키는 게 두 회사를 위해서 좋을 수도 있겠어요."

"그렇게는 안 됩니다."

"비밀 보장이 먼저인가요? 합병이 먼저인가요? 선택하시는 게."

"둘 다요."

"비밀 보장 확신하세요?"

"그룹에서 알아서 할게요. 추진하시죠."

"그러면 회장님 믿고 진행하겠습니다."

"네."

유정아 이사는 선영도 회장이 인수합병을 밀어붙이는 이유를 누구보다 잘 아는 사람 중에 하나였다. 비밀이 알려진 바 없었지만 신성그룹이 알봇타이저의 계열사들 중에 일부 핵심적인 생명공학 기술을 탐낸다는 것은 알고 있었다. 최근 들어 사회적인 논란 속에 회사의 경영상태도 좋지 않게 흐르는 것도 상호 간의 이해관계를 맞춰나가기에 좋은 조건이기도 하였다. 신성그룹은 돈이 있었고 알봇타이저는 어떤 회사도 함부로 가질 수 없는 기술들이 있었다. 선영도 회장은 발길을 돌려 본가로 향하였다. 선중권 회장은 슬하에 여러 자식을 두었는데 아들 셋에 딸을 하나 두었다고 세상에 알려진 바 있었다. 선영도에게는 사람들에게 알려지지 않은 형이 하나 있었다. 그가 바로 선금도였다. 고급스러운 자재들로 가득 찬 집의 내부로 들어선 선영도는 비서에게 자신이 왔다는 사실을 형에게 알려달라고 하였다. 이미 활발하게 활동하는 나이의 자신과는 상당히 차이가 있는 형이었지만 나이의 차이보다 훨씬 더 큰 차이는 외모에 있었다. 여전히 흉측한 피부와 숨어드는 은둔 성향을 지닌 선금도에게 간간이 들리는 선영도의 소식은 그리 반갑지 않을 수밖에 없었다. 선영도는 형이 잠시 나와 이야기를 나눌 수 있기를 기다렸다. 회사의 여러 사정이 있을 때에는 보이는 것과 달리 모든 전략의 핵심을 짚어주는 조언자가 필요했기 때문이었다. 집안에서는 불안한 존재로 여겨질지는 몰라도 그에게도 역할이라는 것이 있었다. 하지만 선영도에게 선금도는 그저 그런 역할을 해주는 도구일 뿐이었다. 선영도가 선금도를 기다리던 그 순간 방에서는 비서의 비명소리가 들렸다. 선영도는 비서에게 무슨 일이 생긴 것 같아 급히 방 안으로 쫓아 들어갔다. 선영도는 뛰쳐나오는 비서의 모습 뒤로 반쯤 열려 있는 문 안에서 비치는 선금도의 모습을 확인하였다.

"영도 왔구나. 오랜만이다."

"형! 얼굴이……."

선영도가 대외적인 일로 바빴던 사이 선금도는 자신을 완성시켰다. 선영도는 그가 살아 있는 동안 해낼지 몰랐다. 선금도는 선영도가 가장 두려웠던 모습을 완성하였다. 선금도는 괴상망측했던 피부를 감쪽같이 매끈하게 만들었다. 일반 사람들과 같은 살색의 피부는 아니었지만 우유같이 하얗고 투명해졌으며 갈라진 살은 메꾸어졌고 일어났던 각질들은 사라졌다. 선영도는 그를 쳐다보기조차 역겨워졌다. 역겨움의 이유는 충분했다. 그가 가장 두려워할 만한 상황이 눈앞에 놓였으니 말이다.

"피부가 어떻게 된 거지?"

"난 지난 수십 년간 이날만을 기다려 왔다."

"치료가 잘된 거라면 축하해!"

"축하 좋지. 네가 뺏어왔던 그 자리를 이제는 나에게 넘겨주는 게 축하할 일이겠지."

선금도는 입고 있던 외투 속에서 주사기를 하나 꺼내 들어 동생에게 주입시켰다. 그가 놓은 주사기를 맞은 선영도는 몇 분이 채 되지 않아 피부 조직이 변형되었고 선금도가 지난 오랜 세월 겪어왔던 것처럼 흉측한 피부로 돌변하였다. 그는 놀람과 동시에 이런 비극에 처하게 된 자신의 모습을 거울로 확인하자 비서가 외쳤던 비명보다 몇 배의 크기로 소리쳤다.

"아악! 안 돼!"

"그동안 내 자리를 뺏어왔으니 이젠 나처럼 숨어 지내거라. 회장직은 막내가 맡게 될 것이다."

"내게 무슨 짓을 벌인 것이야?"

"너의 비극 따윈 내겐 중요한 문제조차 되지 않는다. 나는 바디스로 들어갈 것이다."

선영도는 변해버린 자신의 모습을 제대로 받아들이지 못하였다.

자신에게 벌어진 일들을 떠나서 선금도가 바디스로 들어가겠다고 말한 것은 대대손손 지금까지 누려온 선씨 가문의 번영을 한꺼번에 앗아갈 수 있는 위험한 발상이었다.

5화 시간 엄수의 방

탈출 길

"세오를 구해야만 해."

"구해야만 한다 세오를."

"장난치지 마. 펑푸, 이건 정말 심각한 문제라고."

"도와줄게."

"어떻게?"

"나를 봐. 이렇게 벽에 납작하게 붙으면 그저 얼룩처럼 보이니까 아무도 나를 의심할 수 없다고."

"그렇게 해서 세오가 나오게 되더라도 타운을 빠져나가기는 쉬울 것 같지가 않아."

갑자기 나타나 영웅 행세를 하는 귀여운 펑푸였다. 자신을 투명하게 바꿀 수 있는 핑푸의 능력을 의심하는 것은 아니었지만, 가끔씩 이렇게 억지를 부리는 경우가 더러 있었기 때문에 그러려니 하였다. 유진은 세오의 일로 매우 혼란스러웠지만 애써 태연하게 생각을 정리하려 노력 중이었다. 세상이 어떻게 돌아가는지도 모르고 방에 갇혀 지옥 같은 생활을 해왔을 세오를 생각하니 어떠한 방법을 찾아내어서라도 여기에서 탈출시켜야만 했다. 유진은 친구들을 소중히 생각하는 사람이었다. 하지만 시간은 그리 많이 남아 있지 않았다. 조만간 티저스 칸토 타운에서 바디스로 입성할 원정대를 선발할 예정이었고, 그 원정대는 선택받은 자와 함께할 지원군 혹은 바디스의 임무를 받으러 갈 쥬타인들이었다. 유진은 이 문제로 밤새 고민하다가 언제 잠이 들었는지도 모르게 깊은 잠이 들어 있었다. 그사이 유진을 깨운 건 오델리스의 방문을 두드리는 웨이요르 때문이었다.

"시간이 되었는데 아직 안 나오시다니요!"

'쾅쾅쾅!'

헝클어진 머리카락을 쓸어올리며 문을 열어보니 웨이요르가 잔뜩 상기된 얼굴로 서 있었다. 좀처럼 약속 시간을 어기는 법이 없는 유진이 한참 늦은 시간까지도 잠에서 깨어나지 못한 적은 처음이었다.

"기다려 주세요. 이제 일어났습니다."

유진은 찾아온 웨이요르와 함께 다시 훈련소로 들어갔다. 드디어 시간 엄수의 방에서 훈련을 시작하게 되는 날이었다. 시간을 가장 중요하게 생각하는 훈련을 유진은 지각으로 시작하게 되었다.

"아무리 선택받은 자여도 시간을 엄수하지 못하면 자신의 생명이 위협받게 됩니다. 바디스의 크로네필을 뚫고 들어가려면 이런 소소한 시간들도 소중히 생각해야만 합니다. 단순히 초 단위가 아닌 십 분의 일 초 혹은 천 분의 일 초의 나노 단위로도 생은 끝날 수 있으니 말이죠."

"코치님, 잔소리 잘 들었습니다. 훈련 시작해 주시죠."

웨이요르의 걱정도 가벼운 농담으로 넘기는 유진이었다.

"이쪽으로 들어오세요."

시간 엄수의 방에 들어선 유진은 방의 모습이 한눈에 들어오자 신기한 듯 한참을 두리번거리기에 바빴다. 방은 바닥부터 천장 그리고 모든 벽면이 망사로 되어 있었다. 티저스 칸토 타운 곳곳에서 보이는 태엽이 돌아가는 시계들 따위는 없었다. 그가 상상했던 모습은 이게 아니었다. 웨이요르는 한쪽 벽에서 금고같이 생긴 작은 문에서 시약 캡슐을 한 움큼 쥐고는 자신의 주머니 속에 넣었다. 그 모습을 지켜보던 유진은 그 캡슐이 무엇인지 물어볼까 망설였지만 일단 참아보기로 하였다. 훈련을 시작하기에 앞서 한 명의 쥬타인이 더 들어왔다. 그는 예상했던 대로 쥬타인들 특유의 복장인 양복을 입고 있었다. 웨이요르는 친절하게 새로 온 쥬타인을 유진에게 소개해 주었다.

"소개해 드리지요. 이번 훈련을 도와주고 원정길을 함께하게 될 다슈라는 요원입니다."

유진과 다슈는 원정길을 앞두고 비장한 표정을 숨기고 서로에게 인사하였다. 어색해하는 유진을 위해 웨이요르는 자신과 함께할 다슈라는 친구에 대해 설명해 주었다.

"알다시피 키야스라는 동료가 함께하기로 하였었는데, 지금은 아파서 다슈가 원정을 대신하게 되었습니다."

"잘 부탁드립니다."

"다슈는 원정길을 함께하기 위해 세계 여러 나라에서 인정받아 쥬타인들의 본부에서 추천되어 최종 선발된 친구입니다."

다슈는 몸이 건강해 보이는 것은 당연했고, 그의 표정에서 느껴지는 자신감으로 보아 내공이 매우 탄탄한 친구 같았다. 웨이요르의 설명에 의하면 다슈는 솔라칸 지속능력이 월등하고, 특히 장파력이 좋아 선택받은 자를 크로네필이 닫히기 전에 들이미는 힘이 좋다고 하였다. 다만 웨이요르처럼 사람에게 해가 가지 않는 솔라칸을 사용하여야 하는데 그러지는 못한다고 하였다. 훈련이 시작되자 망사로 가득 찬 방에서 웨이요르는 조금 전 꺼낸 시약 캡슐을 리모컨같이 생긴 도구 앞에다 부착하고는 한쪽 벽에 쏘아보았다. 버튼을 한 번 누르면 공기 중에 눈에 살짝 비치는 투명한 막이 생겼다가 버튼을 다시 누르면 사라지곤 하였다. 인공 막은 크로네필의 표면적인 모습을 연출만 하였지 신체에 해가 되는 것은 없었다. 웨이요르는 계속해서 인공 크로네필을 쏘아 올렸다. 웨이요르가 쏘아 올리면 다슈는 투명막을 솔라칸으로 뚫고 있었다. 다슈의 솔라칸 색은 짙은 파란색이었다. 그가 발산하는 솔라칸의 규모는 가히 놀라웠지만 유진은 그의 위력적인 솔라칸 안에 들어가 견딜 자신이 없었다. 유진은 다슈의 솔라칸에 들어갔다가는 자신이 살아남지 못할 것 같은 기분이 들었다. 웨이요르는 그런 유진의 모습을 보고 이해했는지 훈련의 원리를 자세히 설명해 주었다.

"지금부터 우리가 훈련하게 될 부분은 선택받은 자가 다슈의 솔라칸에서 견디라는 것이 아닙니다."

웨이요르는 리모컨을 거치대에 고정시켜 놓고 계속 투명막을 발사시킨 다음 자신도 훈련에 동참할 거라는 것을 알렸다.

"다슈의 솔라칸이 크로네필을 뚫고 있을 때에 제가 내부에서 솔라칸을 발산할 거예요. 그사이 크로네필이 닫히기 전에 선택받은 자가 들어가는 것을 지금부터 연습할 것입니다."

"이해가 쉽지 않네요."

"말하자면 다슈의 솔라칸으로 시간을 벌고 그사이 저의 솔라칸 안으로 들어오시면 됩니다."

"웨이요르의 솔라칸이라면 안심할 수 있어요."

"그럼 지금 들어가 보세요."

유진은 다슈가 발산하는 솔라칸 안에서 이중으로 발산되는 웨이요르의 솔라칸 안으로 들어갔다. 유진이 움직이는 방향으로 웨이요르가 따라가며 인공 크로네필 안에 들어갈 수 있게 도왔고 유진의 몸이 안으로 반쯤 스칠 무렵 투명막은 사라지고 그사이 스피커로 알람이 울렸다. 실패했다는 뜻이었다. 큰 소리에 당황한 유진은 웨이요르를 쳐다보았다. 솔라칸을 발산해서 그런지 다슈와 웨이요르 둘

다 얼굴 주변에 전기가 통하는 듯한 파장들로 인해 지직거렸다.

"지금은 훈련이라 이 정도이지만 실제 상황이라면 당신의 목숨은 이미 날아갔습니다."

그 소리를 듣자 유진의 표정은 굳어졌다.

"두렵네요."

"당연히 두려워야 하죠. 기회는 단 한 번입니다. 다만 결론은 세 가지죠."

"세 가지요?"

"바디스로 무사히 입성하느냐, 못 하느냐, 아니면 죽거나."

유진의 눈에는 긴장감이 서리기 시작하였다.

"연습 진행해 주세요. 성공할 때까지."

웨이요르의 말을 실감한 유진은 자신이 성공할 수 있는 능력이 될 때까지 연습을 계속하자고 하였다. 특유의 끈기가 발동되는 순간이었다. 그들은 첫 실패 이후부터 유진이 성공할 수 있게 될 때까지 훈련을 거듭해서 반복하였다. 그들은 연습을 시작한 지 그렇게 며칠이 흘렀다. 그동안 시간 엄수의 방에서만 계속해서 연습을 해왔다. 자신이 가지고 터득한 능력들을 십분 발휘도 해보고 마지막 힘까지 민첩함을 최대한 끌어올려도 보았지만 아직도 그 한 번의 성공을 이뤄내지 못하고 있었다. 끈기 있는 유진도 이런 상황이라면 지칠 수밖에 없었다. 바디스에 과연 입성은 할 수 있는 것인지, 어쩌면 자신의 목숨을 내어놓을 수도 있다는 사실이 계속 두려움으로 몰려왔다. 웨이요르는 원래의 차분한 성정과는 다르게 날짜가 지나갈수록 유진을 점점 더 몰아붙였다. 원정대 선발과 원정일이 불과 며칠 남지 않았기 때문이었다.

"선택받은 자여, 조금만 더 노력해 줄 수 없을까요? 이러다간 바디스 입성에 실패할지도 모릅니다."

"노력하지만 잘 안되네요. 다시 한번 더 가봅시다."

"다슈와 저 둘 다 이젠 체력의 한계예요."

"몇 번만 더 부탁해요. 그 안에 꼭 성공해 볼게요."

"세 번 안에 꼭 성공시켜 주세요. 더 이상은 어렵습니다."

유진의 마음가짐도 달라지기 시작하였다. 그는 이제 정말 성공시키지 못하면 원정길에 나설 수 없게 될지도 모른다는 절박함이 묻어 나왔다. 그럼에도 훈련의 속도는 점점 빨라졌고, 다리 끝에만 걸리는 정도이니 많이 익숙해진 모습이었다. 유진은 자기 자신을 믿을 수밖에 없었다. 오로지 믿고 나아갈 사람은 자신뿐이었으며, 이를 해결해 줄 수 있는 자는 아무도 없었다. 웨이요르와 다슈 둘 다 솔라칸 발산을 너무 많이 해서 그런지 며칠 새에 얼굴이 홀쭉해졌다. 웨이요르는 지친 손길로 크로네필을 재현할 리모컨을 다시 집어 들었다. 그가 버튼을 누른 순간 다시 투명막이 펼쳐졌고, 그들은 익숙하게 다시 솔라칸을 발산시켰다. 유진은 조금 더 힘을 내야만 했다. 이제는 모든 속도가 몸에 익혀져 있었다. 웨이요르가 온 힘을 다해 큰 소리로 외쳤다.

"지금!"

유진은 자신이 훈련한 모든 동력을 이용해서 몸을 힘껏 솔라칸 안으로 밀어 넣었다. 장파력에서 복잡하게 얽혀 있는 에너지를 있는 힘껏 밀고 들어가야만 시간을 맞출 수 있었다. 유진은 내면에서 해낸다는 의지와 강력한 승부욕으로 자신을 끝까지 밀어붙였다. 그 결과 미세한 움직임도 감지하는 투명막이 걸리지 않게 되자 요란하게 울리던 스피커가 조용했다. 결과는 성공이었다. 마지막까지 온 힘을 다했던 웨이요르와 다슈 그리고 선택받은 자 모두 결과를 확인하고는 지쳐 쓰러지듯 바닥에 털썩 주저앉았다. 유진은 눈가에 눈물이 살짝 맺혔지만 흐를 정도는 아니었다. 지쳐 누운 채로 웨이요르가 먼저 말을 건넸다.

"드디어. 헉. 헉. 성공했습니다."

"성공했네요. 헉. 헉."

"이제 완전히 몸에 익숙해질 정도로만 더 연습하면 되겠습니다. 감을 잃지 않으려면 말입니다."

"그러게요. 원정길에 오르기 전까지 매일 연습하죠."

"다음 주에 원정대 발표가 있을 예정입니다. 그리고 그 자리에서 타운 내에 쥬타인들에게 선택받은 자를 소개하게 될 겁니다."

"이제 정말 얼마 남지 않았군요."

훈련과정 중에도 말이 거의 없는 다슈는 그들의 대화를 묵묵히 듣고만 있었다. 다슈는 임무를 모범적으로 수행해 온 쥬타인 중 한 명으로 정평이 나 있었고, 나름대로의 정의감을 가지고 있는 친구였다. 다슈는 유진과 함께한 훈련에서 단 한 번의 불만이나 어려운 기색을 내비쳐 보인 적이 거의 없었다. 그는 이번 임무를 어떤 자세로 수행해야 하는지 너무도 잘 알고 있었기 때문에 한편으로는 유진과 웨이요르만큼 무거운 책임감도 느끼고 있었다. 마침 그들이 쉬고 있는 시간 엄수의 방에 누군가가 찾아오는 발걸음 소리가 들려오고 있었다. 익숙한 실루엣과 그림자와 함께 유진의 성공과 동시에 알람이 켜지지 않은 것을 감지한 콜로넬이 시간 엄수의 방을 찾은 것이었다. 방의 문을 살며시 두드리고 들어온 콜로넬이 축하의 인사를 건네었다.

"축하드립니다. 성공하셨군요!"

누워 있던 훈련자들은 콜로넬의 어두운 그림자를 따라 그를 올려다보았다. 웨이요르는 자신이 관할하고 있는 훈련소에 마음대로 들어와 훈련과정에 참견하는 콜로넬이 불편했다. 하지만 웨이요르는 그러한 기색을 표현하지 않고 표정을 감추었다.

"이제 첫 성공일 뿐이고, 익숙해질 때까지 연습은 지속해야 합니다."

"다음 주에 원정대 선발이 있습니다. 발표는 본부장인 제가 하게 되겠지만, 그 사이 웨이요르에게 추천도 받아야겠죠."

"지금 옆에서 함께 훈련 중인 다슈라는 요원을 추천드렸었습니다."

"발표회를 하더라도 최종 결정은 바디스에서 하게 되니 결과는 두고 봅시다."

이유 없이 불편한 대화들이 이어지고 있었다. 유진은 둘의 대화를 듣다가도 원정길에 다슈가 동행하지 않는다면 자신이 들여왔던 노력들이 물거품이 될 수도 있다는 생각이 들었다. 둘 사이의 심각한 대화에 유진이 끼어들었다.

"다슈를 꼭 포함시켜 주세요."

"말씀드렸습니다. 제가 최종 결정을 할 수 있는 문제가 아닙니다."

그 말에 의문을 품을 수밖에 없는 웨이요르였다. 보통은 바디스에 입성하는 쥬타인들의 임무는 쥬타인들 스스로가 결정하는 것이 대부분이었다. 타운마다 주체가 되어 선발에 영향을 행사하는 본부장이 책임을 바디스에 전가하는 일은 없었다. 만일 본부장이 바디스의 지령을 받아 요원의 명단에 영향을 준다 하더라도 요원들 스스로가 결정하여 입성하면 되는 문제였다. 웨이요르는 그러한 배경에 콜로넬의 음흉한 미소만큼이나 다른 의미를 내포하고 있다는 의심을 지울 수 없었다. 바디스와 쥬타인의 세계에서는 결코 서열의 우월 순위를 논할 수 없는 복잡한 역사들이 존재해 있었다. 콜로넬이 어색하게 자리를 떠나고 그날은 성공을 계기로 남아 있던 훈련자들도 보다 이른 시간에 훈련소를 나올 수 있었다. 웨이요르와 다슈가 각자의 할 일을 하러 떠나고 유진도 다시 숙소로 돌아왔다. 유진이 숙소에 도착하니 펑푸는 가지도 않고 오델리스의 방 침대 옆 수납장 위에서 고개를 끄덕이며 졸고 있었다. 유진은 그런 펑푸를 깨우지 않고 옷을 대충 갈아입은 후 휴식을 취하기 시작하였다. 자리에 누운 유진은 자신도 모르게 콜로넬에 대해서 생각하고 있었다. 어떤 행동을 하든 쉽게 알고 찾아오는 콜로넬의 감시가 부담스럽게 느껴질 무렵 문득 자신에게 주의를 주었던 슝 아저씨의 말이 떠올랐다.

'그는 항상 다른 꿍꿍이를 숨기는 경향이 있어요.'

보이는 이미지가 다가 아닐 수도 있기에 주의 깊게 살펴야 할지도 모를 일이었다. 유진은 원정길에 나서기 전 해내야만 하는 중요한 임무가 있었다. 그것은 세오를 여기서 탈출시키는 일이었다. 세오를 구해내야 할 시간이 얼마 남지 않았다는 판단이 서자 유진은 조언을 구하기 위해 숑 아저씨를 찾아가야겠다고 생각하였다. 유진이 자리를 박차고 일어나자 그 바람에 펑푸는 깨어났다.

"유진, 또 어딜 가는 거야? 유진! 유진!"

펑푸가 꽥꽥거리는 소리를 내는 것과는 상관없이 유진은 오델리스의 방문을 '쾅' 닫고 나가버렸다. 이제는 제법 익숙한 복도를 지나 숑 카페로 향한 유진은 여전히 반갑게 인사하는 숑 아저씨에게 주문도 하기 전에 대화부터 걸었다.

"할 말이 있어 왔습니다."

"뭔가 많이 급하시군요. 예전 모습과는 다르게 많이 수척해졌고요."

"중요한 걸 물어보고 싶은데 구석 자리로 안내해 주실 수 있으실까요?"

유진의 상태를 알아본 숑 아저씨는 편하게 대화할 수 있게 안쪽 자리로 안내했다.

"그렇다면 주방에 있는 쪽방으로 안내해 드리죠. 50년 만에 누군가에게 처음 소개하는 것 같군요."

"혹시 50년 전쯤이면 초대받은 손님이 오델리스였을 수도 있겠네요."

유진의 말에 긍정의 의미로 살짝이 윙크로 답해주는 숑 아저씨였다. 카페에 앉아 있는 손님들이 눈치채기 전에 유진은 얼른 숑 아저씨를 따라 들어갔다. 주방의 쪽방은 테이블 하나 정도 들어갈 수 있는 한 평 남짓한 작은 방이었다. 그곳은 숑 아저씨가 주로 식사하고 휴식을 취하는 곳인 것 같았다. 숑 아저씨는 어설픈 동작으로 조심스레 의자에 걸터앉은 유진에게 마실 것을 권유하였다. 그는 이내 곧 신메뉴로 나온 귀뚜라미 에이드를 건네주었다. 레몬과 귀뚜라미가 섞여 있는 모습은 여전히 유진의 속을 메스껍게 만들었지만, 인내심을 가지고 참아보기로 하였다. 숑 아저씨는 티저스 칸토 타운에서 오래 자리 잡고 있는 터줏대감 같은 인물이니만큼 유진이 궁금해하는 것에는 자세하게 알려줄 수 있는 분이었다.

"콜로넬 본부장을 여러 차례 만났습니다. 주의를 주었던 것보다는 훨씬 부드러운 모습이었습니다만, 여전히 하셨던 말씀이 자꾸 떠올라 판단이 서지 않습니다."

"누군가 이런 말을 남겼죠. 긴장의 끈은 끝까지 놓지 말아라. 더 지켜보는 게 좋을 겁니다."

여전히 콜로넬에 대해서 좋지 않은 생각을 가지고 있는 모습이었다. 아무도 의지할 수 없는 이곳에서 그나마 듣고 참고할 만한 이야기들을 해주는 숑 아저씨였다.

"보통 쥬타인들은 저와 같이 선택받은 자 이외에 다른 인간들도 들여오기도 하나요?"

"아니요. 지부 방문조차도 선택받은 자가 유일합니다. 아무도 이곳의 존재 여부와 돌아가는 시스템 모두 인간계에 알려진 바가 없어요. 절대 알려져서도 안 되고요."

"참으로 흥미로운 곳이네요."

"그런 셈이죠. 저는 모르지만 행여라도 알고 있는 사람이 있다면 그 또한 비밀로 유지가 되어야 할 것입니다."

"비밀스러운 조직, 비밀스러운 공간, 비밀스러운 작전이라니."

손가락으로 테이블을 탁탁 치며 골똘하게 생각에 잠긴 유진이었다. 유진은 이곳에 들어온 순간부터 자신이 어떤 존재로 마음을 가다듬어야 할지를 매 순간 생각해 왔었고, 또한 자신의 행동에 대한 선택이 어떠한 파장을 불러올지 예측이 쉬이 되지 않기도 하였다. 숑 아저씨의 말이 맞는다면 세오는 더욱 이곳에 있어야 할 이유가 없었다.

"인간계에서 저와 함께 학교를 다니는 친구가 지금 여기에 끌려와 있는 걸 목격했어요."

이야기를 듣고 놀라운 표정으로 고민하는 숑 아저씨의 모습과 함께 순간 정적이 흘렀다.

"그럴 리가요. 여기에 누가 그런 짓을."

"돌이켜 보면 저를 이곳에 데려올 때와 동일한 자들이 친구를 철장에 가두는 모습을 보았어요."

"그렇다면 누가 그런 짓을 벌였는지 좁혀지는군요."

"그자들이 누구인지 아시는 건가요? 친구가 어떻게 하면 이곳에서 탈출할 수 있을까요?"

"이름을 기억해 두세요. 그자들은 콴과 리포라는 요원입니다. 제가 앞서 조심해야 한다는 콜로넬의 심복들이죠."

"결국 콜로넬이군요."

되도록 누군가를 쉽게 의심하지 않으려 했던 유진은 요원들과 콜로넬의 역학관계를 숑 아저씨에게 듣고 나서야 용납할 수 없는 정의감에 불타올랐다.

"숑 카페는 오가는 쥬타인들 속에서 가장 많은 이야기들을 담고 있는 장소일 것입니다. 어찌 보면 소소할 수도 혹은 위험할 수도 있는 이야기들이 계속해서 공존하죠."

"친구가 여기서 나갈 수 있게 도와주고 싶어요. 방법이 없을까요?"

"들키지 않고 이곳을 떠나 인간계로 나갈 수 있는 저만 아는 비밀 통로가 있긴 합니다만 한 가지 약속을 지켜주세요."

"약속이요?"

"선택받은 자 본인은 타운을 나가서는 안 된다는 것, 그리고 원정 길에 나서야 한다는 것. 이 두 가지 명제가 지켜지지 않으면 제 신변에도 위협이 있을 수 있습니다. 잘못하면 100년 넘은 숑 카페도 역사 속으로 사라질지도 모르죠."

선택받은 자의 바디스 입성처럼 중요한 사건에 숑 카페가 휘말리는 것을 원하지 않은 모양이었다. 숑 아저씨는 옆에 놓인 서랍장에서 누렇고 쪼글쪼글한 쪽지를 하나를 꺼내어 펼쳐 보였다. 그 쪽지에는 티저스 칸토 타운의 비밀 통로가 표기되어 있었다. 시작점의 위치는 오델리스의 방 안에 존재해 있었다. 유진은 자신이 계속 머물렀던 숙소 안에 통로가 있으리라곤 상상하지 못했었다. 숑 아저씨는 그 쪽지를 유진의 주머니에 꽂아 넣어주며 당부하였다.
"친구를 탈출시키고 이 쪽지를 다시 저에게 가져오되, 우리의 마지막이 되지 않기를 바랍니다."
"그 약속 꼭 지키겠습니다."

제4장

1화 아뉴스 데이

바디스 원정대를 선발하다

"여러분, 드디어 시간이 밝았습니다. 이제부터 우리는 바디스 원정길에 나설 티저스 칸토 타운의 요원 선발식을 진행하도록 하겠습니다."

콜로넬 본부장의 목소리가 타운 광장에 울려 더욱 웅장하게 들렸다. 타운에는 상당히 많은 쥬타인들이 선발식을 구경하러 모여들었다. 이미 선발대의 명단은 정해진 상태였다. 유진은 선택받은 자이니만큼 대기실 안쪽에서 보이지 않는 자리에 착석해 있었다. 자신이 호명되면 나서기 위해 다리를 시종일관 가만두지 못하였다. 그런 유진을 옆에서 안심시키는 웨이요르였다. 이미 시간 엄수의 방 훈련에서 상당수 이상 성공하여 입성 안정권 궤도에 들어선 유진이었다. 함께 입성할 후보 쥬타인들은 대기실에 열 명 정도 있었다. 유진이 경계하는 콴과 리포도 보였고, 웨이요르의 약혼자인 시난쇼스 그리고 다슈도 함께 있었다. 유진은 원정길에 합류할 요원들을 이미 짐작하고 있었다. 콜로넬도 자신의 입성이 멀지 않았다는 사실에 기대감을 가져서 그런지 상당히 상기된 표정이었다.

"이번 원정길은 쥬타인들에게는 선택받은 자가 함께하는 역사상 가장 중요한 행사입니다."

발표가 되기까지 긴장의 연속이었다.

"지금부터 여러분에게 선택받은 자를 소개하겠습니다. 올라오시죠."

유진이 호명되어 단상에 오르자 모여 있던 쥬타인들은 함성을 내질렀다. 처음 보는 이들이 대다수였지만 오고 가며 선택받은 자를 알아본 쥬타인들도 있었다. 대부분 그를 책 속에나 나올 법한 신화적 인물로 취급하였다. 콜로넬은 단상의 마이크를 건네며 유진에게 인사하라고 자리를 내주었다.

"안녕하세요. 이번 바디스 원정길에 오른 선택받은 자입니다. 저와 동행할 쥬타인 모두의 안전을 기원해 주십시오."

유진은 인사를 마치고 단상에서 내려왔다. 이어서 콜로넬이 원정대의 명단을 발표하였다.

"자! 그럼 발표하겠습니다. 총 여섯 명입니다. 원정대는 웨이요르, 콴, 리포, 다슈, 콜로넬 그리고 신원 미상의 요원입니다."

웬만큼 알려진 이름이 호명되자 익숙한 듯 고개를 끄덕이다가 콜로넬과 신원 미상의 요원이 호명되자 갑자기 다들 웅성거리기 시작하였다. 보통 본부장이 임무 수행에 직접 나서는 경우가 잘 없는 데다가 신원 미상의 요원이 포함되었다는 것이 상식적으로 이해하기 어려운 쥬타인들이 많았기 때문이었다. 장내가 소란스러워지자 콜로넬은 다시 마이크를 들어 이유를 설명하였다.

"선발과정에서 본부장이 직접 나서게 된 이유는 선택받은 자를 입성시키라는 중요한 임무가 주어졌기 때문이며, 신원 미상의 요원은 해외에서 직접 추천받아 투입된 유능한 요원이기에 이렇게 정해진 점을 이해해 주기 바랍니다."

명백한 거짓말이었다. 콜로넬은 눈 하나 깜빡거리지 않고 당당하게 거짓말을 내뱉었다. 원정대 발표에 웨이요르와 시난쇼스 그리고 다슈 모두 콜로넬이 결국 자신의 고집대로 밀어붙였다는 생각에 좋지 않은 표정을 지었지만, 유진은 짐작했던 결과에 표정 변화가 별로 없었다. 그리고 콜로넬이 발표한 신원 미상의 요원이 세오라는 것도 유진은 알고 있었다. 원정대 선발식이 끝나고 콜로넬은 요원들과 선택받은 자 모두를 자신의 집무실로 소집하였다. 그는 이틀 뒤 원정길을 앞두고 몇 가지 준비 사항과 관련해 간단한 회의를 할 예정이었다. 유진을 제외한 웨이요르와 다슈는 신원 미상의 요원이 누구인지 몰랐지만, 이를 계획한 콴과 리포는 음흉한 표정으로 서로의 눈치를 살펴보았다. 모두가 해산하고 나자 콜로넬은 콴과 리포를 한쪽 귀퉁이에 몰아넣고 그곳에 세오도 데려오라고 하였다. 원정길에 동행해야 한다면 선택받은 자에게 세오를 공개시키고 설득시키는 게 낫다고 판단하였다. 콜로넬의 그러한 결정에 적잖게 당황한 콴과 리포였지만, 그들은 그의 말을 따라 세오를 데리러 갔다. 유진은 이를 계기로 처음으로 본부장의 사무실에 들어가 보게 되었다. 콜로넬의 방에는 그의 편집증적인 성향 탓에 벽면에 온통 쥬타인들의 선글라스가 시대와 종류별로 정리가 되어 있었다. 반대편에는 유진이 처음 티저스 칸토 타운에 입성하던 날 입구에서 보았던 역대 타운의 본부장들의 사진들이 걸려 있었다. 콜로넬은 상당히 예의를 갖추어 자리를 안내하였고, 웨이요르는 익숙하게 착석하였다. 유진이 어설프게 서 있기만 하자 콜로넬은 선택받은 자가 앉아야 할 자리로 안내하였다.

"여기는 처음일 텐데 이쪽으로 오시지요."

"티저스 칸토 타운의 행정을 담당하는 본부에 이렇게 본부장님의 집무실이 있으시군요."

몰래 왔다가 경비에게 제지를 당했었던 유진은 본부장의 집무실 위치 정도는 파악하고 있던 터였다.

"우리는 이틀 뒤에 바디스로 떠납니다. 마음의 준비는 되셨습니까?"

"바디스 입성을 손꼽아 기다려 온 터라 지금으로서는 기대감이 큽니다."

원정길에 대한 기대감을 내비친 웨이요르가 반응하였다. 입이 무거운 다슈는 옆자리에서 무표정하게 가만히 있었다. 콜로넬도 지독하고 악착같은 모습에서 처음 나서는 길이라 그런지 흥분을 감추지 못하였다. 콜로넬은 서서히 자신의 근육 속 힘줄이 긴장의 끈으로 팽팽해진 느낌이 들었다. 그러고는 원정대에게 몇 가지 사항들을 당부해 두었다. 그는 정해진 주의사항에 대해 보고 외운 내용들을 읊어내기 시작하였다. 하지만 알고 보면 그는 스스로 주의사항의 의미조차 충분히 이해하지 못한 것투성인 듯 보였다.

"몇 가지 당부할 부분들이 있습니다. 트레파라꽃의 냄새는 맡지 말 것, 토트라에 대해 함부로 호기심을 갖지 말 것, 린더랜드 안에서는 크로네필이 닫혀 입성되는 순간까지 선글라스를 벗지 말 것입니다."

"이게 다입니까?"

유진이 물었다.

"더 있지만 중요하지 않은 것들은 제외했습니다. 나머지는 자연스럽게 바디스 원정길에서 쉬이 넘어갈 수 있는 문제들이기에 그렇습니다."

내용을 잘 모르는 콜로넬은 대충 내용을 전하고 넘겨버렸다.

웨이요르는 빠진 내용이 있다는 것을 알고 있었지만, 자세한 이야기는 선택받은 자에게 따로 일러두기로 하였다.

"원정길의 통과 지점까지는 모든 이동 가능한 교통수단을 이용하겠지만 바디스 외경의 어느 구역 이후부터는 인간들의 모든 이동 수단들이 멈춰버립니다. 그 이유는 현재까지 아무도 밝혀내지 못하였으며 육로를 통한 도보로 나서야 합니다."

"그렇다면 교통수단을 이용하다가 멈춰지는 걸 알게 된 사람들이 미스터리를 밝혀내려고 노력하지 않았을까요?"

유진은 비밀로 감춰두기엔 현실적으로 어려울 만한 미스터리에 대해 물었다.

"미스터리로도 밝혀지지 않은 이유 역시 쥬타인들의 인간들 기억 지우기 노력이 있었기에 가능했습니다."

"역시 인간들이 기이한 현상을 밝혀내지 못한 데에는 모두 쥬타인들이 있었군요."

웨이요르의 설명에 고개를 끄떡이며 수긍하는 유진이었다. 웨이요르는 이어서 자신감 있는 표정으로 말을 보태었다.

"타운 내에 크로네필의 입구를 정확하게 아는 요원은 많지 않지만 저는 자신 있게 정확한 위치를 두 군데 알고 있습니다."

이러한 이유 때문에 콜로넬도 더 이상은 바디스 근처에 갈 수 없었던 것이었다. 크로네필 안으로 입성할 수 있는 입구는 몇 개밖에 없었는데, 도보로 그곳을 찾아 헤맨다는 것은 능숙한 쥬타인들 외에는 쉽지 않았다. 바디스로 가는 길에는 꽃과 식물 그리고 토트라까지 위험한 것들로 가득했다. 한참 동안 바디스 원정길에 대한 회의가 진행되는 사이 잠시 세오를 찾으러 나갔던 콴과 리포가 다시 본부장의 집무실로 돌아왔다. 그들은 잔뜩 상기된 표정으로 덜덜 떨리는 손을 부여잡으며 긴급한 상황을 전하기 위해 콜로넬을 따로 불러내었다.

"본부장님, 잠시만 나와주십시오."

리포가 본부장을 집무실 바깥으로 불러내면서 문을 조심히 닫았다. 저들의 상태가 심상치 않아 보였던 웨이요르는 늘어져 있던 어깨를 바짝 세운 자세로 돌변했고, 유진도 심각한 표정으로 상황을 파악하고 있었다. 밖으로 나온 콜로넬에게 콴은 정황 설명을 하였다.

"저희가 문을 열었을 때, 그 친구는 어디에도 없었습니다. 아무래도 타운을 탈출한 것 같습니다."

잠시 온기를 되찾았었던 콜로넬은 그의 얼굴이 모두 일그러질 정도로 화가 난 표정으로 돌변하였다. 그는 미간이 징그럽게 꿈틀거리며 콴과 리포의 멱살을 양손으로 쥐어 올렸다. 도저히 참을 수 없었던 콜로넬은 그들을 양손으로 잡아 복도의 끝으로 던져버렸다. 세오를 솔라칸에 밀쳐 넣어 솔라칸과 크로네필을 속이지 못한다면 자신은 어떠한 방식으로도 입성이 어려워지는 상황이었다. 웨이요르의 솔라칸은 선택받은 자를 위한 것이었기 때문에 그것을 어기게 된다면 바디스에서 어떠한 경고를 받게 될지 모를 일이었다. 콜로넬은 바디스에서 인정받아 크림 의장의 자리를 노리고 있었기 때문에 그에게는 이번에야말로 처음이자 마지막 기회가 될 수 있었다. 거의 다 만들어 놓았는데 조금 더 감시를 제대로 하지 못한 것에 극심한 후회가 몰려왔다. 세오를 다시 잡아온다고 하더라도 출발은 얼마 남지 않았고, 그가 이미 타운에서 도망치는 법을 알아버렸다면 소용없었다. 화가 도무지 가라앉지 않는 콜로넬은 집무실 바깥 복도를 주먹으로 내리쳤다. 그의 힘은 벽에 살짝 균열이 갈 정도였다. 콴과 리포는 쓰러져서 겨우 일어나 자신들의 허리를 부여잡았다.

"잘못했습니다. 본부장님!"

콜로넬은 콴과 리포에게 더 이상 어떤 말도 하지 않고 표정을 다시 태연하게 바꾸어 집무실로 들어갔다. 두려움에 떨던 콴과 리포도 겨우 일어나 조심스럽게 집무실로 따라 들어갔다. 그들도 원정길에 나서는 이상 회의에 참석하지 않을 수 없었다. 집무실 안에서는 바깥에서 어떠한 소음도 들리지 않았기 때문에 내부에 있던 원정대는 바깥 상황을 제대로 눈치채지 못하였다.

"회의를 계속 이어나가도록 하죠."

표정은 그대로였지만 콜로넬의 목소리는 가라앉아 있었다. 콴과 리포는 마른 목에 침을 삼키며 회의실로 조심스럽게 들어왔다. 유진은 사실 모른 척 연기를 하고 있었다. 자신이 세오를 탈출시킨 장본인이었기 때문에 그들이 저렇게 행동하는 이유를 잘 알고 있었다.

"출발 장소는 이틀 뒤 타운의 광장에 모두 소집하여 상부에 있는 출발의 빛이 켜지면 타운의 꼭대기에 있는 문을 통과해 그 앞에 놓여 있는 항공기로 이동하게 됩니다."

회의를 진행하면서도 콜로넬의 머릿속은 탈출해 버린 세오로 가득했다. 어떻게 하면 이번 원정길에서 자신의 야망을 성공시킬 수 있을지만 고민했었던 콜로넬이었다. 그의 마음속에 선택받은 자의 입성은 안중에도 없었다. 선택받은 자의 입성 성공 여부는 자신에게 중요한 문제가 아니었다. 그는 자신의 성공이 곧 진정한 성공이고, 자신의 실패는 세상이 끝나는 것과 같은 감정에 휩싸여 버리는 불안정한 인물이었다. 하지만 모든 일이 벌어진 순간에는 그 어떤 대안이라도 생기는 법이었다. 콜로넬은 이미 자신의 대안에 대한 답을 알고 있었다. 세오가 아니라면 선택받은 자라도 위협할 수 있는 이기적인 인물이 바로 콜로넬이었다. 콜로넬은 자신의 생각이 머리끝까지 차오르자 더 이상의 회의 진행이 어려웠는지 서둘러 회의를 마무리하였다. 그는 조용히 모두를 내보내고 자신만의 작전을 꾸미기로 마음먹었다. 그것도 모르고 유진과 웨이요르는 회의실을 나오면서 조금 전 콜로넬이 당부했었던 세 가지 주의사항들에 대해서 이야기를 나누었다.

"그러니까 본부장이 말한 세 가지 중에 두 가지는 이해했습니다. 하지만 가장 먼저 말한 트레파라꽃의 냄새는 왜 맡지 말라는 거죠?"

"그것 외에도 여러 가지 주의사항들이 있어야 했는데, 이야기를 다 안 하더군요. 찬찬히 얘기해 드리자면 트레파라꽃은 바디스 입성 전 외곽에 서식하는 무지개 빛깔 꽃의 종류예요. 색채가 너무 아름답기 때문에 홀려서 만일 그 꽃의 냄새를 맡게 되는 순간 후각을 잃을 수도 있고 시각에 영향을 줄 수도 있는 독성이 매우 강한 물질을 지니고 있습니다. 잘못하면 알레르기 반응을 일으켜 죽음에 이르게 하거나 신경을 마비시켜 바디스를 입성하지 못하게 하는 가장 기피해야 할 꽃이에요."

"바디스 원정길에는 위험투성이군요. 더 알려주실 수 있을까요?"

"과일로는 토파이 열매와 베르셰풀은 먹거나 스치는 것조차 조심해야 합니다. 당도가 매우 높아 모르고 먹었다가 식도를 다칠 수도 있고 베르셰풀은 스치기만 하여도 온몸에 피부병이 생길 수 있어요. 그래도 이 두 가지는 바디스 입성이나 생명에는 영향을 주지 않습니다만 트레파라는 정말로 위험할 수 있습니다."

"본 적은 없지만 생김새를 알려준다면 주의하도록 하겠습니다."

"그렇다면 토트라는 왜죠? 오델리스의 명성을 익히 들어 토트라에 대해 들어봤습니다만, 폭포수에 갇혀 있는데 주의할 필요가 있을까요?"

"토트라의 고립은 오델리스 일생의 역작이라고 할 수 있죠. 오델리스는 아시다시피 쥬타인들의 영웅입니다. 토트라는 바디스에서 도망쳐 나온 생명체 중 하나인데 크기가 어마무시하고 힘도 무척 세며 손톱이 매우 길고 날카로워 함부로 상대하기 어려운 자입니다. 바디스 내에서도 이 생명체의 근원을 살펴보기는 어렵지만 토트라가 인간계 근처까지 나왔을 때에 폭포수 안에 가두어 크로네필의 일부를 붙여놓았죠. 아직도 그 안에 살아 있는 것으로 알고 있습니다. 쥬타인들은 솔라칸을 발산하기도 하고 토트라 근처에서 행여라도 실수하여 탈출에 빌미를 주면 안 되기 때문에 특별히 주의사항에 포함해 놓은 것으로 알고 있습니다."

"토트라가 세상 밖에 나오면 안 되는 이유라도 있을까요?"

"바디스에서 바디스 내부에 있는 생명체가 인간계에 노출되는 것을 극도로 꺼려 하기도 하고, 토트라가 크고 힘이 넘치기 때문에 인간에게 어떠한 피해를 주게 될지 아무도 모릅니다. 그렇기 때문에 쥬타인들의 입장은 토트라가 생명을 다할 때까지 폭포수 안에 갇혀 있는 게 맞다 판단하고 있습니다."

"저는 솔라칸이 없지만 그래도 주의하겠습니다. 가까이 가서 토트라를 자극하거나 하면 안 되겠군요."

"부탁드리겠습니다."

"입성이 되는 순간까지 선글라스를 벗지 말라는 이유는요?"

"크로네필은 외부에서 빛을 발광하는 특성을 지니기도 하고, 솔라칸이 워낙 빛의 파장이 크기 때문에 시력에 영향을 줄 수 있기 때문이에요. 쥬타인들의 선글라스는 솔라칸에도 녹지 않습니다. 안심하셔도 됩니다."

"이야기를 들으니 입성 과정에서 매우 주의해야겠습니다. 자세한 정보 고맙습니다."

"그럼 이틀 뒤 광장에서 뵙겠습니다. 길을 나서기 전 오델리스 방에 있는 물품들 중 유용한 것들을 가방에 챙겨 넣어두기를 당부드립니다."

웨이요르는 유진과 인사하고는 자신의 것을 챙기러 갔다. 원정길에서 웨이요르는 유진에게 가장 중요한 역할을 담당하고 있었다. 웨이요르가 지니고 있는 인간을 해치지 않는 솔라칸과 그의 풍부한 지식과 경험들이 유진을 안심시켰다. 유진은 자신이 그동안 지내오던 오델리스의 방으로 다시 들어갔다. 다시 홀로 남은 유진은 허전해진 방의 공기를 잠시 동안 느껴보았다. 커튼 뒤에도 혹은 침대 머리맡에 있던 협탁 위의 화분과 그 어떤 곳에서도 핑푸는 없었다. 유진은 오델리스가 즐겨 앉았던 간이 의자에 비스듬히 누워 그날 밤의 일들을 떠올렸다. 세오를 구해내어야 한다는 일념으로 누가 볼세라 송 아저씨가 준 지도를 가슴 안쪽에 넣고 헐레벌떡 카페의 문을 열고 도망치듯이 나온 지난밤의 기억이 떠올랐다. 유진은 어느 순간부터 콜로넬이 자신을 감시하고 있다는 사실을 깨닫기 시작하면서 곳곳에 설치되어 있는 감시장비들을 미리 파악하기 시작했었다. 사전에 그러한 노력들 덕분에 그날 밤 유진은 콜로넬의 감시를 뚫고 오델리스의 방으로 무사히 도착할 수 있었다. 유진이 숨을 깊게 들이쉬며 숙소에 도착하니 기다리고 있던 핑푸가 말을 걸었다.

"유진을 보러 여기에 왔는데 유진은 너무 바빠."

"미안해 핑푸! 중요한 시간을 핑푸를 위해 모두 맞출 수는 없잖아."

"사실 몇 가지 소식들을 가지고 왔는데, 나는 아직도 유진에게 말하지 못했어."

"어떤 소식?"

"유진의 부모님 소식."

자신의 부모님 이야기에 잠자고 있던 유진은 감정의 골짜기가 울렁이기 시작하였다. 유진은 훈련 기간 동안 자신을 찾고 있을 어머니가 많이 생각났었지만, 참고 훈련에 매진하려고 노력했었다.

"이야기해 줘."

"어머니는 네 소식을 알기 위해 매일 노력하고 있었고, 집에 들르시다가 나를 발견하셨지. 처음에는 매우 놀라셨는데 내가 유진과 지냈던 시간들을 세세하게 알리니 안심하였고, 시간이 지나니 적응하시더라고."

"핑푸, 더 이야기해 줘."

"어머니 말로는 아버지를 통해 유진의 소식을 들을 수 있으시대. 아버지가 어떤 분인지는 몰라도 유진의 소식을 계속 알 수 있는 사람과 연결되어 있는 것 같아."

유진은 자신의 일에 조금의 관심이라도 가지고 있는 아버지가 그저 신기할 따름이었다. 엄격한 완벽주의자인 아버지의 모습에서 돌이킬 수 없는 간극이 있다고 생각했었지만 이렇게 소식을 전해 들으니 핑푸에게 고마웠다.

"아무튼 내가 전할 수 있는 소식은 여기까지."

"고마워 핑푸! 언제가 될지는 모르겠지만 내가 며칠 후에 여기를 떠나게 된다면 핑푸는 더 이상 여기에 있을 이유가 없어질 거야. 나는 무사히 잘 지내고 있을 거고 앞으로도 안전할 거라고 어머니에게 음성 편지를 쓸 테니 전해주겠니?"

"그런 부탁이라면 언제든지."

"그리고 한 가지 더. 세오를 이곳에서 탈출시켜 줘."

그러면서 유진은 핑푸에게 오델리스 방 안의 카펫을 바로 들추어 핑푸에게 보여주었다. 핑푸는 바닥 위를 통통거리며 놀라움을 표현하였다. 틈새에는 작은 문의 손잡이가 보였고 그것을 들춰보니 아래로 깊숙이 내려가는 사다리가 보였다. 유진은 이어서 가슴속에 숨겨놓았던 티저스 칸토 타운을 빠져나갈 수 있는 비밀 통로가 그려져 있는 지도를 꺼내어 보였다. 지도의 시작점은 오델리스의 방에서부터 시작되는 통로였다. 그 지도를 핑푸에게 보여주니 핑푸는 순식간에 지도를 자신의 기억 저장 공간에 저장해 버렸다. 핑푸와 유진은 그 탈출구를 발견하곤, 이내 서로를 바라보며 확신에 찬 눈빛을 주고받았다. 핑푸는 유진에게 긍정의 대답을 해주었다.
"유진, 걱정하지 마. 너의 친구를 내가 꼭 탈출시켜 줄게."
 탈출구를 지켜보던 유진은 핑푸를 믿고 세오의 탈출을 부탁했다. 회상에서 의식이 현재로 돌아온 유진은 이제는 아무도 없는 방에서 핑푸와 다시 만나기를 기약했던 순간을 기억하였다. 회의실에서 콴과 리포의 수상했던 행동과 콜로넬의 일그러진 미간 그리고 애써 태연하려 했던 그들의 모습에서 유진은 핑푸가 자신의 부탁을 들어 세오의 탈출을 성공시켰음을 확신하였다. 유진은 이제 원정길에 나서게 됨을 그대로 받아들이기로 하였다. 여러 불안과 기대가 공존하였지만, 그러한 것들은 자신감으로 변화하였다. 유진은 웨이요르가 일러주었던 오델리스의 몇 가지 물품들을 챙기려 방 안을 둘러보았다. 방 안에는 재미있고 신기한 그의 유품들이 많았다. 망원경과 만년필이 책상에 놓여 있었고, 옷걸이에는 모자와 양복 그리고 허리띠가 걸쳐져 있었다. 침대 옆 협탁에는 신기하게 생긴 식물과 탁상시계가 올려져 있었고, 책장 아래 선반을 열어보니 그가 생전에 신었던 것 같은 낡은 신발이 가지런히 놓여 있었다. 유진은 그나마 챙기기 쉬운 장갑과 신발 그리고 손가락 마디 크기의 마개들을 챙겼다. 쥬타인들에게는 영웅인 오델리스의 유품을 사용할 수 있다는 것만으로도 영광이었다. 시간은 흘러 드디어 원정 날이 밝아왔다. 그날 아침 유진은 챙겨놓은 오델리스의 신발 끈을 다부지게 묶고는 그동안 지내왔던 숙소를 미련 없이 떠났다. 앞으로 자신이 티저스 칸토 타운으로 다시 돌아오게 될지는 미지수였다. 그가 광장에 나서니 원정을 떠나는 요원들을 구경하러 나온 쥬타인들이 몇몇 모여 있었다. 웨이요르와 다슈가 유진을 기다리고 있었고, 그가 도착하자 콴과 리포도 쭈뼛거리면서 광장에 나타나기 시작하였다. 이어서 콜로넬도 광장에 도착하였다. 그는 도착하자마자 원정대에게 공표하였다.

"신원 미상의 요원은 이번 원정길에 함께하지 못하게 되었습니다."

"본부에서 추천받은 요원이었다면 쉽게 탈락되기는 어려웠을 텐데요."

웨이요르가 반문하였다.

"실력 있는 요원이었지만 이 또한 본부의 결정이니 바꿀 수는 없습니다."

유진은 신원 미상의 요원이 세오였다는 것을 확신하는 상황 속에서 콜로넬이 선택의 여지가 없었다는 것을 잘 알고 있었다. 영문을 모르는 웨이요르와 다슈만이 예외적인 상황을 수긍하기 어려워하였다. 하지만 그럼에도 원정은 시작되어야만 했다. 쥬타인들이 원정길에 나설 때 공통적으로 준비하는 것들이 있었는데, 평상시 착용하는 양복과 모자 그리고 선글라스를 제외하고 한 가지를 더 보자면 그것은 레이저건이었다. 웨이요르는 이 총의 용도를 인간들의 기억을 지우기 위한 또 다른 방법이라고 하였다. 쥬타인들이 인간들에게 쉬뢰를 쏠 때에 양쪽 귀에 손을 대고 발사해야 하는데 멀리 있어 그렇지 못할 경우에 사용한다고 하였다. 대부분의 쥬타인 요원들은 허리띠 안쪽에 하나씩 차고 있었다. 웨이요르는 친절하게도 여분을 가져와 하나는 유진의 허리에 둘러주었다. 모두가 익숙한 듯 준비한 것처럼 보였지만 행동 하나에도 긴장감을 품고 있음을 알 수 있었다. 콜로넬이 먼저 운을 떼었다.

"모두 준비되었으면 저를 따라 올라가시죠."

콜로넬이 버튼을 하나 누르니 얼마 지나지 않아 광장 중앙에 설치된 출발의 빛에 불이 켜졌다. 그들의 원정길을 보러 나온 쥬타인들은 일제히 환호의 박수를 보내주었다. 시난쇼스도 나와 웨이요르와 작별의 인사를 나누었다. 그들의 환호는 선택받은 자에게 보내는 응원이었다. 그들에게도 선택받은 자와의 동행은 처음이었기에 더욱 강한 호응을 보내주었다. 원정대는 앞서가는 콜로넬을 한참 동안 따라 올라갔다. 이제 문을 열고 나가면 그들은 들은 대로 항공기가 준비되어 있을 거라 짐작하고 있었다. 미로 같은 터널을 지나 꺾어져 올라가는 계단을 한참 오르니 서서히 신성 빌딩의 꼭대기라 짐작되는 곳의 철문이 보였다. 콜로넬은 가장 먼저 다가가 그 문을 열었다. 틈새로 새하얀 빛이 눈이 부시게 새어 나오더니 다소 침침한 분위기의 티저스 칸토 타운의 공기를 반전시키듯 이내 곧 활짝 열렸다. 원정대가 도심의 가장 높은 곳에 오르니 모든 것들이 내려다보였고, 빛이 다양한 각도의 빌딩 유리벽에 반사되어 이내 눈을 부시게 하였다. 바람은 세차게 불었지만 그들은 가운데를 가로질러 항공기 이륙장으로 다가갔다. 선글라스 뒤로는 가려졌지만 서로가 서로의 눈빛을 교차하며 마음을 확인하듯 바라보았다. 누구는 사명감을 가지고 혹은 명령에 복종하듯 어쩌면 지독한 야망을 품고 떠나는 원정길이었다. 콜로넬, 웨이요르, 콴, 리포, 다슈 그리고 선택받은 자 유진까지 각기 살아갈 이유는 달랐지만 바디스 입성이라는 목표가 같았던 원정대의 대단원의 막이 올랐다.

2화 크림 의장

로닌의 재판

"의장님! 저는 잘못이 없습니다."
"핑계는 많을수록 좋을 게 없다는 사실을 잘 알고 있을 텐데."
"저는 모르는 일입니다. 잘못 찾으셨습니다."
"로닌을 그동안 많은 부분에서 믿었지만 모든 정황이 로닌으로 향하고 있어. 자네가 그걸 모를 리 없을 거라고 생각하네."

더 이상의 대답을 하지 못하는 로닌이었다. 쥬타인들의 세계에서 크림 의장을 논하기에는 그를 대체할 만한 수없이 많은 수식어들이 가득하였다. 크림 의장은 전 세계의 타운을 아우르는 본부의 수장이자 쥬타인들이 믿고 의지하는 스승이었다. 그가 이루어 낸 수많은 기록들은 쥬타인들의 역사에 상당한 부분을 차지하고 있었다. 크로네필을 옮겨 토트라를 가두어 영웅이 된 오델리스마저도 크림 의장을 존경해 왔다. 의장의 삶에 소명의식은 바디스와 인간계 사이에서 중립을 지키는 것과 두 세계 간 서로의 비밀을 지켜내는 것, 이 두 가지였다. 평생을 바쳐 이루어 낸 비밀의 역사가 크림 의장의 서류와 사진첩에 고스란히 담겨 있었다. 그것은 수많은 쥬타인들의 목숨과 바꾼 역사적 가치였다. 하지만 그런 크림 의장도 얼마 전 냉철했던 이성을 잃은 순간이 있었다. 의장들에게만 물려 내려온 쥬타인의 목걸이를 도난당한 것이었다. 중앙본부는 아프리카 대륙 초원 중심에 위치하고 있어 눈에 잘 띄지 않는 특징이 있었는데, 겉으로 보면 넝쿨처럼 보이는 외관 때문에 자연의 일부처럼 보여 인간들은 잘 알지 못하였다. 그곳에서 바로 로닌과 크림 의장 사이에 알 수 없는 기싸움이 벌어지고 있었다. 로닌은 자신의 과오를 들키지 않으려, 크림 의장은 의심의 꼬리를 잡으려 서로를 물고 늘어지고 있었다. 그만큼 이번 사안이 무거울 수밖에 없다는 방증이었다. 의장의 목걸이는 그저 그런 평범한 장신구가 아니었다. 은색 빛깔의 단단한 줄에 매달려 있는 붉은 보석의 목걸이는 지구라는 행성에서 담을 수 있는 가장 강력한 에너지를 품고 있었다. 중앙에 붉은 보석의 주변으로 여덟 가지 색의 다양한 원석들이 동그란 원을 그리며 둘러싸고 있었다. 하지만 목걸이가 어떠한 용도로 사용되는지는 언제나 쥬타인의 수장인 의장만이 알고 있었어야만 했다. 그것은 인류를 대표하는 자에게는 권한이 절대 쥐어져서는 안 될 의미를 내포하였고, 쥬타인이 쥐게 된 의미가 되었을 수도 있는 것이었다. 크림 의장이 로닌에 대해 속속들이 다 알고 있는 것은 아니었으나, 그가 어느 순간부터 수상한 행보를 보여온 것은 익히 들어 잘 알고 있었다. 쥬타인들이 임무를 수행하는 과정에서 사라지는 물품이나 음식들이 어디로 향하는지는 알 수 없었으나, 간혹 로닌이 주요 범인으로 낙인찍혀 비난의 목소리를 높이는 쥬타인들이 크림 의장에게 찾아간 적은 몇 번 있었다. 그럴 때에도 크림 의장은 로닌을 의심하려고 하지는 않았다. 과거에는 잃어버린 물품들이 그리 큰 문제로 느껴지지 않았기 때문이었다. 어쩌면 크림 의장은 로닌에게도 사정이 있었을 것이라 이해하려고 했던 유일한 존재였다. 목걸이를 잃어버리던 날 의장은 목걸이를 거의 매 순간 메고 다녔지만 그날따라 목이 너무 메스꺼웠다. 크림 의장은 전날 사무장이 준 애벌레 진액 주스를 마시고는 식도가 타는 듯하더니 울렁증이 너무 심해져 잠시 목걸이를 풀어 목조 통 안에 넣어놓았다. 그가 그렇게 풀어놓은 지 몇 시간이 지나지 않아 잠시 자리를 비운 사이 목걸이는 사라져 버렸다. 크림 의장은 도난의 원인이 로닌이라 의심하고 있었지만 정확한 정황을 알기 전까지는 그를 추궁하지 않기로 하였다. 하지만 머지않아 하나둘씩 그날의 증거들이 발견되면서 크림 의장은 주변의 성화에 못 이겨 로닌을 불러 이야기를 시도한 것이었다.

"내가 어떠한 조치를 취하기 전에 이야기하면 좋으련만."

"그건 오해이십니다. 전 의장님이 평상시에 목걸이를 메고 다니시는지도 몰랐습니다."

모든 정황에서 딱 잡아떼어 결백을 주장하는 로닌이었다. 의장은 이미 로닌이 범인이라는 것을 알고 있었다. 확실한 증거들은 이미 확보하였기 때문에 추궁의 의미도 퇴색되기 시작하였다. 웬만한 회유로는 스스로 자백할 것 같지 않은 로닌의 태도였다. 크림 의장은 목걸이가 지닌 힘의 정령 그리고 역사적 의미 중 어떠한 부분에서도 진실의 고백에 반하는 자를 용서할 이유를 찾지 못하였다.

　"사건의 과정보다 결과의 현주소를 보는 게 받아들이기 쉬울 것이네."

　"의장님! 전 정말 아닙니다."

　"로닌, 자네를 오랜 시간 봐온 나로서는 안타까움을 금할 수 없지만 쥬타인들이 영원히 보물로 여겨야 할 의장의 목걸이를 잃게 된 나로서는 더 이상 감당할 자신이 없네."

　"아닌 걸 아니라고 하지 했다고 거짓말할 수는 없지 않습니까?"

　로닌은 절규했다. 그는 이렇게 해서라도 목걸이를 훔치지 않았다고 결백을 주장해 보았지만, 크림 의장은 더 이상 굳힌 자신의 심증을 바꾸려 하지 않았다.

　"조만간 이번 일을 재판에 넘길 것이네. 그사이 조사에 응해주길 바라네."

　"의장님, 저는 정말로."

　"더 하고 싶은 말이 있는 건가?"

　이미 자신의 결백을 주장하는 데에 모든 기력을 쏟아부은 로닌이었다. 로닌은 지쳐버려 더 이상 말할 힘도 없었다. 목걸이는 절대로 자신이 훔친 것이 아니라는 로닌과 명백한 증거를 가지고 로닌이 범인이라 지목하는 의장 사이에서 결국 의견의 합의를 보지 못하였다. 이 일은 재판부에서 결론을 짓기로 하고 마무리되었다. 사실 로닌이 크림 의장의 목걸이를 훔칠 이유는 전혀 없었다. 로닌은 자신의 결백대로 크림 의장이 항상 목걸이를 하고 다녔었는지조차 몰랐던 게 사실이었다. 의장이 목걸이를 잃어버리던 순간에 그날은 알리바이가 형성되어 있었다. 쥬타인들의 중앙본부는 전 세계 쥬타인들 사이에서도 임무를 훌륭히 수행한 경험이 풍부한 요원들이 선발되어 상주할 수 있었고, 상당 기간 근무를 하여야 의장 또한 만날 수 있었다. 그날 어떻게 누가 크림 의장의 방으로 들어와 목걸이를 훔쳤는지, 본 쥬타인이나 몰래 촬영된 증거도 하나 찾아낼 수가 없었다. 크림 의장이 모든 정황을 로닌으로 의심하게 된 계기는 사실 소문에 기반했다. 당시 중앙본부에서 드물게 나타나는 로닌을 보았다고 주장하는 쥬타인들이 꽤나 있었기 때문이었다. 그중에 가장 먼저 로닌을 보았다는 자가 증언을 하였는데 그가 바로 다슈였다. 전 세계에서 가장 유명한 쥬타인 중 한 명인 다슈는 좁은 이마와 다부진 사각턱에 코는 시원하게 뻗어 내려왔고 인중은 매우 또렷해 누가 보아도 매우 힘이 좋아 보였다. 그는 거의 스타급 요원이었다. 다슈가 본부에 드나들 수밖에 없었던 이유도 신체가 월등했으며 운동신경이 뛰어났고, 그가 지닌 솔라칸의 장파력이 가장 세었기 때문이었다. 크림 의장은 단번에 그를 바디스 입성에 대동할 요원으로 추천하였다. 언제 어디에서든 그의 솔라칸이라면 그 어떤 장애물도 뚫어버릴 파괴력을 가졌다고 할 수 있었다. 어찌 보면 웨이요르에게 소개된 경위도 뒤에서 크림 의장의 지시가 있었을 가능성이 높았다. 그런 다슈가 티저스 칸토 타운으로 들어오기 전 중앙본부에 있을 때 로닌과 관련된 일들이 벌어졌다. 그날은 다슈도 전날의 초과 근무로 목덜미가 상당히 뻣뻣해져 있을 때였다. 당시 다슈가 대서양 인근에서 발생한 해적의 약탈로 인하여 쥬타인들의 배가 뒤집힌 사건을 재구성하고 있을 때였다. 쥬타인들은 사건이 발생되면 자신들이 노출된 것에 대하여 인간들의 기억을 지우기 위해 사전 시나리오 작업을 하기도 하였다. 다슈는 한참을 작업에 몰두하고 있을 무렵 바깥에서 소나기에 온몸이 흠뻑 젖은 로닌이 질척거리는 바지를 끌며 들어오는 것을 바라보았다. 중앙본부가 적도 부근의 야생 초원 한가운데에 위치하고 있었기 때문에 누군가가 갑자기 비에 젖을 일은 상당히 흔하지 않은 모습이었다. 다슈는 걸음걸이마다 젖은 바지로 흔적을 남기고 있는 로닌에게 먼저 말을 걸었다.

"로닌, 피치 못할 사정이라는 것은 알지만 덕분에 입구가 더러워지는 것 같은데 우선 좀 닦고 움직이는 게 나을 것 같아요."

"새로 온 친구인 것 같은데 내 이름을 알다니 배짱이 좋군."

"말이 많은 편은 아니지만 제가 좀 수다스러웠군요. 다슈라고 합니다."

"나를 아는가?"

묻지도 않았는데 자신의 이름을 알고 인사해 오는 다슈라는 친구가 몹시 거슬렸던 로닌이었다. 마치 오래전부터 알고서 만날 날만을 기다려 온 것 같았다. 다슈는 되묻는 로닌을 최대한 안심시키기 위해 자신이 먼저 말을 걸었던 이유를 설명하였다.

"사실 쥬타인들의 세계에서 원로급인 로닌 요원을 모를 리가 있을까요?"

별말 아닌 듯하였지만 상대를 높여주어 기분을 완화시키는 대화법임에는 분명했다. 로닌은 그 말에 쉽게도 경계태세를 풀었다.

"말을 걸고 싶었다고 여기고 이해하고 넘어가겠네."

사실 그 순간 다슈와 로닌의 대화는 이게 전부였다. 바로 그날 밤 자정에서 다음 날로 넘어가는 시각 둘의 대화에서 모든 계획이 뒤바뀌기 전까지는 말이다. 다슈의 약점이 지닌 통증까지 투영되어 로닌의 약점을 찔러버리는 둘의 은밀한 대화 속에서 어떤 거래가 오고 갔을지 크림 의장은 모를 수밖에 없었다. 그날 로닌을 보았다는 요원들은 입구에서 마주친 다슈 외에 여럿이 더 있었다. 속속들이 그날의 정황 속에서 로닌의 평범하지 않았던 모습들이 그를 더욱 궁지로 몰아넣은 것이었다. 드물게 오는 소나기에 온몸이 젖은 모습과 그날 로닌이 마주친 요원마다 로닌의 행색이 헝클어지고 옷들은 찢어져 거지꼴을 하고 돌아다닌다는 것을 공통적으로 증언하고 있었다. 로닌은 크림 의장과의 대화 이후 며칠이 지나지 않아 쥬타인들의 중앙본부 조사단에 의해 취조를 받기 시작하였다. 로닌은 조사단에 의해 여러 가지 질문들을 받았었는데 나름대로 의연하고 때로는 논리정연하게 그날 자신의 상황을 구체적으로 진술

하였다.

"비가 오후에는 오고 저녁에는 오지 않았는데 온몸이 젖어 본부를 걸어 다닌 데에는 이유가 있습니까?"

"오랜만에 비가 오기는 했지만 비에 젖은 것은 아니었고, 웅덩이에 넘어져 굴렀습니다."

"그날 마주친 자들이 하나같이 옷이 찢어졌다고 하던데 어떻게 된 거죠?"

"웅덩이에 넘어지면서 정신이 혼란한 상태에서 가시넝쿨에 그만 옷이 찢긴 것입니다."

"그게 진술이라고 생각하나요? 그날 크림 의장의 사무실에는 왜 함부로 들어갔습니까?"

"저는 그날 의장님 방을 들어간 적도 근처를 돌아다닌 적도 없습니다."

"그날 의장님 방으로 들어간 증거가 있어요. 더 이상 부인해 봐야 소용이 없습니다."

취조는 거의 반나절 가량 계속되었다. 조사단은 다소 구체적인 진술을 하는 로닌의 대답에도 아랑곳하지 않고 그가 범인이라는 가정하에 유도신문을 멈추려 하지 않았다. 로닌의 증언대로 그날 로닌은 크림 의장의 방을 들어간 적이 없었다. 그들이 말하는 증거는 고작 의장의 방 앞에 그날 로닌의 행색의 원인과 동일한 물기와 진흙이 얼룩져 있다는 게 다였다. 하지만 만일 그것이 증거로 채택이 되고 표면적인 논리가 인정되는 순간 로닌은 자신의 결백을 주장하기가 매우 어려워지는 것은 사실이었다. 조사단은 끈질긴 취조 끝에 로닌을 재판에 넘기기로 하였다. 조사단의 결론은 로닌이 죄인으로 지목될 만한 당위성이 충족된다는 것에 초점이 맞춰졌다. 로닌으로서는 당연히 억울할 수밖에 없었다. 자신이 마치 무엇에 홀린 듯 속아 넘어간 것만 같은 기분에 휩몰아쳤다. 로닌의 재판에서 판결을 좌우하는 판사는 크림 의장의 친구였기 때문에 이미 재판부에 회부된 것 자체로 로닌은 죄의 오명에서 벗어나기 힘들어졌다. 남은 선택은 로닌이 목걸이를 훔쳤다는 것을 스스로 인정하지는 않더라도 거짓 자백을 하거나 아니면 절대로 훔치지 않았다고 한다면, 다른 범인을 스스로 지목하여 논란을 다시 야기하는 수밖에는 없었다. 하지만 그러기에는 로닌이 이 사건에서 떳떳할 수만은 없는 모종의 거래가 성립이 되어 있었다. 조사단은 로닌에게 돌아오는 주에 재판이 열릴 것이라고 하였다. 로닌은 당연히 초조할 수밖에 없었다. 그 사이 그는 자신을 변호하기 위해 변호인을 정해야만 했다. 그날 이후로 로닌은 거대한 쥬타인들의 중앙본부 내에 여러 변호사들을 찾아다니며 자신을 변호해 줄 적당한 쥬타인을 찾아 나서기 시작하였다. 몇몇은 말도 채 꺼내기도 전에 거절해 버렸다. 그만큼 의장의 목걸이를 훔친 사건은 쥬타인들에게는 전례가 없었기도 하였고, 사실은 있어서도 앞으로 일어나서도 안 될 일이었다. 다행히 로닌을 변호해 준다는 변호사를 찾았는데 그도 얼마 지나지 않아 고민에 휩싸일 수밖에 없었다. 변호를 위해서라면 사건의 내막을 알아야만 가능하기 때문에 로닌의 허심탄회한 속내까지도 들었던 입장에서 그를 변호한다는 것은 이 일을 영원히 감추는 것에 가담을 하는 것이나 마찬가지였다. 하지만 변호사는 그를 변호하기에 앞서 몇 가지를 물어보았다.

"그 목걸이를 전했어야만 했던 동기가 있었습니까?"

"옷에 가려서 의장님께서 평소 목걸이를 하고 다니신 줄도 몰랐고, 이렇게까지 중요한 목걸이였는지도 몰랐습니다. 다만 그 아이가 너무 불쌍하여."

"로닌, 쥬타인이 이렇게 감정에 흔들려서 이제 요원 생활을 할 수 있겠습니까? 이 정도면 이제 요원은 은퇴하시는 게 어떠세요?"

"변호사님! 변호사님은 모릅니다. 제가 그 아이를 보살핀 적이 별로 없어요."

로닌의 동정심에 고개를 절레절레 흔드는 변호사였다. 로닌의 상태는 이례적이었다. 쥬타인이라면 이런 상태는 위험했다. 변호사는 이야기를 거듭할수록 로닌이 정상적인 쥬타인의 모습이 아니라는 판단이 들어 재판보다 오히려 그가 병원으로 보내져야 하는 것은 아닌지 혼란스러웠다. 로닌은 거듭해서 자신이 행했던 사건의 경위를 설명함에 있어 어디서 오는지도 모르는 감정이 들어 상황을 제대로 인지하지 못하였다. 당황스러운 것은 변호사도 마찬가지였다. 그가 변호해야 하는 피고인을 제대로 대변할 수 있을지 걱정이 되었다. 변호사에게도 시간이 필요했다. 변호사는 로닌에게 자신의 결정을 곧 알리겠다 하고는 며칠의 시간을 보냈다. 로닌에게는 이 변호사가 마지막 기회였다. 변호사는 오랜 고민 끝에 결국 로닌을 변호해 주기로 결정하였다. 변호사는 로닌이 다른 쥬인들과는 다른 삶을 살아온 것을 알았고, 그를 변호한다는 것은 자신에게도 새로운 도전이 될 수도 있다는 판단에서였다. 드디어 재판일이 밝아왔다. 쥬타인들의 법정은 인간계에서 이루어지는 일반적인 재판과는 많이 달랐다. 법원의 경위가 먼저 재판의 시작을 알리는 것은 동일하였으나, 방청석은 별도로 보이지 않았다. 방식은 간소화된 소규모 모의 법정과 비슷했다. 크림 의장과 친분이 두터운 판사는 이번 사안에 대하여 로닌이 범인이라는 사실에 심증적으로 더욱 무게를 두고 이번 재판을 진행할 마음으로 들어왔다. 재판에서는 사안에 대한 공방이 치열했다. 재판 과정 중에서 로닌은 때론 거칠게 항의하였고, 죄에 대하여 인정하지 않는 태도를 유지하였다. 그가 그런 태도를 유지할수록 검사 또한 현장의 증거들과 증인들의 증언으로 그를 더욱 거칠게 몰아붙였다.

"재판장님! 저는 그날 본부로 돌아오는 길에 날씨가 좋지 않아 길을 헤매었습니다. 아시다시피 중앙본부는 아프리카 초원의 한가운데 있습니다. 쥬타인들에게는 최적의 조건이지만 지구에서 환경적인 변수가 가장 많은 곳 중에 하나임을 인정해 주십시오."

검사는 증인을 세우기 시작하였다.

"재판장님, 증인을 신청합니다."

검사의 증인 신청이 받아들여지고, 그날 로닌을 보았던 여러 명의 쥬타인들이 재판장에 나타났다. 그중에 가장 먼저 만났었던 다슈도 자리에 착석하였다. 로닌은 재판에서 다슈를 보고 있는 것이 불편하였다. 다슈가 자신에게 불리한 증언을 할 것이라는 걸 너무도 잘 알고 있는 로닌이었다. 다슈는 자신의 죄를 감추기 위해서라도 로닌을 희생시킬 수밖에 없었다.

"그날 로닌의 행색이 이상하였습니다. 눈빛은 흔들리고 말도 더듬거렸죠."

"아닙니다. 저는 말을 더듬은 적이 없습니다. 일상적인 대화를 하고 크림 의장님 방을 지나 제 자리로 간 게 다였습니다."

사실과 다른 증언을 하는 다슈 때문에 화가 잔뜩 난 로닌이었다. 다른 증인들의 증언도 하나같이 로닌에게 유리할 리가 없었다. 그날의 행색은 로닌 스스로 생각하기에도 평범한 일상과는 달랐으니 그에 대한 반박은 더 이상 어려웠다. 그날 자정이 다 되어서야 크림 의장의 방을 지나간 것도, 방 앞에 진흙이 잔뜩 묻게 한 것도, 로닌을 정조준하기에는 적당했다. 판사의 판결은 아주 빠르게 진행되었다. 인간과는 다르게 쥬타인들의 재판은 당일에 모든 것을 결정지어 버리는데, 로닌은 더 이상 피해 갈 수 없는 덫에 걸려들었다. 로닌 스스로도 이제는 벗어날 수 없다는 것을 받아들이고 체념하기로 하였다. 모두들 판사의 판결을 겸허하게 듣기로 하였다.

"중대한 사안이니만큼 여러 가지 정황을 조합한 결과 고심 끝에 판결을 내림을 알립니다. 그러면 판결하겠습니다. 피고인 로닌은 사건의 과정과 증거를 들어 무죄를 입증할 수 있는 증거가 불충분하므로 쥬타인 요원 자격 박탈과 함께 향후 20년간 약속의 방형에 처한다. 이상!"

판결문을 읽어 내려간 판사는 이 재판의 마지막을 알리는 판사봉을 세 차례 내려쳤다. 그날 로닌은 누가 목걸이를 훔쳤는지 알면서도 지목하지 못하였고, 자신이 보호하기 위한 대상의 비밀을 지키기 위해서는 지목할 수도 없는 입장이었다. 로닌은 모든 것을 감수하기로 하였다. 자신에게 주어졌던 모든 시간과 누군가를 위한 보살핌에 오랜 시간 부족했었던 스스로를 탓하였다. 그것이 그에게 어떠한 마음으로 다가왔는지는 가늠하기조차 어려웠다. 로닌은 이번 일을 계기로 더 이상 쥬타인들의 세계에서 요원으로서의 활동은 할 수가 없게 되었다. 또한 약속의 방에서 20년간 지내며 쥬타인으로서 지켜야 할 의무의 구절을 하루 종일 외우게 될 것이었다. 누군가를 지키기 위해서는 누군가의 희생이 따르기도 하는 법이었다. 로닌은 경위의 안내에 따라 약속의 방으로 걸어 들어갔다. 그 모습을 지켜본 다슈도 안도의 한숨을 내쉬고는 재판장을 떠나갔다. 모든 사건은 그렇게 종결이 되었으나 여전히 목걸이의 행방은 오리무중이었다. 재판에 대한 결과는 크림 의장의 귀에도 들어갔지만, 그는 여전히 목걸이를 잃어버린 것에 대한 분노가 가라앉혀지지 않고 있었다. 크림 의장은 이미 중앙본부 내의 다른 요원들에게 지시하여 목걸이를 찾아오라고 주문을 내린 상태였다. 요원들은 전 세계에 포진되어 있는 본부들을 찾아다니면서 의장의 목걸이를 찾아다니기 시작하였다. 요원들이 목걸이를 찾아 헤매기 시작한 그 시각, 목걸이는 이미 콜로넬의 목에 걸려 있었다. 그 사건이 있은 지 며칠이 지나지 않아 다슈는 티저스 칸토 타운으로 발령을 받아 중앙본부를 떠나버렸다. 중앙본부의 쥬타인들은 다슈가 임무를 수행하러 잠시 떠나 있는 것이라고 생각하였지만 사실과는 달랐다. 다슈가 이 모두를 어떻게 속인 것인지, 또한 그의 정체가 무엇인지 제대로 아는 이는 없었다. 다만 그는 힘이 세었고 중앙본부에서 로닌과 마주친 첫 증인이었으며, 의장의 방에서 크림 의장의 목걸이를 처음으로 발견한 쥬타인이었다.

3화 오버루트

도심 속 난장

"이래서야 출발이나 할 수 있기는 한 건가요?"

 발을 동동 구르며 쥬타인들의 문자가 새겨진 이륙장 위를 왔다 갔다 하는 리포에게 유진이 물었다. 콜로넬이 항공기 준비를 리포에게 시켰으나 타이밍을 제대로 맞추지 못한 실수였다. 콴도 어처구니가 없는 표정으로 리포를 바라보았으나 리포는 누군가의 시선을 담을 여유조차 없었다. 리포는 당장에 콜로넬에게 어떤 보복을 받게 될지 몰라 두려움에 떨고 있었다. 콜로넬은 말도 없이 리포의 모습을 서늘하게 바라만 볼 뿐이었다. 원정대는 항공기가 도착할 때까지 한참이나 기다려야만 했다. 웨이요르는 나지막이 유진에게 말하였다.

"이러는 경우는 사실 잘 없는데요."

"저도 상황을 지켜보고 있습니다."

그들이 출발할 수 있었던 시점은 기다리고 두 시간이 지나서야 가능했다. 항공기는 원정대를 충분히 태우고도 남을 여유가 있었다. 쥬타인들이 사용하는 항공 기체는 인간들이 사용하는 항공기의 수준보다 기술적으로 상당히 앞서 있었는데, 이유는 모든 기술을 바디스에서 지원받아 쥬타인들이 자체적으로 비밀리에 제작하였기에 가능했다. 항공기를 사용하는 경우는 요원들의 임무 수행이나 바디스 원정길에 주로 사용하곤 하였는데, 기체는 인간들이 개발한 스텔스 기능처럼 레이더에 걸리지 않았고, 행여라도 수상한 기록이 인간의 눈에 발각되거나 보고가 되면 그들은 모든 것을 찾아내어 기억을 지우러 다니곤 하였다. 원정대는 이내 곧 도착한 항공기에 탑승하였다. 그중에서 리포는 가장 구석 안쪽 자리로 들어가 소심하게 콜로넬의 눈치만 살폈다. 원정대가 모두 자리에 착석하고 안전장치를 걸자 항공기는 곧바로 하늘 끝자락으로 수직 상승 하였다. 유진은 갑자기 자신의 몸이 뜨는 느낌을 받았는데, 모든 안전장치들이 그가 느끼는 고통을 줄여줄 수 있었기 때문에 인간들도 쉬이 버티기가 가능한 조건이었다. 출발 후 일정 시간 동안 기체가 수직 상승을 이어가다가 잠시 멈추더니 이내 방향을 잡고는 첫 거점지로 광속 이동을 하였다. 쥬타인들의 이착륙장은 주로 각국의 본부가 위치한 빌딩의 꼭대기이거나, 혹은 인간들이 찾아내지 못하는 동굴이나 숲속에도 위치하고 있었다. 바디스로 향하는 길은 선발된 요원을 제외하고는 대부분 몰랐는데, 이번 경로 역시 바디스에서 지정한 지점으로만 이동 가능한 것이었다. 항공기의 움직임은 상당히 안정적인 편이었다. 기체가 기류에 흔들린다거나 갑작스러운 돌발 상황 같은 경우들은 없었다. 출발한 지 상당한 시간이 흐른 뒤, 항공기는 어느 지점에 도착한 듯 보였는데 잠시 멈추더니 이내 방향을 정하고는 등고선을 그리듯 빠르게 착륙하였다. 쥬타인들의 항공기에 몸을 싣고 이동하는 첫 인간으로서 유진은 비행을 견디는 일이 쉽지만은 않았다. 일반적인 기체의 동선이 아니었는 데다가 이동속도도 몇 배가 빠른지 가늠이 되지 않았다. 원정대는 차분히 항공기에서 순서대로 내린 뒤 주변을 살펴보았다. 그곳은 보통 쥬타인들의 거점 타운과는 다른 환경의 착륙장이었다. 산등성이에 외딴집 근처 항공장은 마을의 경치가 한눈에 보일 수 있는 곳에 위치해 있었고, 해가 들이치는 창문과 테라스 그리고 벽돌의 색이나 모양을 살펴보았을 때 그들이 유럽의 어느 마을에 와이너리 근처에 내려졌음을 인지할 수 있었다.

"본부장님, 마침 날씨가 참 좋습니다."

주눅이 들어 있는 리포가 잠시 주춤하는 틈을 타서 콜로넬에게 아부를 하려는 콴이었다. 콜로넬은 여전히 잔뜩 성질난 표정을 드러내며 원정대에게 설명하였다. 콜로넬은 사실 이곳에서 거점지까지만 길을 알고 있었고, 다음부터는 웨이요르에게 맡겨야만 했다. 하지만 그전에 자신이 본부장이라는 본분이 있었기 때문에 원정대를 이끄는 모습을 보여주는 척이라도 해야만 했다. 그는 스스로 맞지 않는 옷을 입어 불편한 모습이었다.

"여러분, 여기까지 오시느라 고생 많았습니다. 다만 여기가 어디인지 설명하자면 프랑스 남부에 위치한 항구 마을쯤 되겠네요. 프랑스의 본부는 바로 이곳에 있습니다. 본부에서는 원정대에게 거점지를 알려주지는 않죠. 다만 어느 위치의 지점까지만 데려다줄 것입니다. 그때부터는 우리가 알고 있는 길을 찾아가야만 합니다."

프랑스 현지 본부인 타운의 명칭은 Comme la Gloire de Turnera(투네라의 영광)였다. 바로 이어서 웨이요르가 말을 보태었다.

"선택받은 자를 제외한 임무 수행에 참가한 쥬타인들은 모든 거점지 근처의 길을 알고 있다고 생각합니다. 다만 인간들이 눈치를 채거나 우리를 알아보고 쫓아온다면 우리의 방식대로 조치를 취해야겠습니다."

다슈는 여전히 말없이 듣기만 하였고, 침묵하고 있던 리포가 살며시 이야기를 거들었다.

"쥬타인들은 그 거점지를 오버루트라고 부릅니다."

"가만히 있어."

콜로넬은 리포가 말도 제대로 못 하게 억누르는 모습이었다. 유진은 그 모습을 보면서 자신이 들은 거점지의 이름을 다시 한번 되뇌었다.

"오버루트, 멋진 이름이네요."

콜로넬은 쥬타인들의 용어를 선택받은 자가 익히고 되뇌는 것 자체도 불편한 기색이었다. 바디스가 가까워 올수록 콜로넬은 욕심

덩어리가 되었다. 그는 콴과 리포와 같이 자신의 수족처럼 움직이는 쥬타인들을 타박하거나, 본인의 심기가 여실히 드러나는 표정을 숨기지 못하였다.

"이쪽으로 오시죠."

"오랜만이에요. 레지옹."

웨이요르와 간단한 인사를 나눈 자는 티네라 타운의 레지옹이라는 요원이었다. 티네라 타운에서는 원정대를 위해 자동차를 제공해 주었는데, 원정대가 도착한 지점에 그들을 데리고 가기 위해 차를 미리 대기시키고 있었다. 쥬타인들은 타지에서도 자신들끼리 의사소통 시에는 그들만의 언어를 숙지하고 익히고 있었기 때문에 언제 어디서든 서로 간의 소통 문제로 어려움을 겪는 일은 별로 없었다. 티네라 타운에서 마중 나온 레지옹에 의해 그들은 거점지 근처에까지 무사히 도착할 수가 있었다. 원정대가 하나둘씩 차에서 내리자 그들의 눈에 비친 마을 도로는 다양한 물품들을 파는 상인들로 가득하였고, 시장을 찾은 행인들로 북적였다. 그 마을은 옛날 방식을 그대로 지켜가며 장사를 하는 모습이었다. 다만 변한 것은 물건을 파는 시스템들이 선진화되어 있다는 것이었다. 전 세계 어디에서나 재래시장의 모습들은 여전히 비슷하였다. 원정대는 이질감 있는 옷과 장비들을 착용하였지만, 그곳을 지날 때에 상인들 역시 그들을 경비대 정도로 생각했지 수상하게 여기는 사람들은 별로 없었다. 원정대는 번화하고 복잡한 시장을 뚫고 지나가야만 했다. 콜로넬은 성큼성큼 앞서서 나아갔는데 나머지 일행도 그의 급한 발걸음을 따라가기 위해 서둘러야만 했다. 콴과 리포는 상인들과 부딪혀 가면서까지 콜로넬을 바짝 따라붙었다. 이어서 다슈 그리고 웨이요르와 유진은 조금의 여유를 두고 따라갔다. 누군가가 다슈의 어깨를 쳤는데 그는 워낙 건장한 체구였기 때문에 부딪힌 사람은 몇 걸음이나 튕겨져 나갈 정도였다. 다슈와 부딪히는 사람들은 그가 사과하지 않는다며 뒤에서 불만을 내뱉기도 하기도 하였다. 유진은 웨이요르에게 물었다.

"거점지까지 복잡한 도로를 지나는군요."

"사람들과 섞이다 보면 처음엔 저희를 신기하게 보다가도 어느새 그들의 방식으로 이방인들을 이해하곤 합니다."

웨이요르는 친절하게도 인간들의 자연스러운 습성을 그들만의 다른 시선으로 설명해 주었다. 원정대는 어느새 북적이는 시장의 골목길에 절반 정도 접어들었다. 그곳에는 마을에서 가장 유명한 천연 염색 천을 파는 가게가 있었는데, 각종 직조된 수제천에 다양한 문양을 새겨 넣어 가방도 만들고 옷을 만들어 팔기도 하는 가게였다. 콜로넬은 앞서서 그 가게 앞을 지나고 있었다. 상인은 물건을 밖으로 진열하러 나오다가 다가오는 자들의 가는 길을 가로막고 호객행위를 하였는데, 그는 그중 콜로넬을 붙들어 세워놓고 가게의 천을 홍보하기 시작하였다.

"명품 천을 좀 보고 가세요. 마음에 드는 천을 고르면 자리에서 바로 옷도 만들어 드립니다."

호객행위를 하는 상인이 달갑지 않았던 콜로넬은 그 순간 그의 포악한 성미를 드러낼 수밖에 없었다. 그는 가던 길을 막지 말라며 상인을 그대로 무시하고 앞으로 나아갔다. 하지만 굴하지 않고 판매에 열성이던 가게 상인은 콜로넬의 팔을 살짝 잡아당겼다. 콜로넬은 반사적으로 상인을 밀치며 그의 멱살을 잡아 있는 힘껏 밀어 올렸다. 하늘 번쩍 들어 올린 모습을 지켜본 주변 상인들은 그 모습을 넋을 놓고 바라보았다.

"안 사겠다는데 왜 나를 자꾸 건드려."

콜로넬은 자신을 붙잡은 상인을 평소 콴과 리포를 대하듯이 골목 끝으로 던져버렸다. 지켜보던 사람들은 감정 조절이 되지 않은 콜로넬의 모습을 보면서 경악하였다. 호객행위를 하는 것은 그들에게는 매우 흔한 일이었고, 이렇게 분풀이 대상이 되는 일은 거의 없었기 때문이었다. 처음 본 사람에게 과하기는 했지만 그렇다고 폭력 행사를 당해가면서까지 잘못한 일은 아니었다. 상인은 당한 게 억울했었던지 지켜보던 주변 사람들에게 자신의 억울함을 알리며 큰 목소리를 내었다.

"내가 잘못한 게 뭐가 있다고 사람을 때리는 겁니까?"

"네가 하는 얘기 못 알아듣겠으니까 더 이상 말 걸지 말라고."

멀리 던져진 상인에게 가까이 다가가 한 번 더 멱살을 잡으며, 이방인의 언어로 마음껏 하고 싶은 말을 내뱉는 콜로넬이었다. 콴과 리포 그리고 다슈는 그 모습을 원거리에서 지켜보게 되었고 웨이요르와 유진은 콜로넬이 겨우 상인의 멱살을 놓았을 때 현장에 다가와 사태를 파악할 수 있었다. 웨이요르가 급하게 콜로넬에게 정황을 물어보았다.

"본부장님, 무슨 일이 있었는지 모르겠지만 타지에서 모르는 인간들에게 감정을 노출시키면 안 되는 것을 알지 않으십니까?"

웨이요르의 질타에 콜로넬은 잠시 놓았던 정신을 되찾았다. 선택받은 자 앞에서 자신이 조금 전 보여주었던 악랄한 모습을 금세 거두고는 아무 일도 없었던 것처럼 표정을 짓는 콜로넬이었다.

"제가 선택받은 자와 함께하는 초행길이라 마음이 급해졌나 봅니다."

콜로넬은 그렇게 대답하고는 콴과 리포에게 인간들의 기억을 지우라는 손짓의 신호를 보내었다. 콴은 장터에서 지켜보던 사람들의 얼굴을 손바닥으로 쓸어내리고는 이마의 중앙을 손가락으로 두들겼다. 조치를 취하니 지켜보던 사람들이 하나둘씩 자신이 원래 가려던 길을 가거나 하고 있던 일에 집중하러 떠나기 시작하였다. 마치 조금 전 있었던 일 따위는 없었던 일이 되어버린 것처럼 다시금 말짱해졌다. 그들이 콜로넬의 악행을 기억의 저편으로 보내 버린 후 쓰러져 남아 있던 상인의 기억마저 지우니 상황은 마무리가 되었다. 콜로넬은 원정길에 나선 뒤부터 티저스 칸토 타운에서 붙잡고 있던 이성의 끈이 자꾸 흔들리기 시작하였다. 자신의 심기를 드러낸 것을 감추기 위해 그는 원정대를 지휘해 다시 앞으로 나아갔다. 하지만 콜로넬은 그사이 유진이 자신의 모습을 기억하고 있는 유일한 인간이라는 사실을 간과해 버렸다. 유진은 이미 콜로넬이 어떻게 세오를 가두어 놨는지, 그가 얼마만큼 이중적이면서도 악랄한 자인지 이미 알고 있었기 때문에 그리 놀라운 일이 아니었다. 다만 이번 일은 자신에게 해가 가지 않게 조심해야 하는 이유가 되었다. 기억을 지우고는 콜로넬이 뒤도 돌아보지 않고 나서자 원정대도 마지못해 그를 계속 따라갈 수밖에 없었다. 시장의 골목을 돌아 나오니 해가 들이치는 광장의 분수대가 보였다. 여러 사람들은 분수대에 걸터앉아 있기도 하였고, 그 앞에서 길거리 연주 공연을 관람하기도 하며 여유를 찾고 있었다. 그 사이 이상한 차림새의 이방인들이 나타나자 광장에 모여 있던 사람들은 신경 쓰이는 듯한 시선을 보내었다. 하지만 원정대는 아랑곳하지 않고 그들이 가야 할 거점지로 거침없이 향하였다. 광장은 그리 넓은 편이 아니었다. 좁은 광장을 둘러싸고 있는 여러 식당들 밖 테라스에는 많은 사람들이 대낮부터 와인을 즐기며 상대와의 대화를 나누는 모습이었다. 마침 축제 기간이었는지 연주되는 음악에 맞춰 흥분을 가라앉히지 못하는 사람들도 여럿 있었다. 원정대는 그 사이를 헤치며 나아갔다. 그때였다.

"잡아라!"

그러더니 누군가가 원정대를 표적 삼아 쫓아오기 시작하였다. 시장 속 상가에서 벌어졌던 일을 지켜보던 사람들이 기억이 사라지기 전 먼저 신고를 했었기 때문이었다. 상인들의 기억은 지울 수 있었으나, 신고를 받고 달려온 경찰의 기억을 지울 수는 없었다. 시간차가 아쉬운 순간이었다. 원정대는 사람들이 많은 광장에서 그들을 쫓아오던 경찰과 대치하기보다는 거점지 근처에 인적이 드문

곳으로 그들을 유인하기로 하였다. 원정길에 노련함이 있는 웨이요르가 대원들에게 외쳤다.

"광장의 중앙 끝에 있는 성당으로 들어가시죠. 성당 뒤에 거점지가 있습니다."

원정대가 서둘러 달려가는 만큼 경찰들도 빠르게 그들을 쫓아왔다. 광장의 사람들은 경찰이 누군가를 쫓든 말든 그들을 의식할 겨를 없이 축제를 즐기고 있었다. 보통의 축제에서 이 정도의 소란은 종종 있어왔었다. 경찰들은 갑옷과도 같은 장비들을 갖추고 있었기 때문에 쥬타인들도 대하기 어려운 복장을 갖추고 있었다. 원정대가 경찰들의 기억을 지우려면 헬멧을 벗겨야만 했다. 쥬타인들이 물론 인간들보다 점프력이나 발걸음 자체가 비교되지 않을 만큼 우월한 조건이었지만, 광장에 모여든 일반 사람들을 놀라게 해서는 안 되었다. 원정대는 달려가면서 선글라스를 이용해 계속해서 서로에게 교신하였다. 유진이 물었다.

"성당에 들어가면 괜찮은 건가요?"

"들어가서 내부를 통과해야 뒤로 갈 수 있지만 우선 종탑 사이 문으로 들어가야겠습니다."

"사람들의 시선을 피해야 합니다."

웨이요르와 다슈가 번갈아 가면서 대답했다. 콜로넬도 방법을 몰랐는지 웨이요르가 주도하는 순간을 따르기로 하였다. 원정대가 종탑과 성당의 본관 사이의 문으로 들어가니, 경찰들도 그 앞을 서성이다가 따라 들어갔다. 성당 안은 밖에서는 잘 보이지 않는 어두운 복도가 이어져 있었고, 원정대의 작전이라면 기억력에 의존하여 밖을 나오기는 어려운 구조였다. 콜로넬은 다슈와 힘을 주어 양손으로 따라온 한 명의 경찰을 붙잡았고, 그가 복도의 벽에 끌려 공중에서 발버둥을 치고 있을 때에 콴과 웨이요르가 헬멧을 벗기고는 리포가 쉬뢰를 발산했다. 바닥에 쓰러져 버린 경찰은 예상했던 대로 기억이 지워져 버렸다. 그사이 뒤쫓아 온 나머지 한 명은 멀리서 레이저건에 의해 기억이 지워졌다. 원정대는 끝으로 들어갔고, 멀리서 경찰들이 일어나는 것을 확인하였다. 경찰들은 조금 전 상점에 몰려들었던 사람들처럼 기억을 잃고는 다시 아무렇지 않게 일어나 옷을 털고 헬멧을 쓰고 성당 밖으로 빠져나갔다. 유진은 다른 것은 부러운 것이 없었지만 인간으로서 쥬타인들이 가지고 있는 여러 능력 중 기억을 지우는 능력만큼은 상당히 부러웠다. 경찰들이 빠져나간 성당은 오래되어 보이는 역사만큼이나 전기가 들어오지 않았다. 어두운 복도를 지나니 성당의 본당 내부와는 상반되게도 축제의 화려함이 그대로 옮겨진 것처럼 아름다운 문양과 제대 앞 금장이 빛을 비추고 있었다. 마을의 시장에서부터 원정대의 난항이 성당의 거점지 근처까지 이어진 모습이었다. 숨 막히게 달려온 원정대는 드디어 유럽의 작은 마을의 성당 속 거점지에서 다음 거점지로 이동할 수 있었다. 하지만 성당에서도 거점지까지 이동하려면 신부님의 안내 없이 그냥은 어려웠다. 쥬타인들이 성당의 신부와 어떠한 관계에 놓여 있는지 알려진 바는 없었지만 유진은 거점 지역마다 그들을 안내할 수 있는 안내자들이 존재한다는 사실을 이번을 계기로 알게 되었다. 웨이요르는 익숙한 듯 제대 옆에 신부들이 옷을 갈아입는 방으로 들어가 내부 통로로 이어진 곳으로 그들을 안내했다. 사람들이 의자에 앉아 기도하는 틈을 타 미끄러지듯 순식간에 통로 아래로 들어간 원정대였다. 내부 계단을 통해 아래로 내려가니 성당의 유물을 전시해 놓은 지하실이 있었다. 그곳에서 원정대는 성당의 신부님을 만날 수 있었다. 신부는 마침 기다리고 있었다는 듯이 원정대를 맞이하였다. 웨이요르와는 이미 안면이 있는 사이인 것으로 보였다.

"신부님, 안녕하세요."

"웨이요르, 오랜만이오. 얼마만의 원정길인가요?"

"개인적인 사정까지 고려하면 1년이 다 되어가는 것 같습니다."

"원정대를 누군가 보지는 않았겠지요?"

"오면서 사람들의 기억을 지우면서 살펴보았는데 다행히 눈치채지 못한 것 같습니다."

콜로넬은 웨이요르가 타운에서 가지고 있는 영향력에 비하여 자신이 쥬타인을 능가할 능력이 별로 많지 않았기 때문에, 원정길에서 보여주는 그의 능숙한 모습을 통해 질투심을 가질 수밖에 없었다. 하지만 바디스 입성까지 웨이요르의 솔라칸이 절대적으로 필요했기 때문에 현재로서는 불필요한 질투심은 잠시 넣어두기로 하였다. 신부는 잠깐의 인사를 마친 다음에 원정대에게 유물에는 관심을 두지 말고 자신만 보고 따라오라고 하였다. 그곳에는 각종 오래된 종교적인 유물과 서적들이 유리창 안으로 전시되어 있었다.

그들은 조용히 신부를 따라 걷기만 하였다. 지하에서 울려 퍼지는 그들의 발자국 소리는 메아리가 되어 돌아 들어왔다. 제대 아래에서부터 시작되어 한참을 걸은 뒤에야 그들은 밖으로 나가는 문이 없는 아치형 통로를 하나 발견하였다. 안으로 해가 들이비치는 밖의 모습은 성당을 위해 봉사하던 신부나 수녀 그리고 성당을 다니던 신자들의 공동묘지 같아 보였다. 신부는 익숙한 듯이 웨이요르에게 그 통로를 통과하라고 손짓하며 인사하였다.

"밖에서는 보이지 않습니다. 어서 이 거점지를 통과하여 성공적인 바디스 입성이 되기를 기원합니다."

그 말을 들은 원정대는 하나둘씩 거점지를 통과하기 시작하였다. 그 이후 성당의 뒷마당으로 나간 자들은 있었으나 나온 사람은 없었다. 그들이 거점지를 통과해서 어디로 갔을지는 신부도 알지 못하였다. 선발된 자가 아니면 통로는 그저 통로로서의 역할이지 더 이상 거점지가 아니었기 때문이었다. 신부는 원정대가 나간 거점지를 매번 신기하게 바라보며, 통로를 통과하여 성당 뒷마당으로 나가보았다. 신부는 조금 전에 일어난 현상들을 살펴보고 하늘을 바라보며 성경 속 라틴어 구절을 되뇌었다.

"Quo Vadis, Domine!"

신부의 문장은 거점지를 통해 들어간 원정대의 귓가에 그대로 메아리치며 울림이 되어 들려왔다. 원정대는 젤리같이 물컹한 통로를 걷는 듯하였다. 때로는 미끄러져 내려가기도 하고 때로는 울퉁불퉁한 것을 밟아 올라가기도 하면서 한참을 버둥거리며 나아가고 있었다. 그들이 도착하게 될 곳이 어디인지 알지도 못한 채 한참을 웨이요르를 따라 걷기만 하였다. 콜로넬도 힘들었는지 거점지를 통과한 지 몇 시간이 지나서야 웨이요르에게 물었다.

"얼마나 더 가야 하나요?"

"조금만 더 가시면 됩니다. 거의 다 와 갑니다."

웨이요르는 유난히 통로에서 걸음이 힘들게 느껴진 이유를 알게 되었다. 다슈가 다른 요원들보다 덩치가 큰 데다가 한 번씩 발걸음을 옮길 때마다 반동이 심해 다른 요원들이 걷기가 더욱 불편해졌기 때문이었다. 웨이요르가 다슈에게 주의를 주었다.

"다슈, 그렇게 큼직한 발걸음으로 세차게 걸을수록 거점 통로에 머무는 시간이 지속될 거요."

평상시 다소 과묵하기만 한 다슈가 원정길에서 처음으로 말문을 떼었다.

"혹시 늦어지는 게 저 때문이라는 얘기는 아니시죠?"

묵묵히 훈련에만 동참하며 타운에 있을 때와는 다르게 쉽게 반문도 잘하는 다슈였다. 웨이요르는 다슈가 어떤 요원이라는 생각도 못 한 채 훈련만 해왔던 때를 떠올리며 다슈의 모습을 제대로 보려고 노력했다.

"원래대로라면 도착했어야 했는데 시간이 거의 두 배로 늘어났습니다."

유진은 웨이요르를 따라서 묵묵히 걷기만 했다. 다리에는 경련이 일고 인간이 쓸 수 있는 모든 근육을 써가면서 균형을 잡고 있었다.

때로는 손을 짚기도 하고 고무처럼 늘어나는 막을 몸으로 부딪혀 가며 전진해 나아갔다. 콜로넬은 콴과 리포가 거의 뒤에서 밀다시피 하여 비교적 수월하게 이동하고 있었다. 쥬타인들의 운동신경이라면 벌써 도착하고도 남았어야 했지만 콴과 리포를 종처럼 부리는 본부장의 유별난 행태와 반동을 높이는 다슈의 발걸음이 첫 인간으로 발을 내디딘 선택받은 자에게까지 영향을 주어 엉성한 모두를 아울러 이동해야 하는 웨이요르에게는 부담을 주었다. 그들은 대화를 나눈 지 상당한 시간이 흘러서야 도착 지점에 다다랐다. 도착지가 다가오자 말캉거리는 통로의 끝에 희미하게 탈출구가 보이기 시작하였다. 이제 이 통로를 빠져나가면 무엇이 있을지는 알 수가 없었다. 끝에 다다르니 안개가 자욱하여 밖이 보이지 않았고, 그 앞에서 웨이요르가 먼저 그들을 멈춰 세웠다. 웨이요르는 상당히 비장한 표정으로 어려운 말을 꺼내려고 하는 것 같았다. 원정대도 웨이요르가 무슨 이야기를 하기 위해 머뭇거리는지 몰랐지만 진지하게 그의 말을 기다렸다.

"여러분, 이곳을 빠져나가는 순간 낭떠러지로 떨어지게 됩니다."

애써서 왔지만 원정대의 다음 행선지는 당황스러울 만큼 의외였다. 행선지를 알고 있는 익숙한 쥬타인을 제외하고는 표정에 일부 변화가 생긴 콜로넬과 유진이었다. 유진은 아무런 장비도 없이 낭떠러지로 떨어질 마음의 준비가 안 되어 있었다. 두려움이야말로 인간이기에 느낄 수 있는 감정일 수도 있었다. 콜로넬도 마찬가지였다. 아무리 쥬타인들만큼 운동신경이 극도로 발달되어 있어도 콜로넬은 인간이었다. 그도 겁을 먹지 않을 수가 없었다. 웨이요르는 콜로넬이 인간이라는 사실을 몰랐기 때문에 간단한 주의사항을 유진에게만 일러주었다. 하지만 콜로넬도 웨이요르의 말에 주의를 기울이지 않을 수 없었다.

"선택받은 자께서는 겁먹지 않으셔도 괜찮습니다. 우리가 꾸준히 해왔던 수영 실력이라면 충분히 생존할 수 있습니다. 아래는 단지 폭포수가 흐르는 커다란 호수에 불과하니까요."

"공중에서 호수 아래로 떨어진다는 말씀이신가요?"

"그렇습니다. 그저 다이버들처럼 다이빙한 후에 헤엄쳐서 육지로 올라오기만 하면 됩니다."

웨이요르는 요원들에게 쥬타인들의 전용 복장인 선글라스와 모자를 가방에 넣어두라고 일러주었다. 요원들은 모두 웨이요르의 지시를 따랐다. 콜로넬도 어쩔 수 없이 그의 지시대로 따랐다. 콜로넬은 나지막한 목소리로 콴에게 귓속말로 이야기하였다.

"혹시라도 내가 잘못되면 안 되니까 너희들이 내가 헤엄치는 동안 나에게 바짝 붙어서 육지로 끌어 올려."

"걱정 마십쇼, 본부장님. 저희들만 믿으세요."

어떤 말을 해도 아부를 떠는 콴과 리포였다. 웨이요르는 이어서 요원들을 한 명씩 아래로 내보내기 위해 탈출구 앞에 순서대로 서라고 하였다. 이런 상황에서 긴장은 더 이상 불필요한 것이었다. 웨이요르는 제일 먼저 가장 능숙한 다슈를 내려보냈다. 이어서 콴과 리포를 내려보낸 뒤에 콜로넬과 마주하였다.

"본부장님께서도 초행길이시라고 알고 있습니다. 말씀드린 대로."
"내가 알아서 합니다."

그렇게 얘기하고는 가짜로 그려 넣은 눈꺼풀을 껌뻑이며 뛰어내린 콜로넬이었다. 당당했던 조금 전 태도와는 다르게 아저씨의 굵직한 목소리의 비명소리가 들리는 것은 그들이 헛것을 들은 게 아니라는 의미였다. 이제 남은 사람은 유진밖에 없었다. 웨이요르는 자신이 먼저 내려갈 수도 있었지만, 유진이 인간이기 때문에 만약의 상황에 대비하기 위해 자신이 뒤를 따르겠다고 하였다. 알 수 없는 미지의 세계에 그것도 한길 낭떠러지 앞에서 선 유진은 잠시 머뭇거렸다. 그 마음을 이해했는지 웨이요르는 유진을 안심시켰다.

"오델리스의 신발을 신으셨군요. 바디스 원정길에 본격적으로 들어선 것을 환영합니다."

웨이요르는 유진과 자신의 눈을 마주한 뒤 윙크를 하였다. 허물 가득한 눈꺼풀이 움직이면서 각질이 일어났지만 그는 별로 개의치 않았다. 유진은 가슴으로 느껴지는 진심을 고맙게 생각하였다. 유진은 이제 더 이상 지체할 수 없었다. 과감히 자신이 처한 두려움 앞에 모든 것을 던져내어야만 했다. 지구라는 행성은 그렇게 가혹하게도 살아가는 모든 생명체들이 자신을 기꺼이 내던져 모험을 자처할 때에 경험이라는 가치를 손에 쥐어주곤 하였다. 떨어지면서 유진은 살면서 느낄 수 있는 극한의 공포를 체험하였다. 그러면서도 찰나의 순간이었지만 하늘에서 폭포수 아래 땅끝으로 떨어지는 듯한 상상을 하기도 하였다. 유진은 호수에 안면을 강타당하며 물속으로 들어갔고, 삶을 다한 것인지에 대한 의문을 가졌을 때 그는 이미 헤엄치고 있었다. 오델리스의 신발은 유진이 정신을 차리기도 전에 그를 물에 저항하게 하여 몸을 눕혀놓고 움직이게 하고 있었다. 유진이 눈을 뜨니 잔잔한 구름 조각이 하늘 위에 평화롭게 펼쳐져 있었고, 그의 몸은 이미 육지 근처까지 다 와 가고 있었다. 유진은 남은 거리만큼은 스스로 헤엄쳐 육지에 다가갔다. 먼저 도착한 웨이요르는 유진에게 다가와 손을 내밀어 잡아당겨 올려주었다.

"다들 도착했습니다. 따라오시죠."

"시간차는 적어도 다들 역시 빠르시군요."

"요원 활동을 하는 쥬타인들에게는 일상인걸요."

유진은 흠뻑 젖은 옷을 짜내고는 눈을 들어 주변을 살펴보았다. 폭포수 아래 거대한 호수의 표면에는 빛이 반사되어 눈이 부실 정도였지만, 이곳은 수려한 자연을 보존하고 있는 아름다운 섬인 듯 보였다. 사람이 살고 있는지는 알 수 없었다. 웨이요르는 유진을 데리고 일행이 있는 곳으로 걸어갔다. 다들 털고 짜내면서 옷매무새를 가다듬고 있었다. 웨이요르는 이제까지의 일은 아무것도 아니라는 듯 그가 가진 경험을 바탕으로 모두에게 일러주었다.

"이 섬에서 바디스 근처까지 가는 과정이 지금까지보다 더욱 험난하며, 위험에 처할 수 있고 어려울 것입니다."

웨이요르가 경고한 것처럼 바디스 근처에 위치한 이 섬은 알고 보면 최악의 조건으로 가득 찬 무인도였다. 하지만 유진의 눈에 비친 파라다이스 같은 아름다운 섬의 풍경은 그를 현혹시키기에 충분하였다. 보이는 것이 다가 아니라는 것을 알면서도 속을 수밖에 없다면, 그것이 이 섬을 그동안 어떠한 인간도 생존하지 못하게 한 이유가 될 것이었다.

4화 린더랜드

그럼에도 탐험은 계속된다

"이곳에 임시 숙소를 마련하여 오늘 밤은 여기서 넘기는 게 좋겠습니다."

"뭐라도 먹고 좀 쉬는 게 어떻겠습니까?"

장시간의 이동으로 원정대는 모두 지쳐 있는 상태였다. 환경은 습함 없이 적당한 온도에 좋은 날씨였다. 눈에 들어오는 모든 자연이 아름다웠지만 원정대가 생존할 만큼 먹을 것이 많아 보이지는 않았다. 탐험에 익숙한 웨이요르와 콴과 리포는 몸에 배어 있는 듯 호수 근처에 있는 큰 나무 옆을 돌아 여유 있는 곳에 비치한 낮은 수풀 위로 자신들이 가져온 텐트 알로 집을 짓기 시작하였다. 그들에게 숙소를 마련하는 일은 그리 어렵지 않았다. 기둥이 될 만한 나무의 몇 가지를 세워놓고 안에서 위로 알을 던져 터트리면 금방 아늑한 천막이 쳐졌다. 해가 넘어가기 시작하는 시점에서 콜로넬과 쥬타인들은 가방에서 주섬주섬 먹을 것을 꺼내어 먹기 시작하였다. 유진은 가져온 음식이랄 게 마땅치 않았다. 어느 정도 음식을 충분히 섭취하고 있던 그들은 먹을 게 없어 지쳐 누워만 있는 유진을 가만히 지켜만 보고 있었다. 웨이요르는 먼저 유진에게 다가가 자신이 먹던 나방과 거미를 갈아 만든 쿠키를 건네었다. 이 섬에서는 먹을 것이 많지 않다는 이유였다. 유진은 나방의 다리가 갈려져 박혀 있는 쿠키를 보고는 구역질이 날 것 같았지만 너무 배가 고픈 터라 손으로 집어 들어서 자세히 관찰하였다. 냄새는 고소했지만 모양은 그리 달가운 형상은 아니었다. 먹지 못하고 머뭇거리는 유진에게 웨이요르가 일러주었다.

"먹어야 합니다. 먹지 않고 버티게 되면 이 원정을 다 이어나갈 수 없어요."

"인간들은 이런 곤충을 갈아 만든 쿠키를 잘 먹지 않아요."

"어려운 거 압니다. 이제부터 모든 것에 적응해야만 생존할 수 있습니다. 자 얼른!"

유진은 나방과 거미를 갈아 만든 쿠키를 건네주는 웨이요르의 간절한 마음을 받아들이기로 하였다. 어설프지만 그는 쿠키를 받아 입에 가져다 대어보았다. 상당히 거부감이 들었다. 유진은 티저스칸토 타운에서부터 쥬타인들이 밀웜 과자나 지렁이를 삶아 만든 쿠키 그리고 벌꿀 커피 등 인간들이 별로 좋아하지 않는 여러 곤충들을 주식으로 먹는 것을 이해할 수가 없었다. 그들은 겉보기에는 인간과 같은 모습이었으나 보통의 인간들이 좋아하는 자연에서 나오는 재료를 이용해 요리를 해 먹는 방식이 아니었다. 유진은 쿠키를 한 입 베어 물자 거미의 다리가 이빨에 낀 느낌을 받았다. 그 사이 콜로넬과 콴과 리포는 쳐놓은 천막이 비좁다며 자신들만의 숙소를 따로 짓겠다고 나가버렸다. 무슨 일들을 꾸미려는지는 모르겠으나 그들은 한참을 걸어 멀찍이 떨어진 곳에 자신들만의 숙소를 지었다. 유진이 뭐라도 먹을 수 있게 하기 위해서 설득하던 웨이요르는 콜로넬의 무리가 나가는 일에는 전혀 신경 쓰지 못하였다. 유진은 어렵지만 차근히 나방과 거미를 씹어 넘겨보려고 노력하였다. 웨이요르는 힘들다는 것을 알았지만 자신들이 먹는 음식을 같이 먹어주는 유진을 고맙게 생각하였다. 다슈는 여전히 말없이 자신의 일을 하며 땔감에 불을 피우기 시작하였다. 웨이요르는 주변을 둘러보다 콜로넬과 콴과 리포가 따로 숙소를 차린 것을 알아채고는 다시 유진에게 대화를 시도하였다.

"여기 이 섬은 지구에서 인간들이 가장 생존하기 어렵다는 열악한 조건을 갖추고는 있지만, 바디스 근처의 린더랜드에 비하면 그래도 인간이 생존할 먹거리라는 것들이 있습니다."

"그러면 여기는 바디스 근처가 아니고 그곳으로 가기 위한 섬이라는 건가요?"

"네 맞습니다. 아직 바디스로 들어가는 크로네필 근처에 있는 대륙이 아닙니다."

"그 대륙의 이름이 뭐라고 하셨죠?"

"린더랜드입니다. 린더랜드는 인간이 머무르는 것조차 호락호락하지 않는 야생의 조건으로 주변의 모든 것들이 생명을 위협할 수 있다고 보아야 합니다."

웨이요르는 앞으로 있을 험난한 야생을 탐험하기에 앞서 유진에게 차근히 일러주었다. 불편한 기색인 콜로넬과 콴과 리포가 없을 때 최대한 더 많을 것을 알려주고 싶어 했다. 그들의 대화는 잠들기 직전까지 계속되었다.

"린더랜드."

이름을 다시 한번 되뇌는 유진이었다.

"저에게 오시기 전에 박원천 교수와 대화 후 결정을 내린 것으로 알고 있습니다. 말하자면 길지만 저와 교수님의 인연은 상당한 세월을 거슬러 올라가 바로 이곳에서 시작되었죠."

"바로 이곳이라고요?"

"네. 바로 이 무인도의 사암 절벽에서였습니다. 린더랜드로 향하는 여정 중에서 가장 끝에 바다 사이를 두고 모래가 쌓여 고화된 퇴적암으로 이루어진 절벽이 있습니다. 그곳 위에서 바라보면 크로네필을 볼 수 있어요."

"제가 교수님께 듣기로는 크로네필은 인간들의 눈으로는 볼 수 없다고 들었습니다."

"그럴 수밖에요. 쥬타인이 바디스의 연결자들이 된 이유에는 크로네필이 보이기 때문입니다. 걱정 마세요."

"그렇지만 훈련 때처럼 크로네필을 보지 못하는데 입성이 가능할 수 있을지."

"저를 믿으세요. 함께 들어가는 것입니다."

그들의 대화는 사뭇 진지했다. 아무리 박원천 교수가 능력 있는 대단한 학자여도, 혹은 크로네필을 찍는 렌즈를 개발하였다 하더라도 수많은 세월이 지난 지금까지도 육안으로 크로네필을 직접 볼 수는 없었다. 발명한 렌즈로 찍은 희미한 크로네필의 사진조차 조작한 특수효과로 치부되기 쉬웠다. 하지만 교수는 웨이요르와 인연을 맺으면서 모든 비밀에 동참하기로 하였던 것이었다. 그렇게 된 이유에는 교수의 렌즈를 만드는 기술과 함께 쥬타인들이 그의 일부 기억을 찾아 없애놓았기 때문에 가능하였다. 웨이요르는 유진이 챙겨온 오델리스의 유물들을 점검하여 주기로 하였다. 유진은 웨이요르의 의중을 듣고는 자신이 챙겨온 오델리스의 유물들을 하나둘씩 꺼내어 놓기 시작하였다. 장갑과 신발 몇 안 되는 마개까지 내어놓자 웨이요르는 상당히 흡족해하는 표정을 지었다. 옆에서 불을 피우던 다슈는 불을 다 피웠는지 누워서 그들의 대화를 살며시 엿듣고 있었다. 중앙본부에서 온 다슈는 오델리스의 유물에 대해서 잘 몰랐었기 때문에 흥미로운 시선으로 그들의 대화를 바라보았다.

"상당히 잘 챙겨온 듯하네요. 신발의 위력은 이미 체감하셨을 겁니다. 나머지 것들도 이번 여정에서 매우 중요한 역할들을 담당할 수 있겠습니다."

"가져온 유물들의 역할을 알려주실 수 있으실까요?"

"전부를 다 알려줄 수는 없지만 사암 절벽을 오르기 전 오델리스의 장갑을 껴야만 합니다."

"사암 절벽을 오른다고요?"

"바디스 근처 대륙으로 가려면 필히 사암 절벽을 넘어서 가장 가까운 바다를 넘어 건너가야 합니다. 이 절벽이 매우 가파르고 오르기가 어렵기 때문에 쥬타인들은 단련된 손가락 근육들을 이용해서 쉽게 튕겨 올라갈 수 있어요. 하지만 인간은 제대로 장비를 갖추지 않으면 절대 오를 수 없고, 설사 장비를 갖추었다 하더라도 고정된 장비가 쉽게 부서지거나 빠져서 오히려 매우 위험합니다."

"장갑을 끼면 뭐가 다른 거죠?"

웨이요르는 옆에서 듣고 있는 다슈에게 시선이 갔다. 다슈는 누운 채로 그저 어깨를 으쓱해 보일 뿐이었다. 웨이요르는 유진에게 계속해서 설명하였다.

"오델리스는 쥬타인들의 영웅으로 칭송받기도 하지만 유명한 발명가로서 탁월한 기질이 있었습니다. 그가 어째서 쥬타인들만의 발명품이 아닌 인간들을 위한 발명품까지 만들게 되었는지는 현재까지도 의문이 남습니다만, 그의 장갑은 사암 절벽을 거미처럼 오를 수 있도록 접착력이 뛰어납니다."

"인간들의 세계에서는 이런 것들을 주제로 한 영화를 만든 적도 있습니다. 흥미롭군요."

"접착제를 붙여서 그런 것이 아니라 절벽에 달라붙는 자성을 이용했을 가능성이 높습니다."

"사암 절벽과 자성이라. 상당히 어울리지 않는군요."

다슈는 그들의 대화에 흥미가 없다는 듯 어느새 이불을 펼치고 돌아누워 잠들었다. 웨이요르와 유진은 계속해서 흥미로운 대화를 이어나갔다.

"박원천 교수를 사암 절벽 위에서 만났었습니다. 교수도 젊었을 때였고, 저도 요원으로 활기가 넘칠 시기였는데 인간들이 보아서는 안 될 곳을 망원경으로 보고 있는 모습을 처음 발견했었죠. 그가 어떻게 이 절벽을 올라왔는지는 아직도 의문입니다."

"교수님께서는 정말 많은 것을 알고 계신 듯 보였습니다."

"박원천 교수는 아마 그날의 일을 더 자세히는 기억해 내지 못할 것입니다. 그가 어디서 알아내었든 망원경은 크로네필을 향하고 있었지만 크로네필이 보이지 않았던 기억을 떠올릴 것입니다. 단지 그에게 남겨진 것은 자신이 발견한 렌즈를 통한 희미한 사진뿐이죠."

"교수님 방에 쥬타인들이 들어올 수 있다는 것은 놀라운 일이었습니다."

"그날 이후로 쥬타인의 세계는 유일하게 박원천 교수와 소통을 이루고 있습니다. 하지만 이렇게 선택받은 자 당신만이 이곳에 허락받게 된 것이죠. 교수는 허락되지 않은 이방인에 불과합니다."

그들이 그러한 대화를 나눈 그 순간 텐트 밖에서는 바스락거리는 소리가 났다. 웨이요르와 유진은 잠시 대화를 멈추고 천막이 살짝 열려 밖이 보이는 곳을 바라보았다. 바람에 천이 흔들려 서로 부딪히는 마찰 소리일 거라 짐작은 되었지만, 그것이 이유가 되기에는 부족해 보였다. 다시 한번 비슷한 소리가 들려왔다. 이번에는 조금 더 큰 소리가 났다. 웨이요르와 유진은 서로의 눈을 바라보며 밖을 예의 주시하게 되었다. 긴장이 감도는 그들의 대화는 잠시 멈추어졌다. 이상한 낌새를 눈치챈 유진이 텐트 밖으로 나가 주변을 살피기 시작하였다. 해가 진 밤하늘 무인도의 모습은 무척이나 아름다운 빛을 선물하고 있었지만, 유진의 따라간 시선 속에 나무 사이 수풀 아래로 미세한 나뭇잎의 흔들림이 보였다. 하지만 아무리 둘러보아도 아무도 보이지 않았다. 길을 따라 시선이 멈춘 끝에는 콜로넬과 부하들이 건너가 쳐놓은 천막이 얼핏 보이는 게 다였다. 그들도 불을 지피고 잠이 들어버린 모습이었다. 유진은 다시 텐트 안으로 들어와 웨이요르에게 밖의 상황을 설명하였다.

"콜로넬이 온 줄 알았는데 아니었네요."

"바스락거리는 소리는 다슈가 뒤척이면서 나는 소리였을 가능성도 있을 것 같습니다."

"그럴 가능성이 높겠군요."

웨이요르는 아무렇지 않아지자 다시 린더랜드에 대해서 진지하게 설명하기 시작하였다.

"린더랜드에 대해 좀 더 이야기를 해드리겠습니다. 박원천 교수가 선택받은 자 대신 린더랜드를 가장 먼저 접한 인간으로 기록되었다면, 그는 이미 사라진 지 오래였을 것입니다. 그만큼 린더랜드는 생존할 수 없는 파멸의 공간으로 보아도 무방하죠."

"제가 여기서 살아남을 수 있을까요?"

"모든 길에는 유인장치라는 것이 있고 생존하기 위한 방법을 갈구하게 되죠. 선택받은 자가 왜 오델리스와 같은 영웅적 발명가의 유품이 가득한 방에서 숙소 생활을 하게 되었는지는 우연이 아닐 것이고, 또한 이번이 훈련을 통해 강인해진 것은 무엇인지 시험해 볼 수 있는 기회이기도 하죠."

웨이요르는 유진에게 간접적으로라도 오델리스의 유물을 사용할 수 있게 유도하였다. 쥬타인들에게 굳이 필요하지 않은 물건들이었지만 린더랜드의 위험한 순간들을 인간이 헤쳐나가려면 어쩔 수 없는 선택이었다. 가장 가까운 미래에 사암 절벽을 오르기 위해서는 당장에 오델리스의 장갑을 끼지 않을 수 없었다. 웨이요르와 유진도 그들이 처해 있는 상황을 수긍하며 다른 쥬타인들처럼 잠이 들었다. 어둠이 짙어져 지상까지 뿌리 깊게 내려왔을 때에 인간은 보통 꿈을 꾼다고 했다. 그날 밤은 유독 어둠이 짙은 날이었다. 유진은 무의식중에 시계 속에 갇혀 있는 자신을 발견하였다. 누군가는 유진에게 지속적으로 해내야만 한다는 의식을 강요하였고, 누군가는 질투하고 있는 모습을 발견하였다. 유진은 가끔 바닷속에서 헤엄치는 자신을 자주 보곤 하였는데 그날따라 심한 압박감에 시달려야만 했다. 그러한 기분이 어디에서 온 것인지 알 길은 없었다. 하지만 유진이 어느 순간에서도 편안함을 느낄 수 없이 달려가야만 하는 스스로에게 괴로움을 느끼는 것은 사실이었다. 그것이 인간이 살아내야만 하는 삶이라면 받아들여야 하는 절대적인 숙명일지 모를 일이었다. 새벽 동이 틀 무렵 구름이 달을 가려 가장 짙은 어둠이 머물고 있는 숙소를 짓누르고 있을 때쯤이었다. 또다시 어느 순간에 바스락거리는 소리가 한 번 더 들렸다. 소리는 전날 저녁 들렸던 소리와는 다르게 한 번의 강렬함과 여운을 남기고는 이내 곧 사라져 버렸다. 가장 짙은 어둠과 소리가 사라지고 얼마 지나지 않아 사람이 생존하기 어려운 무인도에도 해가 들이치기 시작하였다. 만물이 소생하는 아름다운 절곡을 지나 산줄기를 타고 숲의 나무를 따라 그들이 잠들은 숙소의 틈새까지 빛이 비집고 들어섰다. 그들 중 가장 먼저 리포가 빛이 저며드는 틈 사이로 눈을 비비며 일어났다. 쥬타인들의 본부가 자리 잡고 있는 도심 속 중심가에서 떠나와 오랜만에 느껴보는 자연의 산뜻함이었다. 리포는 숙소 천막의 내부를 둘러보며 대자로 누워 코를 골며 자고 있는 콜로넬을 발견하였다. 콜로넬의 코 고는 소리가 너무 큰 나머지 리포는 양손을 자신의 귀에 가져다 대면서 눈살을 찌푸렸다. 하지만 리포는 콜로넬이 코를 고는 것과 상관없이 자신의 단짝인 콴이 보이지 않는다는 것을 금방 깨달았다. 혹시나 하는 마음으로 숙소의 바깥을 둘러보며 콴을 찾아보았지만 보이지가 않았다. 리포는 유진이 머물고 있는 숙소를 둘러본 뒤에도 동료를 찾을 수 없자 큰 목소리로 콴을 찾기 시작하였다.

"콴! 콴!"

그 소리를 들은 콜로넬도 잠에서 깨어 뒤를 돌아보고는 간밤에 사라져 버린 콴의 행방에 대해 눈치를 채었다. 다른 원정대원들도 갑자기 사라져 버린 콴의 행방을 의아해하였다. 콴은 스스로 경로를 이탈할 정도로 원정길에 대한 거부감이 있는 요원이 아니었다. 콜로넬이 아무리 못되게 하였어도 그 때문에 도망갈 정도로 간이 크지도 못하였다. 콜로넬과 리포는 콴을 잘 아는 동료였기 때문에 자의적인 이탈이 아니라는 점을 의심하지 않을 수 없었다.

"분명 함께 잠들었는데 말이죠."

가장 가까운 동료가 보이지 않는다는 사실에 망연자실한 리포는 저기압인 목소리로 콜로넬에게 사실을 알렸다. 원정길에 동참한 모두가 콴이 허무하게 사라진 광경을 보고도 믿을 수 없어 했다. 콜로넬과 다슈 그리고 웨이요르는 선글라스의 버튼을 짚으면서 콴이 사라진 방향 쪽으로 이동해 가면서 무인도의 숙소 주변을 자세히 관찰하였다. 사실 원격으로 선글라스를 통해 위치를 금방 찾을 수 있음에도 불구하고 신호가 잡히지 않는 콴이었다. 그의 행방은 묘연해졌고, 원정길의 동선 이탈로 중앙본부에 보고될 수밖에 없는 상황이었다. 콜로넬로서는 콴이 없는 원정길은 생각할 수도 없는 상황이었다. 그가 가장 믿는 심복인 데다가 어설픈 리포와는 다르게 모든 일을 완벽히 수행하며 말 잘 듣는 요원이었기 때문이었다. 이제 겨우 첫 구역을 들어섰는데 콜로넬의 입장에서 자꾸 꼬이는 일들이 발생된 것이나 다름없었다. 쥬타인들의 원정길 규칙에는 이런 문장이 있었다.

'원정 중 이탈자가 발생하여도 멈추지 말 것'

동료 요원의 행방이 묘연해졌음에도 불구하고 그들은 가는 길을 멈출 수 없는 상황이었다. 콴을 찾아 나선 지 상당한 시간이 흐르고서야 원정대는 모든 것을 포기하고 나아갈 수밖에 없었다. 동료를 잃었다고 생각하고 싶지 않은 리포는 고개를 저었고, 콜로넬은 예민한 미간을 꿈틀거리며 깊은 고민에 빠진 듯하였다. 그들의 고민을 짐작하는 유진과 웨이요르는 앞서가는 다슈를 따라 나아갔다. 그러자 이내 곧 콜로넬과 리포도 단념하고 그들을 따라나섰다. 무인도의 바람이 언덕을 넘어 그들의 근처까지 다가와 나뭇잎들을 쓸어가기 바빴다. 무척이나 바람이 많이 부는 날이었다. 바람에 스치는 숲내음이 향긋하였지만, 그러한 환경에 취하기에는 여유가 없었다. 원정대가 한참을 걷고 나서 그들의 눈에는 황량한 돌무더기들이 길을 내어놓고, 그 길의 끝에 거대한 산이 눈에 들어왔다. 길의 양쪽으로는 풀이 거의 자리지 못하는 환경이었다. 웨이요르는 다시 유진에게 귓속말로 주의를 주었다.

"내어져 있는 돌길 외에는 발을 디디지 마세요."

"자갈밭이라 디딜 곳도 없어 보이네요."

유진의 능청스러운 대답에 안심하는 듯한 웨이요르였다. 그 사이 콜로넬은 뒤에서 리포에게 콴의 행방에 대해서 추궁하며 리포를 겁에 질리게 하였다. 성미가 고약한 콜로넬은 계속적으로 리포에게 잔소리하며 괴롭혔다. 시끄러운 잔소리가 계속 이어지니 유진과 웨이요르도 뒤를 돌아보지 않을 수가 없었다. 그들이 뒤를 돌아보니 콜로넬의 옷이 햇살에 비쳐 그들의 눈을 부시게 만들었다. 순간 반짝였지만 결정적으로 그들의 눈을 시리게 하는 것에 대한 정체가 무엇인지는 알 수가 없었다. 다만 원정대는 강렬한 반사 빛 때문에 선글라스를 끼고 있었음에도 일시적으로 손바닥으로 눈을 가려야만 했다. 보다 못한 웨이요르가 콜로넬에게 한마디 하였다.

"본부장님, 리포의 잘못도 아닌데 너무 질타하시는 건 아닌지 모르겠습니다."

"웨이요르, 당신이 끼어들 사안이 아니니 앞만 보고 가시오."

"쥬타인 요원들의 수칙인 원정길에서 어떠한 불협화음도 배제한다는 문구를 잘 알고 계실 것이라 생각합니다."

지속적으로 리포를 괴롭히는 콜로넬에게 일침을 가하는 웨이요르였다. 콜로넬은 자신의 이런 인간적인 습성이 쥬타인들과 근본적으로 다르다는 것을 인정할 자가 아니었다. 또한 그의 그런 점들을 눈치채는 쥬타인들도 없었다. 콜로넬은 웨이요르의 반응에 자존심을 챙기기 위해 다시 반문하였다.

"불협화음이 아니라면?"

그의 되물음에 당황하는 것은 오히려 웨이요르였다. 콜로넬의 반응은 쥬타인들에게는 익숙한 형태의 대화방식이 아니었다. 웨이요르는 더 이상의 언급을 피하며 다시 원정길을 향해 묵묵히 나아갔다. 웨이요르는 기분이 좋지 않았는지 뒤에서는 어떠한 소음이 나더라도 앞만 보고 걸어가기 시작했다. 상황을 지켜보던 유진도 웨이요르의 뒤를 따라갔다. 거대한 산은 그들에게 점점 더 가까이 다가왔고, 산의 웅장함은 그들이 한꺼번에 볼 수 있는 시야를 가득 채

워나갔다. 햇살의 강도가 가장 강한 오후가 되었다. 같은 풍경의 길을 지루하리만큼 걸어 들어가고 있을 때, 뒤에서는 또다시 문제가 발생하였다. 콜로넬이 리포를 밀어 넘어뜨린 것이었다. 순간적으로 가장 먼저 뒤를 돌아본 다슈는 발 빠르게 리포가 넘어진 곳 근처의 자갈밭으로 점프하며 뛰어 들어가 리포의 손목을 들어 올렸다. 리포가 넘어진 자리의 자갈밭은 순식간에 모든 생명체를 집어삼키듯이 바닥 아래로 끝까지 잡아당기며 흡수하려고 하였다.

"으아악. 살려주세요!"

리포의 손목을 잡아 자갈의 하나를 발끝으로 디딘 다슈는 크게 점프를 하여 그를 다시 단단한 길가로 옮겨놓았다. 유진과 웨이요르도 다슈가 리포를 옮겨놓은 곳으로 급히 달려왔다. 리포는 정신을 못 차리고 그대로 혼절하였다. 콜로넬은 그들이 그러거나 말거나 혼자서 먼저 발걸음을 옮겨 앞서서 나아갔다. 웨이요르는 분노하지 않을 수 없었다.

"콜로넬, 제정신이오? 이 문제는 중앙본부에 회고되지 않을 수 없어요. 적당히 하시오."

콜로넬은 들은 체도 하지 않고 번쩍거리는 빛을 반사시키며 산쪽으로 더 깊이 걸어 들어갔다. 다슈는 쓰러진 리포의 뺨을 건드리며 깨어나기를 기다렸다. 유진은 앞으로 콜로넬의 행보를 예의 주시하며 지켜보기로 하였다. 그의 막돼먹은 성정이 시간을 거듭할수록 더 심해지는 모습을 바라만 볼 수밖에 없었다. 그 일이 있은 뒤 자갈 들판에 세찬 바람이 세 번을 더 왔다 간 뒤에서야 리포는 정신을 차릴 수 있었다. 그러나 이미 콜로넬의 모습은 거의 보이지 않을 시점이었다. 유진에겐 웨이요르가 왜 초반에 자갈밭에 들어가서는 안 된다고 하였는지 그 이유를 확인하는 계기가 되었다. 그 사이 리포는 신체의 일부를 움직이며 깨어나고 있었다. 그는 완전히 정신을 차리고는 일행에게 자신의 심경을 밝혔다.

"콜로넬은 악마예요. 그는 서서히 자신의 통제력마저 잃어가고 있어요. 그가 어디까지 가게 될지 두렵습니다."

"리포, 괜찮아요. 콜로넬은 먼저 앞서가고 있습니다. 흥분하지 말고 천천히 말해도 좋아요."

이제 막 의식에서 깨어난 리포를 보며 걱정이 된 웨이요르는 리포를 먼저 진정시키기로 하였다. 하지만 진정이 잘 되지 않는 리포는 흥분한 채 계속적으로 콜로넬에 대해 아무 말이나 내뱉었다. 본래 생명체가 자신의 생명에 위협을 느끼게 되는 순간 모든 이성과 자제력을 잃게 되거나 혼란에 휩싸이게 되는 것은 매우 자연스러운 현상이었다. 이미 모두가 알고 있는 사실이었지만 콜로넬은 자신의 본성을 드러내는 것을 더 이상 주저하지 않는 모습이었다. 하지만 그럼에도 유진과 웨이요르는 그의 음흉한 속내보다 괴팍한 모습에 더 집중이 되었다.

"저는 그를 더 이상 따르기도 무서워요. 콴이 사라진 상황에서 저는 본부장님에게 신임을 받을 수 없습니다."

"괜찮아요. 리포, 꼭 본부장의 신임을 얻어야지만 요원 생활을 잘할 수 있는 것은 아니랍니다."

웨이요르는 리포를 달래기 위해 노력하고 있었지만, 다슈는 리포를 구해놓고도 별다른 말을 보태지 않고 있었다. 유진도 웨이요르와 함께 리포를 일으켜 세우며 옷에 묻은 얼룩을 털어내고는 다시 원정길을 향해 걸어가기 시작하였다. 분위기는 한층 더 무거워졌지만 더 이상은 지체할 수 없었다. 콜로넬이 먼저 걸어간 곳으로 그들도 서서히 산속으로 걸어 들어갔다. 산의 초입은 다시 수풀이 우거져 나무가 가득했지만, 산의 등선을 넘어가는 꼭대기에는 웨이요르가 말한 사암 절벽의 단층들이 겹겹이 쌓여 있는 모습이었다. 일반적인 절벽의 모습은 아니었다. 유진도 유심히 절벽에 새겨져 있는 단층들의 모습을 확인하였으나, 여타 다른 곳에서 보았던 단층과는 확연한 차이가 있었다. 여전히 햇살은 따가웠고 구름의 일부는 절벽 위에 걸쳐져 있었다. 그러한 절벽의 모습도 산의 안쪽으로 가까이 다가가니 더 이상 보이지 않았다. 원정대는 열심히 산을 오르기 시작하였다. 정신을 잃었다가 되찾은 리포도 웨이요르의 부축을 받으며 산을 오르기 시작하였다. 유진은 이미 잘 나 있는 길을 보며, 그동안 수많은 쥬타인들의 발자취를 그대로 느낄 수가 있었다. 한참을 오르다 보니 숲속에서 서서히 나무는 작아지고 돌 사이 풀들만이 흔들거리고 있었다. 그 위를 사암 절벽이 가파르게 서 있었다. 원정대 모두는 그 앞에서 절벽의 거대함과 위압감을 느낄 수밖에 없었다. 유진은 절벽의 중간에서 콜로넬이 낑낑거리며 오르고 있는 모습을 발견하였다. 평소의 신체적 조건으로 보았을 때에 그는 그 절벽을 쉽게 올라가야만 했다. 하지만 현재 그의 모습은 전혀 예상과는 다른 모습이었다. 유진은 손가락으로 중간을 가리키면서 원정대에게 이야기하였다.

"콜로넬도 오르고 있네요."

원정대는 한결같이 모두 웃음 섞인 목소리로 피식거렸다. 웨이요르가 말하였다.

"본부장님도 힘이 부족할 때가 있나 봅니다. 쥬타인이라면 어울리지 않는 모습이군요."

쥬타인이라면 오히려 부끄러워해야 할 모습이었다. 웨이요르는 유진에게 눈빛으로 말하였다.

'지금부터 오델리스의 장갑을 끼세요.'

그의 마음을 알아챘는지 유진도 자신의 가방에서 오델리스의 장갑을 꺼내고는 손에 꼈다. 절벽 근처에서 장갑을 끼니 숙소에서 꼈을 때와는 다른 느낌이었다. 장갑을 착용하자 손에 찰싹 달라붙더니 마치 신체의 일부처럼 변하기 시작하였다. 웨이요르는 원정대에게 절벽을 오르기를 권하였다.

"자! 어서 모두 절벽을 오르시죠. 린더랜드가 멀지 않습니다."

그의 말에 모두가 수직으로 가파른 절벽을 오르기 시작하였다. 쥬타인들은 손끝과 발의 밀치는 힘이 어찌나 좋은지 순식간에 절벽을 오르기 시작하였다. 웨이요르는 망설이는 유진을 보며 용기를 주었다.

"걱정 말고 손을 대어보세요. 자성이 순식간에 절벽의 꼭대기로 안내할 겁니다."

유진은 웨이요르의 말에 용기를 얻어 살며시 손가락을 절벽 위에 얹어보았다. 오델리스의 장갑은 마법처럼 유진을 절벽의 암석에 달라붙게 하였다. 유진은 겪어보지 못한 새로운 이끌림에 자신도 모르게 어느 순간 절벽을 오르고 있었다. 서서히 가까워져 오는 원정대의 모습을 발견한 콜로넬도 자극을 받아 이전보다 더 빠른 속도로 절벽을 오르기 시작하였다. 어느새 중력의 힘을 이겨내며 원정대 모두가 절벽의 꼭대기 근처에 다다랐다. 유진도 거미처럼 오르는 자신의 모습이 신기하면서도, 자성이 이끄는 대로 수월하게 올라갔다. 모두가 비슷한 시간에 꼭대기에 올라설 수 있었다. 다른 요원들도 별다른 의심 없이 올라온 콜로넬을 확인하였다. 절벽 위에 오르니 유진의 눈에 드디어 무인도 바깥에 자리 잡고 있는 새로운 세상이 한눈에 들어왔다. 절벽 아래로는 한없이 펼쳐진 바다와 함께 수평선 끝에 보이는 무한히 펼쳐진 대륙이 눈에 들어왔다. 오색빛깔 화사한 색채의 향연이 모든 것을 현혹시킬 것만 같아 보였다. 유혹 어린 빛의 일렁임이 유진을 빠져들게 하였다. 하지만 쥬타인들의 눈에는 보이지만 유진의 눈에는 보이지 않는 투명한 막 속의 파라다이스가 숨어 있었다. 숨이 찬 듯이 숨을 몰아 내쉬며 웨이요르는 유진에게 일러주었다.

"바다 끝에 보이는 저기가 바로 린더랜드입니다. 저곳만 무사히 지나면 바디스가 멀지 않습니다."

"저기까지 헤엄쳐 가야 하는 건가요?"

"그렇습니다. 그동안의 훈련에서 쌓은 수영 실력을 여기에서 발휘해야만 합니다."

  끝나지 않을 것만 같은 광활히 펼쳐진 바다와 색채가 영롱히 빛나는 아름다운 대륙인 린더랜드가 원정대의 시야에 다가왔다. 인간이 살지 않는 무인도에서 인간이 살 수 없는 린더랜드 사이 원정대는 자신들의 운명을 바다에 내던져야만 했다. 그것이 진정한 자유일 것이다. 선택의 기로에서 운명 앞에 모든 것을 내어놓을 때에 우리는 자유라는 것을 일시적으로 느낄 수 있는 기회를 갖게 되는 것일지도 모른다.

5화 대혈투

영원히 갇힌 토트라

"이쪽이다. 이쪽으로 몰아라. 어서! 조심해. 그쪽을 조심하라고!"
"형님도 조심하세요. 발톱에 잘못 찍히면 큰일 납니다."
"이리로 도망쳐서 나를 따라와."
"먼저 가세요. 저는 몸통이 껴서 쉽지 않습니다."
"뉴리아!"

코테르 종족에 돌연변이가 태어났다. 그는 자라서 토트라가 되었다. 태어난 순간부터 자라나는 과정까지 비정상적으로 몸집이 커지는 속도를 보며, 그의 성장과정을 지켜본 가족들부터 종족의 주변 관계자들까지 토트라는 놀라움 그 자체였다. 몸집이 가장 큰 나무의 키를 넘어서기 직전까지는 적어도 경계의 대상은 아니었다.

하지만 큰 나무의 키를 넘어서는 순간부터 토트라는 바디스 전체에서 관리 대상이 되어버렸다. 비정상적인 신체조건이 관리가 되어야 하고 경계의 대상이 되어야 하는 틈바구니에서 때로는 괴물이 탄생하기도 한다. 그것은 또한 암적인 시선을 먹고 자라나기도 한다. 토트라가 갓 태어났을 때만 해도 그는 가족들에게 세상의 모든 귀여움을 독차지하였다. 그는 동그란 얼굴에 웃으면 눈이 보이지 않을 정도로 볼살이 오동통하였고, 코 평수는 넓고 시원해 보였다. 웃으면 눈꼬리는 반달이 되었고, 이빨도 또래에 비해 커서 입이 더 커 보이는 효과도 있었다. 말 그대로 미워할 만한 구석이 없는 밝은 성격이었다. 그런 토트라가 태어나기 전 토트라의 어머니는 그를 임신하고 입덧이 무척이나 심하였는데, 그녀는 음식을 볼 때면 아무것도 먹지 못하여 배를 잡고 데굴데굴 구르기를 수시로 반복하였다. 그런 소식을 듣고 그녀를 보살피기 위해 같은 마을에 사는 족장의 부인이 이따금씩 그녀가 뭐라도 먹을 수 있게 음식을 가지고 찾아보곤 하였다. 그럼에도 토트라를 배 속에 잉태한 그녀가 아무것도 입에 대지 못하자 족장의 부인은 처음이자 마지막으로 마을에서는 절대로 건드려서는 안 되는 신비한 나무의 열매를 먹어보라고 하였다. 그 과일은 과즙이 매우 풍부하고 향이 매우 달콤하여 모두의 입맛을 돋우는 데 절대적이었는데, 그 과일을 먹게 되면 입술이 부풀어 올라 쉽게 가라앉지 않는다는 단점이 있었다. 또한 한번 입에 대기 시작하면 끊어내기가 힘들어 입술이 부풀어 얼굴 크기만 해져도 그 과일만 찾게 된다는 소문이 무성하였다. 그렇기 때문에 절대로 먹어서는 안 된다고 지목된 이후부터는 아무도 그 과일을 먹어본 적이 없었다는 이야기만 전설처럼 내려오고 있었다. 그 나무는 코테르 종족 마을의 뒷산 맨 꼭대기 한가운데에 있었는데, 과일은 초록색과 붉은색이 절묘하게 섞여 있고 나무는 파란색 그리고 나뭇잎은 보라색이었다. 코테르 종족의 어렷이 때로는 그 나무를 구경하러 올라가곤 하였는데, 그때마다 나무는 사방으로 빛을 뻗어내어 바라보는 이들로 하여금 감탄하게 하는 신비한 능력이 있었다. 그것을 알고는 있었어도 차마 시도조차 하지 않던 코테르 종족이었지만, 그날따라 족장의 부인은 토트라의 어머니를 찾아와 입덧이 심하거든 산 위의 나무로 가서 열매라도 먹어보라고 권하였다. 이렇게 더 이상 아무것도 먹지 않으면 그녀나 배 속에 있는 아이까지 위험해질 수 있는 상황이었다. 기력이 없어 쓰러져 가던 토트라의 어머니는 아사 직전의 상황에서 마지막 생명의 한 줄기라도 잡으려 산 위로 올라가기로 마음을 먹었다. 노을이 저녁의 어둠과 조금 더 가까울 무렵이었다. 그녀는 멀리서 보이는 안개 자욱한 날씨에 빛을 발하는 나무의 근처에 가니 말로만 전해 들던 초록색과 붉은색이 감도는 열매가 달콤한 향기를 뿜어내며 매달려 있는 모습을 보았다. 참으로 오묘한 분위기를 자아내는 나무는 모습부터 향기까지 매력적인 감성에 빠져들게 하기에 충분하였다. 너무도 배가 고팠던 그녀는 투박스러운 손가락을 열매 근처로 가져다 대었다. 손가락으로 열매를 건드니 열매 겉에 묻어 있는 달콤한 향기의 근원이 되는 꿀 같은 액체가 그녀의 손가락에 묻어져 나왔다. 그녀는 자신의 손에 묻은 그 달콤한 액상을 두려운 마음으로 혀끝에 닿게 하였다. 원래는 냄새만 맡아도 입덧이 심하여 아무것도 먹지 못하던 그녀는 왠지 모르게 이 열매에서 스며 나오는 액체에는 거부감이 들지 않았다. 그것이 화근이었다. 그날 이후로 그녀는 매일 그 나무에 올라가 신비로운 맛을 자아내는 달콤한 향기의 열매를 마구 먹기 시작하였는데, 갑자기 부풀어 오르는 입술이 어떻게 되든 그녀는 도저히 멈출 수가 없었다. 입술이 콧구멍을 막을 정도로 부풀어 오르자 그녀를 본 마을의 사람들은 혀를 내두를 정도였지만 그녀는 열매를 먹는 행위를 계속하였다. 먹고 잠들면 뒹굴뒹굴하다가 다시 또 먹으러 올라가고, 그렇게 토트라가 태어날 때까지 토트라의 어머니는 그 굴레에서 벗어나지 못하였다. 결국 그녀의 입술 크기가 하마만큼 커졌을 때, 코테르 종족의 유일한 돌연변이 토트라가 태어났다. 다행히도 우렁찬 울음소리를 가지고 태어난 토트라의 처음 몸집은 여느 아기들과 다를 게 없었다.

"여보, 우리 아가 좀 보세요."

그를 낳고 그의 어머니는 얼마 지나지 않아 하마만큼 커졌던 입술이 신기하게도 순식간에 사그라들었다. 토트라의 접힌 뱃살과 토실토실한 얼굴 그리고 통통한 손과 발까지 모두 건강한 모습이었다. 하지만 그 이후로 토트라는 자라면서 주변의 친구들에게 놀림거리가 되기 시작하였다. 순박한 그에게 외모를 가지고 주변에서 점점 말이 많아졌다. 다들 그의 심성보다는 외모에 집중하는 모습이었다. 마을에서 종족의 일원들은 그를 볼 때마다 혀를 차며 이렇게 얘기하곤 하였다.

"저렇게 두꺼워서 어디 가서 쓸데도 없다."

퉁퉁한 손과 다리를 보고는 종족의 주민들은 그를 물건 취급하듯 하였다. 사실 코테르 종족은 바디스의 청소를 담당하는 종족이었는데 도시에서 하수구를 청소하거나 구석진 곳까지 찾아다니며 세상을 깨끗하게 하는 습성이 있었다. 그렇기 때문에 코테르 종족은 바디스의 여러 종족들에 비해 몸집이 작아 토트라 같이 덩치가 크게 태어나게 되면 성인이 되어서도 그러한 일들을 제대로 수행할 수가 없었다. 그렇기에 그에 대해 뒷이야기들을 종종 하였다. 코테르 종족에게서 토트라 같은 돌연변이의 탄생은 상당히 이질적인 현상이라고 여겨졌다. 이야기를 꺼내어 놓고 그것을 주워들을 수밖에 없었던 토트라는 점차 본연의 순박했던 모습에서 들리는 비난 섞인 두려움을 먹고 자라 몸집과 울분이 모두 함께 커져만 갔다. 토트라의 주변 환경이 그를 모질게 괴롭히기 시작하면서 점차 그의 울화가 표면적으로 나타나기 시작하였다. 그가 자라 모두의 말을 듣지 않는 말썽쟁이가 되었을 때, 바디스는 그를 더 이상 그냥 좌시하고만 있을 수는 없었다. 다른 종족들의 족장이나 티세움 내부에서 사무관들을 보내어 그를 진정시켜 보려고 무던히 노력하였다. 때로는 그를 진정시키기 위해 약을 써보기도 하였지만 쉽게 진정되지는 않았다. 점차 그의 행동 하나에도 피해를 입는 경우들이 발생하자 대다수가 그를 가두어 놓자고 하고 일부는 그를 퇴출시키자고도 하였다. 하지만 그러한 결정이 쉬울 수는 없었다. 선택받은 자 유진을 들여오는 데에도 매우 신중할 수밖에 없었던 것처럼 당시의 토트라를 바디스에서 쫓아내는 것은 거의 불가능한 수준의 일이었다. 토트라가 나가면 당장은 바디스가 잠시 동안 평화를 찾을 수 있을지는 몰라도 인간들에게는 심각한 문제를 야기할 수 있는 위험성이 있었다. 그러한 고민들이 짙어질 무렵 당시 오델리스 요원은 바디스와 쥬타인들의 세상에서 가장 주목받는 스타였다. 그가 오가는 발자취마다 바디스의 요구사항들이 인간들의 세상에 몰래 녹아들 수 있게 하였고, 그러한 것들은 전혀 눈치채지 못하는 인간들이었다. 오델리스는 바디스 수뇌부의 인정을 받고 크림 의장처럼 의장직을 부여받거나 하지 않았으나, 그에 버금가는 표창을 수차례 받은 이력이 있었다. 당시에도 오델리스는 바디스 수뇌부 일들을 처리하느라 자주 바디스를 드나들곤 하였었다. 햇살이 살포시 세상을 밝힐 새벽의 이른 아침에 오델리스는 익숙하게 크로네필 입구에서 솔라칸을 발산하였다. 그의 솔라칸은 쥬타인들에게 잘 나타나지 않는 붉은빛의 솔라칸이었다. 함께 드나드는 요원들 역시 그의 솔라칸을 볼 때마다 감탄하지 않을 수 없었다. 겉은 빨갛게 타오르고 내부에서는 노란빛이 공기 중에 세세하게 퍼져 나갔다. 크로네필은 당연히 쥬타인들의 솔라칸을 흡수하며 그들을 들여보냈다. 그 당시 오델리스와 함께 오랜 시간 발맞춰 요원 생활을 했던 뉴리아도 원정에 함께였다. 뉴리아는 가끔씩 오델리스의 원정길에 동행하곤 하였는데, 그 둘은 바디스 입구 초입에 들어서서 사무관들의 안내를 통해 한참 동안 티세움을 향해 나아가고 있었다. 그들이 티세움으로 향하려면 코테르 종족의 마을을 지나가야만 했었는데, 마을에 도착도 하기 전에 먼발치에서 보니 토트라가 산봉우리를 잡고서 마을에 침을 뱉고 있었다. 토트라가 침을 뱉고 있는 마을은 코테르 종족의 옆 마을로 그는 이미 다른 종족에게 많은 피해를 입히고 있었다. 옆 마을 종족은 토트라가 뱉는 침에 집이 엉망진창이 되어 다들 좋지 않은 표정으로 광장으로 나와 토트라가 하는 무례한 행위에 대해 혀를 차며 서로 대화를 하고 있었다. 바디스 사무관들도 부랴부랴 날아와 토트라의 그런 모습에 경고를 주었지만, 그의 장난이 쉽게 사그라들지는 않았다. 토트라는 마을 근처를 쿵쾅거리며 집들을 들썩이게 하거나, 다른 곳에서 흙을 손바닥에 주워 담아와서 광장에 뿌리는 행위를 계속했다. 오델리스는 그 모습을 지켜만 보고 있을 수는 없었지만 인간세계에서 임무를 수행하고 바디스 수뇌부로 들어가는 길이었기 때문에, 토트라를 다른 사무관들에게 맡기고 향하던 길을 그대로 나아갔다.

"바디스에 저렇게 큰 생명체는 처음 보네요. 특히 코테르 종족에게서 저런 자가 태어나다니 놀라울 따름입니다."

"너무 신경 쓰지 마. 바디스 내부에서 알아서 관리할 거야. 워낙 현명하신 분들이시니."

"그러게요. 수뇌부에서도 토트라의 행실을 알고 계실까요?"

"지금은 모르는 게 좋으시겠지."

오델리스와 뉴리아는 그렇게 대화를 나누고는 계속해서 티세움이 우뚝 솟은 방향으로 걸어나갔다. 티세움에 서서히 가까워 올수록 그들의 눈에 비친 티세움의 거대하고 웅장한 위엄은 그들을 매번 압도시키기에 충분하였다. 얼마나 많은 인부들이 투입된 것인지 알 수 없었지만, 세밀하게 가공된 입구의 조각들이 예술적으로 기둥을 타고 올라갔다. 기하학이 적용된 건축물과 함께 어우러지는 예술 작품들이 아름다운 형상으로 표현되었고, 볼거리들을 충족시키기에 충분하였다. 인간 세상에서 만들어 놓은 최대 규모의 건축물보다 상대적으로 몇 배는 크고 웅장한 모습이었다. 오델리스와 뉘리아도 매번 이 티세움을 방문할 때면 지나다니는 곳곳에 수놓아진 조각들에 매료되어 감탄하지 않을 수 없었다. 바닥은 대리석과 비슷한 질감으로 어두운 회색의 단단한 재질이었다. 그들이 살짝씩 발걸음을 옮기기만 하여도 소리는 크고 넓은 티세움 입구의 천장까지 울려 메아리를 이루었다.

'또각또각!'

완전한 정장을 입는 습관을 가지고 있는 쥬타인들이었기에 그날도 오델리스와 뉘리아는 정장에 구두를 갖춰 입고 있었다. 그들의 구두 소리가 입구에서부터 사무관들이 일하는 사무실 근처로 향할 무렵 서서히 그들 주변에 다양한 종족에서 선출된 사무관들이 보이기 시작하였다. 인간들이 다양한 동물들과 지구에서 공존하는 것처럼, 외부만큼이나 바디스 내부에서도 다양한 종족의 생명체들이 각각 인간의 형상이거나 혹은 동물의 형상처럼 진화되어 함께 공존하고 있는 모습이었다. 사무관들 중에서는 임무 수행을 위해 오가는 쥬타인들을 알아보고 인사하는 사무관들도 간간이 있었는데, 쥬타인들이 어떤 방식으로 인사하는 것과 상관없이 그들은 무턱대고 다가와 손목을 보이곤 하였다. 손목 인사는 그들이 인사하는 흔한 방식 중에 하나였다. 오델리스와 뉴리아는 몇몇의 사무관들과 반갑게 인사를 건네고 티세움의 가장 깊숙한 복도로 나아갔다. 그곳의 가장 안쪽에서 엘리베이터를 타고 한참을 올라가면 바디스의 수뇌부 사무실이 집합되어 있었다. 티세움 내부는 모든 것이 크고 고급스러웠으며, 그곳을 오가는 쥬타인들 역시 행여라도 티세움에 흠집을 내지 않을까 하여 조심스러울 수밖에 없었다. 오델리스와 뉴리아가 이번에 수행했던 임무는 한 나라의 정치인이 지속적으로 바디스와 관련된 의심을 품고 지구 속 새로운 생명체 발원에 힘을 써야 한다는 주장을 펼치곤 하였었는데, 그 주장을 세상 사람들이 괴짜라고 판단할 수 있게 만드는 것이었다. 한 날 기사에는 이렇게 지면을 장식한 적이 있었다.

"슈트라체, 오늘도 새로운 생명체에 대한 주장을 지속하다."

오델리스와 뉴리아는 모든 지면에 나온 슈트라체와 관련된 기사를 다른 것으로 대체해 놓고 기사를 읽은 사람들을 찾아가 기억을 지우는 행위를 완수하였다. 바디스 수뇌부의 입장에서는 오델리스는 참으로 일을 잘하는 요원 중 하나였다. 임무를 성공적으로 마친 둘은 바디스 수뇌부를 만나러 갈 때에 항상 가지게 되는 긴장감을 가지고 올라갔다. 뉴리아도 긴장되었는지 또각거리는 구두로 걸음을 옮겨가며 왔다 갔다 하였다. 엘리베이터는 끝도 없이 올라가는 듯하였고, 유리에 비치는 아래의 모습은 쥬타인들에게 공포감을 주고도 남을 만큼 아찔하였다. 그들의 공포감이 극한으로 치달을 무렵 엘리베이터는 도착을 알렸다. 빠르게 문이 열리고 익숙한 풍경의 수뇌부 사무실에 위치한 세 개의 문이 보였다. 오델리스는 수뇌부 중에서 뤼센과 주로 소통하였었는데, 나머지 둘은 베일에 가려져 잘 모르는 대상이었다. 오델리스는 익숙한 태도로 뤼센이 있는 사무실의 문 앞으로 다가갔다. 입구에 있는 모든 센서가 그들을 위아래로 스캔하고 난 뒤 허가가 있어야만 벨을 누를 수 있었다. 오델리스가 벨을 누르고 얼마 지나지 않아 뤼센 방의 문이 열렸다. 그들이 들어가고 나니 뒤로는 문이 세차고 빠른 속도로 닫혀버렸다. 뤼센은 자신의 책상에 앉아서 들어오는 오델리스와 뉴리아를 보고 반갑게 인사하였다.

"오델리스 총령, 오랜만이오."

오델리스는 조심스럽게 뤼센에게 다가가 손목을 비비며 인사하였다. 그동안의 공으로 표창을 받은 오델리스는 수뇌부에서도 총령이라는 대우를 해주었다.

"뤼센 님, 전달 주신 임무를 무사히 잘 완수하고 보고를 하기 위해 재차 방문하였습니다."

"슈트라체가 자주 엉뚱한 이야기들을 꺼내놓아서 수뇌부에서 상당히 곤혹스러워했어요. 잘하셨습니다."

"세상의 모든 비밀을 지켜내는 것이야말로 쥬타인들의 몫이죠."

"오델리스에게 믿음을 가지는 건 그러한 사명감 때문이라는 걸 잊지 말고 살아가세요. 수고하셨습니다. 그럼 이제 돌아가 보세요."

"그러면 다음 임무를 위해 돌아가 보겠습니다."

뤼센에게 하는 보고는 항상 변함이 없었다. 임무를 부여받아 수행하여 보고하면 이런 식으로 짧은 대화가 오고 가고는 금세 마무리가 되었다. 하지만 이 짧은 보고를 위해서 매번 바디스를 방문하기까지 긴 여정을 해야만 했던 오델리스였다. 그가 그러한 고생을 하여 갖게 된 권위는 쥬타인들에게는 선망의 대상이 될 수밖에 없었다. 오델리스와 뉴리아는 그렇게 뤼센과의 대면을 마치고 사무실을 나오려고 하는 순간이었다. 그날따라 뤼센은 오델리스에게 한 가지 더 부탁할 것이 있었는지 문을 통해 나가려는 오델리스를 붙잡았다.

"잠시만요. 오델리스 총령!"

"네. 뤼센 님, 말씀하시죠."

"오면서 보았을지 모르겠지만 요즘 바디스에 아주 큰 골칫덩이가 있어요."

뤼센이 자주 쓰지 않는 단어를 써가면서 머리 아픈 표정을 짓는 모습을 보니 만만치 않은 상대라는 것을 직감한 오델리스였다.

"코테르 종족 마을을 지나치면서 본 것 같습니다만, 제가 본 게 맞는다면요."

"맞아요. 골칫덩이가 토트라고 불리는 어린아이인데 상당히 덩치가 큰 편이죠."

어린아이라고 표현하는 뤼센의 이야기를 듣고 상당히 놀란 오델리스와 뉴리아였다. 덩치의 크기와 상관없이 그가 하는 행동으로 보아 괴물에 가까울 정도로 포악해 보였기 때문이었다. 토트라에게는 장난이었을지 몰라도 종족들은 피해를 입고 있었다.

"마을이 피해를 입고 있었습니다."

"골칫덩이를 관리해야 하는데 바디스의 일원이라 과격하게 막아서기가 어렵더군요."

"뤼센 님의 심정 충분히 이해합니다."

뤼센은 차마 바디스 수뇌부로서는 하기 어려운 말들을 꺼내놓아야만 한다고 다짐하는 모습이었다. 그에게 토트라는 상당히 곤혹스러운 변종이었다. 하지만 그러한 토트라도 바디스 종족의 일원이었고, 그에게 커져만 가는 미스터리를 알 길이 없었던 수뇌부는 오랜 시간 고민을 거듭하였었다. 바디스는 모두에게 공평한 이데올로기를 선사하려고 노력하였었는데, 토트라만큼은 예외적일 수밖에 없었다. 뤼센의 눈에는 토트라가 그저 장난 좋아하는 덩치 큰 어린아이 수준이었지만, 그가 끼치는 피해는 상당했다. 뤼센은 이내 곧 결심했는지 오델리스에게 부탁하였다.

"오델리스 총령, 뉴리아와 함께 지금부터 나 뤼센의 부탁을 잘 들어주길 바랍니다."

뤼센은 오델리스에게 조심스럽게 말을 이어나갔다.

"당신이 본 토트라는 참으로 귀여운 어린아이였습니다. 그 아이가 바디스 모두를 흐트러뜨리고 있어요. 당신의 솔라칸이라면 충분히 그 아이를 린더랜드 폭포수 안 동굴에 가둘 수 있을 겁니다."

착잡한 심정으로 이야기를 꺼내는 뤼센을 보며 오델리스 또한 고민에 휩싸였다. 하지만 토트라를 가두는 방법을 서슴없이 이야기하는 뤼센의 해답을 들으니 오델리스와 뉴리아는 상황을 금세 이해할 수 있었다. 한 가지 우려스러운 부분은 토트라의 큰 덩치였다. 오델리스의 솔라칸이 어느 범위까지는 토트라를 집어넣을 수 있어도, 강제로 제압하여 끌고 가는 것은 불가능하였다. 방법은 토트라가 스스로 움직여 동굴로 들어갈 수 있게 유인하는 것을 고안해 내는 것이 관건이었다. 사실 많은 쥬타인들이 토트라를 가둔 영웅으로 오델리스를 기억하고 있지만, 그 당시 결정적인 방법론 뒤에는 뤼센이 있었다. 하지만 그 사실을 아는 자는 뉴리아 뿐이었다.

"아무리 저의 솔라칸이 최대치로 발산되더라도 토트라를 강제로 옮길 수는 없을 것입니다."

"토트라를 유인하는 방법이라는 게 있죠. 지금도 사무관들이 애써서 토트라를 달랠 때 쓰기는 하지만 쥬베나무 열매로 유인하는 것입니다."

"쥬베나무 열매요?"

"쥬베나무는 토트라를 가졌을 때, 그의 모친이 주로 먹은 열매로 사실 바디스에서는 금기시하는 열매 중 하나입니다. 아무튼 그 열매 냄새만 맡으면 토트라는 정신을 놓게 되니 그것을 가지고 이동하다 보면 크로네필 근처로까지 유인할 수 있을 겁니다."

"생각보다 어렵지 않겠네요."

"행운을 빕니다. 우리가 지켜나가야 할 모두의 바디스를 위해."

"바디스를 위해."

뤼센의 부탁을 들은 오델리스와 뉴리아는 비장한 마음으로 수뇌부의 사무실을 떠났다. 그들은 조용하고 한적한 곳을 나와 다시금 사무관들이 바쁘게 돌아다니는 티세움의 광장으로 나오면서 깊은 고민에 빠졌다. 뤼센이 알려준 쥬베나무 열매만 구하면 될 것 같았지만 가끔은 종족들의 마을을 방문할 때면 누군가의 반발에 부딪히는 경우가 더러 있었기 때문이었다. 게다가 쥬베나무는 코테르 종족 마을 근처라는 것을 더욱 잘 알고 있었던 오델리스는 코테르 종족의 수장 쿠챠르를 만나기가 두려웠다. 쿠챠르는 고집이 세기로 상당히 유명하였는데, 다른 종족들에게는 관대한 편이지만 쥬타인들에게만큼은 엄격하기로 소문이 자자했다. 그 문제만큼은 뤼센도 쿠챠르를 설득시키기 쉽지 않았다. 아무리 사무관들과 연결이 되어 있고, 수뇌부의 지시를 받는 입장이라고 하더라도 크로네필을 뚫고 오가는 쥬타인들이 달가울 수만은 없는 것이었다. 오델리스와 뉴리아는 우선 코테르 종족 마을 근처로 가서 주변을 탐색해 보기로 하였다. 쿠챠르와 마을의 관리자들을 피해 산 높은 곳으로 올라갈 수만 있다면 작전은 의외로 쉽게 풀릴 수 있었다. 오델리스와 뉴리아는 쥬베나무의 열매를 담을 보따리를 얻어내기 위해 알고 지내는 오쿠르세르광장 근처에서 근무하는 퀴젠이라는 사무관을 찾아 천을 구하였다. 사무관은 친절하게도 바늘과 실을 구해다 그들이 무엇을 담아도 단단할 수 있게 조치를 취해주었다. 오델리스와 뉴리아는 퀴젠에게 자신들의 할 일에 대해서는 알리지 않은 채로 코테르 종족의 마을로 나섰다. 그들은 강인한 다리로 높이 뛰기 실력을 뽐내며 빠른 속도로 종족의 마을로 나아갔다. 익숙한 마을의 풍경을 지나니 코테르 마을의 쥬베나무가 위치한 높은 산이 눈에 들어오기 시작하였다. 이제부터는 숨어 들어가도 아무도 눈치채지 못하게 하는 것이 관건이었다. 오델리스와 뉴리아는 두 가지 방안에 대해 논의하였다.

"형님, 저희가 원래 하던 방식대로 빠르게 뛰어올라 갈 수는 있습니다. 하지만 옷이 문제예요. 그들은 우리가 쥬타인인 걸 바로 알아볼 겁니다."

"숨어 들어갈 수는 있지만 그러면 그만큼 속도도 느리고 변수가 많아져."

"토트라가 저렇게 된 이후로 아무도 쥬베나무의 열매를 먹지 못했다고 들었어요."

"그러면 마을을 뒤져서 나올 열매는 아니니 무조건 산으로 올라가 직접 수확할 수밖에 없어."

그들은 쉽게 결정하지 못하고 있었다. 어떻게 해야 할지 갈피를 잡지 못하고 있을 그때였다. 땅은 미세한 진동으로 흔들리기 시작하였고, 마을의 종족들은 집을 뛰쳐나와 도망가기 시작하였다. 조금 전보다 더 커져 보이는 토트라가 다른 마을의 집 몇 군데를 부수고는 자신의 마을인 코테르 마을로 되돌아오고 있었다. 한동안 시달리던 마을의 주민들은 또다시 자신들의 거주지에서 토트라의 장난을 받아줄 수 없었기 때문에 일단은 대피하기로 하였다. 오델리스와 뉴리아는 마을의 구석진 곳에 모아둔 물품들 뒤에서 몸을 감추고는 가만히 상황을 예의 주시하기로 하였다. 토트라는 누군가에게 별다른 해코지를 하지는 않았지만, 졸렸는지 지붕이 납작한 집을 베개 삼아 누워 코를 파면서 잠이 들었다. 오델리스와 뉴리아에게는 지금이 기회였다. 모두들 도망가서 조용해진 마을의 틈을 타 잠들기 시작한 토트라가 깨지 않게 민첩함을 발휘하여 빠르게 산으로 이동하였다. 그 누구도 그들이 산을 타고 올라가는 광경을 목격하지 못하였다. 속도는 바람처럼 빨랐으며, 소리는 개미가 걷는 소리보다 고요했다. 오델리스와 뉴리아는 쥬베나무가 심어져 있는 산꼭대기로 올라갔다. 토트라의 어머니가 임신 중에 먹었던 열매의 모습 그대로 여전히 많은 열매들이 먹음직스럽게 달려 있었다. 오델리스와 뉴리아는 빠른 속도로 쥬베나무 열매들을 보따리에 주워 담기 시작하였다. 밖으로 묻어져 나오는 열매의 꿀이 그들의 손가락 사이로 흐르는 듯하였지만 신경 쓸 겨를이 없었다. 상당한 양의 열매를 담았지만 무게가 다행히 무거운 편은 아니었다. 뉴리아는 자신이 열매를 짊어지겠다며 보따리를 양손으로 꼭 쥐어 등 뒤로 넘겼다. 오델리스와 뉴리아는 지금부터 어떻게 토트라를 유인할지에 대해 논의하였다.

"뉴리아, 토트라가 일어남과 동시에 열매를 먹으며 따라올 수 있게 크로네필 근처까지 열매를 놔두자."

"크로네필에 다다르면 다음에는요?"

"그때 내가 솔라칸으로 크로네필을 열 테니 그사이에 나가서 마지막 열매 하나를 린더랜드 밖에 놔두어 바깥으로 빼내자."

"형님, 빼내는 건 좋은데 폭포수 안에 가두어야 하지 않습니까? 린더랜드로 나오는 순간 인간계에 영향을 끼치는 것을 배제할 수 없어요."

"그러려면 열매를 하나 더 아껴두었다가 폭포수로 유인해야겠군."

"두 개 아니 세 개는 남겨두어야 합니다."

"자네 말을 듣겠네. 자! 그럼 지금부터 준비하도록 하지."

그들이 낑낑거리며 내려온 마을은 여전히 고요했다. 대부분 마을을 빠져나간 상태였고, 나머지는 모두 공포에 떨며 집 지하에 숨어 있었다. 작전대로 오델리스와 뉴리아는 토트라를 유인할 열매를 일정한 간격으로 크로네필 근처에까지 두고 다시 토트라가 잠들어 있는 마을 근처로 돌아왔다. 그들이 열매를 놔두고 올 때까지도 토트라는 잠에서 깨어날 생각을 하지 못하였다. 나머지 세 개의 열매는 오델리스 가방 안에 넣어두었다. 한 개는 크로네필 밖에, 그리고 나머지 두 개는 린더랜드 폭포수까지 유인하는 용도였다. 그들은 토트라가 깨어나기까지 한참이나 기다려야만 했다. 토트라의 코고는 소리가 서서히 줄어들더니 거대한 손가락이 까닥이기 시작하였다. 커다란 숨을 몰아쉬면서 눈을 번쩍 뜬 토트라는 가슴 깊은 곳에서부터 올라오는 트림을 뱉어내었다. 무엇을 먹었기에 그러한 악취가 났는지 알 길이 없었지만, 그것이 얼마나 대단하였는지 오델리스와 뉴리아는 코로 숨쉬기도 힘들고 눈까지 시거워짐을 느꼈다. 꾸물거리면서 일어난 토트라는 갑자기 큰 소리로 자신의 어머니를 부르짖기 시작하였다.

"엄마! 나 왔어."

토트라가 아무리 불러도 그의 가족 누구도 집 밖으로 나올 생각을 하지 못하였다. 토트라가 자신의 어머니를 찾기 위해 쿵쾅거리며 마을을 돌아다니기 시작하자 또다시 마을 집들이 부서지기 시작하였다. 오델리스와 뉴리아도 조심스럽게 그 모습을 지켜보며 적당한 순간을 정하기로 하였다. 오델리스는 급하게 가방에서 열매 하나를 꺼내어 즙을 짜서 토트라에게 뿌렸다. 한참을 가족을 찾아 돌아다니던 토트라는 쥬베나무 열매의 냄새를 맡자 쿵쾅거리며 오델리스의 손에 들린 열매를 쫓으며 따라오기 시작하였다.

"내 거야. 나 줘."

토트라는 둔탁하고 두터운 목소리로 열매를 달라 하며 쫓아오기 시작했다. 오델리스는 빠른 걸음으로 미리 놓아둔 열매가 있는 곳으로 그를 유인하였다. 토트라는 열매를 따라다니며 세상에서 가장 행복한 모습으로 하나씩 열매를 집어 들고 먹어가면서 이동하기 시작하였다. 여기까지는 오델리스와 뉴리아가 계획하던 모습 그대로였다. 토트라가 마지막 열매를 남기고 크로네필 근처에 다다랐을 때였다. 오델리스는 자신이 낼 수 있는 가장 강력한 힘으로 솔라칸을 발산시켰다. 붉은빛의 번개 같은 노란 빛깔의 세세한 퍼짐이 가히 아름다운 형상의 솔라칸이라고 할 수 있었다. 토트라는 크로네필에 솔라칸이 쏘여져 문이 열려 있는데도 별다른 관심 없이 오로지 열매를 집어 먹는 데에만 열중하였다. 오델리스는 자신의 손에 들고 있던 열매를 뉴리아에게 던졌다. 마지막 남은 열매를 먹고도 식욕이 해소되지 않는 토트라는 뉴리아의 손에 들려있는 열매를 발견하였다. 자신을 쳐다보는 토트라와 눈이 마주친 뉴리아는 열매를 던져야 하는 순간에 일시적으로 당황하여 아무것도 하지 못하였다. 토트라는 큼직한 발을 번쩍 들어오리며 뉴리아를 향해 달려오기 시작하였다. 뉴리아가 토트라의 발을 자세히 보니 그의 발가락에 달려 있는 발톱이 매우 날카로웠고, 그것에 잘못 부딪히는 순간 치명상을 입을 수밖에 없는 것을 직감하였다. 오델리스는 솔라칸을 계속 발산하면서 뉴리아를 향해 소리쳤다.

"이쪽이다. 이쪽으로 몰아라. 어서 빨리 유인해야 해. 그쪽을 조심하라고!"

"형님도 조심하세요. 발톱에 잘못 찍히면 큰일 납니다."

"이리로 도망쳐. 나를 따라와."

"먼저 가세요. 저는 몸통이 껴서 쉽지 않습니다."

"뉴리아!"

뉴리아는 토트라의 날카로운 발톱이 달린 발가락 사이에 몸통이 껴버렸다. 열매를 보면서 흐뭇한 표정을 지은 토트라는 자신의 발가락에 또 다른 생명체가 껴 있다는 것에 관심을 가지기보다 열매를 뽑아 먹는 것에만 집중하고 있었다. 토트라의 손가락이 뉴리아의 손을 강하게 압박하며 열매를 집어 올렸다. 그의 강력한 힘에 오델리스와 뉴리아는 좌절하지 않을 수 없었다. 오델리스는 젖 먹던 힘까지 끌어올려 솔라칸을 발산시키면서도 자신의 가방에서 열매 하나를 더 끄집어내어 힘겹게 크로네필 바깥으로 열매를 던져내었다. 열매 냄새에는 기가 막히게 반응하는 토트라는 오델리스가 던져낸 열매 쪽으로 달려나가기 시작하였다. 하지만 발가락 사이에 껴 있던 뉴리아는 고통에 신음하였다.

"형님, 발가락 사이에 몸이 껴서 더 이상은 버틸 수 없을 것 같습니다."

토트라를 유인해 내기 위해 솔라칸 발산을 멈출 수 없었던 오델리스는 선택해야만 했다. 그는 이 작전을 포기해야만 뉴리아를 구할 수 있었다. 하지만 괴롭힘을 당하는 바디스의 수많은 종족들 그리고 수뇌부와의 약속을 떠올렸을 때에 그는 멈출 수가 없었다. 토트라는 오델리스가 발산시키는 솔라칸을 향해 달려나갔다. 오델리스는 마지막이라고 생각하고 뉴리아에게 소리쳤다.

"뉴리아! 너만의 솔라칸을 최대치로 발산시켜."

고통에 신음하며 정신을 놓아가던 뉴리아는 오델리스의 외침을 듣고 그가 할 수 있는 마지막 힘을 일으켰다. 그것이 뉴리아의 마지막 순간이었다. 뉴리아가 발산시킨 솔라칸은 오델리스의 솔라칸과 합쳐져 그곳을 빠져나가는 토트라를 강하게 밀쳐 올려 폭포수 안으로 보내었고, 크로네필의 일부와 함께 그를 영원히 가둘 수가 있었다. 이를 계기로 토트라는 더 이상 바디스에서 불편한 존재로 남아 있지 않아도 되었다. 일시적으로 구멍이 뚫린 크로네필은 길지 않은 시간 안에 구멍을 모두 메꾸었고, 표피를 회복하였다. 이 사건으로 오델리스는 가장 사랑하는 동료를 잃었다. 하지만 이를 계기로 자신을 기억하는 모든 쥬타인들의 영웅이 되었고, 또한 바디스의 은인이 되었다. 영웅은 그냥 만들어지지 않지만 만들지 않으면 영웅이 될 수가 없었다. 그 이후로 오델리스가 발명해 낸 수많은 유품들은 지금까지 이어져 선택받은 자 유진에게도 일부 전해졌지만, 그의 유품들만으로는 그가 겪은 아픔까지 가늠할 수는 없는 부분이었다.

제5장

1화 투표

절차와 명분

"아잇!"

"아잇!"

"세 번째 투표를 시작하도록 하겠습니다. 그럼 투표를 시작해 주세요."

사회자의 우렁찬 외침이 쇼르틴 한가운데를 가로질러 장내 곳곳으로 울려 퍼졌다. 모두가 긴장한 순간이었다. 사무관들도 사뭇 긴장한 표정으로 서로를 내심 믿고 의지할 수밖에 없는 상황이었다. 단 삼 일이었다. 그 기간 동안 티세움 내부의 사무관들 사이에서는 이번 투표가 사실상 가장 큰 화젯거리였다. 대부분 대화 도중에 인간을 들여서는 안 된다는 강력한 주장들이 받아들여지면서 의견들이 하나로 모아지기 시작하였다. 바디스의 수뇌부조차 이런 분위기를 의식하지 않을 수 없었다. 바디스는 지구에서 가장 절차적 투명성과 이를 통해 얻은 명분을 흔들어서는 안 되는 유일한 곳이었기 때문이었다. 인간세계의 국가들 중에서도 공정한 투표의 결과를 두고 투명함을 근거로 많은 논란들이 일어나곤 했지만, 셜과에 대한 엄격함만은 바디스를 따라올 곳이 없었다. 수뇌부조차 종족들의 투표를 뒤엎을 만한 권한이 주어지지는 않았다. 그러한 규율을 누구보다 잘 인지하고 있는 수뇌부였다. 투표가 시작되고 쇼르틴의 한가운데에 드디어 결과가 발표되었다. 사회자는 쓰여 있는 결과를 그대로 읽어낼 수밖에 없었다.

"입성 반대!"

쇼르틴 안에는 환호의 목소리가 가득 찼다. 투표에 참여한 모든 종족들의 사무관들은 서로를 얼싸안고 자신들이 원했던 결과가 일치한 것을 자축하였다. 그럼에도 입성을 원했던 사무관들은 탄식할 수밖에 없었다. 투표가 모두를 대변할 수 없다는 것은 불변의 진리였다. 자신이 원하지 않는 결과를 마주할 때에 가지게 되는 실망감은 그 누구도 대체해 줄 수 없었다. 투표가 이루어지던 날의 쇼르틴에는 샤토가 자리하지 않았다. 샤토는 쟈토와 의견 대립을 이루었던 지난번 회의에서 받은 충격과 더불어 전체 사무관들의 분위기를 파악하고는 자리에 나타나지 않은 것이 분명했다. 사회자는 사실 아는 것이 많지 않았지만, 수뇌부가 투표의 결과를 무시하고 어떠한 요구를 할 수도 있다는 것을 이번 일을 계기로 처음 알게 되었다. 그는 그날 있었던 샤토와의 대화조차 내심 겪고 싶지 않았을 수 있었다. 검은 천으로 무대를 가리던 날의 샤토의 모습은 이제까지 보았던 분위기와 비교하였을 때에 그 누구보다도 사악한 형상을 천사와 같은 인자함과 함께 번갈아 가며 보여주었다. 아주 잠깐 동안 교차되며 보이는 그의 모습은 그를 소름 돋게 하기에 충분하였다. 그렇게 시시각각 바뀌는 샤토의 모습에 감을 잡기 힘들었던 사회자는 부동자세로 그의 모습을 지켜볼 수밖에 없었다. 이어 그는 무겁고 어두운 분위기에 휩쓸려 샤토가 말하는 대로 해야 할 수밖에 없을 것 같았다. 샤토는 그날 주황 빛깔의 눈동자를 하고 사회자 가까운 곳으로 다가와 귀에 대고 읊조리며 말을 이어갔었다.

"선택받은 자를 준비시켜라."

"아잇!"

자신도 모르게 알겠다고 대답해 버린 사회자였다. 그런 자신이 부끄러웠는지 사회자는 금세 손으로 자신의 입을 가려버렸다. 하지만 샤토는 원하는 것을 놓칠 리 없었다.

"크림 의장에게 말해라. 그러고 나서 말 잘 듣는 퍼퓰린을 보내어서 선택받은 자를 능동감시 시켜라."

"아잇! 샤토 님, 살려만 주십시오."

사회자는 공포감에 휩싸여 살려달라는 말만 반복하였다. 사회자가 무릎을 꿇어가며 이행하겠다고 서약을 하자 그 말을 듣고는 샤토는 바로 자신의 방으로 사라져 버렸다. 샤토는 사회자가 원래 알던 모습이 아니었다. 사실 샤토는 바디스 수뇌부 중에서도 가장 아름다운 미담을 많이 가지고 있는 분이었다. 모두가 존경하고 닮고 싶어 하는 분이었지만, 그날 사회자가 바라본 모습은 이성적으로 이해할 수 있는 모습이 아니었다. 사회자는 큰일이 났다고 생각했다. 쟈토의 본래 의도가 투표는 형식에 불과했던 건지 아니면 제정신이 아니어서 그런 말을 꺼낸 것인지는 알 수 없었다. 그가 투표를 뒤엎는 행위를 강요했던 것이 제정신이 아니었더라면 앞으로 바디스를 이끌어 가야 하는 위치에서 치명적일 수밖에 없었고, 이는 문제를 야기할 수도 있었다. 사회자는 이렇게 오락가락하는 쟈토의 모습을 일단 자신만 알고 있기로 하였다. 이유는 지금까지 존경해 왔던 그의 모습을 한순간에 무너뜨리고 싶지 않았기 때문이었다. 사회자는 그럼에도 고뇌하지 않을 수 없었다. 이미 바디스의 모든 구성원들이 두 번째 투표에서 반대라는 결론을 내렸었고, 크림 의장에게 알리는 일은 연락 한 통이면 가능했지만 수천 년간 지켜온 투표의 결과에 반하는 행위는 반역이었다. 그는 누구보다도 반역의 대가를 잘 알고 있었다. 그렇기 때문에 두 번째 투표 이후 쟈토의 명령에도 따르지 않고 이번 최종 투표까지 강제로 끌고 온 사회자였다. 사회자는 자신의 신념대로 최종 투표를 확인하고 나서도 여전히 깊은 고뇌를 하며 쇼르틴에서 자신의 근무지로 향하였다. 그때 누군가 뒤에서 그를 불러 세웠다. 사회자를 멈춰 세운 것은 쟈토였다.

"리콘, 며칠간 투표를 진행하느라 고생 많았습니다."

"오! 오! 쟈토, 반갑네요."

둘은 인사를 나누며 서로의 안부를 물었다. 사회자는 샤토의 아들 쟈토를 마주하는 일이 부담스러울 수밖에 없었다. 게다가 쟈토는 반대투표에 앞장서서 많은 이들을 설득한 인물이었다. 하지만 샤토가 이번 일로 상당히 기분 좋지 않을 수 있다는 사실은 사회자만 알고 있었다. 쟈토는 바디스의 규율에 따라 투표는 공정한 절차와 결과적 명분을 얻기 때문에 분명 아버지가 입성을 원하였더라도 공정하게 결과를 받아들이고 있을 거라고 굳게 믿고 있었다. 바디스의 규율상 성인이 된 자식들을 독립적인 객체로 여겨 더 이상 부모가 자식의 일에 관여하거나 자식 또한 부모의 일에 간섭하는 경우가 매우 드물었기 때문에 쟈토는 샤토의 기분이 어떤 상태인지 쉽게 알 수 없었다.

"상당히 피곤해 보이는군요. 며칠간 고생하였으니 더 오래 붙잡지 않겠습니다."

먼저 사회자의 상태를 살핀 쟈토가 이야기를 건네었다.

"쟈토도 원하던 결과를 얻어내었으니 앞으로 바디스도 좋은 방향으로 잘 이끌어 주기를 바랍니다."

상당히 이상적인 대화들이었다. 쟈토는 사회자와 인사하고는 복도 끝으로 사라졌다. 많은 무리들이 이동하는 쟈토를 따라 함께 걸어갔다. 축제의 분위기 속에서 여럿이 흥얼거리는 콧노래가 메아리치듯이 들려왔다. 겉은 평범하고 이상적인 대화들을 주고받았지만, 마음은 한층 더 무거워지기 시작한 사회자는 멀리서 들려오는 노랫소리가 마치 조롱처럼 느껴졌다. 더 이상 아무 생각도 할 수가 없었다. 그는 본래 자신의 근무지로 가서 잔업을 하려고 하였으나 더 이상 일이 손에 잡힐 것 같지가 않아 다시 집으로 발길을 돌리기로 하였다. 늘어지는 발걸음과 구두 소리가 티세움 바깥까지 이어졌다. 스머드는 괴로움을 극복하는 것은 그의 몫이었지만, 그 뒤로 더 이상 사회자를 본 자는 없었다. 그렇게 그날 이후 사회자가 사라진 소문은 무성했다. 그가 배신을 했다거나 혹은 다른 선택을 하였다거나 그로 인해 그를 발견했다는 증거는 바디스에서는 찾을 수가 없었다. 사회자의 생존 여부와는 상관없이 후에 일어날 일에 대해 알지 못한 채 사무실에 도착한 쟈토는 동료들에게 축하의 환호와 박수갈채를 받았다. 그들은 인간을 들이지 않는 것에 하나 된 의견으로 기쁨을 나누었다. 어느새 옆에는 쟈토와 친하게 지내는 스테라도 와서 함께 축하를 해주었다. 이 소식 하나만으로 표뤼부대 전원이 들썩거렸다. 스테라는 쟈토에게 다가와 말을 걸었다.

"인간을 들이지 않게 한 건 현명한 선택이었어요. 그들이 얼마나 잔인한지 그들 스스로는 알까요?"

"스테라, 축하해 주어 고마워요. 그들이 알고 있었더라면 이렇게까지 오지도 않았을 거예요."

"인간들은 아직도 자신들이 무슨 일을 벌이고 있는지 모르는 듯해요."

눈이 동그랗게 커진 스테라는 인간에 대한 우려를 표하면서 대화를 이어나갔다. 표뤼부대원들은 스테라와 대화를 시작한 쟈토를 보며 축하를 해주고 각자의 자리로 돌아갔다.

"지속적으로 보고를 받고 있으니 상황을 예의 주시할 필요는 있어요."

"요즘 들어보면 여러 보고서에서 확인한 결과 심상치 않은 움직임들을 감지하게 돼요."

"개발이야 그들의 역사와 함께였으니, 우리 선에서 손을 쓰는 데에는 한계가 있다는 걸 쟈토도 알고 있지 않나요?"

"그건 나도 알아요. 하지만 지금과 같은 속도라면 어느 순간 이 행성의 모든 것을 파괴할 수도 있어요."

스테라는 급해진 마음만큼 많은 이들이 자신의 걱정을 함께해 주기를 바랐다. 쥬타인들이 나서서 조절하고 있음에도 인구의 수나 동시다발적으로 시시각각 변하는 세상을 모두 감시할 수는 없었기 때문이었다. 인간들끼리 주고받는 정보의 교류를 탈취하는 과정 속에서 그들이 알게 된 새로운 기밀들 또한 언제 터질지 모르는 복병이었다.

"그들이 파괴적 혁신을 거듭해 왔지만 아직 세상은 존재해요. 그러니 스테라, 너무 걱정 말아요. 스스로를 파괴할 만큼 용기없는 생명체들에 불과하니까."

"그건 우리 또한 마찬가지죠. 예기치 못한 사고가 없길 바라는 마음이에요."

"나도 동감해요. 오늘은 그런 위험한 생명체를 들이지 않은 것에만 집중하며 축배를 듭시다."

"그러죠."

다른 이들 모두 투표의 결과에 만족하여 축배를 들기에 바빴다. 바디스의 대다수 일원들이 인간계 소식에 자신 있어 했지만 그들이 모르는 사이에 인간의 개발 속도는 빨라지고, 하늘에 쏘아 올린 묵직한 것들 때문에 세상은 쉽게도 어두워지기 일쑤였다. 하지만 그러한 어둠도 크로네필을 뚫지는 못하였다. 크로네필은 언제나 바깥의 세상과는 다른 풍경을 바디스 일원에게 선물해 주고 있었다. 때로는 크로네필이 뿜어내는 빛의 아름다움에 취해 현실을 직시하지 못하는 경우들도 더러 있었다. 바디스를 아름답게 하는 건 비단 크로네필만은 아니었지만, 크로네필이 현실을 더욱 아름답게 만드는 것은 사실이었다. 어쩌면 인간들에게 간간이 보이는 오로라가 그와 같은 자태일 수도 있었다. 샤토와 표뤼부대가 다시 일상으로 복귀하는 동안 누군가는 명분을 거스르는 지시를 받고 있었다. 수천 년을 이어온 절차는 연락 한 통이면 쉽게 무너뜨릴 수 있는 아주 간단한 문제였다. 누군가의 사무실로 벨 소리가 울렸다.

"괜찮으시겠습니까? 여론의 반대를 무시했던 결과를 알지 않으십니까?"

"그건 역사서에나 나오는 오래전 이야기이니 현재 중요한 걸 해내시는 게 좋겠습니다."

"인간이 바디스에 들어간다라. 그건 저희에게도 상당한 모험이 될 것입니다."

"이건 수뇌부의 결론이오. 하지만 나는 원래부터도 대외적인 명분을 중요하게 생각하지 않아요."

연락받은 자는 그의 말에 잠시 의문에 잠겼다.

"제가 아는 바디스와는 상당히 다른 결정이십니다."

"당신이 알고 있는 바디스가 어떤 모습인지는 몰라도, 이 문제만큼은 원래부터도 투표라는 것 자체가 불필요했던 절차였습니다."

"그렇다면 제가 따르도록 하겠습니다."

수화기 너머로 들려오는 자신 있는 어조에 상당히 쉽게 수긍해 버리는 그였다. 그로부터 얼마 지나지 않아 수뇌부 중 하나가 받은 연락은 이러했다. 선택받은 자는 자신들의 계획하에 지속적인 감시를 통해 동선이 노출되었고, 관련 주변인들부터 친구들까지 조사가 마무리되어 드디어 바디스로 떠나는 원정길을 위해 자신들의 타운으로 들여와 훈련을 시키게 되었다는 내용이었다. 그들이 대화를 나누고 선택받은 자가 바디스 수뇌부의 의도대로 훈련에 임하게 될 때까지는 상당한 시간이 흐른 뒤에야 가능했다. 선택받은 자를 준비시키는 데에는 일반적으로 쥬타인들을 총괄하는 크림 의장에게 의사를 전달하면 되는 아주 간단한 문제였지만 그날의 통화를 누구에게 지시했는지 알 수 있는 경로는 없었다. 바디스의 수뇌부가 연락을 한 날 크림 의장은 로닌의 재판으로 누군가를 신경 쓸 수 있는 겨를조차 없었기 때문이었다. 그러한 것과는 별개로 선택받은 자는 이날의 통화를 계기로 입성을 준비하게 되었다. 축배를 나누던 샤토는 절차적 평등함을 통해 투표의 결과가 만족스럽게 마무리되었지만, 샤토와의 의견 대립이 있었기에 수뇌부 사무실에 들러 샤토를 만나보기로 하였다. 길쭉한 다리를 시원스럽게 뻗어 티세움 복도를 가득 메우는 발걸음 소리는 이전보다 더욱 활기차게 들렸다. 수뇌부 사무실로 향하는 와중에도 마주치는 사무관들과 반갑게 인사하던 쟈토는 지나가는 길에 리네라를 한 번 더 조우했다.

"쟈토, 잘하셨어요. 지금이 어떤 상황인데 인간이 들어와서야 되겠습니까?"

"리네라, 항상 고생이 많아요. 당신이 있었기에 바디스가 더욱 위대해질 수 있습니다."

"무슨 그런 말씀을요. 샤토께서 반대 의견에 익숙지 않아서 표현은 못 하셔도 상당히 당황스럽긴 하셨을 것 같네요."

"그렇지 않아도 지금 찾아뵈러 가는 길입니다."

"하지만 결과를 받아들이는 것조차 바디스가 세운 아름다운 방식이니 샤토 또한 아름다운 분이십니다."

리네라의 발언에 담백한 미소만을 짓는 쟈토였다. 아름다운 미담과 함께 많은 이들에게 존경받는 샤토만큼 그의 그림자가 쟈토의 얼굴에도 녹아 있었다. 리네라와 인사 후 쟈토는 샤토가 있는 방 앞에서 조심스럽게 문을 열고 들어갔다. 바디스의 전경이 모두 보이는 밖이 환하게 비치는 곳에서 일하고 있는 샤토였다. 샤토는 쟈토가 들어오자 반갑게 맞이하며 인사하였다.

"사무관 쟈토! 오랜만이오."

"샤토 님, 얼굴 뵌 지도 오래되어 인사드리러 왔습니다."

"우리 사이에 시간의 흐름 따위는 중요하지 않지요."

샤토와 쟈토는 자연스럽게 소파에 앉아 마주 보며 담소를 나누었다. 바디스는 아무리 부모와 자식이어도 성인이 된 후에는 생명체의 한 객체로서 존중받고, 독립적인 대상으로 대우받기 때문에 서로 간의 예의를 지키며 대화하는 것이 일반적이었다. 쟈토는 샤토의 반응을 살피며 그날의 일을 조심스럽게 물어보았다. 쟈토도 살아오면서 자신이 아는 샤토의 모습이 한순간에 바뀌는 모습을 처음 본 날이었다.

"결과는 들으셨습니까?"

"역시 사무관 쟈토가 대단하다고 느낀 건 많은 사람을 설득할 수 있는 능력이오. 한편으론 나보다 나을 것 같다는 기대감을 가지게 되었습니다."

샤토는 자신을 보러 와준 쟈토를 추켜세우고는 상당히 흡족해하였다.

"제가 반론을 내어 당황하지는 않으셨나요?"

"당황은 무슨! 그런 모습이 비쳤다면 역시 나도 완전하다 할 수 없으니 이해하길 바랍니다. 나는 아주 좋은 마음으로 결과를 지켜보기로 스스로 결정하였고, 구성원의 대다수가 바라는 결론을 듣게 되어 현재로서는 매우 기뻐하고 있어요."

"다행이라고 해야 할지 당연하게 받아들여야 할지 지난 며칠 동안 고민을 많이 했습니다."

"그럴 필요 없습니다. 그런 약한 모습은 좋지 않아요. 자신에 대한 믿음을 가지고 확실히 밀고 나간다면, 그리고 의견이 다수의 지지를 받는다면 당신의 모습에서 힘이 생깁니다. 앞으로 살아가면서 나의 말을 명심하면 좋겠습니다."

"오늘도 좋은 이야기 해주셔서 감사합니다."

"바디스 구성원 모두에게 샤토의 방은 언제나 활짝 열려 있습니다."

쟈토는 샤토와의 소중한 대화를 마음속에 담아두기로 하고 샤토의 방을 나왔다. 쟈토가 나서는 자리 뒤에서 온화한 미소를 머금으며 그를 그저 바라보는 샤토였다. 바디스의 수뇌부라고 하더라도 바디스의 생명체 역시 인간과 어떠한 면에서는 크게 다르지 않은 모습을 가지고 있었다. 샤토도 인간과 마찬가지로 완전하지 않았다. 그는 스스로도 자신이 인간과 다르지 않는다는 것을 누구보다도 잘 알고 있었다. 투표로 인하여 사회자에게 비친 자신의 변화를 인지하면서도 뒤늦게 반성했던 샤토였다. 한편으로는 자신의 생각을 관철시키는 쟈토를 보면서 많은 지혜를 역으로 얻게 되었다. 바디스 수뇌부라는 직함은 그저 별거 아닌 존재에 붙여지는 한 줄의 의미일 뿐이었다. 아무도 샤토에게 가르쳐 주지는 않았지만, 이번 투표는 삶이 변화되는 시점을 알려주는 계기가 되었다. 고개를 드는 쟈토와 끄덕이는 샤토 사이에 바디스는 성장하고 있었다. 며칠이 흐른 뒤 쟈토는 리네라에게 새로운 소식을 듣게 되었다. 그녀는 모렌은행의 일만으로도 어려움이 많았는데, 이번 사건만큼은 리네라가 아무리 은행장으로 역임하고 있다고 하더라도 혼자서는 쉽게 감당할 수 없는 문제였다. 리네라가 쟈토에게 전한 소식은 하나의 침입 사건과 하나의 실종 사건이 묘하게 연결되어 있다는 점이었다. 은행의 금고를 노린 계획적 침입이었는지, 아니면 단순한 탈출이었는지 알 수 없었지만 확실한 것은 투표 이후 실종된 사회자와 침입이든 탈출이든 또 다른 대상과의 연관성을 배제할 수 없다는 합리적 의심이었다. 리네라는 불안감을 감출 수는 없었지만 나름 최선을 다하여 쟈토에게 정황을 설명해 나가기 시작하였다.

"쟈토, 소식 들었나요? 이건 대형 사건이에요."

"무슨 말을 전하려고, 리네라."

그녀는 마음을 진정시키기 어려워하였다. 아무리 차분한 어조로 상황을 전달하려고 해도 사안이 중대한 만큼 그녀의 입을 타고 내뱉어지는 몇 마디의 단어들조차 불안감에 흔들렸다. 쟈토는 리네라의 손을 붙들어 주며 그녀를 안심시키려 하였다. 하지만 그런 그도 긴장이 되었는지 리네라의 말을 듣기도 전에 침이 목덜미를 타고 넘어갈 수밖에 없었다.

"결과가 나온 날 말이에요. 그날 혹시 사회자를 만났나요?"

리네라의 물음에 기억을 더듬어 생각해 보던 쟈토는 투표를 마치고 나오면서 마주친 사회자의 모습이 평소 그의 모습과는 사뭇 달랐던 표정이었다는 것을 금세 눈치채었다.

"오! 만났었죠. 그날 리콘이 상당히 피로해 보였고 얼른 들어가 쉬고 싶어 하는 표정이었어요."

"그게 언제였나요?"

"투표장 밖으로 나오면서 오쿠르세르광장으로 걸어가는 길목이었던 것 같은데 왜죠?"

"지금 은행 한 군데의 금고에 흠집이 상당하고 문이 미세하게 열려 있어 얼른 닫았는데 아무래도 이건 침입의 흔적이에요. 그리고."
"이거 큰일이네요. 그리고요?"
리네라는 잠시 대답을 머뭇거렸다. 그런 리네라의 심리를 눈치챈 쟈토가 그녀를 안심시키기 위해 양팔을 자신의 손으로 포근하게 감싸주었다.
"리콘이 여기에서 사라졌어요."

2화 인간계

멈추지 않는 시계

"아니 네가 뭔데 나를 건드려? 어쩌고저쩌고할 때부터 오늘 나 잘 만났다고 생각했다."

"치우라고!"

"얻다 대고 반말이야?"

"아니 치우시라고요."

"이 자리 내가 돈 주고 확보한 자리야. 네가 뭔데 치우라 마라야!"

"여기 오래전부터 제가 차지하고 있던 자리였어요. 갑자기 오셔서 뺏어가신 거잖아요."

"뭐? 인마!"

"아니 왜 욕을 하고 그러세요. 자꾸 이러시면 저도 더 이상 못 참습니다."

　매일같이 부딪치는 삶을 살아가는 사람들끼리 가끔씩 시비가 붙을 때에도 행인들은 아무 관여도 하고 싶어 하지 않아 했다. 멀찌감치 들려오는 성난 자들의 고성이 오고 가는 것을 들으며 자라온 소연도 그날따라 유독 시끄러운 그 길을 걷고 싶지 않았었다. 하지만 속도를 중요시하게 생각하는 소연의 특성상 학교를 가장 빨리 갈 수 있는 지름길을 포기하고 돌아가는 것은 극히 드문 선택사항 중 하나였다. 소연은 시장에서 서로 다투는 사람들을 구경하는 행인들이 모여 있는 틈바구니를 비집고 나와 뒤를 한번 돌아보고는 다시 자신이 갈 길을 걸어갔다. 소연은 같은 동네 다른 분위기의 두 구역을 마음속으로 숱하게 비교해 오며 지금까지 버텨왔다. 아버지의 사업 실패와 생계를 유지하는 어머니 사이에서 소연은 자신의 총명함과 비범함을 무기로 살아왔다. 유진과 동림은 같은 동네에서 학교를 함께 다니게 되었지만 멀리서 보이는 유진의 본가의 거대한 위상은 동네가 아무리 같더라도 범접할 수 없는 불가침의 영역처럼 느껴졌다. 유진이 소연과 동림이 다니는 학교에 다니게 되었던 것도 구역이 같다는 것 이외에 공교육이 그리 중요히 여겨지지 않아서일 가능성이 더 높았다. 관계에 있어 비교의 대상은 때론 자신을 발전시키지만, 그것이 독이 되는 경우도 더러 있었다. 소연은 남다른 지혜가 있었기 때문에 그런 비교가 독이 되지 않도록 여기려 노력하며 지내왔다. 모두가 다 잘살 수는 없는 것이었다. 그것이 아무리 이상적이라 부르짖는다 하여도 차별은 어디에나 존재했다. 소연이 학교에 가는 길은 시끌벅적한 시장에서 조금 더 넓은 골목의 유흥가를 지나 전철 아래 굴다리마저 건너야 셔틀을 타는 정거장이 나왔다. 도심은 아무리 발전하여도 그늘이 있는 것처럼 첨단의 시스템이 자리 잡혀도 외진 곳은 여전히 음습하였다. 소연은 후미진 정거장에 서서 셔틀을 기다렸다. 벌써 유진과 세오가 사라진 지도 상당한 시간이 흘렀다. 두 친구가 동시에 학교에서 보이지 않자 학내에 이상한 소문이 파다했지만, 동아리방에서 이불로 세오를 감쌌던 일화나 강의실 복도에서 낯선 이들이 찾아와 벌어졌던 사건을 계기로 소연은 심상치 않은 일들이 벌어지고 있는 것만큼은 유추할 수 있었다. 상황이 걱정되었던 소연은 유진의 상태를 알아보기 위해 동림과 유진의 어머니를 차례로 찾아가 물어보았다. 두 사람 모두 반응은 각기 달랐지만 공통적으로 알고 있는 것은 유진의 신상에는 전혀 문제가 없다는 사실을 믿고 있는 듯하였다. 동림은 유진이 휴학과 휴직계를 내고 여행을 간다고 들었다 하고, 그의 어머니는 아버님을 통해 소식을 듣고 있으니 너무 걱정하지 말라고 전하였다. 문제는 소식이 전해지고 있는 유진보다 소식을 알 길 없는 세오였다. 그날의 다급했던 세오의 모습과 자신이 행했던 일들이 머리를 복잡하게 할 때쯤 셔틀버스가 도착하였다. 버스는 바퀴도 없이 도로에서 미끄러지듯 운행되었다. 학교에서는 이미 많은 사람들이 세오의 흔적을 찾으려 노력했지만 감감무소식이었다. 소연과 동아리 친구들 모두 세오를 매우 걱정하고 있었지만, 각자의 불안을 터놓고 이야기하지는 않았다. 소연이 학교에 도착하자 여전히 계절의 끝자락에 남아 있는 풀냄새가 그녀의 코끝을 자극했다. 상당한 언덕을 걸어올라 입구에 들어서니 강의실을 찾아 들어가는 학생들로 학내가 붐볐다. 다들 제각기 어울릴 법한 동기들끼리 모여서 강의실을 찾아 들어가는 모습이 눈에 들어왔다. 소연은 파블로 에스티앙 교수의 수업을 여전히 듣고 있었다. 나이가 들어 상당한 재치를 뽐내고 있는 파블로 교수의 수업은 언제나 화젯거리였다. 이제 그의 옆의 몽푸는 언제나 마스코트처럼 수업 시작 전에 대기하고 있었다. 학생들은 모두 강의 시작을 기다리면서 서로 이야기를 나누고 있었다. 소연도 강의실을 들어가 자리를 잡고 앉았다. 앉아서 기다린 지 얼마 지나지 않아 문을 바라보니 그동안 그토록 걱정하고 기다려 왔던 세오가 모습을 보였다. 동기들은 강의실에 들어선 세오를 마주치자 다들 놀라 작은 소란이 일어나기도 하였다. 어떤 친구는 자신의 볼을 꼬집기도 하고, 가까이 다가가 그를 자세히 관찰하며 믿기지 않는 듯한 표정을 지었다. 다시 찾아온 세오는 상당히 말라 있었고 신체에도 변화가 있었다. 소연은 그를 알아보고 단숨에 다가가 말을 걸었다.

"어떻게 된 일이야?"

세오는 다가와 지난 일들을 물어보는 친구들을 일일이 상대해 주기가 어려웠는지 물음에는 대답을 하지 않고 가만히 자신의 자리에 앉았다. 소연을 비롯해서 그의 근황을 물어본 친구들도 멋쩍었는지 한두 명씩 자신의 자리로 되돌아갔다. 시간에 맞춰 파블로 교수가 헛기침을 하며 강의실을 들어왔다. 이제 그의 옆에는 몽푸가 항상 수업에 같이 따라다니고 있었다. 처음에는 랩에서만 선보이던 몽푸를 이제는 일반 수업에서도 볼 수 있게 되었다. 세오는 놀라지 않을 수 없었다. 그것은 장기간 수업에 들어오지 않아서 교수의 눈치가 보여서가 아니었다. 교수의 옆에 따라붙은 말랑해 보이는 물상 때문이었다. 세오는 자신이 티저스 칸토 타운을 빠져나올 때 도와주었던 핑크빛의 신비스러운 물상이 장난감처럼 여겨졌었는데, 교수가 데려온 물상을 보고 나니 자신을 도왔던 물상이 어쩌면 생명을 지니고 있을 수도 있겠다고 판단되었다. 그렇게 자신이 억압되어 있던 곳에서 구해준 핑푸가 지금 파블로 교수 옆에서 통통 튀어 오르는 물상과 비슷하다는 사실을 눈으로 확인하고도 믿기지 않는 세오였다.

"세오 군, 축하해요. 제적시키려고 했었는데 나타났군요."

세오는 수업 시작 전에 자신을 지목하는 파블로 교수 때문에 정신을 되찾아 올 수 있었다. 그러자 주위의 학생들이 다시 웅성거리기 시작하였다.

"잠시 조용! 다시 수업을 시작하도록 하죠."

교수의 말에 소란스러웠던 강의실은 다시 조용해졌다. 세오는 강의실이 낯설기는 했지만 안도의 한숨을 내쉬며 며칠 전 일을 회상하였다. 핑크빛 작은 물상이 안내하는 복잡한 길을 따라 며칠을 걷고 걷다 보니 어느새 자신이 학교 근처에 다다른 것을 알 수 있었다. 이제 자신을 데리고 왔던 그 물상이 어디로 가버렸는지 알 수 없었지만, 헤어지고 나서 비슷한 물상이 파블로 교수와 있는 것을 보니 교수가 자신을 구한 은인일 수 있겠다는 추측을 하지 않을 수 없었다. 사실 파블로 교수의 수업에서 몽푸는 그의 연구성과를 내세우기 위한 도구였고, 수업을 들으러 온 학생들에게는 상당히 원론적인 부분들만 가르치고 있었다. 세오는 운동 특기생이었기 때문에 어려운 수업을 열심히 듣는 편은 아니었다. 때로는 자신이 친구들을 따라 어려운 수업을 선택한 이유를 후회하기도 하였다. 그날은 파블로 교수가 데려온 몽푸를 궁금해하는 많은 학생들이 수업을 진지하게 듣고 있었고, 집중력이 한창 고조될 무렵 수업은 마무리가 되었다. 파블로 교수도 자신의 짐을 정리하며 잠시 세오를 교단 앞에 불러 세웠다. 소연과 주변의 친구들이 세오 주변을 맴돌며 교수와의 면담이 끝나기만을 초조하게 기다리고 있었다. 성격 좋기로 유명한 파블로 교수가 심상치 않은 표정으로 자신을 불러 세우니 긴장할 수밖에 없는 세오였다. 교수의 표정이 수업 때와 다른 걸 확인하니 그가 무언가를 알고 있는 듯한 표정이었다.

"세오 군, 건강은 괜찮나요? 갑자기 수업에 보이지 않으니 걱정했습니다."

세오는 교수가 자신의 행적을 알아내기 위함이 아니라는 것을 깨닫고 안도하였다.

"운동 중에 부상을 겪게 되어 모든 것을 중단할 수밖에 없었습니다."

"그럼에도 자신의 상황을 학내에 알리는 것은 모든 성인이라면 마땅히 해야 할 사회적 책임입니다. 교수들 사이에서 세오 군이 갑자기 없어져 말들이 많았어요."

"주의하겠습니다."

"그래요. 앞으로 조심하도록."

파블로 교수도 세오의 대답에 의심을 버리기 어려웠지만 일단은 믿어주기로 하였다. 이미 박원천 교수와 파블로 교수는 유진이 선택받은 자로 훈련을 받고 있다는 것을 알고 있었지만, 세오의 행방은 예외적인 상황이었다. 그들이 함께 사라졌을 때에도 세오의 행적을 알아내기 위해 노력했었지만 쉽지 않았다. 파블로 교수에게도 오늘의 대화는 중요했고, 세오가 티저스 칸토 타운에 발을 들이지 않은 것만으로도 안심되는 상황이었다. 교수와 대화를 마치고 세오가 강의실을 나오자 밖에서 기다리던 친구들은 떼로 몰려들어 여러 가지 질문을 던지기 시작하였다.

"어디 갔다 온 거야? 부상이라니."

"무단결석하면 제적이 아니라 퇴출이야."

"걱정했던 사람들 생각해서 연락했어야지."

세오는 그런 친구들에게 아무 대답도 하지 않고 앞만 보며 걸어갔다. 펑푸가 자신을 구해주는 대신에 안에서 벌어졌던 일들에 대해서는 발설하지 않도록 약속을 했었기 때문이었다. 친구들은 대답 없는 세오를 이해할 수 없다는 표정으로 바라보았고 그렇게 티저스 칸토 타운에서 겪은 일들도 세상에서 묻혔다. 하지만 소연은 세오가 확실히 달라졌다는 것을 느꼈다. 평소 세오의 성격으로 보아 그가 저렇게 묵묵부답일 리 없었다. 눈치 빠른 소연이었지만 이번 일만큼은 도저히 감이 잡히지 않았다. 인간 세상은 평소와 다를 게 없었다. 학교에서 수업은 계속해서 진행되었고, 사회인들은 일하기 위해 출근을 멈추지 않았다. 소연이 세오의 일거수일투족을 속속들이 알 수 없는 것처럼 인간계에서 쥬타인들의 존재 역시 여전히 비밀 속에 살고 있었다. 소연은 그런 세오를 뒤로하고 자신의 일과대로 움직였다. 소연은 그날도 도서관의 야간 사서로 근무해야 하는 날이었다. 보통 다른 수업을 끝마치고 나서 저녁을 챙겨 먹곤 하는데, 그녀가 학교 근처에 자주 들리는 단골집이 하나 있었다. 소연은 그날도 평소와 다를 바 없이 그 집을 찾아갔다. 식당은 매우 익숙한 풍경이었다. 낡은 식탁과 의자가 그 집이 얼마나 오래되었는지 알 수 있게 하였다. 그날따라 상주하는 주인은 보이지가 않았다. 일하시는 아주머니가 주인을 대신해서 아주 친숙하게 소연을 불렀다.

"밥 먹으러 왔어? 배고프지?"

"엄마, 제육볶음 해주세요."

"그래. 조금만 기다려."

소연은 어머니가 일하는 음식점에 간간이 들러 저녁을 먹고 다시 학교에 가곤 하였다. 어머니는 지혜가 넘쳤지만 어려운 가정 형편에 소연을 제대로 뒷받침해 주지 못한 것이 가슴속에 늘 아픔으로 자리하고 있었다. 그렇게 어머니는 밖에서 어떤 일을 하더라도 알리지 않고 돈을 벌어다 가족들을 굶기지 않는 데 보태어 왔었다. 아버지는 소연의 어릴 적 사업에 실패하면서 잃었던 자금을 회복하지 못하고 막일을 하며 번 돈으로 빚을 갚기에 바빴다. 그러한 과정 속에서 소연 스스로의 비범함으로 용명대학교에 입학했을 때 가족들의 반응은 어색함 그 자체였다.

"네가 용명대학교를 들어갔다고?"

"거기가 우리나라에서 세 번째로 큰 대학교 맞지? 정말 믿기지 않는구나."

대체적으로 가족들의 반응은 모두 비슷하게 믿기지 않는다고 하였지만, 그러한 소식을 전하고 얼마 지나지 않아 소연은 입학 통지서를 자랑스럽게 보여주었다. 그렇게 몇 해가 지나니 소연도 어느새 졸업반이 가까워 오고 있었다. 학생들에게는 졸업을 준비하면서 여러 가지 생각들이 많아지는 시점이기도 하였다. 소연은 어머니가 식당에서 만들어 준 제육볶음을 맛있게 먹고는 금세 자리에서 일어났다. 어머니는 조금의 여유도 없이 먹고 일어나는 딸이 속으로 안쓰러웠지만 애써 티를 내지 않았다. 때마침 식당 한편의 티브이에서는 아나운서가 긴급한 속보를 내보내고 있었다. 소연과 소연의 어머니는 동시에 시선을 돌렸다. 뉴스의 내용은 이러하였다.

"긴급 속보입니다. 신성그룹 선중권 회장의 맏아들 선영도 회장이 회장직에 오른 지 불과 석 달 만에 회장직에서 물러나게 되었습니다. 이어서 신성그룹의 총수가 될 분은 바로 선중권 회장의 삼남 선승도 회장입니다."

식당에 있는 모두가 충격을 받은 얼굴로 티브이에서 눈을 떼지 못하였다. 자신들이 들은 뉴스의 속보가 사실인지조차 구분되기 어려운 소식이었다. 유진을 잘 아는 주변 사람들은 그가 선영도 회장의 아들이라는 것을 모두가 잘 알고 있었다. 특히 소연의 가족에게 이러한 소식이 좋게 들릴 리 만무했다. 소연과 소연의 어머니는 서로를 쳐다보면서 다시 티브이에서 나오는 속보의 내용에 집중하였다.

"신성그룹에서 발표한 성명에는 선영도 회장이 회장직에서 물러난 이유는 피부 질환과 더불어 건강에 적신호가 생겨 더 이상 업무를 수행할 수 없었다고 합니다. 하지만 생명에는 지장이 없어 당분간 그룹의 맡은 바 역할을 다할 것이라는 의지를 피력하였습니다. 이상입니다. 다음 소식을 알려드리겠습니다."

뉴스를 본 소연의 어머니는 이렇게 말하였다.

"이게 무슨 일이야 대체! 유진은 요즘 소식 없고?",

속보를 듣고 난 소연도 유진이 걱정되기 시작하였다. 아무래도 심상치 않은 조짐이 일어나고 있는 듯하였다. 대부분의 사람들이 말만 들어도 다 아는 국내 최대 기업인 신성그룹의 문제이기도 했지만, 소연에게는 가장 친한 친구 유진의 집안일이기도 하였다.

"유진의 아버지 일은 모르겠고, 어머니께 여쭤보았을 때 잘 지내고 있다는 소식을 들으셨대. 그래서 걱정 안 하고 있었지."

"아버지가 저런 상태인 걸 유진도 알고 있어야 할 텐데."

하지만 소연은 걱정을 잠시 미뤄두고 도서관으로 가야만 했다. 소연의 어머니는 소연이 자리에서 일어나려는 것을 눈치채지 못한 채 심각한 표정을 지으며 진심으로 걱정하고 있었다. 그러한 모습을 본 적이 없었던 소연은 골똘히 생각에 잠겨 있는 어머니의 어깨를 살며시 건들며 먼저 가보겠다고 손짓하였다. 어머니는 고개를 끄덕이며 관련 기사를 더 찾아보아야겠다고 하였다. 소연은 그러한 어머니의 태도에 살짝 갸우뚱하였지만, 시간이 다가오자 식당을 나올 수밖에 없었다. 식당을 나와 걸으며 소연도 여러 가지 생각에 머릿속이 복잡해졌다. 워낙 대단한 집안의 아이를 친구로 둔 것도 이해가 안 되었지만, 그러한 소식들을 뉴스로 접할 때마다 유진에 대한 이질적 감정이 생겨나곤 하였다. 하지만 이번 소식을 접한 소연은 그러한 이질감보다는 머릿속으로 상황을 분석하기에 바빴다. 선영도 회장이 아무리 피부가 좋지 않다고 하여도 그렇게 단기간에 그만둘 수 있는 분이 아니라는 것은 세상 사람들이 다 아는 사실이었고, 생명에 지장이 없어 업무를 지속할 수 있는데도 회장직에서 물러난다는 것은 외부 사람들은 알 수 없는 선씨 일가에 어떠한 문제가 생겨난 것임을 짐작할 수 있었다. 이것은 유진과 그의 가족을 지근거리에서 바라본 소연이었기에 더욱 쉽게 유추할 수 있는 문제였다. 유진은 이 소식을 알고 있을지 이전 같았으면 찾아가 일상을 물어보곤 했을 텐데 이제는 어디에서 무얼 하는지조차 알 수 없어 답답하기만 한 소연이었다. 어느새 도서관 앞에 도착한 소연은 자신이 일하는 자리를 찾아가 야간 사서를 시작하였다. 용명대학교 도서관의 밤도 낮과 다르지 않게 공부에 대한 열정으로 가득한 공간이었다. 그 시각에도 많은 학생들이 밤샘 공부를 하기 위해 열람실을 드나들었다. 시험기간이 가까워 오자 도서관은 이전

보다 훨씬 많은 학생들로 가득했다. 덕분에 일이 바빠져 요즘에는 정리해야 할 책들이 더 많아진 소연이었다. 교대하는 친구는 소연에게 몇 가지 사항들을 인수인계하였다.

"대여 시간이 끝났으니 저기 쌓여 있는 책들 정리해야 하고요. 야간에 드나드는 학생들 감시 잘해주세요."

"네 알겠습니다. 조심히 가세요."

사서들의 무뚝뚝함은 전염되듯 하나같이 비슷한 어투로 서로에게 툭툭 내뱉듯이 말하였다. 소연은 이전 사수가 인수인계하고 떠난 자리에서 묵묵히 너저분하게 쌓여 있는 책들을 하나씩 정리해 나갔다. 보통의 책 분류는 자동화를 도입한 학교가 많았지만 용명대학교 도서관만큼은 예외적으로 전통 방식을 따라 사람들이 선별하고 분류하는 작업을 직접 하고 있었다. 열람실 뒤편에는 한 문장의 명언이 자리 잡고 있었는데 소연은 야간근무가 힘들 때마다 그 문장을 보고 되뇌곤 하였다.

"그 나라는 너희 안에 있노라. 그 나라는 또한 너희 밖에 있노라."

그녀는 이 문장이 주는 위로를 어느 순간 받아들이기로 하였다. 세상은 공평하지 않은 것들로 가득하였지만 자신이 가지고 태어나지 않은 것들에 미련을 두기보다는 마음의 가치를 기쁨으로 여기는 것만으로 상당한 위안을 얻을 수 있었다. 소연은 일을 하면서 부가적으로 따라오는 어깨의 결림이나 종이에 손가락이 베인 상처쯤은 아무렇지 않아 했다. 그보다는 자신이 사회인으로 성장해 하루 빨리 가족에게 도움이 될 수 있는 사람이기를 바랐다. 지금의 부족한 여유쯤은 그녀에게 사치일 뿐이었다. 책을 정리하던 소연은 마무리가 되어갈 무렵 남아 있던 세 권의 책 중 상당한 두께의 책에 시선이 머무르게 되었다. 겉표지에 보이는 익숙한 건물의 전경들과 함께 전문가적인 인상을 풍기는 여성이 표지에 스스로 팔짱을 끼고 있는 모습이었다. 상당히 똑똑하고 지위가 있는 위풍당당한 모습이었다. 소연의 눈에 익숙한 건물은 유진이 다니고 있는 회사 알봇타이저였고, 뿔테안경을 쓴 채 위풍당당한 모습으로 찍은 대표의 얼굴은 유정아 이사였다. 책의 제목은 《우리가 꿈꾸던 세상을 실현시킬 때》라는 자기 계발서였다. 소연도 알봇타이저를 관심 있게 지켜봐 왔고, 매체에서 익히 봐왔던 사람이기에 책에 유독 눈길이 갈 수밖에 없었다. 그녀는 잠시 책을 들어 겉표지와 후면에 적혀 있는 글귀들을 유심히 살펴보았다. 그 책에 관심을 둘 수밖에 없었던 이유는 비단 유진의 회사라서가 아니었다. 소연은 자신의 등록금도 부담이었지만 가족들의 생계도 걱정이었다. 그렇기에 사회생활을 남들보다 일찍 시작하려 회사를 알아보고 있었다. 알봇타이저에 관련된 책이라면 자신의 마음을 흔들기에 충분하다고 생각하였다. 소연은 고민하고 나서 그 책을 한번 읽어보기로 마음먹었다. 보이지 않은 장벽을 뚫고 올라간 여성으로 세상 속에서 막강한 영향력을 행사하는 유정아 이사를 동경하는 사람들이 많았기 때문이었다. 소연도 그런 사람 중에 한 명이었다. 능숙하게 시스템에 대여로 처리하고는 책을 자신의 책가방에 집어넣었다. 소연은 책을 읽어볼 마음에 기대감이 높아졌다. 책을 빌린 순간부터 자신이 동경하는 유정아 이사가 있는 알봇타이저에 들어가고 싶은 마음이 들기 시작하였다. 어느덧 시간은 자정이 되어 퇴근이 가까워 왔다. 소연은 밤을 새워 공부하는 학생들을 다른 열람실로 보내고 자리를 청소하고 마무리하였다. 그날따라 도서관은 더욱 차분하게 느껴졌다. 복도에는 학생들이 공부하며 써나가는 사각거리는 소리가 겹쳐 들려왔다. 소연은 쌀쌀한 가을 날씨에 옷을 여미고 도서관 입구를 향해 계단을 오르고 있었다. 꺾어져 올라가는 계단의 위쪽에서 누군가 대화하는 소리가 들렸다. 소연은 자신의 발걸음을 잠시 멈추고는 위에서 하는 대화의 내용을 가만히 들어보았다. 자세히 들으니 박원천 교수와 수업을 마치고 돌아온 파블로 교수의 목소리였다. 소연은 교수들의 대화 흐름을 끊기 어려워 기다렸다가 올라가기로 하였다. 박원천 교수의 조심스러운 반응들이 소연의 촉각을 더욱 곤두서게 하였다.

"본부의 반응이 의외더군요. 전혀 모르고 있었던 눈치였습니다."

"누가 알고 있을지를 일일이 선별할 수도 없고 상당히 조심해야겠군요."

"현 단계에서 그들의 비밀스러운 움직임을 눈치채는 인간이 있다는 사실을 알게 된다면, 온전하지 못할 수도 있다는 얘기를 하는 겁니다."

"알고도 모른 척 연기를 잘해야 해요."

누가 들어도 전혀 알 수 없는 이야기들을 주고받는 두 교수였다. 소연은 아무렇지 않게 다시 계단을 오르며 조심스럽게 인사하고 지나칠 마음이었다. 순간 박원천 교수의 마지막 말이 그녀의 심장을 요동치게 하기에 충분하였다.

"유진이 앞으로 잘해주어야 합니다. 우리의 합리적인 의심이 제대로 파헤쳐지기 위해서는 말입니다."

교수들은 그렇게 짧은 대화를 나누고 도서관을 빠져나갔다. 소연은 그 자리에서 한동안 얼어붙어 움직이지 못하였다.

3화 목걸이

유진을 노리는 콜로넬

　원정대는 모두 사암 절벽 위에 올랐다. 웨이요르는 절벽의 가장 낮은 곳으로 내려가야 한다고 하였다. 멀리서 정면으로 보이는 린더랜드로 향하는 길목에는 바다를 가로지르기 위해 가장 낮은 곳에서 뛰어내려야 잠영의 동력을 살릴 수 있다고 하였다. 가장 낮은 곳이라고 하여도 절벽 아래로 보이는 바다 수면과의 거리는 상당하였다. 원정대가 한참을 걸어 표시된 지점에 멈춰 섰을 때 쥬타인들의 발길이 닿아 흔적이 된 원형의 웅덩이가 하나 보였다. 그 바로 옆에 누군가 새겨 넣은 평평한 돌비석이 비스듬하게 세워져 있었다. 유진은 새겨져 있는 문구의 뜻을 알 수 없었다. 티저스 칸토 타운 곳곳에서 보아왔던 문양 중 익숙한 글씨를 발견할 수 있었지만,

의미는 도저히 알 수 없었다. 유진은 조심스럽게 웨이요르에게 뭐라고 써져 있는지 물어보았다.

"너의 도전은 이루어질 것이다. 너의 희생은 기억될 것이다. 너는 너를 지킬 것이다."

"강렬한 문구군요."

"이 문구는 고대 쥬타인들이 문자를 창제할 때에 쓰인 것으로 기록되고 있습니다. 정확히 누가 썼다는 것이 밝혀진 바 없지만 저희 세계에서는 임무 완수의 계명으로 여기고 항상 여기서 린더랜드로 향할 때 마음에 한 번씩 새기고 출정하곤 합니다."

듣고 있던 콜로넬이 옆에서 출발을 부추겼다.

"말이 길군요. 출발하시죠."

원정대는 그렇게 절벽에서 하나둘씩 바다로 뛰어들었다. 유진을 제외한 원정대 모두는 수영 실력을 걱정할 필요가 없었다. 유진은 몸이 내던질 때 표면과 차갑게 젖어 들어오는 소금 머금은 바닷물과 직감적으로 느껴지는 수심의 공포가 몰아치는 것을 바로 느낄 수 있었다. 원정길에서 유진은 처해진 모든 환경이 낯설었고 쉬운 것이 하나도 없게 느껴졌다. 정글에서 살아가는 정도가 아닌 한 걸음씩 내디딜 때마다 생존의 위협을 느끼는 과정에 있었다. 그는 헤엄쳐 나아가는 다른 원정대의 모습을 잠시 바라보았다. 빠른 속도로 헤엄을 치면서 린더랜드로 향하는 모습이 마치 전투를 위해 달려나가는 장수들을 연상시켰다. 유진도 힘차게 팔과 다리를 뻗어 따라가기 시작하였다. 알봇타이저에서 개발한 잠수용 수트가 절실히 생각나는 순간이었다. 어림짐작으로 도착 가능한 거리는 절반 정도 남아 보였다. 훈련과정에서 유진이 내었던 속도를 계속해서 유지한다면 무난히 도착 지점까지 도달할 수 있었다. 지금까지 해 온 훈련의 양에 비하면 부담스러운 거리는 아니었으나, 앞서가는 쥬타인들에 비해 유진은 현저히 느린 속도로 나아갈 수밖에 없었 다. 그럼에도 단기간에 이 정도의 능력치까지 끌어올렸다는 것은 상당한 훈련의 결과였다. 절반을 겨우 넘겼을 때 무인도와 린더랜 드 사이의 바다의 한가운데서 유진은 잠시 쉬어 가기로 하였다. 그 는 속도를 멈추고 부력을 이용해서 잠시 바다에 몸을 실어 하늘을 바라보았다. 잠시 지쳤는지 누운 채로 숨을 헐떡거렸다. 태양이 내 리쬐는 바다 빛의 흐름이 화려하게 서로 부딪히면서 눈을 부시게 만들었다. 헤엄쳐 나아가는 원정대의 물보라 소리가 작게 들리니, 유진은 그들이 멀어져 가는 것을 알 수 있었다. 바다는 유진을 떠받 치듯 평온한 상태를 유지해 주었다. 한참을 쉬고 있을 때쯤 점점 가 까워 오는 헤엄치는 소리와 함께 고개를 돌려보았다. 자세히 보니 웨이요르가 곁에 가까이 다가오고 있었다. 전혀 지친 기색도 없어 보이는 웨이요르는 쉬고 있는 유진에게 힘을 보태어 주려고 돌아 온 것이었다. 웨이요르는 유진과 결을 맞추기 위해 휴식을 취하는 자세를 그대로 따라 하며 물 위에 누워 하늘을 바라보았다.

"먼저 출발한 원정대는 린더랜드 근처에 거의 도착했습니다. 어 서 함께 가셔야죠."

"저에게 잠깐의 휴식이란 선물을 주고 싶었습니다. 이곳에서 바라보는 자연이 너무도 아름답군요."

"하하하. 인간들은 어쩔 수 없나 봅니다. 생각이라는 걸 하니 멈추어 갈 줄도 알고요."

"맞습니다. 상당히 의미 있는 웃음이네요. 쥬타인들은 이와 다른가요?"

"쥬타인들은 목표가 정해지면 멈추지 않는 습성이 있습니다. 목표에 대한 집착이 어떤 생명체보다 강해요."

"그래서 인간보다 월등한 운동신경을 가지게 된 걸 수도 있겠네요."

"선택받은 자여, 시간이 없습니다. 저와 함께 얼른 린더랜드로 나아가시죠."

웨이요르의 설득으로 유진도 잠시 동안의 휴식을 저버리고 다시 린더랜드로 힘차게 나아가기 시작하였다. 린더랜드가 얼마 남지 않은 지점에서 고개를 들어 바라보니 원정대는 이미 도착해서 유진을 기다리고 있었다. 다들 바닷물에 흠뻑 젖어 있는 옷들을 벗어 털어내고 있었다. 저물어 가는 태양이 서쪽으로 기울어 린더랜드를 더욱 강하게 비추고 있었다. 앞서가는 웨이요르의 뒷모습을 바라보면서 유진도 도착 지점까지 힘을 내어보기로 하였다. 태양이 하루의 끝에서 마지막 에너지를 표출할 때 빛은 어딘가를 투과했다. 그리고 반사의 힘을 받아 강렬하게 유진의 눈을 강타했다. 반사 빛을 받은 유진은 눈을 제대로 뜰 수 없을 정도였다. 강한 빛을 발하는 어떤 물체가 헤엄치는 유진을 계속해서 괴롭혔다. 유진은 눈을 감은 채로 방향 감각에만 의존해서 앞으로 나아갔다. 한참 동안 그런 상태로 헤엄을 지속하다 보니 유진의 손에는 어느 순간 모래알이 잡히기 시작하였다. 그러면서 살며시 눈을 떠 앞을 바라보았다. 주변을 두리번거리니 원정대와 떨어진 해안가에 도착하였다. 원정대는 유진이 자신들이 도착한 지점에서 한참을 빗겨나간 채로 헤엄치던 무렵부터 의아해하였다. 해안가에 도착한 유진은 모래알 위를 걸어 올라와 젖은 옷들을 짜내고 털어 주변 바위 위에 올려놓았다. 원정대도 유진의 근처로 서서히 다가왔다. 무슨 이유인지는 알 수 없었지만 원정대 근처에서 어떤 물체 때문에 빛이 반사되는 것을 알 수 있었다. 유진은 빛을 따라 그 물체가 무엇인지 살펴보기 위해 가방에서 선글라스를 꺼내어 써보았다. 그들이 다가오고 있는 모습을 자세히 살펴보니 살짝 벌어진 콜로넬의 목에서 빛을 발하는 것을 알 수 있었다. 원정대가 다가오자 유진은 다시 선글라스를 벗고 모른 척하였다. 가방 정리를 하고 있는 유진을 본 웨이요르는 급하게 달려와 주의를 주었다.

"지금부터 해안가를 벗어나 안쪽으로 들어가게 되면 절대로 선글라스를 벗어서는 안 됩니다."

"제가 듣고도 잊어버렸습니다. 주의하겠습니다."

"크로네필의 빛이 상당하기 때문에 시력을 잃게 할 수 있습니다. 입성 전까지는 절대로 벗어서는 안 됩니다."

웨이요르의 말을 듣고 바로 선글라스를 집어 드는 유진이었다. 해는 완전히 저물었지만 린더랜드의 주변은 어두워지지 않았다. 물론 유진의 눈에는 크로네필이 보일 리 없었다. 하지만 린더랜드는 북극의 백야 현상처럼 해가 지지 않기 때문에, 그 원인을 분석하기 위해 설명될 만한 과학적 근거가 없다는 것이 기이할 수밖에 없었다. 그러한 조건에 근거하여 건너온 길을 바라보니 해가 저물어 가는 자줏빛 하늘을 마주할 수 있었다. 웨이요르는 유진에게 쥬타인들의 선글라스가 크로네필을 감지시켜 줄 것이라고 알려주었다. 콜로넬은 웨이요르와 다슈의 도움 없이는 원정에서 자신이 가고자 하는 지점까지 절대로 갈 수 없다는 것을 알았기 때문에 크게 나서지 않았다. 다만 콜로넬은 무엇이 신경 쓰이는지 풀어진 단추의 옷을 계속적으로 여미고 있었고, 이따금씩 목 주위를 긁곤 하였다. 유진의 눈에만 보이는 것인지는 알 수 없으나 콜로넬이 여미는 옷의 틈새로 자꾸만 빛이 새어 나오고 있었다. 시간이 지나고 해가 저물어 갈수록 반사되는 빛의 양은 현저히 줄어들었다. 유진은 콜로넬의 목 주변이 신경 쓰였지만 모른 체하기로 하였다. 콜로넬은 목을 긁적이면서도 웨이요르에게 린더랜드에서 크로네필로 향하는 길을 재촉하였다.

"웨이요르, 지체하지 말고 크로네필로 우리를 안내하도록 하시오."

마음 급한 콜로넬이 무작정 크로네필로 안내하라고 하였지만 린더랜드의 위험성을 잘 알고 있는 웨이요르는 신중할 수밖에 없었다.

"진정한 관문은 지금부터입니다. 린더랜드는 말 그대로 인간들이 생존할 수 없는 환경으로 가득합니다."

그 말에 미간이 온전할 리 없는 유진이었지만, 그보다 더욱 움찔할 수밖에 없는 자는 콜로넬이었다.

"이를테면 여러 먹거리들이 문제인데 앞서 이야기했었던 토파이 열매와 베르셰풀 그리고 트레파라꽃 말고도 거의 모든 식물이 독성을 지니고 있다고 보아야 합니다. 또한!"

"또한?"

주의사항이 거슬렸는지 인상을 가득 찌푸리며 되묻는 콜로넬이었다. 그런 콜로넬의 태도를 지켜보던 유진은 못마땅해지기 시작하였다. 마치 콜로넬의 지독한 욕심이 그대로 주변을 오염시키는 듯하였다. 눈치를 살피던 웨이요르는 말을 계속해서 이어나갔다.

"또한 이곳에서 물에 빠지거나 넝쿨에 발이 묶이기라도 하면 살아남기 어려울 것입니다. 거기에."

더 이상 참지 못하고 갑자기 웨이요르의 먹살을 잡으며 들어 올리는 콜로넬이었다.

"한 번에 이야기하라고."

이를 갈면서 웨이요르를 협박하는 콜로넬은 감정의 조절이 어려운 상태였다. 유진은 그의 울퉁불퉁한 어깨를 지그시 누르며 순간적인 감정적 분노를 진정시키려 애썼다.

"본부장님, 지금 길을 제대로 아는 요원은 웨이요르밖에 없습니다. 진정하시죠."

자신을 타이르듯 하는 어린놈의 기개를 보니 반가울 리 없는 콜로넬이었다. 유진의 말에 웨이요르를 겁주어서는 자신에게 좋을 리 없다는 판단을 한 콜로넬은 그를 내려놓으며 다른 말로 둘러대었다.

"원정길이 급하니 나눠서 말하지 말고 한 번에 알려주는 게 좋았을 뻔했습니다."

"헉! 헉! 본부장님 아무리 그래도 요원을 먹살잡이하다니요."

목이 졸려 숨이 마른 웨이요르가 불만을 토로하였다. 콜로넬은 아랑곳하지 않고 더는 말을 하지 않았으나, 웨이요르가 다음을 이야기할 때까지 매섭게 노려보았다. 유진은 선글라스 안에서 느껴지는 콜로넬의 눈빛을 상상하자니 속이 메스꺼웠다. 콜로넬의 그런 알 수 없는 기운들이 주변을 지치게 만들고 있었다.

"거기에 다음 뭘 말하려고 했습니까?"

"거기에다 린더랜드에는 토트라가 갇혀 있는 폭포수가 있습니다."

옆에서 별말 없이 듣던 리포는 토트라라는 말에 두려움에 치를 떨었다. 대부분의 쥬타인들은 토트라의 존재에 대해 잘 알고 있었지만, 리포는 이번 원정길이 처음이었기에 더욱 기피할 수밖에 없었다. 원정길이 익숙지 않은 쥬타인들에게는 전설의 실체를 확인할 수 있는 계기가 되기도 하였다.

"토트라는 익히 들어 알고 있는 존재니 별거 없어 보이는군. 이제 길을 안내해도 될 거 같소."

재촉에 재촉을 거듭하는 콜로넬이었다. 웨이요르도 더 이상의 설명은 멈추고 콜로넬의 재촉에 따라 크로네필 방향으로 원정대를 안내하였다. 하지만 이번을 계기로 웨이요르와 콜로넬의 본격적인 갈등은 시작되었다. 웨이요르는 선택받은 자 유진을 안전하게 바디스까지 입성시켜야만 하는 의무가 있었고, 그것을 본부장도 지켜야 한다고 생각하였지만 콜로넬은 무조건 시간을 당기기에 바빠 보였다. 그러한 과정에서 웨이요르를 무력으로 압박하였으니 웨이요르로서는 상당히 기분이 상할 수밖에 없는 입장이었다. 웨이요르는 뒤따라오는 유진을 계속적으로 살피며 앞으로 나아갔다. 유진에게는 린더랜드 길목의 어떤 풀에도 스치지 않도록 주의를 주었다. 눈치가 빠른 콜로넬 또한 웨이요르가 유진에게 안내하는 행동을 살폈다가 자신도 린더랜드의 식물에 몸이 스칠 일 없게 하려 노력하였다. 상당히 영리한 판단을 하는 콜로넬이었다. 다슈도 웨이요르가 가는 방향으로 묵묵히 따라갔다. 원정대는 물에 젖은 옷들이 마를 때까지 계속해서 걸어갔다. 숲속 자연의 소리가 매우 아름답게 들렸지만 유진은 린더랜드의 식물이 지닌 독성을 생각하니 소름이 돋을 수밖에 없었다. 린더랜드의 길을 계속해서 걸어갈수록 더욱 주변이 밝아지는 것을 느낄 수 있었다. 어느 정도 옷이 마르자 웨이요르는 한적한 들판에 도착하여 가장자리에 돌들이 모아져 있는 곳 위에 숙소를 만들자고 하였다. 상당히 울퉁불퉁한 표면 위에 숙소를 지어야 하기 때문에 잠자리가 편해 보일 리 없었다. 하지만 웨이요르는 돌들이 모아져 있는 곳에 지어야만 땅의 독성을 피할 수 있다고 하였다. 자칫 맨땅에 잠을 자다가 땅속에서 올라오는 독에 노출되는 순간 몸을 움직일 수 없게 된다고 하였다. 린더랜드를 통과하는 길목마다 보이는 돌들이 모아져 있는 곳들은 수백 년간 쥬타인들이 임무를 완성하며 하나둘씩 모아놓은 것들이라고 설명하였다. 그러면서 웨이요르는 들고 온 두 개의 돌을 가방에서 꺼내어 숙소가 세워질 땅 주변에 던져놓았다. 유진도 자신의 옷에 묻은 벌레들을 탈탈 털어내며 원정대가 숙소를 설치하길 기다렸다. 그사이 헤엄쳐 온 바닷물의 소금기가 입안에서 느껴졌는지 목이 마르기 시작하였다. 숙소가 마련되고 나서 쉬는 시간이 주어지자 각자 편히 쉴 만한 곳에 자리를 깔고 휴식을 취하기 시작하였다. 목마름을 참을 수 없었던 유진은 급하게 웨이요르에게 다가가 목이 마르니 물을 구할 수 없느냐고 물었다. 다행히 웨이요르는 타운에서부터 가져온 작은 물병을 하나 꺼내주었다.

"이 물은 다섯 모금도 마실 수 없는 작은 양이니 크로네필 앞에 다다를 때까지 조금씩 나눠 마셔야 합니다."

"물을 마시기 전에 도착할 수 있을지 궁금하네요."

"그리 멀지 않습니다. 3일 동안 바쁘게 움직이면 도착할 수 있을 겁니다."

한 모금 마시고 보관할 자신이 없었던 유진은 남은 물을 웨이요르에게 다시 맡기기로 하였다. 마른 골짜기에 단비 같은 순간이었다. 인간이 느끼기에 온도는 그리 덥지 않은 날씨였으나 원정길이 고되다 보니 쉬면서 먹을 음식이나 마실 거리가 턱없이 부족한 상태였다. 자리에서 잠시 쉬게 된 유진은 주변을 둘러보며 숙소를 살폈다. 원정대의 모습도 자신과 별반 다르지 않아 보였다. 다들 자리를 깔고 잠이 들 모습으로 누워 있었다. 수없이 많은 원정대가 이 과정을 거쳤을 것이라는 생각을 하니 새삼스럽게 겸손해지는 유진이었다. 조금 시간이 지나자 다들 피곤이 몰려왔는지 한순간에 곤히 잠이 든 모습이었다. 그들과는 다르게 바디스 입성을 앞두고 생각이 많아져 쉽게 잠이 들지 못하던 유진은 몸을 뒤척이며 잠에 들려고 노력하였다. 숙소는 아늑한 형태로 되어 있었지만 중앙 천정은 뚫려 바깥 빛이 새어 들어오는 구조였다. 빛이 숙소로 들어오는 줄기를 따라 시선을 옮기던 유진은 빛이 머물렀다 반사되는 지점에서 시선이 멈춘 것을 인지하게 되기까지 그리 길지 않은 시간이 걸렸다. 그 빛은 콜로넬의 셔츠 안쪽에서 새어 나오고 있었다. 유진은 린더랜드에 도착한 순간부터 줄곧 콜로넬 옷 안쪽에서 무엇인가 반짝거리는 물체가 자신의 시야를 자극한다는 사실을 깨닫고 있었다. 신기하게도 유진은 자꾸 어떤 끌림을 느끼는 듯하였다. 다가가지 않으려 할수록 서서히 콜로넬 근처를 맴돌게 되는 유진이었다. 콜로넬은 근처에 유진이 와 있다는 사실을 인지하지 못한 채 우람한 근육을 움직여 돌아누웠다. 유진은 돌아누워 보이지 않는 빛의 정체를 따라 다가갔다. 콜로넬의 넓은 어깨 때문에 팽팽해진 셔츠가 벌어진 틈으로 유진은 물체의 정체가 무엇인지 확인할 수 있었다. 그것은 목걸이였고 일부 지점에서 반사를 강하게 일으키고 있었다. 유진은 붉은 보석이 달린 평범한 목걸이였다는 사실을 확인하고 별다른 감흥을 느끼지 못한 채 다시 자리로 돌아가기 시작하였다. 하지만 계속해서 의문이 생기는 것은 목걸이의 여러 보석 중 중앙 보석이 아닌 주변에서 빛이 반사되고 있었기 때문이었다. 크로네필이 발산하는 빛의 에너지가 아무리 밝더라도 태양이 저물면 마치 새벽을 따라 한 듯 모호했다. 그렇기에 빛의 양 대비 반사량이 높은 광물을 처음 본 유진이었다. 유진은 그 원인이 보이지 않는 크로네필 때문이라고 착각하였다. 그는 반사의 원인이 어디인지 확인하고 싶었다. 린더랜드는 밝았지만 주변은 자색이었고 눈에 보이는 범주에서 끝자락의 짙은 어둠은 태양이 돌아 아침이 될 때까지 한참의 시간이 남아 있었다. 숙소 주변을 걸으며 생각에 잠긴 유진은 혼란스러웠다. 자신의 눈에 보이지 않는 크로네필이 밝히는 빛은 분명하게 보이는데 크로네필의 위치는 도저히 감이 잡히지 않았다. 유진은 숙소 주변으로 다시 돌아가는 길에 크게 원형으로 둘러쳐진 돌과 자갈로 이루어진 바닥을 걸을 때마다 바스락거리는 소리가 났다. 원형을 벗어나 맨땅에 그대로 누우면 인간의 체내로 독이 음습해 들어온다고 웨이요르에게 들었던 터라 유진은 그 주변을 걷지 않으려고 노력하였다. 자신이 알아왔던 세상의 기본적인 논리가 하나도 통용되지 않는 세상에 던져진 지 벌써 수개월이 흘렀지만 현실을 그대로 받아들여 이해할 수 있는 부분은 단 한 가지도 없었다. 그는 그저 자신의 눈으로 확인하는 몇 가지들을 믿고 나아가기로 하였다. 선택받은 자라는 달콤한 명함으로 자신이 이용당하고 있는 것은 아닌지 의심해 본 순간도 있었지만, 그럼에도 존재할 이유를 알아내는 것이 자신의 몫이라 생각하기로 결심하였다. 복잡한 생각들이 유진의 머릿속을 헤집어 서로 떨어진 조각들을 맞춰나가기에 바빴다. 그 순간 순식간에 유진은 어딘지도 모르는 곳으로 끌려가게 되었다. 바스락거리는 소리와 함께 독기 가득 품은 누군가가 땅바닥에 유진의 어깨를 강하게 잡고 밀쳐 눌렀다. 콜로넬이었다. 마치 호랑이가 으르렁거리듯 금방이라도 잡아먹을 것처럼 잔뜩 일그러진 표정으로 유진의 어깨에서 목 주변으로 그를 강하게 옭아매었다. 콜로넬의 우람한 체격에서 서서히 조여오는 숨통의 고리에 유진은 힘겨워지기 시작하였다.

"억! 콜로넬."

말을 쉽게 이어나가지 못하는 유진은 그의 힘에 짓눌려 몇 마디 단어조차 내뱉기 힘들어졌다.

"내가 이 순간만을 기다렸다."

"놔…… 주세요…….."

"네가 없어져야 내가 들어가. 선택받은 자? 웃기지 마라. 너는 영원히 내 조연일 뿐이다."

"헉……."

서서히 의식조차 혼미해지기 시작한 유진이었다. 듣는 이가 있다면 외치고 싶었지만 그조차도 쉽지 않았다. 유진도 훈련되었던 힘을 최대한 발휘해 벗어나려고 안간힘을 내었지만 쉽지 않았다. 발로 밀치고 손목을 잡고 밀어 올리려 해도 콜로넬은 전혀 꿈쩍도 하지 않고 유진을 지구 끝까지 밀칠 기세로 힘을 주었다. 선택받은 자의 여정은 여기에서 끝나게 될 수도 있었다. 그 어떤 이도 유진의 소리를 들을 수도, 콜로넬이 벌이고 있는 자행을 멈추게 할 수도 없는 순간이었다.

"가라. 이제 너는 없다."

"아…… 아…….."

더 이상 말할 힘조차 잃어가고 있는 유진이었다. 콜로넬의 셔츠 사이로 삐져나온 목걸이의 보석이 유진의 눈 주변에 아른거렸지만 유진은 스스로를 놓아가고 있었고, 그 모습을 바라보는 콜로넬은 비웃고 있었다. 누군가의 고통을 즐기는 모습만큼 이보다 더 악랄할 수는 없었다. 콜로넬이 선택받은 자의 존재를 서서히 없애가고 있다고 확신할 무렵이었다. 린더랜드가 갑자기 큰 울림으로 진동하기 시작하더니 숲의 깊은 골짜기 안에서 엄청난 울림이 일어나기 시작하였다. 그 울음은 다양한 소리를 품고 있었는데 괴로움과 고독함, 울분과 억울함, 화남과 자유에 대한 갈망을 한꺼번에 쏟아내는 찢어지는 듯한 소리였다. 그 소리는 고막을 파고들어 주변의 모든 생명체들이 하나같이 펄쩍이면서 놀라 움직이게 하였다. 콜로넬도 갑자기 들려오는 괴성에 영향받지 않을 수가 없었다. 온몸에는 소름이 돋아나고 경련이 일면서 쥐고 있던 유진의 멱살마저 놓칠 수밖에 없었다. 울음소리는 몇 분간 계속해서 지속되었다. 린더랜드 근처에 서식하는 모든 생명체들도 놀라 깨어나지 않을 수 없었다. 콜로넬이 놓친 틈을 타 유진은 옆으로 돌아누워 한꺼번에 숨을 들이쉴 수밖에 없었다.

"하…… 하…… 하……."

폐의 끝에서 저려오는 통증과 창백해진 얼굴, 보랏빛으로 물들뻔한 입술이 다시 회복하는 데에는 몇 분의 시간이 걸렸다. 그사이 콜로넬은 유진을 놓쳤다. 그는 유진이 도망간 사이 흘러내려 온 목걸이를 다시 셔츠 속으로 감추고, 숙소로 순식간에 뛰어 들어갔다. 다른 원정대도 그 소리에 깨어났지만 재빠르게 들어온 콜로넬이 숙소를 나갔었다는 것을 눈치채지 못하게 하였다. 웨이요르와 다슈는 괴성에 몸서리치다 숙소에서 유진이 사라진 것을 깨닫자마자 그를 찾으러 밖으로 나왔다. 웨이요르는 유진이 원형의 바깥쪽 땅바닥에서 뒹굴며 괴로워하고 있는 모습을 발견하였다. 지하에서 올라오는 독의 기운이 유진의 목숨을 위협할 것을 알고 있었던 웨이요르는 재빠르게 들어 올려 숙소에 있는 돌바닥 위로 옮겨주었다. 콜로넬은 눈을 희번덕거리며 웨이요르가 하는 행동들을 살펴보다 리포에게 손짓하며 무엇인가를 지시하는 행동을 취하였다. 웨이요르는 유진이 주의사항을 잊어버리고 밖으로 나갔다가 린더랜드 지하의 독 기운 때문에 쓰러졌다고 판단하였다. 하지만 다슈는 웨이요르가 이동하는 곳곳에 따라다니기만 하였고, 상황에 대처할 만한 행동을 스스로 결정하지는 않았다. 유진의 입술은 부르텄지만 의식을 서서히 회복하게 되었다. 웨이요르는 유진이 어느 정도 회복하는 모습을 확인하자 말을 걸었다.

"괜찮으십니까?"

"아…… 아프네요."

"린더랜드에서는 절대로 혼자서 함부로 돌아다니면 안 됩니다."

그 사이 콜로넬과 리포도 그들의 근처로 다가와 태도를 바꾸고는 연기를 하기 시작하였다. 콜로넬은 걱정되는 듯한 목소리로 유진에게 말을 건넸다.

"웨이요르 말대로 조심했어야 합니다."

유진은 콜로넬의 얼굴을 보자마자 소스라치게 놀라며 누운 채로 돌바닥에서 양쪽 다리를 번갈아 가며 밀어 움직였다. 그 모습을 본 웨이요르는 수상하게 생각하였다. 웨이요르가 둘을 번갈아 보며 방심하고 있는 틈을 타 리포가 갑자기 끼어들어 유진의 귀 양쪽에 손바닥을 가져다 대어 쉬뢰를 발산시켜 다시 기절시켰다. 웨이요르는 리포의 행동을 보고 참고 있던 분노를 한꺼번에 쏟아내었다.

"리포, 무슨 짓인가?"

콜로넬은 진정하라는 듯 웨이요르의 어깨를 툭툭 치며 나지막이 이야기하였다.

"린더랜드의 독 기운 트라우마를 잠재우기 위해서는 이 방법밖에 없소."

콜로넬은 획 돌아 숙소로 걸어 들어가면서 꿈틀거리며 음흉하게 말려 올라가려는 입술을 손등으로 훔쳤다. 리포는 그 뒤를 눈치 보며 따라 들어갔다.

4화 트레파라꽃

위험을 피하는 방법

그날은 불과 몇 미터 앞도 내다볼 수 없게 짙은 안개가 자욱했다. 분명 밝아지는 기운을 받았는데 걸음을 아무리 내디뎌도 다시 제자리처럼 느껴졌다. 누군가를 계속해서 불러도 주변은 고요하기만 하였다. 그렇게 한참을 돌아다니다가 자리에 풀썩 주저앉은 유진이었다. 조금만 힘을 내면 자신과 함께 다니던 친구들이 있을 것 같았지만 이내 포기하고 말았다. 그렇게 유진은 그곳에서 한동안 있었다.

"힘을 내세요."

소리가 들리자 망연자실하며 고개를 떨구고 있던 유진은 살며시 고개를 들어 주변을 살펴보았다. 여전히 아무도 보이지 않았다. 하지만 나지막이 그를 부르는 소리가 다시 들리기 시작하였다.

"일어나세요."

유진은 누군가가 자신을 찾는 절실한 소리가 들리는 곳을 향해 걸어가며 어떤 대답이라도 해야 할 것 같았다.

"저 여기에 있습니다. 거기 아무도 없나요?"

"제발."

누군가의 간절한 목소리가 통했던 것인지도 모른다. 서서히 눈을 뜨며 의식이 되돌아온 유진은 뿌옇게 보이던 시야가 선명해질 때까지 계속 눈을 깜빡였다. 간절했던 목소리의 주인공은 쓰러진 유진을 숙소로 데리고 들어왔던 웨이요르였다. 이유는 딱히 불분명했지만 웨이요르는 유진에게 진심으로 대하였다. 쥬타인들은 모든 수행 과정을 임무의 일환으로 여기면 그만이었지만 이번만큼은 선택받은 자를 대하는 웨이요르의 태도가 달랐다. 유진은 옆에서 지켜보던 웨이요르를 발견하고 힘겨웠지만 소리 내어 말하였다.

"여기가 어디인가요?"

사라진 기억의 일부를 놓아둔 채 남은 조각들을 주어다가 조합해서 이야기를 꺼내는 유진이었다. 쉬뢰에 노출되게 되면 최근 기억들을 잊게 되는데 유진 또한 예외는 아니었다. 유진은 기억의 일부 중에서 바다에 뛰어든 시점부터 조각을 맞춰보려고 애를 썼지만 쉽지 않았다.

"여기는 린더랜드입니다."

"제가 벌써 린더랜드에 도착했나요?"

"온 지 꽤 되었습니다."

웨이요르가 자초지종을 설명하려고 하려던 찰나에 이미 근처에 와있던 리포가 손가락을 입술 가운데로 치켜올리며 조금 전 벌어졌던 상황에 대해 더 이상 이야기하지 못하게 하였다. 웨이요르는 원정길에서 좋지 않은 행태들을 보아왔음에도 불구하고 유진을 위해서 그들의 요구에 암묵적으로 동의해 주었다. 만일 이러한 동의가 선택받은 자를 위한 길이라면 선택의 여지는 없다고 판단하였기 때문이었다. 주변을 어설프게 둘러본 유진은 자신이 무인도에 도착하였을 때 익히 보아온 천막이 쳐진 숙소에 누워 있다는 사실을 알게 되었다.

"벌써 숙소인가요? 여기까지 어떻게 오게 된 것인지 기억나지 않습니다."

"무사히 잘 헤엄쳐 왔지만 숙소 근처에서 탈진한 채 기절하였습니다."

계속해서 콜로넬과 리포를 살피던 웨이요르는 할 수 없이 진실을 돌려 말하였다. 진실은 왜곡되었지만 적어도 거짓은 아니었다. 간신히 기운을 차렸는지 유진은 자신의 몸을 일으켜 세웠다. 조금 전까지만 해도 뿌연 안갯속을 돌아다니던 자신의 모습이 기절 때문이라는 사실을 깨닫게 되었다. 웨이요르는 기억을 잃은 유진을 위해 도착한 순간부터 설명해 주었었던 린더랜드의 위험성에 대해 다시금 일깨워 주었다. 유진은 끄덕였으나 그대로 받아들였는지 궁금했던 웨이요르는 마지막까지 재차 물어보았다.

"이제 이해하셨나요?"

"조심할 것들이 많네요."

"지금 이렇게 된 이유도 땅에서 올라온 독 기운 때문이었다는 것을 잊어서는 안 됩니다. 원정길에서 위험을 최대한 줄이는 방법은 오델리스의 신발을 신고 그대로 뛰어가는 것입니다."

유진은 자신의 손을 뻗어 메고 온 가방에서 무인도에서 젖어 더는 신지 못했던 오델리스의 신발을 꺼내어 신었다. 신발의 중앙에 매립되어 있던 고정 잠금장치를 푸니 훨씬 움직임이 유연해졌다. 콜로넬은 유진이 웨이요르와 어떤 이야기를 나누든지 전혀 관심 없는 태도였다. 실상은 애써 신경 쓰지 않으려 다른 것들에 집중하는 모양새였다. 콜로넬조차 오델리스의 발명품에 관심이 많아졌지만 자신이 한 행위들이 들통나지 않게 하기 위해서는 유진에게 당분간은 말을 걸거나 아는 체해서는 안 되었다. 웨이요르는 숙소 천장이 뚫려 있는 중앙으로 가서 제자리 뛰기를 해보라고 하였다. 유진은 고정 장치를 풀은 신발을 신고 웨이요르의 말대로 뛰어보니 공중으로 상당한 높이까지 오르는 것을 체험할 수 있었다. 여러모로 단순한 것을 특별하게 만든 발명품들이었다. 린더랜드의 위험을 뛰어넘을 좋은 수단이 생기게 된 거 같아 유진은 불안이 훨씬 나아졌다. 쓰러지고 난 뒤부터 깨어날 때까지 상당한 시간이 흐른 시점이었다. 유진이 숙소 중앙에서 뛰어올라 린더랜드를 바라보니 무인도 하늘 끝자락의 자색이 사라지고 다시 아침이 밝아오고 있었다. 출발하기 전 웨이요르는 한 번 더 주의를 주었다.

"땅에서 올라오는 위협은 빠르게 달려 도망가야 하고, 하늘에서 내려오는 위협은 장갑으로 막아야 하며, 시야에 보이는 위협은 선글라스가 있지만 절대로 트레파라꽃의 냄새만큼은 맡지 말아야 합니다."

"그건 마개가 있어서 괜찮지 않을까요?"

그러면서 유진은 천진한 표정으로 가방에서 마개 두 개를 꺼내어 두 손가락 사이에 끼고 만지작거렸다.

"마개는 그 용도가 아니라 사실은······."

무슨 말을 하려는지 잠시 망설이는 웨이요르였다. 그러면서 아주 작은 목소리로 유진만이 들을 수 있게 가까이 다가와 전하였다.

"사실은 린더랜드에서 나는 소음이 심각할 정도로 괴롭히게 되면 귀를 막는 용도입니다."

생김새나 여러 가지 정황을 살펴보았을 때 용도가 단순히 소음을 막기 위한 것이야말로 의외일 수밖에 없었다. 웨이요르는 여전히 낮은 목소리로 말을 이어나갔다.

"트레파라꽃의 냄새는 마개도 뚫고 들어갈 정도로 강력하기 때문에 소용이 없다는 이야기입니다."

사뭇 진지한 태도로 꽃의 악명 높은 독성을 계속해서 강조하는 웨이요르였다. 그의 태도에 유진도 마찬가지로 긴장할 수밖에 없었다. 처음에는 관심 없는 척을 하고 있던 콜로넬도 마개와 솔라칸의 이야기가 오가자 그들의 대화를 엿듣기 시작하였다. 하지만 중요한 순간에 웨이요르가 갑자기 목소리를 낮추는 바람에 제대로 듣지 못하였다. 유진은 다른 일행들이 자신들의 이야기를 엿듣는다고 생각하지 않았다. 조금 전 일이 전혀 기억나지 않는 유진에게 알리지 않는 것이 선택받은 자를 위한 길이라고 여기는 웨이오르는 위험의 사슬이 계속적으로 연결될 것이라고 감지하지 못하고 있었다. 하지만 콜로넬은 마개가 원정길에서 중요한 역할을 한다면 선택받은 자가 가지고 있는 마개를 기회를 봐서 자신이 손에 쥐어야겠다고 생각하였다. 마침 바깥을 살피고 온 다슈는 원정대에게 아침이 밝아옴을 알렸다. 바디스로 향하는 원정대의 용기 있는 행군은 시작되어야만 했다. 숙소의 천막을 걷고 나서 그들은 다시 크로네필로 향하는 길목에 들어섰다. 바다의 한가운데에 자리 잡은 지형의 하늘은 푸르렀다. 크로네필의 빛과 함께 주변이 더욱 밝게 느껴질 수밖에 없는 린더랜드였다. 원정대는 돌무더기 밭을 지나 잔잔한 숲속으로 들어갔다. 린더랜드의 숲속은 무인도의 숲과 외적으로는 다르지 않았지만, 내부는 무인도보다 밝은 것이 사실이었다. 그나마 눈을 보호해 줄 선글라스가 있었기 때문에 별다른 차이를 느끼지 못하였다. 자세히 살펴보면 숲의 나무 모양과 풀 그리고 꽃이 모두 다른 형태로 생긴 것을 쉽게 발견할 수 있었다. 유진은 린더랜드를 걸어 들어가는 길목에서 숲속의 식물들이 원정대가 움직이는 방향으로 자신들의 꽃 머리를 함께 움직이는 것을 확인하였다. 마치 식물들에게 감시당하는 것 같은 오싹함도 느낄 수 있었다. 쥬타인들의 체질은 린더랜드의 독성 있는 식물에도 잘 견디는 피부를 타고났지만 인간들은 그조차도 견뎌낼 만한 면역성이 부족했기 때문에 절대적으로 주변 환경에 노출되어서는 안 되었다. 인간계에서 흔히 볼 수 있는 나무의 모습은 통으로 뻗어 올라가는 줄기와 나뭇가지의 일반적인 형태였지만, 린더랜드의 나무줄기는 여러 줄기가 꽈배기 형태로 올라가면서 나뭇가지로 이어져 모양이 상당히 독특하였다. 나뭇잎은 바나나 나무처럼 넓이가 상당하였는데 몇 장만 있어도 집의 지붕을 다 덮을 수 있을 크기였다. 원정대는 걸어 들어가면서 웨이요르와 유진 그리고 이어서 다슈가 따라가고 그 뒤로는 콜로넬과 리포가 그들의 추이를 지켜보며 뒤를 이어 가고 있었다. 유진은 다양한 모습의 식물들이 신기하였는지 걸어 들어가면서 웨이요르에게 물어보았다.

"나무가 마치 꽈배기같이 독특하게 생겼군요."

"린더랜드의 나무들만 저런 모양을 가지게 되는데 쥬타인 학자들에 의하면 린더랜드에 부는 바람은 하루 몇 시간 동안 소용돌이 모양으로 흐른다고 합니다."

"그렇다면 나무와 달리 식물도 비슷하게 보여야 하는데 식물은 딱히 그래 보이지 않는데요?"

"소용돌이 바람이 낮게 흐르지 않기 때문에 일정 높이를 가진 나무만 영향을 받는다고 합니다. 이건 어디까지나 가설일 뿐이고 실제로 밝혀진 건 아직까지 없습니다."

"상당히 흥미롭군요. 소용돌이 바람이라니."

원정대는 숲길을 쉼 없이 걸어 들어갔다. 들려오는 새의 소리마저 평범하지 않았다. 새의 지저귐은 음률에 따라 대화하듯 여러 갈래로 들려왔다. 원정길이 초행이었던 콜로넬도 숲길을 들어서면서는 긴장하기 시작하였다. 그가 아무리 지독한 인간의 전형이라 하더라도 대자연의 변형적 모습 앞에서는 조심하지 않을 수 없었다. 쥬타인들의 본부장까지 오르면서 수많은 원정길에 놓인 쥬타인들의 이야기를 얻어들은 터라 그조차도 자신이 들어선 린더랜드 안에 어떠한 위험이 도사리고 있는지 대체적으로 알고 있었다. 이제부터 웨이요르는 걸어 들어가는 길목에 개울이 있을 것이라고 주의를 주었다. 그곳에 놓인 징검다리들을 딛고 건너야 하는데 발을 헛디뎌 물에 빠져서는 절대로 안 된다고 하였다. 개울가 물이 몸에 묻거나 마시는 것은 더욱 위험했다. 개울물은 옷에만 묻어도 옷이 타들어 갈 정도로 열성이 있었는데, 그것보다 물에 살고 있는 괴생명체들이 일시에 공격할 수도 있다고 하였다. 특히 유진에게 발목을 조심하라고 하였다. 그러면서 웨이요르는 자신이 가져온 천을 유진의 발목에 덧대라고 꺼내어 주었다. 유진은 조각 천을 발목에 돌려대고 끈으로 묶어 고정시켰다. 웨이요르와 다슈도 징검다리를 건너기 위해 몸을 풀면서 연습하였다. 웨이요르는 유진에게 오델리스의 신발이 있으니 건너뛰는 연습을 해보라고 하였다.

"징검다리를 건너지 않고 돌아가는 길은 없는 겁니까?"

"돌아가도 마찬가지로 독성이 있는 풀을 헤치고 가야 하는데 오히려 더 위험합니다. 길이 나 있는 곳으로 계속 걸어 들어가야 그나마 안전하게 크로네필 근처로 갈 수 있습니다."

웨이요르의 설명에 유진도 징검다리를 건너기 위해서 계속해서 연습하였다. 지켜보던 콜로넬과 리포도 마찬가지였다. 그리 길지 않은 폭이었지만 가능하면 두 번 이상을 디디지 않는 것이 좋다고 하였다. 먼저 웨이요르가 징검다리를 건너며 시범을 보였다. 웨이요르는 익숙하고 가뿐한 뜀박질로 발끝에 힘을 주어 최대한 보폭을 넓혀 단 한 번의 디딤으로 징검다리를 건너버렸다. 뒤를 이어 다슈도 건너갔다. 콜로넬도 우람한 근육을 자랑하며 지독히 쌓아온 훈련을 통해 가지게 된 능력을 최대한 발휘하여 개울을 건넜다. 이제 개울 앞에 남은 건 리포와 유진뿐이었다. 유진은 뛰기 전 개울을 자세히 살펴보았다. 웨이요르가 말한 괴생명체들은 진흙탕에서 망둥이가 꿈틀거리듯 움직임이 보였고, 기포들이 올라오고 있었다. 건너편에서 웨이요르는 유진을 계속해서 관찰하고 있었다. 웨이요르는 유진이 망설이는 모습을 보이자 멀리서 손을 높이 들어 건너오라고 손짓을 하였다. 옆에 서 있던 리포도 겁을 먹었는지 단번에 건너가는 것을 주저하고 있었다. 좀처럼 선택받은 자에게 말을 걸지 않던 리포가 유진에게 말을 건네었다.

"나는 콜로넬이 죽도록 싫어요. 괴팍하고 나쁜 놈이에요."

개울을 건너기 주저하고 있을 것이라 착각하고 있었던 유진은 리포의 의외의 속마음에 짐짓 놀랐지만, 그 말을 듣고도 애써 태연한 척하였다. 원정대 모두가 콜로넬이 좋은 본부장이라고 믿는 자는 없었기에 리포의 심정을 이해하고 있었다.

"본부장을 위해 최선을 다하고 있다고 생각했습니다."

멀리서 매서운 아우라를 풍기고 있는 콜로넬이 개울의 건너편에서 망설이고 있는 유진과 리포를 지켜보고 있었다. 유진은 무심코 내뱉어진 리포의 속마음이 진심인지조차 의심하지 않을 수 없었다. 리포는 계속해서 건너기를 주저하며 콜로넬을 원망하였고 그의 과거를 드러내기 시작하였다.

"그는 고리대금업자예요. 내 가족이 그의 이자놀이에 놀아나지만 않았더라면 여기까지 따라오지도 않았을 거라고요."

유진은 리포가 갑자기 늘어놓은 콜로넬의 과거사에 놀라지 않을 수 없었다. 그는 콜로넬과 리포의 관계가 어떻게 시작되었는지 궁금해지기 시작하였다. 리포는 콜로넬에 대한 이야기를 멈추지 않았다.

"콴도 콜로넬만 아니었어도 원정길에서 이렇게 사라지지 않았을 텐데."

"리포, 진정해요. 그럼에도 콜로넬을 따른 건 본인의 의지였잖아요."

유진이 핵심을 찌르자 리포는 다시 잠잠해졌다. 유진은 리포가 정확히 어떤 일로 약점에 잡혀 콜로넬에게 열과 성의를 다해 충성해야만 하는지 알 수 없었지만, 그의 충성심이 본심은 아니었다는 것은 파악할 수 있었다. 리포는 핵심을 짚어낸 유진의 눈치를 살피며 살며시 실눈으로 곁눈질을 하였다. 멀리서 웨이요르는 유진에게 건너오라고 손을 흔들고 있었고, 그의 뒤로 다슈가 침착하게 지켜보고 있었다. 유진은 점프를 하며 몸을 풀기 시작하였다. 리포는 유진에게 어떤 말을 건네려다 다시 주저하였다. 다시 뛸 준비를 마치자 리포에게 알렸다.

"저는 뛸 준비가 되었습니다. 뒤를 따라오세요."

"그전에."

"네?"

"가방이 무거우면 제가 가져가겠습니다. 아무래도 인간의 실력보다는 쥬타인이 나으니 무거운 짐을 저에게 주세요."

유진은 가방 안에 중요한 물건이 없었기 때문에 별다른 의심 없이 리포에게 가방을 건네었다. 그러고는 최대한 멀리서 발 구르기를 한 뒤 자신이 가장 멀리 뛸 수 있는 안정적인 포즈로 힘을 주어 점프하였다. 유진은 건너뛰는 개울 아래에서 괴생명체들이 뛰어오르는 모습을 볼 수 있었다. 오델리스의 신발의 힘인지 징검다리 몇 개를 건넌 뒤 중간에 살짝 발을 내디디고, 바꿔서 한 번 더 뛰어올랐다. 그렇게 유진은 두 번의 점프 만에 개울을 건너갈 수 있었다. 유진은 반대편 개울에 도착하자마자 풀썩 넘어져 굴렀다. 웨이요르는 급히 달려와 유진을 일으키고 옷에 묻은 흙을 같이 털어주었다. 유진이 개울을 뛰어가는 동안 리포는 재빠르게 그가 건네어준 가방을 뒤져 오델리스의 유물인 마개를 손에 쥐었다. 모두가 유진이 건너오는 모습을 살피느라 리포의 재빠른 손동작을 인지하는 이는 없었다. 리포는 태연하게 다시 가방을 등에 메고 우려했던 것과는 다르게 개울을 능숙하게 뛰어왔다. 리포는 도착하자마자 옷을 털고 있는 유진에게 가방을 건네주었고 유진은 그대로 받아 다시 메었다.

"이제 겨우 한고비를 넘겼습니다. 쥬타인들에게는 익숙한 동작들이 버겁게 느껴질 수 있겠지만 최선을 다해 도와드리지요."

"고마워요. 웨이요르."

다시 앞장서는 웨이요르 뒤로 콜로넬은 리포로부터 유진의 가방에서 훔친 마개를 건네받았다. 무슨 용도인지 알 수 없는 마개였지만 콜로넬은 원정길에서 조심해야 할 트레파라꽃의 위험을 피하기 위해 중요한 물품이라고 짐작하였다. 콜로넬은 아무도 모르게 자신의 주머니에 마개를 넣었다. 콜로넬의 욕심은 여전히 멈추지 않았다. 원정대가 개울을 건너고 얼마 지나지 않아 숲은 끝났다. 크로네필에 점점 가까워질수록 린더랜드 주변은 선글라스를 뚫고 들어올 기세로 밝아지기 시작하였다. 눈이 부시고 주변의 온도 또한 올라가고 있었다. 지구 적도 근처의 날씨와 비슷한 온도로 올라가고 있었다. 선글라스에 비치는 온도의 수치는 최고점을 찍고 있었다. 원정대는 며칠째 먹지 못하고 잠들지도 못하였으며, 마시는 물조차 서서히 바닥으로 향하고 있었다. 유진도 그로 인해 크로네필에 점점 가까워 올수록 메말라 가기 시작하였다. 쥬타인들은 괜찮았지만 유진의 볼은 패였고 손가락 관절의 마디들은 더욱 앙상해 보였다. 크로네필이 머지않았다는 것을 잘 알고 있었던 웨이요르에게 지쳐가는 원정대를 멈추게 할 방도가 없다는 것이 그를 괴롭혀왔다. 할 수 있는 것은 걸어갈수록 지쳐 하는 유진을 돕기 위해 한쪽 팔을 자신의 어깨에 걸치게 하고 부축하는 것이었다. 유진은 웨이요르에게 목이 마르다고 하였다. 웨이요르는 자신의 물통을 꺼내어 마실 수 있는 남은 물의 양을 확인하였다. 통 안에는 이제 단한 모금만이 남아 있었다. 남은 한 모금을 마시고 나면 이제 더는 원정대가 소지하고 있는 물과 식량이 없었다. 이러다가는 유진의 생존이 위험해 보였다. 린더랜드에서 인간이 마셔도 괜찮은 물은 오직 한 군데가 있었는데 그곳은 토트라가 갇혀 있는 폭포수였다. 때문에 그 근처를 지난다는 것 자체로 매우 위험했다. 폭포수 근처는 마실 물도 있고 원정대가 잠시 숙소를 펼치고 쉬어도 안전한 땅이 있었지만 자칫 토트라에게 호기심을 가지게 되어 누군가가 그를 불러내기라도 한다면 린더랜드 입성 첫날처럼 그의 시끄러운 울분을 들어야 할 수도 있었다. 그가 만일 큰 소리라도 낸다면 숙소 근처에서 들려온 찢어지는 소리를 바로 코앞에서 듣고 청력을 잃을 수도 있는 문제였다. 웨이요르는 선택해야만 했다. 크로네필로 향하는 빠른 길을 두고 토트라가 갇혀 있는 폭포수로 돌아가야 할지 고민하였다. 하지만 그렇다고 선택받은 자를 탈진시켜 쓰러지게 놔둘 수는 없었다. 원정대를 살펴본 웨이요르에게 건장한 체구의 다슈와 욕심 많은 콜로넬은 전혀 문제 되어 보이지 않았으나 리포는 유진의 상태와 별반 달라 보이지 않았다.

"여러분, 정면에 보이는 산 중턱의 거대한 폭포수 앞에서 반나절만 쉬어가겠습니다."

하루라도 빨리 바디스에 입성하고 싶었던 콜로넬은 강하게 거부했다.

"이제 와서 쉬어가는 것은 의미가 없다."

웨이요르의 말에 함께 안도했던 리포는 콜로넬의 반응에 안절부절못하였다. 유진의 상태를 다시 점검한 웨이요르는 고개를 흔들었다.

"선택받은 자의 상태를 보니 이러다 위험해집니다. 업고 올라가 잠시라도 쉬게 해야 합니다."

"바디스는 강한 자만이 살아 들어가는 곳이 되어야 한다. 애초부터 쥬타인들의 길목에 인간이 드나들게 된 것 자체가 더럽혀진 형국이겠지."

"본부장님, 말이 심하십니다. 선택받은 자는 바디스에서 지명한 자입니다."

"나는 리포와 크로네필 근처로 먼저 가겠다. 쉬어 올 거면 그러든지."

웨이요르와 논쟁할 시간조차 아까웠던 콜로넬은 억지로 리포를 데리고 크로네필로 향하는 지름길로 가버렸다. 웨이요르는 막무가내로 원정대를 이탈해 먼저 가버린 콜로넬을 바라보며 마지막 남은 한 모금의 생수를 유진이 마실 수 있게 도왔다. 그러고는 의식을 제대로 차리지 못하는 유진을 업고 다슈와 함께 산의 중턱으로 재빠르게 뛰어올라 갔다. 원정대는 두 갈래로 나뉘어서 각자가 원하는 방식대로 나아갔다. 웨이요르는 최대한 빠른 속도로 산을 탔다. 다슈는 콜로넬 대신 웨이요르를 선택하였다. 그리 높지 않은 산이었지만 오르는 길은 상당히 가팔랐다. 바위가 갈라져 널브러진 누런 돌덩이들을 밟고 올라가야만 했다. 돌 틈 사이로 자란 잡초들은 어떠한 방식으로 위협을 줄지 모를 일이었다. 린더랜드에서 서식하는 모든 식물들은 의심하지 않을 수 없었다. 폭포수가 가까워 오자 물이 아래로 떨어지면서 방사되는 분자들이 그들을 시원하게 적셔주었다. 한참을 더위에 노출되어 탈진 상태가 된 유진의 머리카락에도 물의 분자들이 모여 이슬을 형성하며 맺히기 시작하였다. 웨이요르는 시원한 물줄기가 흐르는 폭포수 근처의 거대한 바위 위에 유진을 눕혀놓았다. 유진은 의식을 완전히 잃지 않았지만 간신히 버티고 있었다. 웨이요르는 폭포수 근처에서 목을 축이고 나서 가져온 물통에 물을 담았다. 린더랜드에서 유일하게 안전한 물이 흐르는 곳이었다. 다슈는 유진이 쉴 수 있게 자리를 펼쳐주었다. 웨이요르는 다슈에 대해 잘 알지 못하였지만 그림자처럼 따라와 주는 다슈가 요원으로서 능력이 출중하다고 생각하였다. 물을 담은 웨이요르는 유진에게 안심하고 마시라고 하였다. 유진은 물을 마시고 나서야 겨우 정신을 차릴 수 있었다.

"크로네필에 가까워 가나요?"

"폭포수로 오면서 다시 돌아가야 하지만 이 산만 넘으면 크로네필로 이어지는 평지가 나옵니다."

"생각보다 쉽지 않군요."

"저희처럼 셀 수 없이 원정을 치른 능숙한 쥬타인들에게도 린더랜드는 쉽지 않은 조건입니다. 조금만 버티시면 도착하실 겁니다."

"바디스에 대한 이야기도 들을 수 있을까요?"

"바디스에 입성하게 되면 인간계에서 생활했던 지구 본연의 자연환경 그대로의 모습을 맞이할 수 있을 겁니다. 환경적 위험은 린더랜드가 혹독하죠."

"그렇군요. 다행이네요."

"아직 도착할 때까지 위험은 남아 있습니다. 그리고 그곳에는 토트라가 갇혀 있어요. 저 폭포수 안으로 나 있는 길을 따라 들어갈 때에 절대로 토트라와 눈이 마주치거나 큰 소리를 내어서는 안 됩니다."

"왜죠?"

"토트라가 깨어 있을 때는 호기심을 자극해서 자칫 울게 하면 청력을 모두 잃을 수 있습니다. 그때를 대비해서 오델리스의 마개가 필요한 겁니다."

그 말에 유진은 가방에서 마개를 꺼내려고 하였다. 하지만 가방을 여기저기 뒤져보니 자신이 가져온 마개들이 사라진 것을 알 수 있었다. 그는 마개가 사라진 이유가 리포 때문이라는 것을 단번에 알 수 있었다.

"마개를 잃어버렸습니다. 리포가 훔쳐 간 것 같아요."

"리포가 마개를 노릴 이유가 없을 텐데요."

웨이요르는 리포가 그럴 만한 배포가 없다는 것을 너무도 잘 알고 있었다. 웨이요르는 추론하여 말하였다.

"아무래도 콜로넬이 시킨 것 같네요. 그자라면 작은 것에도 욕심을 부릴 것입니다. 방법은 이 근처에서 절대로 토트라를 자극하지 않는 것입니다."

"잘 알겠습니다."

그들의 예상대로 무리에서 이탈해 독자적인 노선을 가던 콜로넬과 리포는 유진이 가져온 마개를 손에 쥐고 있었다. 콜로넬과 리포는 산으로 향하는 웨이요르 무리와는 달리 평지로 계속해서 걸어갔다. 사실 그 길은 크로네필로 향하는 지름길이었으나, 그만큼 곳곳에 위험이 도사리고 있었다. 충분히 숙련된 쥬타인 요원늘만이 길목에 존재하는 유혹들을 능숙하게 뿌리치고 지나칠 수 있었다. 사실 유진의 상태가 심각하기도 하였지만 웨이요르는 여러 가지 정황상 선택받은 자를 위해 가장 최선의 선택을 한 것이었다. 같은 시각 콜로넬은 리포가 훔쳐온 마개를 쥐고 네 개 중 두 개를 리포에게 나눠주었다.

"너도 껴라."

"나눠주시다니요. 저는 괜찮습니다."

콜로넬의 명령을 호의로 혼동하는 리포였다. 콜로넬에게 리포는 크로네필에 다가가 입성하기까지 중요한 존재였기 때문에 자신이 이용당한다는 것을 깨닫지 못하는 리포였다. 막무가내로 손에 쥐여주는 마개를 어떻게 해야 할지 모르는 리포가 머뭇거리자 콜로넬이 먼저 자신의 코에 마개를 껴 넣는 것을 보여주었다. 리포도 콜로넬을 따라 코에 마개를 끼워 넣었다. 그들은 이제부터 코가 막혀 입으로 숨을 쉬어야만 했다. 숨을 헐떡거리며 리포가 물었다.

"마개를 코에 껴야 하는 이유가 있나요?"

"출발하기 전에 웨이요르가 꽃의 냄새를 맡지 말라고 했었다. 그 냄새가 코에 들어가지 못하게 하기 위함이야."

"여부가 있겠습니까? 저야 본부장님만 믿고 따르겠습니다."

자신이 마개를 가로챈 것을 흡족해하는 리포였다. 콜로넬과 리포는 계속해서 린더랜드를 가로질러 걸어갔다. 서서히 식물들이 형형색색의 아름다운 빛깔로 빛나기 시작하였다. 주황색 꽃들은 보란 듯이 활짝 피어올랐고, 푸른색의 신비로운 풀들이 바람에 하늘거렸다. 콜로넬과 리포는 웨이요르가 말한 트레파라꽃이 어떻게 생겼는지 알지 못하였다. 그렇지만 아름다운 빛깔이 이어지자 그만 넋을 놓고 바라보기 시작하였다. 하늘거리는 꽃이 흔들거리자 그들의 정신마저 현혹되기 시작하면서 마치 홀린 듯이 꽃을 찾아 밭으로 들어가기 시작하였다. 풀잎의 바스락거리는 소리가 꽃들이 부르는 아름다운 음악처럼 들리기 시작하였다. 콜로넬과 리포는 지구에서 볼 수 있는 거의 모든 종류의 화려한 색의 꽃들이 피어난 밭에서 무지개 빛깔로 봉우리만 피어오른 꽃의 무더기들을 발견하였다. 그 꽃이 얼마나 아름다웠는지는 가까이서 본 자만이 알 수 있었다. 무지개의 오묘한 색을 지닌 꽃은 다른 꽃에 비해 수려하였으며, 봉우리 근처에는 광채까지 빛났다. 꽃에서 나는 광채를 다른 각도에서 보면 금빛이 나기도 하였다. 마치 누군가가 금가루를 꽃 위에 뿌려놓은 것 같았다. 콜로넬은 그 무지개 빛깔의 꽃에 관심이 가기 시작하였다. 그는 조금 더 가까이 다가가 금빛이 나는 연유를 살펴보고 싶었다. 콜로넬은 꽃을 따서 보관했다가 다시 쥬타인들의 세계로 복귀해 팔면 돈이 될 수도 있다는 생각을 하였다. 콜로넬이 점점 꽃에 다가가자 갑자기 리포가 정신을 차린 듯 콜로넬을 말렸다.

"본부장님, 가까이 다가가지 마세요. 이 꽃이 트레파라 같습니다."

먼발치 떨어져 있는 리포의 우려 섞인 경고에도 불구하고 콜로넬은 이미 무지개 꽃의 봉우리를 꺾어 가방에 넣으려 하였다. 리포에게 트레파라라는 단어를 들었을 때 콜로넬은 이미 늦어버렸다. 쥬타인들의 원정길 규칙서에 적혀 있는 트라파라꽃의 냄새를 맡지 말 것이란 규정을 이미 어긴 직후였다. 꽃은 봉우리가 꺾이자마자 꽃잎이 활짝 펼쳐지며 지독한 독성 물질을 뿜어내었다. 독성 가루에 직격으로 노출된 콜로넬은 얼굴을 가리고 머물렀던 꽃밭에서 도망가기 시작하였다. 리포가 그의 뒤를 따라 함께 도망가기 시작하였다. 꽃의 독성 강한 분말은 그의 얼굴에서 콧구멍으로 흘러 들어갔다.

"아악!"

밭에서 나와 길목에서 뒹굴던 콜로넬은 자신의 한쪽 눈을 감쌌다. 콜로넬이 트레파라의 독에서 회복하기까지는 상당한 시간이 흘러야 했지만, 그 시간 동안 트레파라꽃들은 봉우리에 감춰져 있던 얼굴을 드러내며 다 같이 이파리를 부여잡고 노래를 부르기 시작하였다. 트레파라는 사실 인면 꽃이었던 것이었다. 그 모습은 상당히 기괴해 보였다. 꽃봉오리 안에서 얼굴이 나타나 뾰족한 이빨을 드러내며 고운 목소리로 노래를 불러대는 형상이었다.

"날 자꾸 찾아와도 내어줄 수 없어요. 그렇게 이쁘다면 내 이름을 아름답게 불러주세요. 트레파라."

리포는 콜로넬의 코에 박혀 있던 마개를 뽑아내고 콜로넬의 얼굴을 남아 있던 물로 씻어내었다. 리포도 전혀 효과 없어 보이는 마개를 빼버리고는 콜로넬이 회복될 때까지 기다렸다. 트레파라 독에 노출된 콜로넬은 의식이 회복되자 눈을 가리고 있던 손을 내려보았다. 그는 자신의 한쪽 눈이 시력을 잃어버리게 된 것을 깨닫게 되었다. 이로 인해 콜로넬의 선택받은 자에 대한 미움은 더욱 거세어져 갔다.

5화 크로네필

악을 심판하다

"흠이 없는 채소는 고운 소리를 듣고 자라서 그렇대."
"아니야. 농부가 농사를 잘 지어서 그런 것이지."
"맞다니까? 못생긴 채소는 시끄러운 소음을 듣고 자라서 못생기고 영양가도 적대."
"그건 편견이야. 그래 봐야 거기서 거기지."

그러면서 사과를 한 입 베어 물은 여덟 살의 콜로넬은 보육원에서 같이 지내는 친구의 말에 적지 않은 상처를 입었다. 그는 그날따라 가끔씩 와서 맛있는 걸 전해주고 가는 로닌 아저씨가 무척이나 보고 싶었다. 아무리 기다려도 아저씨가 찾아오지 않을 때에는 주변의 친구들을 괴롭히다 선생님께 혼나는 일이 수차례 있었다. 무언가를 판단하기도 전에 결핍은 정신을 잡아먹기 시작했다. 결핍은 때로는 예상치 못한 다른 방식으로 자라나기도 하였다. 분명한 건 콜로넬이 지금과 같은 괴물이 되기 전까지 반복되는 일상 속에서 전화위복이 될 만한 기쁨 또한 존재했을 것이라는 점이었다. 하지만 의미가 퇴보해 버린 지금의 콜로넬은 죄의식에 자신의 존재조차 부정하는 초라한 인간이 되어 있는 모습이었다. 인생은 계속되는 선택의 문제였다. 지금의 결과는 처해진 환경과 상관없이 과정에서 어떠한 선택을 해왔느냐에 따라 다른 모습으로 나타나곤 했다. 축적된 선택의 결정에 의해 자신이 목표로 해왔던 지점에 가까워지는 것이라는 점은 누구나 잘 알고 있었다. 그렇다고 콜로넬이 잘못된 선택만을 해온 것은 아니었다. 그가 그 나름대로 지금의 자리에 오르기까지 무수한 노력을 하였다는 것은 부정할 수 없었다. 그러한 유형의 자들은 때로는 편법적인 방법을 자행하면서 자신의 목적을 위해 매우 성실하게 살아갔다. 그것이 오늘날 인간계의 일그러진 영웅들을 단적으로 보여줄지라도 말이다. 콜로넬은 그러한 영웅들을 대변하는 인물 중 한 사람에 불과했다. 그러한 콜로넬도 이제 바디스 입성을 앞두고 있었다. 바디스에 입성하는 최초의 인간으로서 그가 기울여 온 노력이 헛되지 않게 하기 위하여 그는 자신에게 마지막까지 최선을 다하라며 스스로를 독려하고 있었다. 그는 바디스에 입성하여 수뇌부와 내통하게 되는 순간부터 더 성공하고 높이 올라갈 자신이 있었다. 원래부터도 인간의 근원적인 모습에는 가지고 싶은 게 많을수록 자신을 혹독하게 몰아붙이는 경향이 있었지만, 기회를 훔치려는 죄의식만큼은 외면하는 콜로넬이었다.

"괜찮으십니까?"

쓰러져있던 콜로넬이 일어나자 리포가 물었다. 한쪽 눈이 보이지 않았지만, 리포에게 티를 내고 싶지 않았던 콜로넬은 아무렇지 않게 행동했다.

"트레파라꽃도 별거 없군! 상당히 기괴하게 생겨서 괴팍하구먼."

조금 전까지 고통 속에 뒹굴던 콜로넬이 괜찮다고 하자 오히려 불편해진 리포였다. 왜냐하면 그가 조금이라도 지친 기색이 있어야 자신을 덜 괴롭힐 것만 같았기 때문이었다. 콜로넬은 트레파라 꽃밭을 넘어 앞을 향해 최대한 빠른 걸음으로 이동하기 시작하였다. 리포도 종종걸음으로 콜로넬을 따라 걸어갔다. 콜로넬과 리포가 위기에서 벗어날 무렵, 유진도 기운을 차리고 있었다. 웨이요르는 유진이 어느 정도 회복하자 이제는 원정길에 복귀해야 한다는 것을 알렸다. 갈라진 원정대 셋은 폭포수 안쪽으로 나 있는 길을 따라 들어가기 시작하였다. 웨이요르는 시원한 물줄기가 내려치는 폭포수 뒤의 동굴로 이어진 길을 따라가면 산등성이 위로 올라가는 곳에 토트라가 갇혀 있다고 하였다. 조금 더 들어가 보니 말로만 듣던 전설의 토트라가 동굴의 거대한 내벽 안에 갇혀 있었다. 유진은 토트라의 거대함에 놀라지 않을 수 없었지만, 불투명한 막 안에 갇혀 있는 모습을 보니 크로네필의 형상을 짐작할 수 있었다. 웨이요르는 유진에게 크로네필 막에 대해 설명해 주었다.

"우리가 실제로 뚫고 들어가야 할 크로네필의 형상입니다. 실제 모습은 인간들의 눈에는 보이지 않으나 지금 이렇게 토트라를 가두어 놓은 크로네필은 오델리스가 일부를 떼어와 붙였기 때문에 인간도 쉽게 구별하여 볼 수 있는 형태가 된 것입니다."

웨이요르의 설명을 들으며 크로네필 안에서 움직임이 감지되는 거대한 토트라를 보자 긴장하지 않을 수 없었다.

"마치 자라난 쓸모없는 손톱을 잘라낸 것과 같은 이치군요."

"인간들은 손톱이라는 것을 자릅니까?"

그러면서 웨이요르는 상당히 길고 뭉툭하게 나 있는 자신의 손톱을 보여주었다. 쥬타인들의 손톱은 일정 부분 자라고 나면 더 자라나지 않기 때문에 굳이 손톱을 자를 필요가 없는 것도 하나의 이유가 되었다. 그들은 토트라를 자극하지 않기 위해 최대한 작은 목소리로 대화를 나누며 올라갔다. 불투명한 막 안에서 토트라는 밖에 누군가가 지나가고 있다는 것을 감지했는지 막 앞에서 그들이 움직이는 방향에 따라 같이 이동하고 있었다. 웨이요르는 유진에게 그럴수록 더욱 관심을 두지 말라며 경고하였다.

"이럴 때 절대로 막 근처로 가서 토트라에게 호기심을 주어서는 안 됩니다."

유진도 가능하면 토트라를 쳐다보지 않기 위해 노력하였다. 그러나 토트라는 갑자기 막을 주먹으로 여러 차례 내려치기 시작하였다.

'쿵쾅! 쿵쾅!'

토트라가 내려치자 거대한 막이 흔들거리며 주변을 진동시켰다.

폭포수 근처의 땅들이 작은 지진이라도 난 듯이 흔들거렸다. 이에 겁을 먹은 유진이 먼저 뛰어 올라가기 시작하자 웨이요르와 다슈도 이어서 따라갔다. 그들은 폭포가 거의 보이지 않을 때까지 숨 가쁘게 쉬지 않고 뛰어 올라갔다. 산등성이를 넘어가는 지점의 중간 고개를 발견하면 다시 아래로 내려갈 수 있었다.

"아주 잘하셨습니다. 저렇게 토트라가 관심을 요구해도 무시하고 이렇게 넘어가면 됩니다."

유진은 만족한 듯 웨이요르의 말에 대답하였다.

"훈련과정에서부터 지금까지 처음으로 칭찬을 받은 것 같아요."

"오델리스의 마개가 없기 때문에 청력을 잃지 않으려면 이렇게 하는 게 맞습니다."

사실 유진은 토트라를 본 순간 알봇타이저에서 본 광경과 닮아 있어 마음이 좋지 않았다. 내심 토트라가 어떤 생명체인지 연구하고 싶은 생각도 들었으나 다음을 기약하기로 하였다. 그들은 중간 고개를 넘어가며 표지판 하나를 발견하였다. 여기에도 마찬가지로 절벽 위에서 본 문구처럼 쥬타인들의 언어로 쓰여 있었다. 표지판을 보고 그냥 지나치는 웨이요르와 다슈에게 유진은 적혀 있는 문구를 설명해 달라고 부탁하였다.

"퍼퓰린의 서식지."

"퍼퓰린이요?"

"린더랜드에 서식하는 몇 안 되는 생명체인데 상당히 작고 온순한 편이어서 바디스에서 왔다 갔다 하며 심부름꾼 역할을 자처하고 있습니다."

"그들은 크로네필과 관계없이 드나들 수 있나요?"

"린더랜드에 서식하는 생명체들은 거의 대부분 가능합니다. 이 땅에서 나고 자란 열매에 특별함이 있는 것 같아요."

"저 같은 인간도 랜더랜드의 열매를 먹으면 크로네필을 쉽게 드나들 수 있으려나요?"

유진은 흥미로운 이야기에 솔깃하였다. 열매에 특별한 성분이 크로네필을 쉽게 드나들 수 있게 하는 역할이라니 상당히 흥미로웠다. 웨이요르는 펄쩍 뛰며 양손을 가로지르며, 절대로 이곳에서 나는 열매를 먹어서는 안 된다고 경고하였다.

"린더랜드에서 나는 열매 중 토파이라고 불리는 열매가 있는데 그것은 절대로 먹어서는 안 됩니다. 토파이 열매는 쥬타인과 인간의 신체에는 치명적이어서 체내에서 절대로 흡수하지 못합니다. 껍질을 까도 가시가 많아 식도를 다칠 수도 있고 독 성분 때문에 이상 반응을 일으켜 생명을 위협하는 건 트레파라꽃과 마찬가지예요."

"이곳은 세상 밖의 생명체와 종류도 다르고 자라나는 식물과 열매도 모두 다르군요. 마치 다른 행성에 떨어진 우주인이 된 것 같은 기분입니다."

"무인도를 건너온 순간부터 이곳은 다른 세계라고 보아도 무방합니다. 인간들은 크로네필 내부의 바디스뿐만 아니라 린더랜드조차 감지할 수 없으니까요."

유진은 혼란스러웠다. 꿈이 아닌지 자신의 볼을 다시 꼬집거나 이마를 긁어보기도 하였지만 모든 감각을 그대로 느낄 수 있었다. 그들은 산등성이의 고개를 넘어 퍼퓰린의 서식지로 이동하기 시작하였다. 가파른 산을 넘어 내리막길로 들어서기 시작하자 속도는 더욱 빨라졌다. 그들이 움직이는 곳곳에는 베르셰풀이 있었는데 유진은 최대한 풀에 스치지 않으려고 노력하였지만 이동할 때마다 어쩔 수 없이 풀잎에 스치곤 하였다. 그러면 마치 모기에 물린 듯이 바로 부풀어 올랐다. 웨이요르는 이동할 때에 최대한 먼 걸음으로 뛰어오르라고 하였다. 유진은 웨이요르가 시키는 대로 움직여 최대한 베르셰풀이 스치지 않게 조심하였다. 그들은 최선을 다해 뛰어 내려가고 있었는데 베르셰풀밭 뒤쪽으로 무언가가 재빠르게 그들을 따라오는 것을 알 수 있었다. 처음에는 열 마리 정도인 듯하였는데 그들이 빨리 뛰면 뛸수록 수는 늘어나 이내 몇십 마리가 몰려들어 따라오고 있었다. 겁이 난 유진은 뛰면서 소리를 질렀다.

"웨이요르, 뒤에서 무언가가 따라오고 있어요."

"퍼퓰린 무리들이에요. 멈추지 말고 평지가 나올 때까지 뛰세요!"

"저보다 속도가 빨라요. 평지까지 가다가 따라잡힐 것 같아요."

"최선을 다해야 합니다."

웨이요르가 유진을 보호하기 위해 속도를 맞춰가고 있었다면, 다슈는 그들보다 한참 앞서 평지 쪽으로 내려가 버렸다. 유진은 그 속도를 맞추기가 어려웠다. 아무리 훈련되었다고 하더라도 신체적인 한계는 어쩔 수 없었다. 퍼퓰린 무리들은 유진을 앞서기 시작하였다. 유진은 그들이 어느 순간 튀어나와 자신의 앞길을 막을 것만 같았다. 그러한 직감은 절대로 빗겨나지 않았다. 유진의 예상대로 퍼플린들은 서서히 튀어 올라 앞을 가로막기 시작하였다. 최선을 다해 뛰어가던 유진도 그들의 방해에 자신의 속도를 늦출 수밖에 없었다. 웨이요르는 앞서가다 퍼플린들이 유진의 길목을 막아서는 모습을 뒤로 확인하였다. 탄식의 순간이었다. 퍼플린들에게 가로막히기 시작하면 자신 또한 유진에게 되돌아가기 어려웠다. 퍼플린들은 온순하지만 성질을 잘못 건드리면 안 된다는 사실을 잘 알고 있었기에 멀리서라도 유진이 무사히 내려오기를 지켜보기로 하였다. 길목을 막아선 퍼플린들은 신기한 듯 유진을 관찰하기 시작하였다. 그들은 상당히 징그럽게 생긴 형상이었다. 키는 인간의 무릎만 하였고, 보라색 피부는 주름이 자글거렸으며 눈이 상당히 커 보였다. 하얀색 수염은 그들의 어깨까지 덮을 만큼 길었다. 눈은 노란색에 이빨은 뭉툭해서 발음이 뭉개지는 듯 들렸다. 유진은 그들이 이상한 괴음을 내며 대화하는 모습을 가만히 지켜만 보았다. 무슨 말을 하는지 알아들을 수 없었지만, 그들을 자극하지 않으려 어떠한 행동도 취하지 않았다. 그들 중 몸집이 큰 퍼플린이 앞장서서 나오더니 유진에게 말을 걸었다. 대장 퍼플린은 자신이 아무리 말을 하여도 알아듣지 못하자 화를 내는 포즈를 취하였다. 그 순간 다른 퍼플린들이 날카로운 손톱을 드러내며 유진에게 공격을 가하려고 달려들었다. 유진은 꼼짝없이 퍼플린의 무리에 당할 것 같았다.

"살려줘!"

외마디 비명을 지르며 그들의 공격을 막기 위해 손으로 머리를 감싸고 몸을 잔뜩 웅크린 유진이었다. 그때였다. 앞서가던 다슈가 다시 되돌아와 유진에게 달려들려는 퍼퓰린들을 한 번에 쓸어 베르셰풀밭으로 던져버렸다. 그러고선 그들을 헤치고 유진에게 다가갔다. 그 모습을 지켜보던 웨이요르도 다슈를 따라 나머지 퍼퓰린들도 모두 밭으로 던져버렸다. 그들의 조치가 빨랐기에 유진은 다행히 다치지 않았다. 자칫 피부에 큰 상처들이 날 수도 있는 상황이었다. 그들은 유진을 데리고 재빠르게 다시 산등성이 아래로 뛰어내려갔다. 정신없이 산을 내려오다 보니 어느새 베르셰풀밭은 사라진 지 오래였다. 웨이요르는 다슈에게 잠시 멈추자고 손짓하였다. 가까운 거리에는 평지가 눈앞에 펼쳐져 있었다. 웨이요르는 유진의 상태를 살핀 뒤에 차근히 설명해 주었다.

"퍼퓰린들이 저렇게 달려드는 경우가 드문데 아무래도 린더랜드에 인간은 처음이라 경계했던 것 같습니다."

"원래는 온순하다고 하니 오해는 말아야겠네요. 그리고 다슈, 고맙습니다."

퍼퓰린 무리에서 도망칠 수 있게 도와준 다슈에게 놓치지 않고 인사를 전하는 유진이었다. 다슈는 말없이 그저 고개를 끄덕였다. 유진은 원정길에서 웨이요르와 다슈만 있으면 어떠한 어려움이 닥쳐도 이겨낼 수 있는 자신감이 들었다. 이제 눈앞에 펼쳐진 평지는 화려한 꽃들로 가득하였다. 꽃들은 아름다운 색채를 뽐내고 있었다. 바람결에 여러 가지 색의 꽃들이 하늘거리는 모습이 장관을 이루었다. 웨이요르는 손가락으로 꽃밭을 가로지르는 길의 끝을 가리켰다.

"저 앞에 바디스로 향하는 입구인 크로네필이 존재하고 있습니다. 지금 혹시 구분되어 보이시나요?"

"아니요. 전혀 보이지가 않습니다."

"지금은 전혀 보이지 않으시겠지만 제가 솔라칸을 발산시키는 지점에서 우리가 해왔던 훈련처럼 시간 엄수를 통해 입성하시면 됩니다."

유진은 크로네필이 보이지 않았지만 그가 가리키는 곳의 근처에서 아름다운 광채가 오로라처럼 일렁이는 것은 알 수 있었다. 그 광채를 뚫고 들어가면 웨이요르의 말대로 자신이 그렇게 궁금해 왔던 바디스의 모습을 확인할 수 있었다. 크로네필에서 발하는 광채가 린더랜드에 어떠한 영향을 주는지는 알려진 바가 없지만 평지의 꽃들은 광채와 함께 어우러져 무척이나 아름다워 보였다. 유진은 또한 콜로넬과 다를 바 없이 꽃밭의 색의 향연에 현혹되기 시작하였다. 웨이요르는 유진이 넋을 놓기 시작했다는 것을 잘 알고 있었다. 쥬타인들에게는 유혹거리가 아니었지만, 처음 본 인간들은 이 꽃밭을 본 순간 정신을 놓기 시작한다는 것을 잘 알고 있었다. 그것은 린더랜드에 인간들이 와보지 않아도 쥬타인들이 이미 꽃을 이용해서 인간들에게 실험해 보았기 때문에 알 수 있는 사실이었다. 유진은 누가 시키지 않았는데도 홀로 평지로 향하기 시작하였다. 몽유병에 걸린 사람처럼 스스로 꽃밭으로 들어가려고 하였다. 웨이요르는 다슈에게 유진을 걸쳐 업고 그 구간을 지나갈 수 있게 부탁하였다. 그의 부탁을 들은 다슈는 홀로 정신없이 꽃밭으로 들어가는 유진을 급히 따라갔다. 유진은 다슈가 가까이 다가와서 자신의 팔을 끌어 올려 업어버리자 강력하게 저항하기 시작하였다. 다슈는 발버둥 치며 꽃밭으로 향하려는 유진을 놓쳤다가 다시 둘러업었다. 그 둘은 꽃밭의 초입에서 실랑이를 벌이기 시작하였다.
"선택받은 자여, 여기에서 현혹되면 안 됩니다."
"날 놔줘요! 나는 여기가 좋아서 그리고 너무 아름다워서 조금이라도 가까이 가고 싶다고요. 제발 부탁해요."
"안됩니다. 여기에는 트레파라꽃이 있어서 매우 위험해요."
"트레파라꽃을 보러 여기까지 왔다고요. 다시 말하는데 날 놔줘요."
조금 전의 모습과는 상당히 다른 유진이었다. 유진은 꽃을 보자마자 미친 사람처럼 그 안에서 뒹굴겠다고 난동을 부렸다. 웨이요르는 짐작했지만 이 정도의 반응일 거라고는 예상하지 못했다. 유진은 더욱 격렬하게 다슈의 팔을 뿌리쳤다. 다슈는 유진이 더 이상 자신이 혼자서는 감당하기 어려운 상태라는 것을 파악하고 웨이요르에게 도움을 요청하였다. 웨이요르도 다가와서 꽃밭으로 향하는 유진을 붙들었다. 인간이 아무리 힘이 세어도 쥬타인들 두 명이서 붙들다 보니 그나마 감당이 되었다. 다슈와 웨이요르는 유진의 양 팔을 한쪽씩 붙들고는 최대한 빠른 걸음으로 그 꽃밭을 벗어나기 시작하였다. 유진은 그 와중에도 고개를 좌우로 번갈아 가며 꽃밭을 보면서 헛소리를 내뱉었다.
"무지개 빛깔도 고와라. 트레파라꽃이 제일로 이쁘네요."

유진이 어떤 말을 하여도 웨이요르와 다슈는 묵묵히 크로네필 근처로 움직였다. 꽃밭을 지나 서서히 시야에서 벗어나자 유진은 신기하게도 언제 그랬냐는 듯 다시 멀쩡해지기 시작하였다. 웨이요르도 꽃밭이 완전히 보이지 않자 한시름 놓은 듯하였다.

"웨이요르, 여기에 내려놓으면 될까요?"

"그러시죠."

웨이요르와 다슈는 질질 끌려오던 유진을 땅에 내려놓았다. 웨이요르는 살짝 의심하였지만 다행히 유진이 꽃밭에 잠시 현혹되었을 뿐 그에게 문제가 생긴 건 아닌 것 같았다. 다시 말짱해진 유진은 현실을 의식했는지 아무렇지도 않게 물었다.

"여기가 이제 크로네필의 근처인가요?"

"맞습니다."

"눈이 부시네요."

"선글라스를 끼고도 눈이 부시실 겁니다. 이제 입성을 하고 나면 괜찮아질 것이니 조금만 더 힘을 내주세요."

그들이 도착한 지점에선 콜로넬과 리포의 모습은 보이지 않았다. 그들이 선택받은 자를 나 몰라라 하였으니 자신들 마음대로 바디스 입성을 시도했을 것이라고 짐작한 웨이요르였다. 그들은 조금 더 안쪽으로 이동하였다. 크로네필이 가까워 올수록 근처에서 방출되는 열기도 대단하였다. 찌는 듯한 무더위가 계속되었다. 열기에 영향을 받은 유진은 타오르는 갈증을 어찌할 수 없어 폭포수에서 가져온 물을 연신 들이켰다. 웨이요르는 자신이 그동안 몽돌로 표시해 둔 길을 따라 움직였다. 유진과 다슈는 웨이요르를 따라 밝아지는 길목으로 따라 들어갔다. 웨이요르는 행위예술 하듯이 크로네필의 어딘가를 잡고 옆으로 돌고 있었다. 유진의 시선에서는 웨이요르가 크로네필을 촉감으로 느끼는 듯하였다. 한참을 비슷한 자세로 거미처럼 붙어서 돌아가다 웨이요르는 한 지점에서 멈춰섰다. 그리고는 다시 떨어져 나와 유진과 다슈가 있는 곳으로 돌아왔다. 유진의 눈에는 크로네필이 보이지 않았지만 임계점 근처에 많은 뼈들이 묻혀 있는 것을 확인할 수 있었다. 수많은 쥬타인들이 오고 가면서 시행착오를 겪은 흔적인 것 같았다.

"입구를 발견했습니다. 이제 입성만 하면 될 것 같습니다."

"웨이요르 그리고 다슈, 사실은 많이 두렵습니다."

"훈련했던 대로만 하시면 됩니다. 제가 있으니 걱정 마세요."

웨이요르는 다시 한번 유진을 바라보면서 미소 띤 얼굴로 힘을 보태주고는 다슈와 함께 솔라칸을 발산시킬 준비를 하였다. 유진은 여기까지 온 이상 더는 물러날 곳도 없다고 생각하였다. 삶에서 도착 지점이란 어디에나 존재하였다. 다만 우리는 그 한계점을 넘어설 때에 가장 중요한 한 가지를 놓칠 때가 더러 있었다. 그것은 용기였다. 용기는 결국 행동의 원동력이 되고, 때로는 위기를 이겨나가는 힘이 되며 지혜의 자양분을 만들어 내기도 한다. 이제 필요한 것은 그 용기뿐이었다. 우리가 그동안 몰라왔던 비밀의 세계를 알기 위해 용기를 내었던 순간부터 비밀의 문 앞에서 자신의 모든 것을 던질 수 있는 용기까지 유진의 모습은 다양하게 변화해 왔다. 유진은 더 이상 망설일 수가 없었다. 두려움을 이기는 용기야말로 자신의 무한한 가능성을 확인할 수 있는 것이었다. 그는 이제 완벽한 준비가 되었다. 웨이요르와 다슈는 티저스 칸토 타운에서 연습해 왔던 것처럼 능숙하게 솔라칸을 발산시키기 위해 조금 전 웨이요르가 찾아내었던 지점으로 서서히 다가갔다. 웨이요르는 다시 한번 유진의 심정에 대해 물었다.

"선택받은 자여, 자신 있게 입성하시죠."

"웨이요르, 여기까지 함께해 주어 고마웠습니다."

"바디스에 입성하시면 관련자들이 나와 경로를 안내할 것입니다. 저와 다슈의 임무 또한 선택받은 자가 그들의 안내하에 이동하는 것이 확인되면 일단은 마무리됩니다."

"다슈도 수고 많았습니다."

"자! 그럼 어서."

웨이요르와 다슈는 자신들이 가진 모든 힘을 쏟아부어 솔라칸을 발산시키기 시작하였다. 짙은 푸른빛과 눈처럼 하얀 빛깔의 솔라칸이 어우러져 발산되는 장파력이 엄청났다. 유진은 시간 엄수의 방에서 훈련받았던 모든 동력을 동원해 시간에 맞춰 그들이 발산하는 솔라칸으로 뛰어 들어가기 시작하였다. 유진이 솔라칸으로 세차게 달려 들어가는 사이 등 뒤로 빠르게 따라 들어오는 어둠의 그림자가 있었다. 바로 애꾸눈이 된 콜로넬이었다. 그는 이미 쓰고 있던 선글라스도 없이 한쪽 눈은 시력을 잃어 색이 변조된 채 달려 들어가는 유진의 목덜미를 잡아 내팽개치고는 웨이요르의 솔라칸으로 침투하기 위해 재빠르게 뛰어 들어갔다. 뒤로 넘어진 유진은 바닥에 쓰러진 채 머리를 잡고 뒹굴었다.

"바디스 입성에 선택받은 자는 나다."

"안 됩니다. 콜로넬, 돌아오시오!"

유진은 뛰어 들어가는 콜로넬의 뒤통수에 대고 간신히 소리쳤다. 하지만 콜로넬은 멈출 기세가 아니었다. 순식간에 뛰쳐 들어간 모습을 본 다슈와 웨이요르는 발산을 멈추었지만, 장파력이 완전히 사그라질 때까지 콜로넬이 입성하게 될 수 있었다. 콜로넬은 욕심껏 솔라칸 안으로 들어갔다. 시간차를 이용해 조금만 힘을 내어 밀어붙이면 입성이 가능할 수 있는 상황이었다. 웨이요르와 다슈는 최선을 다해 콜로넬의 어깨를 잡고 그가 들어가지 못하게 막았다. 하지만 이젠 솔라칸의 장파력이 생각보다 빠르게 줄어드는 것을 확인하였다. 이대로 가면 크로네필의 경계선에서 모두가 목숨을 잃을 수도 있었다. 콜로넬은 이글거리는 악랄한 눈빛으로 거세게 밀고 들어왔다. 웨이요르는 있는 힘껏 막아서며 콜로넬에게 경고했다.

"콜로넬, 욕심이 과합니다. 선택받은 자에게 양보하세요."

웨이요르는 콜로넬이 솔라칸을 발산해서 스스로 들어가면 될 문제였기에 그를 이해할 수 없었다. 선택받은 자의 입성의 기로에서 기회를 가로챌 이유가 전혀 없었다.

"양보할 수 없으니 빼앗는 것이지."

그 대답을 듣고는 콜로넬이 솔라칸을 발산할 수 있는 능력이 없다는 것을 직감한 웨이요르였다.

"솔라칸이 빠르게 줄어들고 있어요. 이러다 우리 모두가 위험해집니다."

다슈가 외쳤다. 웨이요르의 경고에도 콜로넬은 더욱 힘으로 거세게 몰아붙였다. 유진은 그들의 싸움을 바라볼 수밖에 없었다. 움직이려 하니 다리가 말을 듣지 않았다. 솔라칸이 줄어드는 사이 자신이 뛰어 들어가 사건을 해결하기에는 시간이 부족했다. 유진은 이제 그 모습을 보고 망연자실하였다. 모든 계획이 콜로넬의 욕심 때문에 망가져 가는 모습을 멀리서 지켜보아야만 했다. 웨이요르와 다슈도 콜로넬이 솔라칸을 쓸 수 없다는 것을 눈치챈 상황에서 이제부터는 그를 목숨 걸고 막아야만 했다. 웨이요르와 다슈는 콜로넬을 물리적으로 막아서느라 솔라칸을 다시 발산시킬 수도 없는 상황이었다. 웨이요르는 자포자기하는 심정으로 모든 것을 내려놓기로 하였다. 솔라칸은 서서히 그들의 키만큼 줄어들고 있었다. 이제 조금만 지나면 크로네필은 그들을 용서하지 않을 기세로 금세 닫힐 것이었다. 콜로넬의 힘이 워낙 강력했던 터라 웨이요르와 다슈는 밀려 바디스 안쪽으로 몸이 들어가 버린 상태였고, 콜로넬의 상체는 이미 크로네필 안쪽으로 들어가 있었다. 또한 그의 다리는 경계선 바깥에서 대각선으로 디뎌 힘을 바짝 주고 있었다. 찰나와 같은 순간이었다. 콜로넬이 다리를 세차게 밀어 들어가려는 순간 그의 다리는 더 이상 움직여지지가 않았다. 그는 강력한 충격을 받은 상태로 마비되어 크로네필 경계선에 쓰러져 버렸고, 웨이요르와 다슈는 누군가의 밀침에 의해 바디스 안쪽으로 넘어져 굴렀다. 그러는 사이 솔라칸의 장파력이 모두 사라짐과 동시에 크로네필은 굳게 닫혀버렸다. 웨이요르와 다슈는 자신을 밀쳐낸 자가 누구인지는 몰랐으나 살았고, 콜로넬은 크로네필 경계선에서 살아남지 못하였다. 바디스에 입성한 웨이요르와 다슈는 다시 솔라칸을 발산시켜 린더랜드로 나가보았다. 멀리서 다리를 부여잡고 뒹굴고 있는 유진과 그 앞에서 땀에 젖어 호흡을 가다듬고 있는 낯선 이가 있었다. 바로 키야스였다. 깊은 잠에서 깨어난 키야스가 원정대를 따라오면서 마지막까지 지켜보다 결정적인 순간에 콜로넬의 악행을 막아낸 것이었다. 그는 최후의 순간 콜로넬의 발목을 부여잡고 끌어내다 자신의 솔라칸을 발산시켜 웨이요르와 다슈가 다치지 않게 압력을 가했던 것이었다. 이는 콜로넬이 쥬타인이 아닌 인간이라는 사실을 알고 있던 자만이 가능한 행동이었다. 리포의 행방 또한 묘연했지만 키야스가 크로네필 근처로 오는 과정 속에 그의 생존이 보장되었을 것이라고 짐작하기는 어려웠다. 키야스를 다시 만나게 된 웨이요르는 반가운 나머지 그의 앞에서 눈물을 흘렸다.

"키야스, 살아 돌아왔구나."

"이번엔 제가 살렸습니다."

유진도 다친 다리를 부여잡고 다슈의 부축을 받으며 그들의 곁으로 다가왔다.

"웨이요르와 다슈가 다치지 않아 다행입니다."

"크로네필은 언제든 보이지 않는 악을 심판합니다. 그것이 필연이든 우연이든 말이죠."

키야스는 콜로넬에게 통쾌한 복수를 하였다. 하지만 선택받은 자의 여정은 지금부터가 시작이었다. 그들은 다 함께 유진을 바라보았다. 유진은 다친 발목에 웨이요르가 덧대어 주었던 천을 다시 감싸고 끈으로 강하게 동여매었다. 유진은 부축받았던 다슈에게서 떨어져 일어나 걸으며 쥬타인 요원들을 차례로 바라보았다. 유진은 고개를 끄덕이며 그들에게 준비가 되었다는 신호를 보내었다. 웨이요르와 키야스 그리고 다슈는 유진을 위해 다 함께 있는 힘껏 솔라칸을 발산시키기 시작하였다. 붉은빛의 키야스, 짙은 푸른빛의 다슈, 그리고 하얀빛의 웨이요르의 솔라칸이 거대한 장막의 입구를 마련해 주었다. 유진은 열린 틈 안으로 재빠르게 들어갔다. 웨이요르와 키야스 그리고 다슈도 따라 들어오면서 이내 크로네필의 장막이 닫혀버렸다. 유진은 안에서 쓰러져 있는 애꾸눈의 콜로넬을 관찰하다 그의 목에 걸려 있는 목걸이를 발견하였다. 그것은 보이지 않는 빛이 반사되는 거대한 보석이 달린 금장의 목걸이었다. 뒤로 돌려보니 아홉 개의 문양이 차례로 새겨져 있었다. 유진은 콜로넬의 목에서 그 범상치 않은 목걸이를 빼내어 아무도 모르게 자신의 주머니 속에 넣었다. 이어서 다가온 웨이요르와 키야스 그리고 다슈는 유진에게 인사를 전하였다.

"저희의 임무는 여기까지입니다. 바디스 입성을 축하드립니다."

"여러분들이 아니었다면 바디스에 오지 못했을 것입니다."

"이제부터는 바디스의 일원들과 함께 새로운 세계를 탐험하십시오. 저희는 그럼 이만 가보겠습니다."

"저와 함께 바디스를 동행하지 않으시나요?"

"저희는 때가 되면 다시 만날 것입니다. 그때까지 건강히 지내시기를 바랍니다."

"고맙습니다."

그렇게 인사를 전하고 쥬타인 요원들은 관련자들이 멀찌감치 보이자 차례로 크로네필을 통과해 나갔다. 유진은 이제 바디스에 홀로 남겨졌다. 힘겨운 고통의 순간을 넘어 새로운 세계에 도착한 유진은 고개를 들어 광활한 바디스의 대륙을 바라보았다. 에메랄드 빛 하늘과 상쾌한 공기가 유진의 머리를 맑게 하였다. 살면서 처음으로 지구의 아름다움을 제대로 느껴본 순간이었다. 감동과 환희 그리고 대자연에 대한 경외심이 감사로 이어졌다.

"선택받은 자여, 바디스에 오신 것을 환영합니다."

어디선가 선택받은 자를 환영하는 목소리가 들려왔다.

진화의 나라
제1권 바디스의 발견

개정판 1쇄 발행 2024. 10. 9.

지은이 김선유
펴낸이 김병호
펴낸곳 주식회사 바른북스

편집진행 김재영
디자인 김민지

등록 2019년 4월 3일 제2019-000040호
주소 서울시 성동구 연무장5길 9-16, 301호 (성수동2가, 블루스톤타워)
대표전화 070-7857-9719 | **경영지원** 02-3409-9719 | **팩스** 070-7610-9820

•바른북스는 여러분의 다양한 아이디어와 원고 투고를 설레는 마음으로 기다리고 있습니다.
이메일 barunbooks21@naver.com | **원고투고** barunbooks21@naver.com
홈페이지 www.barunbooks.com | **공식 블로그** blog.naver.com/barunbooks7
공식 포스트 post.naver.com/barunbooks21 | **페이스북** facebook.com/barunbooks7

ⓒ 김선유, 2024
ISBN 979-11-7263-164-2 03810

•파본이나 잘못된 책은 구입하신 곳에서 교환해드립니다.
•이 책은 저작권법에 따라 보호를 받는 저작물이므로 무단전재 및 복제를 금지하며,
이 책 내용의 전부 및 일부를 이용하려면 반드시 저작권자와 도서출판 바른북스의 서면동의를 받아야 합니다.